U0116363

让我们跟全世界最聪明的人一起思考

哈佛学生都在做的900个思维游戏

才林　编著

北京联合出版公司
Beijing United Publishing Co.,Ltd.

图书在版编目（CIP）数据

哈佛学生都在做的900个思维游戏 / 才林编著. -- 北京：北京联合出版公司，2014.12（2022.5重印）

ISBN 978-7-5502-1934-2

Ⅰ. ①哈… Ⅱ. ①才… Ⅲ. ①智力游戏 Ⅳ. ① G898.2

中国版本图书馆 CIP 数据核字 (2014) 第 284549 号

哈佛学生都在做的900个思维游戏

编　　著：才　林
责任编辑：王　巍
封面设计：彼　岸
责任校对：聂尊阳
美术编辑：张桓堃

出　　版：北京联合出版公司
地　　址：北京市西城区德外大街83号楼9层　100088
经　　销：新华书店
印　　刷：三河市万龙印装有限公司
开　　本：720mm×1020mm　1/16　印张：28　字数：716千字
版　　次：2014年12月第1版　2022年5月第22次印刷
书　　号：ISBN 978-7-5502-1934-2
定　　价：75.00元

本书若有质量问题，请与本公司图书销售中心联系调换。
电话：（010）88893001　82062656

前·言

Preface

创建于 1636 年的美国哈佛大学，被誉为高等学府王冠上的宝石，无论是学校的名气、设备、教授阵容，还是学生的综合素质，都堪称世界一流。

300 多年间，哈佛大学先后培养出 8 位美国总统、40 位诺贝尔奖获得者、32 位普利策奖获得者，以及数以百计的世界级财富精英，为商界、政界、学术界及科学界贡献了无数成功人士和时代巨子。

人类的希望，取决于那些知识先驱的思维。具有超常思维能力的人，到哪里都是卓尔不群的人，他们办事更高效，行动更果断，更容易获得成功。思维游戏是锻炼思维能力、提高智力水平的重要方法之一，它不但能够帮助发掘个人潜能，而且能使人感到愉悦，是充分发掘大脑潜能、开启智慧大门的金钥匙。

对于哈佛大学这样的世界名校来说，培养学生建立一套行而有效的学习方法，全面开发他们的思维能力，远远要比仅获得优异的成绩更加重要。本书精选了哈佛大学给学生做的 900 个思维游戏，每个游戏都是哈佛大学为全方位训练学生的思维专门设计的，从缜密思维、发散思维、创新思维、逻辑思维、综合思维等方面出发，锻炼游戏者综合运用逻辑学、运筹学、心理学和概率论等多种知识的能力，兼具挑战性、趣味性与科学性。

游戏内容丰富，形式活泼，难易有度，有看似复杂但却非常简单的推理问题，有让人迷惑不解的图形难题，有运用算术技巧以及常识解决的纵横谜题等。在游戏过程中，游戏者不但可以获得解题的快乐和满足，还可以通过完成各种挑战活跃思维，提高观察力、判断力、推理力、想象力、分析力等多种思维能力，全面发掘大脑潜能，掌握必要的思维方法，得到更多可能的视角和解决问题的途径，进而做出正确的判断。

本书虽是一本游戏书，但却不是一本简单的娱乐书。书中的游戏极富思维训练的张力，无论孩子、大人，或是学生、上班族、管理者，都能在此找到适合自己的题目。

本书将为大家营造一个坐在世界顶级大学的课堂里训练思维的意境，在游戏的过程中，你需要大胆的设想、判断和推测，需要尽量发挥想象力，突破固有的思维模式，充分运用创造性思维，多角度、多层次地审视问题，将所有线索纳入你的思考。这些浓缩哈佛大学思维训练精华的游戏，将使你在享受乐趣的同时，全面发掘大脑潜能，让你越玩越聪明，越玩越成功。

目·录

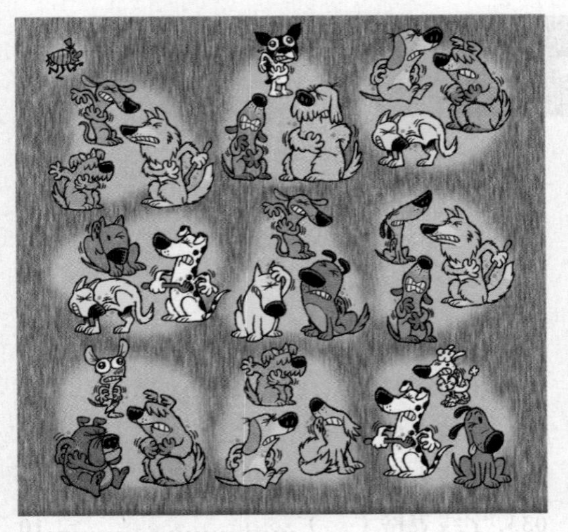

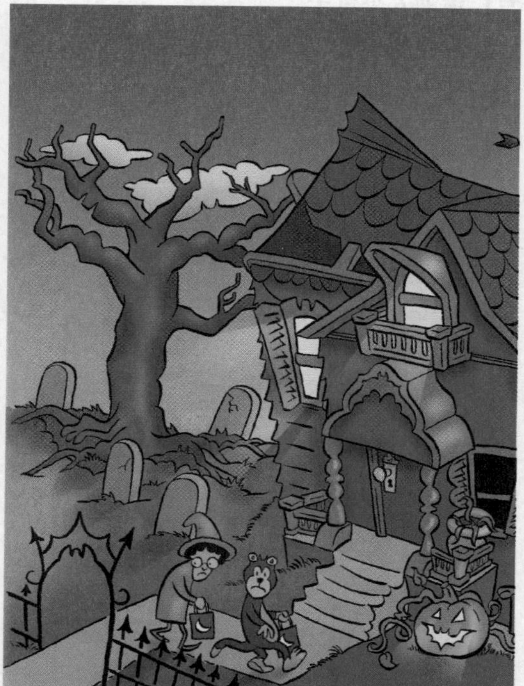

1
2
3
4
5
6

FINISH

To:
HEATHER
It's a:
SWEATER
JAN

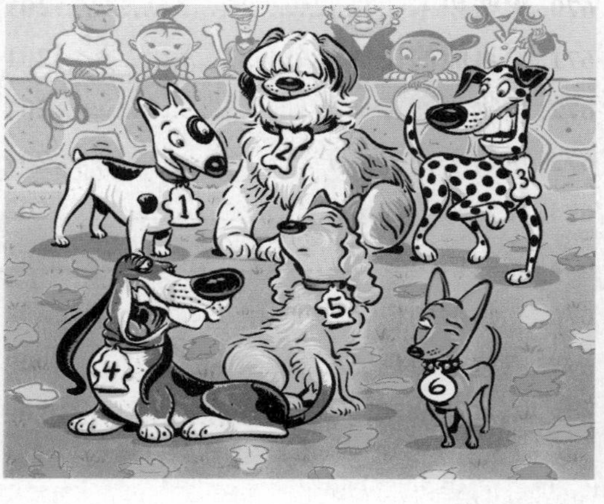
1
2
3
4
5
6

GO TEAM!
Scorecard

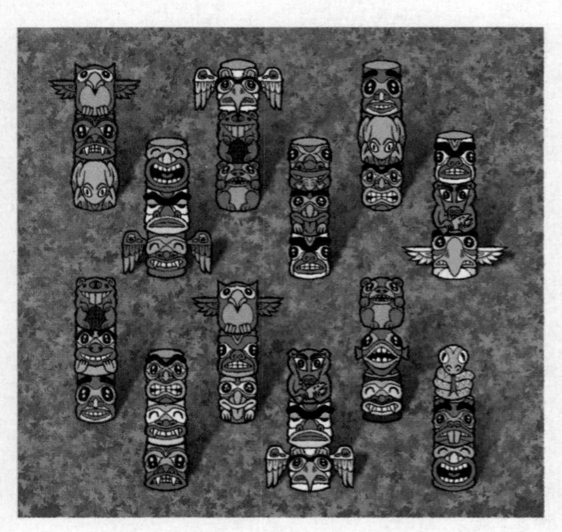

哈佛学生都在做的900个思维游戏

世界顶级思维游戏 成就全能优等生

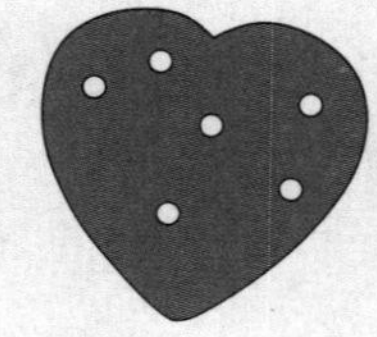

跟全世界最聪明的人一起思考，打造 100% 黄金思维。

001 蒙德里安美术馆

下面分别有黑白和彩色2组图案，每组有4幅图，每4幅中有1幅是蒙德里安（荷兰著名风格派画家）的原画，其他3幅都是用电脑制作的仿制品。请你分别找出这两组图案中的蒙德里安的原画。

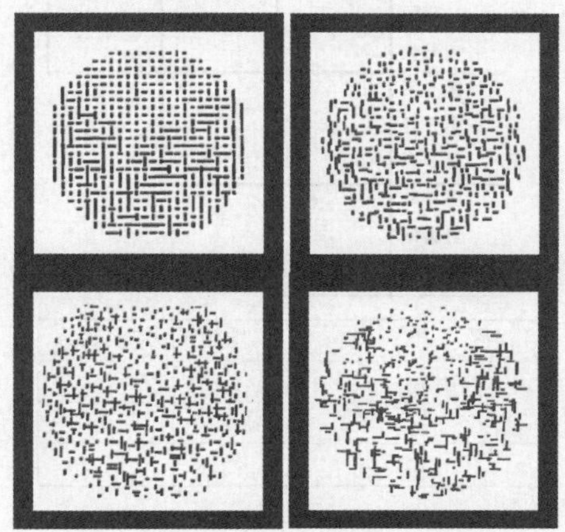

002 希罗的开门装置

亚历山大城的希罗（公元前10～公元70年）的机械发明堪称是古代最天才的发明，完全可以将希罗看做是自古以来第一个，也可能是最伟大的一个玩具发明家。

这个开门装置是他所设计的很多种玩具和自动装置的典型代表，它最初是用于宗教目的。这个设计图复制于希罗的原图，它是一个使神殿大门能够自动开合的神奇装置。

你能说出这个装置的工作原理吗？

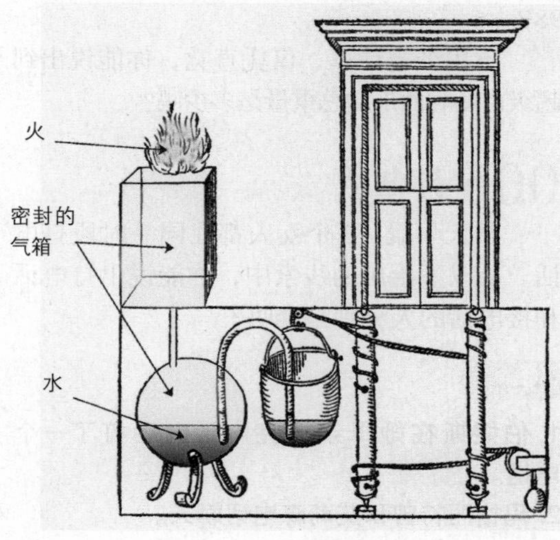

003 向上还是向下

如果将左下角的红色齿轮逆时针转动，图中的4个重物将分别怎样移动？哪2个向上，哪2个向下？

004 运送西瓜

一辆卡车将总重量为1000千克的西瓜运往一个超级市场，西瓜的含水量达到

99%。

由于天气炎热，路途遥远，当卡车到达超级市场时，西瓜的含水量已经下降到了98%。

不用纸笔计算，仅凭直觉，你能说出到超级市场时西瓜的总重量是多少吗？

005 打电话

某天早晨，3个女人都在同一时段打电话。从以下给出的线索中，你能说出打电话和接电话的人分别是谁吗？

线索

1. 伯妮斯在她母亲接完电话之后打了一个电话。
2. 玛格丽特曾和艾莉森电话聊天。
3. 劳拉是接到电话的一方。
4. 女儿去接电话是在某人打电话给乔伊斯之后。

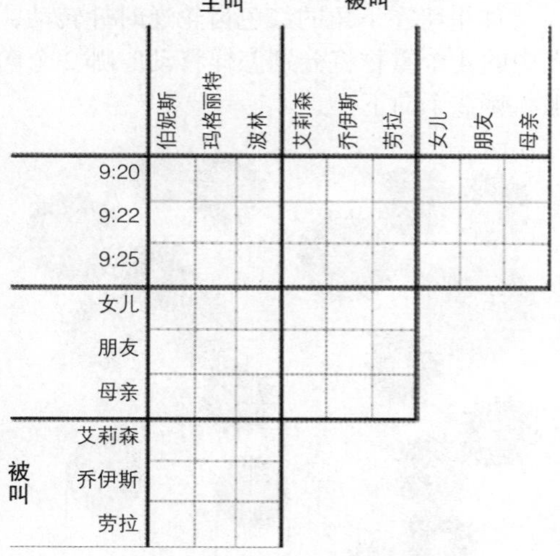

006 跳棋比赛

跳棋协会这个星期举办了一场激动人心的跳棋比赛。从以下给出的线索中，你能说出3个让人有所期待的选手名字、俱乐部及他们最后的排名吗？

线索

1. 跳棋选手泰勒代表红狮队。
2. 在史蒂夫胜出比赛后，紧接着是沃尔顿胜出。
3. 在第3场比赛中胜出的选手姓汉克。
4. 比尔比来自五铃队的选手早胜出比赛。

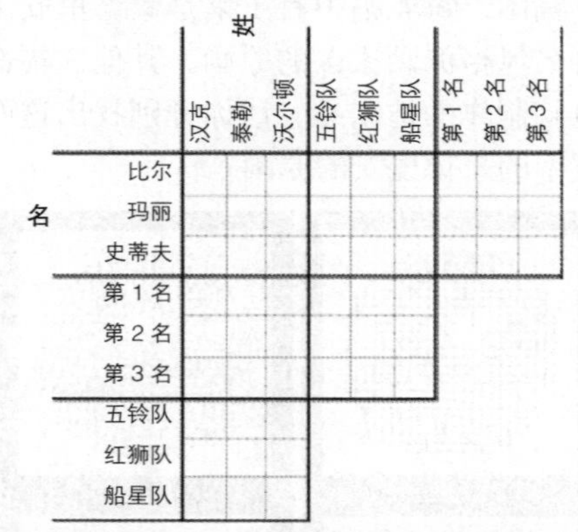

名	姓	俱乐部	名次

007 谁扮演"安妮"

思道布音乐剧团决定在今年上演《安妮》这出戏剧，但要找一个能扮演10岁的小安妮的演员。昨晚，导演卢克·夏普让4个候选演员作了预演，结果均不令人满意。从以下所给的线索中，你能推断出她们演出的顺序、各自的职业和她们不适合扮演安妮这个角色的理由吗？

线索

1. 图书管理员由于她1.8米的身高而与这个角色不符。
2. 艾达·达可不可能饰演安妮，因为她已经怀孕了。
3. 第2个参加预演的是个家庭主妇，但她不是蒂娜·贝茨。
4. 第1个参加预演的是一个长相丑陋的人，她被导演卢克描述成孤儿小安妮的"错误形象"，她不是太成熟的清洁工。
5. 科拉·珈姆是最后一个参加预演的。
6. 基蒂·凯特是思道布市场一家服装店的助手。

	科拉·珈姆	艾达·达可	基蒂·凯特	蒂娜·贝茨	清洁工	家庭主妇	图书管理员	服装店助手	怀孕	太成熟	太高	错误形象
第 1 个												
第 2 个												
第 3 个												
第 4 个												
怀孕												
太成熟												
太高												
错误形象												
清洁工												
家庭主妇												
图书管理员												
服装店助手												

008 古卷轴

伦敦大都会博物馆在最近的展览中新展出了 4 个古卷轴。从以下所给出的线索中，你能分别写出这 4 个卷轴中的语言类别、分别属于哪种形式，以及发现它们的考古学家的名字吗？

线 索

1. 雀瓦教授发现的卷轴是用古巴比伦文撰写的。
2. 卷轴 D 是用最早的拉丁文字撰写的。
3. 卷轴 A 是一份衣物清单，它不是被布卢斯教授发现的。
4. 迪格博士发现的卷轴 B，不是起源于亚述。
5. 古埃及卷轴是用象形文字撰写的，不是那部带有色情色彩的情书。
6. 夏瓦博士发现的那本小寺庙官员的日记被展出在类似于一个商人账本的卷轴旁。

语言：亚述语，古巴比伦文，拉丁文，埃及语
形式：账本，日记，衣物清单，情书
发现者：布卢斯教授，迪格博士，夏瓦博士，雀瓦教授

009 回到地球

“大不列颠”号航天飞机结束了它的火星之旅，要返回地球。飞机上一共有 5 个成员，其中包括 1 位飞行员和 4 位负责不同实验程序的科学家，他们已经在变速躺椅上做好了返回地球的准备，从以下所给的线索中，你能推断出在各个躺椅上成员的全名和他们的身份吗？

线 索

1. 克可机长的名字不是萨姆，坐的是 A 躺椅，他不和其中一位宇航员相邻，这位宇航员不是官员姜根。
2. E 躺椅上的宇航员是巴石，戴尔上校没占着躺椅 B。
3. 尼克·索乐是“大不列颠”号上年纪最大的成员。
4. 在躺椅 D 上的成员是一个研究火星引力实验的物理学家。
5. 多明克教授，船员中的两位女性之一，是一位化学家，但是从别人和她说话的方式你看不出来她是一位女性。
6. 多克是一位生物学家，但如果飞机上有需要时她也是飞机上的医疗官她不是机长克尼森，也不在 A 躺椅上。

名：巴石，多克，尼克，萨姆，姜根
姓：戴尔，多明克，克尼森，克可，索乐
身份：宇航员，生物学家，化学家，物理学家，飞行员

提示：找出尼克的姓。

010 蜂窝

由 14 个小六边形组成了一个蜂窝状图形，每个小六边形都包含字母 A 到 N 中的一个，你能把各个字母按以下线索填进各个小六边形中吗？

线 索

1. 字母 A 在 F 的右下角，且紧挨着 F，并在 M 的左上方。
2. 六边形 1 中的字母是字母表中前 5 个之一。
3. 字母 H 在 D 的右上方，这两个字母的周围均不包含元音字母。
4. N 和 I 在垂直线上，N 在较高的位置。

5. 六边形 7 中的是字母 K。

6. 六边形 9 中的字母在字母表中的位置要比它上方六边形 4 中的字母前 2 位。

7. 六边形 14 中的字母是个元音字母，在字母表中，它紧排在六边形 5 的字母的前面。

8.G 和 L 相邻，L 更靠右边。

提示：先找出哪个六边形应添进字母 A。

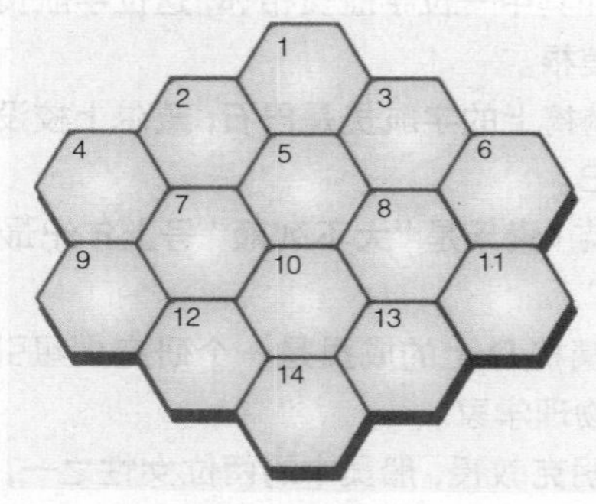

011 变正方形

你能否用这 3 个正方形变出 1 个更大的正方形？

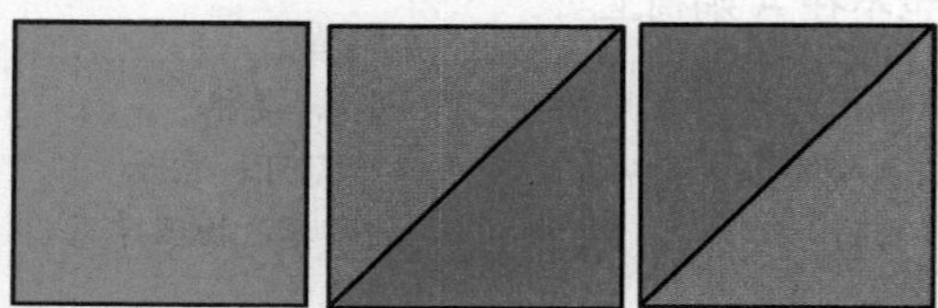

012 找面具

在下边的一组面具中有一个带有生气表情的面具，看看你多久能够找出来。

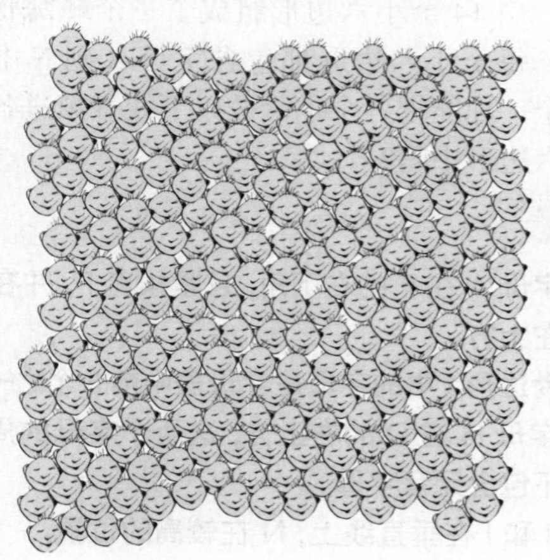

013 三阶魔方

将编号从 1 到 9 的棋子按一定的方式填入右图中的 9 个小格中，使得每一行、列以及两条对角线上的和都分别相等。

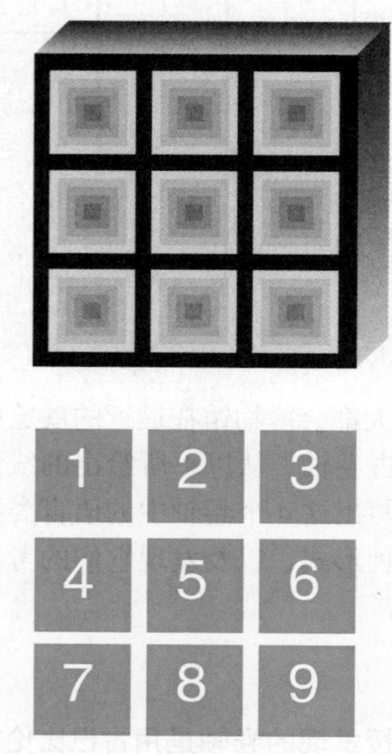

014 三阶反魔方

在三阶反魔方中，每一行、列以及两条对角线上的和全都不一样。

三阶反魔方可能存在吗？

015 四阶魔方

将这些编号从 1 到 16 的棋子填入下图的 16 个方格内，使得每一行、列以及两条对角线上的和相等，且和为 34。

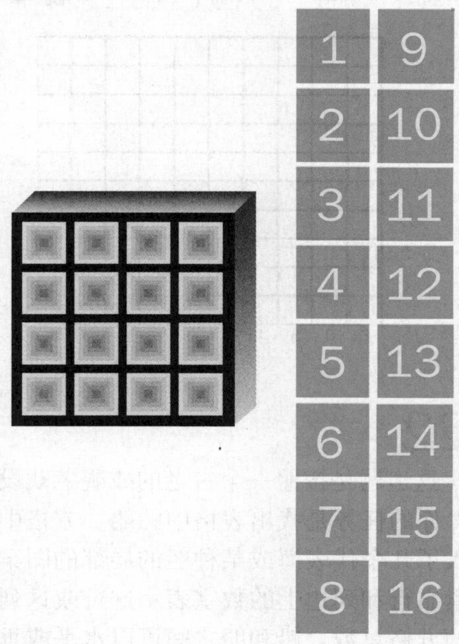

016 六阶魔方

将数字 1 到 36 填入缺失数字的方格中，使得每一行、列及两条对角线上的 6 个数之和分别都等于 111。

28		3		35	
	18		24		1
7		12		22	
	13		19		29
5		15		25	
	33		6		9

017 八阶魔方

本杰明·富兰克林的八阶魔方诞生于 1750 年，包含了从 1 到 64 的所有数字，并以每行、每列的和为 260 的方式进行排列。

你能填出缺失的数字吗?

52		4		20		36	
14	3	62	51	46	35	30	19
53		5		21		37	
11	6	59	54	43	38	27	22
55		7		23		39	
9	8	57	56	41	40	25	24
50		2		18		34	
16	1	64	49	48	33	32	17

018 魔“数”蜂巢

将数字 1 到 9 填入下图的圆圈里，使得与某一个六边形相邻的所有六边形上的数字之和为该六边形上的数字的一个倍数。你能做到吗?

019 沿铰链转动的双层魔方

沿着铰链翻动标有数字的方片会覆盖某些数字并翻出其他数字：每个方片背面的数

字是和正面一样的，而在每个方片下面（即第2层魔方）的数字则是该方片原始数字的2倍。

如果要得到一个使得所有水平方向的行、垂直方向的列以及两条对角线上的和分别都等于34的魔方，需要翻动多少方片和哪些方片？

020 战舰（一）

这道题是按照一个古老的战舰游戏设计的，你的任务是找出表格中的船。方格中已填入了几个代表海或某种船的局部的图案，而紧靠行和列边上的数字表示这行或这列被占的方格总数。船和船之间可以水平或垂直停靠，但是任何两艘船或船的某个部分都不可以在水平、垂直和对角方向上相邻或重叠。

1艘飞行器载体：
2艘战舰：
3艘巡洋舰：
4艘驱逐舰：

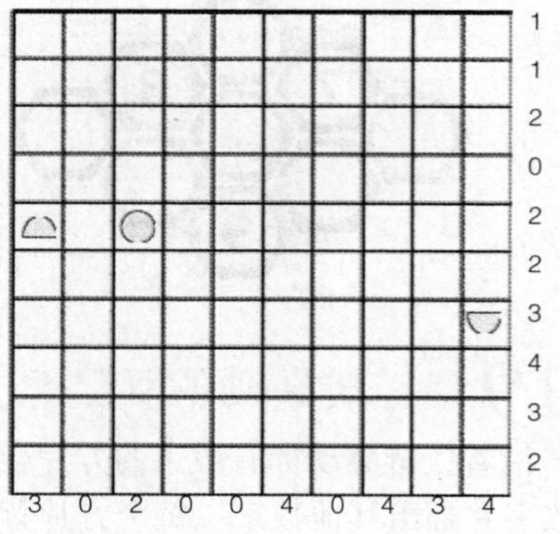

021 战舰（二）

这道题是按照一个古老的战舰游戏设计的，你的任务是找出表格中的船。方格中已填入了几个代表海或某种船的局部的图案，而紧靠行和列边上的数字表示这行或这列被占的方格总数。船和船之间可以水平或垂直停靠，但是任何两艘船或船的某个部分都不可以在水平、垂直和对角方向上相邻或重叠。

1艘飞行器载体：
2艘战舰：
3艘巡洋舰：
4艘驱逐舰：

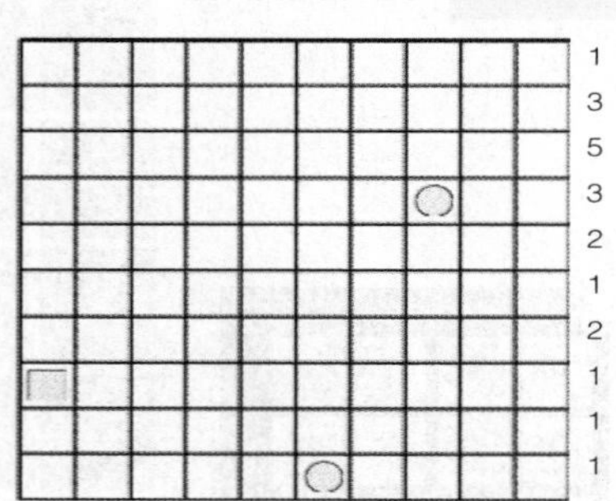

022 战舰（三）

这道题是按照一个古老的战舰游戏设计的，你的任务是找出表格中的船。方格中已填入了几个代表海或某种船的局部的图案，而紧靠行和列边上的数字表示这行或这列被占的方格总数。船和船之间可以水平或垂直停靠，但是任何两艘船或船的某个部分都不可以在水平、垂直和对角方向上相邻或重叠。

1艘飞行器载体：
2艘战舰：
3艘巡洋舰：
4艘驱逐舰：

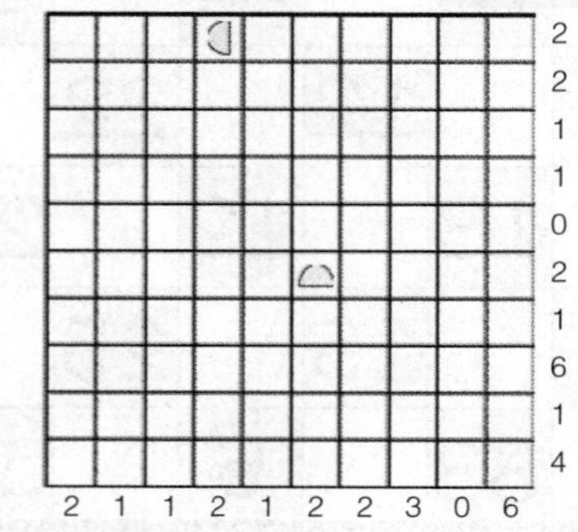

023 战舰（四）

这道题是按照一个古老的战舰游戏设计的，你的任务是找出表格中的船。方格中已填入了几个代表海或某种船的局部的图案，而紧靠行和列边上的数字表示这行或这列被占的方格总数。船和船之间可以水平或垂直停靠，但是任何两艘船或船的某个部分都不可以在水平、垂直和对角方向上相邻或重叠。

1 艘飞行器载体：
2 艘战舰：
3 艘巡洋舰：
4 艘驱逐舰：

行：2 0 1 1 1 1 5 4 3 2

列：4 1 3 0 1 4 0 4 0 3

024 战舰（五）

这道题是按照一个古老的战舰游戏设计的，你的任务是找出表格中的船。方格中已填入了几个代表海或某种船的局部的图案，而紧靠行和列边上的数字表示这行或这列被占的方格总数。船和船之间可以水平或垂直停靠，但是任何两艘船或船的某个部分都不可以在水平、垂直和对角方向上相邻或重叠。

1 艘飞行器载体：
2 艘战舰：
3 艘巡洋舰：
4 艘驱逐舰：

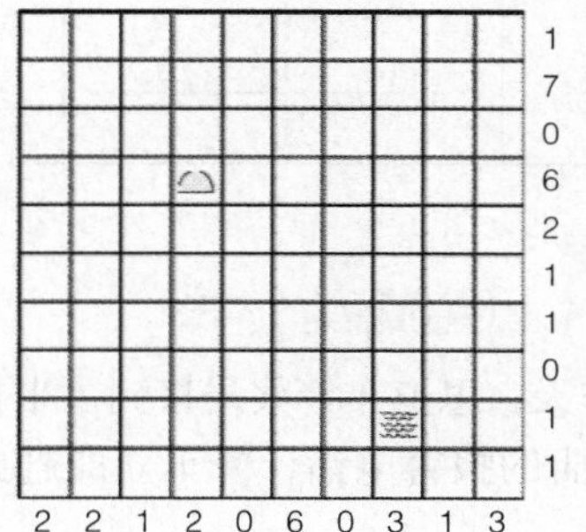

025 战舰（六）

这道题是按照一个古老的战舰游戏设计的，你的任务是找出表格中的船。方格中已填入了几个代表海或某种船的局部的图案，而紧靠行和列边上的数字表示这行或这列被占的方格总数。船和船之间可以水平或垂直停靠，但是任何两艘船或船的某个部分都不可以在水平、垂直和对角方向上相邻或重叠。

1 艘飞行器载体：
2 艘战舰：
3 艘巡洋舰：
4 艘驱逐舰：

行：2 2 1 4 3 3 2 1 1 1

列：3 0 3 0 2 0 2 3 0 7

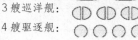

026 住在房间里的人

1890 年，来自法国不同地区的 6 个满怀希望和抱负的青年，为了各自对艺术的追求来到了巴黎，他们在蒙马特尔一幢楼房的顶层找到了各自的住所，虽然房间没有家具，甚至连窗户都不能打开，但是窗外的风景却非常漂亮。从以下所给的线索中，你能推断出各个房间里居住者的名字、家乡和所从事的职业吗？

线 索

1. 有个年轻人来自波尔多，他的房间在烟囱的左边，他不是阿兰・巴雷。
2. 住在 2 号房间的是个诗人，他的姓由 5 个字母构成。
3. 思尔闻・恰尔住在 5 号房间。
4. 那个住在 4 号房间的年轻人来自里昂，是 6 个人中最年轻的，他不是塞西尔・丹东。
5. 3 号房间住的不是那个画家，而画家不是来自南希。
6. 吉恩・勒布伦是一位小说家，他的小说《宫里人》后来被认为是法国文学的经典，他的房间号是偶数，他左边的邻居不是那个来自卡昂的摄影师。
7. 亨利・家微，第戎的本地人，就住在剧作家的隔壁，那个剧作家写了不止 50 部剧本，但从来没有上演过。

名字：阿兰・巴雷（Alain Barre），塞西尔・丹东（Cecile Danton），亨利・家微（Henri Javier），吉恩・勒布伦（Jean Lebrun），思尔闻・恰尔（Silvie Trier），卢卡・莫里（Luc Maury）
家乡：波尔多，卡昂，第戎，里昂，南希，土伦
艺术类型：剧作家，小说家，画家，摄影师，诗人，雕刻家

提示：找出亨利・家微所住的房间号。

1 2 3 4 5 6

名字：___ ___ ___ ___ ___ ___
家乡：___ ___ ___ ___ ___ ___
职业：___ ___ ___ ___ ___ ___

027 足球评论员

作为今年欧洲青年足球锦标赛报道的一部分，阿尔比恩电视台专门从节目《两个半场比赛》的足球评论员中抽调了几位，这些评论员将分别陪同 4 支英国球队中的一支，现场讲解球队的首场比赛。从以下所给的线索中，请你推断出是什么资历使他们成为足球评论员的？他们所陪同的球队是哪支以及各球队分别要去哪个国家？

线 索

1. 杰克爵士将随北爱尔兰队去国外。
2. 默西塞德郡联合队曾经的经营者将去比利时。
3. 伴随英格兰队的评论员现在挪威，他不是阿里・贝尔。
4. 曾是谢母司队守门员的足球评论员现在在威尔士队；而作为前足球记者的评论员虽然从来没有踢过球，但对足球了如指掌，他伴随的不是苏格兰队。
5. 佩里・奎恩将随一支英国球队去俄罗斯，参加和俄罗斯青年队的比赛，不过他从来没进过球。

	前守门员	前经营者	前足球先锋	前足球记者	英格兰队	北爱尔兰队	苏格兰队	威尔士队	比利时	匈牙利	挪威	俄罗斯
阿里・贝尔												
多・恩蒙												
杰克爵士												
佩里・奎恩												
比利时												
匈牙利												
挪威												
俄罗斯												
英格兰队												
北爱尔兰队												
苏格兰队												
威尔士队												

姓名	资历	英国球队	会场

028 思道布的警报

昨天，思道布警察局接到了来自镇中心 4 个商店的报警电话，警车立即赶到事发现

场（还好，没有一个电话要求救护车）。从以下所给出的线索中，你能推断出各个商店的名称、商店类别、它们的地址以及报警的原因吗？

线 索

1. 位于国王街的商店是卖纺织品的。
2. 巴克商店的那个电话最后被证实是个假消息，由于商店的某个员工在贮藏室里弄出烟来而被人误以为是火灾。
3. 在格林街的商店不是卖鞋子的，报警的原因是由于它的地下室被水淹了。
4. 格雷格商店不卖五金用品。
5. 牛顿街上的帕夫特商店不是一家书店，被一辆失控的车撞到后，这家书店的一面墙几乎要倒塌了。

	书店	纺织品店	五金商店	鞋店	格林街	国王街	牛顿街	萨克福路	车祸	错误警报	火灾	水灾
巴克												
格雷格												
林可												
帕夫特												
车祸												
错误警报												
火灾												
水灾												
格林街												
国王街												
牛顿街												
萨克福路												

029 寄出的信件

根据所给出的线索，你能说出位置1～4上的女士的姓名和她们要寄出的信件的数目吗？

线 索

1. 埃德娜和鲍克丝夫人是离邮筒最近的人；前者寄出的信件数比后者少。
2. 邮筒两边的女士寄出的总信件数一样多。
3. 克拉丽斯·弗兰克斯所处位置的编号，比邮筒对面寄出3封信的那个女人小。
4. 博比不是斯坦布夫人，她不在3号位置。
5. 只有一个女人所处的位置编号和她要寄的信件数是相同的。

名：博比，克拉丽斯，埃德娜，吉马
姓：鲍克丝，弗兰克斯，梅勒，斯坦布
信件数：2，3，4，5

提示：先找出克拉丽斯·弗兰克斯的位置数。

030 柜台交易

有两位顾客正在一家化学用品商店买东西。从以下所给的线索中，你能正确地说出售货员和顾客的姓名、顾客各自所买的东西以及找零的数目吗？

线 索

1. 杰姬参与的买卖中需要找零17便士，而沃茨夫人不是。
2. 朱莉娅是由一个叫蒂娜的售货员接待的，但她不是买洗发水的奥利弗夫人。
3. 图中的2号售货员不是莱斯利，而莱斯利不姓里德。
4. 阿尔叟小姐卖出的不是阿司匹林。
5. 2号售货员给4号顾客找零29便士。

名：杰姬，朱莉娅，莱斯利，蒂娜
姓：阿尔叟，奥利弗，里德，沃茨
商品：洗发水，阿司匹林
找零：17便士，29便士

031 字线表格（一）

要求每行每列上均有字母 A,B,C,D,E,同时，在粗线条构成的图形里，也要有字母 A，B，C，D，E。你能做到吗？

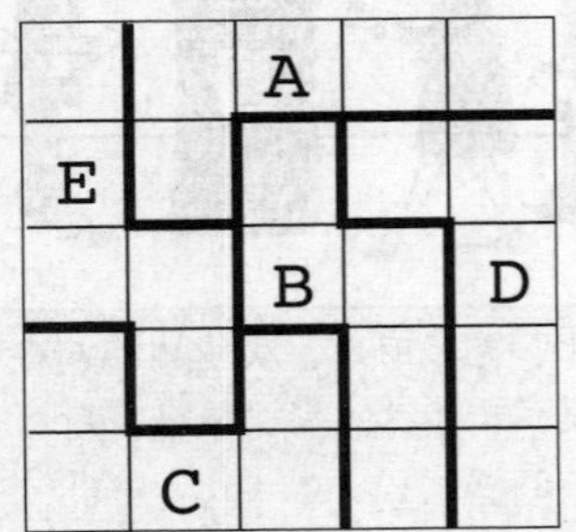

032 字线表格（二）

要求每行每列上均有字母 A,B,C,D,E,同时，在粗线条构成的图形里，也要有字母 A，B，C，D，E。你能做到吗？

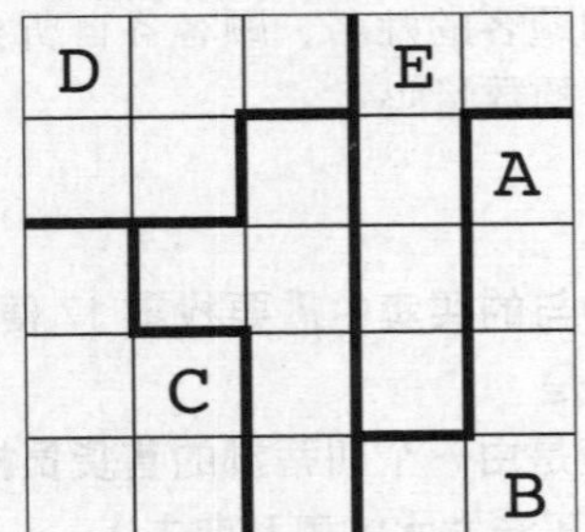

033 字线表格（三）

要求每行每列上均有字母 A,B,C,D,E,同时，在粗线条构成的图形里，也要有字母 A，B，C，D，E。你能做到吗？

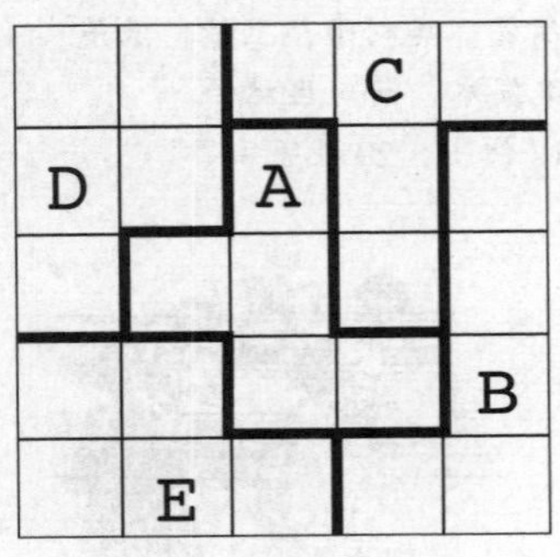

034 字线表格（四）

要求每行每列上均有字母 A，B，C，D，E，同时，在粗线条构成的图形里，也要有字母 A，B，C，D，E。你能做到吗？

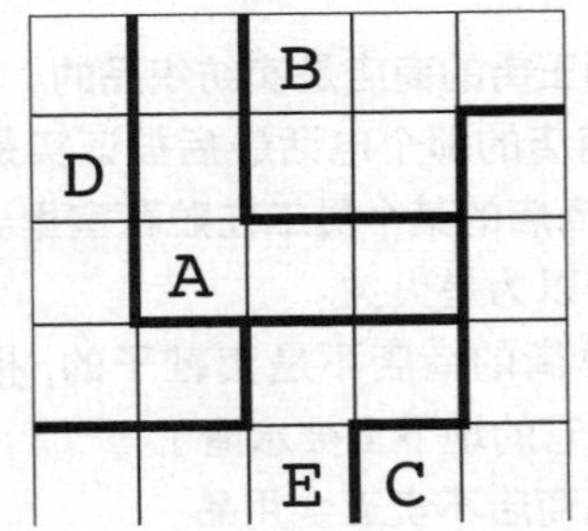

035 字线表格（五）

要求每行每列上均有字母 A,B,C,D,E,同时，在粗线条构成的图形里，也要有字母 A，B，C，D，E。你能做到吗？

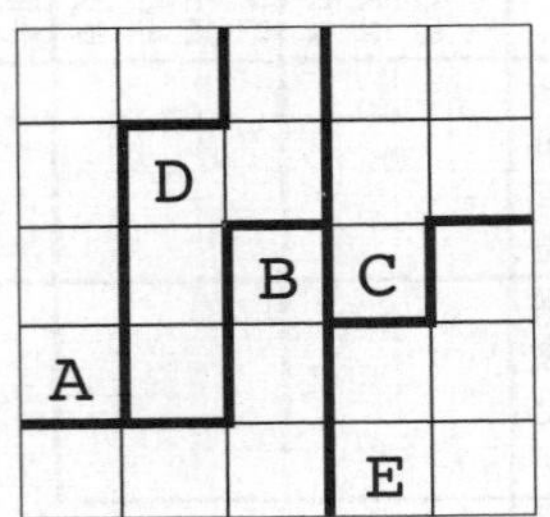

036 最小的图形

马蒂是一个艺术家，他的作品因能给人的视觉带来多样性而备受推崇。

如下图，请问马蒂在这 6 幅图中使用了多少种基本图形？

037 有钉子的心

如图所示，大的心形图案上有很多钉子（在图中用黑色的圆点表示），3个小的心形图案上各有一些小孔（在图中用白色的圆点表示）。现在请你将这3个小的心形图案覆盖到中间的大的心形图案上，尽量让这些小孔能够覆盖最多的钉子。

提示：可以将3个小的心形图案旋转之后再覆盖上去。

038 齿轮转圈（一）

如图所示，4个齿轮构成了一个闭合装置。4个齿轮分别有14，13，12和11个齿。

问最大的那个齿轮转多少圈，可以使所有的齿轮都回到原来的位置（也就是各个标记的齿和图中的黑色三角形再次一一相对）？

039 齿轮转圈（二）

下图是9个相互契合的齿轮，怎样转动可以使它们之间相接的12个交点处的颜色都相同？

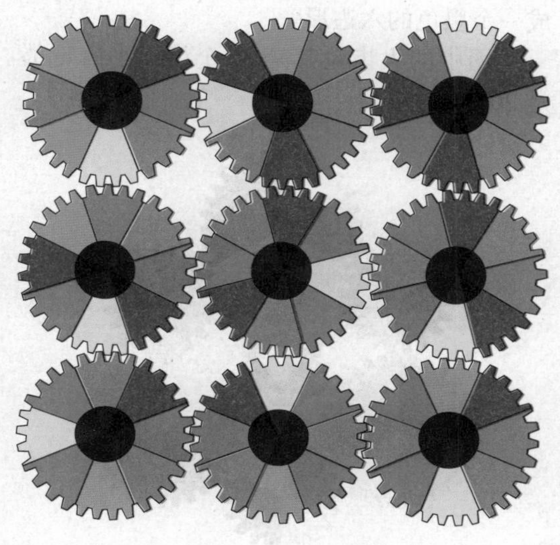

040 齿轮转圈（三）

下图为8个相互契合的齿轮，转动其中的一个小齿轮多少圈，可以使这8个齿轮形成如下图中间所示的样子，即齿轮中间形成一个黑色的正方形？

图中的小齿轮都是20个齿，大齿轮都是30个齿。

041 齿轮转圈（四）

下图为 6 个相互契合的齿轮，转动其中的一个大齿轮多少圈，可以使这 6 个齿轮形成如下图中间所示的样子，即齿轮中间形成一个黑色的六边形？

图中的大齿轮都是 30 个齿，小齿轮都是 20 个齿。

042 齿轮片语

如图所示，这 12 个相契合的齿轮周围分别都写有字母（每个齿轮中间的数字代表这个齿轮有多少个齿）。在多次旋转或者局部旋转之后，从左上方的大齿轮（红色）开始，这些齿轮连接处的字母将会顺时针拼成一句英文。

你能否告诉我们从现在开始到你能读出一句完整的话，最大的齿轮需要转多少圈？

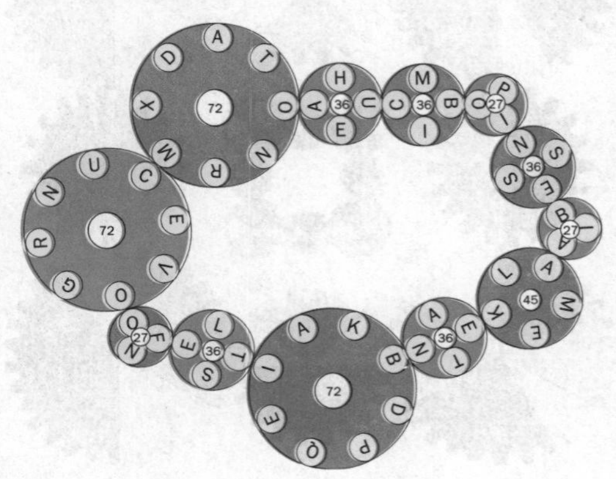

043 齿轮带

如图所示，每个齿轮中间的数字代表这个齿轮有多少个齿。左下方的红色小齿轮顺时针旋转一圈需要 12 分钟。2 个齿轮带可以通过移动打开 2 个开关。问这 2 个开关分别需要多久才能打开？

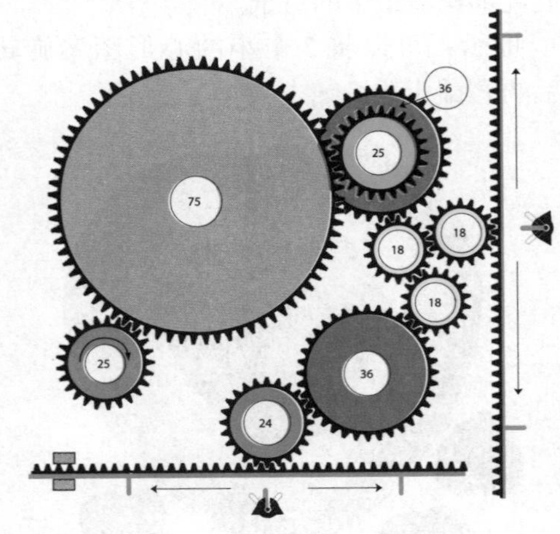

044 打喷嚏

人们在打喷嚏的时候通常会把眼睛闭上半秒钟。想象一下，如果你正在以每小时 65 千米的速度驾驶时突然打了一个喷嚏，这时你前面大约 10 米处的一辆汽车为避免撞到一只横穿马路的猫突然刹车。当你睁开眼睛准备刹车时，你的车已经行驶了多远？这场事故可以避免吗？

045 买彩票（一）

在买彩票的时候，买彩票者需要从 1 到 54 这些数字中任意选出 6 个数字，这 6 个数字可以以任何顺序排列。

请问有多少种选择？

046 买彩票（二）

一种奖品为高级小轿车的彩票一共发行了 120 张。

有一对情侣非常渴望得到这辆车，因此购买了 90 张彩票。

请问他们不能赢到这辆车的概率是多少？

047 春天到了

某个小村庄的学校里，4 个男孩正坐在长椅 1，2，3，4 的位置上上自然科学课，在这堂课中，每位同学都要把前段时间注意到或做过的事情告诉老师和同学。从以下所给的线索中，你能辨别出这 4 个人并推断出他们各自在这堂课中所说的事件吗？

线 索

1. 从你的方向看过去，那个看到翠鸟的男孩就坐在汤米的右边，他们中间没有间隔。
2. 听到今年第一声布谷鸟叫的是一个姓史密斯的小伙子。
3. 从你的方向看过去，比利坐在埃里克左边的某个位置上，其中普劳曼是埃里克的姓。
4. 图中位置 3 上坐着亚瑟同学。
5. 位置 2 的男孩告诉了大家周末他和父亲玩鳟鱼的事，他不姓波特。

姓：________ ________ ________ ________

名：________ ________ ________ ________

事件：________ ________ ________ ________

名：亚瑟，比利，埃里克，汤米
姓：诺米，普劳曼，波特，史密斯
事件：听到布谷鸟叫，看到山楂开花，看到翠鸟，玩鳟鱼

提示：先找出看到翠鸟的那个人的位置。

048 农民的商店

根据以下所给的线索，你能说出每个农场商店的店主名字以及所出售的主要蔬

菜和肉类吗？

线 索

1. 理查德管理希勒尔商店，但他不是以卖猪肉为主。
2. 火鸡和椰菜是其中一家商店的主要商品，但这家店并不是希勒尔商店，也不是布鲁克商店。
3. 康妮不在冷杉商店工作，她也不卖土豆。而且土豆和羊肉不是在同一家商店出售的。
4. 珍的商店有很多豆角，而基思的商店有很多牛肉。
5. 霍尔商店以卖鸵鸟肉著称。
6. 老橡树商店正出售一堆相当不错的卷心菜。

	布鲁克商店	冷杉商店	霍尔商店	希勒尔商店	老橡树商店	牛肉	羊肉	鸵鸟肉	猪肉	火鸡	豆角	椰菜	卷心菜	土豆	甜玉米
康妮															
珍															
吉尔															
基思															
理查德															
豆角															
椰菜															
卷心菜															
土豆															
甜玉米															
牛肉															
羊肉															
鸵鸟肉															
猪肉															
火鸡															

049 马蹄匠的工作

马蹄匠布莱克·史密斯还有 5 个电话要打，都是关于各地马匹的马蹄安装和清理的事情。从以下所给的信息中，你能推断出布莱克何时到达何地，并说出马的名字和工作的内容吗？

线 索

1. 布莱克其中的一件工作，但不是第一件事，是给高下马群中的一匹赛马（它不叫佩加索斯）安装赛板。
2. 叫本的那匹马不是要安装普通蹄的马。
3. 布莱克在中午要为一匹马安装运输蹄，这匹马的名字比需要清理蹄钉的马长一些。
4. 布莱克给瓦特门的波比做完活之后，接着为石头桥农场的那匹马做活。而给叫王子的马重装蹄钉的活是在韦伯斯特农场之前完成的。
5. 乾坡不是韦伯斯特农场的马，也不是预约在 10:00 的那匹。
6. 布莱克预计在 11:00 到达橡树骑术学校。

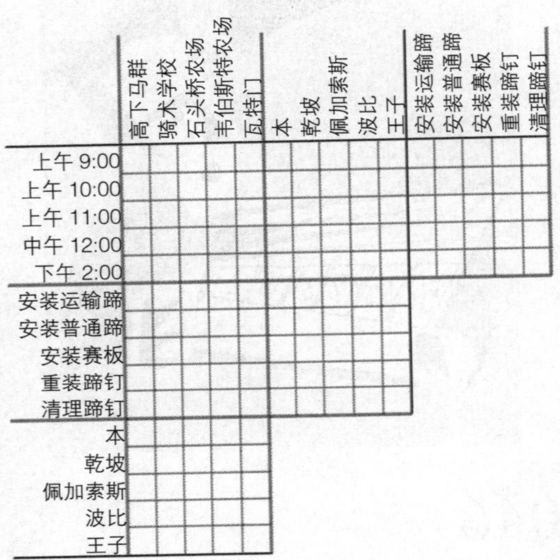

	高下马群	骑术学校	石头桥农场	韦伯斯特农场	瓦特门	本	乾坡	佩加索斯	波比	王子	安装运输蹄	安装普通蹄	安装赛板	重装蹄钉	清理蹄钉
上午 9:00															
上午 10:00															
上午 11:00															
中午 12:00															
下午 2:00															
安装运输蹄															
安装普通蹄															
安装赛板															
重装蹄钉															
清理蹄钉															
本															
乾坡															
佩加索斯															
波比															
王子															

050 皮划艇比赛

今年在玛丽娜海岛举行的“单人皮划艇环游海岛比赛”最后由泰迪熊队获胜。由于此项比赛是接力赛，也就是说在比赛的各个路段是由不同的选手领航的。你能根据所给的线索，在下面填出各个地理站点的名称（1 ~ 6 号是按照皮划艇经过的时间顺序标出的，即比赛是沿着顺时针方向进行的）、各划艇选手的名字，以及比赛中第一个经过此处的皮划艇名称吗？

线 索

1. 6 号站点叫青鱼点，海猪号皮划艇并不在此处领航；格兰·霍德率先经过的站点离此处相差的不是 2 个站点。
2. 派特·罗德尼的皮划艇在波比特站点处于

领航位置上，它刚好是城堡首领站点的前一个站点。

3. 在2号站点处领航的皮划艇是改革者号。

4. 由盖尔·费什驾驶亚马逊号皮划艇率先经过的站点离圣·犹大书站点还有3个站点的距离。

5. 去利通号率先经过的那个站点，沿着顺时针方向往下的一站是安迪·布莱克率先经过的那个站点。

6. 科林·德雷克驾驶的皮划艇在5号站点处于领航位置。

7. 五月花号皮划艇是在斯塔克首领站点领航。

8. 魅力露西号率先经过的站点的编号是露西·马龙率先经过的站点的编号的一半，而且它不是海盗首领站点。

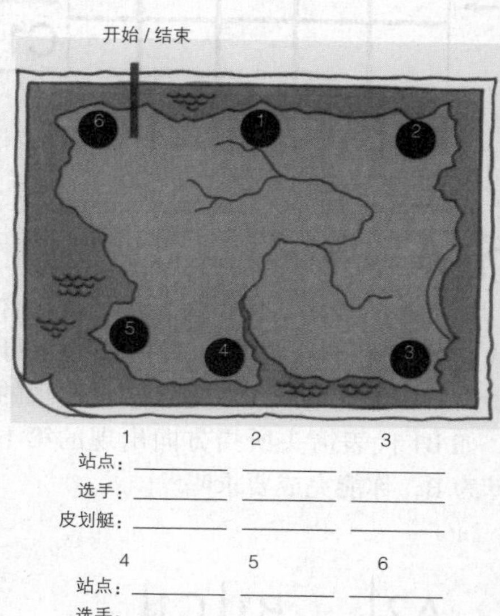

	1	2	3
站点：			
选手：			
皮划艇：			

	4	5	6
站点：			
选手：			
皮划艇：			

站点：波比特站点，城堡首领站点，青鱼站点，圣·犹大书站点，斯塔克首领站点，海盗首领站点
选手：安迪·布莱克，科林·德雷克，盖尔·费什，格兰·霍德，露西·马龙，派特·罗德尼
皮划艇：亚马逊号，改革者号，魅力露西号，五月花号，海猪号，去利通号

提示：首先推断出谁率先经过3号站点。

051 赛马

图中向我们展示了业余赛马骑师的一场点对点比赛，其中一场的照片展示在田径运动会的宣传卡片上。从以下所给出的线索中，你能说出每匹马的名字以及各骑师的姓名吗？

线索

1. 第2名的马名叫艾塞克斯女孩。

2. 海员赛姆不是第4名，它的骑师姓克里福特，但不叫约翰。

3. 蓝色白兰地的骑师，他的姓要比萨利的姓少一个字母。

4. 麦克·阿彻骑的马紧跟在西帕龙的后面，西帕龙不是理查德的马。

马的名字：蓝色白兰地，艾塞克斯女孩，海员赛姆，西帕龙
骑师的名字：埃玛，约翰，麦克，萨利
骑师的姓：阿彻（Archer），克里福特（Clift），匹高特（Piggott），理查德（Richards）

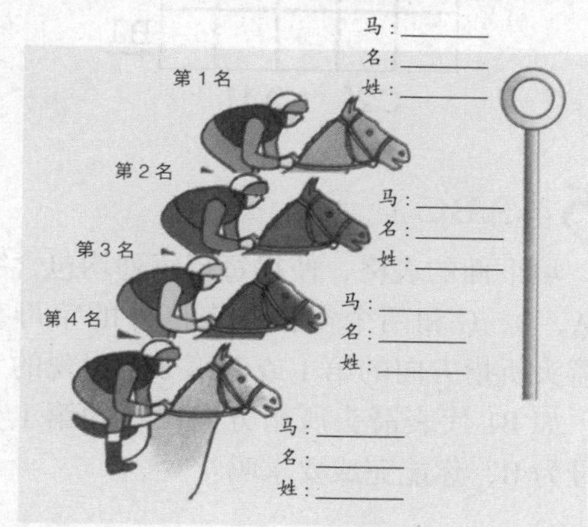

提示：先推算出克里福特的名字。

052 ABC（一）

按要求填表格。要求每行每列均包含字母A，B，C和两个空格。表格外的字母表示箭头所指方向的第1或者第2个出现的字母，如B1代表箭头所指方向出现的第1个

字母为B，你能完成要求吗？

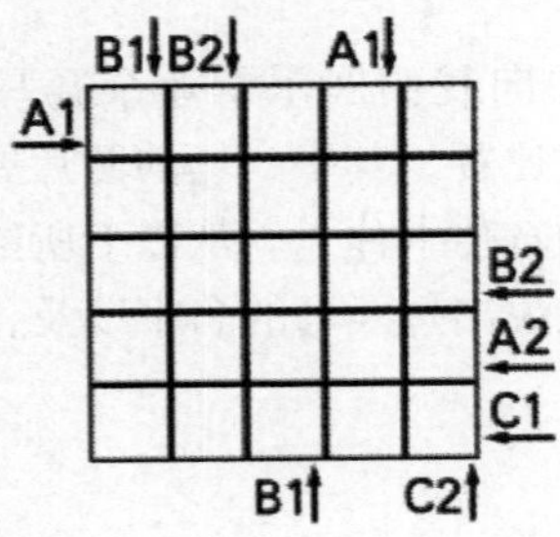

053ABC（二）

填下面的表格，使得每行每列均包含字母A、B、C和两个空格。表格外的字母表示箭头所指方向的第1或者第2个出现的字母，如B1代表箭头所指方向出现的第1个字母为B，你能完成要求吗？

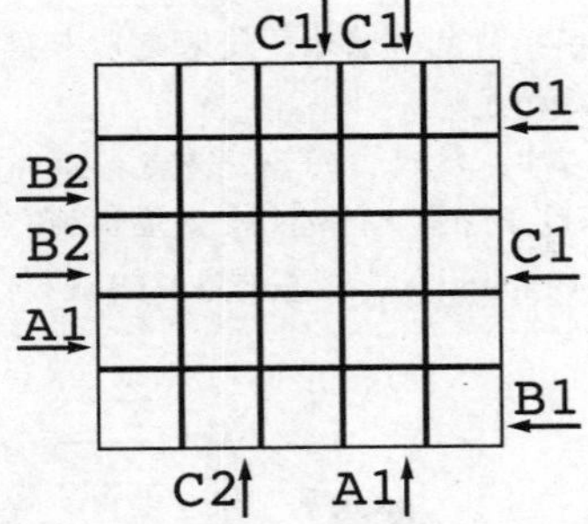

054ABC（三）

填下面的表格，使得每行每列均包含字母A，B，C和两个空格。表格外的字母表示箭头所指方向的第1或者第2个出现的字母，如B1代表箭头所指方向出现的第1个字母为B，你能完成要求吗？

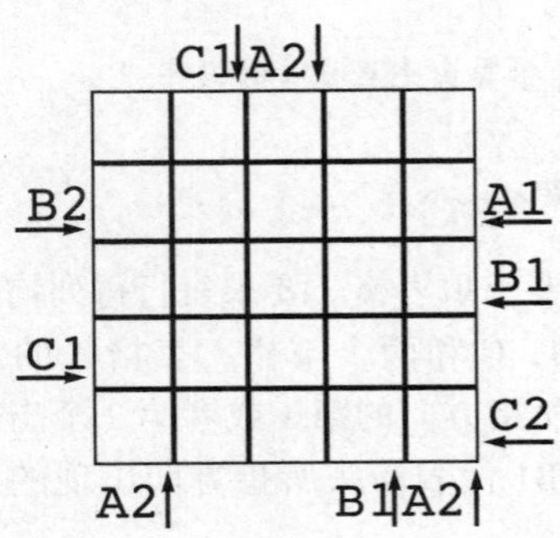

055ABC（四）

填下边的表格，使得每行每列均包含字母A，B，C和两个空格。表格外的字母表示箭头所指方向的第1或者第2个出现的字母，如B1代表箭头所指方向出现的第1个字母为B，你能完成要求吗？

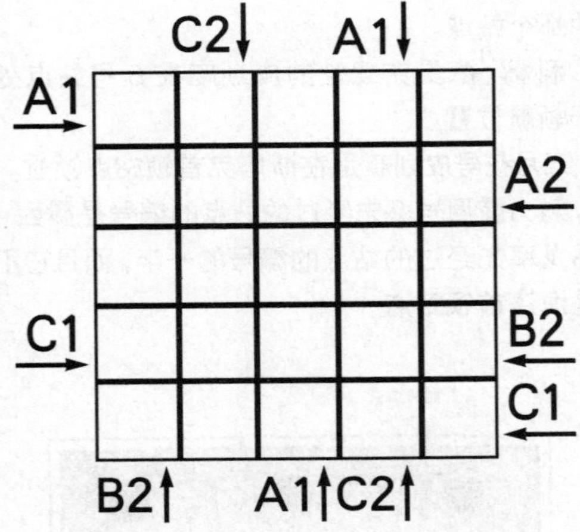

056ABC（五）

填下边的表格，使得每行每列均包含字母A，B，C和两个空格。表格外的字母表示箭头所指方向的第1或者第2个出现的字母，如B1代表箭头所指方向出现的第1个字母为B，你能完成要求吗？

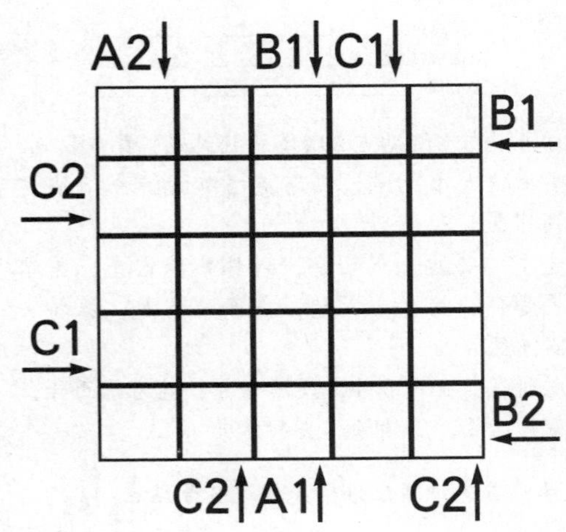

057 ABC（六）

填下边的表格，使得每行每列均包含字母A，B，C和两个空格。表格外的字母表示箭头所指方向的第1或者第2个出现的字母，如B1代表箭头所指方向出现的第1个字母为B，你能完成要求吗？

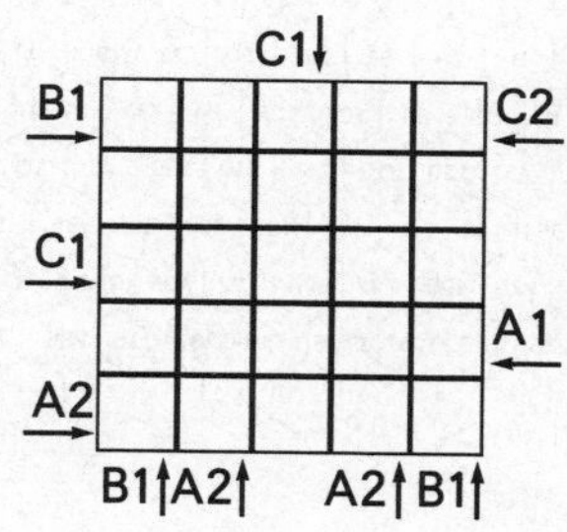

058 分割空间

假设一个四面体的4个顶点都在一个球体内部（顶点不接触球体的边）。这个球体被沿着四面体4个面的平面分割成了几部分？是哪几部分呢？

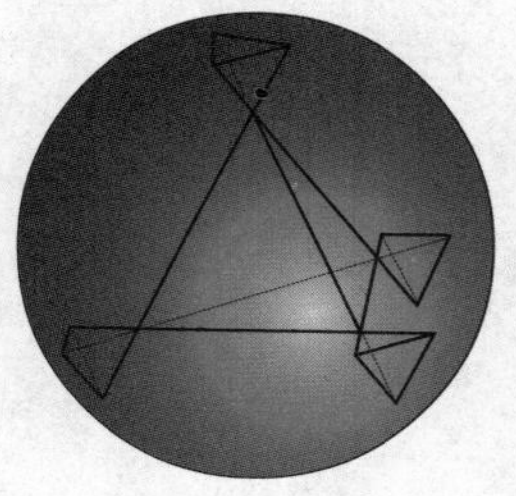

059 排队

看下边的图示，5个人排成一行（5个人中男孩和女孩各自的人数不确定），问有多少种排列方法，可以使每个女孩旁边至少有一个女孩？

060 最小的排列

已知图形是一个被对角线分成2个三角形的正方形，这2个三角形分别为黑色和白色，而且这个正方形可以通过旋转得到4种不同的图案，如下图所示。

现在把3个这样的正方形排成一行，请问一共有多少种排列方法？

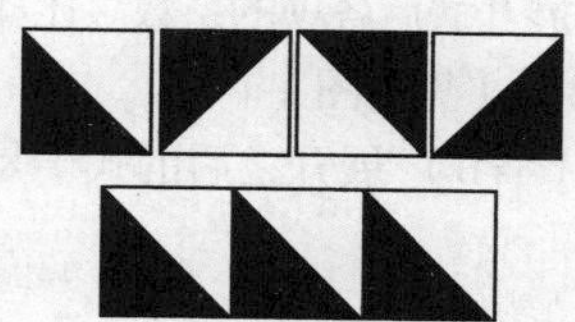

061 平方根

有2条线段，一条长度为a，另外一条长度为1。

现在请你画出一条直线x，使x的长度等于a的平方根。

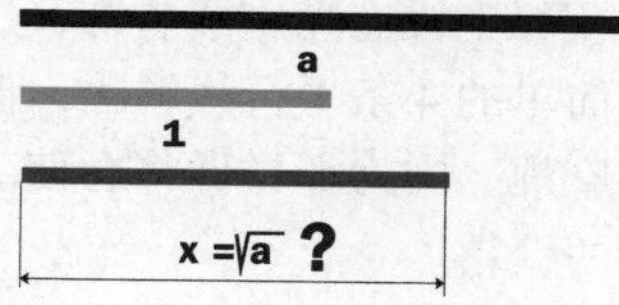

062 伽利略的斜面实验

将一个小球沿着斜面滚落，标出1秒钟后球在斜面上的位置。我们将斜面的总长度分成如图所示的多个等份，你能够在上面分别标出2秒、3秒、4秒、5秒、6秒、7秒、8秒、9秒后小球的位置吗？

伽利略的斜面实验是他的著名的自由落体实验的延伸，因为在斜面上滚落的物体和做自由落体运动的物体是相似的（除了斜面上的物体由于受到斜面的摩擦力的作用速度会减慢，这一点很容易观察或者测量出来）。

1 5 10 15 20 25 30 35 40 45 50 55 60 65 70 75 80 85 90

063 帕斯卡三角形

数字与几何学相结合的最经典的例子之一就是著名的帕斯卡三角形。

你能够发现帕斯卡三角形的规律吗？请你将第 15 行补充完整。

帕斯卡三角形一个显著的特点就是它第 n 行（顶行作为第 0 行）的数字分别为 $(a+b)^n$ 这个式子展开之后各项的系数。比如 $(a+b)^2=1a^2+2ab+1b^2$（见右图）。

那么 $(a+b)^6$ 展开之后的式子是什么呢？

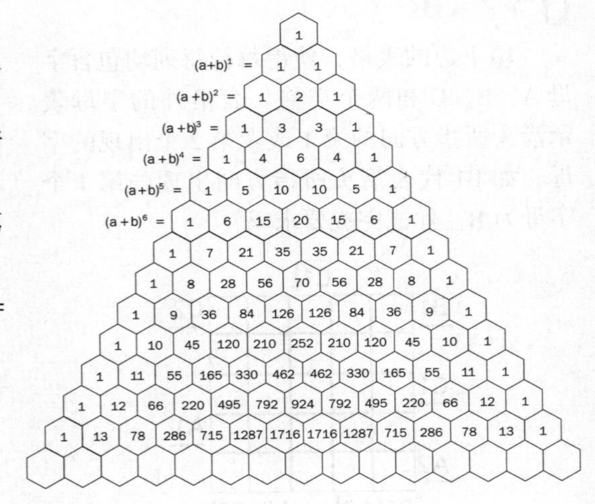

064 正方形蛋糕

要求把下面这个顶上和四周都有糖霜装饰的蛋糕分成 5 块体积相等，并且有等量糖霜的小蛋糕。

如果蛋糕上没有糖霜或装饰，这个问题就可以用简单的 4 条平行线解决，但是现在问题有点麻烦，因为那样做将会使 2 块蛋糕上有较多的糖霜。

065 瓷砖图案

下面给出的是两个瓷砖图案，请问最少需要几种图形来构成这两个图案？

066 宝石徽章

你必须一笔把这个饰有宝石的徽章画下来。在画的过程中，你不可以使线条交叉在一起。如果你能在 5 分钟内把它画好，那么绝对有资格担当一名顶级的抄写员。

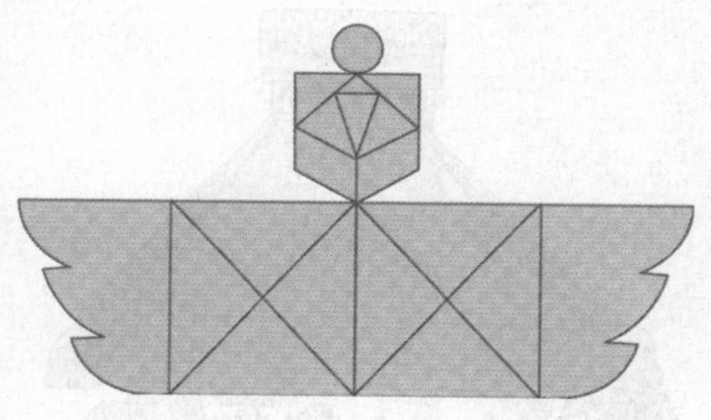

067 找不同的图形

所给的这些图形中，你能找出哪一个和其他的不同吗？

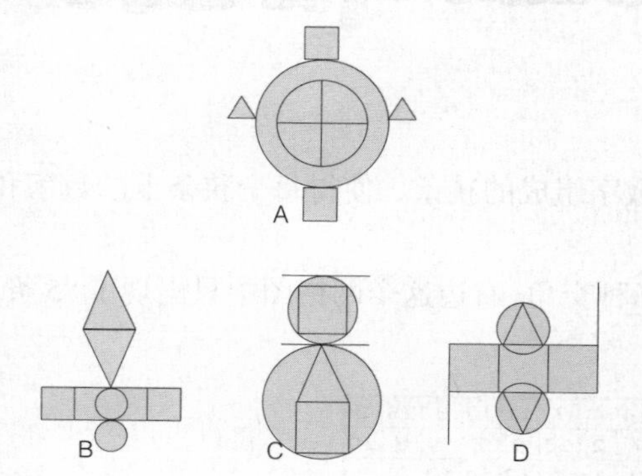

068 第一感觉

仅凭你的第一感觉，迅速找出外环的射线中跟图中 4 个正方形内的颜色顺序相同之处。

069 赛跑

每个参赛选手都必须匀速跑完 100 米的距离，最先到达终点的选手获胜。

选手 A 抵达终点时选手 B 还差 10 米跑完；选手 B 抵达终点时选手 C 还差 10 米跑完。

请问选手 A 领先选手 C 多少米？

070 帽子与贴纸

有 5 个贴纸，其中 3 个为红色，2 个为蓝色。

任意拿出 3 个贴纸分别贴在 3 位数学家的帽子上，并将另外 2 个藏起来。

这些数学家的任务就是要说出自己帽子上贴纸的颜色（不许看镜子，不许把帽子拿下来，也不能做其他小动作）。

他们中的 2 个人分别说了一句话（如图所示）。

请问数学家 C 帽子上的贴纸是什么颜色的？

071 最重的西瓜

7 个大西瓜的重量（以整千克计算）是依次递增的，平均重量是 7 千克。

最重的西瓜有多少千克？

073 保龄球

保龄球队一共有 6 名队员，队长需要从这 6 个人中选出 4 个来打比赛，并且还要决定他们 4 个人的出场顺序。

请问有多少种排列方法？

072 缺失的狭条

你能不能把这个图案分成 85 条由 4 个不同数字组成的狭条，使得每个狭条上的数字和都等于 34？

用数字 1 到 16 组成和为 34 的 4 数组合共有 86 种交角，右边这个网格图中只出现了 85 条。你能把缺失的 1 条找出来吗？

1	4	14	15	1	3	5	12	14	14	4	7	11	12	3	13	2
12	13	4	5	6	10	16	3	5	7	2	16	9	7	6	8	10
11	8	1	14	12	16	5	2	11	9	1	7	12	14	10	3	7
10	9	13	2	15	5	6	16	7	4	2	9	11	12	15	10	15
13	6	3	15	8	9	2	3	2	6	3	3	7	8	16	4	1
7	11	7	4	16	8	6	8	5	7	6	13	16	1	4	7	6
8	9	9	2	5	12	15	9	13	10	11	12	1	3	8	10	11
6	8	15	16	6	10	2	14	14	11	14	1	10	9	14	13	16
2	8	11	13	4	11	7	1	15	4	2	1	3	2	6	11	15
6	7	9	12	9	15	3	14	2	6	7	5	9	5	7	9	13
3	7	11	13	10	1	16	10	7	9	11	13	10	1	3	14	16
3	7	10	14	11	2	8	10	14	15	14	15	12	5	8	9	12
3	4	14	2	5	6	10	13	4	3	4	7	2	6	12	14	5
8	13	6	7	2	3	13	16	5	6	11	8	13	9	11	1	8
11	9	10	12	3	5	11	15	11	12	6	9	14	6	13	1	10
12	8	4	13	1	2	15	16	14	13	13	10	5	6	9	14	11
4	16	12	2	12	4	8	1	14	3	13	4	5	5	6	8	15
3	4	11	16	5	12	1	16	4	15	12	3	7	2	4	13	15
12	11	1	10	1	8	10	9	10	5	4	15	8	5	7	10	12
16	3	9	6	16	10	15	8	6	11	5	12	14	4	5	9	16

a	b	c	d

a + b + c + d = 34

074 猫和老鼠

下边的游戏界面上放了 3 只猫和 2 只老鼠，每只猫都看不见老鼠，同样老鼠也都看不见猫。（猫和老鼠都只能看见横向、纵向和斜向直线上的物体。）

现在要求再放 1 只猫和 2 只老鼠在该游戏界面上，使上面的条件仍然成立，你可以做到吗？不能改变游戏界面上原有的猫和老鼠的位置。

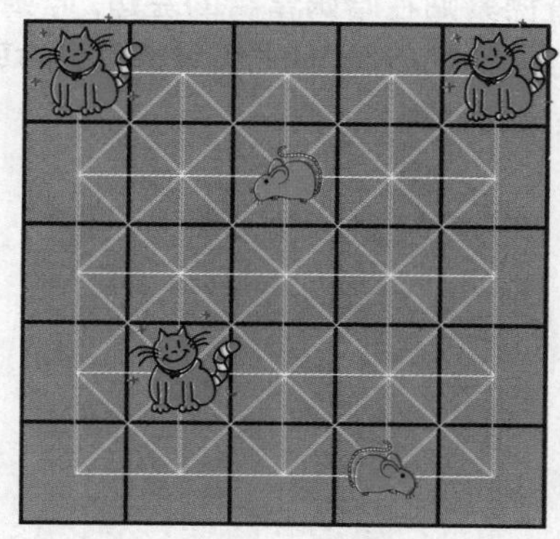

075 往返旅途

昨天，北切斯特的 3 个市民都去了市中心，他们来去都采用了不同的交通方式。从以下所给的线索中，你能说出这 3 个人的全名以及他们来回的交通方式吗？

线 索

1. 在市中心遭劫之后被警察带回家的受害者不是巴里·沃斯。
2. 姓扎吉的人不是坐巴士去市中心的。
3. 由于天下雨，范是坐计程车回来的。
4. 喜欢保持身材而步行的家伙是被救护车送回来的，因为他撞到了井栏石上。
5. 乔安妮不是那个骑新折叠自行车的人。

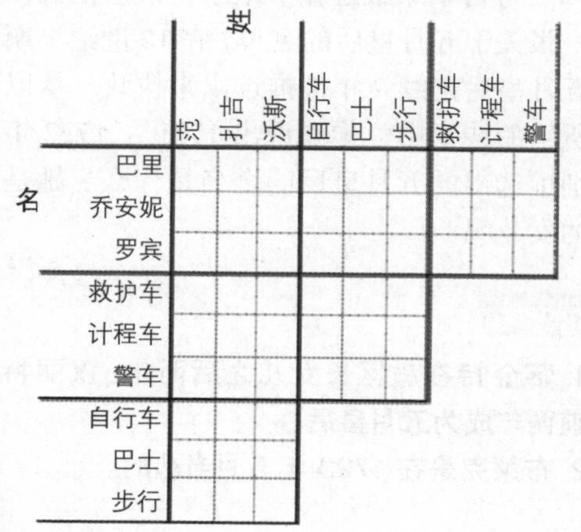

076 成名角色

5 个国际戏剧艺术专业的学生由于在 5 部不同的作品中成功地扮演了不同的角色，知名度大大提高。从以下所给的线索中，你能推断出每个人所扮演的角色以及各个作品的题目和类型吗？

线 索

1. 其中的一个年轻女性扮演了《格里芬》里的一位踌躇满志的年轻女演员。道恩·埃尔金饰演一位理想主义的医学生。
2. 艾伦·邦庭饰演的不是一位教师，也不会在电影中出现。尼尔·李在一部由 4 个系列组成的电视短剧中扮演角色。
3. 在 13 集的电视连续剧中，简·科拜不会出现，这部电视剧中也不会出现法官这个角色。
4. 一部关于一个省级日报记者的电视将一个年轻的演员捧红，他的姓要比《罗米丽》中的演员的姓少一个字母。
5.《丽夫日》将在西城终极舞台上演。
6. 蒂娜·罗丝是《摩倩穆》中的主角。

	女演员	医学生	记者	法官	教师	《格里芬》	《克可曼》	《丽夫日》	《摩倩穆》	《罗米丽》	电影	舞台剧	电视戏剧	电视短剧	电视连续剧
艾伦·邦庭															
道恩·埃尔金															
简·科拜															
尼尔·李															
蒂娜·罗丝															
电影															
舞台剧															
电视戏剧															
电视短剧															
电视连续剧															
《格里芬》															
《克可曼》															
《丽夫日》															
《摩倩穆》															
《罗米丽》															

077 蒙特港的游艇

在这个美好的季节，蒙特港到处都是大大小小的游艇。从以下关于 5 艘游艇的信息中，你能推断出各游艇的长度、它们所能容纳的人数以及各个游艇主人的身份吗？

线 索

1. 迪安·奎是美人鱼号游艇的主人，而游艇曼特是属于一位歌手的。
2. 游艇米斯特拉尔号的主人和雨果·姬根都不是一位职业车手。
3. 比安卡女士号的主人不是雅克·地布鲁克，也不是电影明星。
4. 杰夫·额的游艇有 22.9 米长，它的名字既不是最长的也不是最短的。
5. 汉斯·卡尔王子的游艇名字的字母数，比 33.5 米长的那艘游艇的少一个。
6. 极光号长 30.5 米。工业家的游艇是最长的。

游艇：极光号（Aurora），比安卡女士号（Lady Bianca），曼特号（Manta），美人鱼号（Mermaid），米斯特拉尔号（Mistral）

	22.9米	30.5米	33.5米	38.1米	42.7米	迪安·奎	雅克·地布鲁克	杰夫·额	汉斯·卡尔	雨果·姬根	电影明星	工业家	职业车手	王子	歌手
极光号															
比安卡女士号															
曼特号															
美人鱼号															
米斯特拉尔号															
电影明星															
工业家															
职业车手															
王子															
歌手															
迪安·奎															
雅克·地布鲁克															
杰夫·额															
汉斯·卡尔															
雨果·姬根															

078 扮演马恩的 4 个演员

马恩是 20 世纪最伟大的人物之一，最近，不列颠电视台将上演休·马恩的自传，电视台的新闻办公室公布了分别扮演马恩各个时期的 4 个演员的照片。从以下所给出的线索中，你能说出 4 个演员的名字以及所扮演的时期吗？

线 索

1.C 饰演孩童时代的马恩，他不姓曼彻特。
2. 安东尼·李尔王不饰演晚年的马恩，马恩在晚年时期已经成为哲学家。
3. 理查德紧贴在哈姆雷特的左边，哈姆雷特饰演的是那个正谈论他伟大军事理想的马恩。
4.A 是朱利叶斯。

名：安东尼，约翰，朱利叶斯，理查德
姓：哈姆雷特，李尔王，曼彻特，温特斯
时期：孩童，青少年，士兵，晚年

提示：先定位哈姆雷特。

079 五月皇后

考古学家最近在一个小村镇里挖掘出了一张关于五月皇后的名单，在 18 世纪早期，五月皇后连续 7 年被推选出来执政。从以下所给的线索中，你能说出 1721 ~ 1727 年分别推选出的五月皇后的全名是什么、她是谁的女儿吗？

线 索

1. 萨金特在教区长女儿之后两年、汉丽特之前两年成为五月皇后。
2. 布莱克是在 1723 年 5 月当选的。

3. 安·特伦特是偶数年份当选的五月皇后，她的父亲不是箍桶匠。
4. 安德鲁是在织工的女儿之前当选为五月皇后的，她不是比阿特丽斯。
5. 铁匠卢克·沃顿的女儿也是其中一位五月皇后，在沃里特之后当选，而且不是在 1725 年当选的。
6. 木匠的女儿苏珊娜是在索亚之前当选的五月皇后。
7. 米尔福德，在箍桶匠的女儿当选之后两年成为五月皇后，她的前任是旅馆主人的女儿，旅馆主人的女儿在玛丽当选的两年之后当选。
8. 教区长的女儿紧接在简之后当选为五月皇后。

名：安，比阿特丽斯，汉丽特，简，玛丽，苏珊娜，沃里特
姓：安德鲁，布莱克，米尔福德，萨金特，索亚，特伦特，沃顿
父亲：铁匠，木匠，箍桶匠，旅馆主人，教区长，茅屋匠，织工

080 年轻人出行

某一天，同一村庄的 4 个年轻人朝东、南、西、北 4 个方向出行。从以下所给的线索中，你能推断出他们各自走的方向、出行的方式以及出行原因吗？

线索

1. 安布罗斯和那个骑摩托车去上高尔夫课的人走的方向刚好相反。
2. 其中一个年轻人所要去的游泳池在村庄的南面，而另外一个年轻人参加的拍卖会不是在村庄的西面举行。
3. 雷蒙德离开村庄后直接朝东走。
4. 欧内斯特出行的方向是那个坐巴士的年轻人出行方向逆时针转 90° 的方向。
5. 坐出租车出行的西尔威斯特没有朝北走。

姓名：安布罗斯，欧内斯特，雷蒙德，西尔威斯特
交通工具：巴士，小汽车，摩托车，出租车
出行原因：拍卖会，看牙医，上高尔夫课，游泳

081 继承人

104 岁的伦琴布格·桑利维斯是爱吉迪斯公爵家族成员之一，他最近的病情使人们把目光都聚集在他的继承人身上。但他的继承人，即他的 5 个侄子，却都定居在英国。从以下所给的线索中，你能推断出这 5 位继承人的排行位置、在英国的居住地以及他们现在的职业吗？

线索

1. 施坦布尼的首席消防员和他的堂兄妹一样是继承人身份，但他从不炫耀这个头衔，在家族中他排行奇数位。
2. 盖博旅馆的主人在家族中排行不是第 2 也不是第 5，他的家不在格拉斯哥。
3. 在沃克叟工作的继承人在家族中排行第 4。
4. 跟随家族中另一位继承人贝赛利（他在利物浦的邻居叫他巴时）从事管道工作的是西吉斯穆德斯，他也是继承人之一，他更喜欢人家称他为西蒙王子。
5. 家族中排行第 3 的继承人在他英国的家乡从事出租车司机的工作。
6. 吉可巴士继承人（吉可）在家系中排行第 2。
7. 通常被人家称为帕特里克的帕曲西斯继承人不住在坦布。

	贝赛利	吉可巴士	麦特斯	帕曲西斯	西吉斯穆德斯	格拉斯哥	利物浦	施坦布尼	坦布	沃克叟	清洁工	消防员	旅馆主人	管道工	出租车司机
第 1															
第 2															
第 3															
第 4															
第 5															
清洁工															
消防员															
旅馆主人															
管道工															
出租车司机															
格拉斯哥															
利物浦															
施坦布尼															
坦布															
沃克叟															

082 新工作

5个年轻人均在最近几周找到了新工作，他们在同幢大楼的不同楼层工作。从以下所给的线索中，你能找出他们的工作单位、所在楼层以及他们在那里工作的时间吗？

线索

1. 伯纳黛特在邮政服务公司工作，他所住的楼层比那个最近被雇佣的年轻人要低2层。而后者即最近被雇佣的不是爱德华，爱德华所住的楼层要比保险公司经纪人的高2层，保险公司经纪人是在最近2周被招聘的。
2. 假日公司的职员不在第5层。
3. 德克是在4周前就职的。
4. 信贷公司的办公室在大楼9层。
5. 淑娜不是私人侦探所的职员。
6. 3周前就职的女孩在大楼的第7层上班。

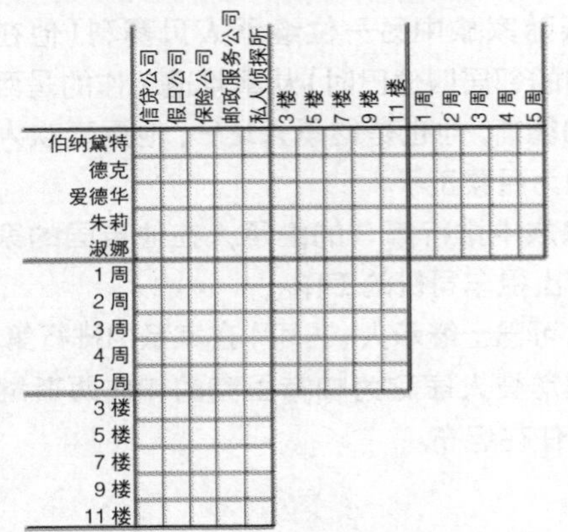

083 在海滩上

3位母亲带着各自年幼的儿子在海滩上玩，从以下所给的线索中，你能准确地推断出这3位母亲的姓名、她们儿子的名字以及孩子所穿泳衣的颜色吗？

线索

1. 丹尼斯不是蒂米的妈妈，蒂米穿红色泳衣。
2. 莎·卡索在海滩上玩得相当愉快。
3. 曼迪的儿子穿绿色泳衣。
4. 那个叫响的小男孩穿着橙色泳衣。

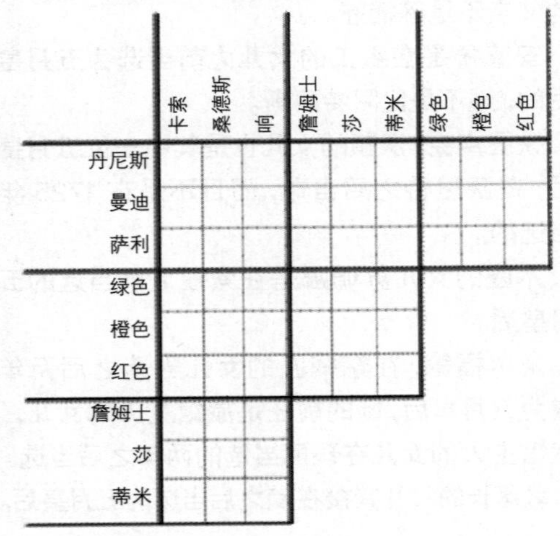

084 路径逻辑（一）

运用你的逻辑推理能力，推导出符合以下条件的一条路径：从“开始”一直到“结束”，这条路径可以沿水平也可以沿垂直方向。各行各列起始处的数字代表这行或这列所必须经过的格子数（见图例）。

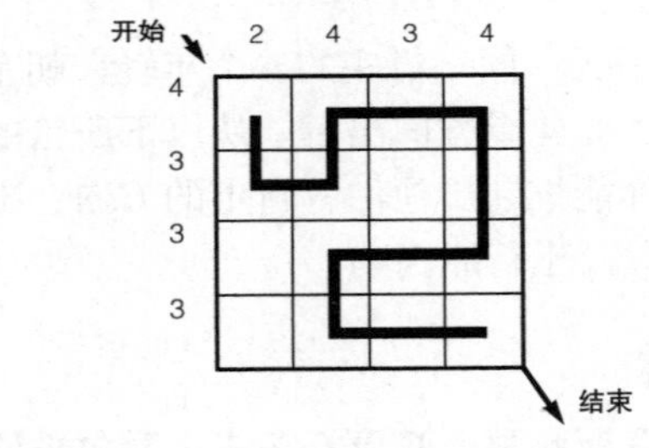

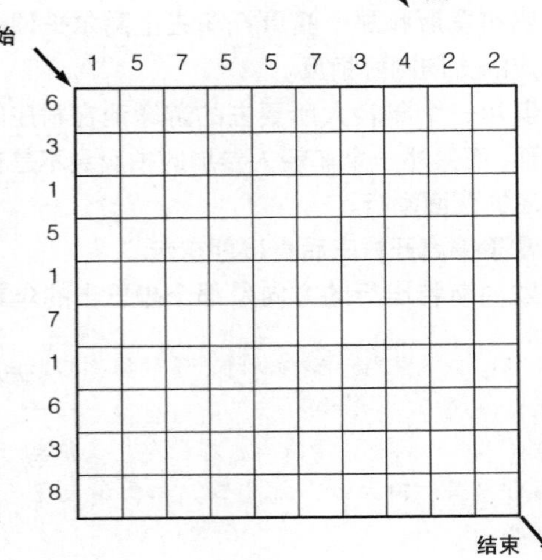

085 路径逻辑（二）

运用你的逻辑推理能力，推导出符合以下条件的一条路径：从“开始”一直到“结束”，这条路径可以沿水平也可以沿垂直方向。各行各列起始处的数字代表这行或这列所必须经过的格子数（见图例）。

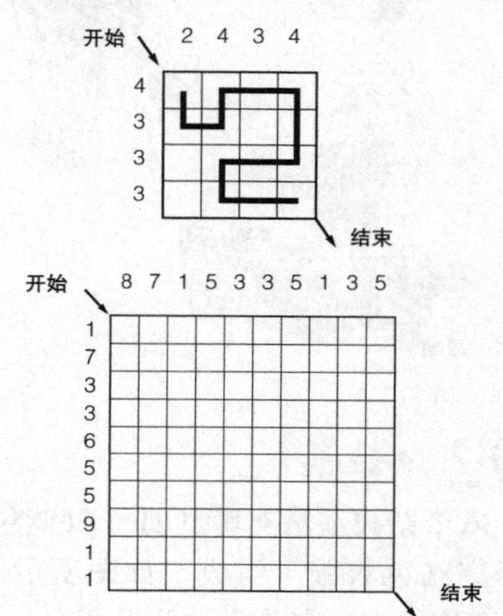

086 路径逻辑（三）

运用你的逻辑推理能力，推导出符合以下条件的一条路径：从“开始”一直到“结束”，这条路径可以沿水平也可以沿垂直方向。各行各列起始处的数字代表这行或这列所必须经过的格子数（见图例）。

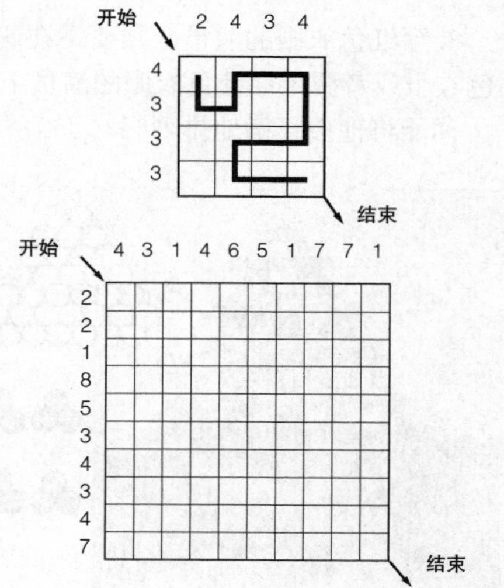

087 路径逻辑（四）

运用你的逻辑推理能力，推导出符合以下条件的一条路径：从“开始”一直到“结束”，这条路径可以沿水平也可以沿垂直方向。各行各列起始处的数字代表这行或这列所必须经过的格子数（见图例）。

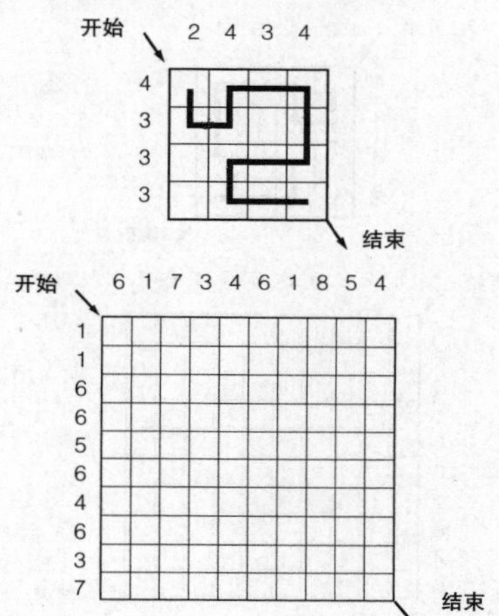

088 路径逻辑（五）

运用你的逻辑推理能力，推导出符合以下条件的一条路径：从“开始”一直到“结束”，这条路径可以沿水平也可以沿垂直方向。各行各列起始处的数字代表这行或这列所必须经过的格子数（见图例）。

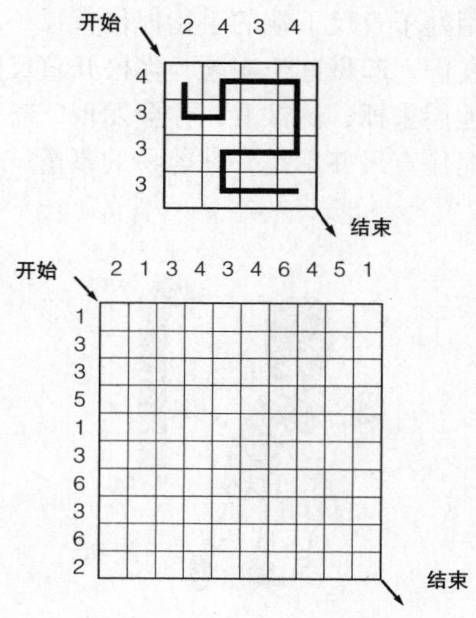

089 路径逻辑（六）

运用你的逻辑推理能力，推导出符合以下条件的一条路径：从“开始”一直到“结束”，这条路径可以沿水平也可以沿垂直方向。各行各列起始处的数字代表这行或这列所必须经过的格子数（见图例）。

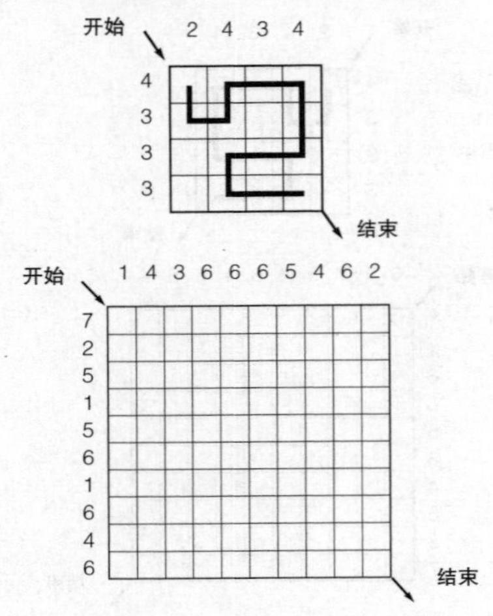

090 直尺下落

用一只手握住直尺的顶端，另一只手的食指和拇指放在直尺下端，但不能碰到直尺，如图所示。

松开握住直尺顶端的手，让直尺下落，你会发现在它下落的过程中，你可以毫不费力地用处于直尺下端的手指捏住直尺。和你的朋友们一起做这个实验，你松开直尺的同时让他们去抓，试试看，你会发现，对他们来说捏住直尺并不是一件容易的事情。为什么呢？

091 下落的砖

要掉在砌砖工头上的砖有多重？假设它的重量是 1 千克再加上半块砖的重量。

092 杂技演员

36 个杂技演员（其中 21 个穿蓝色衣服，15 个穿红色衣服）组成了如图所示的金字塔形。这一表演需要极大的平衡力、极高的注意力，以及之前仔细精准的计划。按照某种规定，这个金字塔的组成必须包含以下几个条件：

1. 最下面的一排必须是 4 个穿蓝色衣服的演员和 4 个穿红色衣服的演员。

2. 穿蓝色衣服的演员必须要站在一个穿蓝色衣服的演员和一个穿红色衣服的演员上。

3. 穿红色衣服的演员必须要站在两个穿红色衣服或者两个穿蓝色衣服的演员上。

你能将他们正确地排列吗？

093 六边形

正六边形的对角线将其划分为 6 个部分，用黑白两种颜色给这些部分上色，一共有 64 种上色方法。

现在已经画出了其中的 32 种情况。

你能够画出另外的 32 种吗？（同一图形的旋转被认为是不同的情况。）

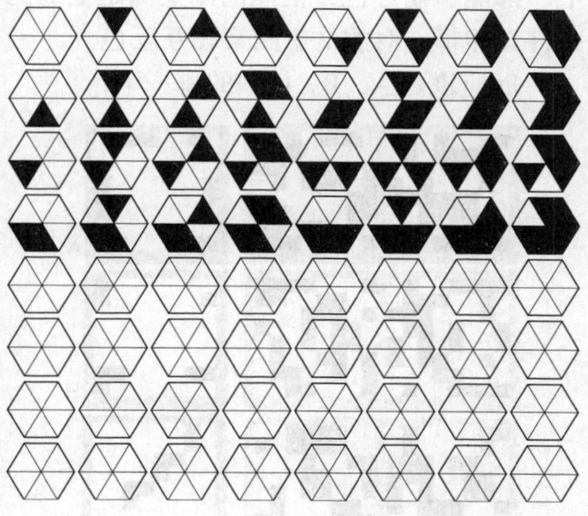

094 30 秒数圆点

请你数出下图中有多少个圆点，你需要多少时间？

你能在 30 秒之内完成这个任务吗？

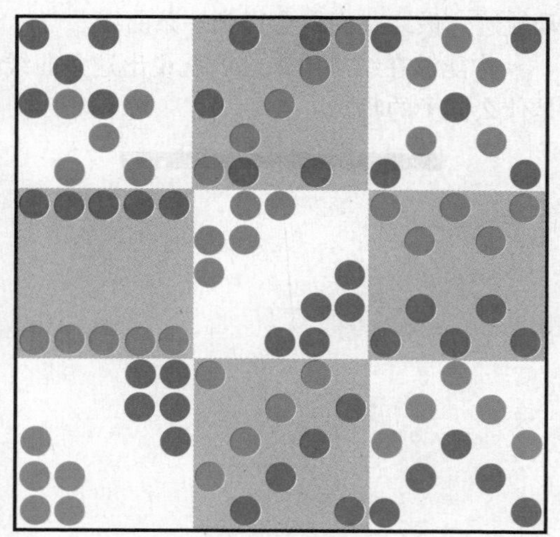

095 最快速数圆点

请你以最快的速度数出图中有多少个圆点？

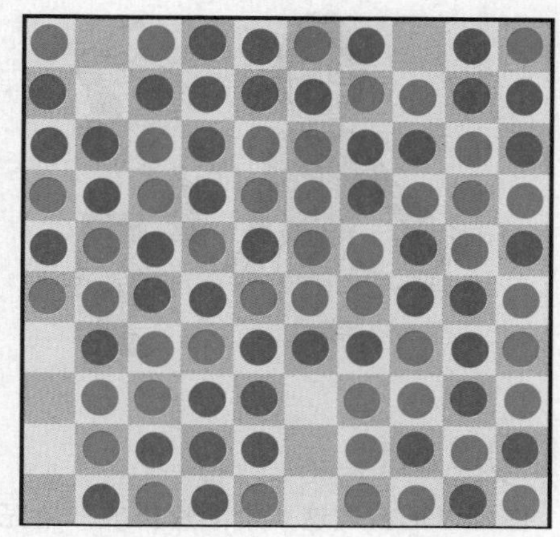

096 填数字

问号的地方填上什么数字可以完成这道难题？

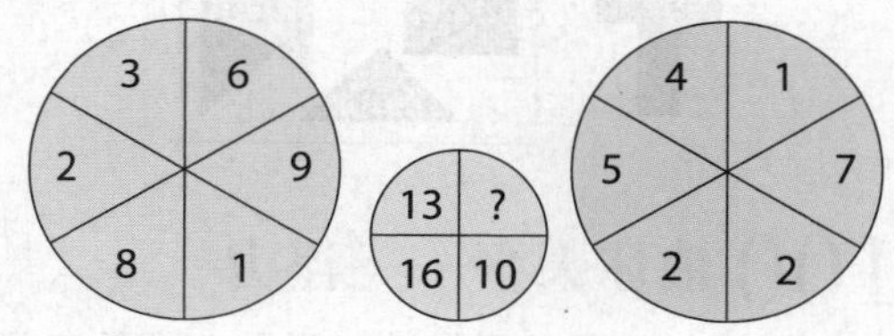

097 贝克魔方

你能将数字 1 到 13 填入下图中的灰色圆圈中，使得每组围绕彩色方块的 6 个圆圈之和相等吗？

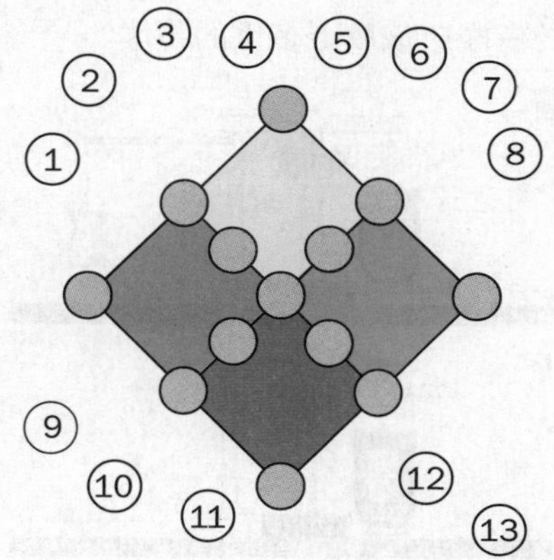

098 掷色子

你的朋友掷 1 次色子，然后你再掷 1 次。你掷的点数比你的朋友高的概率是多少？

099 T 时代

你可以把右边这 4 个图片拼成一个完整的大写字母 T 吗？

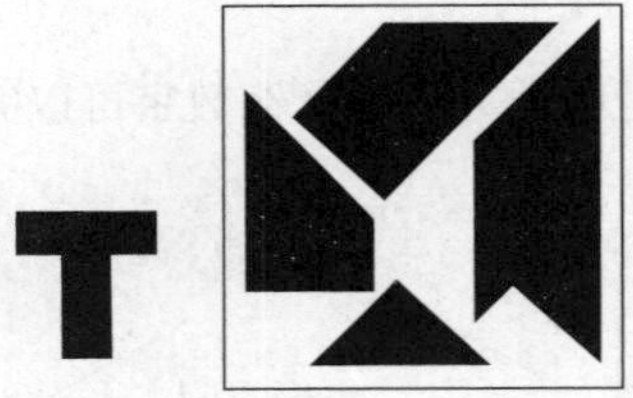

100 液体天平——浮力

图一：天平是平衡的。天平左端的盘子上是一个装满水的容器，右端是一个重物。

图二：重物从天平的右端移到左端，而且该重物完全浸入容器中的水里面。

很明显现在左端要比右端重。

请问：为了继续保持天平的平衡，现在天平的右端应该放上多重的物体？

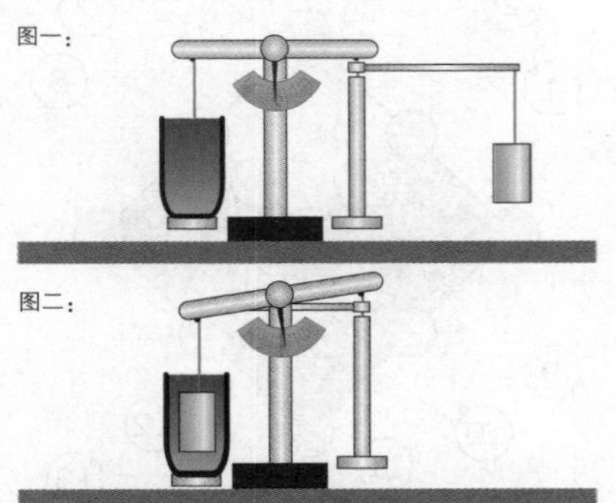

101 精确的底片

如图所示，红色方框里有 3 对图案，其中的每对图案中，右边的图案是左边图案的底片，也就是说每一对的 2 个图案应该是相互反色的。

现在把蓝色方框里 A，B，C 图案中的 1 个覆盖在红色方框每对图案中右边的图案上，都能够使红色方框里的图案满足上面的条件，即每一对的 2 个图案相互反色。

问应该是 A，B，C 中的哪一个？

102 简谐运动

如图所示，在一个摆锤上安装一支笔，使其在摆动过程中在前进的纸上画出它的运动轨迹。最终我们将会得到一条曲线。

你能够在结果出来之前就说出这条曲线是什么样子的吗？

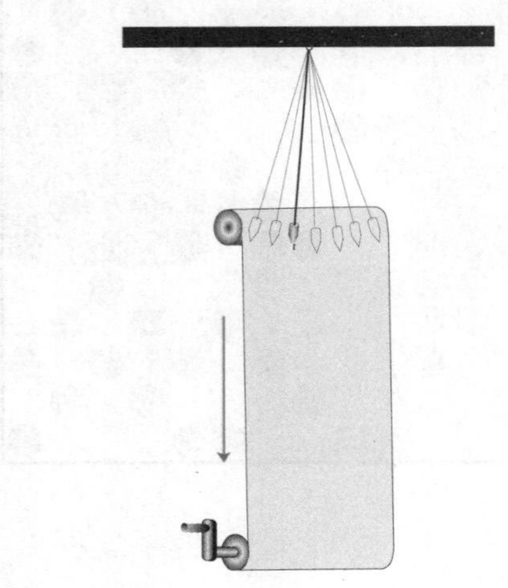

103 图形与背景

很多图案通常都由主体图形和背景两部分组成。比如下边的这个图案，有一部分是主体图形，其余的则是背景。主体图形看上去会比较突出，甚至感觉从纸上凸现出来，而背景则相反。

你能找出左边这个图案的主体图形吗？是画有放射线条纹的部分，还是画有同心圆环的部分？或者都不是？

104 七巧板数字

用七巧板拼出图中所示的数字，速度越快越好。

105 多边形七巧板

你可以用七巧板拼出 1 个三角形、6 个四边形、2 个五边形，还有 4 个六边形吗？

这 13 个多边形的轮廓现在已经给出了。

正方形已经拼好，你能用七巧板拼出另外 12 个图形吗？

106 象形的七巧板图形

下边的所有图形都是用七巧板拼起来的。你可以拼出来吗？

107 三角形七巧板

把一个正三角形分割成 6 个三角形，它们的角度分别是 30，60，90 。我们就得到一组图形，它们可以被拼成大量的图形。

你可以拼出右边的 3 个轮廓，并且继续发明一些图形和题目吗？

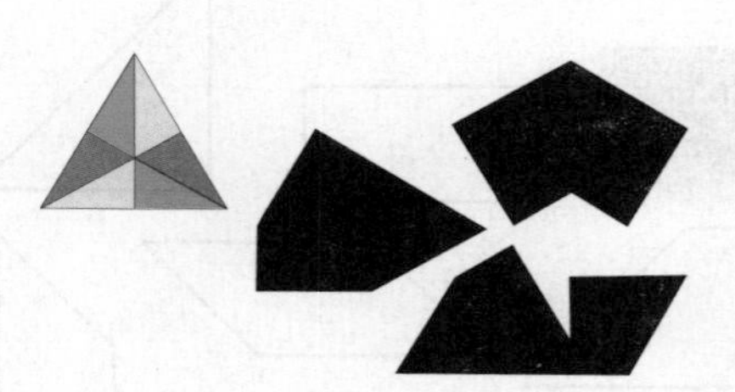

108 心形七巧板

用 9 片心形七巧板图片拼出这两个黑色剪影。完成题目后，试着继续发明一些图形和题目。

109 圆形七巧板

用 10 片圆形七巧板图片拼出下面的两个剪影。每个图片都可以翻转使用。

你还可以拼出哪些图形？

110 镜面七巧板

每张卡片上描绘的是本页及下一页底部 4 个形状的其中 2 个的镜像。

你能找出每张卡片中镜子所处的位置吗？以及该卡片上的 2 个形状分别是什么样的吗？

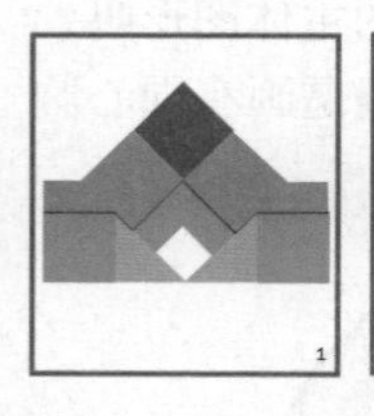

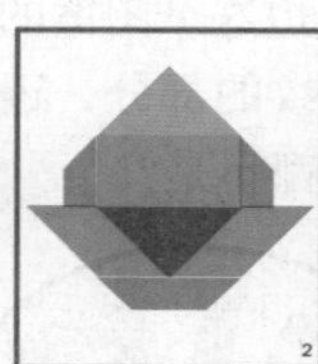

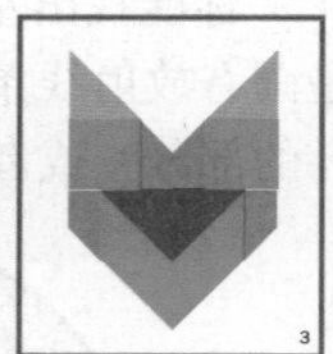

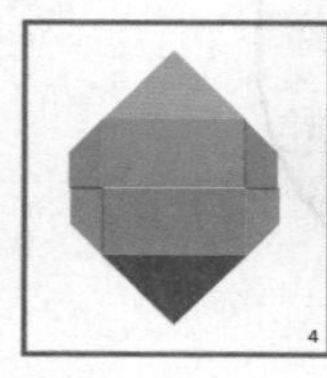

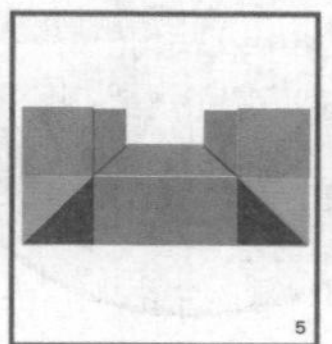

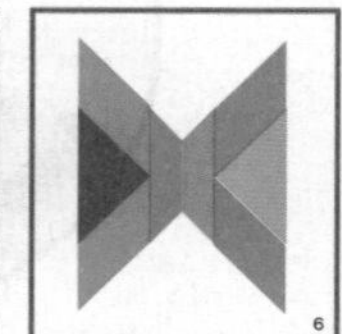

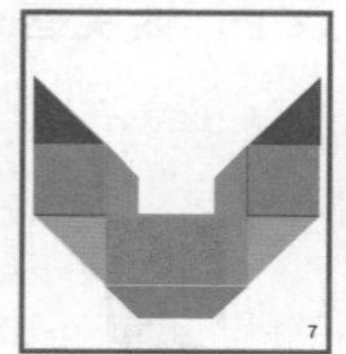

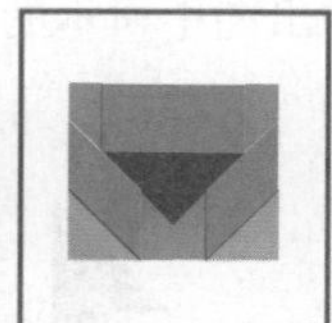

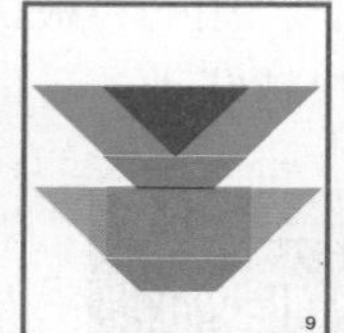

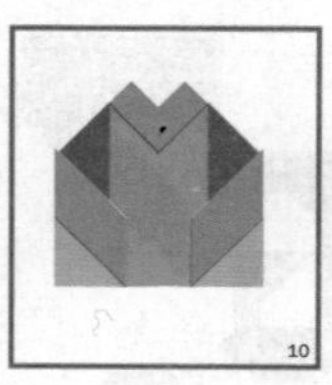

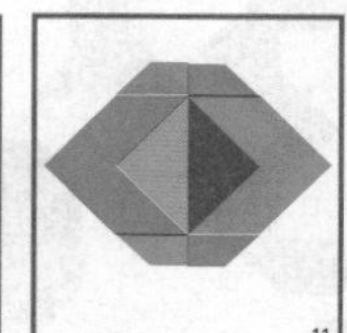

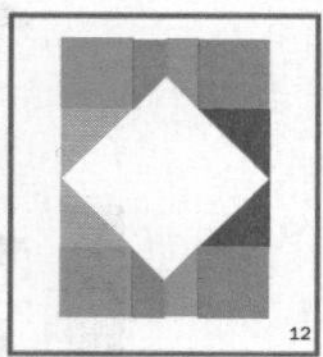

111 图案速配

试试看，用最快的速度从下面分别找出与上面的 30 幅图完全相同的图案。

1	2	3	4	5
6	7	8	9	10
11	12	13	14	15
16	17	18	19	20
21	22	23	24	25
26	27	28	29	30

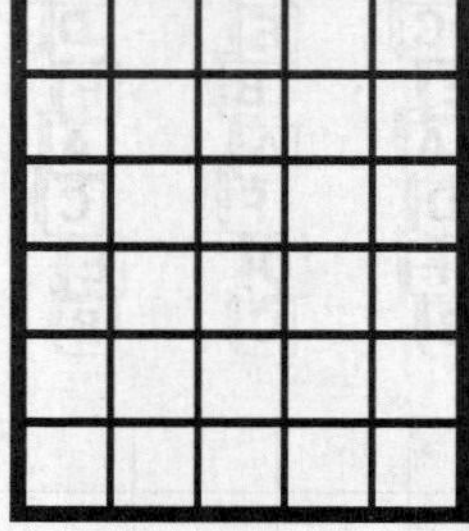

112 小正方形网格

你能否将下边的格子图划分成8组，每组由3个小正方形组成，并且每组中3个数字的和相等？

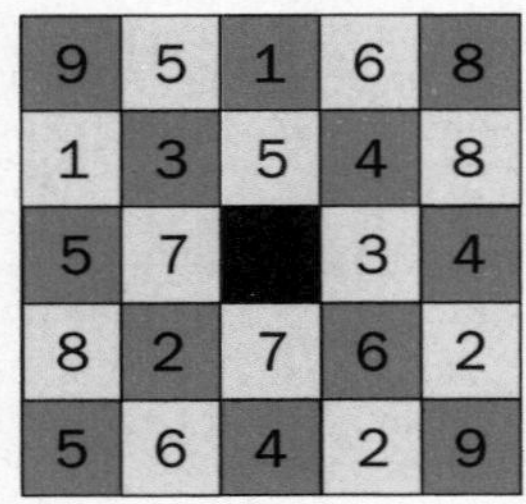

113 堆积（一）

下面的砖堆并不是孩子们玩耍时随意堆砌的，而是暗示了右边空白砖堆的最终结果，和其他砖堆一样，空白的一堆内有6块砖，每块上标有字母A，B，C，D，E，F中的一个，且各不相同。砖堆下面的数字告诉你两个信息：

1. 每堆内符合以下条件的砖对数：这堆中相邻的砖对在结果中仍相邻且顺序相同。
2. 每堆内符合以下条件的砖对数：这堆中相邻的砖对在结果中仍相邻，但顺序颠倒。

如：A C

一堆内如有AC，结果堆内包含相同的相邻的两块砖，若A在C上面，就在该堆下面的“正确”栏内标1，相反，如果结果堆内相邻两块砖中C在A上面，就在相应的“颠倒”栏内标1，根据所给信息，你能标出结果堆上面的字母序列吗？

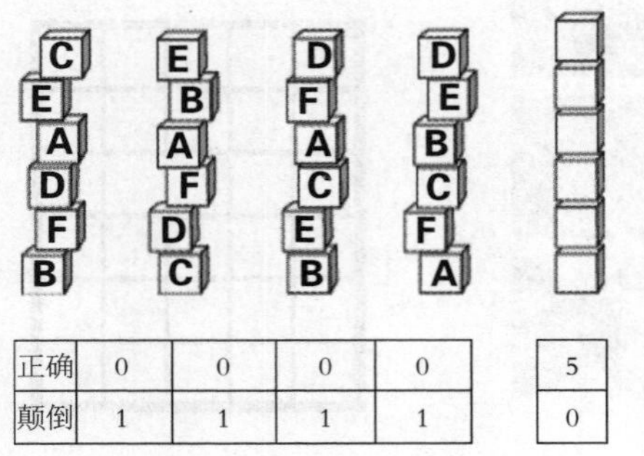

正确	0	0	0	0	5
颠倒	1	1	1	1	0

114 堆积（二）

下面的砖堆并不是孩子们玩耍时随意堆砌的，而是暗示了右边空白砖堆的最终结果，和其他砖堆一样，空白的一堆内有6块砖，每块上标有字母A，B，C，D，E，F中的一个，且各不相同。砖堆下面的数字告诉你两个信息：

1. 每堆内符合以下条件的砖对数：这堆中相邻的砖对在结果中仍相邻且顺序相同。
2. 每堆内符合以下条件的砖对数：这堆中相邻的砖对在结果中仍相邻，但顺序颠倒。

如：A C

一堆内如有AC，结果堆内包含相同的相邻的两块砖，若A在C上面，就在该堆下面的“正确”栏内标1，相反，如果结果堆内相邻两块砖中C在A上面，就在相应的“颠倒”栏内标1，根据所给信息，你能标出结果堆上面的字母序列吗？

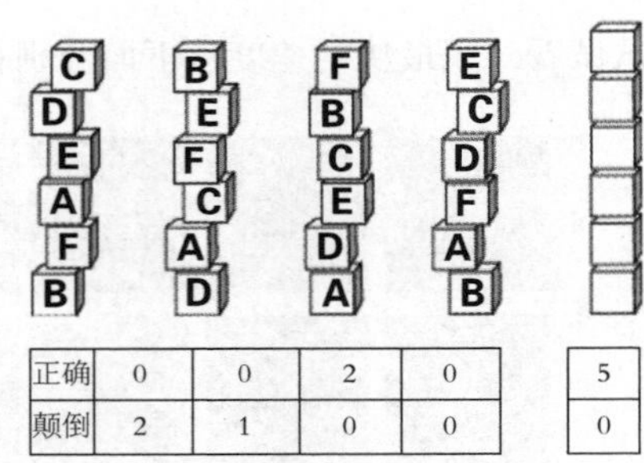

正确	0	0	2	0	5
颠倒	2	1	0	0	0

115 堆积（三）

下面的砖堆并不是孩子们玩耍时随意堆砌的，而是暗示了右边空白砖堆的最终结果，和其他砖堆一样，空白的一堆内有6块砖，每块上标有字母A，B，C，D，E，F中的一个，且各不相同。砖堆下面的数字告诉你两个信息：

1. 每堆内符合以下条件的砖对数：这堆中相邻的砖对在结果中仍相邻，且顺序相同。
2. 每堆内符合以下条件的砖对数：这堆中相邻的砖对在结果中仍相邻，但顺序颠倒。

如：

一堆内如有AC，结果堆内包含相同的相邻的两块砖，若A在C上面，就在该堆下面的“正确”栏内标1，相反，如果结果堆内相邻两块砖中C在A上面，就在相应的“颠倒”栏内标1，根据所给信息，你能标出结果堆上面的字母序列吗？

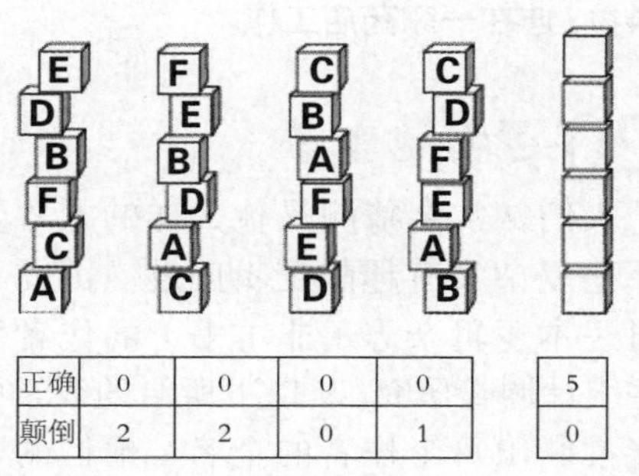

正确	0	0	0	0	5
颠倒	2	2	0	1	0

116 堆积（四）

下面的砖堆并不是孩子们玩耍时随意堆砌的，而是暗示了右边空白砖堆的最终结果，和其他砖堆一样，空白的一堆内有6块砖，每块上标有字母A，B，C，D，E，F中的一个，且各不相同。砖堆下面的数字告诉你两个信息：

1.每堆内符合以下条件的砖对数：这堆中相邻的砖对在结果中仍相邻，且顺序相同。

2.每堆内符合以下条件的砖对数：这堆中相邻的砖对在结果中仍相邻，但顺序颠倒。

如：

一堆内如有AC，结果堆内包含相同的相邻的两块砖，若A在C上面，就在该堆下面的“正确”栏内标1，相反，如果结果堆内相邻两块砖中C在A上面，就在相应的“颠倒”栏内标1，根据所给信息，你能标出结果堆上面的字母序列吗？

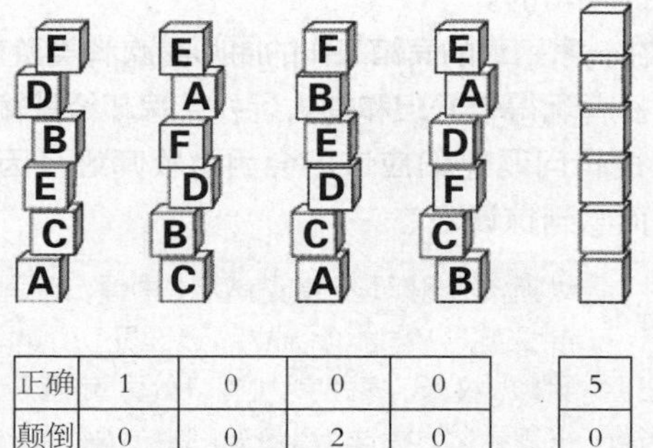

正确	1	0	0	0	5
颠倒	0	0	2	0	0

117 堆积（五）

下面的砖堆并不是孩子们玩耍时随意堆砌的，而是暗示了右边空白砖堆的最终结果，和其他砖堆一样，空白的一堆内有6块砖，每块上标有字母A，B，C，D，E，F中的一个，且各不相同。砖堆下面的数字告诉你两个信息：

1.每堆内符合以下条件的砖对数：这堆中相邻的砖对在结果中仍相邻，且顺序相同。

2.每堆内符合以下条件的砖对数：这堆中相邻的砖对在结果中仍相邻，但顺序颠倒。

如：

一堆内如有AC，结果堆内包含相同的相邻的两块砖，若A在C上面，就在该堆下面的“正确”栏内标1，相反，如果结果堆内相邻两块砖中C在A上面，就在相应的“颠倒”栏内标1，根据所给信息，你能标出结果堆上面的字母序列吗？

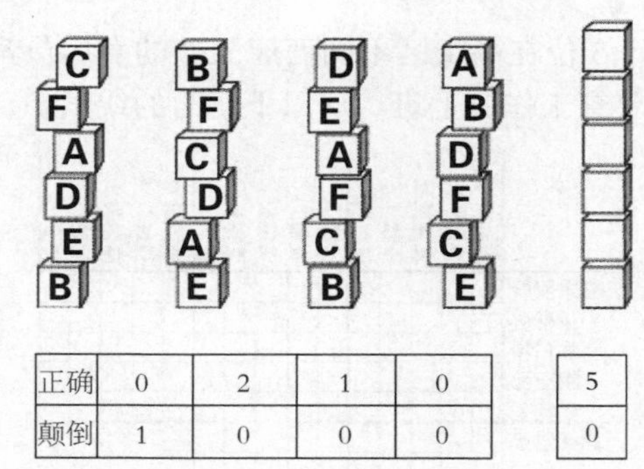

正确	0	2	1	0	5
颠倒	1	0	0	0	0

118 堆积（六）

下面的砖堆并不是孩子们玩耍时随意堆砌的，而是暗示了右边空白砖堆的最终结果，和其他砖堆一样，空白的一堆内有6块砖，每块上标有字母A，B，C，D，E，F中的一个，且各不相同。砖堆下面的数字告诉你两个信息：

1. 每堆内符合以下条件的砖对数：这堆中相邻的砖对在结果中仍相邻，且顺序相同。

2. 每堆内符合以下条件的砖对数：这堆中相邻的砖对在结果中仍相邻，但顺序颠倒。

如：A C

一堆内如有AC，结果堆内包含相同的相邻的两块砖，若A在C上面，就在该堆下面的“正确”栏内标1，相反，如果结果堆内相邻两块砖中C在A上面，就在相应的“颠倒”栏内标1，根据所给的信息，你能标出结果堆上面的字母序列吗？

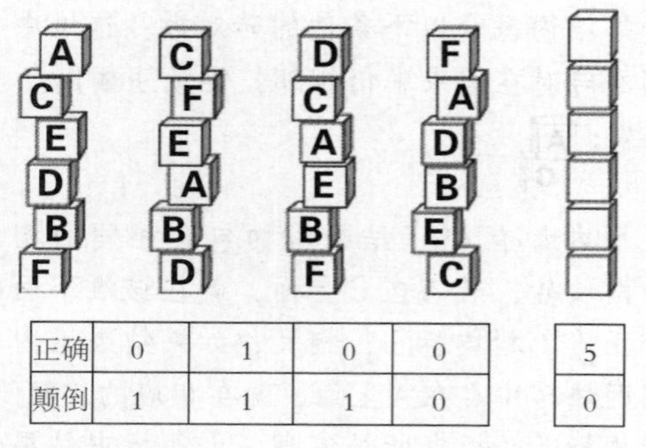

正确	0	1	0	0	5
颠倒	1	1	1	0	0

119 工作服

3位在高街区不同商店工作的女店员都需要穿工作服上班。从以下所给的线索中，你能推断出每个店员所在的商店名称、商店的类型以及她们工作服的颜色吗？

线索

1. 艾米·贝尔在半岛商店工作，它不是一家面包店。
2. 埃德娜·福克斯每天都穿黄色的工作服上班。
3. 斯蒂德商店的女店员都穿蓝色的工作服。
4. 科拉·迪在一家药店工作。

120 逻辑题作者

人们常常会猜测是什么样的人才会想出那些复杂又有趣的逻辑问题。因此，我就对一本逻辑杂志（非本书）的作者做了一些统计调查研究。从以下所给的线索中，你能推断出每个作者的全名、他们的职业和嗜好吗？

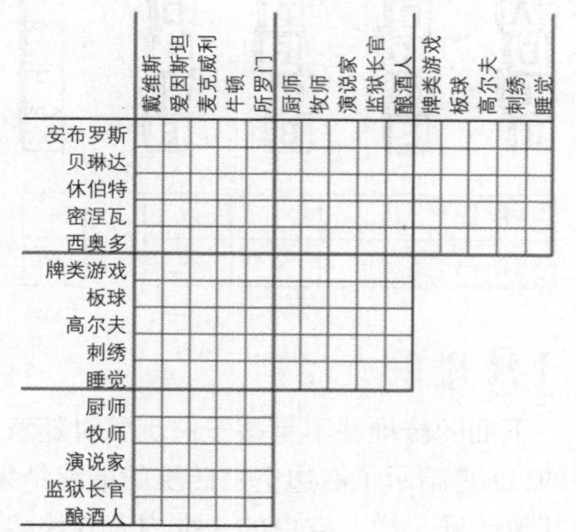

线索

1. 安布罗斯不是英国教会的牧师，他也不姓牛顿。牛顿对板球运动很着迷。
2. 密涅瓦和演说家的业余爱好都不是球类活动。贝琳达·戴维斯不是玩高尔夫的，也不以睡觉来打发时间，虽然有些挑剔的人曾指出她的生活存在某些问题。
3. 休伯特的身高其实很适合于为他所在地区打橄榄球，但是他的爱好却是在他的空余时间里刺绣，他不姓麦克威利。
4. 西奥多是在最高监狱里写逻辑题的，不过不要误解，他是一个监狱长官，并且是在夜班的时候写的。
5. 在一家别致的宾馆工作的厨师喜欢牌类游戏，他桥牌玩得较好，但和别人玩扑克牌却经常输。
6. 逻辑问题迷们应该不会因为牧师姓爱因斯坦而感到惊讶吧。

姓：戴维斯，爱因斯坦，麦克威利，牛顿，所罗门
名：安布罗斯，贝琳达，休伯特，迷涅瓦，西奥多
职业：厨师，牧师，演说家，监狱长官，酿酒人
嗜好：棋牌游戏，板球，高尔夫，刺绣，睡觉

121 兜风意外

5 个当地居民在上周不同日子的不同时间驾车时都发生了一些意外。从以下所给的线索中，你能推断出发生在每个人身上的不幸事件具体是什么，以及这些不幸事件发生的具体时间吗？

线索

1. 伊夫林的车胎穿孔比吉恩的灾祸发生的时间晚几个钟头，却是在第二天。
2. 星期五那天，一个粗心的司机在启动车子时把车撞到门柱上。
3. 姆文是在星期二发生意外的，意外发生的时刻比那个司机因超速而被抓的时刻早。
4. 西里尔的不幸发生在下午 3:00 钟。
5. 格兰地的麻烦事发生的时刻比发生在早上 10:00 的祸事要早。
6. 其中一个司机在下午 5:00 要启动车子的时候发现蓄电池没电了。

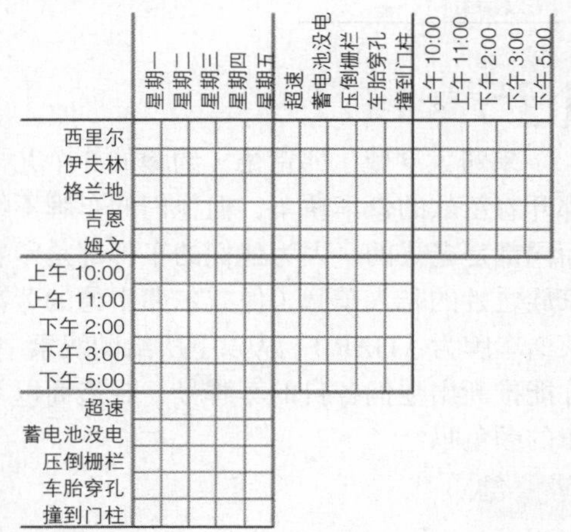

122 排行榜

比较一下圣诞节时和赛季末足球联盟的排行榜，发现前 8 支球队还是原来的那 8 位，但其中只有一支球队的名次没变。从以下所给的线索中，你能填出圣诞节时和赛季末足球联盟前 8 位的排行榜吗？

线索

1. 贝林福特队到赛季末下降了 2 个名次，而罗克韦尔·汤队则上升了 3 个名次。
2. 匹特威利队在圣诞节的时候是第 2 名，却以不尽如人意的第 7 名结束了本赛季。
3. 克林汉姆队在圣诞节的名次紧靠在格兰地威尔之前，但后来两队的名次均有所提升，而克林汉姆队提升的更大一些，加大了两队的差距。
4. 圣诞节时排第 5 名的那个队在最后的排行榜中不是第 4。
5. 米尔登队的球迷为他们队在本赛季获得第 3 名的好成绩而欢呼。这样在半赛季排名时，他们队的名次处在了罗克韦尔·汤队之前。
6. 内德流浪者队的名次下降了，而福来什运动队在后半赛季迎来了好运。
7. 圣诞节时第 1 名的球队在赛季末只得了第 5 名。

球队：贝林福特队，福来什运动队，格兰地威尔，克林汉姆队，米尔登队，匹特威利队，罗克韦尔·汤队，内德流浪者队

提示：找出圣诞节时和赛季末处于同一排名的球队。

123 航海

在某个阳光灿烂的夏日午后，4 艘游船在某海湾航行，位置如图，从以下所给的线索中，你能说出这 4 艘船的名字、航海员以及帆的颜色吗？

线索

1. 海鸠在马尔科姆掌舵的船东南面，马尔科姆掌舵的船帆是白色的。
2. 燕鸥在图中处于奇数的位置，它的帆是灰蓝色的。
3. 有灰绿色帆的那艘船不是图中的 4 号。
4. 维克多的船处于 3 号位置。
5. 海雀的位置数要比有黄色帆的游船小，但

比大卫掌舵的船位置数要大。

6. 埃德蒙的船叫三趾鸥。

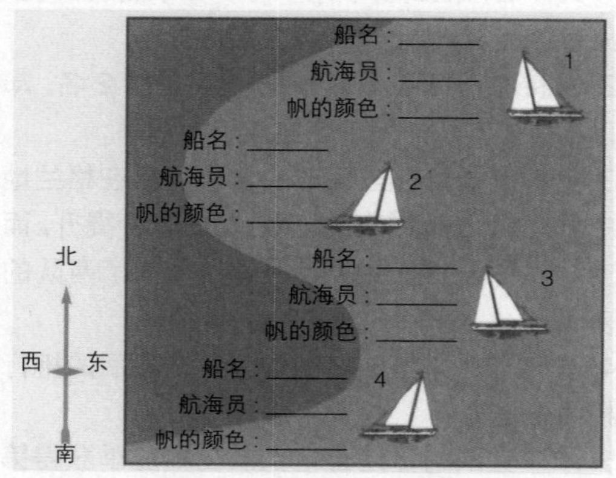

船名：海鸠，三趾鸥，海雀，燕鸥
航海员：大卫，埃德蒙，马尔科姆，维克多
帆：灰蓝色，灰绿色，白色，黄色

提示：先找出4号位的船名。

124 单身男女

在最近一次“单身之夜”上，5位单身女士不久即被5位单身男士所吸引，并且他们发现彼此都有一个共同爱好。从以下给出的详细信息中，你能分别找出每一对的共同爱好以及每位男士的迷人之处吗？

线索

1. 詹妮被一个非常高的男士所吸引，但他们的共同爱好不是古典音乐。古典音乐的爱好者也不是克莱夫，克莱尔不是靠他的声音及真诚的举动吸引其中一位女士的。
2. 马特是依靠他的真诚举动赢得了一位女士的芳心，但他不爱好老电影。
3. 罗斯发现她并不渴望和克莱夫及彼特聊天，彼特不爱好园艺，他不靠他的幽默感吸引人。
4. 爱好园艺的人同样有着最迷人的眼睛。
5. 比尔爱好烹饪。
6. 凯茜和休约定下次再见面，布伦达和她的舞伴也是如此。

		男：比尔	克莱夫	休	马特	彼特	古典音乐	烹饪	园艺	线性舞	老电影	眼睛	幽默感	真诚	身高	声音
女	布伦达															
	凯茜															
	詹妮															
	凯丽															
	罗斯															
	眼睛															
	幽默感															
	真诚															
	身高															
	声音															
	古典音乐															
	烹饪															
	园艺															
	线性舞															
	老电影															

125 豪华轿车

果酱大亨威尔弗雷德·约翰的5个儿子都开着新款的豪华轿车，但他们的车牌不约而同都是老式的。因为他们的车牌都是印着家族之姓的私人车牌（像威尔弗雷德的劳斯莱斯车牌为A1JAR）。从以下所给的线索中，你能推断出他们各自的车牌号、制造商以及车的颜色吗？

线索

1. 埃弗拉德·约翰的车牌和那辆江格车的车牌首字母相同。
2. 安东尼·约翰开着一辆兰吉·罗拉。
3. 默西迪丝不是蓝色的，它的车牌号不是W786JAR。
4. 那辆黑色车的车牌号是R342JAR。
5. 伯纳黛特·约翰的车牌号的每个数字比那辆红色的法拉利车牌号均要大1，法拉利的主人的名字要比他最小的兄弟的名字长。

6. 克利福德·约翰的车是白色的，但不是那辆车牌号为 W675JAR 的卡迪拉克。

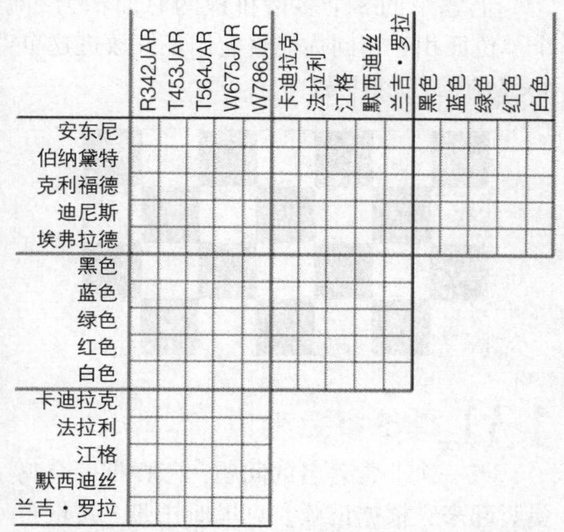

R342JAR
T453JAR
T564JAR
W675JAR
W786JAR
卡迪拉克
法拉利
江格
默西迪丝
兰吉·罗拉
黑色
蓝色
绿色
红色
白色
安东尼
伯纳黛特
克利福德
迪尼斯
埃弗拉德
黑色
蓝色
绿色
红色
白色
卡迪拉克
法拉利
江格
默西迪丝
兰吉·罗拉

名：安东尼（Anthony），伯纳黛特（Bernard），克利福德（Clifford），迪尼斯（Denys），埃弗拉德（Everard）

126 交叉目的

上星期六，住在4个村庄的4位女士由于不同的原因，如图所示，同时朝着离家相反的交叉方向出发。从以下所给的线索中，你能指出这4个村庄的名字、4位女士的名字以及她们各自出行的原因吗？

线索

1. 波利是去见一位朋友。
2. 耐特泊村的居民出去遛狗。
3. 村庄4的名字为克兰菲尔德。
4. 西尔维亚住的村庄靠近参加婚礼的人住的村庄，并在这个村庄的逆时针方向。
5. 丹尼斯去了波利顿村，它位于举行婚礼的利恩村的东面。

提示：先找出各个村庄的名字。

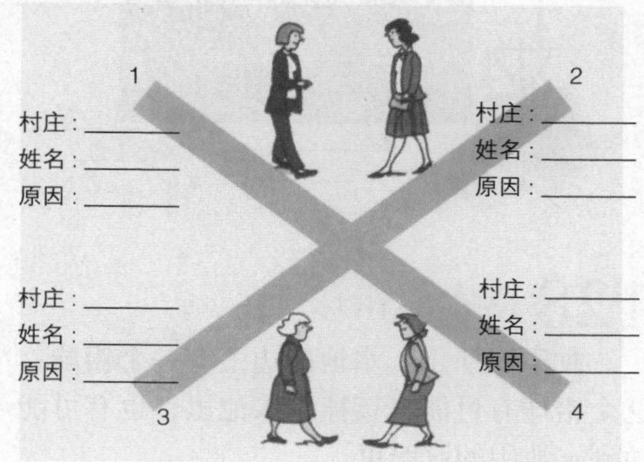

村庄：克兰菲尔德村，利恩村，耐特泊村，波利顿村
名字：丹尼斯，玛克辛，波利，西尔维亚
原因：参加婚礼，遛狗，见朋友，看望母亲

127 演艺人员

阳光灿烂的夏日，4个演艺者在大街上展现他们的才艺。从以下所给的线索中，你能判断出在1～4位置中的演艺者的名字以及他们的职业吗？

线索

1. 沿着大道往东走，在遇到弹着吉他唱歌的人之前你一定先遇到哈利，并且这两个人不在街道的同一边。
2. 泰萨不是1号位置的演艺者，他不姓克罗葳。莎拉·帕吉不是吉他手。
3. 变戏法者在街道中处于偶数的位置。
4. 西帕罗在街边艺术家的西南面。
5. 在2号位置的内森不弹吉他。

提示：先找出1号位置人的职业。

名：哈利，内森，莎拉，泰萨
姓：克罗葳，帕吉，罗宾斯，西帕罗
职业：手风琴师，吉他手，变戏法者，街边艺术家

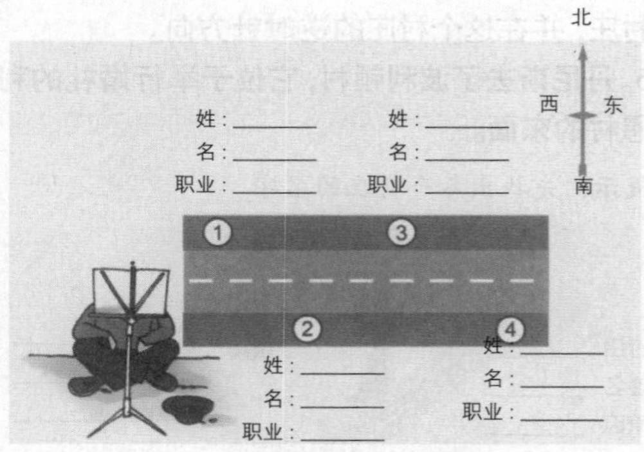

128 落水的铅球

如下图所示，水池的边上有一个铅球，这个铅球有可能直接掉到水池里，也有可能掉到水池中的汽船里。

问：掉到水池里和掉到汽船里哪一种情况下水池的水面上升得更高一些？

129 四格拼板

如图所示，有 8 个多格拼板，其中有 1 个多米诺拼板（即由 2 个大小相同的正方形组成）、2 个三格拼板和 5 个四格拼板。

5 个四格拼板的总面积为 20 个单位面积。请问你能将它们正好放进 4×5 的长方形中吗？

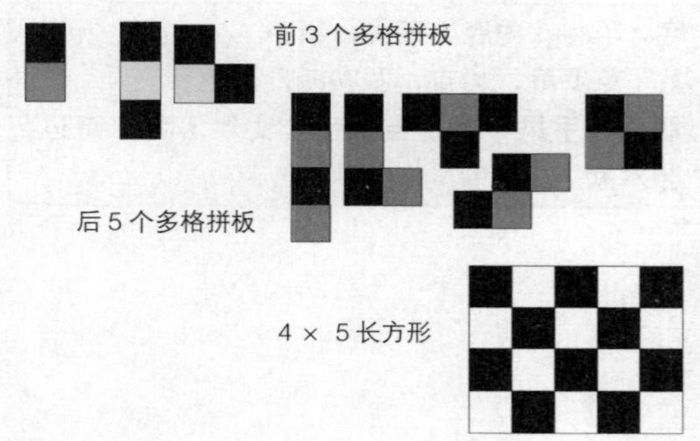

130 多格拼板与长方形

上题中的 8 个多格拼板的总面积为 28 个单位面积。请问你能将它们正好放进这个 4×7 的长方形中吗？

131 哥伦布竖鸡蛋

有一个非常著名的问题：怎样把一个鸡蛋竖起来？根据记载，克里斯托弗·哥伦布知道答案。

故事是这样的：西班牙的贵族们给哥伦布出了一个难题，要求他把一个鸡蛋竖起来。

所有人都认为他不可能做到。哥伦布拿起鸡蛋，轻轻地敲破了鸡蛋一端的一点蛋壳，轻而易举地就把鸡蛋竖起来了。这个故事的寓意在于，很多看上去非常困难的事情很可能会有一种非常简单的解法。

如果要求不能弄破蛋壳，你还能把一个鸡蛋竖起来吗？

132 摆锤

两个摆可以有很多种不同的组合方式，最简单的方法就是把它们用绳子挂起来，如图所示。你可以用一支铅笔和两颗珠子来制作这个装置。分别用绳子将两个“摆锤”系在起连接作用的绳子上，这样它们摆动的时候就正好与这根绳子垂直。

如果你用手拉动其中一颗珠子让其运动起来，那么这个装置会发生什么变化？

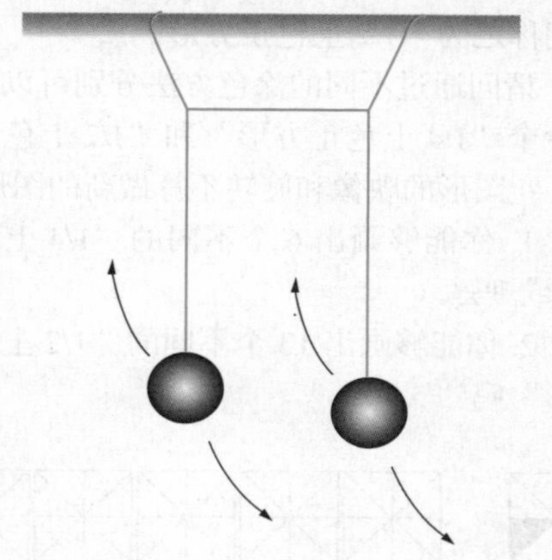

133 共振摆

一根水平的横杆上悬挂着3对摆，如图所示。每对摆（2个颜色相同的摆）摆长都相同。

将6个摆中的任意1个摆摆动起来，横杆可以将这种摆动传递到其他5个摆上去。想象一下，最后会出现什么结果？

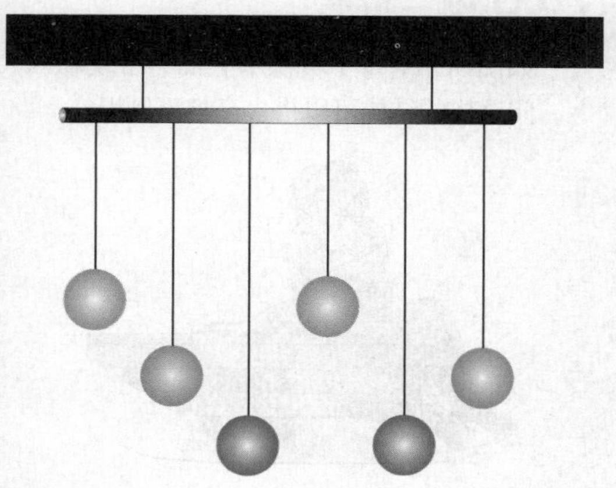

134 磁铁与1吨重的摆

图中是一个非常结实的重达1吨的摆，然而这个男孩只用一块小小的磁铁就让这个摆开始摆动。你知道他是怎么做到的吗？

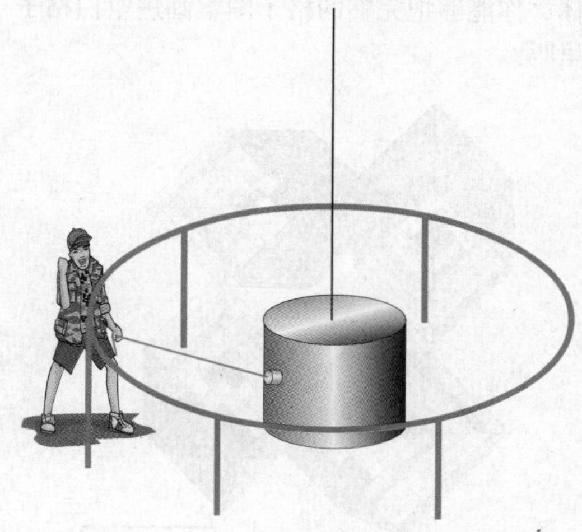

135 中空的立方体

想象你从6个不同的角度和方向看进一个中空的立方体。这个立方体内有一个图案，每次你从一个角度看进这个立方体时，你只能够看到这个图案的一部分。最后从6种不同的角度，你会看出整个图案，请你将完整的图案画到7×7的格子里。

136 被分割的立方体

一个立方体的底被分成了 6×6 格子，格子有黑白两种颜色。

通过从 4 种不同的角度看进这个立方体，你能够把完整的格子图案画进空白格子里吗？

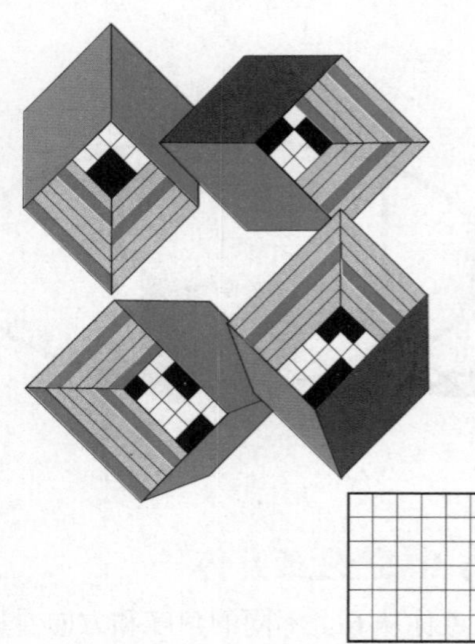

137 菜单

从下边菜单给出的 3 组菜中分别选出 1 道菜，即一共要选出 3 道菜，请问一共有多少种选择方法？

138 黑白正方形

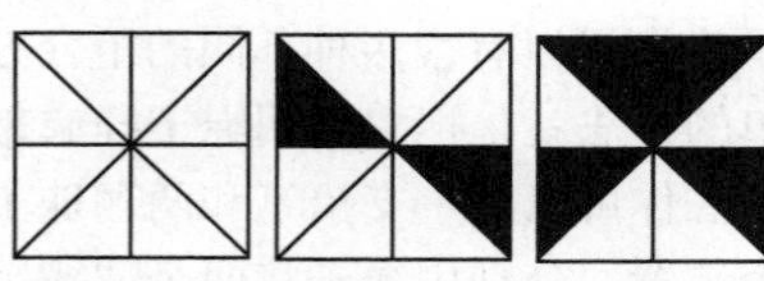

如上图所示，一个正方形被分成相等的 8 个区。

如果正方形 8 个区中的 2 个区被涂上了颜色，我们称该正方形为“1/4 上色正方形”；如果正方形 8 个区中的 4 个区被涂上了颜色，我们称之为“1/2 上色正方形”。

请问通过不同的涂色方法分别可以得到多少个“1/4 上色正方形”和“1/2 上色正方形”？图形的映像和旋转不算做新的图形。

1. 你能够画出 6 个不同的“1/4 上色正方形”吗？

2. 你能够画出 13 个不同的“1/2 上色正方形”吗？

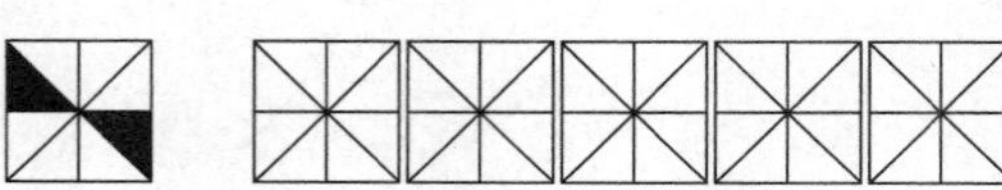

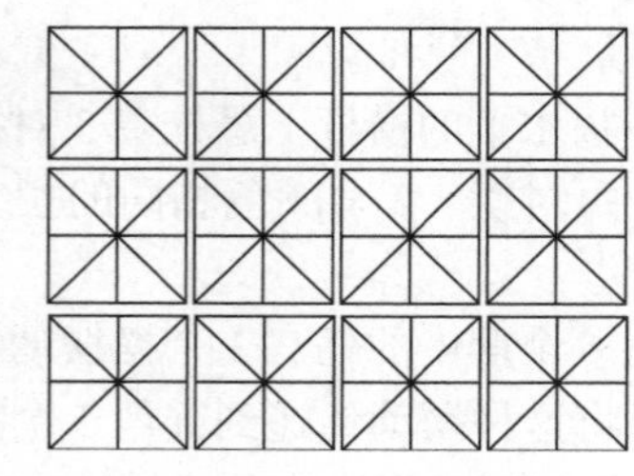

139 倒三角形

如图所示，每 1 块积木上面有 2 块积木。问这样的结构可以搭多高都不倒塌？

140 二进制图形

如下图所示，4×4的正方形分别被涂上了黑色和白色。

现在的任务是通过下面的规则将正方形中所有黑色的格子都变成白色：

你每次可以选择任一横行或者竖行，将该行的所有格子都变色（全部变成黑色格子或全部变成白色格子），不限次数。

请问用这种方法将所有黑色格子全部变成白色格子最少需要变多少次？

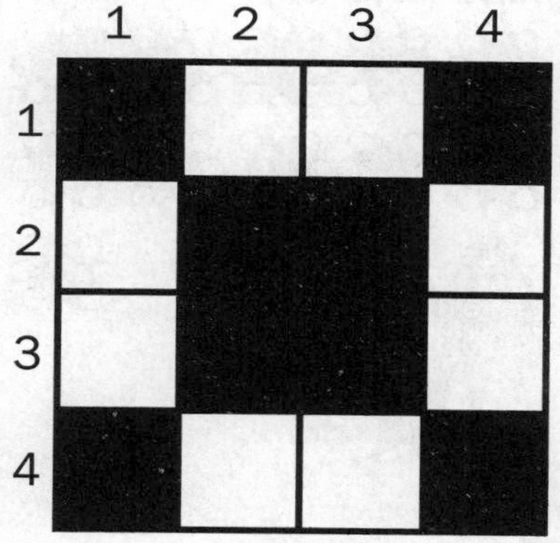

141 6个拉丁拼板

试着将下边这6个拼板重新组合成一个大正方形，使这个正方形每一行和每一列的6个小正方形颜色都不同。这个大正方形叫做拉丁正方形。

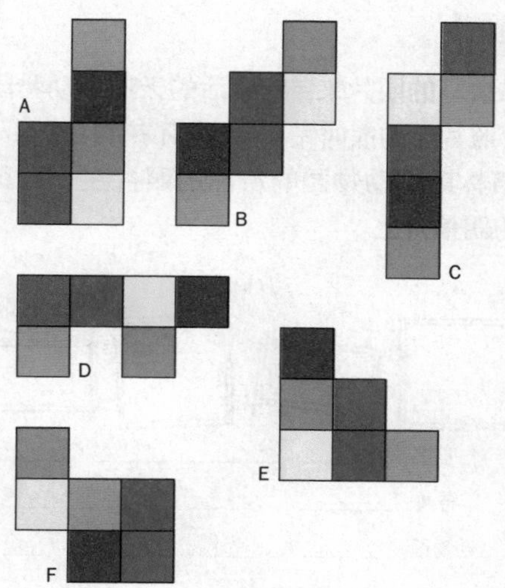

142 7个拉丁拼板

试着将下边这7个拼板重新组合成一个大正方形，使这个正方形每一行和每一列的7个小正方形颜色都不同。

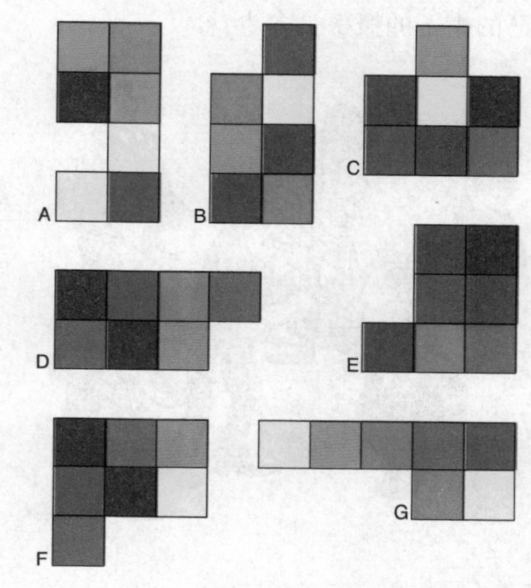

143 机会平衡

如图所示，请问有多少种方法可以将这5个重物放在天平上，并且保证天平处于平衡状态？

记住：一个重物离天平的支点越远，它对天平施加的力就越大。因此在图中标号2处的重物对天平施加的力是图中标号1处的2倍。

144 弄混了的帽子

3 个人在进餐馆时将帽子存在了衣帽间，但是粗心的工作人员将他们的号牌弄混了。等他们出来时，至少有一个人拿到的是自己的帽子的概率是多少？

145 夫妻圆桌

有 3 对夫妻围坐在圆桌边，他们的座位顺序需满足下面的条件：

1. 男人必须和女人相邻；
2. 每个男人都不能跟自己的妻子相邻。

请问满足这两个条件的排序方法一共有多少种？

146 圆桌骑士

让 8 位骑士围坐在圆桌边，每个人每次都要与不同的人相邻，满足这一条件的座位顺序一共有 21 种。现在已经给出了 1 种。可以用 1 ~ 8 这 8 个数字分别代表 8 位骑士，请你画出其他的 20 种座位顺序。

147 可爱的熊

我妹妹在她梳妆台的镜子上摆放了 4 张照片，这 4 张照片展示的是她去年去动物园时所看到的熊。从以下所给的线索中，你能说出这 4 只熊的名字、种类以及各个动物园的名字吗？

线索

1. 布鲁马的照片来自它生活的天鹅湖动物园。
2. A 照片上的熊叫帕丁顿，它不来自秘鲁。
3. 格林斯顿动物园的灰熊的照片在一张正方形的明信片上。

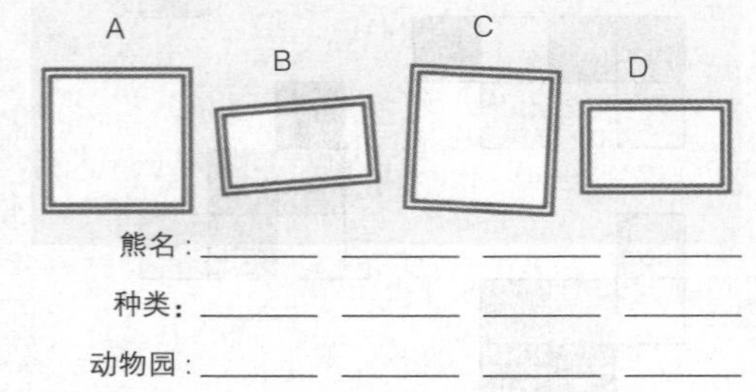

4. 眼镜熊的照片在鲁珀特的右边，鲁珀特熊不穿裤子。

5. 泰迪的照片紧靠来自布赖特邦动物园那只熊的左边，后者不是东方太阳熊。

> 熊名：布鲁马，帕丁顿，鲁珀特，泰迪
> 种类：灰熊，极地熊，眼镜熊，东方太阳熊
> 动物园：布赖特邦，格林斯顿，诺斯丘斯特，天鹅湖

提示：先找出D照片的熊名。

148 谁的博阿塞西

对于常做逻辑推理题的人来说，很多看似不可能的巧合同时发生并不奇怪。在19世纪30年代的吉恩家族的每个成员，都和博阿塞西家族中的成员通过婚，有着亲缘关系。从以下所给的线索中，你能说出每个“吉恩”分别和哪个“博阿塞西”有联系，以及产生这种联系的中间人是谁吗？

线索

1. 爱德华·泰可瑞的其中一个表兄妹通过婚姻，和博阿塞西·尼迪亚产生联系。

2. 通过博阿塞西的母亲，博阿塞西·泰尔成为了博阿塞西家族中的先辈。

3. 使格莱得·汉丁顿和博阿塞西产生联系的不是卡斯伯特，博阿塞西成员也不是博阿塞西·斯居特。

4. 得斯地蒙诺是蒙特高·弗利特和博阿塞西·斯居特间的联系人。

5. 阿彻·方斯林的阿姨是其中一位博阿塞西的后代，她不是玛丽购德。

6. 使鲁珀特·得格雷和博阿塞西产生联系的是他的一位女性亲戚，后者不是他的表兄妹。

7. 霍滕西亚和博阿塞西·莱格斯有关系。

	博阿塞西·贝尔斯	博阿塞西·莱格斯	博阿塞西·尼迪亚	博阿塞西·斯居特	博阿塞西·泰尔	阿姨	表兄妹	表兄妹	母亲	叔叔	卡斯伯特	得斯地蒙诺	霍滕西亚	马格纳斯	玛丽购德
阿彻·方斯林															
爱德华·泰可瑞															
格莱得·汉丁顿															
蒙特高·弗利特															
鲁珀特·得格雷															
卡斯伯特															
得斯地蒙诺															
霍滕西亚															
马格纳斯															
玛丽购德															
阿姨															
表兄妹															
表兄妹															
母亲															
叔叔															

149 男女分工

从前，男女工作分工相当明确，某些工作只有男性可以做。然而在今天，情况发生了变化，从某一天布鲁姆卡斯特婚姻注册办公室登记的情况来看就能说明这一点。从以下所给的线索中，你能推断出各对新人的名字和职业吗？

线索

1. 从前，女性如果想在英格兰航空公司工作的话只能当空姐，而现在保罗·斯通的新娘却是此公司的职业飞行员，驾驶波音747飞越大西洋。

2. 职业赛马师，少女时称赖德，她现在的姓要比那个种花男人的姓少一个字母。

3. 女消防员没有和提姆·韦布结婚，她少女时的姓要比木匠的姓氏短。木匠没有和模特结婚，

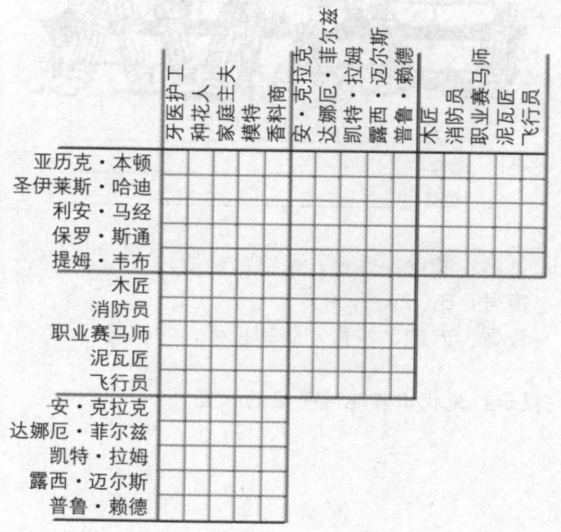

	牙医护工	种花人	家庭主夫	模特	香料商	安·克拉克	达娜厄·菲尔兹	凯特·拉姆	露西·迈尔斯	普鲁·赖德	木匠	消防员	职业赛马师	泥瓦匠	飞行员
亚历克·本顿															
圣伊莱斯·哈迪															
利安·马经															
保罗·斯通															
提姆·韦布															
木匠															
消防员															
职业赛马师															
泥瓦匠															
飞行员															
安·克拉克															
达娜厄·菲尔兹															
凯特·拉姆															
露西·迈尔斯															
普鲁·赖德															

而模特不是圣伊莱斯·哈迪。

4. 利安·马经和达娜厄·菲尔兹组成了新的家庭，妻子是个木匠。而家庭主夫与泥瓦匠妻子也是其中一对新人。

5. 亚历克·本顿是一个开公司的香料商，他的公司生产一种特殊的香水给客户。

6. 凯特·拉姆是一个牙医护工的妻子，在结婚之后她仍沿用结婚前的姓名。

7. 安·克拉克结婚后的姓和之前的姓长度相同。

150 下一个出场者

乡村板球队正在比赛，有4位替补选手正坐在替补席上整装待发。从以下给出的线索中，你能说出这4位选手的名字、赛号以及每个人在球队中的位置吗?

线索

1.6号是万能选手，准备下一个出场，他坐的位置紧靠帕迪右侧。

2. 尼克是乡村队的守门员。

3. 旋转投手的位置不是7号。

4. 图中C位置被乔希占了。

5. 选手A将在艾伦之后出场。

6. 坐在长凳B位置的选手是9号。

姓名：________ ________ ________ ________

赛号：________ ________ ________ ________

位置：________ ________ ________ ________

姓名：艾伦，乔希，尼克，帕迪

赛号：6，7，8，9

位置：万能，快投，旋转投手，守门员

提示：先找出万能选手坐的位置。

151 寻找骨牌（一）

一副标准形式的骨牌已经展开，为了清楚起见，它使用数字而非点数来表示。用你尖锐的笔尖和灵活的脑瓜，你能把每个骨牌都画出来吗？这些格子将对你非常有帮助。

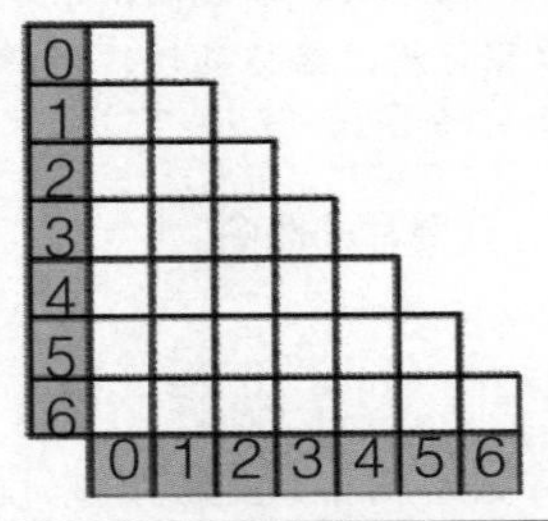

0	3	0	3	6	4	6	2
5	5	0	5	4	5	5	0
6	2	0	4	2	3	4	1
1	2	2	4	4	3	1	3
1	1	0	6	5	3	3	1
1	3	6	6	6	2	2	5
2	1	4	0	4	0	6	5

152 寻找骨牌（二）

一副标准形式的骨牌已经展开，为了清楚起见，它使用数字而非点数。用你尖锐的笔尖和灵活的脑瓜，你能把每个骨牌都画出来吗？这些格子将对你非常有帮助。

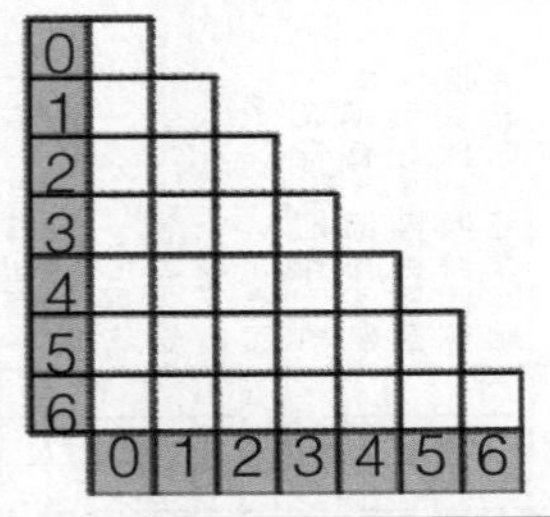

1	4	2	1	1	6	0	2
3	6	2	1	1	6	6	5
4	3	2	5	3	3	3	4
0	1	4	2	4	4	6	1
3	5	0	4	2	5	3	0
1	5	5	6	5	0	0	0
3	2	5	6	0	4	6	2

153 寻找骨牌（三）

一副标准形式的骨牌已经展开，为了清楚起见，它使用数字而非点数来表示。用你尖锐的笔尖和灵活的脑瓜，你能把每个骨牌都找出来吗？你会发现这些格子对你非常有帮助。

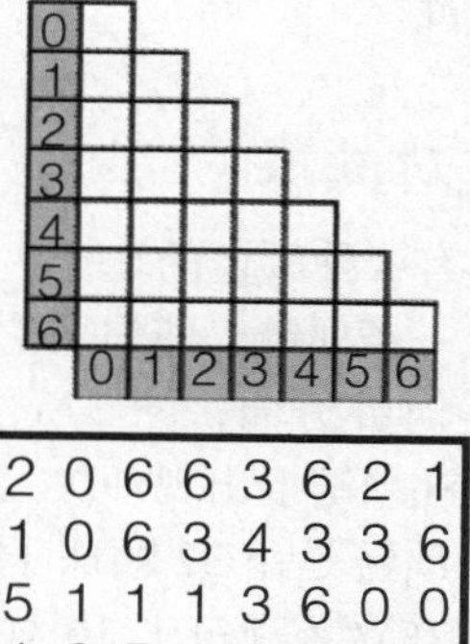

2	0	6	6	3	6	2	1
1	0	6	3	4	3	3	6
5	1	1	1	3	6	0	0
1	2	5	2	2	5	5	1
2	0	2	5	4	5	4	4
4	6	6	4	0	1	0	4
0	3	3	3	5	2	4	4

154 寻找骨牌（四）

一副标准形式的骨牌已经展开，为了清楚起见，它使用数字而非点数来表示。用你尖锐的笔尖和灵活的脑瓜，你能把每个骨牌都找出来吗？你会发现这些格子对你非常有帮助。

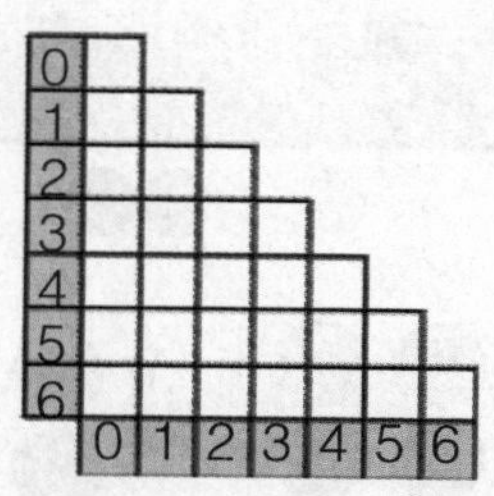

0	2	2	4	4	4	4	4
2	5	2	3	1	1	6	6
6	3	6	3	3	5	3	5
3	0	6	3	5	2	5	6
2	1	6	4	0	5	5	4
2	0	0	0	6	5	1	4
1	0	3	1	1	2	1	0

155 寻找骨牌（五）

一副标准的骨牌已经摆出，为了表达清楚，我们使用数字替代圆点。运用锋利的笔和敏锐的头脑，你能标出每张骨牌的位置吗？每找到一张牌就把它去掉，你会发现右边的表格对你很有帮助。

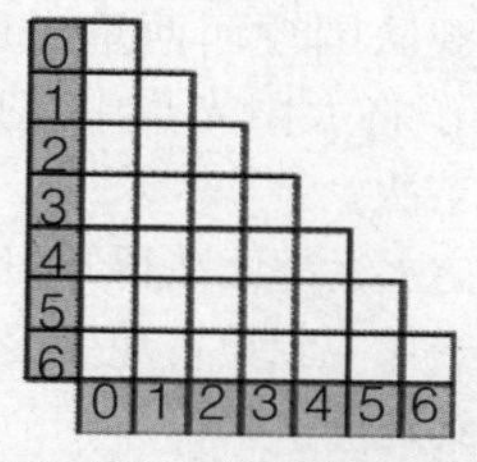

1	3	4	0	2	3	0	0
6	5	5	1	2	3	4	6
4	4	4	2	2	5	5	6
3	1	0	0	3	0	5	6
6	1	1	2	2	5	3	3
1	5	6	0	2	5	6	1
4	0	4	6	2	4	1	3

156 寻找骨牌（六）

一副标准形式的骨牌已经展开，为了清楚起见，它使用数字而非点数来表示。用你尖锐的笔尖和灵活的脑瓜，你能把每个骨牌都找出来吗？你会发现这些格子对你非常有帮助。

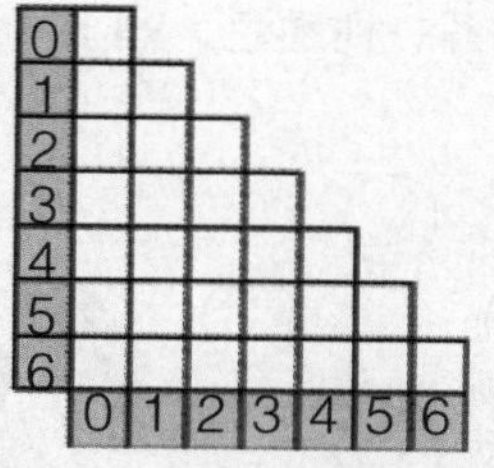

2	5	1	1	1	2	0	6
5	0	6	6	5	3	4	4
2	3	4	5	2	5	4	2
1	1	6	5	2	5	0	4
0	0	4	5	3	3	3	2
6	6	6	3	3	2	1	6
4	1	0	0	0	1	4	3

157 阿基米得的镜子

镜子可以在科学、魔术以及日常生活中创造不可思议的功绩。

伟大的希腊数学家阿基米得富于想象力地将镜子用于许多创造发明中。根据古代著作，他最杰出的功绩就是在公元前 214 年罗马舰队围攻西西里岛城市叙拉古时，他用镜子将太阳光集中反射到罗马船只上并使其着火。

我们可能永远都无法得知阿基米得是否成功地用镜子保卫叙拉古免受侵略。但是，他有可能办到这件事吗？

158 珠子和项链

现在你手上有 3 种颜色的珠子—红、绿、黄。将这些珠子串成项链，每条项链由 5 颗珠子组成，这 5 颗珠子中有 2 颗是同一种颜色，2 颗是另一种颜色，剩下 1 颗是第 3 种颜色。

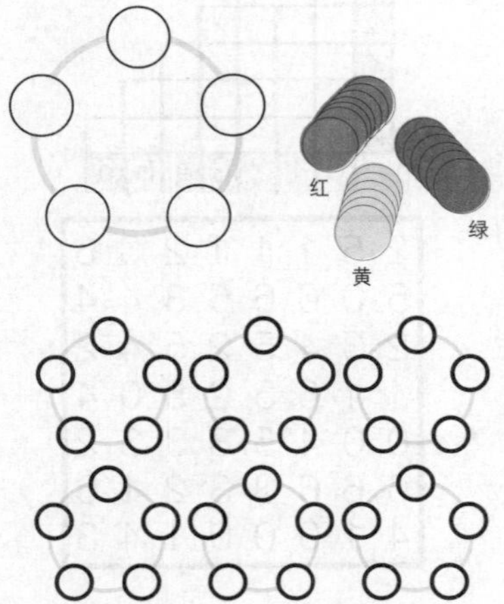

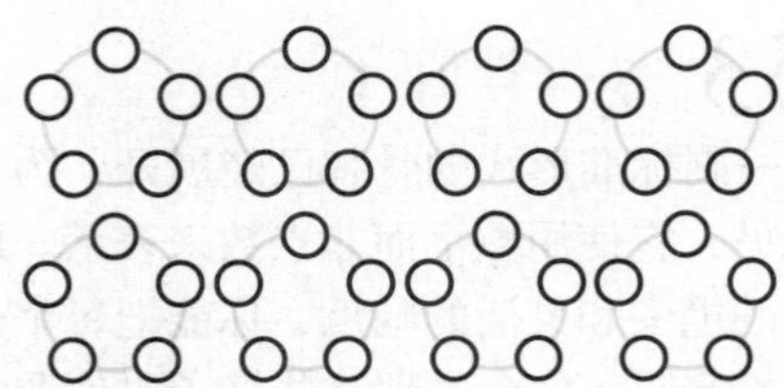

问按照这一规则一共可以串出多少条符合条件的项链？

159 成对的珠子

现在你有 4 种颜色的珠子，要求你将这些珠子串成一条项链，使你无论沿着顺时针方向还是逆时针方向，图 2 所示的 16 种珠子组合都会在项链上出现一次。

图 1 的项链是由 32 颗珠子组成的，但是你会发现在这条项链上 16 对珠子组合中的好几对都出现了不止一次。现在的问题是，满足条件的项链最少应该由多少颗珠子组成？

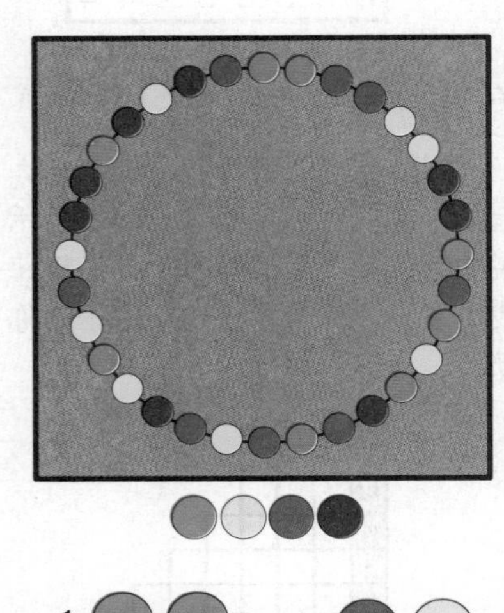

图 1

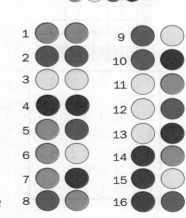

图 2

160 平衡游戏板

常常可以在儿童游乐场看到平衡游戏板，它非常有趣。我们这里的思维游戏就和它有关。

相等的重物（这里用红色圆圈表示）放在游戏板上的某些空白处（用白色圆圈表示）。

请问如果该游戏板的支点在它的中心（图中黑色圆点处），那么还需要在游戏板的哪些空白处增加多少个重物才能使它保持平衡？

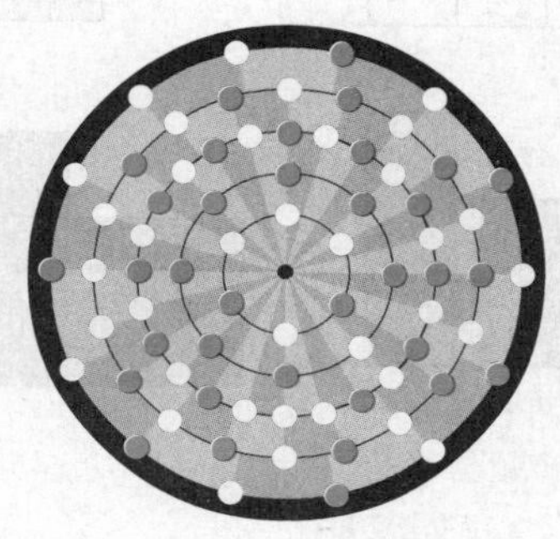

161 增大体积

如果地球上的所有东西的长度都变成原来的2倍（也就是说，所有测量长度的工具都变成原来的2倍），那么你的体重会比原来重多少？

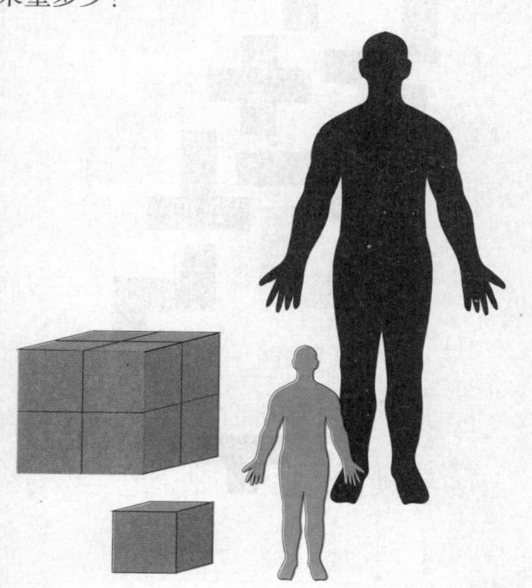

162 顶点的正方形

有些三维幻觉在平面上也会出现。

在所给出的这幅图中，你看到了什么？一个小正方形在一个大正方形的一角外面？一个小正方形在一个大正方形的一角里面？还是一个大正方形的一角被挖去了一个小正方形？

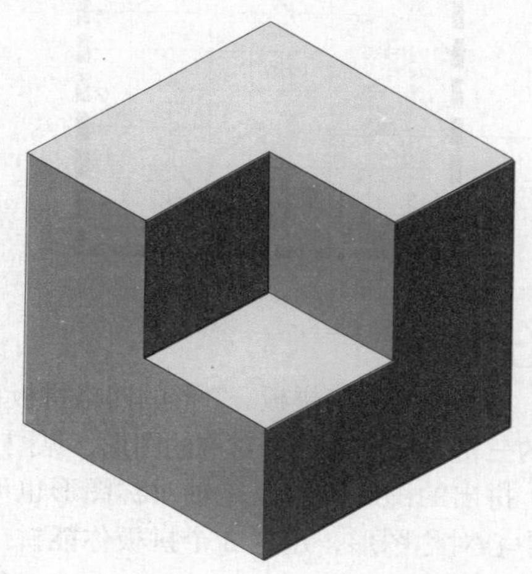

163 分割棋盘

把棋盘分割开，用分出来的碎片拼出下面的英文单词，并且，每个单词后面都有一个小圆点。

164 光路

下图镜子迷宫里的红线条都是双面镜。

通过哪个缺口进入能指引一束激光穿过这个镜子迷宫？

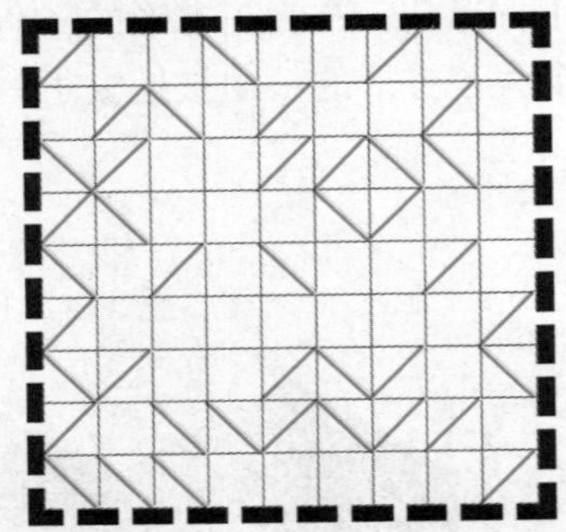

165 多格拼板对称

将下面的单格拼板、T 形的四格拼板和 L 形的三格拼板拼成一个对称的图形，见图 1。

拼出的图形既可以是轴对称图形也可以是中心对称图形，用这 3 个拼板你能拼出多少个对称图形？ 一共可以拼出 17 个对称图形，是不是超出了你的想象？在另外的 16 个图形中，我们已经给出了单格拼板的摆放位置，你能否将这些图形补充完整？注意：拼板格的颜色不用对称。

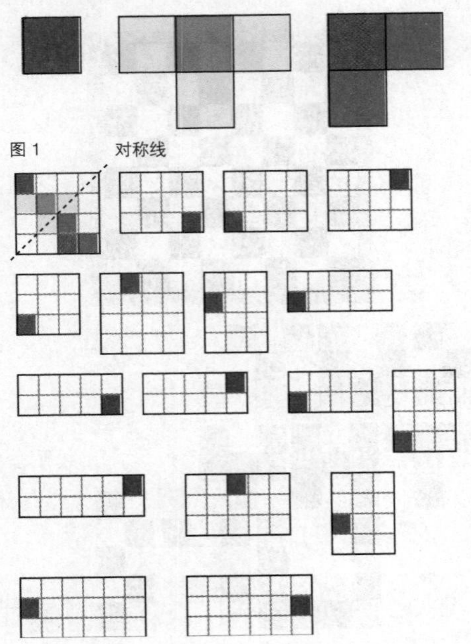

166 多格拼板矩形

最少用几个同样的多格拼板可以组成一个矩形，这个个数就是该多格拼板的序号。允许旋转拼板。

根据上面的定义，序号为 1 的多格拼板本身就是一个矩形。

你能否找出下边 4 个多格拼板的序号？

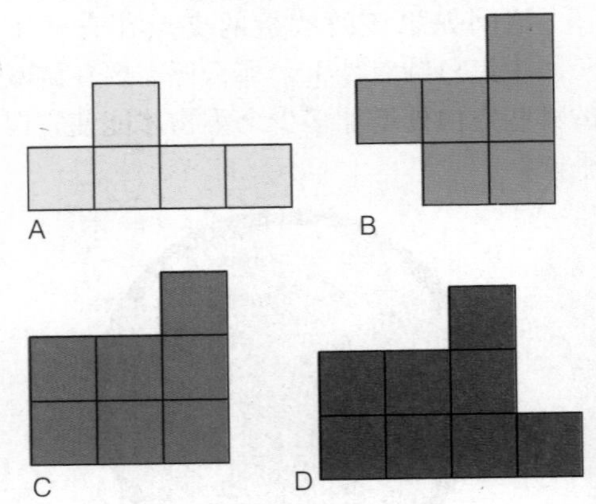

167 五格拼板

下面是 12 个五格拼板，你能否将它们正好放进右边的表格中，只留下中间 4 个黑色的格子？允许旋转拼板。

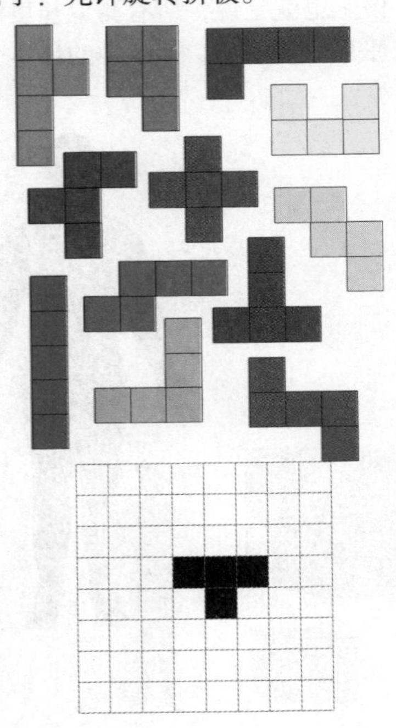

168 六格拼板

六格拼板是包含6个格子的多格拼板。

六格拼板一共有35个，它们可以覆盖一个15×15的正方形，中间留下一个3×5的矩形。

你能将上面所给出的12个六格拼板填入下面的拼图中，将拼图补充完整吗？

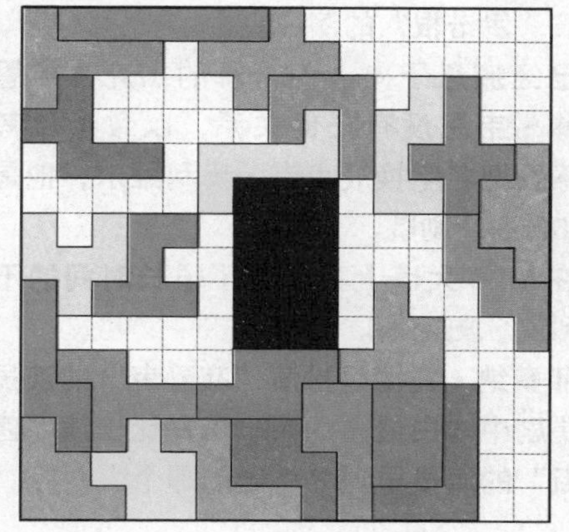

169 囚室

图中的Ⅰ，Ⅱ，Ⅲ，Ⅳ分别代表了4个囚室，你能依据线索说出被囚禁者以及他或她父亲的名字等细节吗？

线索

1. 在房间Ⅰ里的是国王尤里的孩子。
2. 禁闭阿弗兰国王唯一的孩子的房间，是尤里天的郡主所在房子的逆时针方向上的第一间，后者的房子在沃而夫王子的对面。
3. 禁闭欧高连统治者孩子的房间，是国王西福利亚的孩子所在房间逆时针方向上的第一间。
4. 勇敢的阿姆雷特王子，在美丽的吉尼斯公主所在房间顺时针方向的第一个房间，即马兰格丽亚国王的小孩所在房间逆时针方向的下一间。
5. 卡萨得公主在一位优秀王子的对面，前者的父亲统治的不是卡里得罗。卡里得罗也不是国王恩巴的统治地。

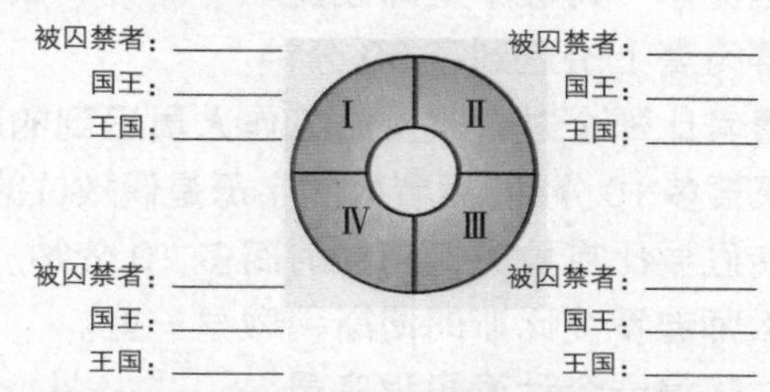

被囚禁者：阿姆雷特王子，沃而夫王子，卡萨得公主，吉尼斯公主

国王：阿弗兰，恩巴，西福利亚，尤里

王国：卡里得罗，尤里天，马兰格丽亚，欧高连

提示：先找出吉尼斯公主的对面是谁的房间。

170 夏日嘉年华

赢得了前3名的好成绩。从以下所给的线索中，你能将这3位母亲和她们各自的孩子配对，并描述出各小孩的服装以及他们的名次吗？

线索

1. 穿成垃圾桶装束的小孩排名紧跟在丹妮尔的孩子的后面。
2. 杰克的服装获得了第3名。
3. 埃莉诺的服装像一个蘑菇。
4. 梅勒妮是尼古拉的母亲，尼古拉不是第2名。

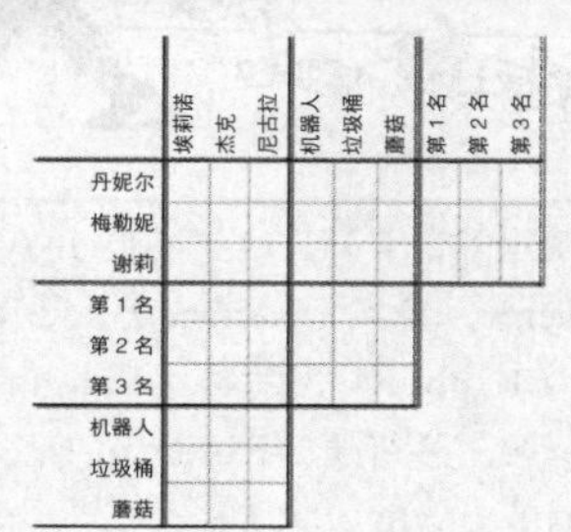

171 上班迟到了

在这周的工作日，5 个好友某个晚上出去参加了一个聚会，结果，第二天大家睡过头了，他们每个人都迟到了。从以下所给的线索中，你能说出这 5 个人的名字、他们各自的工作以及分别迟到多长时间吗？

线索

1. 迈克尔·奇坡不是邮递员。
2. 赛得曼上班迟到了 50 分钟。
3. 鲁宾比那个过桥收费站工作人员迟到的时间还要多 10 分钟，后者姓的字母是偶数位的。
4. 砖匠要比克拉克迟到的时间多 10 分钟。
5. 教师迪罗要比斯朗博斯稍微早一些。
6. 兰格是一个计算机程序员。
7. 思欧刚好迟到了半小时。

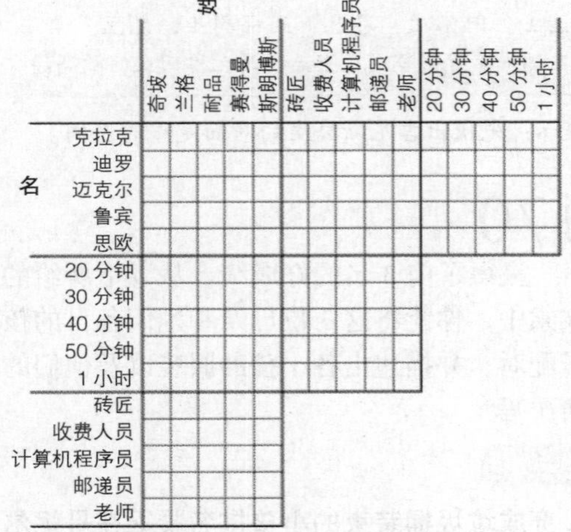

名：克拉克（Clark），迪罗（Delroy），迈克尔（Michael），鲁宾（Reuben），思欧（Theo）
姓：奇坡（Kipper），兰格（Langer），耐品（Napping），赛得曼（Sandman），斯朗博斯（Slumbers）

172 直至深夜

剧院打算上演新剧《直至深夜》，原本打算早上 7：00 预演，可演员们不约而同都迟到了。从以下所给的线索中，你能说出这 5 个演员分别扮演剧中的哪个角色、他们到达剧院的时间以及迟到的理由吗？

线索

1. 肯·杨把他的姗姗来迟归咎于错过了发自伦敦的早班车，并"为迟到几分钟真诚的向大家道歉"，他要比在剧中出演"阿匹曼特斯"的演员早到 2 小时，后者称由于工作人员短缺，他的火车被取消所以迟到的。
2. 在 A12 大道上由于汽油用尽而迟到的那个演员是在早上 9:00 到的。
3. 另外一人由于汽车抛锚而迟到（已经不是第一次了），把一群人搁在卡而喀斯特和斯坦布之间很长时间，他不是最后一个到达并出演"伊诺根"的演员。
4. 已经疲惫于向人们解释的杰克·韦恩和约翰·韦恩没有任何关系，以致于正考虑要不要把名字换成卢克·奥利维尔，他是在 11:00 到的剧院。
5. 在 M25 大道上塞车塞了很长时间的不是克利奥·史密斯。
6. 菲奥纳·托德是扮演"寂静者"的演员，也是剧中对白最多的人，不是比出演"匹特西斯"的演员早到 2 小时的那个人。

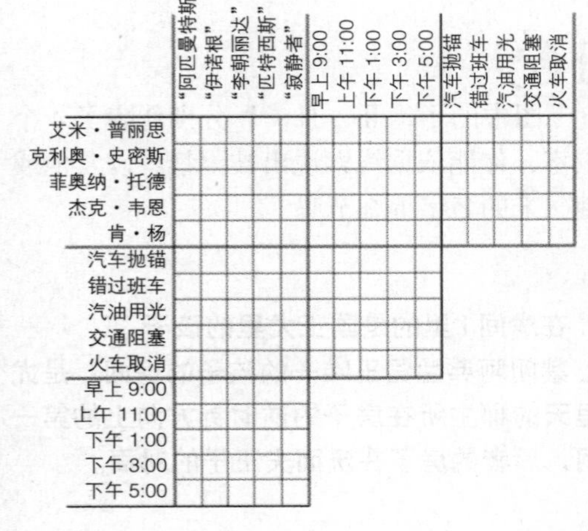

173 英国士兵的孩子们

退役士兵汤米·阿托肯的3个孩子都跟随他们的父亲加入了英国军队，并且都成了军官。从以下所给的线索中，你能说出汤米·阿托肯的3个小孩的出生年份、他们具体在哪种类型的部队服役以及他们现在驻扎的地方吗？

线索

1. 在皇家工程队的阿托肯军官出生于1977年。
2. 皇家炮兵队的大卫·阿托肯要比在奥尔德肖特的兄弟年轻。
3. 詹姆士·阿托肯不在步兵团。
4. 布赖恩现在驻扎在伦敦的一个步兵团里。

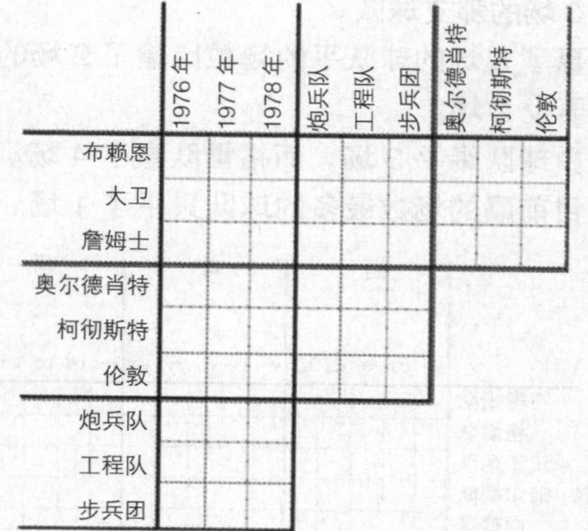

	1976年	1977年	1978年	炮兵队	工程队	步兵团	奥尔德肖特	柯彻斯特	伦敦
布赖恩									
大卫									
詹姆士									
奥尔德肖特									
柯彻斯特									
伦敦									
炮兵队									
工程队									
步兵团									

174 房间之谜

第二次世界大战期间，西班牙保持中立，马德里的一个旅馆经常有战争双方的间谍居住，而在那里，西班牙的一个便衣警官也会监视着他们。以下是1942年的某天晚上旅馆第1层的房间房客分布情况，你能说出各个房间被间谍占用的情况以及他们都分别为谁工作吗？

线索

1. 英国M16特务的房间在加西亚先生的正对面，后者的房间号要比罗布斯先生的房间小2。
2. 6号房间的德国SD间谍不是罗佩兹。
3. 德国另一家间谍机关阿布威的间谍行动要非常小心，因为房间2，3，6的人都认识他。
4. 毛罗斯先生的房间号要比苏联GRU间谍的房间大2。
5. 法国SDECE间谍的房间位于鲁宾和美国OSS间谍的房间之间，美国OSS间谍的房间是三者中房间号最大的。

姓名：戴兹，加西亚，罗佩兹，毛罗斯，罗布斯，鲁宾

间谍机构：阿布威，GRU，M16，OSS，SD，SDECE

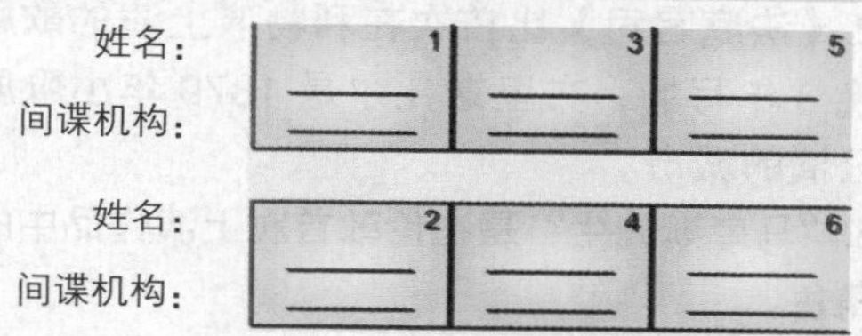

提示：先找出OSS间谍住的房间。

175 吹笛手游行

图中展示了吹笛手带领着哈密林镇的小孩游行，原因是他用他的笛声赶走了镇里的所有老鼠，但镇里却拒绝付钱给他。从以下所给的线索中，你能说出4个小孩的名字、他们的年龄以及他们父亲的职业吗？

线索

1. 牧羊者的小孩紧跟在6岁的格雷琴的后面。
2. 汉斯要比约翰纳年纪小。
3. 最前面的小孩后面紧跟的不是屠夫的孩子。
4. 队列中3号位置的小孩今年7岁。
5. 玛丽亚的父亲是药剂师，她要比2号位置的孩子年纪小。

姓名：格雷琴，汉斯，约翰纳，玛丽亚

年龄：5，6，7，8

父亲：药剂师，屠夫，牧羊者，伐木工

提示：先找出格雷琴的位置。

176 维多利亚歌剧

亚瑟·西伯特和威廉·格列弗写了一系列受欢迎的维多利亚歌剧。以下是对其中 5 部的介绍。从所给的信息中，你能说出作者写这些歌剧的年份、在哪里上演以及剧中的主要人物吗？

线 索

1.《将军》要比主要人物为“格温多林”的歌剧早写 6 年，而《伦敦塔卫兵》中的主要人物为“所罗林长官”。

2.《法庭官司》比首次在利物浦上演的歌剧晚 3 年写的，布里斯托尔是 1879 年小歌剧公演的城市。

3.“马库斯先生”是在伦敦首次上演作品中的角色。

4.《忍耐》的首次上演地点是伯明翰。

5.《康沃尔的海盗》是 1870 年写的，它不是关于“马里亚纳”的财富的。

6.“小约西亚”是 1873 年歌剧中的主要人物。

177 得分列表

当地足球协会最出色的 5 支球队本赛季大概已经赛了 10 场（其中一些队要比另外一些队比赛的次数稍多一些），以下信息告诉了我们各队进展的细节。从给出的信息中，你能说出各球队至今为止胜、负、平的场数吗？

线 索

1. 汉丁汤队至今已经输了 5 场，平的场数要比布赛姆队少，布赛姆队本赛季赢的场数不是 2 场。

2. 已经平了 5 场只输 1 场的球队赢的场数大于 2。

3. 只赢了 1 场的球队不是平了 4 场也不是输了 3 场的那支球队。

4. 赢了 5 场的球队平的场数比输了 2 场的那支要少 2 场。

5. 白球队踢平 3 场，而格雷队赢了 4 场。

6. 目前赢的场数最多的球队只平了 1 场。

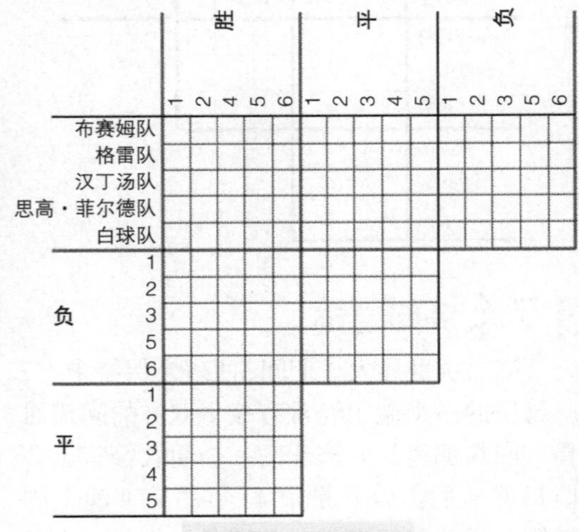

178 戴黑帽子的家伙

红石西野镇治安长官的办公室墙上挂着4张图片，他们是臭名昭著的黑帽子火车盗窃团伙的成员。从以下所给的线索中，你能说出他们各自的姓名和绰号吗？

线索

1. 赫伯特的图片和“男人”麦克隆水平相邻。
2. 图片A是雅各布，而图片C上的不是西尔维斯特·加夹德。
3. 姓沃尔夫的男人照片和绰号“小马”的照片水平相邻。
4. 在D上的丘吉曼的绰号不是“强盗”。

名：赫伯特，雅各布，马修斯，西尔维斯特
姓：丘吉曼，加夹得，麦克隆，沃尔夫
绰号：“强盗”，“男人”，“小马”，“里欧”

提示：先确定图C是谁。

179 戒指女人

洛蒂·吉姆斯本是一个不起眼的女演员，但是却因和很多有钱男人订过婚，关系破裂后得到他们价值连城的婚戒而扬名，从而成为名副其实的“戒指女人”。从以下所给的线索中，你能说出每个戒指里所用的宝石的类型、戒指的价值以及这些戒指分别是哪个男人给的吗？

线索

1. 洛蒂从企业家雷伊那得到的钻戒就在价值10000英镑的戒指旁边。
2. 从电影导演马特·佩恩那得到的戒指要比那个硕大的红宝石戒指便宜。
3. 那个翡翠戒指价值不是15000英镑，它不是休·基恩给她的。
4. 戒指3花了她前未婚夫20000英镑。

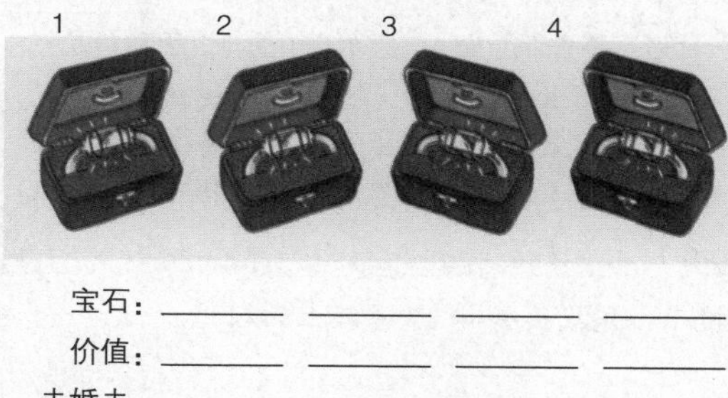

宝石：______ ______ ______ ______
价值：______ ______ ______ ______
未婚夫：______ ______ ______ ______

宝石：钻石，翡翠，红宝石，蓝宝石
价值（英镑）：10000，15000，20000，25000
未婚夫：艾伦·杜克，休·基恩，马特·佩恩，雷伊·廷代尔

提示：先找出价值10000英镑的戒指。

180 剧院座位

一次演出中，某剧院前3排中间的4个座位都满了，从以下所给的线索中，你能将座位和座位上的人正确对上号吗？

线索

1. 彼特坐在安吉拉的正后面，也是在亨利的左前方。
2. 尼娜在B排的12号座。
3. 每排4个座位上均有2男2女。
4. 玛克辛和罗伯特在同一排，但要比罗伯特靠右边2个位置。

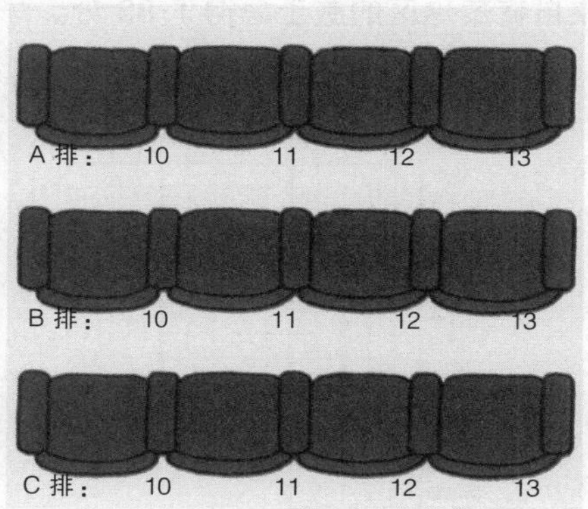

5. 坐在查尔斯后面的是朱蒂，朱蒂的丈夫文森特坐在她的隔壁右手边上。

6. 托尼、珍妮特、莉迪亚3个分别在不同的排，莉迪亚的左边（紧靠）是个男性。

> 姓名：安吉拉（女），查尔斯（男），亨利（男），珍妮特（女），朱蒂（女），莉迪亚（女），玛克辛（女），尼娜（女），彼特（男），罗伯特（男），托尼（男），罗伯特（男），文森特（男）

提示：先找出A排13号座上的人。

181 品尝威士忌

最近的一次品酒会上，5位威士忌专家被邀请来品尝5种由单一麦芽酿造而成的酒，每种酒的生产年份不同，且产自苏格兰不同地区。从以下所给的信息中，你能说出每种威士忌的详细信息以及每位专家所给出的分数吗？

线索

1. 8年陈的威士忌来自苏格兰高地，它不是斯吉夫威士忌，也不是分数最低的酒。

2. 格伦冒不是用斯培斯的麦芽酿成的。因沃那奇是10年陈的。

3. 14年陈的威士忌得了92分，名字中有“格伦”两个字。

4. 布兰克布恩是用伊斯雷岛麦芽酿成的，得分大于90分。

5. 来自苏格兰低地的威士忌要比得分最高的那个早4年生产。

6. 来自肯泰地区的威士忌得了83分。

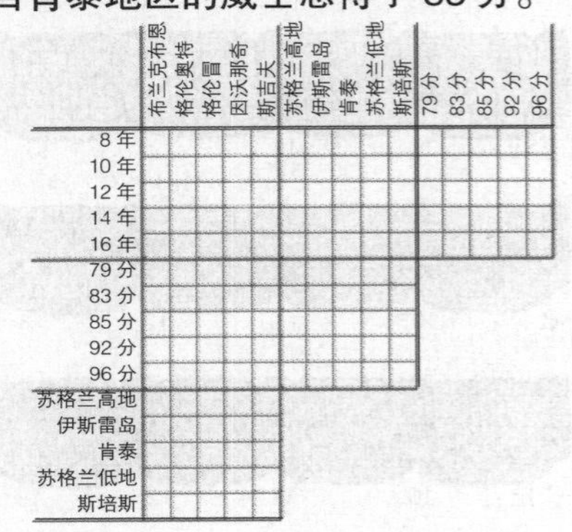

182 小球平衡

如图所示，8个可以滑行的小球悬在一个横框下面，它们可以滑行到11个齿的任何一个下面。一共有4种不同重量的小球：

黄色小球：1单位重量

红色小球：2单位重量

绿色小球：3单位重量

蓝色小球：4单位重量

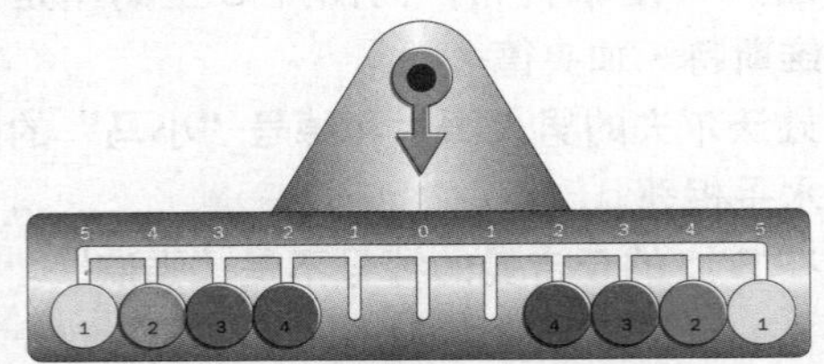

在下面的4个问题中，横框的右边已经分别悬了3个小球。请你将左边的5个小球悬到横框的左边（包括横框中间的齿），使横框保持平衡。红色实线右边不允许再悬挂小球。

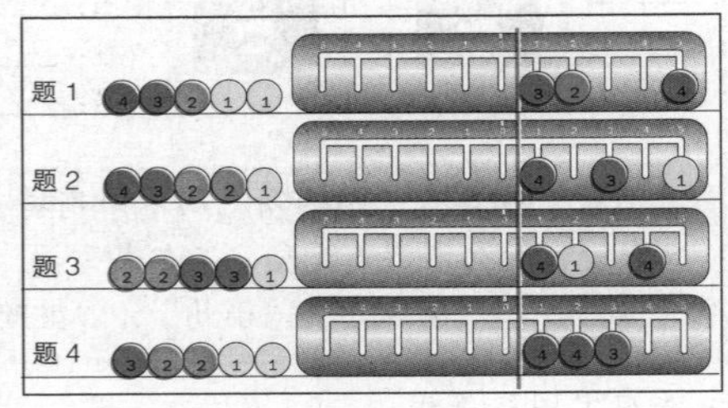

183 “楼梯”悖论

如果我们将正方形如图所示无限地分割下去，这个“楼梯”的长度（图中红线标出部分）最终等于多少？

到第10代时一共会有多少级“楼梯”？

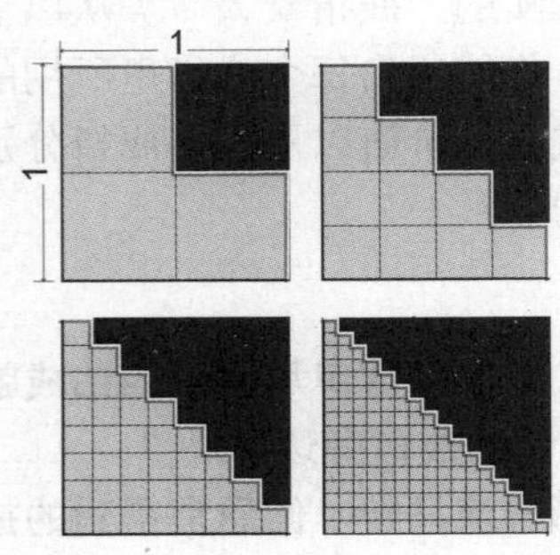

184 密码

你能看出如图所示的是哪几个英文字母吗?

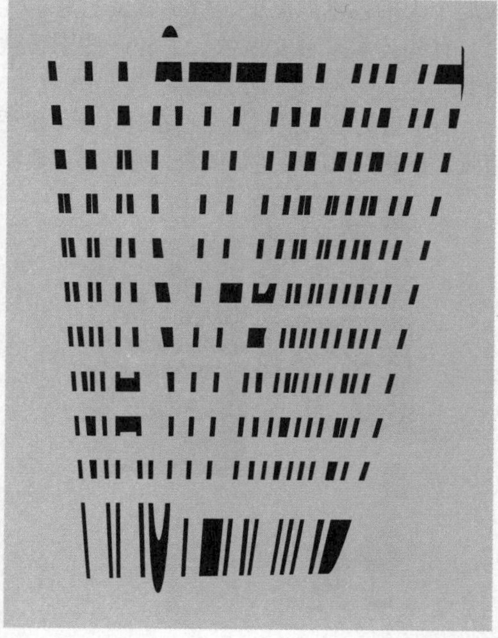

185 五角星

你能用6个直角三角形拼出1个五角星吗?

186 动物转盘

如图，这个转盘的外环有11种动物。请在转盘的内环也分别填上这11种动物，使这个转盘能满足下列条件：无论转盘怎么转动，只可能有一条半径上出现一对相同的动物，而其他的半径上全部是不同的动物。问满足这种条件的排序一共有多少种?

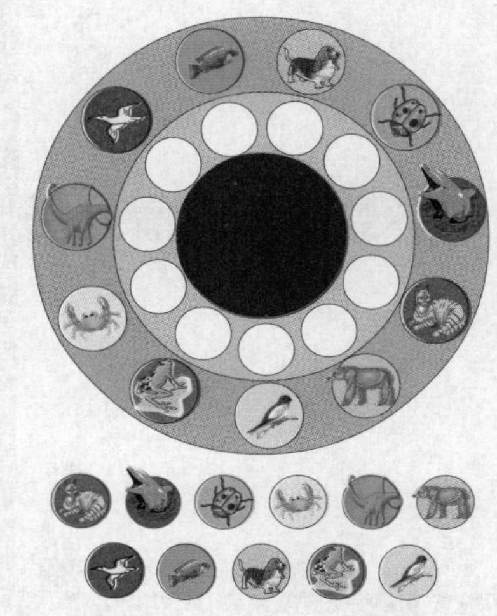

187 火柴光

想象左边这个布局中的3个房间的墙上（包括地板和房顶）都铺满镜子。房间里一片漆黑。

一个人在最上面的房间里划了一根火柴。那么在下面右边房间里吸烟的人能看到火柴燃烧的映像吗?

188 传音管

图中的两个小孩离得很远，而且他们中间还隔着一堵厚厚的墙。他们试着通过两根长长的管子来通话，如图所示。请问在哪种情况下他们能够通过管子听到对方讲话？

189 六边形游戏

如图所示，请你把游戏板外面的16个六边形放入游戏板中，使游戏板内的黑色粗线连成一个封闭的图形。各个六边形都不能旋转；更具有挑战性的是，16个六边形中每两个相邻的六边形颜色都不能相同。

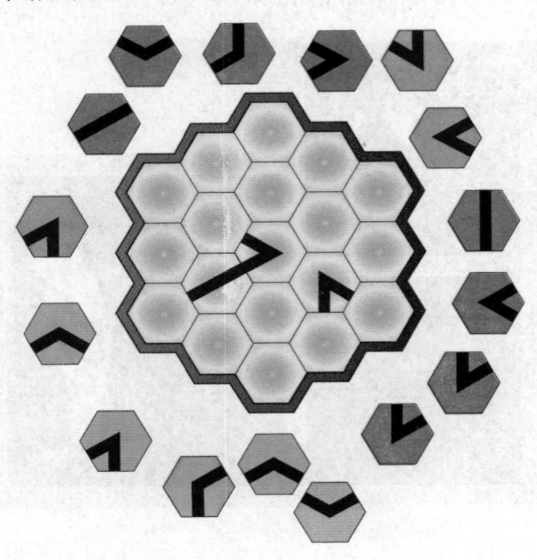

190 数字展览

对于古希腊人来说，数字就是一切。在我们今天的艺术展览中，数字就是艺术。

有些艺术家喜欢偶数，另外一些则喜欢奇数。

看下边的这几幅作品，不通过计算，仅凭直觉，你能否说出哪些是偶数，哪些是奇数？

191 无限与极限

如图所示，每一个方框里面的图的宽与高分别是上一个图的一半。可以想象一下，这样划分下去会有无数幅图。如果把这些图从下到上一个接一个地挂在墙上，最终会有多高呢？

在这些图片里有无数个小男孩，如果他们每个人站在另一个人的头上，这样依次站上去组成一个“塔”，那么这个“塔”最终会有多高呢？

192 滚动立方体

一个立方体可以有 24 种不同的摆放方式。

图 1 是一个立方体的展开图，该立方体的每一面都被分成了 4 种不同的颜色。将这幅展开图复制，剪下来，然后折叠，你会得到一个立方体，它的 24 种不同的摆放方式如图 2 所示。

如果将这个立方体在一块板上从一个面滚到另一个面，并且使每一面的方向都不同，请问这个板最小多大？

图 1: 彩色立方体的展开图
将它涂上颜色，剪下来，折叠，然后用胶水粘起来，白色三角形是粘有胶水的部分。

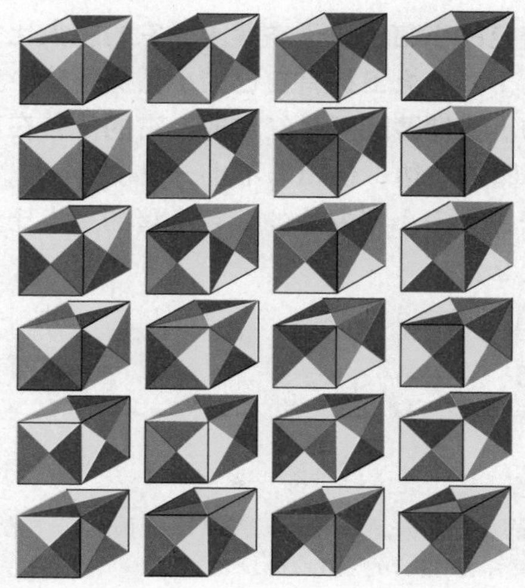

图 2: 一个立方体有 24 种不同的摆放方式

193 蛋卷冰激凌

一个 3 层的蛋卷冰激凌，口味分别是草莓、香草和柠檬。请问你拿到这个冰激凌从上到下的口味排列正好是你最喜欢的顺序的概率是多少？

194 转角镜

如下图所示，一个男孩分别从一面平面镜和两面以 90° 角相接的镜子中观察自己。

男孩的脸在两种镜子中所成的像是一样的吗？

195 曲面镜

如图所示，男孩看左边的凸面镜发现自己是上下颠倒的。然后将镜子翻转 90°。这时候男孩看到的自己是什么样子的呢？

196 酒吧老板的新闻

这周的“思道布自由言论”主要是关于 5 个乡村酒吧老板的新闻。从以下所给的线索中，你能找出他们所经营的酒吧分别在哪个村以及他们上报的原因吗？

线 索

1. 每条新闻都附有一张照片，其中一张照片是关于“格林·曼”酒吧的，它被允许延长营业时间；而另一张照片所展现的是一个以外景闻名的酒吧。

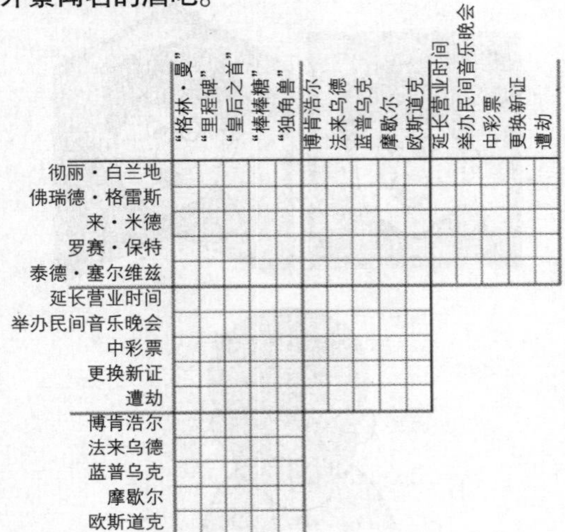

2. “棒棒糖”酒吧的经营者是来·米德，他在他的啤酒花园拍了一张照片，这张照片不是来自蓝普乌克，蓝普乌克也不是“独角兽”所在的地方。

3. 位于法来乌德的酒吧主人因被抢劫而上报，图中展示的是他在吧台的幸福时光。

4. 罗赛·保特以前经营过铁道旅舍，现在经营着位于博肯浩尔的酒吧。

5. 泰德·塞尔维兹（他其实叫泰得斯，不是本地人，他出生于朗当）刚刚更换了新的酒吧经营许可证。图中展示了他站在酒吧外面的照片。他的酒吧不是位于欧斯道克的“皇后之首”。

6. 佛瑞德·格雷斯的酒吧名字与动物有关。彻丽·白兰地（结婚前称彻丽·品克）并没有在自由言论所报道的民间音乐晚会中出现。这场民间音乐晚会是为当地收容所筹款，并在其中一个乡村的酒吧举行。

197 诺斯家的储蓄罐

诺斯家的柜子上摆放着 5 个小猪储蓄罐，他家的 5 个小孩正努力存钱。从以下所给的线索中，你能描述这几个小猪的详细情况——它们的颜色、名字以及各自的主人吗？

线 索

1. 蓝色的小猪不属于杰茜卡，它的主人比大卫大 1 岁。大卫拥有自己的小猪储蓄罐，大卫的小猪储蓄罐不是红色的，它的位置在蓝色小猪的右边，但相隔不止一只小猪。

2. 紧靠大卫小猪左边的绿色小猪的主人比大卫大 2 岁。

颜色：蓝，绿，红，白，黄
小孩名字：本，卡米拉，大卫，杰茜卡，卡蒂
小孩年龄：8，9，10，11，12

提示：先找出那个 12 岁小孩的名字。

3. 卡米拉的小猪储蓄罐紧靠红色小猪的左边。卡米拉要比红色小猪的主人年纪大，但她不是5个小孩中最大的。
4. 黄色的小猪不是大卫的，它紧靠杰茜卡的小猪左边，它的主人要比图中B小猪的主人大1岁，但要比大卫小1岁。
5. 本比纯白色小猪的主人小1岁，但比卡蒂大1岁，卡蒂的小猪比本的小猪和白色小猪更靠左。
6. 诺斯先生和夫人一直想让孩子们按年龄大小把他们各自的小猪从左到右排列，但都没有如愿。事实上，如果按他们的方案来看，目前没有一只小猪在它们应该在的位置上。

198 桥牌花色

4位桥牌选手各坐桌子一方，手中各有不同花色的一副牌。从以下给出的线索中，你能说出这4个人的名字以及他们握的是什么花色的牌吗？注意：南北和东西是对家。

线索

1. 理查德的牌颜色和拉夫的牌颜色一样，拉夫坐北边的位置。
2. 玛蒂娜对家握的牌花色是红桃。
3. 坐在西边的女人手握黑桃，她不姓田娜思。
4. 保罗·翰德的搭档是以斯帖。
5. 坐在南边的人握的牌花色不是梅花。

名：以斯帖，玛蒂娜，保罗，理查德
姓：翰德，拉夫，田娜思，启克
花色：梅花，钻石，红桃，黑桃

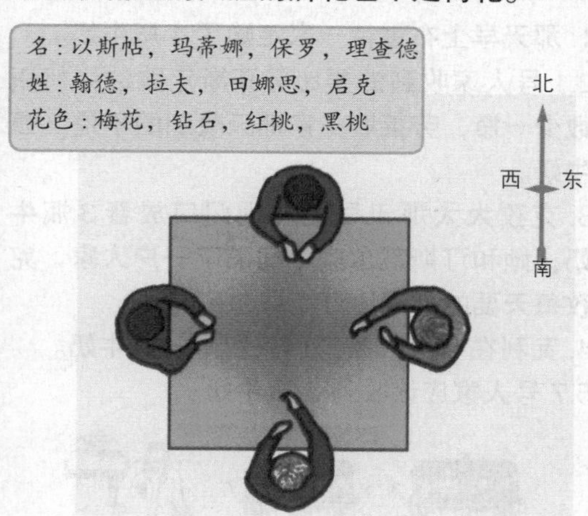

提示：先找出理查德握的牌的花色。

199 顶峰地区

在安第斯山脉的某个人迹罕至之地，那里的4座高峰都被当地居民当做神来崇拜。从以下所给的线索中，你能说出4座山峰的名字以及它们之前被当做哪个神来崇拜吗？最后将4座山峰按高度排序。

线索

1. 最高那座山峰是座火山，曾经被当做火神崇拜。
2. 格美特被当做庄稼之神崇拜，是4座山峰中最矮那座的顺时针方向上的下一座。
3. 山峰1被当做森林之神崇拜。
4. 最西面的山峰叫飞弗特尔，而普立特佩尔不是第2高的山峰。
5. 最东面那座是第3高的山峰。
6. 辛格凯特比被崇拜为河神的山峰更靠北一些。

山峰：飞弗特尔，格美特，普立特佩尔，辛格凯特
峰高次序：最高，第2，第3，第4
神：庄稼之神，火神，森林之神，河神

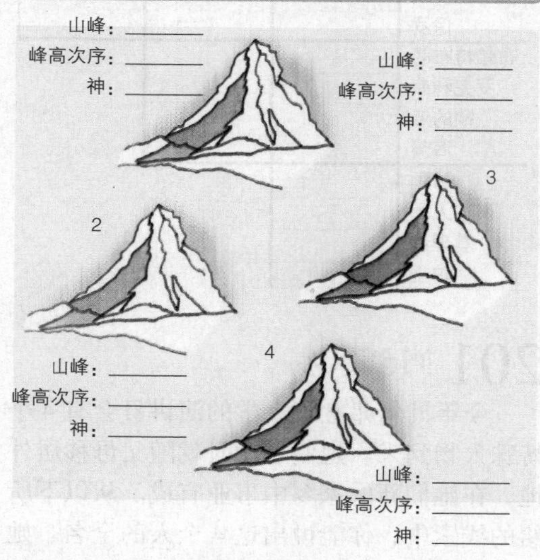

提示：先找出格美特的位置。

200 假日阵营

调查者正在英国海滩上采访4个“快乐周末无极限”阵营的工作人员。从以下所给的信息中，你能说出每个被采访者的全名、他们的工作以及他们为哪个阵营服务吗？

线索

1. 某个演艺人员（白天逗小孩子开心的小丑以及晚上为父母们表演的人员）在欧的海阵营工作，他不是菲奥纳和巴克赫斯特，后两人也不在布赖特布朗工作。
2. 护士凯负责节假日工作人员的健康问题，她不姓郝乐微，也没有被海湾阵营雇佣。
3. 在罗克利弗阵营工作的沃尔顿的名字不是保罗，他也不是厨师。

	姓：冈米丽	郝乐微	巴克赫斯特	沃尔顿	厨师	演艺人员	管理者	护士	布赖特布朗	罗克利弗	欧的海	海湾
名：本												
菲奥纳												
凯												
保罗												
布赖特布朗												
罗克利弗												
欧的海												
海湾												
厨师												
演艺人员												
管理者												
护士												

201 回到家乡

今年贝尔弗女子大学的演讲日会有4个特殊人物到来。她们年幼时就随父母移居外地，在她们新的家乡中事业有成。从以下所给的线索中，你能说出这4个人的全名、她们现在的居住地和职业吗？

线索

1. 安娜现在是一个直升机驾驶员，她的工作一般都是为观光者服务的，偶尔也参加一些紧急情况的救助工作。
2. 詹金斯小姐现居新西兰，她14岁时随父母移居那里。
3. 罗宾孙小姐的名字不是乔。
4. 其中一个现在是美国迈阿密的FBI成员，她不姓坎贝尔。
5. 现居冰岛的佐伊不姓麦哈尼，麦哈尼是她现居地的一家电视台国际新闻频道的播音员。

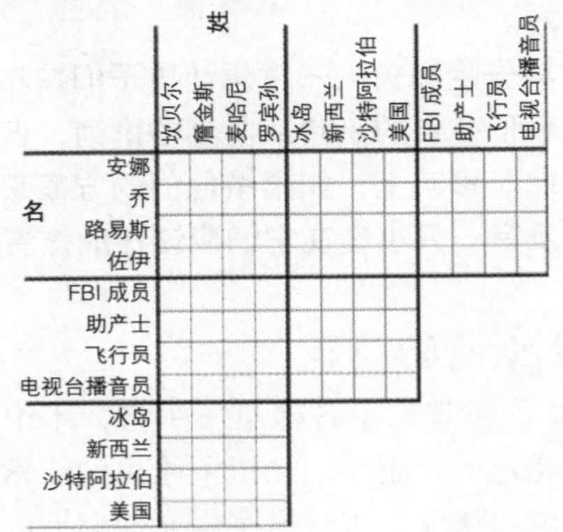

	姓：坎贝尔	詹金斯	麦哈尼	罗宾孙	冰岛	新西兰	沙特阿拉伯	美国	FBI成员	助产士	飞行员	电视台播音员
名：安娜												
乔												
路易斯												
佐伊												
FBI成员												
助产士												
飞行员												
电视台播音员												
冰岛												
新西兰												
沙特阿拉伯												
美国												

202 牛奶送错了

送奶工出去度假了，他的亲戚瓦利早上替他去送奶，结果把某街道中的1，3，5，7号人家的牛奶送错了，从以下所给的线索中，你能说出这4户人家分别住的是谁、他们本该收到的和实际收到的牛奶瓶数吗？

线索

1. 那天早上布雷特一家定购了4瓶牛奶。
2. 1号人家收到的要比劳莱斯定购的牛奶瓶数少一瓶，劳莱斯一家那天收到的不是2瓶牛奶。
3. 克孜太太那天早上发现门口放着3瓶牛奶，她和汀斯戴尔家中间隔了一户人家，克孜每天要的牛奶比汀斯戴尔家多。
4. 瓦利在5号人家门口只留了一瓶牛奶。
5. 7号人家应该收到2瓶牛奶。

家庭：______ ______ ______ ______

定购：______ ______ ______ ______

收到：______ ______ ______ ______

> 家庭：布雷特，克孜，汀斯戴尔，劳莱斯
> 定购：1，2，3，4
> 收到：1，2，3，4

提示：先找出劳莱斯一家每天定购的牛奶数。

203 出师不利

在最近的乡村板球比赛中，头3号种子选手都发挥得不甚理想，都因某个问题出局，从以下所给的线索中，你能找出得分记录簿中各人的排名、他们出局的原因以及总共得分的场数吗？

线索

1. 犯规的板球手得分的场数比克里斯少。

2. 史蒂夫得分的场数不是2，他得分要比被判LBW（板球的一种违规方式）的选手要低。

3. 哈里不是1号，因滚球出场，他的得分不是7。

4.3号的得分不是4。

		克里斯	哈里	史蒂夫	滚球	犯规	LBW	得分 2	得分 4	得分 7
位置	1									
	2									
	3									
得分	2									
	4									
	7									
	滚球									
	犯规									
	LBW									

204 汤姆的舅舅

汤姆是思道布市的市长，他在镇上有3个舅舅，3人在退休之前从事着不同的职业，退休之后都把时间花在各自的爱好上，从以下所给的线索中，你能说出每个舅舅出生的时间、他们曾经的职业以及各自的爱好吗？

线索

1. 伯纳德要比他有不寻常爱好——制作挂毯——的兄弟年纪大。

2. 退休之前从事教师职业的舅舅不是出生于1913年，也不爱好诗歌。

3. 以前是工程师的舅舅把大部分的时间花在钓鱼、阅读和书写钓鱼书籍上，他年纪要比安布罗斯小。

	1910年	1913年	1916年	工程师	士兵	教师	诗歌	钓鱼	制作挂毯
安布罗斯									
伯纳德									
克莱门特									
诗歌									
钓鱼									
制作挂毯									
工程师									
士兵									
教师									

205 外微人家

上星期一，外微路上的4户人家都收到了房屋理事会代表的访问调查，主要是因为他们的一些行为妨碍了居民的权益。从以下所给的线索中，你能找出各户人家的名字、他们做了哪些不合理的事以及去调查他们的理事会代表的名字吗？

线索

1. 毛里阿提家庭在他们的屋前开了一家汽车修理铺，他们住的不是16号。

2. 外微路 12 号持续地焚烧花园里的垃圾，产生的烟雾使周围的人感到极为不快。

3. 另外一户家庭老放流行音乐，而且把音量放到最大，他们不是席克斯家庭，而且这一家的门牌号要比理事会代表多尔先生调查的那家门牌数小 2。

4. 格林先生调查 18 号家庭。

5. 哈什先生调查了卡波斯一家，卡波斯一家和养了不少于 5 条大且凶猛的狗的那户人家中间隔了一户。

	卡波斯	霍克	毛里阿提	席克斯	恶狗	焚烧垃圾	音量大	修车	多尔	格林	哈什	斯特恩
12 号												
14 号												
16 号												
18 号												
多尔												
格林												
哈什												
斯特恩												
恶狗												
焚烧垃圾												
音量大												
修车												

206 前方修路

正值度假高峰，政府委员会决定将通往景区的必经之路拓宽。以下的图片说明了 6 辆游客车被堵在施工场地大概 40 分钟，从所给的线索中，你能说出每辆游客车的司机名字、车的颜色、游客的国籍以及每辆车所载的游客人数吗？

线索

1. 阿帕克斯的汽车紧跟在载芬兰游客的车之后，后者要比黄色那辆少载 2 人，黄色那辆车载的人数少于 52 人，在阿帕克斯汽车后面。

2. 没有载俄罗斯游客的蓝色车辆紧靠在贝尔的车之前，前者比后者要至少多 2 人。

3. 红色汽车紧跟在载有47名游客的汽车之后，紧靠在载有澳大利亚游客的汽车之前。

4. 墨丘利的汽车在载有日本游客的车之后，而且相隔一辆车，后者亦在橘黄色车的后面，并不紧邻。墨丘利的汽车载的游客比这两者都要多，但要比美国游客乘坐的那辆少。

5. 乳白色汽车紧跟在 RVT 的汽车之后，后者紧跟在意大利游客乘坐的汽车之后。乳白色汽车载的游客比意大利游客多，但要比 RVT 少至少 2 人。

6. 肖的车紧靠在俄罗斯游客乘坐的车之前，而且要比后者多载 3 人，但它不是游客人数最多的车。

7.F 车要比 A 车多载一人，比 E 车少载 3 人，绿色汽车要比 D 车多不止 1 人，但要比 B 车少不止 3 人。

汽车司机：阿帕克斯，贝尔，克朗，墨丘利，肖，RVT
汽车颜色：蓝，乳白，绿，橘黄，红，黄
游客国籍：澳大利亚，芬兰，意大利，日本，俄罗斯，美国
游客人数：44，45，46，47，49，52

提示：推测出 F 车中的游客人数。

	A	B	C	D	E	F
汽车司机：						
汽车颜色：						
游客国籍：						
游客人数：						

207 正方形游戏

在如图所示的各个正方形上分别标注了一个起点和一个终点，同时图 1 一共给出了 13 条不同长度和方向的线段。选择图 1 中的线段把正方形里的起点和终点连接起来，要求用上尽可能多的线段，而且各线段之间不能相交。

对于边长为 2，3，4 的正方形，答案已经给出了。现在请你找出边长为 5 和 6 的正方形的最佳答案（也就是用上最多的线段）。

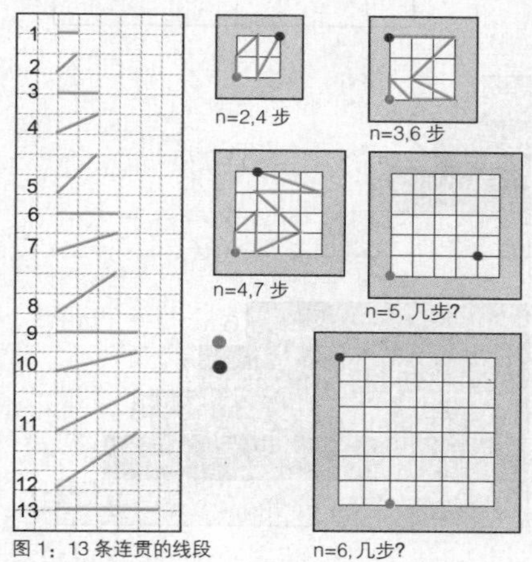

图 1：13 条连贯的线段

208 数字筛选

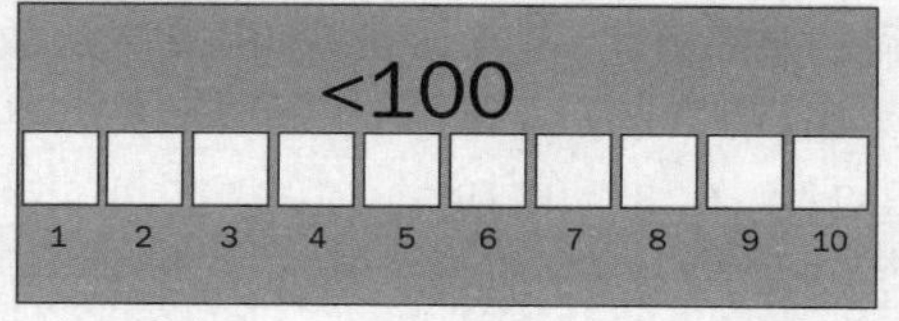

请你选出 10 个小于 100 的正整数。然后从这 10 个数中选出两组数，使得它们的总和相等。每一组可以包含一个或者多个数，但是同一个数不能在两组中都出现。请问是否无论怎样选择，这 10 个数中总是可以找到数字之和相等的两组数呢？

下面是一个例子：

1　2　4　6　11　24　30　38　69　99

2 + 30 + 38 = 70

1 + 69 = 70

209 红色图形的面积

你能够根据勾股定理的公式 $a^2 + b^2 = c^2$ 求出图中红色图形的面积吗？

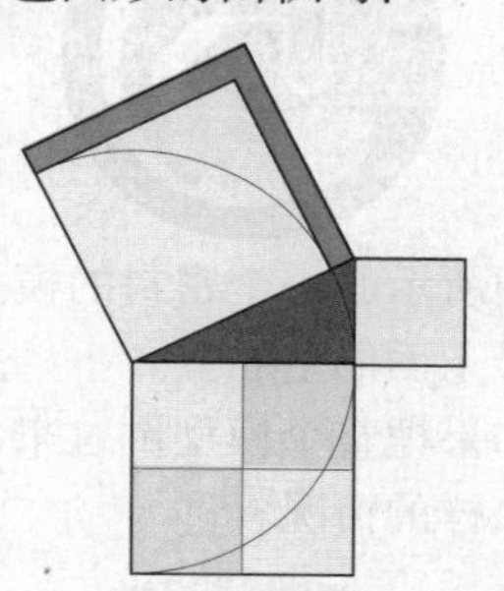

210 "6" 朝上

使色子的一面与棋盘格的大小相等，然后将色子滚动到邻近的棋盘格，那么每移动一次，色子朝上那一面的数字就会变化。

如图所示，一个色子放在棋盘格的中央，要求滚动 6 次色子，每次滚动一面，使得它最后落在图中红色的格子里，并且色子的"6"朝上。

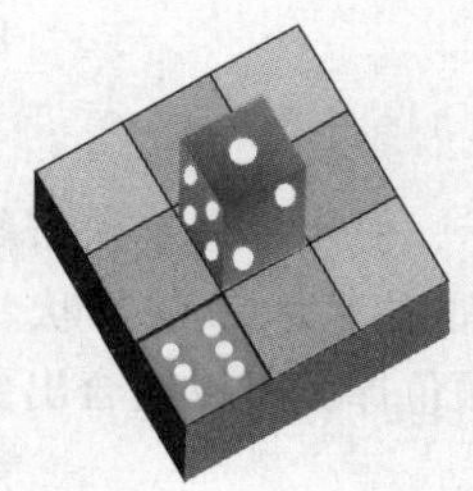

211 滚动 6 个色子

如图所示，你能否将 6 个色子分别滚动 6 次，滚动到指定的格子里，并且最后朝上的那一面分别是"1"，"2"，"3"，"4"，"5"，"6"？

212 虹吸管

在下图所示的一个密封的模型中，液体被储存在最下面的空厢里。

请问如果把整个模型倒过来（见上图）会出现什么样的情况？

213 奎茨奈颜色棒组合

如图所示，使用一套奎茨奈颜色棒可以组合出几种总长度为 10 的形状。如果使用多套奎茨奈颜色棒就可以组合出更多总长度为 10 的形状。

请问可以组合出多少套呢？

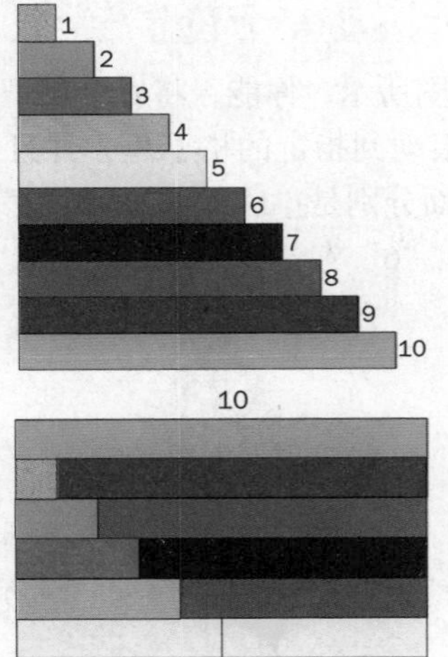

214 奎茨奈颜色棒填图

只用一套奎茨奈颜色棒，你能否将下边的空白图形填满？

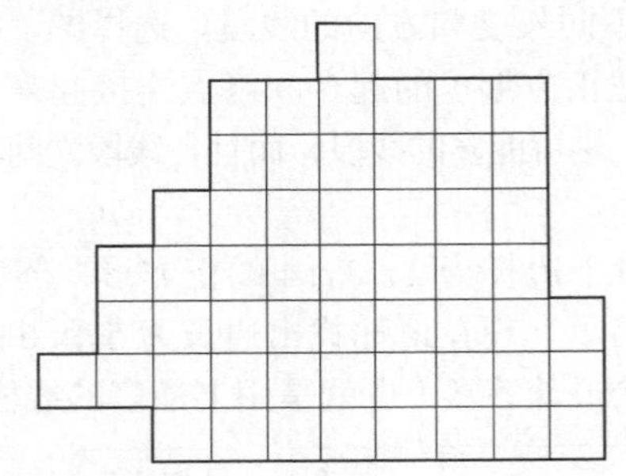

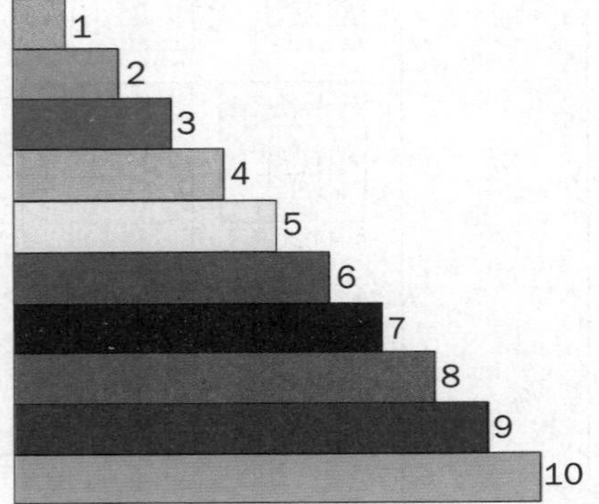

215 等差级数

如果一个级数的每一项减去它前面的一项所得的差都相等，这个级数就叫做等差级数。

如：

2 4 6 8　0 阶

2 2 2　1 阶

就是一个等差级数，我们很容易看出等差为 2。

但是在等差级数中，并不是所有的等差都这么容易看出来，尤其是在高阶等差级数中，需要进行多阶分析。

你能否判断出下面问号处各应该填上什么数吗？

20　28　40　56　?

8　26　56　100　160　238　?

216 对角线问题

在长方形的格子里画出对角线。

对角线穿过每个格子中几个小正方形？

在 10 × 14 长方形中，对角线穿过了几个小正方形？

你可以概括这个问题，并且总结出对于任何长方形都成立的规则吗？

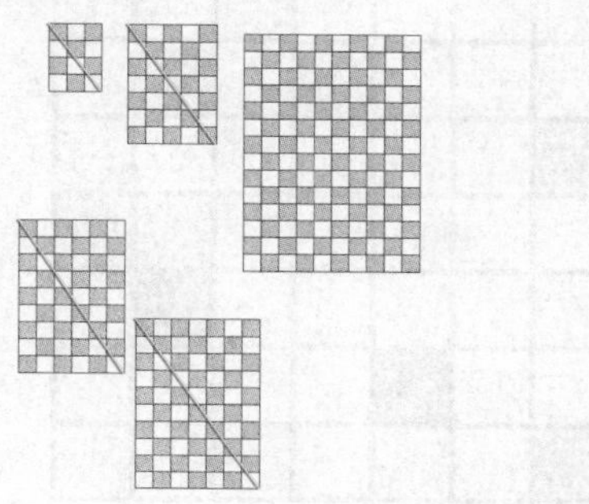

217 帕斯卡定理

下图是液压机的一个模型，从中我们可以清楚地看到它的机械利益（一台机器产生的输出力和应用的投入力之间的比率）。这个液压机有 2 个汽缸，每个汽缸有一个活塞。

一个容器内静态的液体中任意一点受到压力都会均衡地传播到容器内的每一点。这个结论是 300 多年前法国人巴斯・帕斯卡发现的。所有将液体从一处抽到另一处的装置都是利用了这一原理。

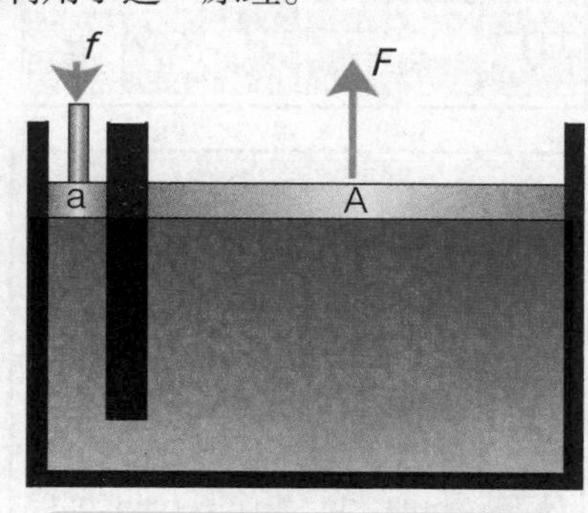

利用帕斯卡定理的例子有液压泵、印刷机、起重机以及水力制动系统。

上面这个模型中：

小活塞的面积是 3 平方厘米。

大活塞的面积是 21 平方厘米。

机械利益为 21 ÷ 3 ＝ 7。

请问小活塞上面需要加上多少力，才能将大活塞向上举起 1 个单位的距离？

218 三阶拉丁方

你能将这些色块分配到网格中并使得每一种颜色在任何一行或列中仅仅出现一次吗？有 12 种不同的三阶拉丁方。你能把它们都找出来吗？

219 四阶拉丁方

你能将这些色块分配到网格中并使得每一种颜色在任何一行或列中仅仅出现一次吗？

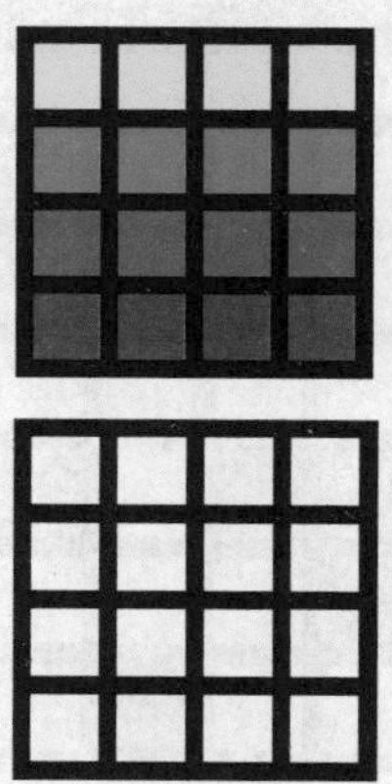

220 五阶拉丁方

你能用图 1 的颜色填满右边的 2 个魔方网格，使得每种颜色在每一行、列以及两条对角线上都只出现 1 次吗？

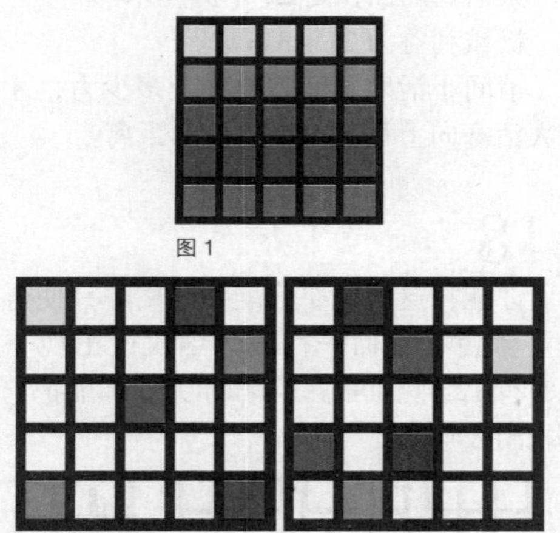
图 1

221 六阶拉丁方

按如下规则填满这个魔方网格：每种颜色在每一行、列中只出现一次，你能办到吗？（可以有多种解法。）

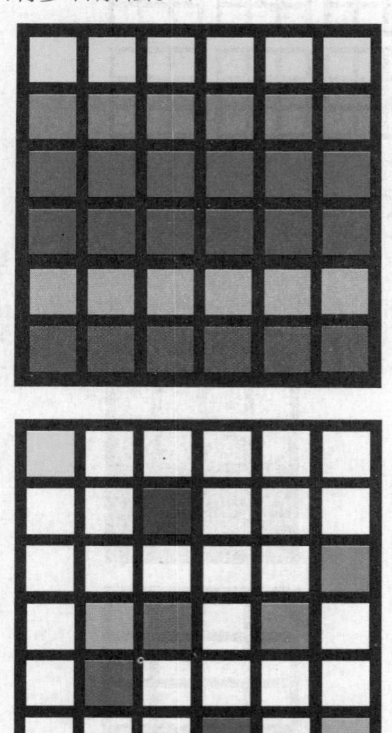

222 七阶拉丁方

用 7 种不同的颜色将这个 7×7 的魔方填满，使得每一行、列包含各种颜色且每种颜色只能出现一次。（可以有多种解法。）

颜色已经被标号，你可以用数字填入魔方中。

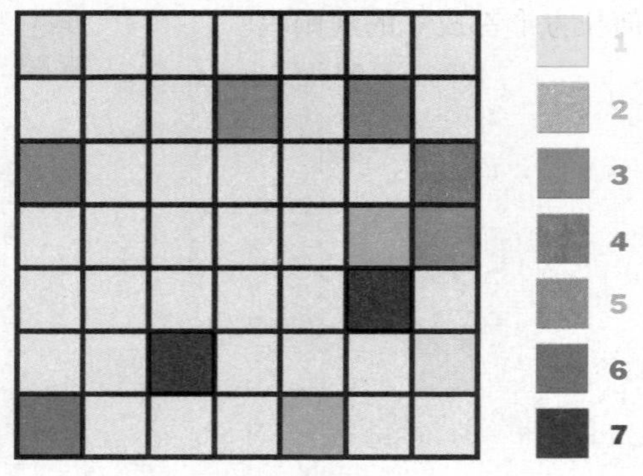

223 颜色密码

你能解出下图中的颜色密码吗？

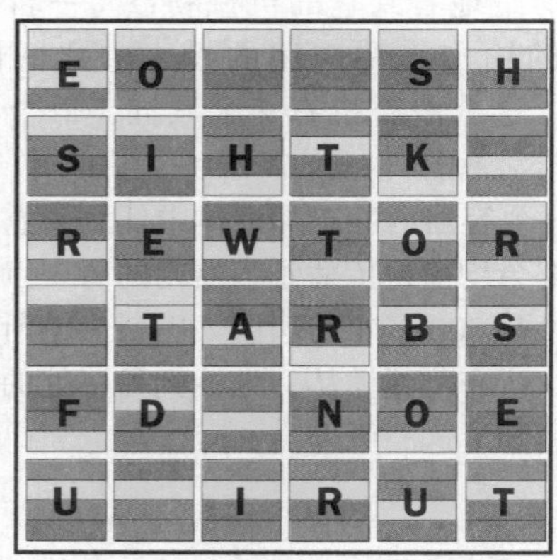

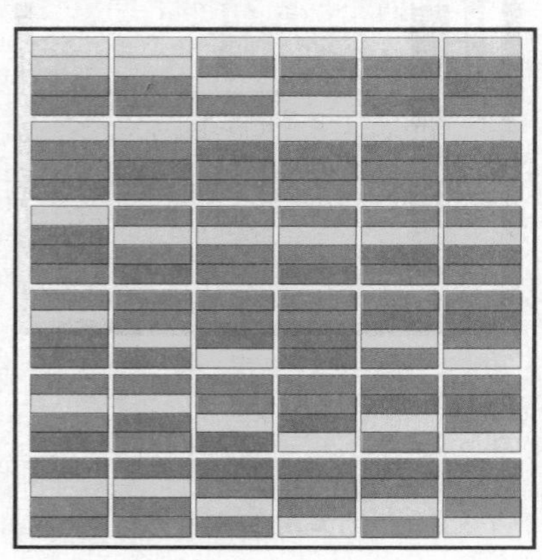

224 多格六边形

将几个正六边形组合起来有很多种方法。这里画出了从单格到四格的正六边形组合。

将 2 个正六边形组合起来只有 1 种方法（二格六边形）。

将 3 个正六边形组合起来有 3 种方法（三格六边形）。

将 4 个正六边形组合起来有 7 种方法（四格六边形）。

请你将这些多格六边形放进图 1 的游戏板中，只允许剩下 3 个没有用到。

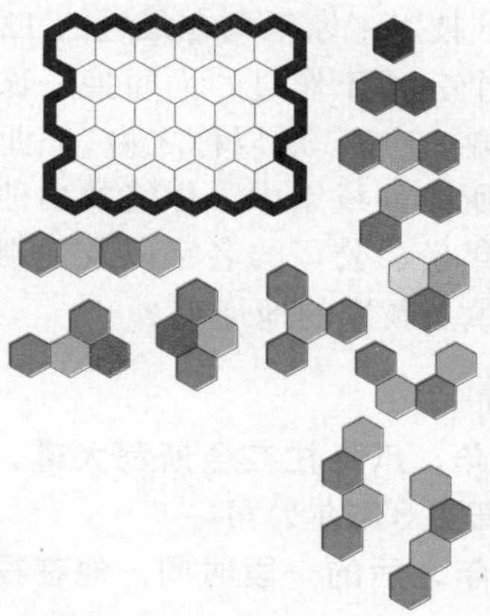

225 五格六边形游戏板

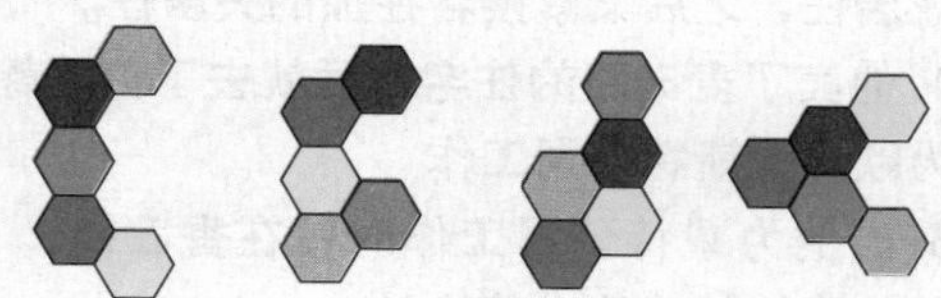

你能说出这 4 个五格六边形中哪些在下边的图形中没有用到吗？

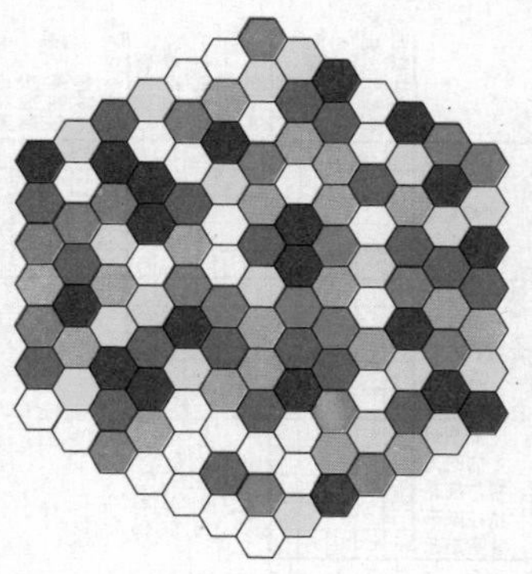

226 五格六边形游戏板

5 格正六边形有 22 种组合方法，如下图所示。

你能否将这 22 个五格六边形全部放进空白的游戏板中去？

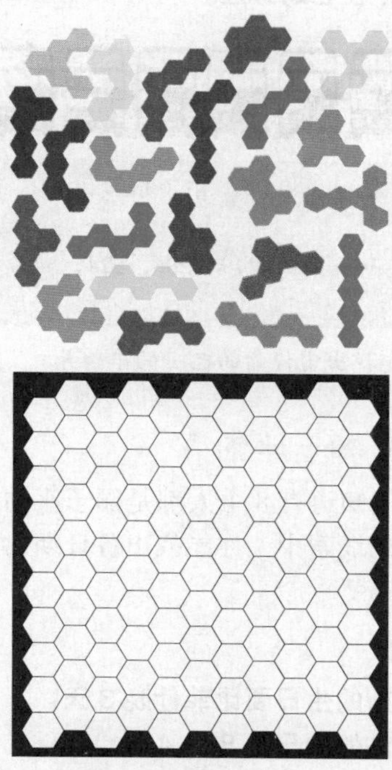

五格六边形游戏板

227 巴士停靠站

巴士停靠站已经被图中所示的 1 ~ 7 号双层巴士停满了，其中 1 号靠近入口处。从所给的线索中，你能说出每个司机的名字和这些车子的车牌号码吗？

线 索

1.324 号巴士要比司机雷停靠的巴士远离入口 2 个位置，并且雷的牌号要比 324 号大。

2.2 号和 7 号位置的车牌号末位都是奇数，但是首位数字不同。

3. 特里的巴士的车牌号是 361。

4. 图中 3 号位置的巴士不是戴夫驾驶的巴士，它的车牌号要比相邻的两辆巴士小。

5.5 号位置的巴士车牌号是 340，车牌号为

286 的巴士没有停在图中 6 号位置。

6. 肯停靠的巴士刚好紧靠在车牌号为 253 的巴士左边。

7. 赖斯把双层巴士停在图中 4 号位置。

8. 埃迪把巴士停在罗宾的巴士左边某个位置，但不在它的旁边。

司机：戴夫，埃迪，肯，赖斯，雷，罗宾，特里
巴士车牌：253，279，286，324，340，361，397

提示：先找出雷停靠的巴士的车牌号。

228 狮子座的人

我们知道有 8 个人都是狮子座的。从以下所给的线索中，你能找出各日期出生的人的全名吗？

线索

1. 查尔斯的生日要比菲什晚 3 天。
2. 某女性的生日是 8 月 4 号。
3. 安格斯的生日在布尔之后，但不是 7 月 31 号。
4. 内奥米的生日要比斯盖尔斯早一天，比阿彻晚一天，阿彻是男的，但 3 人都不是出生在同一年。
5. 安妮在每年的 8 月 2 号庆祝她的生日。
6. 克雷布是 8 月 1 号生的，但拉姆不是 7 月 30 号生的。
7. 斯图尔特·沃特斯的生日和波利不是同一月，波利的生日在巴兹尔之后，而巴兹尔的生日是个偶数日。

名：安格斯（男），安妮（女），巴兹尔（女），查尔斯（男），内奥米（女），波利（女），斯图尔特（男），威尔玛（女）
姓：阿彻，布尔，克雷布，菲什，基德，拉姆，斯盖尔斯，沃特斯

日期	名	姓
7 月 28 日		
7 月 29 日		
7 月 30 日		
7 月 31 日		
8 月 1 日		
8 月 2 日		
8 月 3 日		
8 月 4 日		

提示：找出 8 月 4 号出生的人以及斯图尔特的生日。

229 职业迁徙

电脑技术专家爪乌在最近的 12 年里，曾为 5 个公司工作过，而每换一次工作，他都要搬一次家，所以称之为“职业迁徙”。从以下所给的线索中，你能找出他每次换工作的年份、公司的名字以及他新公司所在的城镇及新家的地址吗？

线索

1.1985 年，爪乌住在金斯利大道，那时他不在查普曼·戴尔公司。

2.1991 年之后的一段时间，他在福尔柯克工作。

3. 他离开马太克公司之后，就在地恩·克罗兹居住，之后又紧接着在加的夫居住。

4. 他卖了麦诺路的住宅之后就去了伯明翰，为欧洲奎斯特公司工作。

5. 当他为戴特公司工作时住在香农街，戴特公司的基地不在苏格兰。

6. 普雷斯顿的济慈路是他曾经住过的一个地方。

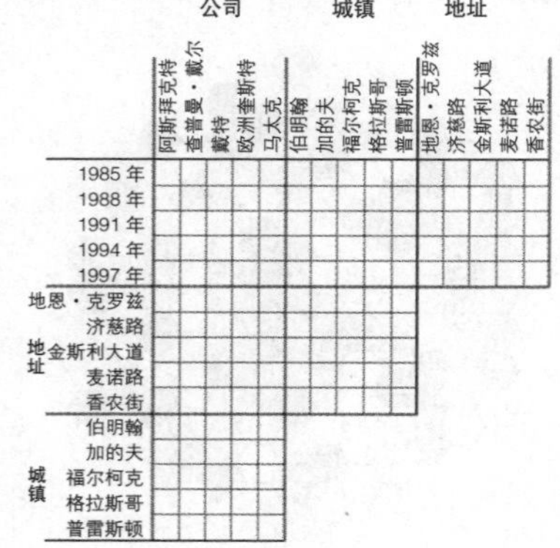

230 莎士比亚和他的朋友们

最近的研究发现，除了闻名世界的作品外，著名作家莎士比亚还曾和一些剧作家合著了5部剧本，结果这些剧作由于价值不大而被逐渐遗忘了。从以下所给的线索中，你能找出各剧本的创作年份、莎士比亚的合著者以及能够证明这些作品存在过的证据吗？

线 索

1. 写在1606年的作品是通过以下途径证实的：在侍臣莱塞·卡夫先生写给他兄弟的信中持批评的口气提到了这部作品在格罗布剧院上演的情形，这部作品不是莎士比亚和格丽波特·骇克一起写的。
2. 那个只剩下标题页的剧本是在《暴风雪》之前2年写的，也是莎士比亚和亚当·乌德史密斯合作之后2年写的。
3. 莎士比亚和罗伯特·威尔合作的剧本存在的唯一证据：唯一一次演出中的一位演员理查德·伯比奇在他的日记中提到过，但是不完整。这部作品题目有两个词。
4. 莎士比亚和托马斯·巴德合作的《国王科尔》是用流行至今的韵律写的，它比在因伦敦塔前一张海报而留给我们唯一印象的剧本迟2年写的。
5.《特兰西瓦尼亚王子》是莎士比亚和其中一位合作者在1610年写的。
6. 莎士比亚手稿中的一页是关于《麦克白归来》的，诗歌和戏剧方面的专家认为可能是真迹。

	《国王科尔》	《麦克白归来》	《暴风雪》	《第戎的两位女士》	《特兰西瓦尼亚王子》	亚当·乌德史密斯	格丽波特·骇克	约瑟夫·斯格威尼亚	罗伯特·威尔	托马斯·巴德	日记	信	手稿残页	海报	标题页
1606年															
1608年															
1610年															
1612年															
1614年															
日记															
信															
手稿残页															
海报															
标题页															
亚当·乌德史密斯															
格丽波特·骇克															
约瑟夫·斯格威尼亚															
罗伯特·威尔															
托马斯·巴德															

231 小屋的盒子

每次乔做家务要用到东西的时候，他就会去盒子里找。图中架子上立着4个不同颜色的盒子，每个盒子里都是一些有用的东西。从以下所给的线索中，你能弄清有关盒子的所有详细细节吗？

线 索

1. 不同种类的43个钉子不在灰色的盒子里。
2. 蓝色的盒子里有58样东西。
3. 螺丝钉在绿色的盒子里，绿色盒子一边的盒子里有洗涤器，另一边的盒子里放着数目最多的东西。
4. 地毯缝针在C盒子里。

A B C D

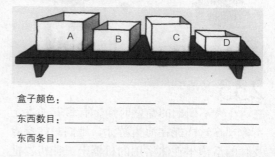

盒子颜色：______ ______ ______ ______

东西数目：______ ______ ______ ______

东西条目：______ ______ ______ ______

盒子颜色：蓝，灰，绿，红

东西数目：39，43，58，65

东西条目：地毯缝针，钉子，螺丝钉，洗涤器

提示：先分辨出钉子所在盒子的颜色。

232 别尔的行程

别尔·来格斯是英国摄政时期最活跃的英雄之一，有一次他去拜访4个熟人，并在熟人那里都过了夜。从以下所给的线索中，你能说出别尔的每个熟人的名字和他们各自房子的名字以及相邻两地间的距离吗？

线 索

1. 待在温蒂后家里过夜是在去了福卜利会馆之后，接着他需要骑马22英里到达下一个目的地。
2. 考克斯可布是别尔·笑特的房子。

3. 别尔 · 来格斯去丹得宫骑了 25 英里，在那过夜之后他接着去拜访别尔 · 里格林。
4. 最短的马程是去别尔 · 斯决的房子，它不是斯沃克屋。

距离（英里）：20，22，25，28
房子：考克斯可布，福卜利会馆，斯沃克屋，丹得宫
主人：别尔 · 里格林，别尔 · 笑特，别尔 · 斯决，别尔 · 温蒂后

提示：先找出丹得宫的主人。

233 换装

在大不列颠的鼎盛时期，有素养的女士不像现在这样能在海边游泳，她们只能穿着及膝的浴袍坐在沐浴用的机器上，让机器把她们缓缓降入水中。下图展示的是 4 个机器，从所给的线索中，你能说出使用机器的 4 位女士的名字以及她们所穿浴袍的颜色吗？

线索

1. 贝莎的机器紧挨马歇班克斯小姐的机器。
2.C 机器是兰顿斯罗朴小姐的。
3. 卡斯太尔小姐穿着绿白相间的浴袍。

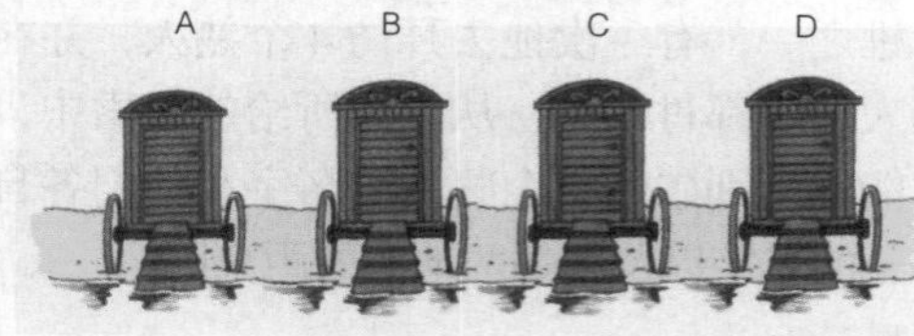

名：贝莎，尤菲米娅，拉福尼亚，维多利亚
姓：卡斯太尔，兰顿斯罗朴，马歇班克斯，坡斯拜尔
浴袍：蓝白相间，绿白相间，黄白相间，红白相间

4. 拉福尼亚的机器位于尤菲米娅 · 坡斯拜尔的机器和穿黄白相间浴袍小姐的机器之间。
5. 使用 B 机器的女士穿了红白相间的浴袍。

提示：先找出 D 机器使用者的名字。

234 牛群

在西部开发的日子里，5 群牛从农场被赶到遥远的铁路末端去运送来自东部的货物。从以下所给的线索中，你能找出每个牛群的老板、他的目的地、牛群的数目以及每次运货所需的时间吗？

线索

1. 斯坦 · 彼定的路途大约要 4 个星期，他的牛群要比去往圣奥兰多的牛群小。
2. 里格 · 布尔有一群牛，共 300 头，他赶牛群的路途不是最短的。路途最短的牛群数量比朗 · 霍恩带队的牛群的数量少。
3. 波 · 维恩的牛群不是 400 头，瑞德 · 布莱德朝科里福斯铁路终点出发。
4. 数目最少的牛群要花 5 个星期的时间到达目的地，他的目的地不是查维丽。
5. 赶一群牛到斯伯林博格要花费 3 个星期的时间。
6. 数目是 500 头的牛群要去往贝克市。

	贝克市	查维丽	科里福斯	圣奥兰多	斯伯林博格	200 头	300 头	400 头	500 头	600 头	2 星期	3 星期	4 星期	5 星期	6 星期
瑞德 · 布莱德															
里格 · 布尔															
朗 · 霍恩															
斯坦 · 彼定															
波 · 维恩															
2 星期															
3 星期															
4 星期															
5 星期															
6 星期															
200 头															
300 头															
400 头															
500 头															
600 头															

235 瓦尼斯城堡

18世纪末的斯顾博格公爵被公认为是一个疯狂的帽商，因为他花了大把的钱造了一个童话般的城堡，尤其是那4扇富丽堂皇的大门给人极大的震撼。从以下所给的线索中，你能说出这4扇门的名字、负责的长官以及守卫它们的护卫队吗？

线 索

1. 第四护卫队负责守卫入口，这个入口在剑门的顺时针方向，剑门不是弗尔长官负责的。
2.A门为第二护卫队守卫。
3. 钻石门的护卫队号要比D门护卫队大1。
4. 铁门在城堡的南方。
5. 哈尔茨长官负责第一护卫队，第一护卫队不看守鹰门。
6. 克恩长官的护卫队号要比苏尔长官的护卫队小1。

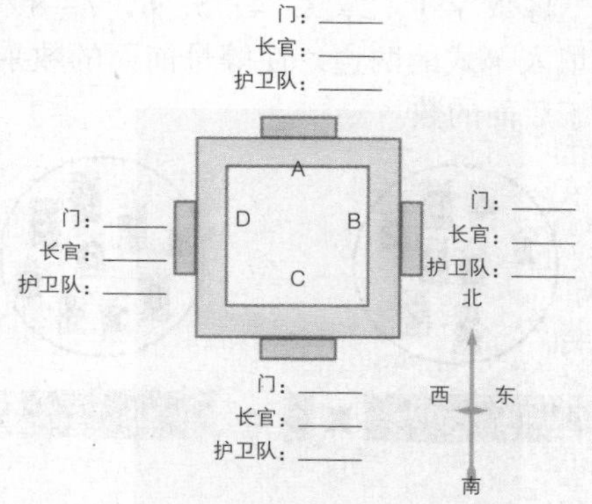

门：钻石门，鹰门，铁门，剑门
长官：弗尔，哈尔茨，克恩，苏尔
护卫队：第一，第二，第三，第四

提示：先找出D门的名字。

236 摩天大楼的顺序

如图所示的这个摩天大楼的设计方案被否决了，原因是这9栋楼的排列方式太死板了。

出于美观及其他方面的考虑，客户提出了以下要求：

9栋楼必须在同一条直线上，而且每栋楼的高度必须各不相同。其中不能有3栋以上的楼的序号是从左到右递增或递减的，不管这3栋楼是否相邻。

你能给出至少2种符合客户要求的排列方式吗？

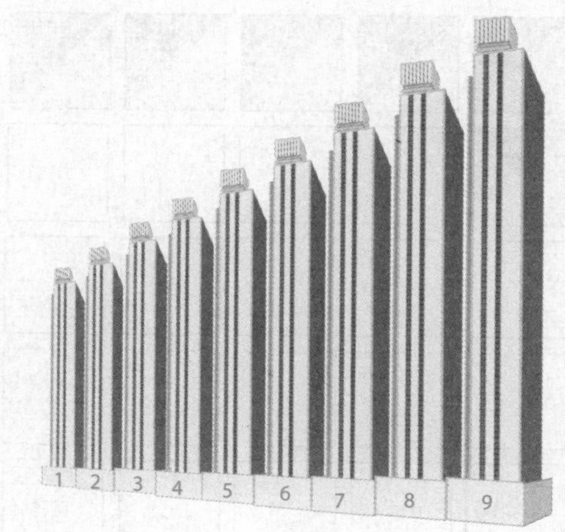

237 飞上飞下

图中哪只昆虫飞得更高，是左上角的那只还是右下角的那只？

238 正方形分割问题

你可以用几种方法把 1 个正方形分割成 6 个相似的等腰直角三角形？

有 27 种不同的答案，其中的一些已经列出来了。你还可以找到其他的吗？

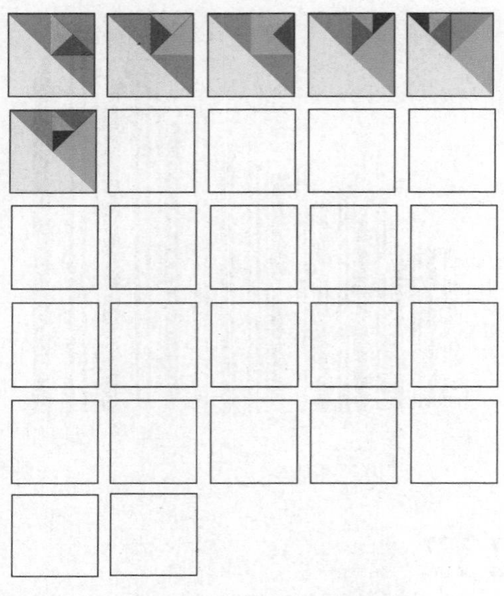

239 圆的弦相交问题

这里有 3 组 3 个相交的圆，分别找出每组圆的 3 条公共弦的交点，再把这些交点连接起来，看看会组成一个什么样的图形？

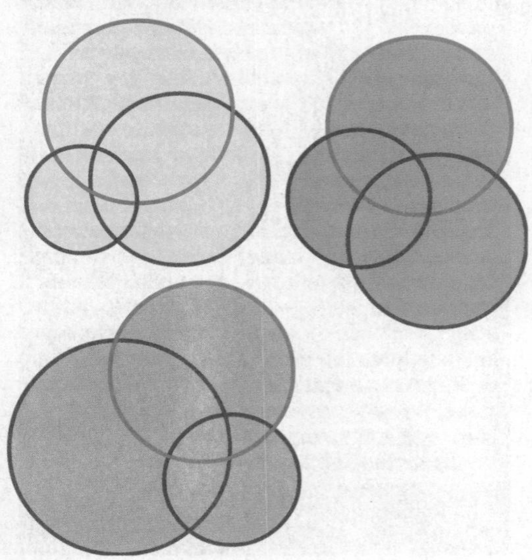

240 链条平衡

如图所示，天平一端的盘里装了一条链子，这条链子绕过一个滑轮被固定在天平另一端的盘子上。

如果现在把天平翘起的空盘的这端往下压，会出现什么情况？

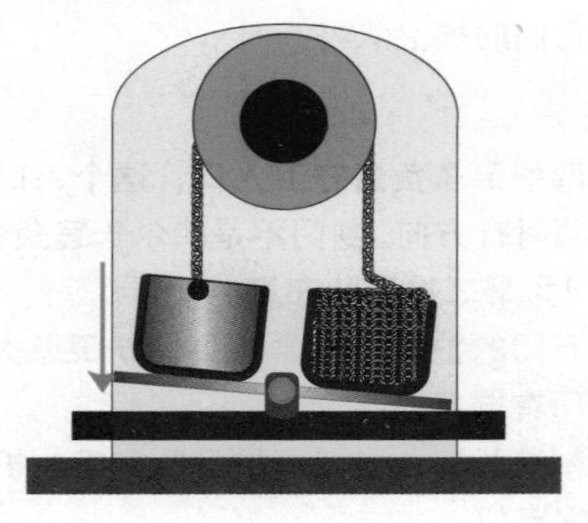

241 数字 1 到 9

将数字 1，2，3，4，5，6，7，8，9 分别填入等式的两边，使等号前面的数乘以 6 等于后面的数。

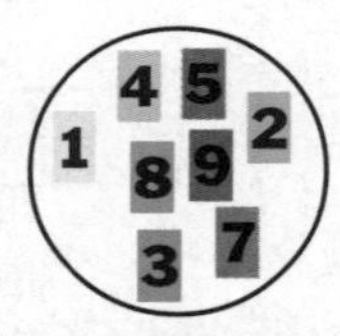

????????? x 6 = ?????????

242 睡莲

一个小池塘里的睡莲每天以 2 倍的速度增长。如果池塘里只有 1 朵睡莲，那么需要 60 天睡莲才会长满一池塘。

按照这个速度，如果池塘里有 2 朵睡莲，那么多少天之后睡莲会长满池塘？

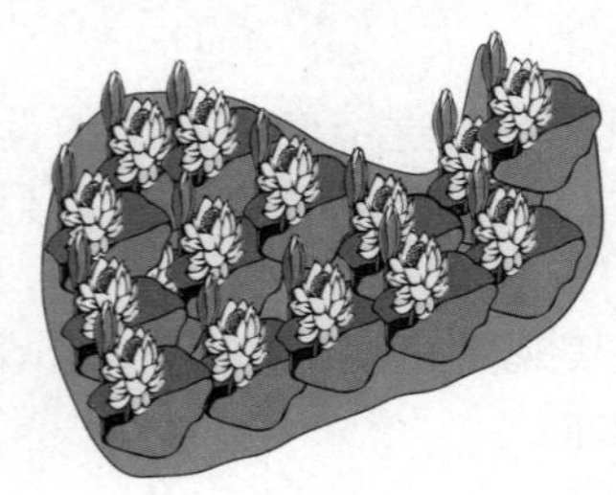

243 红色圆圈

在这幅视错觉图中，红色的圆圈与黄色三角形的3个顶点的相交处似乎凹下去了，事实上是不是如此呢？还有，它是个标准的圆吗？

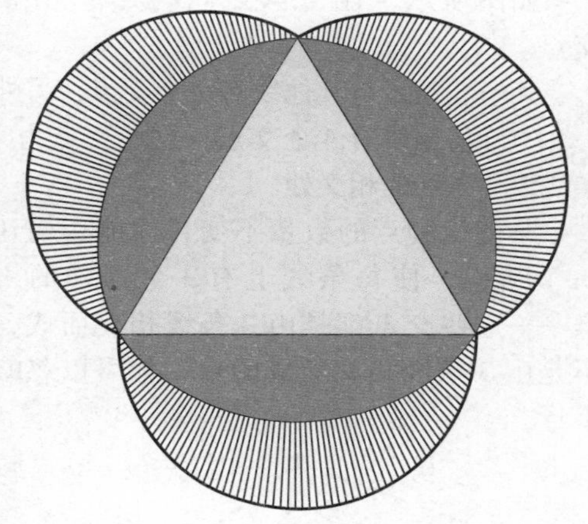

244 圣诞节风铃

这个风铃重144克（假设绳子和棒子的重量为0）。

你能计算出每一个装饰物的重量吗？

245 半径与面积

如图所示，在大圆里按照一定的规律划分出不同的小圆。

请问：橙色的圆与黄色的圆的面积之间有什么关系？同样，其他颜色的圆与它外面的圆的面积之间有什么关系？

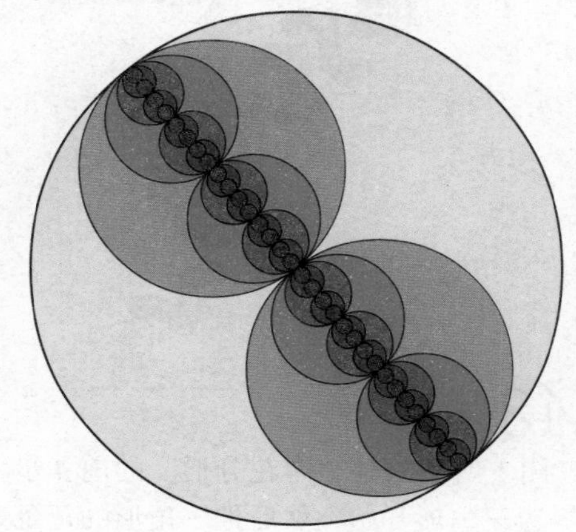

246 柜子里的秘密

我的电脑桌旁边的一面墙上有一些小的木柜子，平时可以放一些小东西，我就把自己的收藏分别放在这些柜子里。放的时候我按照了英文字母的排列顺序，如图所示，这个顺序能够提示我记住密码。

你能猜出我的密码是什么吗？

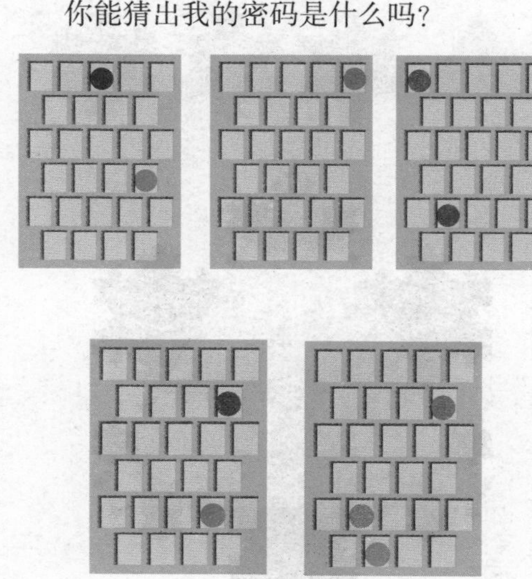

247 旋转的物体

这是一个三维物体水平旋转的不同角度的视图，但是它们的顺序被打乱了，你能否将它们按照原来的顺序排列？

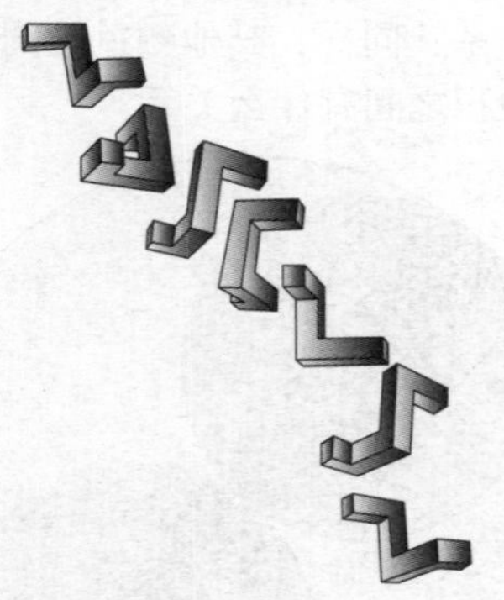

248 雪花曲线

图 1 所示的是“雪花分形”的前 4 步，由等边三角形开始，然后把三角形的每条边三等分，并在每条边三分后的中段向外作新的等边三角形，但要去掉与原三角形叠合的边。对每个等边三角形继续上述过程，不断重复，便产生了雪花曲线。

图 2 显示的则是反雪花曲线。依然是从等边三角形开始，但我们画的小三角形是向内而不是向外的，并将画出的小三角形去掉，

图 1

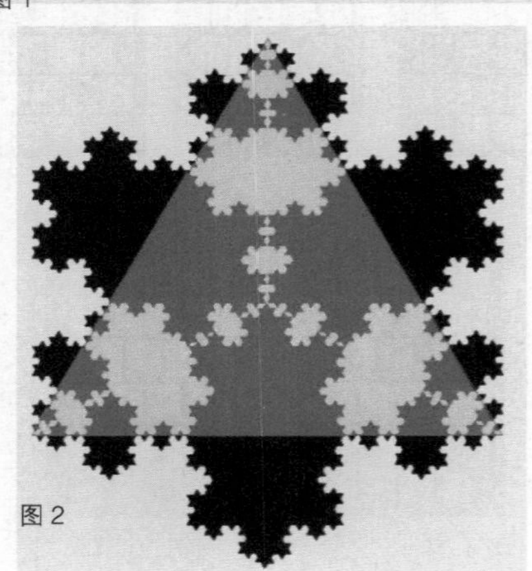
图 2

如此进行到第 5 步，就得到了黄色区域所显示的图形。

随着这个过程的无限反复，雪花曲线的周长和面积的极限是多少？

249 点与线

如图所示，10 条线之间一共有 10 个交点。

其中 5 条线与其他线有 2 个交点，另外 5 条线与其他线有 4 个交点，这些交点为 4 条线或 2 条线的相交处。

保持线和点的数量不变，你能否构建一个结构，使每条线上有 3 个这样的交点——这些交点都是由 3 条线相交而成，不是由 3 条线相交而成的点，你可以忽略不计。

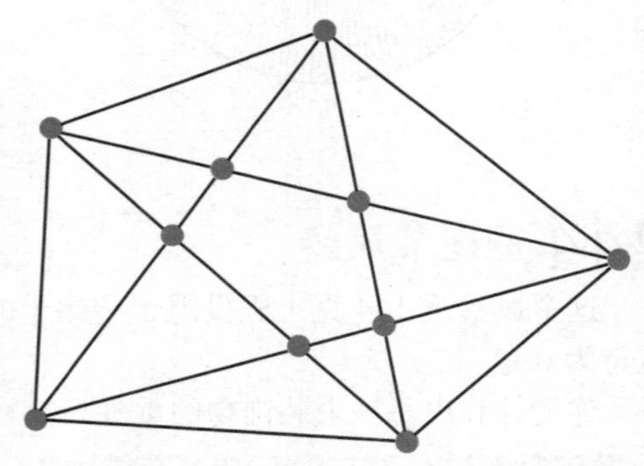

250 合力

这 4 个力是作用在同一个点上的（蓝点）。力的大小以千克为单位。

你可以算出它们合力的大小吗？

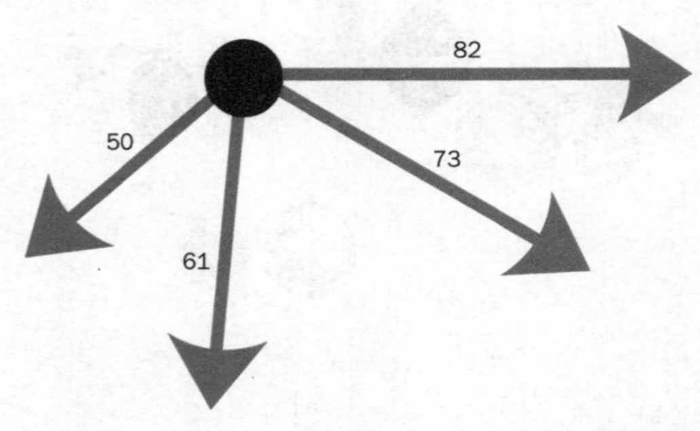

251 电影胶片

假设这3幅图都是电影胶片，那么你能不能想象一下，把这3张胶片重叠起来会得到一个什么样的图案呢？

252 拼图游戏

问1：如图所示，用剪刀把卡片的边角剪下不相等的两部分。现在你能用剪刀把这张形状已经改变的卡片剪成相同的两半吗？

问2：将图形分成相等且相同的四部分，并且使得它们能够重新拼合为一个完整的正方形。

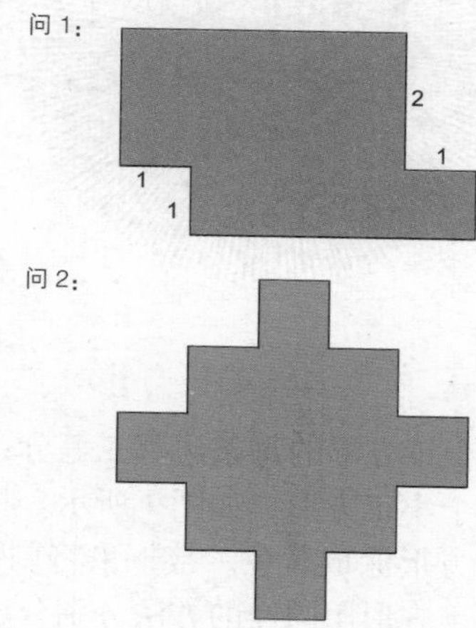

253 棋盘正方形

在一个象棋棋盘上一共有多少个正方形？你可能会想当然地说是64个。不要忘了，除了小的棋盘格以外，还有比它大的正方形。

你能说出这个棋盘上正方形的总数吗？

你能找到一种计算大正方形（边长包含n个单位正方形）里所含的所有正方形的个数的公式吗？

254 轨道错觉

开普勒（1571 ~ 1630）发现了行星围绕太阳运转的轨道是椭圆形的。请问下图中的这个轨道是椭圆形的吗？

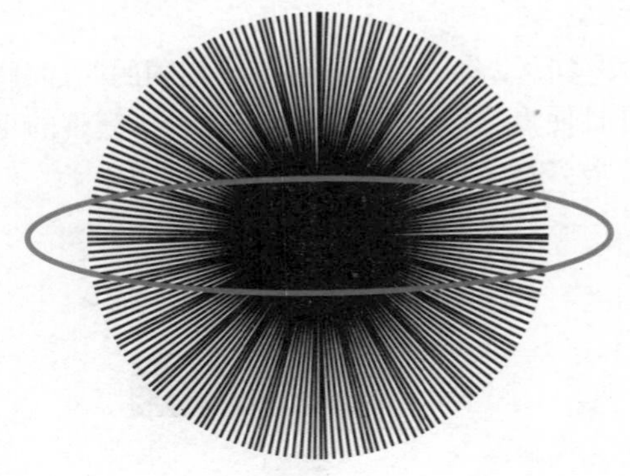

255 正方形里的正方形

将一个正方形的每条边都三等分，就可以得到 9 个小正方形，如图 1 所示。将最中间的小正方形涂成黄色。接下来将剩余的 8 个蓝色小正方形用同样的方法分别分成 9 个更小的正方形，将中间的小正方形也分别涂成黄色。

如果无限重复这个过程，最后黄色部分的面积与最初的蓝色正方形的面积之间有怎样的关系？

图 1

256 称 3 个盒子

你有 3 个形状相同、重量不同的盒子。用一架天平称它们的重量，你需要称几次就可以把它们由轻到重排列？

257 称 21 个盒子

你有 21 个相同的盒子，它们中的一个比其他的稍微重一点。用一架天平，你需要称几次就可以找出那个比较重的盒子？

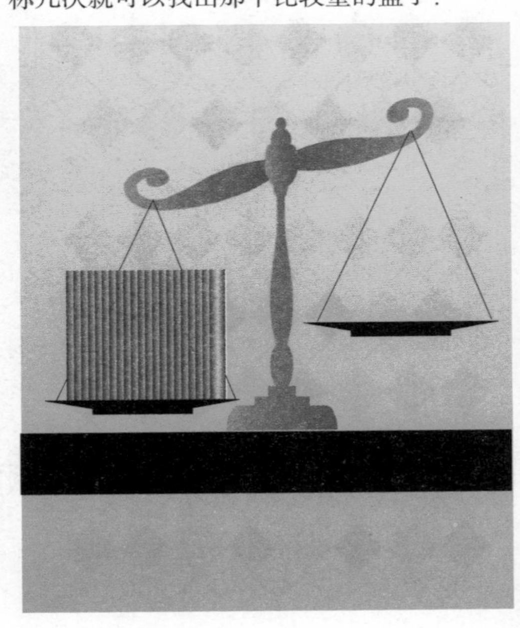

258 收藏古书

我是一个古书的爱好者和收藏者，在近期的拍卖会上，我对其中的5本拍卖书非常感兴趣，从以下所给的信息中，你能说出它们的拍卖号、书名、出版时间以及吸引我的独特之处吗？

线索

1. 小说《多顿公园》的这个版本包含了所有的注释，它的拍卖号是个奇数。1860年《大卫·科波菲尔》不是5号，也不是曾经是著名的收藏书的一部分。
2.《哲学演说》是21号拍卖物，它不是1780年出版的，1780年出版的书要比《伦敦历史》的拍卖号数字大。
3.《马敦随笔》不是16号，1832年出版的书不是5号和8号。
4.8号拍卖书是让人非常想得到的第一版发行书。
5.13号是1804年出版的书。
6.1910年出版的书有作者的签名。

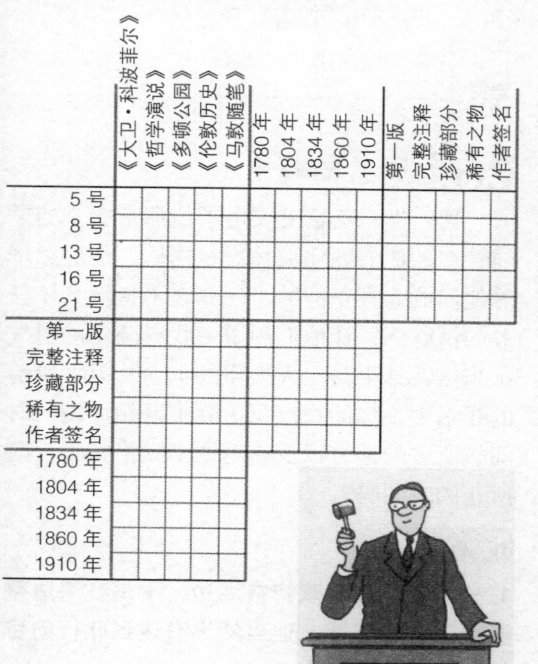

《大卫·科波菲尔》
《哲学演说》
《多顿公园》
《伦敦历史》
《马敦随笔》
1780年
1804年
1834年
1860年
1910年
第一版
完整注释
珍藏部分
稀有之物
作者签名
5号
8号
13号
16号
21号
第一版
完整注释
珍藏部分
稀有之物
作者签名
1780年
1804年
1834年
1860年
1910年

259 莫斯科“摩尔”

现在的莫斯科摩尔是一种鸡尾酒的名字。图中所示是4位年轻女性（均为高级密探）于1960年在前苏联首都莫斯科KGB俱乐部聚会的情形，她们被称为“摩尔”，是英国Z特务部门在苏联的卧底。从以下所给的线索中，你能找出她们在莫斯科用的名字、她们的真名以及她们的编号吗？

线索

1. 在莫斯科被称为伊丽娜·雷茨克沃的人在克斯汀·麦克莫斯的左边某个位置，她俩都不是Z12密探。
2. 密探Z4在图中位于她的两个同伴之间。
3. 帕姬·罗宾逊位于图中D位置，她的编号要比C位置上的数字小。
4. 圣布里奇特·凯丽在莫斯科的名字叫路得米勒·恩格罗拉，在叶丽娜·幼娜娃的右边某个位置。
5. 曼范伊·碧温的编号不是Z7。

俄罗斯名字：伊丽娜·雷茨克沃，路得米勒·恩格罗拉，马里那·克兹拉娃，叶丽娜·幼娜娃

真名：圣布里奇特·凯丽，克斯汀·麦克莫斯，曼范伊·碧温，帕姬·罗宾逊

密探编号：Z4，Z7，Z9，Z12

260 品牌代言人

根据最新消息，5位知名女性刚刚分别签下利润可观的广告合同，成为不同品牌的代言人。从以下所给的信息中，你能说出她们的职业、即将为哪个制造商代言以及所要代言的产品吗？

线索

1. 卡罗尔·布和阿丽娜系列产品的制造商

签了合同。和玛丽·纳什签了合同的不是普拉丝制造商，也不是丽晶制造商。

2. 范·格雷兹将为一个针织品类产品做广告，她不是电视主持人。

3. 电视主持人不代言化妆品和摩托滑行车，也没有和普拉丝制造商签约。为罗蕾莱化妆品代言的不是那位电影演员。

4. 流行歌手将为一种软饮料产品做广告，但她不为丽晶系列做广告，丽晶的产品不是肥皂。

5. 网球选手将为阿尔泰公司的产品做广告。

6. 简·耐特不演电影，她是出演电视肥皂剧《河岸之路》的明星，在剧中她扮演富有魅力的财政咨询师普鲁·登特。

	电影演员	流行歌手	电视主持人	网球选手	电视演员	阿尔泰	阿丽娜	罗蕾莱	普拉丝	丽晶	化妆品	针织品	摩托滑行车	肥皂	软饮料
卡罗尔·布															
范·格雷兹															
简·耐特															
玛丽·纳什															
休·雷得曼															
化妆品															
针织品															
摩托滑行车															
肥皂															
软饮料															
阿尔泰															
阿丽娜															
罗蕾莱															
普拉丝															
丽晶															

261 说谎的女孩

我认为图中描述的 4 个女孩恐怕都是彻头彻尾的撒谎者。你要牢牢记住，她们所说的每一句话都是不正确的。你能根据所提供的线索说出图中各位置上女孩的真实年龄以及她们所拥有的宠物吗？

线索

1. 詹妮说：“大家好，我今年 9 岁，我坐的是第 4 个位置。”

2. 杰茜说：“大家好，我坐在我朋友的隔壁，我的朋友有一只猫。”

3. 杰迈玛说：“大家好，我坐在朱莉娅边上，她的宠物是龟，而另一个养猫的朋友今年 9 岁了。”

4. 朱莉娅说：“我的宠物是虎皮鹦鹉，今年 8 岁，坐在 2 号位置。”

5. 为了帮助你解题，我告诉你以下信息：位置 3 上的女孩今年 10 岁，杰茜的宠物是一条小狗，图中 4 号位置上的女孩的宠物是虎皮鹦鹉。

姓名：杰迈玛，詹妮，杰茜，朱莉娅
年龄：8，9，10，11
宠物：虎皮鹦鹉，猫，小狗，龟

提示：先找出朱莉娅的宠物。

1　2　3　4

姓名：________ ________ ________ ________

年龄：________ ________ ________ ________

宠物：________ ________ ________ ________

262 周游的骑士

某一年，亚瑟王厌倦了他那帮骑士的懦弱，在和他的顾问梅林商量之后，他决意培养他们成为真正的骑士——在不指派具体任务的情况下，让他们周游去找寻骑士的勇气（当然，结果是令人失望的）。从以下所给的线索中，你能找出每个骑士开始周游的时间、所去的地方以及在返回卡默洛特王宫前所花的时间吗？

线索

1. 一个骑士很喜欢待在海边，于是在海边整整待了 7 个星期。他当然没有达到此行的目的。

2.9 月份离开去寻找灵魂之途的骑士周游的

时间要比少利弗雷德多 2 个星期。

3. 蒂米德·少可先生不是在 1 月份开始周游的，但他周游的时间要比他在森林中转悠的同伴长一个星期。

4. 把时间花在村边的骑士不是 9 月份开始周游的。

5. 保丘·歌斯特先生离开后曾在沼泽荒野逗留，逗留时间不是 4 星期。

6. 某骑士长达 6 星期的沉思开始于 3 月。

7. 斯拜尼斯·弗特周游的时间有 5 个星期。

8. 考沃德·卡斯特先生在 7 月开始周游。

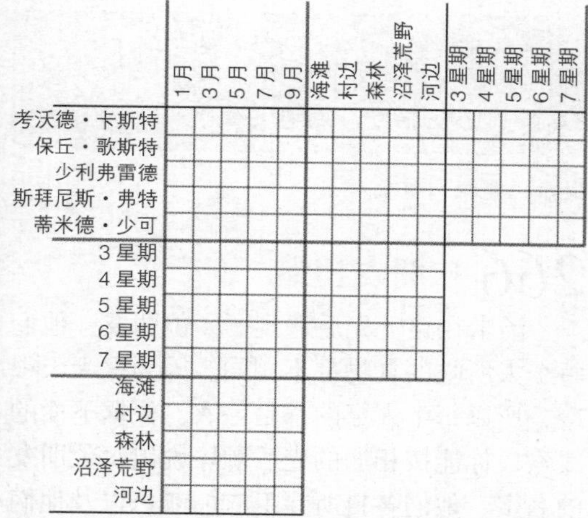

骑士：考沃德·卡斯特，保丘·歌斯特，少利弗雷德，斯拜尼斯·弗特，蒂米德·少可
月份：1 月，3 月，5 月，7 月，9 月
地点：海滩，村边，森林，沼泽荒野，河边
时间：3 星期，4 星期，5 星期，6 星期，7 星期

263 去往墨西哥的 7 个枪手

电影导演伊凡·奥斯卡构想了一个剧本：关于 7 个枪手南行去墨西哥的一个村庄和强盗作战的故事。以下的地图标记的是枪手中的组织者伯尼招募各枪手的地方，从所给的线索中，你能说出各个城镇的名字以及被伯尼招募的枪手的名字吗？

线索

1. 其中一个枪手被伯尼保释出狱后，在位置 3 加入组织，此位置不是一个城市，大家只知道它的一个别名。

2. 伯尼不是在第一站招募墨西哥赌徒胡安·毛利的，后者因被误控谋杀，差点被处以死刑，是伯尼救了他。

3. 凯克特斯市是伯尼南行过程中找到毛利之后的下一站。伯尼招募他的老朋友蒂尼的地方是在马蹄市和他招募前得克萨斯州游民赛姆·贝利那个镇的交界区附近。

4. 伯尼在经过保斯镇之后，在到达赖安加入组织的镇之前经过了梅瑟镇，在保斯镇和梅瑟镇他都没有发现那个神秘的枪手亚利桑那。

5. 里欧·布兰可镇在格林·希腊镇的南边，但不是紧邻的。格林·希腊镇是在前任骑士官受辱后决意加入到伯尼组织的那个城市的南边下一站。

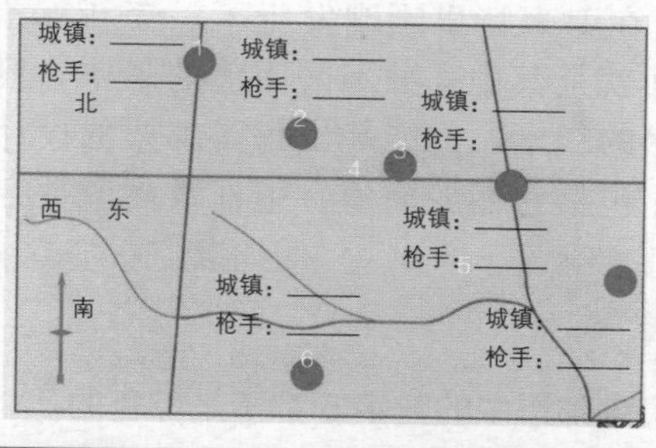

城镇：凯克特斯市，格林·希腊镇，马蹄市，保斯镇，梅瑟镇，里欧·布兰可镇
枪手：亚利桑那，赖安，胡安·毛利，马特·詹姆士，赛姆·贝利，蒂尼

提示：先找出马特·詹姆士加入组织的城镇。

264 信箱

在美国一个偏远山区，4 位家庭主妇是邻居。每位主妇家门口的信箱颜色都不相同。根据下面的线索，你能说出每位主妇的姓名和她所用信箱的颜色吗？

线索

1. 绿色信箱在加玛和杰布的信箱之间。
2. 阿琳选择了黄色信箱，她家的门牌号要比菲什贝恩夫人家的大。
3. 巴伦夫人家的信箱是红色的。
4. 232 号家的信箱是蓝色的，但是这不是路易丝的家。

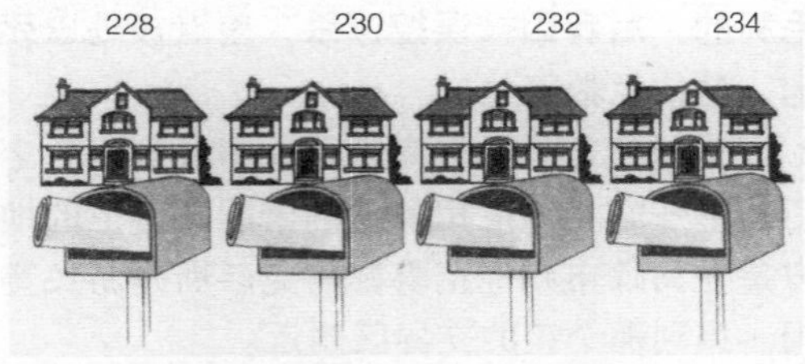

名：阿琳，加玛，凯特，路易丝
姓：巴伦，菲什贝恩，弗林特，杰布
信箱：蓝色，绿色，红色，黄色

提示：先从绿色的信箱着手。

265 邮票的面值

在弗来特里刚刚发行了一套新邮票，右面就是其中 4 种不同面值的邮票。根据给出的线索，你能找出每张邮票的设计方案（包括它们的面值、边框及面值数字的颜色）吗？

线索

1. 每张邮票中的数字 5 都不是棕色的。
2. 画有大教堂的那张邮票面值中有个 0，它在有棕色边框邮票的右边。
3. 第 4 张邮票的面值中有个 1，而第 3 张邮票上画的不是海湾。
4. 面值为 15 的邮票在蓝色邮票的正上方或正下方。
5. 画有山峰的不是第 1 张邮票，它仅比有红色边框的邮票面值大。

图案：大教堂，海湾，山峰，瀑布
面值：10 分，15 分，25 分，50 分
颜色：蓝色，棕色，绿色，红色

提示：先找出棕色邮票。

266 与朋友相遇

汤米在路上先后遇到了 4 位朋友，他们每个人所吃的食物都不相同。因为那天天很冷，所以每个人穿的都是毛衣。根据下面的线索，你能按相遇的先后顺序说出每位朋友的名字、他们各自所穿毛衣的颜色以及他们正在吃什么食物吗？

线索

1. 在汤米遇到穿蓝毛衣的凯文之前，他遇到了一位在吃棒棒糖的朋友。
2. 汤米遇到的第 3 位朋友穿着米色毛衣。
3. 在遇到穿绿毛衣的朋友之后，汤米遇到了正在吃香蕉的朋友，这个人不是西蒙。
4. 在遇到吃巧克力派的刘易丝之后，汤米碰到了穿红毛衣的小伙子，这个人不是丹尼。

名字：丹尼，凯文，刘易丝，西蒙
毛衣：米色，蓝色，绿色，红色
快餐：苹果，香蕉，巧克力派，棒棒糖

提示：首先找出穿红毛衣的年轻人的名字。

267 阿基米得的盒子

据记载，这个跟七巧板类似的有关分割的游戏是由阿基米得发明的，它又被称为“阿基米得的盒子”。

如图所示，一个 12×12 的正方形由 14 块不同形状的图形组成。

在这个题目中，每一块碎片的面积都是给定了的。

现在请问，你能否算出每一块碎片的面积？

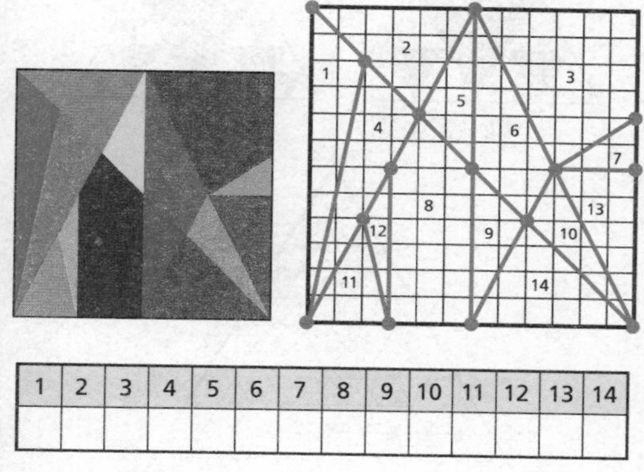

1	2	3	4	5	6	7	8	9	10	11	12	13	14

268 折叠问题

沿着蓝色的线分别把空白正方形上边和左边的正方形剪开。

把这些剪开的纸条向空白的正方形折叠，使该正方形的颜色跟图 1 的颜色相同。请问应该怎样折叠？

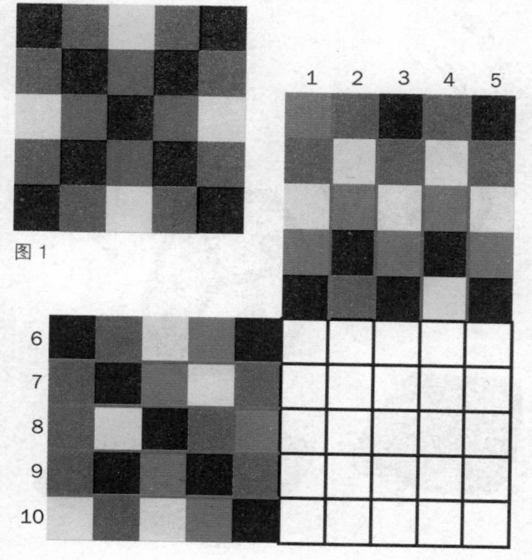

269 六格三角形

图 1 中已经放入了 3 个六格三角形，你的任务就是将剩下的 9 个六格三角形放进去，将图补充完整（可以旋转六格三角形）。

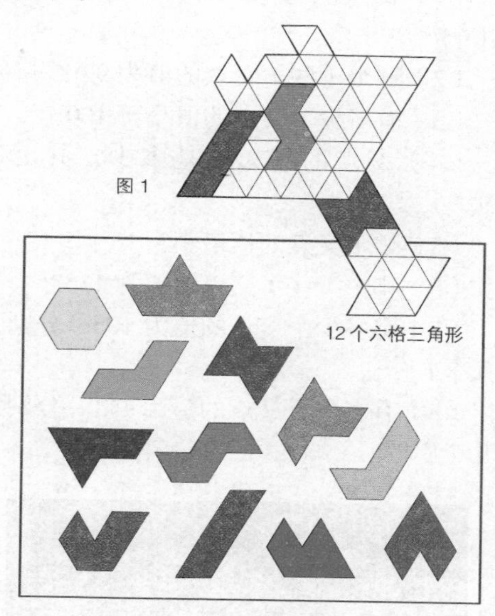

270 七格三角形

七格三角形是由 7 个全等三角形组合而成的，一共有 24 个。

这 24 个七格三角形中有多少个可以用来铺地板（也就是说，无数个这一图形可以无限地铺下去，每 2 块之间都不留缝隙）。有人证明了只有 1 个不可以。

你能把这 1 个找出来吗？

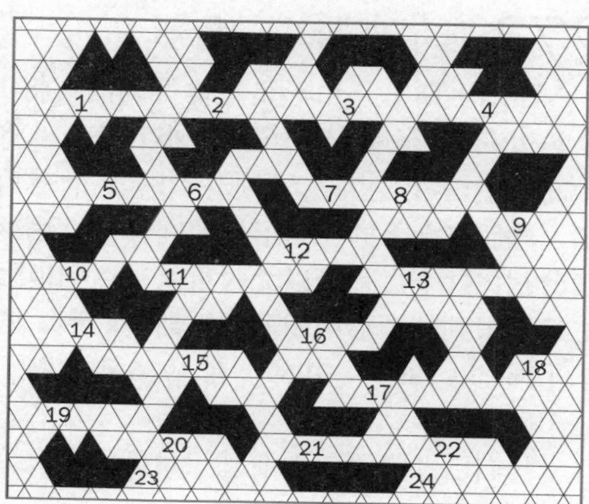

271 坐标

下面这个表格中，坐标的各交点位置的值为其周边 4 个数字之和。回答下面这些问题：

（1）交点值为 100 的 3 个交点分别是哪几个？

（2）哪个（些）交点的值为 92？

（3）有多少个交点的值小于 100？

（4）交点的最大值是多少，共出现几次？

（5）哪个交点的值最小？

（6）哪个（些）交点的值为 115？

（7）有多少个交点的值为 105，分别为哪几个？

（8）有多少个交点的值为 111，分别为哪几个？

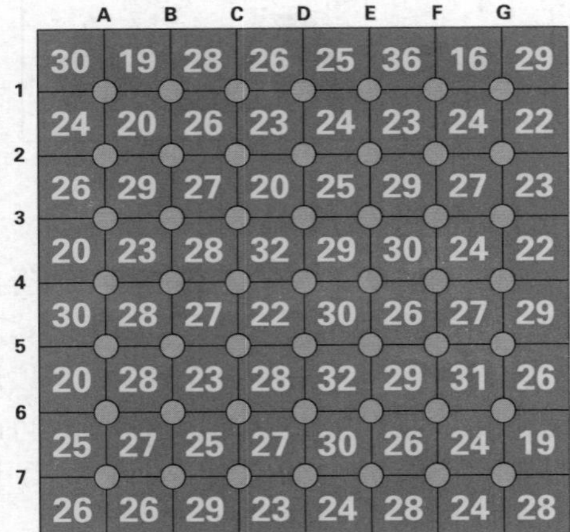

30	19	28	26	25	36	16	29
24	20	26	23	24	23	24	22
26	29	27	20	25	29	27	23
20	23	28	32	29	30	24	22
30	28	27	22	30	26	27	29
20	28	23	28	32	29	31	26
25	27	25	27	30	26	24	19
26	26	29	23	24	28	24	28

272 西尔平斯基三角形

西尔平斯基三角形是这样得到的：将 1 个等边三角形分成 4 个全等的小三角形，将中间的小三角形去掉，形成一个黑色的三角形。然后将余下的三角形按照同样的方法继续分割，这个过程可以无限重复。达到极限之后所得到的图形叫做西尔平斯基碎形。西尔平斯基（1882 ~ 1969）在 1916 年发明了这个碎形。

我们已经将西尔平斯基三角形的 3 次分割画了出来，你能够画出第 4 次分割之后的图形吗？

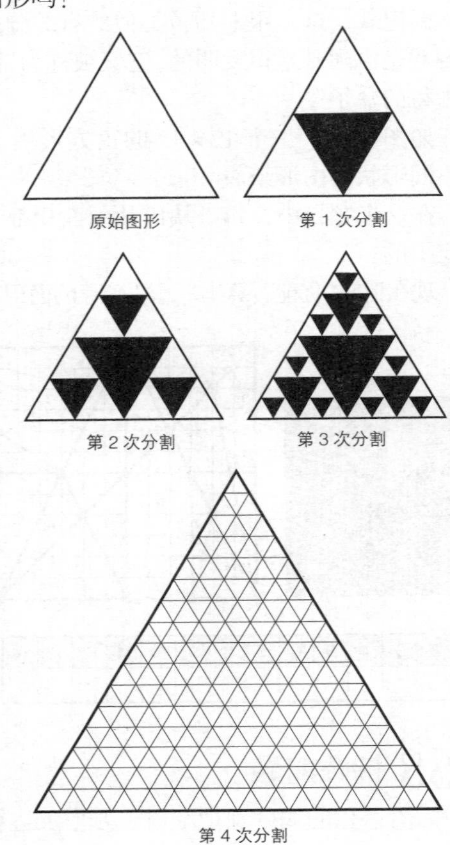

原始图形　　第 1 次分割

第 2 次分割　　第 3 次分割

第 4 次分割

273 灌铅色子

怎样才能迅速地辨别灌铅色子呢？

274 L形结构的分割问题

1990年福瑞斯·高波尔提出了这个问题：由3个小正方形组成的L形结构可以被分成不同份数的形状相同、面积相等的部分吗？

依据已经给出的数字，你可以将它平均分成与数字相等的份数吗？

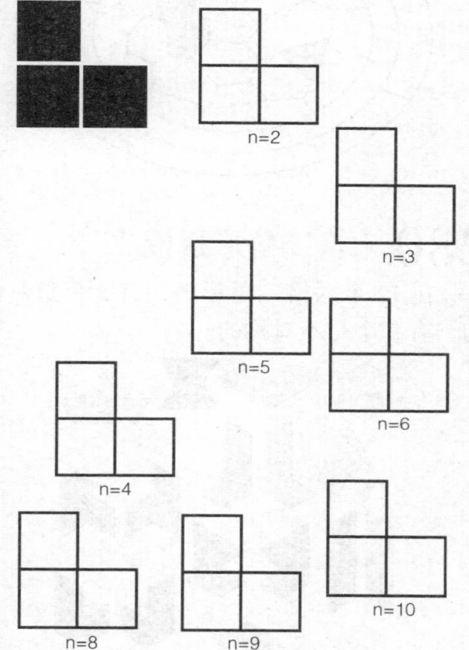

275 双色珠子串

你有红色和蓝色两种颜色的珠子，每种珠子各10颗。将这些珠子串成一串，这一串的第一颗珠子是红色的。

现在我们把这一串中连续的几颗珠子称为一个“连珠”。连珠的长度取决于它所包含的珠子的颗数。

含2颗珠子的连珠我们称为“二连珠”。问可能有多少种二连珠？

含3颗珠子的连珠我们称为“三连珠”。问可能出现多少种三连珠？

含4颗珠子的连珠我们称为“四连珠”；含5颗珠子的就是“五连珠”，依此类推。也就是说，含n颗珠子的连珠我们称为“n连珠”。

如果要求一串珠子全部由二连珠组成，且整串珠子中不能出现两个一模一样的二连珠，问这串珠子最长有几颗珠子？

如果要求一串珠子全部由三连珠组成，且整串珠子中不能出现两个一模一样的三连珠，问这串珠子最长有几颗珠子？

276 魔轮

将内魔轮与外魔轮以同心圆的方式咬合（结果如图1所示）——必要时可以转动魔轮——使得任何一条直径上的数字和都相等。

图1

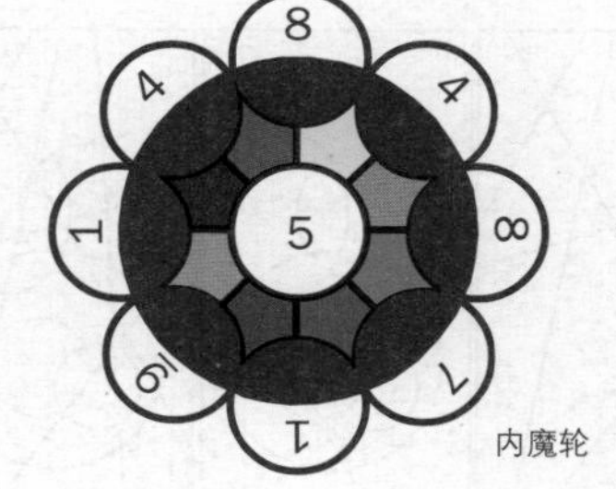

内魔轮

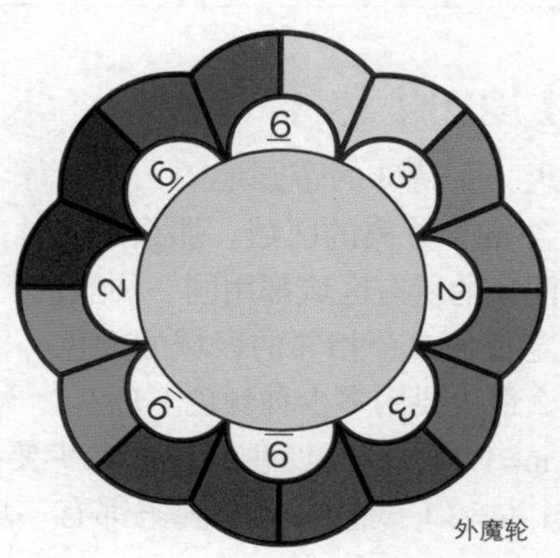

外魔轮

277 地图上色（一）

1975 年 4 月，《美国科学报》发表了该报数学版记者马丁·加德纳的一篇文章，文章中称威廉·M.C. 格雷格—纽约的图论学家发明了一张地图，这张地图至少要用 5 种不同的颜色上色，才能使地图上每两个相邻地区的颜色不同。

下图就是一张用上了 5 种颜色的地图。请问你能用更少的颜色上色，并使之满足条件吗？

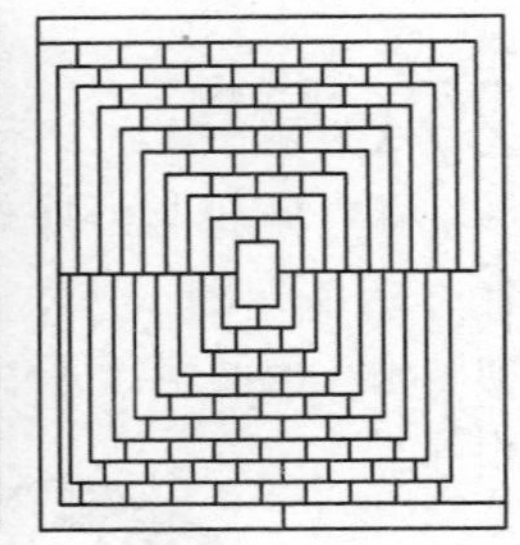

278 地图上色（二）

给下面的 3 幅地图上色，使有重叠部分的任意 2 个地区的颜色都不同。每幅地图最少需要几种颜色？

279 地图上色（三）

假想一张特殊的帝国地图，图上每个国家都包含 m 个分离的区域。那么涂色时，属于同一国家的所有区域都用同一种颜色上色。如果规定任何 2 个相邻的区域的颜色必须不同，那么最少要用多少种颜色上色？

当 m=1 时，就是四色问题，最少要用 4 种颜色；m=2（试想象每个国家都有一块不与本土相连的属地）时，这个问题的解就应该是 12，即至少需要用 12 种颜色上色。

你能够用 12 种颜色来给这张地图上色吗？

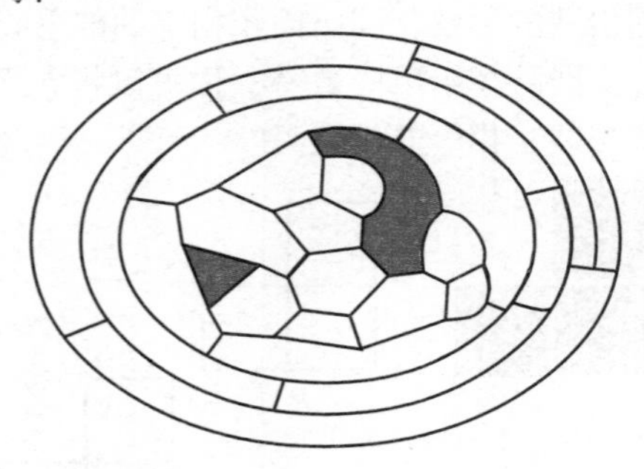

280 六格三角形拼板

在 12 个六格三角形中，有 5 个是对称的，有 7 个是不对称的。

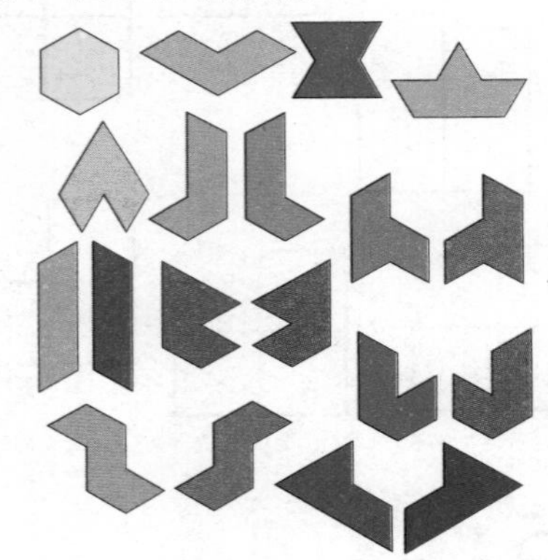

如果我们将不对称的 7 个六格三角形的镜像也算上（如图所示），一共就是 19 个六格三角形。它们与一个 3×3 的正六边形游戏板的总面积正好相等。

那么，19 个六格正方形能否正好放进这个游戏板中吗？

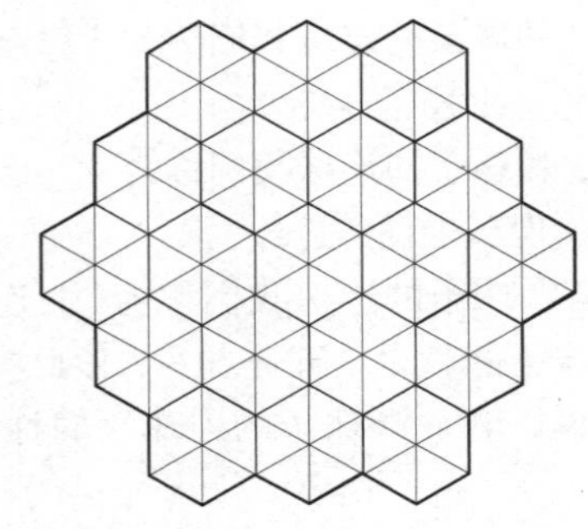

281 替换顺序

在昨晚的足球赛中，主队队员做了 5 次替换。根据下面的信息，你能找出每次替换的时间、离场队员的名字、球衣号码以及每次上场的替补队员的名字吗？

线 索

1. 第一位被替换下来的队员穿 18 号球衣。
2. 凯尼恩在第 56 分钟被换下场，他的球衣号码至少比被迈克耐特替换下场的队员的球衣号码大 7。
3. 帕里和 3 号球员都不是在第 63 分钟被替换下场的，后来 3 号是被豪丝替换的，但是 3 号球员不是帕里。
4. 塔罗克在第 78 分钟上场，但不是替换 8 号球员。
5. 塞尔诺穿的是 14 号球衣。
6. 瑞文替换弗里斯上场。

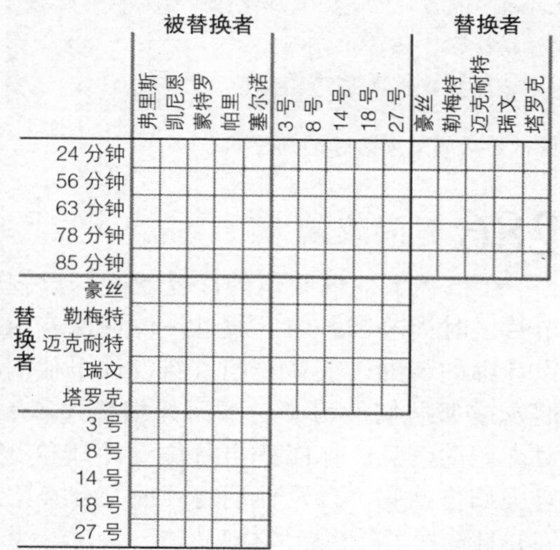

282 便宜货

在一个汽车流动售货处，玛丽买了很多她喜欢的东西。根据下面的线索，你能说出玛丽购买每件商品的顺序、品名、价格以及售货摊主的姓名吗？

线 索

1. 玛丽从摊主威里手中购买的东西比她买的第 1 件东西和她买的花瓶都便宜。
2. 玛丽买完书后去了莫利的货摊。
3. 玛丽从一位女摊主手中买到的玩具仅仅花了 30 美分，这不是她买的第 2 件东西。
4. 玛丽最后购买的是一块她非常喜欢的头巾。
5. 玛丽买的第 3 件东西最贵。
6. 玛丽从吉恩那里买了一个杯子。
7. 在去莎拉的货摊之前，玛丽从弗兰克手中购买的商品仅仅花了 25 美分，在莎拉那里购买的商品不到 60 美分。

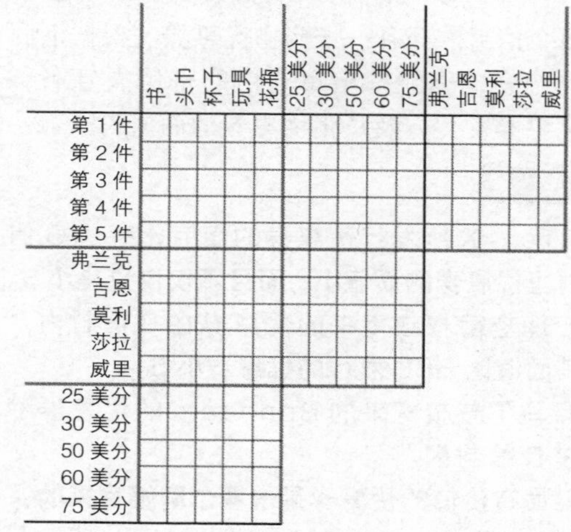

283 等公车

站台上 7 个职员正焦急地等待着下一趟公车。根据下面的信息，你能说出每位职员的名字及他们在哪个公司上班吗？

线 索

1. 站台上，塞布丽娜站在那位在证券公司上班的职员右边第 2 个位子上。
2. 格伦在第 4 个位子，他不在法律顾问公司上班，但他右边那个人在那里上班。
3. 其中一位男性乘客站在第 6 个位子上。
4. 在纳尔逊的一边是一位女乘客。
5. 雷切尔左边的那位乘客在银行工作。
6. 第 3 位乘客在一家保险公司工作。
7. 站在吉莉安旁边的一个人在一家律师事务所工作。
8. 托奎是一家投资公司的雇员，从图上看马德琳在他的右边。

名字：吉莉安（女），格伦（男），马德琳（女），纳尔逊（男），雷切尔（女），塞布丽娜（女），托奎（男）
公司：银行，律师事务所，建筑公司，保险公司，投资公司，法律顾问公司，证券公司

提示：先从在证券公司上班的往返者入手。

284 生日礼物

当14岁生日那天，拉姆收到了4个信封，每个信封内都有一张购物优惠券。根据下面的线索，你能猜出每封信的寄信人姓名、优惠券发行方及每张优惠券的面值吗？

线索

1.Ten-X 所发行优惠券的面值比旁边C信封里优惠券的面值小，而且不仅仅只是小5。
2. 理查德叔叔寄来的优惠券在B信封内，其面值比HBS发行的优惠券小5。
3. 马丁叔叔寄来的Benedam的优惠券不在D信封内。
4. 最有价值的优惠券是卡罗尔阿姨寄来的，但不是W S Henry发行的优惠券。
5. 丹尼斯叔叔寄来的礼物不是最便宜的。

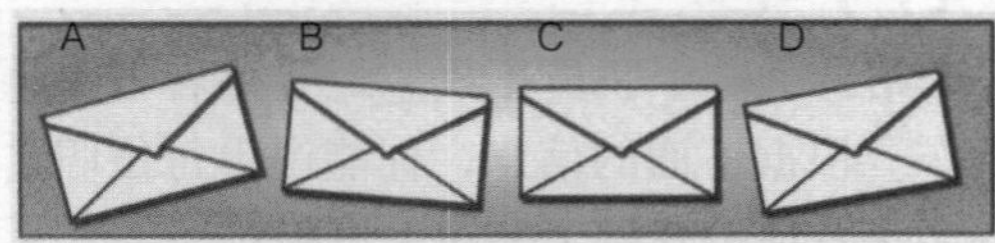

寄信人：卡罗尔阿姨，丹尼斯叔叔，马丁叔叔，理查德叔叔
代币发行方：Benedam，HBS，Ten-X，W S Henry
代币价值：5，10，15，20

提示：先找出卡罗尔阿姨的优惠券发行方。

285 巫婆和猫

中世纪时期的一个小乡村里，4个巫婆分别霸占了村里的4幢别墅。根据下面的线索，你能说出每幢别墅中巫婆的名字、年龄以及巫婆的猫的名字吗？

线索

1. 马乔里住在那个86岁的老巫婆的东面，这个巫婆有只猫叫颇里安娜。
2. 罗赞娜刚过80岁。
3. 凯特的主人住在村里池塘后面的2号别墅里，她总是用诡异、甚至可以说是邪恶的眼神从她密室的窗口向外窥视。
4.3号别墅的主人75岁，她的猫不叫托比。
5. 人们把塔比瑟的那只老猫叫做尼克。
6. 和格里泽尔达住得最近的巫婆已经71岁了。

巫婆：格里泽尔达，马乔里，罗赞娜，塔比瑟
年龄：71，75，80，86
猫：凯特，尼克，颇里安娜，托比

提示：从颇里安娜住的别墅入手。

286 时尚改装

在格林卡罗琳制作的广受欢迎的电视节目《时尚改装》中，通过一位资深室内设计师的帮助，很多夫妇重新设计了他们朋友或邻居们的房子。下面详细描述了5对夫妇的信息，你能猜出每位设计师和哪对夫妇搭档吗，以及他们将要改装什么房间并且选择了什么新风格吗？

线索

1. 利萨和约翰不是跟梅·克文或刘易斯·劳伦斯·贝林搭档，梅不会改装起居室，也不会使用哥特式风格。
2. 刘易斯·劳伦斯·贝林不会装修餐厅，因为他所喜欢的墨西哥风格无法应用于餐厅的装修。
3. 艾玛·迪尔夫将把一个房间设计成维多利

亚风格的，但他设计的不是卧室。

4. 当雷切尔·雷达·安妮森装修的是厨房。起居室被改装成了墨西哥风格。

5. 休和弗兰克将相互协作着把房间设计成前卫时尚的未来派风格，但他们不是装修餐厅。

6. 林恩和罗布是与设计师贝琳达·哈克合作，而海伦和乔治装修的是浴室。

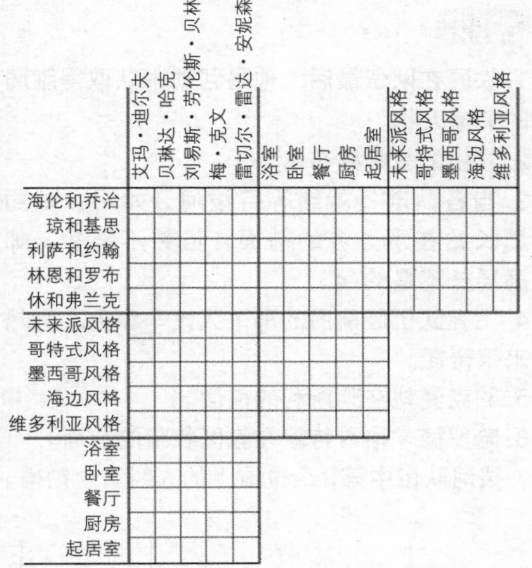

287 西部牛仔

上周五晚上在斯托波里的车马酒吧喝酒时，我情不自禁地被5位身着牛仔装的顾客吸引了，通过交谈，我发现他们实际上是一个重新组建的西部表演队的成员，正要去参加一个周末派对。根据下面的信息，你能说出每个人的真实姓名和职业，以及他在周末扮演的西部角色的名字和职业吗？

线索

1. 罗伊·斯通是赫特福德郡地区理事会的职员，他性格狂野不羁，以自我为中心，但是他并没有饰演赌徒。

2. 大卫·埃利斯所扮演的西部角色叫萨姆·库珀。

3. 一个戴着徽章扮演州长代表的人告诉我，他的角色名字是布秋·韦恩。

4. 来自伦敦郊区的那位代理商一旦戴上他的宽边帽和配枪腰带，就变成了一个粗暴的牧牛工，幸亏在车马酒吧里他不是那副打扮。

5. 在周末扮演坦克丝·斯图尔特的那个人并不是被国家税务局录用的税务检查员，他实际上是雷丁·普赖斯兄弟中的一个。

6. 马克·普赖斯和那位来自哈罗的办公用品推销员，都饰演西部行动的执法官。

7. 来自克罗伊登的那名会计师所选择的角色叫马特·伊斯伍德，他的角色不是州长，真实姓名也不是奈杰尔·普赖斯。

		真名					角色名					角色职业				
		会计师	职员	代理商	推销员	税务检查员	布秋·韦恩	得丝特·邦德	马特·伊斯伍德	萨姆·库珀	坦克丝·斯图尔特	美洲野牛猎人	牧牛工	州长	赌徒	州长代表
真名	大卫·埃利斯															
	约翰·基恩															
	马克·普赖斯															
	奈杰尔·普赖斯															
	罗伊·斯通															
角色职业	美洲野牛猎人															
	牧牛工															
	州长															
	赌徒															
	州长代表															
角色名	布秋·韦恩															
	得丝特·邦德															
	马特·伊斯伍德															
	萨姆·库珀															
	坦克丝·斯图尔特															

288 军官的来历

根据下面的信息，你能猜出每个军官的名字、所属部门以及他们分别来自美国的哪个州吗？

线索

1. 美国水兵军官站在来自爱达荷州的军官的旁边，虽然不挨着陆军中尉阿尔迪丝，但也比离空军轰炸机的飞行员近。

2. 来自美国新墨西哥州的军事警察站在步兵的左边，普迪上尉的右边。

3. 沃德少校不是工兵军官，工兵军官站在来自缅因州的军官哈伦的右边，哈伦不是步兵或空军，而军事警察站在工兵军官和缅因州

军官的左边某个位置。

4. 来自乔治亚州的德莱尼不是一名空军，他站在哈伦上尉的右边，来自堪萨斯州的普迪上尉比德莱尼上尉更靠左边。

5. 军官 C 的军衔比美国水兵军官的军衔大。

名字（按等级由低到高的顺序）：陆军中尉阿尔迪丝，德莱尼上尉，哈伦上尉，普迪上尉，沃德少校
部门：空军，工兵，步兵，水兵，军事警察
州：乔治亚州，爱达荷州，堪萨斯州，缅因州，新墨西哥州

提示：先找出空军军官的家乡和他的位置。

289 夏日午后

夏日一个星期天的下午，阳光明媚，3 个年轻人和女朋友乘着各自的小船从斯托贝里出发到斯托河上游玩，根据下面的信息，你能说出每个男孩和女孩的姓名，以及每艘船的名字和类型吗？

线索

1. 麦克与女朋友借用了他爸爸的机动船，而麦克的女朋友不是桑德拉。

2. 露西和她的男朋友驾驶的船叫“多尔芬”。

3. 夏洛特和她的男朋友驾驶一艘小游艇沿着斯托河巡游到考诺斯·洛克。

4. 西蒙与女朋友在“罗特丝”船上度过了一个下午，他们的船不是人工划行的。

		女孩							
		夏洛特	露西	桑德拉	“多尔芬”	“罗特丝”	“马吉小姐”	机动船	人工船	小游艇
男孩	巴里									
	麦克									
	西蒙									
	机动船									
	人工船									
	小游艇									
	“多尔芬”									
	“罗特丝”									
	“马吉小姐”									

290 拔河

前几年的村庄运动节总会吸引多支实力强大的拔河队，每队的成员都是 5 个高大健壮的当地人。根据下面的信息，你是否能说出问题中提到的获胜队伍的具体细节（包括每个队员的姓名、职业及所在位置）？

线索

1. 铁匠在队伍最后，他是帮助本队取得胜局的关键人物。

2. 学校的教师姓布尔。

3. 当各队准备就绪等待拔河开始时，邮局局长站在承办者的前面，但并不紧邻。邮局局长不是约翰。

4. 站在队伍最前面的那个人姓辛和吉，听起来很奇怪。

5. 欧克曼就在莱斯利的前面。

6. 哈罗德·格雷特就在教区牧师的前面。

7. 拔河队伍中第 2 个位置上的人叫雷金纳德。

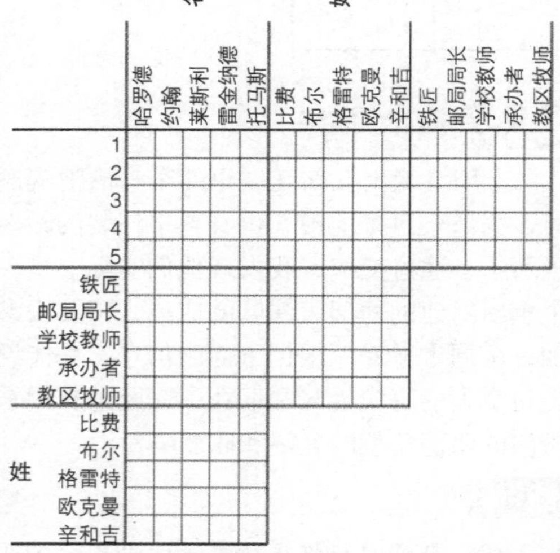

291 失败的降落

伞兵突袭队的降落活动出了些问题，伞兵部队被打散成几个小队，在重重包围之下不得不投降。根据下面的信息，你能否在表格中填出每队的具体信息，包括军官、指挥军士以及每一队的士兵数和拥有的基本武器装备？

线索

1. 卡斯特军士与其军官所带领的一队人数并不是最多，他们拥有伞兵部队的重型机枪，却没什么用武之地。
2. 帕特军士长是伞兵部队的总指挥，可是他却被困在沟渠里，身边只有1位下士和6个士兵。
3. 加文中尉和杰克逊军士所负责的队要比拥有电台的那个队伍多2个士兵。
4. 布拉德利中尉指挥的队伍被困在C位置的一个旧谷仓内，他们队的士兵人数比李下士所在队伍的士兵人数多，但士兵人数不是4个。
5. 一支队伍被困在E位置的一所荒废的房子里，他们原本要用带着的炸药炸毁一座桥，可惜炸药是假的。
6. 谢尔曼军士和他的队伍被困在克拉克中尉的隐蔽地的东边，他们没有隐藏在D位置，也没有在A位置的小树林内。拥有迫击炮和枪械弹药的军官被困在桥的南面，克拉克中尉所在的队伍比这一队要强大。
7. 由1位军官、1位军士和4个士兵组成，并拥有迫击炮的一队不是格兰特下士所在的队。

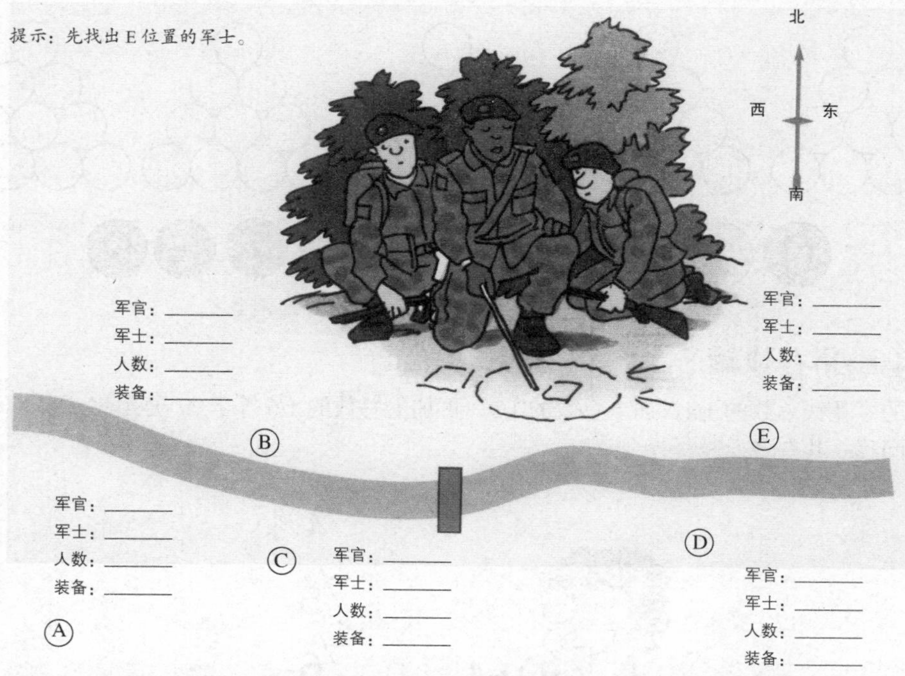

军官：帕特军士长，利吉卫上校，布拉德利中尉，克拉克中尉，加文中尉
军士：卡斯特军士，杰克逊军士，谢尔曼军士，格兰特下士，李下士
士兵数：4，6，8，10，12
装备：弹药，炸药，枪械，迫击炮，电台

292 留学生

歌兹弗瑞大学城的一处 3 层楼房里住着留学生。根据下面的信息，你能找出每层楼所住学生的名字、家乡和所学的专业吗？

线 索

1. 佐伊·温斯顿所在楼层比那个物理学专业的学生高。
2. 约翰·凯格雷来自新西兰的惠灵顿。
3. 住在 3 楼的学生来自南非的德班。
4. 凯茜·艾伦不是来自底特律的美国学生，也不是历史系的。

	凯茜·艾伦	约翰·凯格雷	佐伊·温斯顿	底特律	德班	惠灵顿	历史	医学	物理学
1 楼									
2 楼									
3 楼									
历史									
医学									
物理学									
底特律									
德班									
惠灵顿									

293 三角形数

你能将前 10 个自然数(包括 0)分别填入三角形中，使三角形各边数字的总和都相同吗？你能找出几种方法？

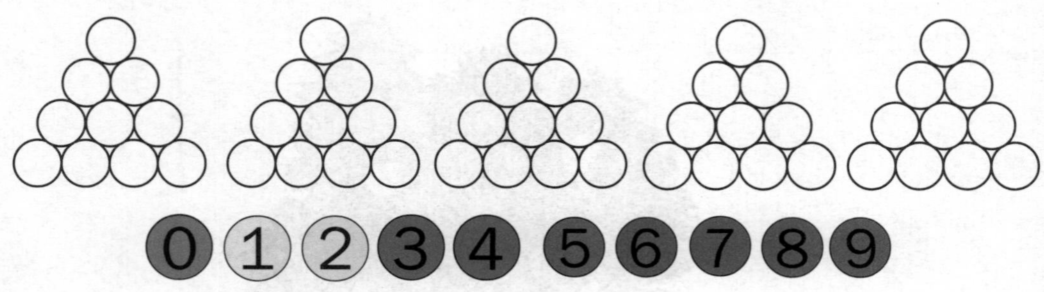

294 小猪存钱罐

我的零花钱总数的 1/4，加上总数的 1/5，再加上总数的 1/6 等于 37 美元。请问我一共有多少钱？

295 把正方形四等分

有37种不同的方法把一个6×6正方形分成4个全等的部分（旋转和反射不可以看做是新方法）。你能把它们都找出来吗？

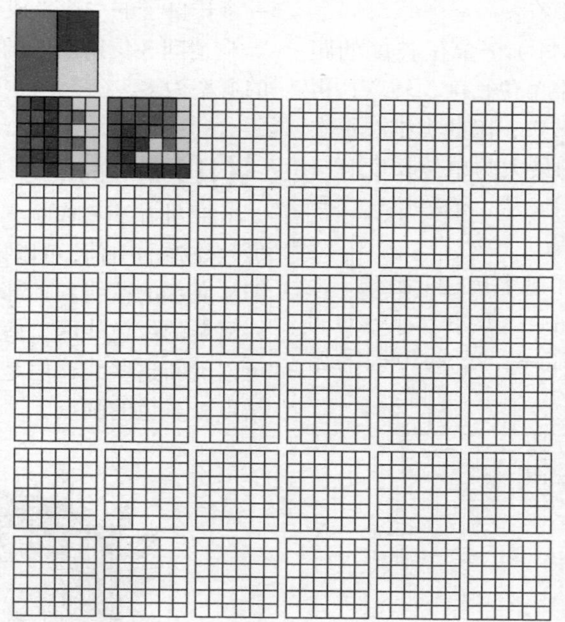

296 六边形的星星

如图2所示，在圆上取6个相互之间等距离的点，这6个点用不同的连线方式可以画出不同的星形，如图1所示。

请问：你能找出图1中众多星星中与众不同的那一个吗？

图1

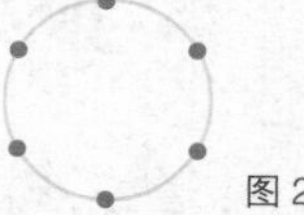

图2

297 转弯 90° 的循环图形

循环图形是由一个移动点的运动轨迹所组成的几何图形。你可以把它想象成是一只小虫根据一定的规则爬行：

这只小虫首先爬行 1 个单位长度的距离，转弯；再爬行 2 个单位长度，转弯；再爬行 3 个单位长度，转弯；以此类推。每次转弯 90°，而它爬行的最大的单位长度有一个特定的极限 n，之后又从 1 个单位长度开始爬行，重复整个过程。

你可以在一张格子纸上玩这个游戏。

我们已经给出了 n=1，2，3，4，5 时的循环图形，你能画出 n=6，7，8，9 时的循环图形吗？

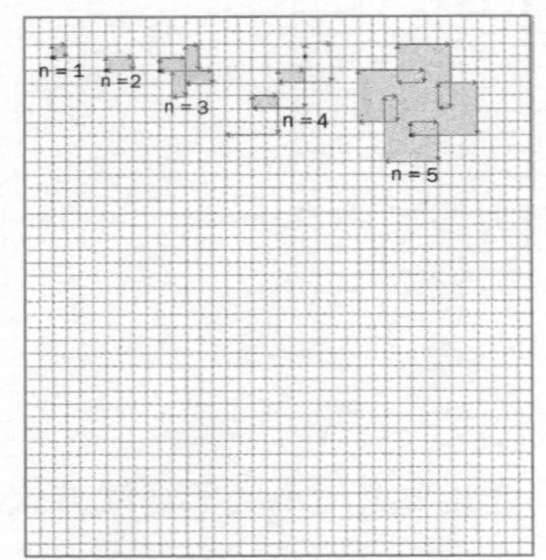

298 转弯 60° 的循环图形

下边的循环图形每次转弯时逆时针旋转 60°。图中已经画出了 n=1，2，3 和 4 时的图形。

你能画出 n=5，6，7 和 8 时的图形吗？

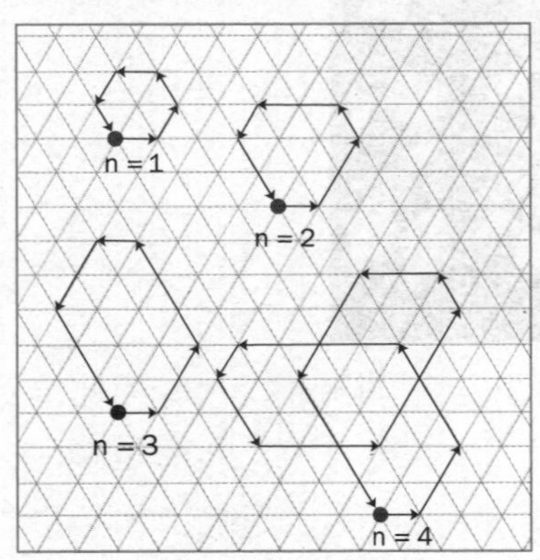

299 数学家座谈会

在一个座谈会中共有 7 位著名数学家出席，其中 3 位有胡子。这 7 位数学家将沿着一个长桌子的一边坐成一条线。

请问 3 位留胡子的数学家正好相邻坐着的概率为多少？

300 炸弹拆除专家

时钟在滴答作响，你必须在它爆炸之前拆除炸弹的引信，可以把它的线剪成两部分，即从底部的蓝线到顶部的绿线，穿过中间错综复杂的红色线网，剪尽可能少的次数。你可以剪断这些线，但是不要剪到中间的连接结点（黄色的圆点）。

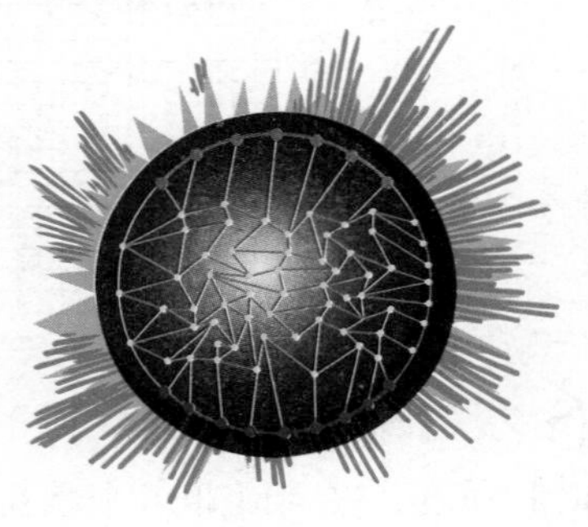

301 保险箱

这是一个很特殊的保险箱。最后一个按钮上标有“F”，根据所给的提示，找出密码的第一位。比如 1i 指向里移一格，1o 则向外移一格，1c 表示顺时针移动一格，1a 表示逆时针移动一格。注意：每个按钮只能按一次。

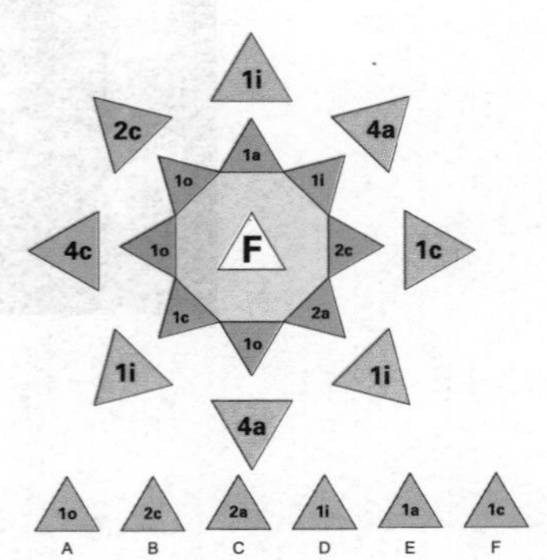

302 镜像

这是一个镜像问题，参照所给例子的解决方法，找出所给选项中错误的一个。

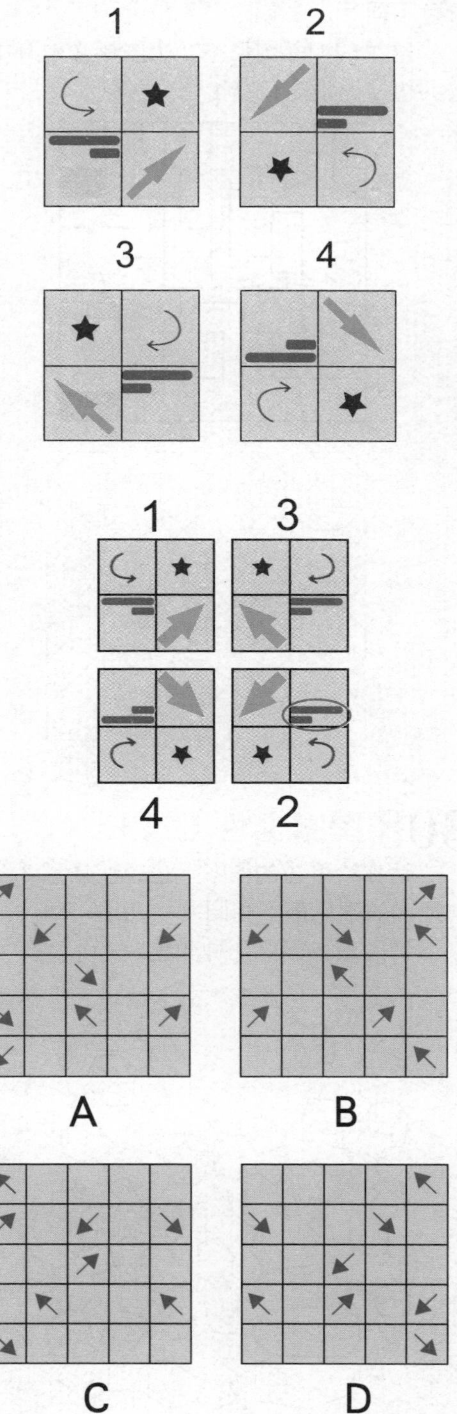

303 中心六边形数

上面分别是前 5 个中心六边形数。之所以叫中心六边形数，是因为它们都是从中心向外扩展的。

你能否算出第 6 个中心六边形数？

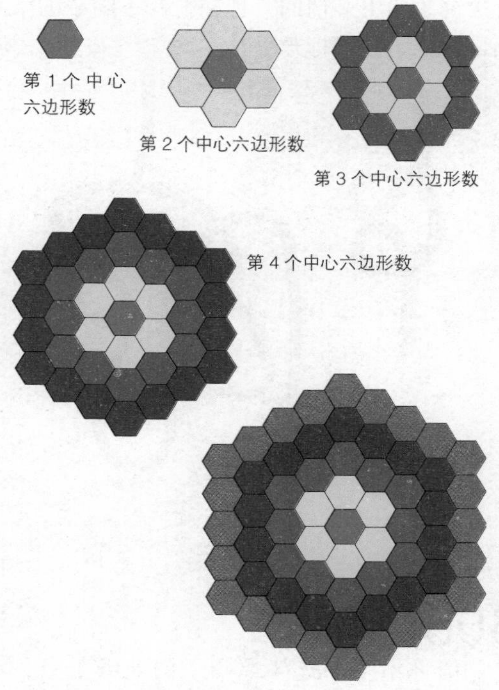

304 两个家庭

两个家庭分别有 8 个孩子，一个家庭全部是男孩，另一个家庭全部是女孩。由于生男孩和女孩的概率为 50 对 50，那么你认为生 4 个男孩和 4 个女孩比生 8 个男孩或者 8 个女孩的概率要大吗？

生 8 个女孩和生 4 个男孩 4 个女孩的概率分别为多少，哪个更大？

305 拇指结

有 3 个相交之处的拇指结是最简单的结（如图 1 所示），它也是其他很多种复杂的结的基础。

在图 2 中，拇指结绳子的末端在绳子上再次绕了两下。请问：现在拉一下绳子的末端，这个结会被打开吗？

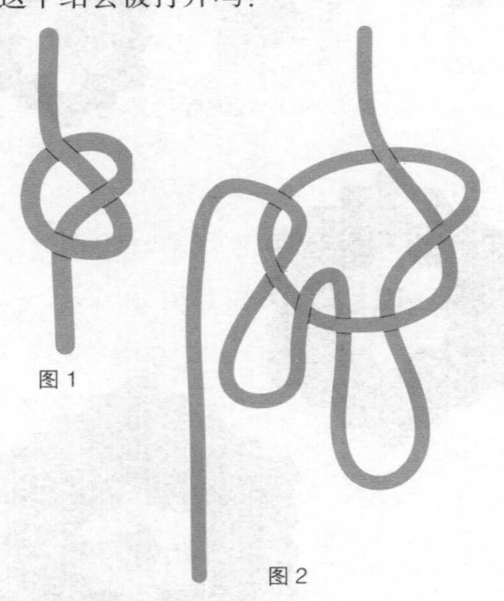
图 1
图 2

306 曲线上色

请你给下面这 4 幅图里的曲线上色，使每两条在图中灰色的节点相接的曲线颜色都不同。请问最少需要用多少种颜色来上色？

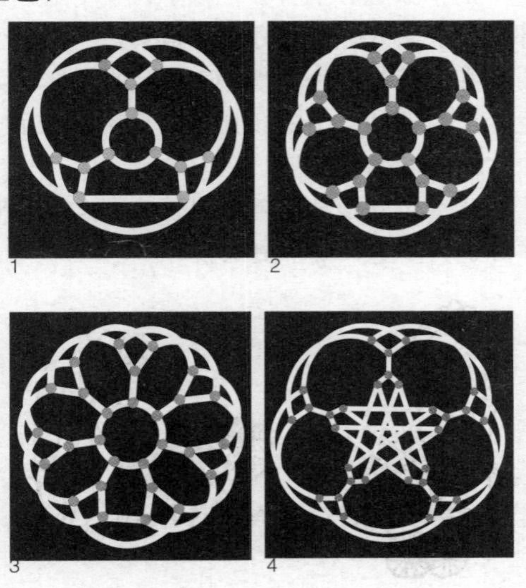

307 图案上色（一）

现在要给这 2 幅图分别上色，问至少需要几种颜色才能使每幅图中相邻的 2 个图形颜色不同？

这里的相邻图形指 2 个图形必须有 1 条公共边，而不能只有 1 个公共点。

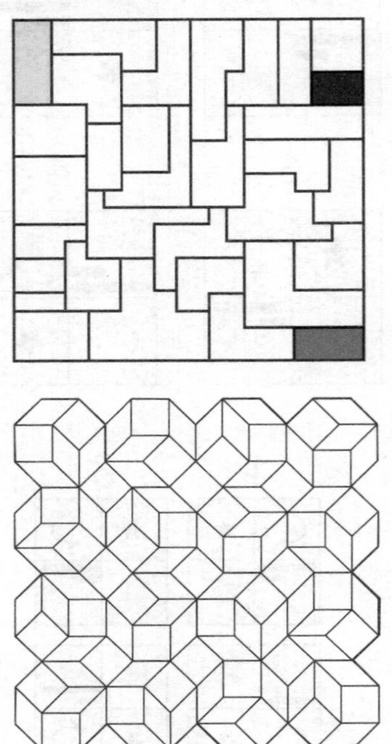

308 图案上色（二）

请你给下边的图案上色，使任意 2 个相邻地区的颜色都不相同。

请问最少需要几种颜色？

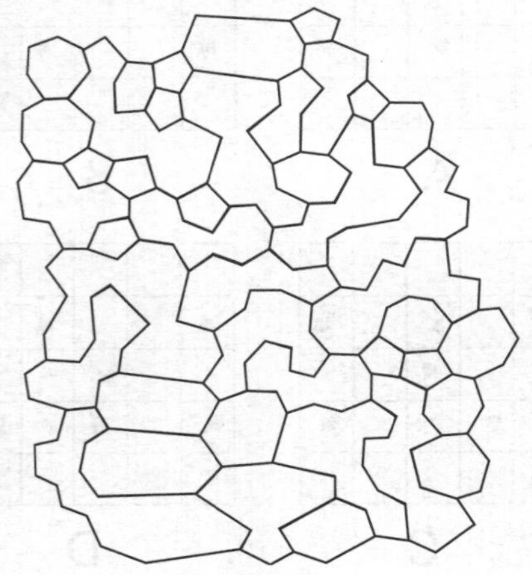

309 图案上色（三）

请你给下面的图案上色，使任意2个相邻地区的颜色都不相同。

请问最少需要几种颜色？

310 渔网

你能将外面的18条“鱼”全部放进中间的“渔网”中吗？

311 加减

从下边竖式里去掉9个数字，使得该竖式的结果为1111。

应该去掉哪9个数字呢？

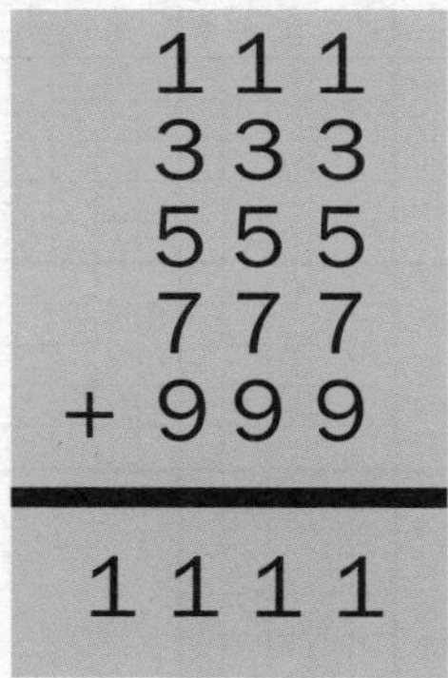

312 最长路线

在这个游戏里，需要通过连续的移动从起点到达终点，移动时按照每次移动1，2，3，4，5，…个格子的顺序，最后一步必须正好到达终点。

必须是横向或是纵向移动，只有在两次移动中间才可以转弯，路线不可以交叉。

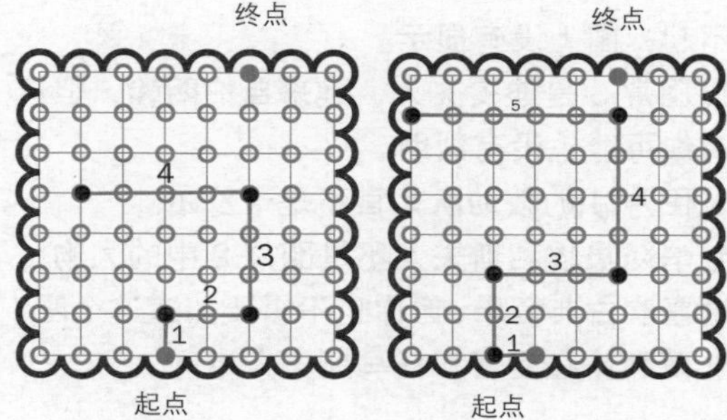

上面分别是连续走完4步和5步之后到达终点的例子。你能做出右边这道题吗？

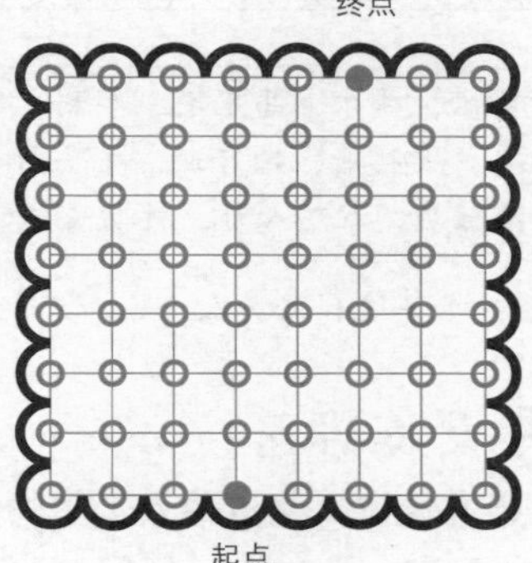

313 六边形的分割

如图1所示，一个正六边形被平均分成了8部分。这是两种可能的分法之一。你能找出另一种吗？

提示：图2的格子会对你有帮助。

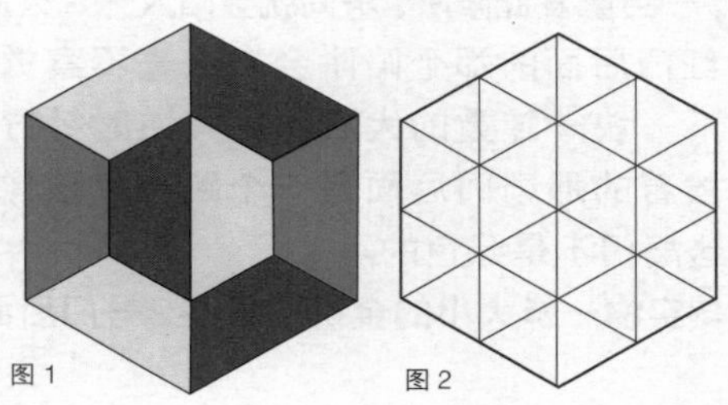

314 职业女性

图片展示了“有成就和魄力的杰出职业女性”颁奖典礼上的4位获奖者。根据下面的线索，你能确定每位女性的姓名和获奖时她们的职业吗？

线 索

1. 马里恩·帕日斯女士的头发是红色的，对不起，图上没有显示。
2. 图片3是迪安夫人，她来自伯明翰，但这对你可能也没有帮助。
3. 图片4的救助队军官不是卡罗尔。
4. 消防员埃利斯夫人不是图片2中的人物，她喜欢古典音乐，但你也不需要知道这个吧。
5. 萨利站在交警和托马斯夫人中间。

名：卡罗尔，盖尔，马里恩，萨利
姓：迪安，埃利斯，帕日斯，托马斯
职业：消防员，护理人员，救助队军官，交警

提示：图片1是埃利斯夫人。

315 女英雄希拉

女英雄希拉·戈尔踏入了巫师的城堡，来到了地下室，那里有4扇门，每一扇门后面都有一座金雕像以及一个致命陷阱。根据下面的信息，你能说出每扇门的颜色、门后是什么雕像以及所隐藏的陷阱吗？

线 索

1. 一扇门后面的雕像是一只鹰和一个绊网陷阱，一旦触发此陷阱，房间就会陷入一片火海。
2. 红门后面的那个陷阱会在人毫不察觉时扔下一块一吨重的大石头，其逆时针方向上挨着的那扇门后面是一个跳舞女孩像，但这扇门不是绿色的。
3. 与实物一样大小的金狮子像在2号门后面。
4. 3号门不是黄色的，黄门后面有一个战士金像，一旦你走进去，就会直接走到一个断头台上。

门的颜色：蓝色，绿色，红色，黄色
雕像：跳舞女孩，鹰，狮子，战士
陷阱：石头陷阱，断头台，地板陷阱，绊网陷阱

提示：先找出红色门后面的雕像。

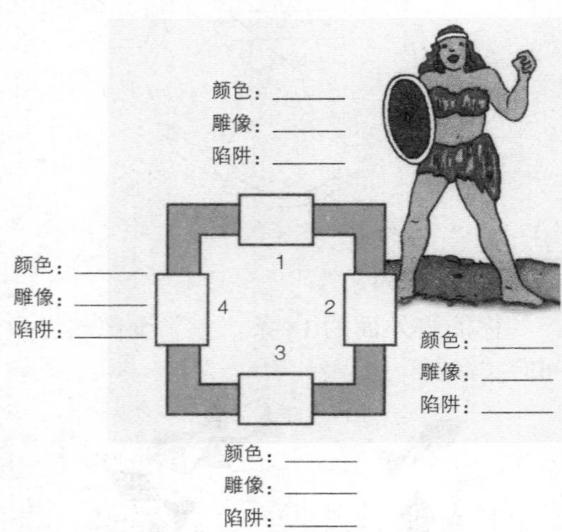

316 候车队

密克出租车公司的接线员昨晚接了5个电话。根据下面的线索，你能说出接线员接到每个电话的时间、联系到的司机、接客地点以及预约人的姓名吗？

线 索

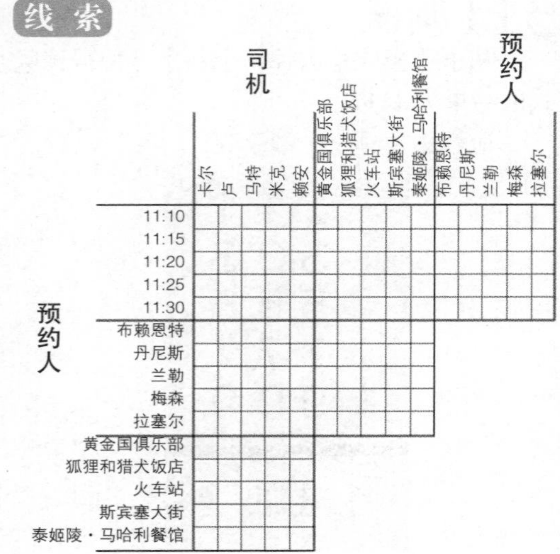

1. 马特的电话在泰姬陵·马哈利餐馆的电话之后，而在丹尼斯先生的电话之前。
2. 米克的出租车被预约在 11:25，但不是从狐狸和猎犬饭店打来的，也不是梅森打的电话。
3. 卢的出租车不是那辆要在 11:10 接拉塞尔的车。
4. 赖安在火车站接客人。
5. 布赖恩特先生从黄金国俱乐部打电话预约了一辆出租车。
6.11:20 那个电话的预约地点在斯宾塞大街。

317 愈久弥香

诺曼是一名出色的酿酒师。最近他给 5 位女亲戚每人一瓶不同种类、不同制造年份的酒。根据下面的信息，你能说出每个人与诺曼的关系以及获赠酒的种类和酿造时间吗？

线索

1. 米拉贝尔收到的是一瓶欧洲防风草酒，这瓶酒比诺曼送给已婚女儿的那瓶提前一年酿造。
2. 卡拉的那瓶酒是 1999 年酿造的。
3. 诺曼把他在 2000 年酿造的酒送给了他侄女。乔伊斯收到的酒不是 1998 年酿的。
4. 诺曼的阿姨对大黄酒大加赞扬，可是他的阿姨不是安娜贝尔。
5. 格洛里亚是诺曼的妹妹，她的那瓶酒比黑草莓酒早两年酿造。
6. 诺曼的母亲收到的不是 1997 年酿造的蒲公英酒。

	阿姨	女儿	母亲	侄女	妹妹	黑莓酒	蒲公英酒	接骨木果酒	防风草酒	大黄酒	1997 年	1998 年	1999 年	2000 年	2001 年
安娜贝尔															
卡拉															
格洛里亚															
乔伊斯															
米拉贝尔															
1997 年															
1998 年															
1999 年															
2000 年															
2001 年															
黑莓酒															
蒲公英酒															
接骨木果酒															
防风草酒															
大黄酒															

318 改变形象的染发

4 位女士在美发沙龙内坐成一排等着染头发。根据下面的信息，你能说出每位顾客的名字、现在的头发颜色以及各自想染的颜色吗？

线索

1. 莫利左边的女士头发是棕色的。
2. 一位女士想把头发染成白色，另一位现在的头发是金黄色，霍莉坐在她们两人之间。
3. 坐在 1 号位置上的女士的头发是红色的。
4. 颇莉坐在想把头发染成黑色的女士旁边，而多莉坐在偶数位置上。
5. 灰头发的妇女想把她的头发染成赤褐色，她不在 3 号椅子上。

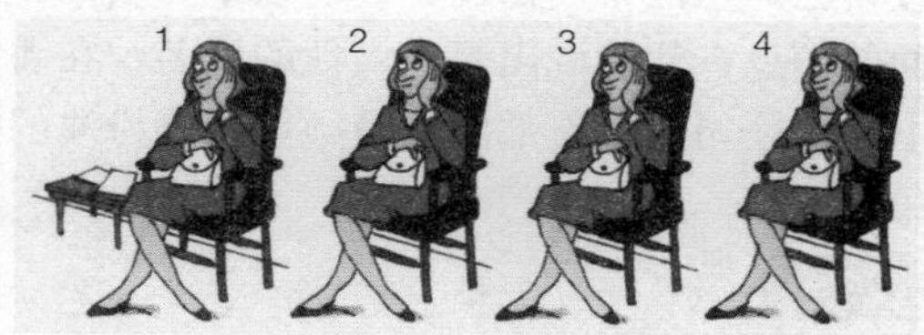

名字：多莉，霍莉，莫利，颇莉
现在的头发颜色：棕色，金黄色，灰色，红色
想染的颜色：赤褐色，黑色，白色，红色

提示：先找出坐在 1 号位置上妇女的名字。

319 站岗的士兵

下面的图片展示了几名士兵。根据下面的信息，你能分辨出 1 到 4 号的士兵分别来自哪里以及他们的参军时间吗？

线索

1. 来自大不列颠的密尼布司比 4 号位置上的士兵晚一年参军。
2. 在城墙上 3 号位置的斯堪达隆思比来自伊伯利亚半岛的士兵早参军。
3. 来自高卢的士兵参军很久了，但这个人不是阿格里普斯。
4. 来自罗马的士兵紧挨最晚参军的士兵并在其右边，但比纳斯德卡思靠左。

士兵：密尼布司，纳斯德卡思，斯堪达隆思，阿格里普斯
省：大不列颠，高卢，伊伯利亚半岛，罗马
参军年数：9年，10年，11年，12年

提示：先找出纳斯德卡思所在的位置。

320 模仿秀

潘尼卡普公司雇佣了3位女性，让她们按自己的想法来模仿3个著名歌星。根据下面的信息，你能说出每位女性的姓名、在潘尼卡普公司的工作部门以及她们将要扮演的角色吗？

线索

1. 帕慈将扮演麦当娜，她不在财务部工作。
2. 海伦·凡尔敦自从离开学校后就一直在潘尼卡普工作。
3. 销售部门的领导将扮演蒂娜·特纳，但她不是坦娜夫人。
4. 将扮演伊迪丝·普杰夫的不是卡罗琳。

		姓								
		凡尔敦	玛丽尔	坦娜	财务部	人事部	销售部	伊迪丝·普杰夫	麦当娜	蒂娜·特纳
名	海伦									
	帕慈									
	卡罗琳									
	伊迪丝·普杰夫									
	麦当娜									
	蒂娜·特纳									
	财务部									
	人事部									
	销售部									

321 枪手作家

枪手作家鲍勃·维尔刚刚签了另一个合同，要在6个月内为一个出版商写5本书，这个出版商想找一个没有什么主见、只会照搬照抄、但是很有销售潜力的作家，而这正是鲍勃·维尔所擅长的。根据下面的信息，你能推论出每本书的出版时间、以哪位作者的名义出版以及这本书的类型吗？

线索

1. 鲍勃1月份以尤恩·邓肯的名义出版的那本书并不是历史小说。
2. 他的推理小说在2月份出版，而《船长》在4月份出版。
3. 那本科幻小说和其他此类型的书一样，或多或少受到了《指环王》的影响，该书比以蒂龙·斯瓦名义出版的那本书晚出版两个月。
4.《白马》比以吉尼·法伯的名义出版的那本书早出版一个月。
5. 鲍勃以雷切尔·斯颇名义所写的《世代相传》有一个非常鲜艳的封面，就是品位低了点，而背面的那张作者的照片，实际上是鲍勃的妻子戴着黑色假发和墨镜伪装的。
6. 鲍勃在写那本恐怖小说时使用了布雷特·艾尔肯这个笔名，《主要的终曲》这本书的创意不是出版商想要的。

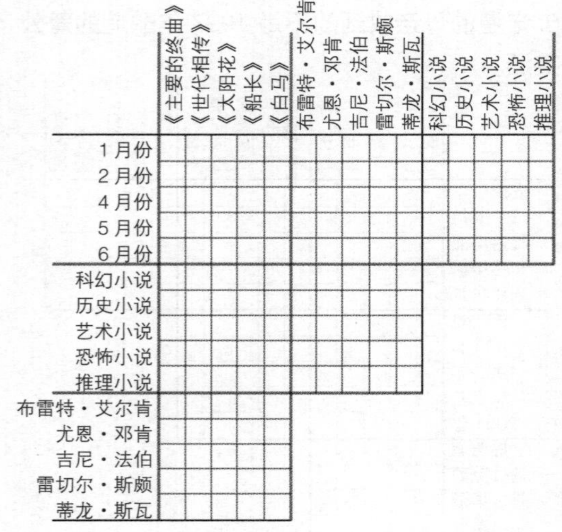

322 马球比赛

我们城镇的朋友有些人比较懒惰，他们在很小的时候都会被强迫去打一场马球比赛。根据给出的信息，你能说出 1 到 5 号每位参赛者的名字、各自马匹的名字和颜色，以及每个懒汉在比赛中出现的状况吗（在大多数情况下都是不愉快的）？

懒汉：阿齐·福斯林汉，爱德华·田克雷，杰拉尔德·亨廷顿，蒙太奇·佛洛特，鲁珀特·德·格雷
马：亚历山大，格兰仕，汉德尔，闪电，马乔里
颜色：褐色，黑色，栗色，灰色，白色
事件：弄伤手腕，掉了马球棒，享受比赛，从马上跌落，乌龙球

线索

1. 有一名选手喜欢打不激烈的、没有什么意外发生的比赛，他紧贴在蒙太奇·佛洛特的右边，在骑着闪电的选手的左边。这 3 名选手骑的都不是那匹白色的马。
2. 图片中，有个懒汉在比赛的关键时刻把马球棒弄掉了，阿齐·福斯林汉在他的右边，但两个人不是紧邻的。
3. 2 号位置上的选手是鲁珀特·德·格雷。
4. 在比赛中打了一个乌龙球的爱德华·田克雷在拥有黑色坐骑的选手的右边，那匹黑马叫马乔里。
5. 3 号选手的马叫汉德尔，这名选手在比赛中没有弄伤手腕。杰拉尔德·亨廷顿没有受伤。
6. 那名骑着褐色马的选手并没有在比赛中从马上跌落下来，在图片中这匹褐色马紧邻在名叫亚历山大的那匹马的右边，但和那匹栗色马不挨着。

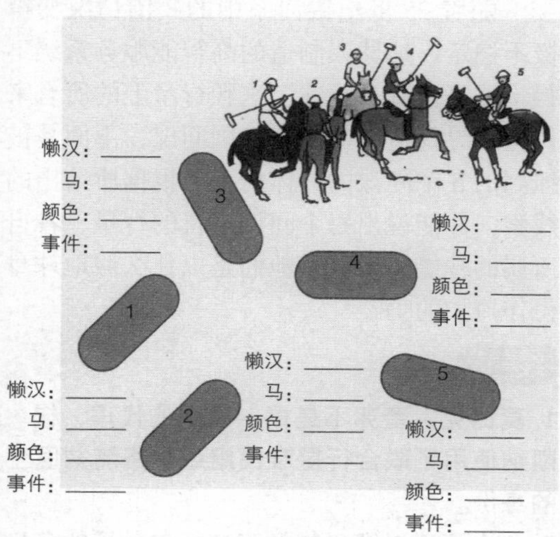

提示：先找到名叫闪电的马的位置。

323 在国王桥上接客人

今天豪华轿车司机卡·艾弗将去伦敦的国王桥火车终点站 3 次，去接几个相当重要的乘客，并把他们带到卡莱尔旅馆。根据下面的信息，你能确定他每次去接客人的时间、站台、所接客人的名字以及他们都是来自哪里吗？

线索

1. 林肯方向驶来的火车的到站站台号比艾弗要接的斯坦尼夫人下车的站台号大。
2. 德拉蒙德夫人所乘的火车将进入 9 号站台，艾弗上午 10:00 接站的站台号比下午 3:00 的小。
3. 来自北安普敦的火车将进入 4 号站台，但要等到中午。
4. 来自剑桥的乘客将在下午 3:00 到。

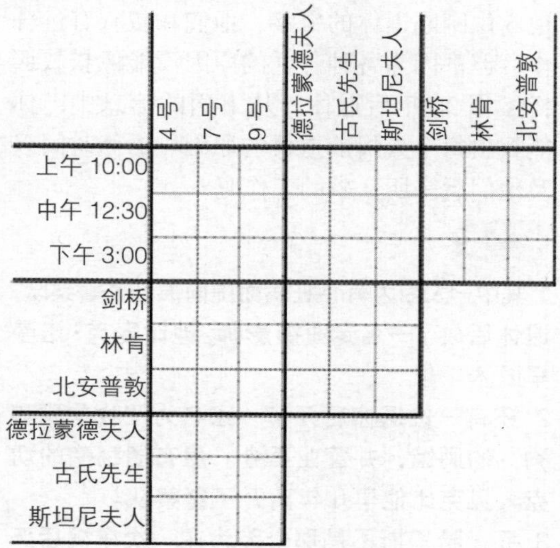

4号
7号
9号
德拉蒙德夫人
古氏先生
斯坦尼夫人
剑桥
林肯
北安普敦
上午 10:00
中午 12:30
下午 3:00
剑桥
林肯
北安普敦
德拉蒙德夫人
古氏先生
斯坦尼夫人

324 新生命

4 个刚出生的婴儿躺在产科病房内相邻的几张帆布床上。根据下面的信息，你能辨认出每个新生命的姓名以及他们各自的年龄吗？

线 索

1.2 号床上的丹尼尔比基德早一天出生。

2. 阿曼达·纽康姆博比 1 号床的婴儿晚出生一天。

3. 托比不是 2 天前出生的，他也不在 3 号床上。

4. 博尼夫人的小孩刚刚出生 3 天。

名：阿曼达，丹尼尔，吉娜，托比
姓：博尼，基德，纽康姆博，沙克林
年龄：1 天，2 天，3 天，4 天

名：________ ________ ________ ________

姓：________ ________ ________ ________

年龄：________ ________ ________ ________

提示：先找出年龄最大的孩子的姓。

325 退休的警察们

我叔叔在迪克萨克福马警察队工作了 30 年，终于在 1994 年退休了。上个月，他把我带到了一个聚会，并且把我介绍给了其他 5 位刚刚退休的警察，他们和叔叔有过合作，但都因为各种各样的原因没能像叔叔那样工作 30 年后退休。从下面的信息中，你能找出每个人提前退休的原因、退休时间以及他们后来所从事的工作吗？

线 索

1. 其中一人因为有心脏病而提前离开了警察队，退休后成了一名专业摄影师，他比麦克·诺曼早退休 4 年。

2. 还有一位退休后开了一家名为“牧羊狗和狗”的酒馆，并营业至今。患有溃疡病的切克·贝克比他早几年离开了警察队。

3. 乔·哈里斯不是那个因为在一次车祸后严重受伤而被迫退休的人。

4. 退休后成了一名出租车司机的那个人，在罗福特·肯特离开警察队后的第 4 年也离开了。

5. 在 1976 年，其中一位在追捕一个夜贼时从屋顶上跌落下来，之后他不得不退休，退休后的职业不是出租车司机。

6. 思考特·罗斯现在靠替人驯狗来维持生计，在他退休后，有一名警察因在抓捕犯人时被嫌疑犯刺伤而残废，并不得不因此离开了警察队。

7. 有一个人是在 1980 年离开的萨克福马警察队，目前他在一个修车场做机修工。

	车祸	从屋顶跌落	心脏病	被刀刺伤	溃疡	1968 年	1972 年	1976 年	1980 年	1984 年	出租车司机	驯狗员	机修工	摄影师	酒馆老板
切克·贝克															
乔·哈里斯															
罗福特·肯特															
麦克·诺曼															
思考特·罗斯															
出租车司机															
驯狗员															
机修工															
摄影师															
酒馆老板															
1968 年															
1972 年															
1976 年															
1980 年															
1984 年															

326 太阳系中的间谍

随着 25 世纪银河系中的政治情况变得极不稳定，地球人制造的高智能服务系统不得不认真检查“地球”这颗行星上的所有来访者，寻找造访的所有外国间谍，下面是被抓到的 5 个间谍的具体情况。根据所给出的线索，你能说出每个间谍来自的行星、各自所属的智能体系以及他们是以什么假地球身份作掩护的吗？

线 索

1. 莫比克—奎弗不是榻—凯纳的代理，榻·凯纳使用了联合行星难民组织中洛浦兹医生的身份。

2. 一个间谍以微生物学家帕特尔教授的名义

办理了护照，他和海伦·格尔都不是来自那个行星的。

3. 艾伦·伯恩斯来自埃斯波兰萨行星，他所在的智能组织比海伦·格尔所代理的集团的服务器要先进。

4. 沙拉·罗帕姆是臭名昭著的齐德尔的一员，他不是来自阿德瑞基行星，也不是以斯榻福斯的赫斯尼船长身份作掩护。

5. 德吉瑞克不是HFO的代理，他试图在特雷登陆，并以汉斯·格拉巴记者的身份为掩护。

6. 来自诺德的间谍被抓时是以查斯诺维瑞恩教堂的尼尔森主教的身份作掩护，他所属的智能集团只有它的创办者才了解。

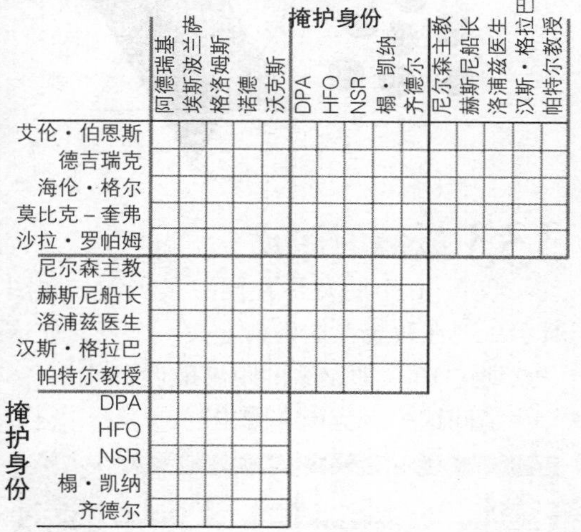

327 罗马遗迹

博物馆的展品中有20世纪60年代发现的4个罗马墓碑。根据下面的线索，你能填出图片上每块墓碑的细节，包括墓碑主人的名字、职业以及去世的时间吗？

线 索

1. 墓碑C的主人是一位物理学家，卢修斯·厄巴纳斯在他去世之后的12年也去世了。

2. 墓碑A的墓主人不是酒商泰特斯·乔缪尔斯。

3.D是朱尼厄斯·瓦瑞斯的墓碑。

4. 马库斯·费迪尔斯在公元84年去世。

5. 那名职业拳击手在他的最后一场拳击赛中被杀，当时是公元96年。

6. 在公元60年去世的不是古罗马13军团的百人队长。

名字：朱尼厄斯·瓦瑞斯，卢修斯·厄巴纳斯，马库斯·费迪尔斯，泰特斯·乔缪尔斯
职业：百人队长，职业拳击手，物理学家，酒商
去世时间：公元60年，公元72年，公元84年，公元96年

提示：先找出物理学家的名字。

328 信件

斯托贝瑞正在整理早晨要发送的信件，桌上的4封信都是寄给镇上的居民的。根据下面的信息，你能找出每封信的收信人姓名以及收信人各自的完整地址吗？

线 索

1. 寄给本德先生的信挨着收信地址为31号的信，并在它的右边。

2.4封信中有一封信的地址是特纳芮大街10号。

3.3号信将会在今天早上稍晚时间寄给雪特小姐，她不住在斯达·德弗街。

4. 梅尔先生的地址号码比1号信封上的收信地址号码大。

5. 收信地址为6号的那封信与寄给格林夫人的那封信之间隔了一封信。

6. 寄到斯坦修恩路那封信的号码比它右边那封信的收信地址号码大。

名字：本德先生，格林夫人，梅尔先生，雪特小姐
地址号码：6，10，31，45
街名：斯达·德弗街，朗恩·雷恩街，斯坦修恩路，特纳芮大街

提示：先找出1号信封的收信人名字。

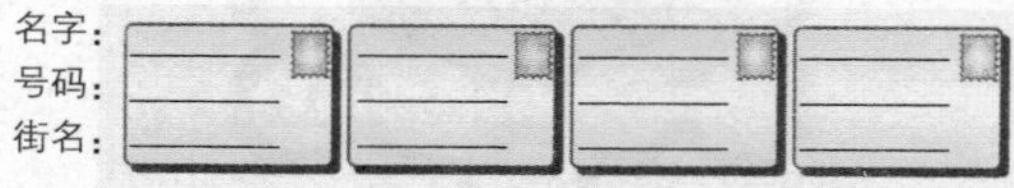

329 六角星魔方

你能将数字1到12填入下边的六角星的圆圈中，使得任何一条直线上的数字之和为26吗？

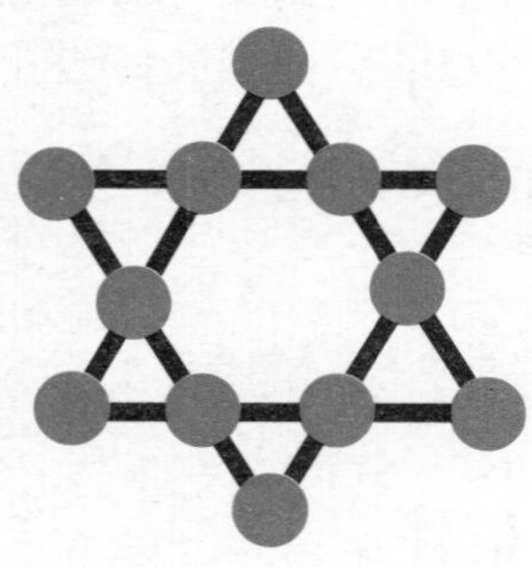

330 七角星魔方

你能将数字1到14填入下边的七角星圆圈内，使得每条直线上数字之和为30吗？

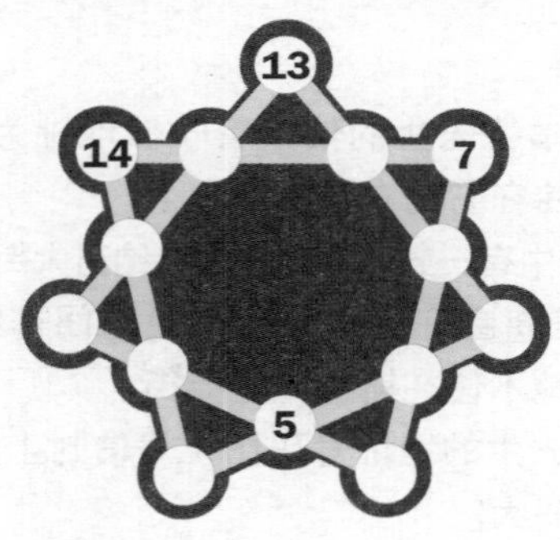

331 八角星魔方

你能将数字1到16填入下边的八角星圆圈内，使得每条直线上数字之和为34吗？

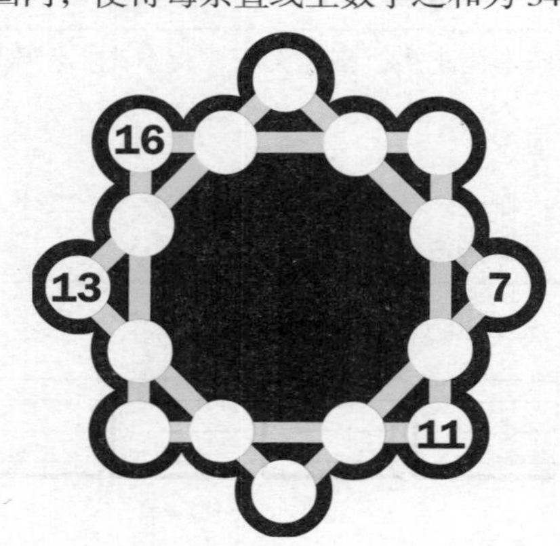

332 多边形魔方

能否将1到12填入多边形的12个三角形中，使得多边形中的6行(由5个三角形组成的三角形组)中，每行(每组)的和均为33？

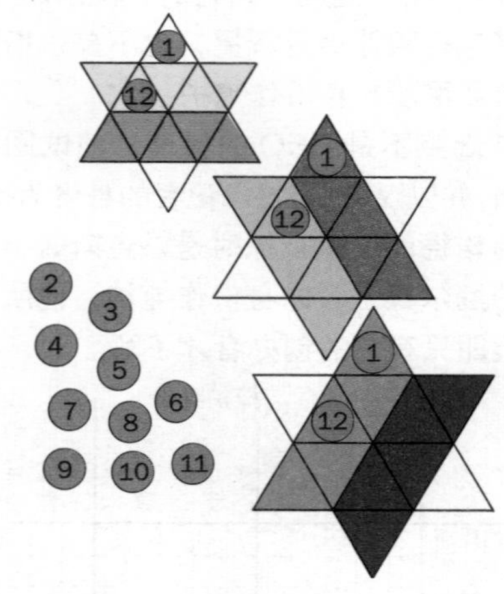

333 最短的距离

我有10个朋友住在同一条街上，如图所示。现在我想在这条街上找一个点，使这一点到这10个朋友家的距离最近。

请问这一点应该在哪里呢？

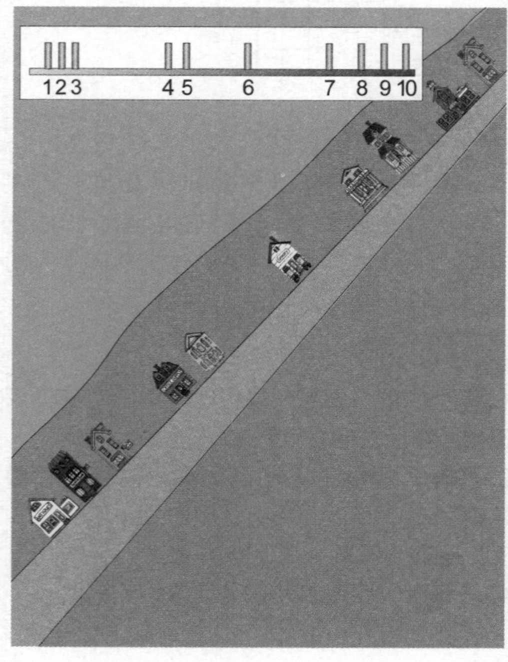

334 中心点

如下图，这6个红色的圆点中哪一个是这个大圆的圆心？

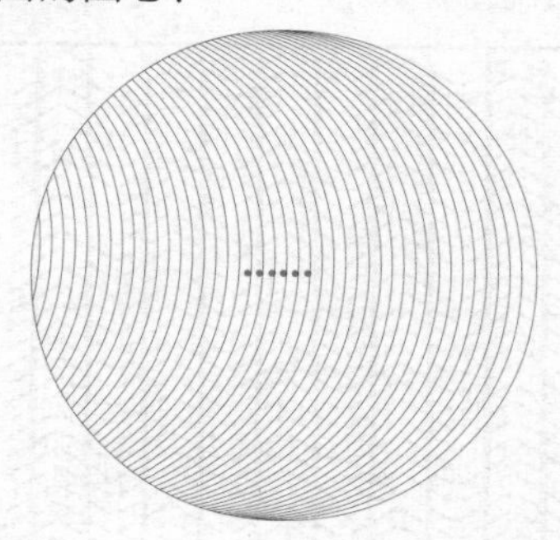

335 纪念碑

这个纪念碑是由一定数量的同一种图形构成的。请你说出这个纪念碑一共是由多少个同样的小图形组成的？

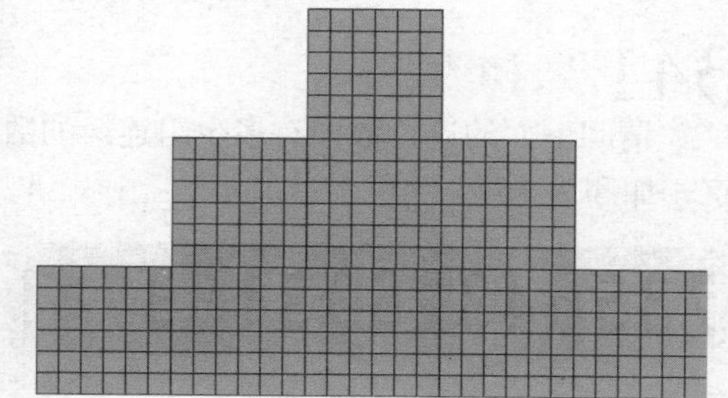

336 8个“8”

将8个“8”用正确的方式排列，使得它们的总和最后等于1000。

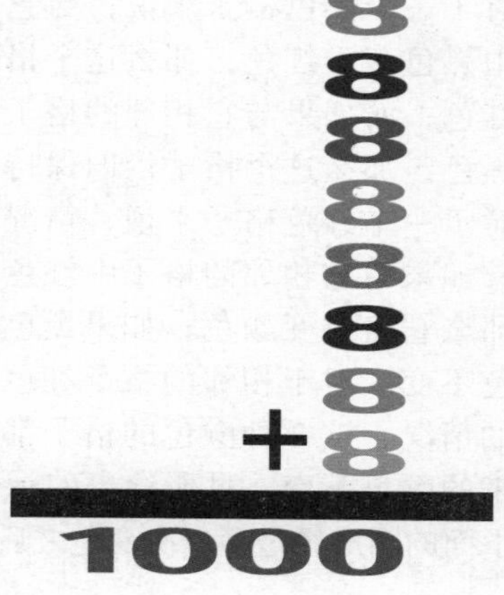

337 细胞路线

这个游戏的目标是从起点（图中绿色的点）出发，连续地从一个正方形移动到另一个正方形。将起点所在的正方形作为长方形的一端或一角，每次移动到长方形的另一端或其对角。每次移动的长方形的大小按照如下的顺序：1×2，2×2，1×3，2×3，1×4，2×4，1×5，2×5，1×6，2×6，以此类推。

所有的路线不能交叉，但是可以多次经过同一点。

这4幅图分别画出了前4种大小正方形

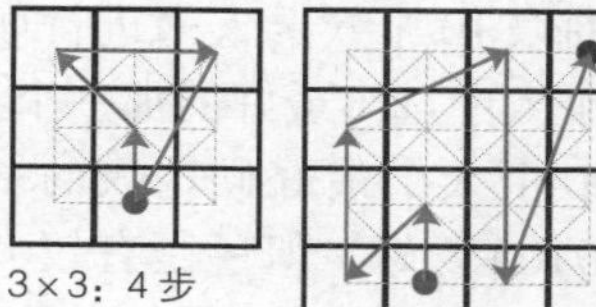
3×3：4步

4×4：6步

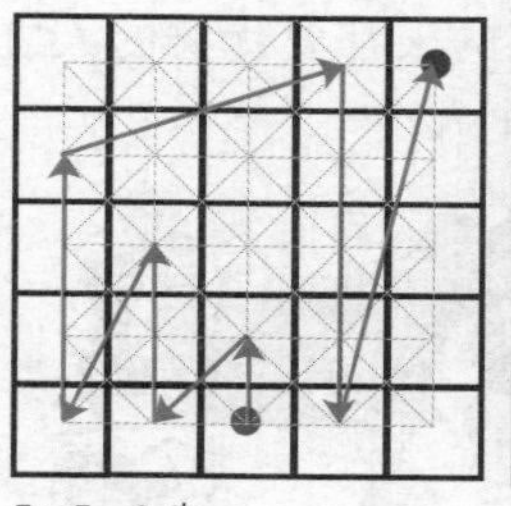
5×5：8步

6×6：10步

里满足条件的最长路线。在边长为7和8的正方形里，最多可以走多少步呢？

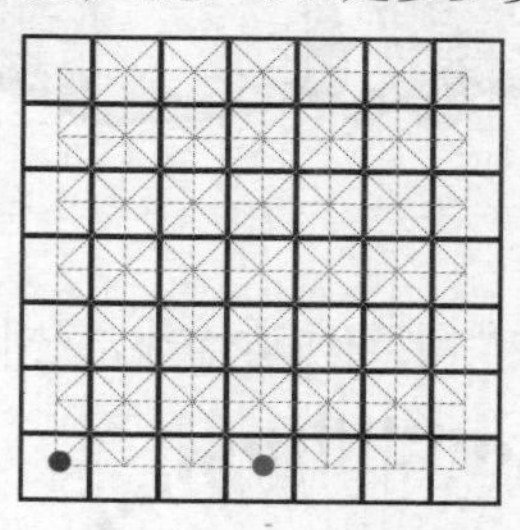
7×7 几步？

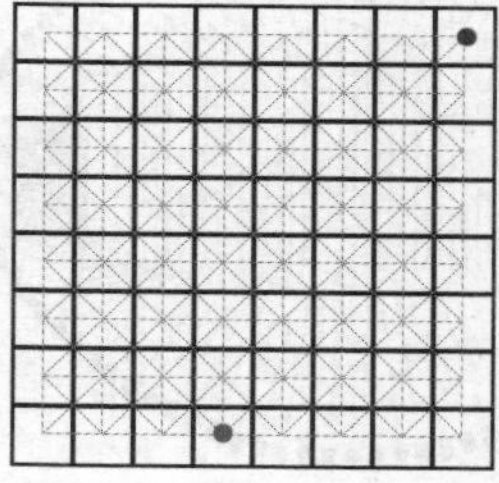
8×8 几步？

338 最好的候选人

你想从 100 名候选人中选出最好的那一个来担任一个重要职位。如果你随机选，那么你选到最好候选人的概率为 1/100，这是毫无疑问的。

因此你决定一个一个地面试他们。你每面试一个人，都必须要决定他是不是最好的那个，尽管你还没有面试其他人。让问题变得复杂的是：你每筛掉一个人，你就永远失去他了，不可能再回过头来去找他。

在这样的情况下，应该怎样做才能使你选到最好候选人的概率最大呢？

你可以随机抽取 10 个候选人来进行面试，然后从这 10 个人中选出最好的那一个。这样做你抽到 100 个人中最好候选人的概率为 1/4 ——比 1/100 要好，但还是有较大的风险。

在你选中比前面的人都要优秀的人之前，你需要面试多少个人？

339 蜈蚣

这条“蜈蚣”中间所有横线都等长吗？

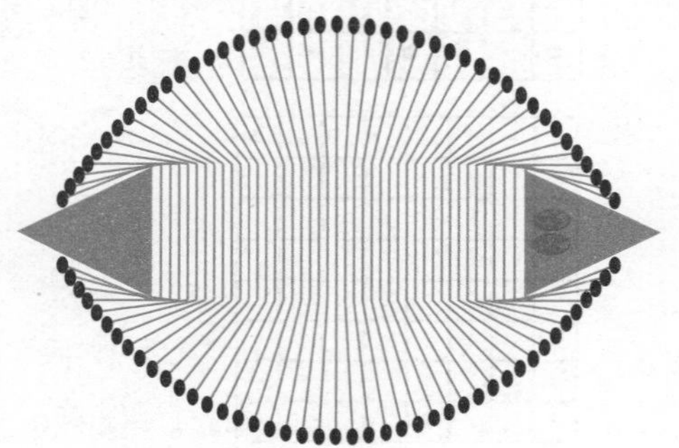

340 平行线

下面有些线是平行的，有些不是。你能够区分出它们吗？

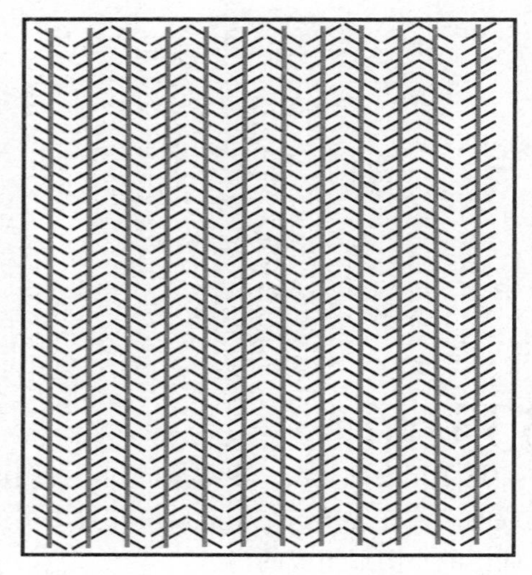

341 总和为 15

请问下面的这行数中有多少组连续的数字相加和为 15？

7356432633183741

342 细胞变色

图案的变色遵循这样的规律：每次变色，每个格子的颜色都是由与它横向与纵向相邻的格子的颜色决定的。

对于一个黑色格子来说，与它相邻的格子中黑色多于红色，那么这个格子将会变成红色；而如果与它相邻的格子中红色多于黑色，那么这个格子依旧保持黑色不变。对于一个红色格子来说，情况则完全相反，如果与它相邻的格子中红色格子居多，那么它将改变颜色；如果黑色居多，则颜色不变。对于相邻的格子红色和黑色相等的情况，这 2 种颜色的格子都分别保持原来的颜色不变。见所给出的示范。

下面的图形经过多少次变色之后就会重

新变回到第2次变色之后的图形？

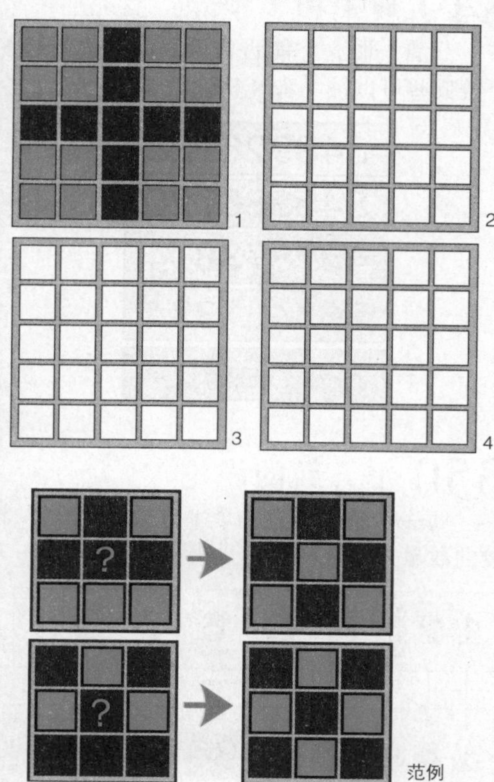

343 掷到“6”

如果你连掷一个色子6次，其中至少有一次掷到“6”的概率为多少？

344 掷6次

如果你连续掷一个色子6次，6种点数每种分别掷到1次的概率为多少？

345 左撇子和右撇子

一个班级里的学生有左撇子、右撇子，还有既不是左撇子也不是右撇子的学生。在这道题目里，我们把那些既不是左撇子也不是右撇子的学生看做既是左撇子又是右撇子的学生。

班上1/7的左撇子同时也是右撇子，而1/9的右撇子同时也是左撇子。

问班上是不是有一半以上的人都是右撇子？

346 垂直的剑

你怎样看才会觉得这幅图里的剑是三维的，且是垂直向外指出来的？

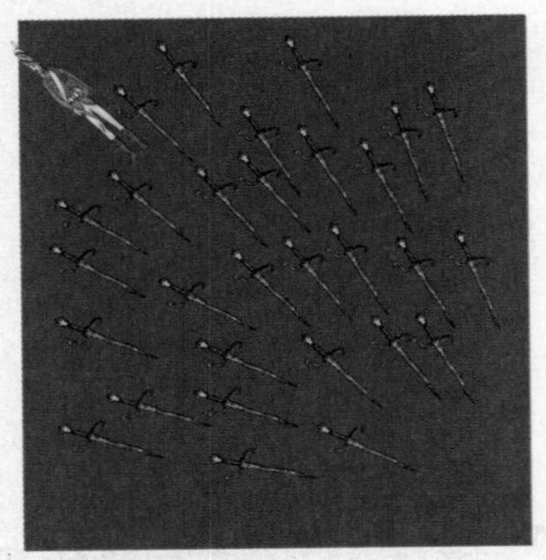

347 书虫

这只书虫要吃如图所示的 6 本书。它从第 1 本书的封面一直吃到第 6 本书的封底。这只书虫一共爬过了多远的距离？

注意：每本书的厚度是 6 厘米，包括封面和封底。其中封面和封底各为 0.5 厘米。

348 整除的最小数

可以被下面的所有数整除的最小的数是多少？

1 2 3 4 5 6 7 8 9

349 被 4 和 8 整除

只看一眼，你能否告诉我们下边的这 5 个数哪些可以被 4 和 8 整除？

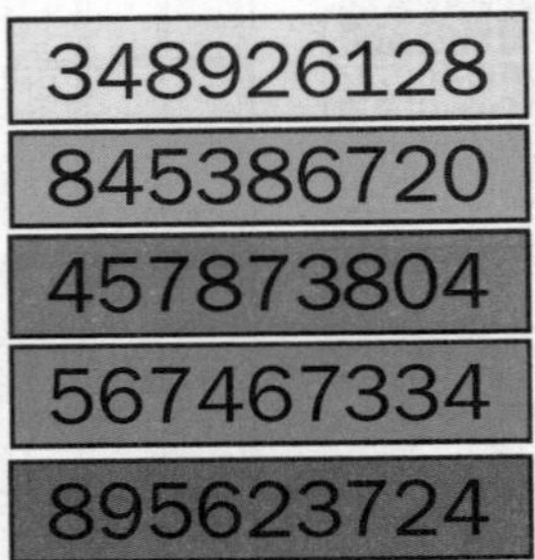

350 平方数的诡论

每一个整数都有一个平方数。那么平方数的数量与整数的数量是否相等？

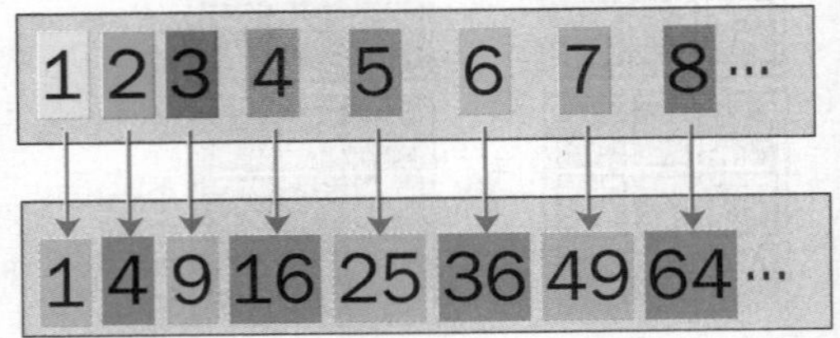

351 炮弹降落和开火

如果这 3 门大炮在同一时间开火。最上方的大炮沿着地平线在同一高度平行发射，左下方的大炮与地面线成 45° 角发射，右下方的大炮垂直与水平线成 90° 角发射。

哪一个炮弹最先接触到地面？剩下的将以什么顺序降落？

352 划分200万个点

假设这个白色的圆里面有200万个非常小的点，但是仅仅靠肉眼是看不到的，需要借助放大镜来看。

请问可不可以在这个圆内画一条线，使线的两边分别正好有100万个点？

你能够像个办法来解决这个问题吗？

353 中断的圆圈

一个完整的圆圈被一张黑色的卡片遮住了一部分，只用眼睛看，你能不能告诉我们卡片上面的7条弧线中哪一条是圆圈上的弧线？

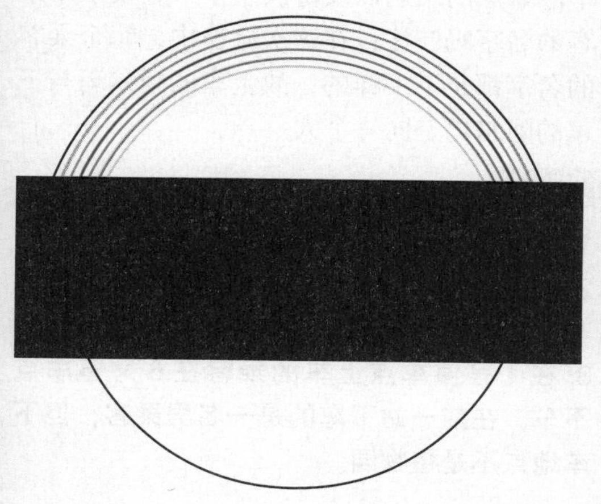

354 中断的直线

2条相交的直线被一张黑色的卡片遮住了一部分，只用眼睛看，不用直尺，请问图中这9条彩色的线中哪一条是原相交直线上的部分？

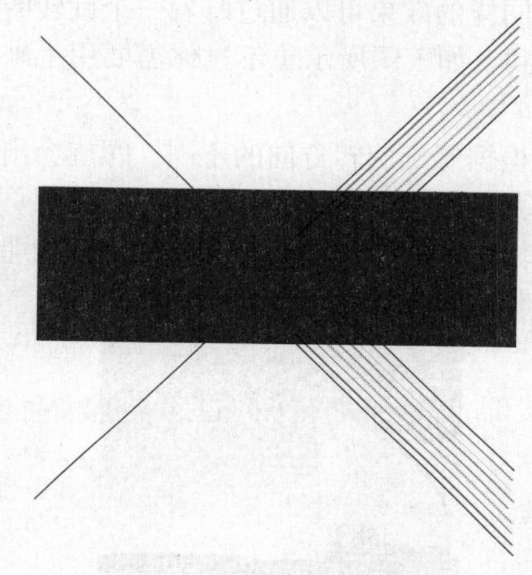

355 康托的梳子

取一条长度为1的直线，将它中间的1/3去掉，然后再去掉余下每一段中间的1/3，无限重复这个过程，最后就成了我们所说的康托的梳子。

你能找出一个公式来概括第n次变化之后，梳子所剩下的齿的总长度吗？

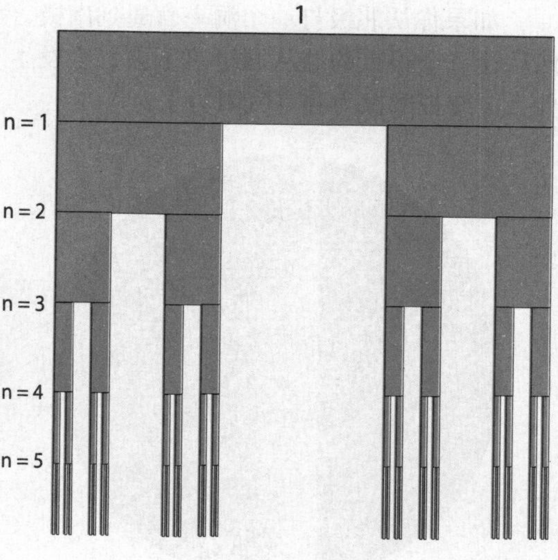

356 旋转的螺旋

在 19 世纪初，罗伯特·亚当斯有过这样的经历：当他盯着瀑布看了几秒钟之后，再看周围的物体，所有的物体看上去都在离他远去。

同样的效果可以通过盯着一个旋转的螺旋达到，如下图所示（不过你需要用手来旋转它）。

根据螺旋旋转方向的不同，螺旋会出现看上去在远离你或者是靠近你两种现象。盯着旋转的螺旋的中心 30 秒，再看上图的船。

你会看到什么现象？

357 重力降落

如果你从北极打一个洞一直通到南极，然后让一个很重的球从洞里落下去，会发生什么（忽视摩擦力和空气阻力）？

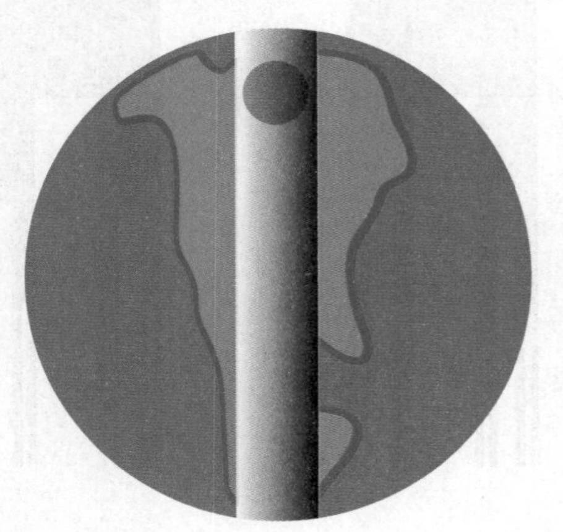

358 下火车后

4 名妇女刚刚乘火车从北方到达国王十字站，她们将搭乘 4 辆出租车。根据下面的信息，你能认出 1 到 4 号出租车的司机和乘客的名字以及乘客上车时的站名吗？

线索

1. 詹森所载的那名女乘客乘火车所走的路程比黛安娜长，黛安娜坐的是詹森后面的那辆出租车。
2. 诺埃尔所载的乘客不是在皮特博芮上车。
3. 来自格兰瑟姆的那名妇女坐上了 1 号出租车，开车的司机不是伯尼，伯尼车上的乘客叫帕查。
4. 索菲是在多恩卡斯特上车。
5. 克莱德是 4 号出租车的司机。

司机：伯尼，克莱德，詹森，诺埃尔
乘客：安妮特，黛安娜，帕查，索菲
站名（按距离顺序，由远至近）：约克角，多恩卡斯特，格兰瑟姆，皮特博芮

提示：先找出黛安娜上车的地点。

359 上车和下车的乘客

下图展现的是一辆公共汽车在行车途中的 7 次停车。在这个特别的旅途上，第 1 次到第 7 次中的每次停车都各有一个人下车和一个人上车。根据下面的线索，你能说出每个停靠点的站名以及每次上车乘客及下车乘客的名字吗？注：在这次旅途中，每个乘客的名字都是不一样的，故上车的阿尔玛与下车的阿尔玛是同一个人。

线索

1. 罗宾是在最后一次停车时上车的。
2. 西里尔在市场广场下车，那时乔斯已经下车了，他们两个下车时莱姆还没有上车。
3. 在 1 号停车点上车的乘客在 6 号停车点下车，在前一站下车的是一名男乘客，但下车地点不是植物园。

4. 布伦达上车时刚好欧文在此站下车。
5. 皮特和梅齐一路上不曾在车上相遇过，梅齐是在邮局的前两站下车，莱斯利是在邮局站上车。
6. 在来恩峡谷站上车和下车的分别是一名男乘客和一名女乘客。
7. 在 3 号停靠点狐狸和兔子站上下车的乘客都是女性。
8. 在国会街站的下一站马克斯下车了，国会街站不是 4 号站，阿尔玛也不是在 4 号站下车的。

站名：植物园，板球场，狐狸和兔子站，来恩峡谷，市场广场，国会街，邮局
上车乘客：阿尔玛（女），布伦达（男），莱斯利（男），莱姆（男），马克斯（男），皮特（男），罗宾（男）
下车乘客：阿尔玛（男），布伦达（男），西里尔（男），乔斯（女），梅齐（女），马克斯（男），欧文（男）

提示：先找出在 3 号站上车的妇女。

360 默默无闻的富翁

希腊的一位富翁索普科尔思·格特勒塔布瑞斯很多年来一直保持低调，而在今年年初的 5 个月中，当他派出的代表在各种欧洲国家级拍卖会上又为他的私人艺术收藏竞拍到 5 件艺术品时，富翁索普科尔思·格特勒塔布瑞斯再次成为各大报纸的头版头条。根据下面的信息，你能说出他每个月所竞拍下的是谁的作品、每次交易的地点以及每幅画的价格吗？

线 索

1. 为了买下马耐特的一幅画，索普科尔思的代表比前一个月他在马德里竞拍多付了 50 万欧元。
2. 他为 3 月份竞拍下的收藏品花费最多。
3. 卡尼莱特的某一幅画的成交价是 250 万欧元，其后的一个月，他在罗马用 100 万欧元得到了觊觎已久的一幅画。
4. 在阿姆斯特丹所买的画不是 200 万欧元。
5. 他在 4 月份得到了格列柯的画。
6. 弗米亚的作品是在巴黎买到的。

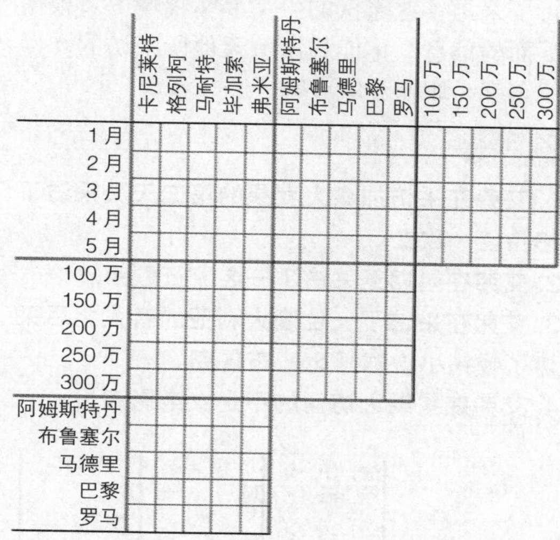

361 捷径

有 3 个职员对到达某个小餐馆的最快路程起了争议，他们决定通过实验的方法解决这个问题。根据下面的信息，你能找出每个职员所走的两段路以及他们各自所用的时间吗？

线 索

1. 选择走斯拜丝巷和哥夫街的那个英国职员比尼克少花了两分钟。
2. 帕特先是沿着佩恩街去小餐馆的。
3. 从维恩广场（第二段路）操近路过去只需要 10 分钟。

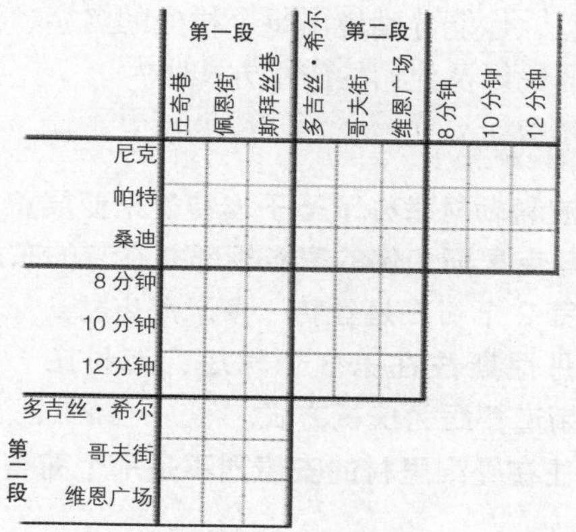

362 记者艾弗

上周末记者艾弗对3位国际著名女性进行了采访（这家伙的生活多幸福啊）。根据下面的信息，你能找出每天他所采访的女性的名字、职业和家乡吗？

线索

1. 艾弗在采访加拿大女星的第二天又采访了帕特丝·欧文。
2. 艾弗在星期五采访了一名流行歌手。
3. 艾弗在采访了一位澳大利亚的客人之后采访了畅销小说家阿比·布鲁克。
4. 艾弗在星期天访问的不是女电影演员。

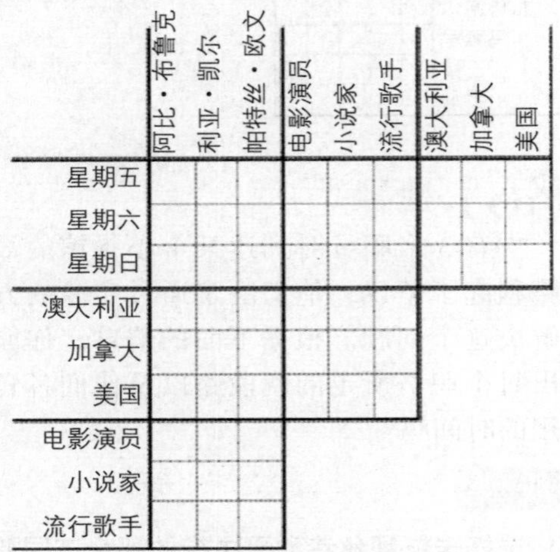

363 欢度国庆

在国庆这一天，4个住在法国相邻村庄的居民选择了不同的庆祝方式。根据下面的信息，你能分别说出每个村庄的名字、该村的居民以及他们的庆祝方式吗？

线索

1. 波科勒村举办了圣子埃特鲁米亚展览，该村与克里斯多佛的家乡相邻并在它的东面。
2. 第2个村庄是丝特·多米尼克村。
3. 丹尼斯住在第3个村庄，而村庄1不是以街道舞蹈为庆祝方式。
4. 住在墨维里村的安德烈不是那个花整晚的时间在电视前看庆祝活动的懒汉，这个懒汉也不是住在4号村庄。
5. 以烟花大会为庆祝方式的村庄比马丁的家乡更靠西面。

村庄：波科勒，格鲁丝莫，墨维里，丝特·多米尼克
居民：安德烈，克里斯多佛，丹尼斯，马丁
庆祝活动：街道舞蹈，烟花大会，圣子埃特鲁米亚展览，看电视

提示：从波科勒村庄下手。

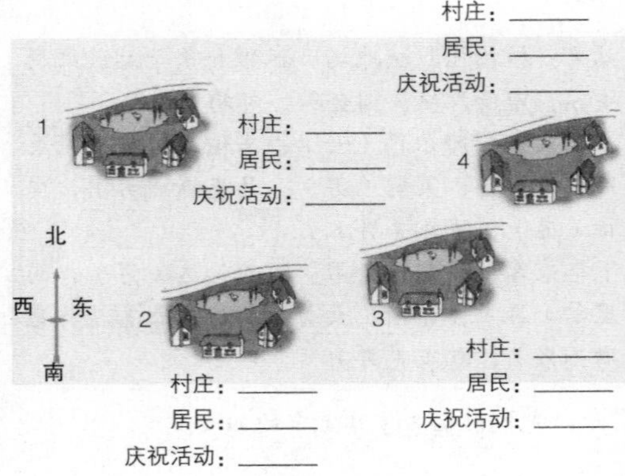

364 度假

有5位女士在卡仑喀斯特最大的部门商店工作，她们决定各自到一个偏远刺激的地方过暑假，每个人都会参加一种新鲜刺激的娱乐活动。根据下面的信息，你能找出每位女士的工作部门、计划度假的地点以及她们将要在那里做的新鲜事吗？

线索

1. 布莱克小姐不在纺织部门工作，也不打算去加利福尼亚，更不会参加鸟类学的探险活动，鸟类学的探险活动不是加利福尼亚的假日活动。未婚女士都不会去参加水上运动。
2. 纺织部的那名职员将把她的时间花在鸟类学的探险活动上，但她不打算在亚洲度假。
3. 戈登夫人不是商店的园艺部的工作人员，她将去学习如何驾驶热气球并期待着自己能顺利拿到热气球飞行员执照。莫什夫人对人

们猜测的可能出没过不明飞行物的景点没兴趣，也不会去找我们平常所说的飞碟。

4. 瑞雷小姐是体育部的高级助理。沃克夫人在泰国一个胜地预订了 3 个星期的假期来调整身心。

5. 在厨具部工作的小姐将去巴巴多斯岛。斯里兰卡目前还没有开设观测不明飞行物的假日项目。

6. 在贴身衣物部门工作的那位女士将把假日用在潜水上。

	园艺部门	纺织部门	厨具部门	贴身衣物部门	体育部门	巴巴多斯岛	加利福尼亚	佛罗里达	斯里兰卡	泰国	气球操纵	鸟类学	潜水	水上运动	探测不明飞行物
布莱克小姐															
戈登夫人															
莫什夫人															
瑞雷小姐															
沃克夫人															
气球操纵															
鸟类学															
潜水															
水上运动															
探测不明飞行物															
巴巴多斯岛															
加利福尼亚															
佛罗里达															
斯里兰卡															
泰国															

365 过道上的顾客

超市在星期六的上午很繁忙。下图展示的是超市里以 A，B，C，D 为标志的 4 条过道，每条过道内站着 4 名顾客，根据下面的线索，你能说出每个位置上顾客的名字吗？

线索

1. 每条过道上站着 2 名男顾客和 2 名女顾客。
2. 威尔福在马克北面的第二个位置，而在尼克西南面的对角位置。
3. 下面有一张按字母顺序排列的名单，名单上 A 过道中 1 号位置妇女的名字与 8 号位置上那名男顾客的名字相邻并在其后。
4. 一条过道内，琼紧挨鲍勃并在其东面。
5. 桑德拉站在奥利弗的东北角，安妮挨着戴伦并在他西面，马吉和杰夫所在的过道与安妮和戴伦所在过道相邻并在其南面，而马吉和杰夫彼此相邻。
6.4 号顾客是位女性，而 13 号顾客不是特德。
7.C 过道内查瑞丝挨着考林并在其西边。

名字：

艾格尼丝（女）Agnes	安妮（女）Anne
鲍勃（男）Bob	查瑞丝（女）Cherie
考林（女）Colleen	戴伦（男）Darren
盖玛（女）Gemma	杰夫（男）Jeff
琼（女）June	马吉（女）Maggie
马克（男）Mark	尼克（男）Nick
奥利弗（男）Oliver	桑德拉（女）Sandra
特德（男）Ted	威尔福（男）Wiff

提示：先找出 1 号顾客的名字。

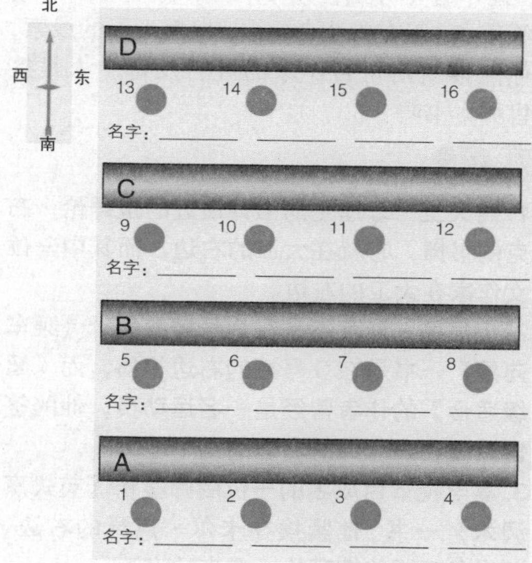

366 军队成员

下图展示了 1644 年克伦威尔·奥利弗领导的“护国军”中的 4 名成员，根据下面的线索，你能填出每名成员的姓名、兵种以及各自所穿制服的颜色吗？

线索

1. 伊齐基尔·费希尔所穿制服为灰色，不过上面布满了灰尘和泥浆，他紧挨在鼓手的右边。
2. 一名配枪士兵穿着又破又脏的棕色制服，

他和末底改·诺森之间隔着一个士兵。

3.1 号士兵是个步兵，他不是法国人，而是英国人。

4.4 号士兵是所罗门·特普林。

5. 吉迪安·海力克所穿的上衣不是蓝色。

名字：伊齐基尔·费希尔，吉迪安·海力克，末底改·诺森，所罗门·特普林
兵种：鼓手，炮手，步兵，配枪士兵
制服颜色：蓝色，棕色，灰色，红色

提示：先找出伊齐基尔的位置。

367 签名售书

伦敦展览中心举办了一个签名售书会，6 位作者（分别位于 1，3，4，6，7，10 号签售点）正在为读者签名。根据下面的线索，你能推断出每名作家的姓名及每个人是签售哪本书吗？

线索

1. 离大卫·爱迪生的书摊最近的是拜伦·布克的书摊，它就在大卫的右边，而其中一位女作家在大卫的左边。

2. 坦尼娅·斯瓦不是在 3 号摊签售，《乘车向导》一书是在 3 号摊的右边签售，而《超级适合》的作者曾经是一名运动员，他的签售摊位在 3 号摊的右边的某个地方。

3. 靠电视节目成名的一位厨师签售《英式烹调术》一书，他紧挨在卡尔·卢瑟的右边，而卡尔又紧挨在拜伦·布克的右边。

4.《城市园艺》一书的签售书摊号码与曼迪·诺布尔的书摊号码相差 2，并且曼迪写的不是《超级适合》。

5.《自己动手做》一书的作者是拜伦·布克。

作者：拜伦·布克（男），大卫·爱迪生（男），卡尔·卢瑟（男），曼迪·诺布尔（女），保罗·帕内尔（男），坦尼娅·斯瓦（女）
著作：《自己动手做》，《英式烹调术》，《乘车向导》，《超级适合》，《业余占星家》，《城市园艺》

提示：先找出 10 号书摊的作者名字。

368 黑猩猩

在西非举行的一次动物学会议上，专家们正在就一项饲养稀有黑猩猩的计划进行讨论，下图展示了去年下半年出生的 5 只小猩猩。根据下面的线索，你能填出每只小猩猩的名字、出生月份及其母亲的名字吗？

线索

1.1 号黑猩猩比 5 号黑猩猩至少大 1 个月，它们两个都不叫罗莫娜，也都不是格雷特的后代，而罗莫娜或格雷特的后代都不是在 7 月出生。

2. 里欧比它右边的格洛里亚小，它们两个都比里欧左边的雌猩猩晚出生，这个雌猩猩的母亲叫克拉雷。

3. 贝拉比左边的黑猩猩晚出生 1 个月，这只黑猩猩的母亲叫爱瑞克。

4. 马琳比丽贝卡晚 1 个月生产，丽贝卡的后代紧挨着马琳的后代并在其右边。

名字：贝拉，格洛里亚，里欧，珀西，罗莫娜
出生月份：7，8，9，10，11
母亲：爱瑞克，格雷特，克拉雷，马琳，丽贝卡

提示：先找出 1 号黑猩猩的名字。

369 追溯祖先

来自得克萨斯州的罗维是一位热心于研究家族历史的人，他把大量的业余时间用于追溯他的祖先。目前为止，他已经追溯到 17 世纪了，但当他研究那个时期从英格兰移民到新大陆的 4 个男性祖先的具体情况时遇到了些麻烦。根据下面的信息，你能找出每位祖先的名字、职业，以及各自的家乡和移民去美国的时间吗？

线索

1. 杰贝兹·凯特力是在德文郡南部的一个小乡村里出生长大的。

2. 一个铁匠在 1647 年移民美国，但是他不是来自柴郡。

3. 亚伯·克莱门特在1644年移民。
4. 军人迈尔斯·罗维在美国工作，主要负责保护殖民地居民免受印第安人的欺负。
5. 在诺福克出生的那个人是4人中第一个离开英国的，他不是木匠。
6. 木匠比农民早3年移民到美国，但这个木匠不是泰门·沃丝皮。

	铁匠	木匠	农民	军人	柴郡	德文郡	肯特	诺福克	1638年	1641年	1644年	1647年
亚伯·克莱门特												
杰贝兹·凯特力												
迈尔斯·罗维												
泰门·沃丝皮												
1638年												
1641年												
1644年												
1647年												
柴郡												
德文郡												
肯特												
诺福克												

370 自力更生

彭妮公司举办了一个单人快艇比赛，上个月的第一周我们终于看到了返回普利茅斯的4艘船只。根据下面的线索，你能说出每艘船的返回时间、船上仅有的一名船员的名字，以及这个活动中每位赞助商所做的是何种生意（谁出资赞助这次活动中的每名参赛者）吗？

线索

1. 上月6号靠岸的“海盗船”不是挪威的托尔·努森的船，托尔的船是由欧洲的一家印刷公司赞助的。
2. 罗宾·福特的船最先到达普利茅斯，裁判在查看了他的航行日志本后宣布他就是这场比赛的获胜者。
3. 名为“信天翁”的一艘船由一家和他同名的唱片公司资助，它比那艘由银行资助的船早到一天。
4. 电脑制造商赞助的不是由乔·恩格驾驶的“曼维瑞克Ⅱ”。

	3号	4号	5号	6号	乔·恩格	尼克·摩尔斯	罗宾·福特	托尔·努森	银行	电脑制造商	印刷公司	唱片公司
“信天翁”												
“半月”												
“曼维瑞克Ⅱ”												
“海盗船”												
银行												
电脑制造商												
印刷公司												
唱片公司												
乔·恩格												
尼克·摩尔斯												
罗宾·福特												
托尔·努森												

371 四人车组

英国电视台正在录制一部反映鸟类生活的纪录片。根据下面的线索，你能说出车中每个人的全名和他们的身份吗？

线索

1. 瓦内萨·鲁特坐在录音师的斜对面。
2. 坐在D位置的鸟类学专家不姓温。
3. 姓贝瑞的摄像师不叫艾玛，而植物学家不在C位置上。
4. 盖伊不姓福特。

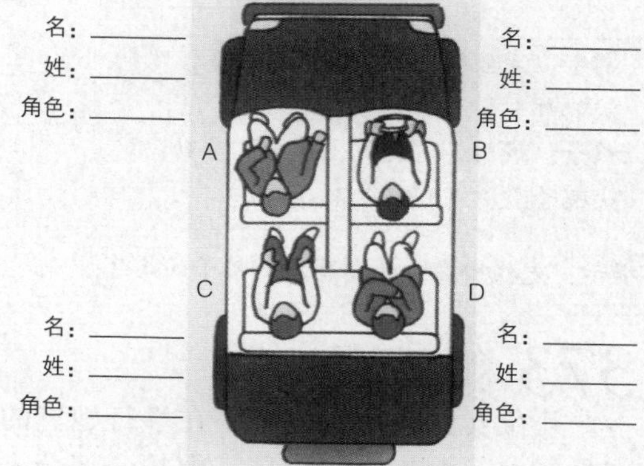

名：艾玛，盖伊，罗伊，瓦内萨
姓：贝瑞，福特，鲁特，温
身份：植物学家，摄像师，鸟类学专家，录音师

372 野鸭子

在池塘的周围有 4 栋别墅，每栋别墅的花园都是一只母鸭子和她的一群小鸭子的领地。根据下面的线索，你能说出图中每个别墅的名字、别墅主人给母鸭子取的名字以及每只母鸭子生了多少只小鸭子吗？

线索

1. 戴西生了 7 只小鸭子，她把巢筑在与洁丝敏别墅顺时针相邻的那栋别墅里。
2. 沃德拜的别墅在池塘的西面。
3. 迪力生的小鸭子比在罗斯别墅孵养的小鸭子少一只，而后者在逆时针方向上和前者所在的别墅相邻。
4. 多勒生的小鸭子数量最少。
5. 达芙妮所在的别墅和小鸭子数最少的那栋别墅沿逆时针方向是邻居。

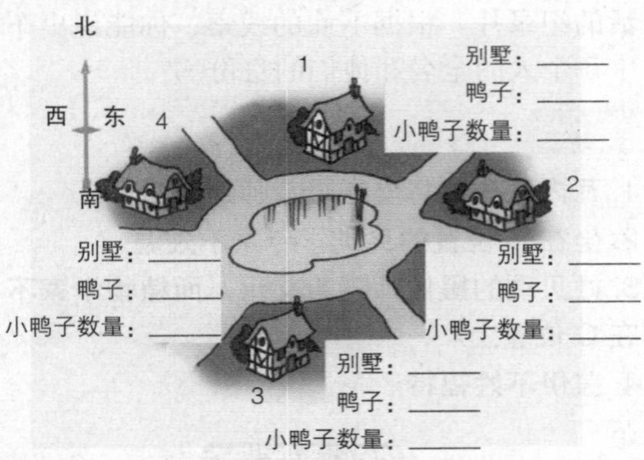

别墅：洁丝敏别墅，来乐克别墅，罗斯别墅，沃德拜别墅
鸭子：戴西，达芙妮，迪力，多勒
小鸭子数量：5，6，7，8

提示：先找出在 1 号别墅内的鸭子的名字。

373 刺绣展览

几位女性刺绣爱好者正在举行她们的作品展，下面 4 幅作品是其中的一部分。根据所给出的信息，你能说出每幅作品的具体信息（包括作品的主题以及作者的全名）吗？

线索

1.《雪景》在凯维丝夫人作品的斜对面。
2. 伊冯为她的刺绣作品取名为《村舍花园》，而伊冯不姓福瑞木，福瑞木夫人的作品不在 2 号位置上。
3. 赫尔迈厄尼的作品比《河边》挂得高。
4. 萨利·斯瑞德的作品在《乡村客栈》斜对面，而后者的号码比 2 小。
5. 以斯帖作品的号码比尼得勒夫人的小。

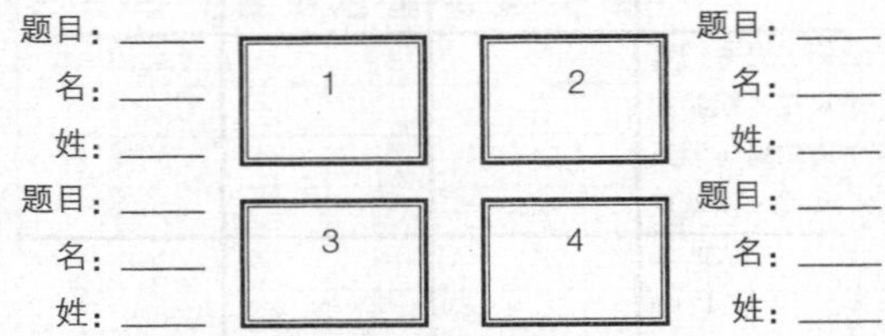

主题：《河边》，《村舍花园》，《雪景》，《乡村客栈》
名：以斯帖，赫尔迈厄尼，萨利，伊冯
姓：凯维丝，福瑞木，尼得勒，斯瑞德

提示：首先找出 2 号作品作者的姓。

374 机车发动机

许多年来，由梅雷迪思·托马斯在 19 世纪初专门为伦敦中心火车站设计的 0-6-0 型机车发动机在英国的火车站都很流行，但现在只剩下 4 台。根据下面的线索，你能找出这 4 台发动机的制造年月以及各自服役的地点吗？

线索

1. 莫特·埃梢丝目前仍在一段 10 英里长的轨道上服役，该段轨道位于丝托布瑞附近的南萨克福马火车站中，莫特·埃梢丝的生产月份比 1887 年生产的那台早。
2. 在丹弗地尔火车站内服役的莫特类发动机比莫特·斯诺登峰晚 4 年生产。
3. 其中一辆机车还带着制造标盘，上面标明它的生产日期为 1879 年 7 月 13 日。
4. 莫特·卡梅尔生产于 1 月份，但不是在 1883 年。

5. 现在在北切斯特的国家运输博物馆(NTM)收藏着的发动机比在4月份生产的那台早4年生产。

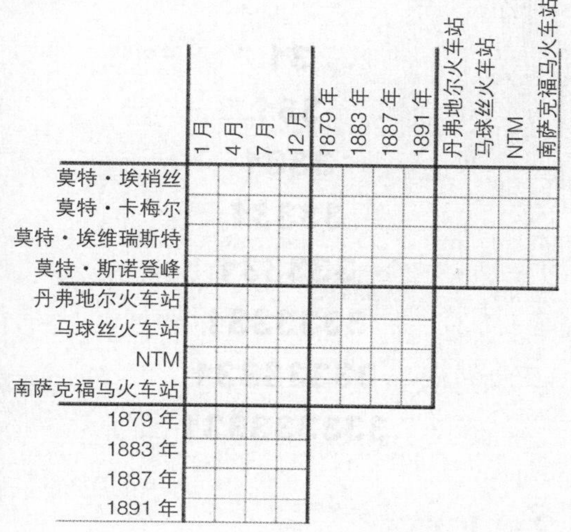

1月
4月
7月
12月
1879年
1883年
1887年
1891年
丹弗地尔火车站
马球丝火车站
NTM
南萨克福马火车站
莫特·埃梢丝
莫特·卡梅尔
莫特·埃维瑞斯特
莫特·斯诺登峰
丹弗地尔火车站
马球丝火车站
NTM
南萨克福马火车站
1879年
1883年
1887年
1891年

375 庄严的参观

作为国家遗产协会的成员，我们在上星期的每一天都去了一个有纪念意义的地方，这些地方都有着独特并吸引人的景点，而且我们在每个景点的礼品店买了一样纪念品。根据下面的信息，你能推论出每次参观的具体细节吗？

线索

1. 在星期一的参观中我们买了书签作为纪念品，但购物地点不是保恩斯城堡。同时微型铁路也不是这个城堡的特色。
2. 我们在星期二参观了哈特庄园，星期四参观了儿童农场，这个农场是其中一处住宅的特色。
3. 游玩迷宫后的第三天我们买了一个杯子。
4. 参观了哈福特礼堂后我们买了一支钢笔。
5. 我们买的盘子上没有欧登拜住宅的照片。
6. 披肩是在有服饰展的景点买的。

	保恩斯城堡	格兰德雷住宅	哈福特礼堂	哈特庄园	欧登拜住宅	书签	杯子	钢笔	盘子	披肩	儿童农场	服装展	迷宫	微型铁路	古老汽车展
星期一															
星期二															
星期三															
星期四															
星期五															
儿童农场															
服装展															
迷宫															
微型铁路															
古老汽车展															
书签															
杯子															
钢笔															
盘子															
披肩															

376 数立方体

图中一共有多少个立方体？

377 立方体魔方

你有16个黄色、16个红色、16个蓝色和16个紫色的数字。你能将它们放进4×4×4的立方体内，使得任何一行或列上的4个小立方块中都不存在2个或2个以上相同颜色的数字吗？

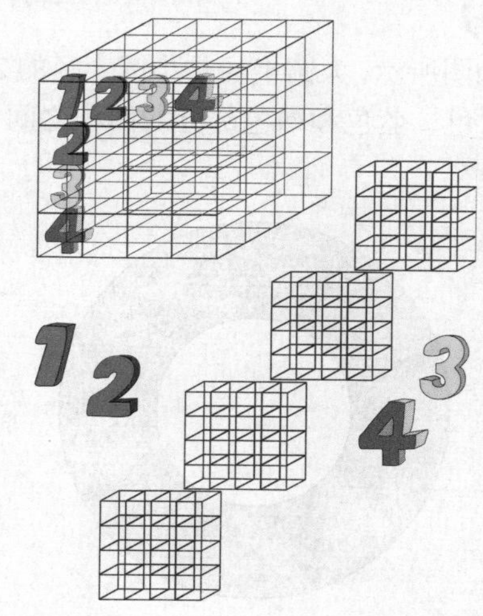

378 四色六边形游戏

这是一个双人上色游戏，这里一共用到的有黄、绿、蓝、红 4 种颜色。2 个人轮流选择颜色，给 1 个小六边形上色。相邻的 2 个小六边形的颜色不能相同，同时最外圈的小六边形的颜色不能与游戏板的颜色相同。2 个玩家轮流上色，不能再上色的玩家即为输家。

如果将这个游戏作为一个题目来看，你能不能把下面所有的六边形都上色？

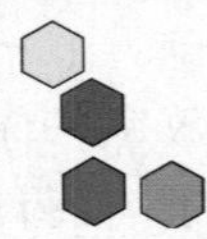

379 三色环

如图所示，大圆半径是小圆半径的 2 倍，请问红色、蓝色和绿色部分的面积之间有什么关系？

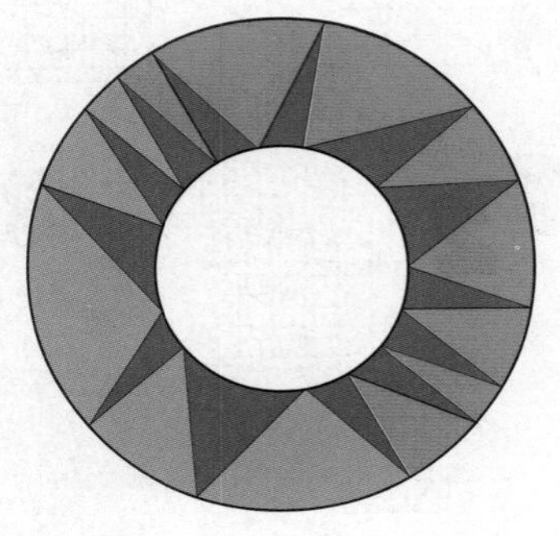

380 不同的数

你能找出这 8 个数里面与众不同的那一个吗？

31
331
3331
33331
333331
3333331
33333331
333333331

381 填数

把所给数字填入表中的空白处。

横向：

30 74 87 93 018 042 133 148 273 298 306 326 359 386 390 467 496 516 519 563 619 649 659 691 697 721 735 929 954 989 2768259 4346540 5783968 6281307 6445535 6490916 6906308 7590936 9473460 9798259

纵向：

043 192 313 333 344 460 521 863 928 165263 320469 372108 697469 0840396 0929969 2369674 3268959 4906736 5176453 5364749 6089148 7485571 7533652 7934895 9219367 9452695 9497059 9687097 9759968

382 正方形变成星星

如图所示，一个正方形被分成了 6 部分。把它们复制并剪下来，拼成一个规则的六角星。

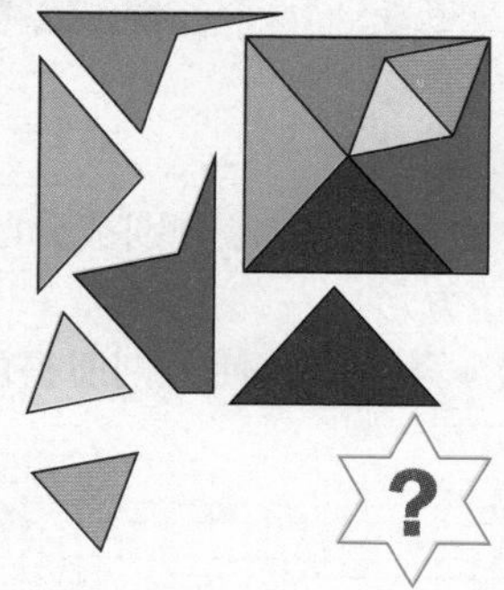

383 六边形变成三角形

把被分割的六边形的图形碎片复制并剪下来。你可以把 6 片被分割的六边形碎片拼成有一个等边三角形吗？

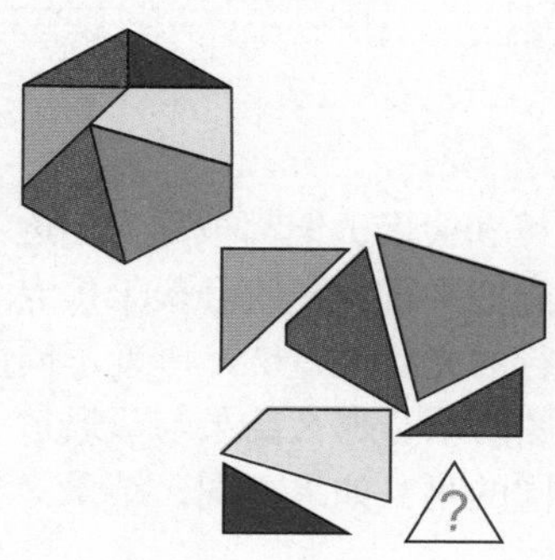

384 平方数相加

你能否将下面的 2 个整数分别写成平方数相加的形式？

35 = ? + ? + ?

48 = ? + ? + ? + ?

385 正多面体环

8 个正八面体可以组成一个多面体的环，如下图所示。

请问其他的几种正多面体用同样的方法能否组成这样的多面体环？

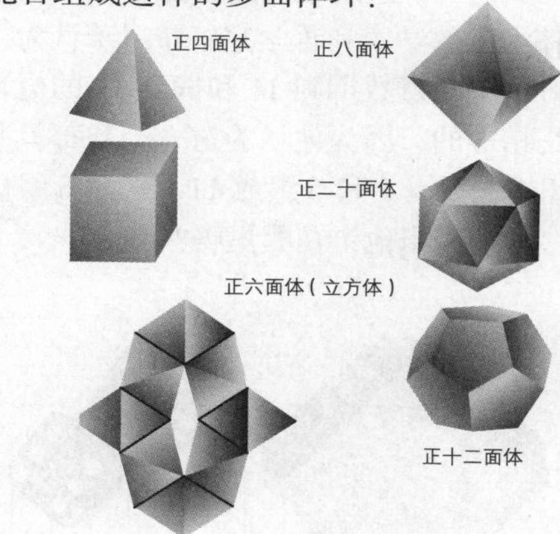

386 茵菲尼迪酒店

茵菲尼迪酒店有无数个房间，无论酒店有多满，新进来的客人总还是有房间可住。酒店经理会将 1 号房间的客人调到 2 号房，2 号房的客人调到 3 号房，以此类推。不管这个过程多么漫长，最后 1 号房总是可以空出来给新来的客人住。

我们的问题是：如果新来的客人的数量也是无限的，那么酒店经理应该怎么做呢？

387 色子的总点数

当被问到应该怎样计算掷一对色子正好掷到一个规定的总点数的概率时，很多人根本不知道应该怎么做。如果想象这两个色子是不同颜色的，这道题可能会更容易一些。

伟大的数学家和哲学家莱布尼茨认为，掷一对色子总点数掷到11和掷到12的概率应该是相等的，因为他认为这2个数都只有一种组合方法（5和6组成11，一对6组成12）。你能说出他错在哪里吗？

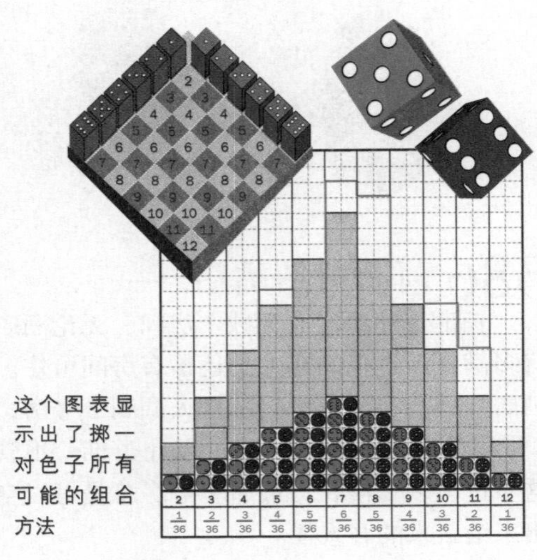

这个图表显示出了掷一对色子所有可能的组合方法

388 猫窝的门

下面两幅图中上图蓝色和红色的部分分别是两个猫窝的门，迅速地看一眼这两个图形，然后把图形盖上，在下面的红色和蓝色的图形中分别找出你刚刚所看到的图形，考考你的直觉。

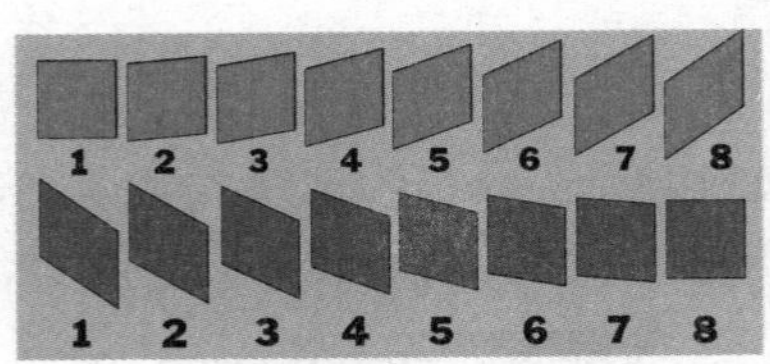

389 分割正方形

下图中的3个正方形分别被分割成4,6,8个较小的正方形，一共18个。

你能加4条直线，使分割所得的正方形达到27个吗？

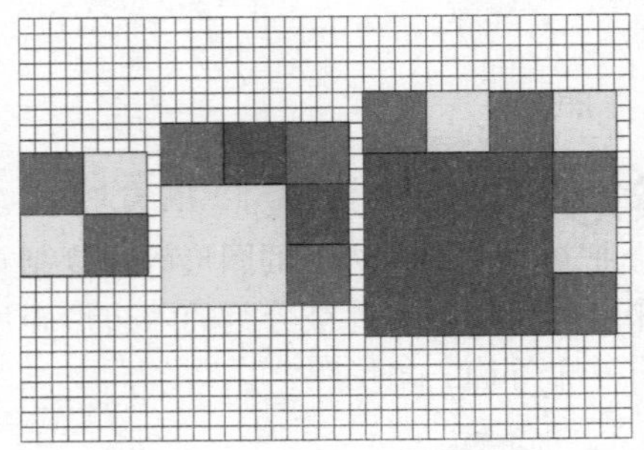

390 透镜

凸透镜和会聚透镜都被称为正透镜，因为它们都能把平行的光线会聚于焦点。那么如果让平行的光线通过2个厚度不同的正透镜，如下图所示，那么结果与只通过一个正透镜是相同的吗？如果不同，结果又应该是怎样的呢？

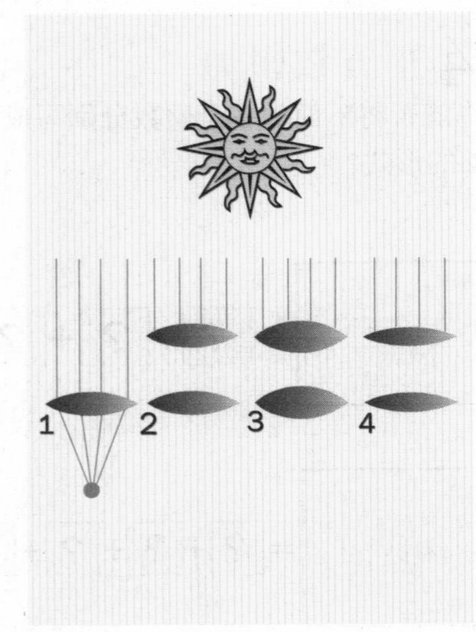

391 6个相邻的数

你能够否将0～5这6个自然数填入圆圈中，使得每个数的所有相邻数之和如箭头所指（相邻指的是有红色实线直接相连）。

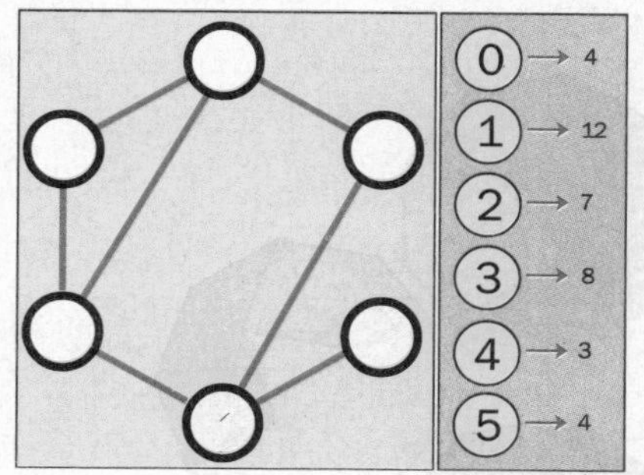

392 9个相邻的数

你能够否将1～9这9个自然数填入圆圈中，使得每个数的所有相邻数之和如箭头所指。

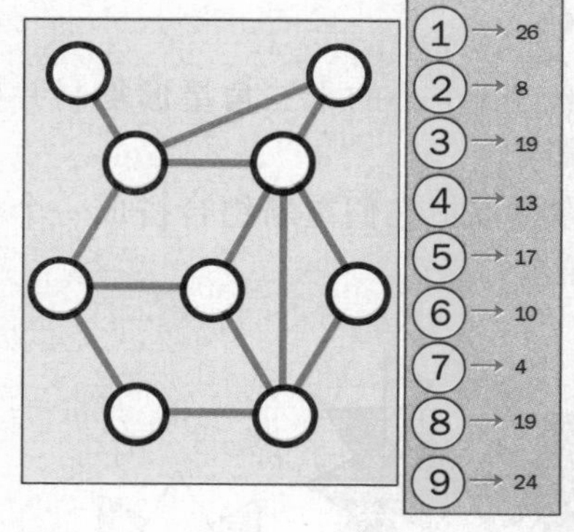

393 埃拉托色尼的筛网法

在前100个自然数中一共有多少个质数？

埃拉托色尼发明了一种他称之为“筛”的方法来找出给定范围内的所有质数。当给定的数非常大的时候，使用这种方法会非常困难，不过就像我们所看到的，如果只是找出100以内的质数，这种方法还是非常方便和有效的。除了1（数学家一般都不把1看做是质数），从2开始，2是质数，用删掉所有2的倍数的方法来“摇一下这个筛子”，如图所示。然后再删掉所有3的倍数，以此类推。

我们的问题是：在100以内一共需要删掉几个质数的倍数？

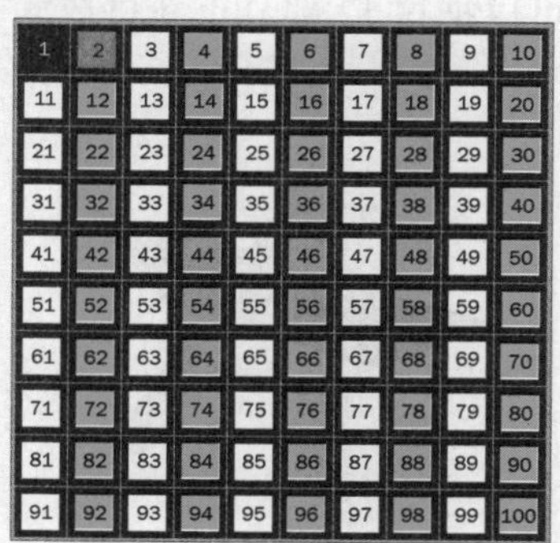

394 字母公寓

方格代表某城市的公寓楼，每栋公寓楼都用一个字母表示。它们的分布如下：D楼正好在T楼的下方，L楼在K楼后面，而Q楼则在B楼和M楼之间。你的任务是根据下面这些目击证人的话，最终找出夜贼藏身的地方。

1. 我看见他从F楼后面的那栋楼里跑出来。

2. 我看见他在1所说的那栋楼下面第二栋楼的前面那栋楼里。

3. 我看见他在2所说的那栋楼上面那栋楼的后面那栋楼里。

4. 你们都错了，我看见他所在的楼是在3所说的那栋楼的下面那栋楼的前面的前面。

他到底在哪栋楼？

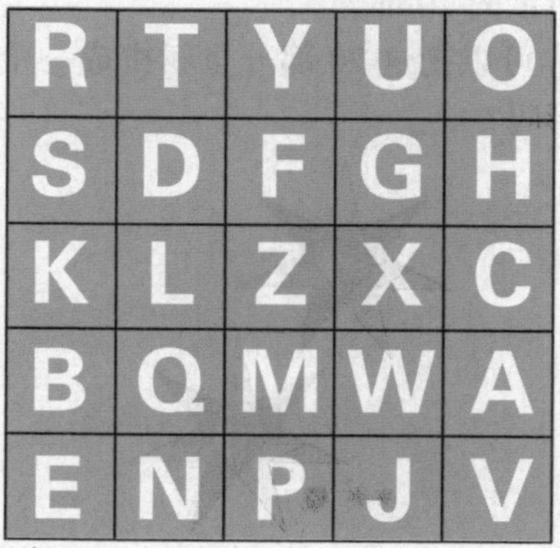

395 分割五角星

把这个大五角星复制下来，并把它分割成如图所示的12部分。

你可以把这12部分重新拼成4个小五角星吗？

396 重组五角星

把这4个十边形复制下来，并把它们剪成如图所示的17部分。你可以把这17部分重新拼成一个规则的五角星吗？

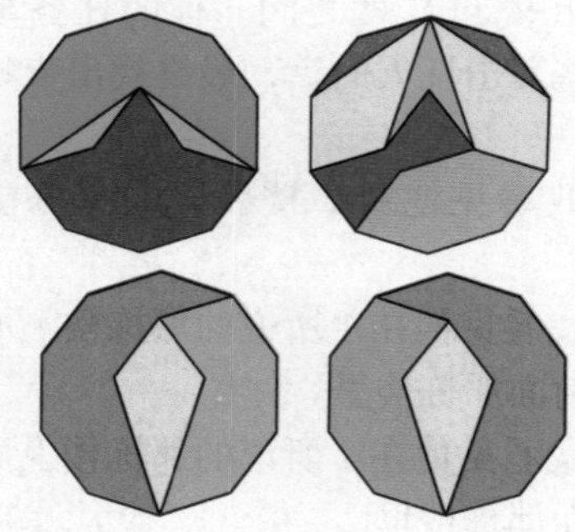

397 重组七边形

把这两个相同的七角星复制下来并剪成如图所示的20部分。

你可以把这20部分重新拼成一个大的七边形吗？

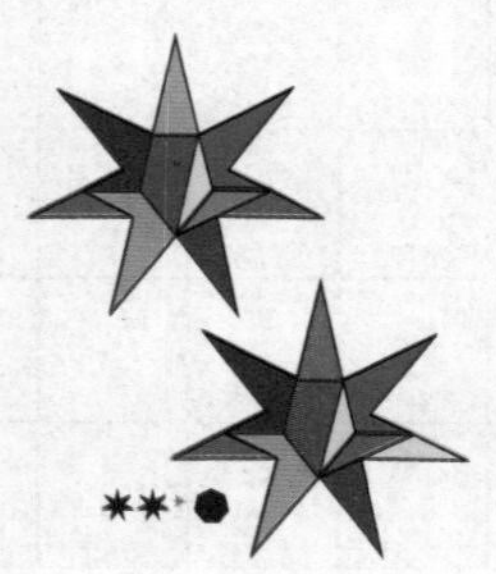

398 组合九边形

把这3个小的九边形复制下来，并剪成15个彩色的部分。

你可以把它们重新拼成一个大的九边形吗？

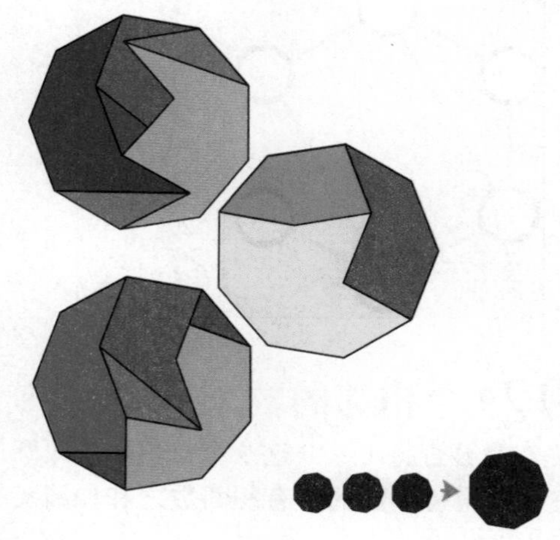

399 组合十二角星（一）

把这3个小的十二角星形复制并剪成24个部分。

你可以把它们重新组合拼成一个大的十二角星形吗？

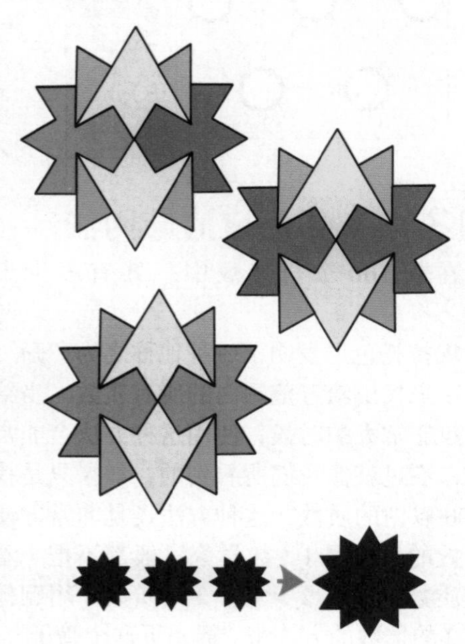

400 组合十二角星（二）

把这3个小的十二角星复制并剪成24个部分。

你可以把它们重新组合拼成一个大的十二角星吗？

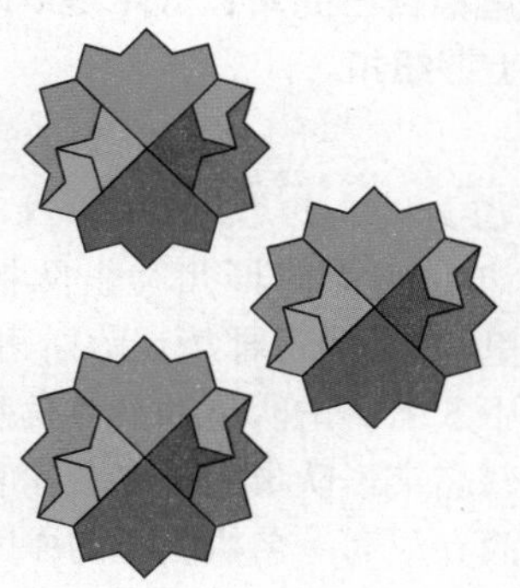

401 机车

在考伦喀斯特铁路展览馆里有3辆曾经服役于大盎格鲁人车站的机车。根据下面的信息，你能说出每辆机车的名字、颜色、各自所属的类型以及制造时间吗？

线索

1. 顾名思义，沃克斯·阿比属于阿比类发动机。
2. 外面被漆成深红色和白色的亚历山大曾被应用于制造机载导弹，而亚历山大不是越野类发动机。
3. 罗德·桑兹不是那辆制造于1942年外表为橄榄绿的机车。
4. 越野类型的机车直到1909年还没有被设计出来。

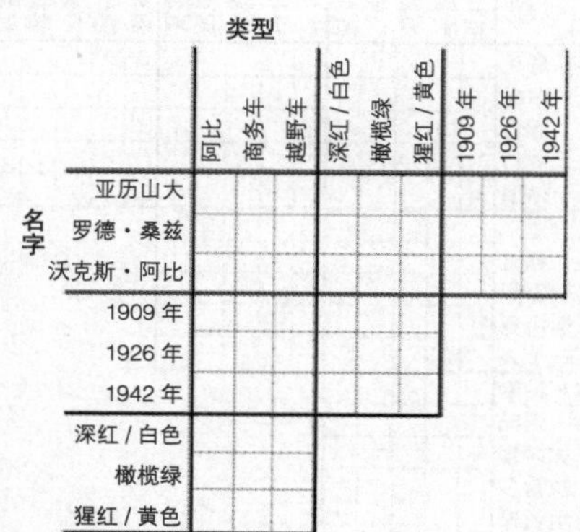

402 移民

去年3个家庭从思托贝瑞远迁到了其他国家，现在他们在那里有声有色地经营着自己的小店。根据下面的信息，你能说出每对夫妻有几个孩子、他们移民到了哪里以及所做的是何种生意吗？

线索

1. 有3个孩子的家庭移民到了澳大利亚，他们没有在那里开旅馆。
2. 移民到新西兰的布里格一家开的不是传统英国风味鱼片店。
3. 开鱼片店那家的孩子比希金夫妇的孩子少。
4. 基德拜夫妇有2个孩子，他们每人照看1个。

	1个	2个	3个	澳大利亚	加拿大	新西兰	鱼片店	农场	旅馆
布里格夫妇									
希金夫妇									
基德拜夫妇									
鱼片店									
农场									
旅馆									
澳大利亚									
加拿大									
新西兰									

403 帕劳旅馆之外

在一个明媚的夏日，4位老绅士坐在班吉斯·格林镇帕劳旅馆外的长凳上，享受着啤酒，回忆着往事。根据下面的信息，你能推断出图中每位老人的名字、年龄以及在那段让他们念念不忘的美好时光中从事什么工作吗？

线索

1. 乔·可比大约做了50年的牧场主人，在少女农场上照顾牧群。
2. 现年74岁的退休邮递员坐在他的老朋友珀西·奎因的左边。
3. 坐在C位置上喝酒的那位是罗恩·斯诺，

D 位置上的老人的年龄已经超过 72 岁了。

4. 现年 76 岁的来恩・摩尔在 75 岁后的生活很充实，没有虚度光阴，他不是班吉斯・格林镇上给马钉掌或者照看那些笨拙马匹的老马医。

5. 坐在 B 位置上喝酒的人不是那位过去经常帮助别人维修拖拉机和农场设备的前任机修工。

> 名字：乔・可比，来恩・摩尔，珀西・奎因，罗恩・斯诺
> 年龄：72，74，76，78
> 过去的工作：牧场主人，马医，机修工，邮递员

404 吉祥物与禁忌

我的 5 个朋友非常迷信，每个人都说自己有一个幸运数字，总是带着一个吉祥物，并且他们各自有一种特殊的禁忌。根据下面的信息，你能说出每个人都忌讳什么吗？

线 索

1. 威尔・塔吉沃德从来不在室内打开雨伞，他的幸运数字比拥有幸运小盒的人的幸运数字大 3。

2. 芬格斯・克洛斯的幸运数字是偶数，该数比拥有幸运钥匙环的人的幸运数字小 1。

3. 艾弗・塔里斯蒙的幸运数字是 4，但他不是那个挑剔到连新鞋子都不能放在桌上的人。

4. 里欧・斯坦总是带着一枚能给他带来幸运的 6 便士银币，他的幸运数字不是 5。

5. 有一个人很忌讳在梯子下面走，而且他总是带着一个幸运兔脚。

6. 一个人声称自己的幸运数字是 6，他忌讳在旧衣服上缝纽扣。

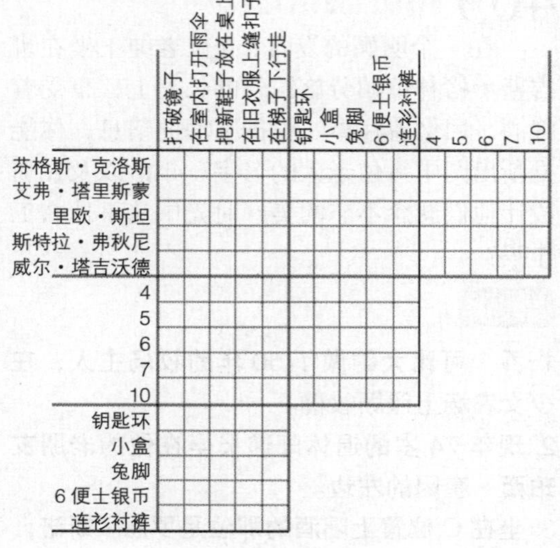

405 德克萨斯州突击队

1872 年，得克萨斯州突击队抓住了一群隐匿在里约・布兰可郡德克萨斯州的逃犯。下面是其中 5 名突击队员的具体信息。你能从中找出每名突击队员的全名、家乡，以及迫使他们放弃成为一名执法官的原因吗？

线 索

1. 特迪・舒尔茨是一个德国移民的儿子。有一名突击队员曾经是逃犯，现在仍然在美国被通缉，特迪和海德警官都不是这个人。

2. 来自圣地亚哥的那个人姓海德，埃尔默・弗累斯在没有工作时总是酗酒。

3. 突击队员马修斯并非来自福特・沃氏，他把业余时间和部分工作时间都花在了玩女人上。

4. 突击队员多比出生在位于墨西哥边界的拉雷多，奇克不姓弗累斯。

5. 来自休斯顿的那名突击队员在工作中表现很好，但可惜他遇到的囚犯都被他击毙了。

6. 皮特在艾尔・帕索出生长大，乔希不是通缉犯。

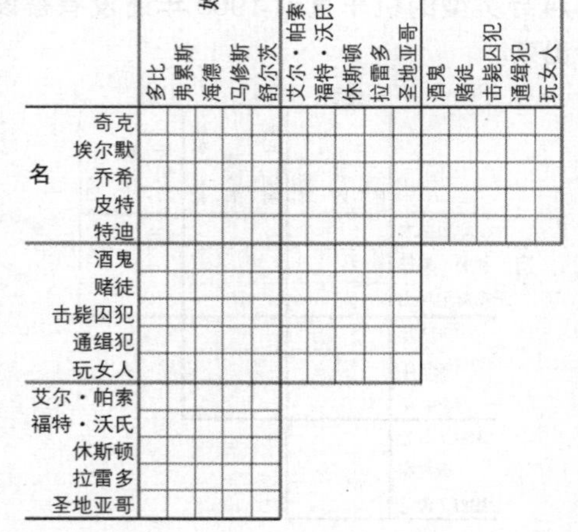

406 电影制片厂

在好莱坞电影市场的鼎盛时期，会同时有 4 部电影在 4 个邻近的电影制片厂进行拍摄，这 4 个制片厂同属一家著名的电影公司。根据下面的信息，你能具体描述在每个制片厂拍摄的电影类型、导演以及美丽的女主角的名字吗？

线 索

1. 那部言情电影的制片厂位于由海伦・皮奇担任女主角的那部电影的制片厂的东面。
2. 枪战电影的制片厂位于导演沃尔多・特恩汉姆所在的制片厂的北面。
3. 西尔维亚・斯敦汉姆是导演卡尔・卡马拉所拍摄电影的主角。
4. 拉娜・范姆帕在一部警匪片里担任女主角，其制片厂在奥尔弗・楞次导演所在制片厂的斜对面。
5.C 制片厂拍摄的不是喜剧片。

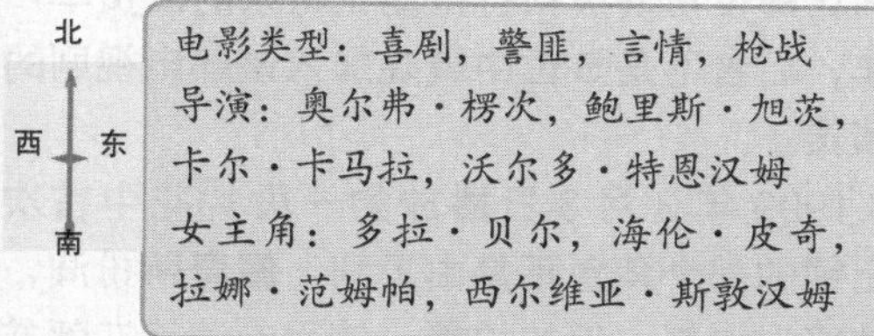

电影类型：喜剧，警匪，言情，枪战
导演：奥尔弗・楞次，鲍里斯・旭茨，卡尔・卡马拉，沃尔多・特恩汉姆
女主角：多拉・贝尔，海伦・皮奇，拉娜・范姆帕，西尔维亚・斯敦汉姆

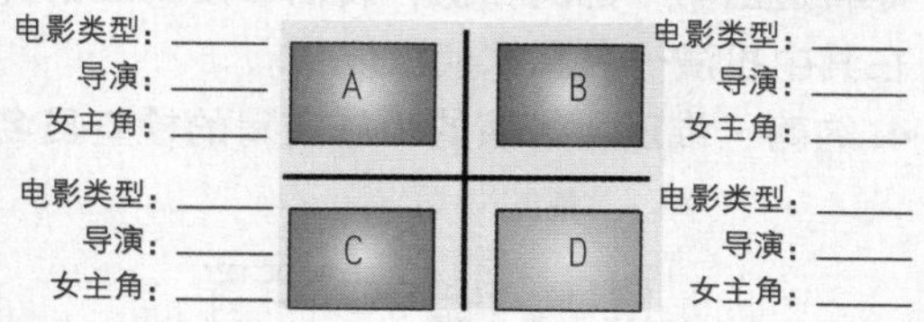

提示：先具体描述 C 制片厂的电影。

407 破纪录者

这张新闻照片上的是 4 名年轻的女运动员，她们在最近的国家青年运动锦标赛中打破了各自参赛项目的纪录。根据下面的信息，你能认出图片中的 4 个女孩，并说出她们各自打破了什么项目的纪录吗？

线 索

1. 凯瑞旁边的两个女孩都是打破了跑步类项目的纪录。
2. 戴尔芬・赫尔站在标枪运动员旁边。
3. 洛伊斯不在 2 号位置。
4.1 号位置的女孩打破了跳远项目的纪录，她不姓福特。
5. 一名姓哈蒂的运动员打破了 400 米项目的纪录，但她不叫瓦内萨。

名：戴尔芬，凯瑞，洛伊斯，瓦内萨
姓：福特，赫尔，哈蒂，斯琼
比赛项目：100 米，400 米，标枪，跳远

提示：先找到凯瑞在照片中的位置。

408 请集中注意力

乡长老斯布瑞格正在指派任务，4 个老朋友看上去都很认真。根据下面的信息，你能认出 1 ~ 4 号位置的每个人，说出他们想做的事以及每个人穿的衣服是什么面料的吗？

线 索

1. 一个人穿着狼皮上衣，艾格挨着他并在他的右边。
2. 埃格正在想怎样面对他自己的岳母耐格，本身他的妻子就很能言善辩。
3. 穿着山羊皮上衣的人在 3 号位置。
4. 奥格穿着小牛皮上衣，他不打算靠粉刷他的窑洞的墙壁打发时间。
5. 穿着绵羊皮外套的那个人打算在假日里把他小圆舟上的漏洞修补一下，坐在他左边的是阿格。

集会成员：艾格，埃格，奥格，阿格
想做的事：钓鱼，修小圆舟，粉刷窑洞的墙壁，拜访岳母
上衣：小牛皮，山羊皮，绵羊皮，狼皮

提示：先找出奥格打算去做什么。

409 一夜暴富

几位英格兰电视研究员正筹备拍摄一部纪录片，日前他们在国外采访了5位男士，这5位以前都是伦敦人，都是在很偶然的机会一夜暴富。根据下面的信息，你能说出每位男士现在的居住地、暴富的原因以及拥有的财产吗？

线索

1. 其中一位靠抢劫银行发家并藏匿到了里约热内卢，其个人资产比伊恩·戈尔登少10万英镑，伊恩从他的叔叔那里继承了一大笔遗产，他叔叔的家人曾经认为他叔叔会死在亚马逊河丛林里，可是最后他却通过贩卖枪支和做许多违法的事情而发家。

2. 一个人无意中在他的花园里找到一幅旧油画，结果这幅油画竟然是出自一位艺术大师之手，流落民间多年。最后这幅画卖了70万英镑，这个人不是莱昂内尔·马克，马克不是在百慕大群岛定居。

3. 其中一位很早就创办了自己的工厂，工厂倒闭后被他卖给了一家跨国公司，这家公司铲平了地基，随后利用这片空地建立了他们的新总部，这个人最后得到的钱比肖恩·坦纳还多。

4. 艾德里安·巴克现在在塞舌尔岛屿上有一笔不动产，事实上这笔不动产就是塞舌尔岛中的一座。

5. 现在住在新奥尔良的那位从他自称的“小运气”中得到了50万英镑。

6. 菲利普·兰德和英格兰调查员分享了他发了一笔80万英镑的横财时的兴奋感觉。

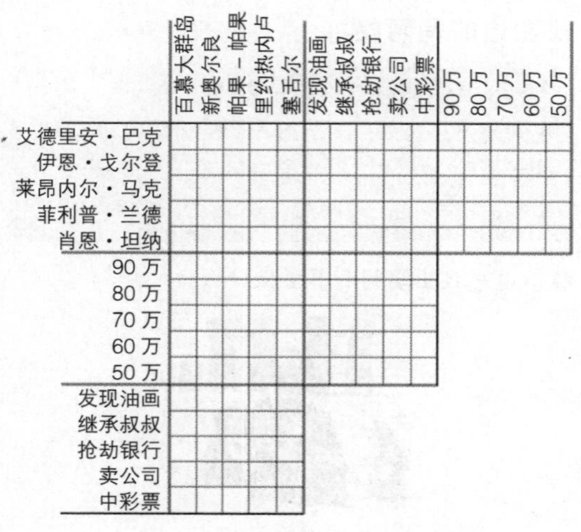

	百慕大群岛	新奥尔良	帕果－帕果	里约热内卢	塞舌尔	发现油画	继承叔叔	抢劫银行	卖公司	中彩票	90万	80万	70万	60万	50万
艾德里安·巴克															
伊恩·戈尔登															
莱昂内尔·马克															
菲利普·兰德															
肖恩·坦纳															
90万															
80万															
70万															
60万															
50万															
发现油画															
继承叔叔															
抢劫银行															
卖公司															
中彩票															

410 警察队

电视台发布了一条消息：很受欢迎的警察系列剧《警察队》中的5名明星将在下个月底退出。根据下面的线索，你能找出每位演员所扮演角色的名字、加入该部电视剧的时间以及他们在剧中的角色是以什么理由结束演出的。

线索

1. 吉恩杰·马洛警察是警察队中最爱开玩笑的人，他不是在1998年5月加盟该部电视剧的拍摄。

2. 道恩·塞尔拜在该部电视剧中的首次露面比那位扮演被银行抢劫犯枪杀的演员早一年，后者不是5位中最晚加入该部电视剧的演员。

3.1999年3月3日播放的一段片花中首次出镜的那个角色不是由贝利·佩奇所扮演，他将退出第一部的拍摄，转而参演第二部并在其中扮演一名私家侦探。

4. 约翰·维茨所扮演的粗暴狡猾的检查员名

		角色													
		坎普恩警察	芬警察	马洛警察	维姆斯检查员	乌尔夫警官	1997年10月	1998年5月	1998年7月	1999年3月	1999年8月	被监禁	调走	辞职	退休	被枪杀
演员	贝利·佩奇															
	道恩·塞尔拜															
	格兰·泰勒															
	约翰·维茨															
	莫娜·杨															
	被监禁															
	调走															
	辞职															
	退休															
	被枪杀															
	1997年10月															
	1998年5月															
	1998年7月															
	1999年3月															
	1999年8月															

为斯耐克·维姆斯。

5. 莫娜·杨在戏中的角色不是芬警察，该角色最后从斯榻·雷恩警察局调到伦敦另一边的尼克警察局。

6. 扮演乌尔夫警官的演员在 1997 年 10 月加入该部电视剧的拍摄。

7.1998 年 7 月首次出镜的格兰·泰勒扮演的不是坎普恩警察——因为收取当地一位腐败政员的贿赂而被监禁。

411 棋盘与多米诺骨牌

多米诺谜题中有一组经典题是用标准多米诺骨牌（1×2 的长方形）覆盖国际象棋棋盘。

图中 3 个棋盘上各抽走 2 个方块（图中黑色处），留下的空缺无法用标准多米诺骨牌填充。

你能找出这 3 个棋盘中哪一个能用 31 块多米诺骨牌覆盖完吗？

1

2

3

412 美好的火车旅行

在乘火车的旅行中，我从特洛斯坦特出发驶向哈格施姆，途中经过的 4 条河流各自有一座极富特色的桥。根据下面的线索，你能在地图上填出每座桥的名字、类型及其所跨河流的名字吗？

线 索

1. 我们花费了 90 分钟跨过了托福汉姆桥，之后就来到了波罗特河上的吊桥。

2. 第 2 条河横穿斯杰普生德桥。

3. 横跨戴斯尔河的那座桥离哈格施姆的距离比大石拱桥离哈格施姆更近。

4. 我们在到达科玛河前，穿过了悬臂式建筑维斯吉格桥（因为它建在维斯吉格）。

5. 大摆桥在地图上的标示是偶数，每当有船只经过时它可以从中间开启。

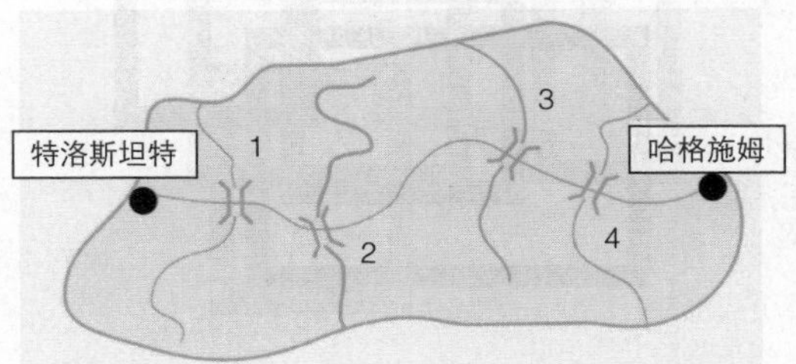

桥名：埃斯博格，斯杰普生德，托福汉姆，维斯吉格

河名：波罗特，科玛，戴斯尔，斯沃伦

桥的类型：拱桥，悬臂桥，吊桥，摆桥

提示：先找出第 4 座桥的名字。

413 聚集太阳光

如下图所示，平行的太阳光分别通过 4 个不同的透镜射到一张白纸上。

请问哪一个透镜下的白纸会着火？如果引起着火的不只有一个透镜，那么哪个透镜下面的火着得更厉害？

414 移走木框

下边的这些木框可以一个一个地移走，并且它们之间互不干扰。

请问应该按照什么顺序移走这些木框？

如果你答对了这道题，那么这些木框上的字母将会组成一个英文单词（按照你移走木框的顺序）。

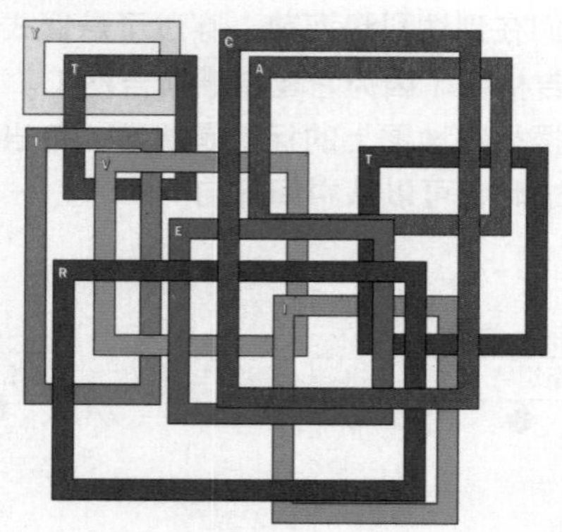

415 3 个色子

掷 3 个色子可以有多少种方式？

3 个色子的总点数可以从 3 到 18。那么你能算出总点数为 7 和 10 的概率吗？

许多个世纪以来，人们都认为掷 3 个色子只有 56 种方法。人们没有意识到组合与排列之间的区别，他们只数了这 3 个色子的组合方法，却没有意识到要计算精确的概率必须要考虑到 3 个色子的不同排列。

416 所有含"9"的数

在前 10 个自然数中，数字 9 只出现了 1 次（10%）。

在前 100（10^2）个自然数中，如图所示，一共有 19 个数都含有数字 9，占 19%，或者说将近 1/5。

对于前 1000（10^3）个自然数，这个比例又会发生什么样的变化呢？如果是前 10^{64} 个自然数呢，你能猜猜这个比例是多少吗？

1	11	21	31	41	51	61	71	81	91
2	12	22	32	42	52	62	72	82	92
3	13	23	33	43	53	63	73	83	93
4	14	24	34	44	54	64	74	84	94
5	15	25	35	45	55	65	75	85	95
6	16	26	36	46	56	66	76	86	96
7	17	27	37	47	57	67	77	87	97
8	18	28	38	48	58	68	78	88	98
9	19	29	39	49	59	69	79	89	99
10	20	30	40	50	60	70	80	90	100

10 = 10%

100 = 19%

1000 = ?

10^{64} = ?

417 银行密码

一位男士在银行新开了一个账户，他需要为这个账户设定一组密码。按照银行的规定，密码一共有5位，前3位由字母组成，后2位由数字组成：

问：按照下面3个不同的条件，密码的设定分别有多少种可能性？

1. 可以使用所有的字母和所有的数字。
2. 字母和数字都不能重复。
3. 密码的开头字母必须是T，且字母和数字都不能重复。

418 六彩星星

你能用这7个六边形组成一个图形，使该图形包含一个具有6个顶点、6种颜色的六角星吗？

419 光的反射

我们来研究光的反射现象。如果把2种不同的透镜正面相贴地放在一起，那么可能反射光线的表面一共有4个，如图1所示。

如果光线没有经过反射，它会直接穿过去。

如果光线经过1次反射，可能有2种不同的情况。

如果光线经过2次反射，可能有3种不同的情况。

根据不同的反射次数所出现的情况的种数分别为：1，2，3，5，8，13，21，…这是一个斐波纳契数列，即数列中后一个数字等于前两个数字之和。

那么你能够画出光线经过5次反射的13种情况吗？

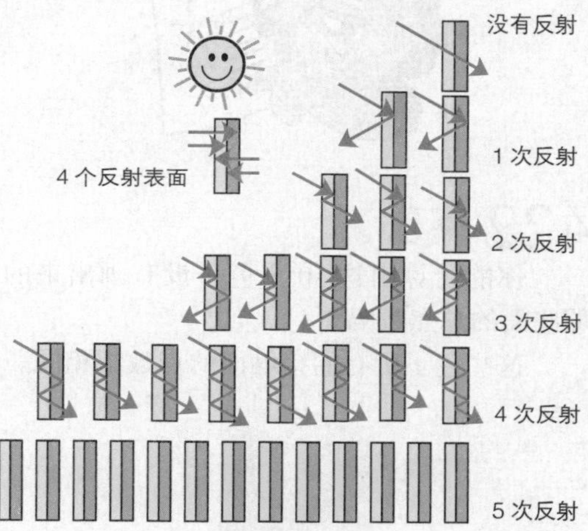

420 正方形里的三角形

如图所示，16个边长分别为1和2的直角三角形组成了一个4×4的正方形。

你能否用20个这样的三角形组成一个正方形？80个三角形呢？

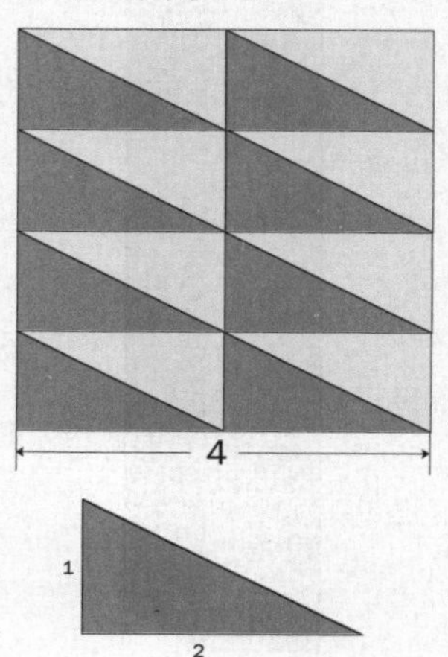

421 和或差

你能否将下面的 10 个数排列成一行，使得每一个数（除了第一个和最后一个）都等于与它相邻的左右两个数的和或差？

1	2	2	2	3	3	4	4	5	5

422 堆色子

你能计算出这 10 个色子没有画出来的那些面的总点数吗？

这些色子所有的接触面的点数都相同。

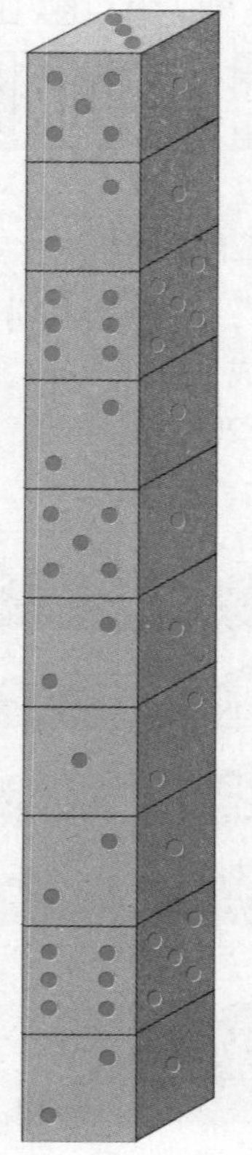

423 伪装

8 个士兵已经埋伏在森林中，他们每个人都看不到其他的人。

如图，每个人都可能埋伏在网格中的白色小圆处，通过夜视镜每个人只能看到横向、竖向或斜向直线上的东西。

请你在图中把这 8 个士兵的埋伏地点标出来。

424 金鱼

从鱼缸的上面向下看，所看到的金鱼位置和金鱼在鱼缸里的实际位置是一致的吗？

425 数列

你能否找出左边这个数列的规律，并写出它接下来的几项吗？

426 穿孔卡片游戏

将这4张正方形的穿孔卡片复印并剪下来，然后把卡片上的白色部分挖空，作为“窗户”。

请你将这4张卡片重叠起来，并且使卡片上每一个小正方形的4个圆圈分别呈现出4种不同的颜色。试试看，应该怎么做呢？

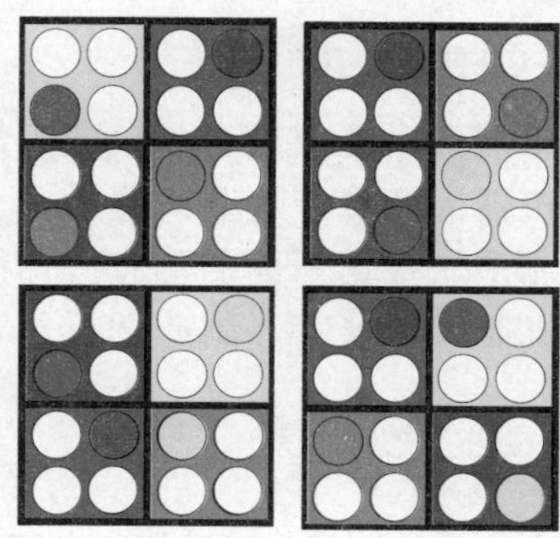

427 有洞的色子立方

20个规则的色子组成了一个大立方体，如图所示。在大立方体每一面的中间都有一个洞。

你能否分别写出这3个我们看得见的洞四面的色子点数？

我们看不见的那3个洞呢？

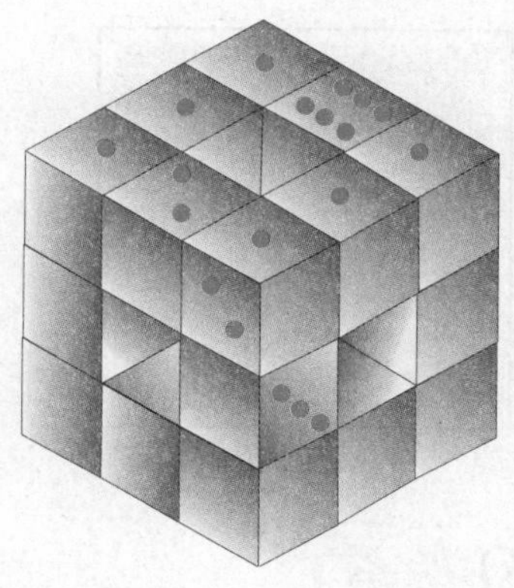

428 小钉板上的闭合多边形

小钉板可以帮助我们学习和理解多边形的面积关系，在板上用线把各个钉子连起来可以得到不同的多边形。

这里要求在正方形的小钉板上用线连成一个闭合的，并且每两条边都不在同一条直线上的多边形。多边形的每个顶点都必须在板上的钉子上，并且每个钉子只能使用一次。

如图所示的是在一个4×4的小钉板上连成的有9个顶点的多边形，请问你能否在这个板上用线连成一个有16个顶点的多边形，即板上的每个钉子都使用一次，并且满足上面所讲的要求？

请你在从2×2到5×5的小钉板上，用上尽可能多的钉子连成符合要求的多边形。

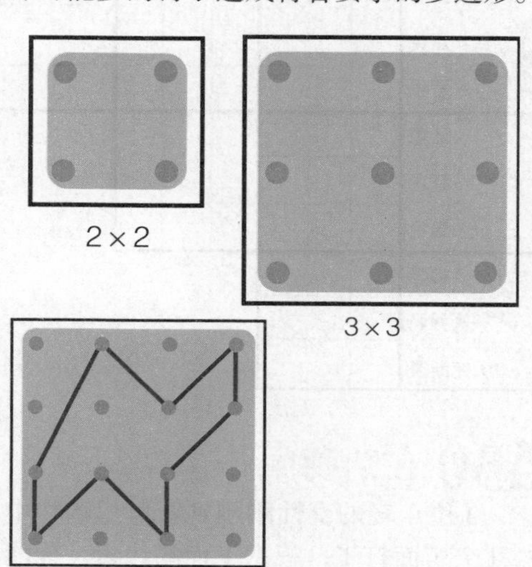

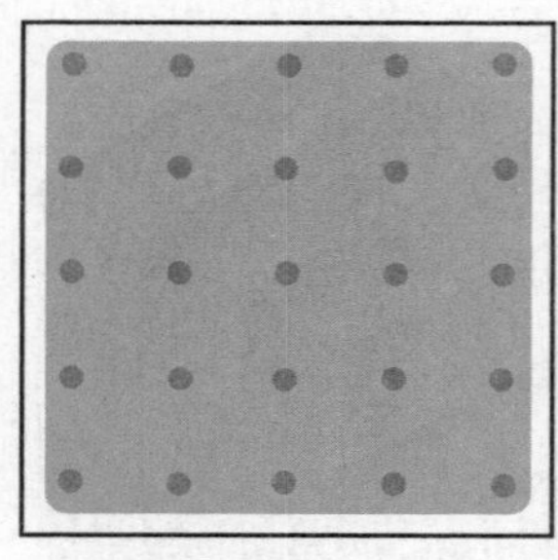

5×5

429 洗车工

为了赚些外快，比尔和他的两个朋友约定每个人清洗一辆邻居的车。根据下面的信息，你能找出他们各自为谁洗车、车的品牌及颜色吗？

线 索

1. 比尔清洗一辆红色的车，但不是福特车。

2. 派恩先生的车是蓝色的。

3. 在他们所洗的几辆车中有一辆是黄色的普乔特。

4. 罗里清洗了斯蒂尔先生的车。

		车主								
		科顿先生	派恩先生	斯蒂尔先生	福特	普乔特	沃克斯豪	蓝色	红色	黄色
男孩	比尔									
	卢克									
	罗里									
	蓝色									
	红色									
	黄色									
	福特									
	普乔特									
	沃克斯豪									

430 在购物中心工作

3位年轻的女性刚刚到新世纪购物中心的几个店面打工。根据下面的线索，你能找出雇佣她们的商店的名字、类型，以及她们各自开始工作的具体时间吗？

线 索

1. 和在面包店工作的女孩相比，安·贝尔稍晚一些找到工作，那家面包店不叫罗帕。

2. 艾玛·发不是8月份开始在万斯店工作。

3. 卡罗尔·戴不在零售店工作。

4. 其中一个女孩不是从9月份开始在赫尔拜的化学药品店工作。

	赫尔拜店	罗帕店	万斯店	面包店	化学药品店	零售店	7月	8月	9月
安·贝尔									
卡罗尔·戴									
艾玛·发									
7月									
8月									
9月									
面包店									
化学药品店									
零售店									

431 机器人时代

今年夏天由几位教育界权威组织举办了一场机器人竞赛，这些机器人由一些乡村学校制造。根据下面的信息，你能说出前5名机器人的名字、制造学校及其所在城镇吗？

线 索

1. 获得第1名的机器人叫马文，电视展（和一个收音机展，以及一些书展）中他在一个机器人后面。由豪格特学校的学生制造的机器人得了第5名，但它认为有40多名对手，所以第5名还不是很差，它不是那个能按照预先设计的行走轨迹前进的叫罗伯凯特的机器人。

2. 亭·莉齐由希拉里学校的学生设计并制造，乔科塞罗斯（它的形状像恐龙并由舢板制造）

的最终名次排在查尔科洛镇的学校的机器人的后面，而在格林费德学校制造的机器人前面。

3. 获得第 4 名的机器人由格立特福特的一所学校制造。

4. 获得第 3 名的不是在福林特维尔镇制造的机器人。

5. 埃塞穆博士是山蒂布瑞镇的基尔·希尔学校的优秀教师，他对机器人制造很热心，并给了他的学生很多鼓励。

6. 马特恩镇的学生所设计的机器人采用模糊控制，并被命名为安·安德。

	机器人					学校					城镇				
	安·安德	乔科塞罗斯	马文	罗伯凯特	亭·莉齐	格林费德	豪格特	基尔·希尔	帕瑞尔·帕克	希拉里	查尔科洛镇	福林特维尔镇	格立特福特镇	马特恩镇	山蒂布瑞镇
第 1 名															
第 2 名															
第 3 名															
第 4 名															
第 5 名															
城镇 查尔科洛镇															
福林特维尔镇															
格立特福特镇															
马特恩镇															
山蒂布瑞镇															
学校 格林费德															
豪格特															
基尔·希尔															
帕瑞尔·帕克															
希拉里															

432 送午餐

一名送餐员来到某家公司的接待处，为这里的职员送来他们预订的午餐。根据下面的信息，你能说出谁订购了什么及他们所在的部门吗？他们还预订了其他什么食物吗？

线 索

1. 接待处和销售部的人订购的不是奶酪三明治和胡萝卜蛋糕，洁尼在接待处工作，但她订的不是鸡蛋三明治。

2. 玛丽亚不在行政部工作，她和订鸡肉三明治的那个人都没有要橘子汁。

3. 火腿三明治是会计部职员订的。

4. 艾莉森订了巧克力甜饼。

5. 油炸圈饼是人事部订的一部分食品。

6. 科林要了金枪鱼三明治。

	会计部	行政部	人事部	接待处	销售部	火腿三明治	奶酪三明治	鸡肉三明治	鸡蛋三明治	金枪鱼三明治	胡萝卜蛋糕	巧克力甜饼	油炸马铃薯片	油炸圈饼	橘子汁
艾莉森															
科林															
加里															
洁尼															
玛丽亚															
胡萝卜蛋糕															
巧克力甜饼															
油炸马铃薯片															
油炸圈饼															
橘子汁															
火腿三明治															
奶酪三明治															
鸡肉三明治															
鸡蛋三明治															
金枪鱼三明治															

433 沿下游方向

诺福克的洛特河是著名的波罗兹的一部分，4 个勇敢的海员家庭把他们的船停在了几家不同旅店的停泊处。根据下面的信息，你能填出图表中每个家庭的名字、所拥有的船只名，以及所停泊的旅店名吗？

线 索

1. 费希尔的船停泊在挪亚方舟处，斯恩费希的停泊处在挪亚方舟处的左边。

2. 帕切尔号停在狗和鸭码头。

3. C 位置上的旅店叫升起的太阳，停泊在那里的船不属于罗德尼家庭，也不是南尼斯号。

4. 在最右边的船属于凯斯一家。

家庭：______ ______ ______ ______

船：______ ______ ______ ______

旅店：______ ______ ______ ______

家庭：德雷克，费希尔，凯斯，罗德尼
船名：罗特斯，南尼斯，帕切尔，斯恩费希
旅店：钓鱼者休息处，狗和鸭，挪亚方舟，升起的太阳

提示：先找出 A 位置上的船的名字。

434 杰克和吉尔

无论杰克和吉尔去哪里或者做什么，他们都喜欢为自己找些借口，比如为了取一桶水而爬上山。根据下面的信息，你能说出星期一到星期四他们从小屋出发所走的方向、目的地以及去每个地方的原因吗？

线索

1. 在沿 2 号方向前进的第二天他们爬了山，说是为了打水。
2. 星期四他们去了草地，对昏昏欲睡的小男孩布鲁也视而不见。
3. 他们说朝 4 号方向前进是去清理茶匙。
4. 他们为星期三的旅行找的借口是去喂猫，那天他们走的不是 1 号方向。
5. 他们为去河边找的借口不是割卷心菜。

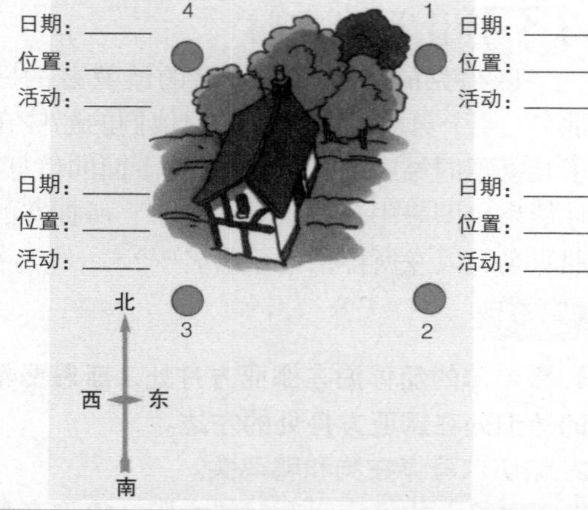

日期：星期一，星期二，星期三，星期四
位置：河边，草地，树林，山上
活动：割卷心菜，清理茶匙，喂猫，取水

提示：先找出他们在哪一天上山。

435 跨栏比赛

下图展示的是一次跨栏比赛中冲刺阶段的前 4 匹马。根据下面的信息，你能说出每匹马的名字，并具体描述每匹马的主人吗？

线索

1. “跳羚”还没有到达栅栏。
2. 安德鲁领先于赫多尔两个名次。
3. 在图片中，迪克兰 · 吉姆帕稍稍领先于处于跨栏阶段的“杰克”。
4. 海吉斯是那个正在跳栏的职业赛马师。
5. 加百利所骑的“跳过黑暗”在当时的比赛中稍稍落后于沃特的马。

马：“小瀑布”，“杰克”，“跳过黑暗”，“跳羚”
（主人）名：安德鲁，迪克兰，加百利，吉斯杰姆
（主人）姓：海吉斯，赫多尔，吉姆帕，沃特

提示：先找出骑 4 号马的人的姓。

436 赫尔墨斯计划

美国国家航空航天局的赫尔墨斯计划是关于探索月球暗面（即总是背对地球的那一面）的，此项计划涉及登陆月球的 5 艘两人座单程赫尔墨斯号航天器。从以下给出的线索中，你能推断出每艘赫尔墨斯号上被选为队长和飞行员的宇航员是谁、要求他们降落的地点是哪里吗？

线索

1. 美国海军上校雷 · 塞奇被选为赫尔墨斯号的飞行员。他所在的赫尔墨斯号编号比另一艘大两个数字。后者是一艘由来自美国空军的“野马”托勒尔少校指挥的赫尔墨斯号飞船。它将着陆在名叫奎特麦斯的环形山旁。
2. 赫尔墨斯 1 号按照计划将停靠在名为盖洛克角的环形山旁。
3. 停靠在马文山阴影处的赫尔墨斯号的编号在来自美国海军的普拉德上校指挥的赫尔墨斯号之后。
4. 来自美国海军的“博士”李少校被选为赫尔墨斯号的队长，而来自美国陆军的罗

斯科少校担任飞行员。但他们都不在赫尔墨斯1号上。

5. 赫尔墨斯3号将由来自美国海军的乃尔特中尉指挥。他的飞行员不是来自美国陆军的尼古奇上校。

6. 来自美国海军的亚当斯少校不是按照计划会挨在约翰卡特环形山停靠的那艘赫尔墨斯号的飞行员。来自美国陆军的卡斯特罗上校的队长姓高夫。

	队长：高夫中校	乃尔特中尉	李少校	肯拉德上校	托勒尔少校	宇航员：亚当斯少校	卡斯特罗上校	雷·塞奇上校	尼古奇上校	罗斯科少校	约翰卡特	埃特莱茨山	马文山	盖洛克角	奎特麦斯
赫尔墨斯1号															
赫尔墨斯2号															
赫尔墨斯3号															
赫尔墨斯4号															
赫尔墨斯5号															
约翰卡特															
埃特莱茨山															
马文山															
盖洛克角															
奎特麦斯															
宇航员：亚当斯少校															
卡斯特罗上校															
雷·塞奇上校															
尼古奇上校															
罗斯科少校															

437 骑士的马

每位骑士心中都会有个想法，那就是要买一匹跑得很快的战马，以使自己免受跋涉之苦。根据下面的信息，你能说出每位骑士的购马时间、马匹颜色以及每匹马的缺陷吗？

线索

1. 索勒·阿·弗瑞迪爵士要买一匹战马和车马的杂交马，它拥有战马的外表以及车马的性情，他买到这匹马是在黑马被卖出之后。

2. 特美德·得·什科爵士在星期四买了匹马。

3. 斯拜尼立斯·德·费特爵士也买了一匹马，第二天，那匹患有关节炎的栗色马也被卖出去了。

4. 有一匹马因为患有严重的白内障，视力很差，所以它跑得很慢，但是它最终的主人不是鲍特恩·阿·格斯特爵士。

5. 星期三卖出去的那匹马一条腿短，其他三条腿长。

6. 考沃德·德·卡斯特爵士所买的新马是匹花斑马，一匹老马在第二天也被人买走了。

7. 在星期一交易的是匹褐色马。

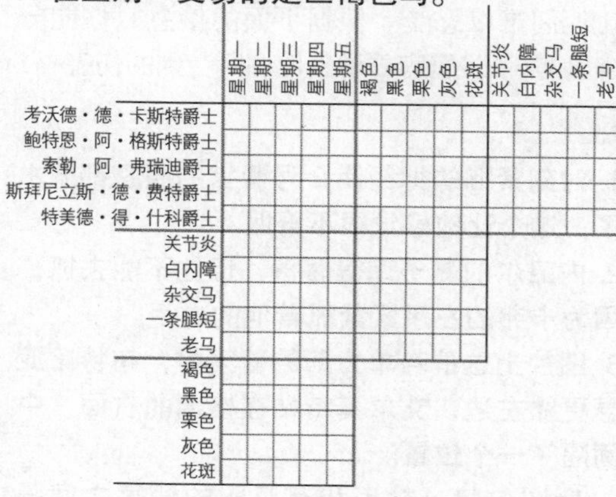

438 曼诺托1号

下图展示了太空船曼诺托1号控制舱中的4名工作人员的位置。根据下面的线索，你能找出每名成员的名字、军衔以及在曼诺托1号中做何种工作吗？

线索

1. 弗朗茨·格鲁纳工程师坐在陆军少校的对面。

2. A位置上的军官是罕克·吉米斯，他不是军医。

3. 空军上校在B位置上。

4. 萨姆·罗伊斯的顺时针方向上是尤瑞·赞洛夫。

5. 坐在C位置上的宇航员不是海军司令官。

名字：弗朗茨·格鲁纳，罕克·吉米斯，萨姆·罗伊斯，尤瑞·赞洛夫

军衔：空军上校，陆军少校，海军司令官，海军上尉

工作：宇航员，工程师，军医，飞行员

提示：先找出弗朗茨·格鲁纳的位置。

439 势单力薄的警察们

4个警察在执行一项镇压示威游行的任务，他们试图用警戒线隔离人群。在行动后期每个人的身体都受到了的伤害，那种折磨让他们难以忍受。根据下面的信息，你能分辨出1～4号警官并说出他们所受到的伤害吗？

线索

1. 时刻紧绷的神经使 2 号警官的肩膀都麻木了，这个让他感觉很不舒服。
2. 内卫尔的鼻子痒得厉害，但他不能去抓，因为卡弗的左手紧紧抓着他的右手。
3. 图片上这群势单力薄的警察中，布特比亚瑟更靠左边，艾尔莫特站在格瑞的右面，中间隔了一个位置。
4. 斯图尔特·杜琼和有鸡眼的警官之间隔了一个人。

名：亚瑟，格瑞，内卫尔，斯图尔特
姓：布特，卡弗，艾尔莫特，杜琼
问题：鸡眼，肩膀麻木，发痒的鼻子，肿胀的脚

提示：先找出 4 号警官的姓。

440 覆盖网格

用1×2的长方形多米诺骨牌，你能完全覆盖下图的网格吗？

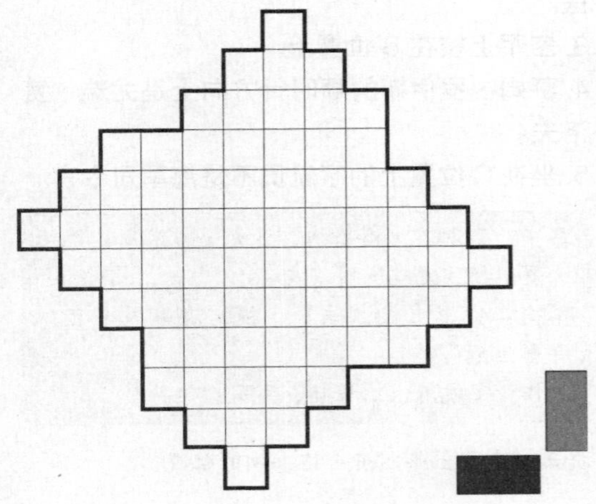

441 覆盖棋盘

下面的10×10的棋盘中有5个方块被删掉。用1×2的长方形多米诺骨牌，你能完全覆盖下图所有没被删掉的网格吗？如果不能，你能完成多少？

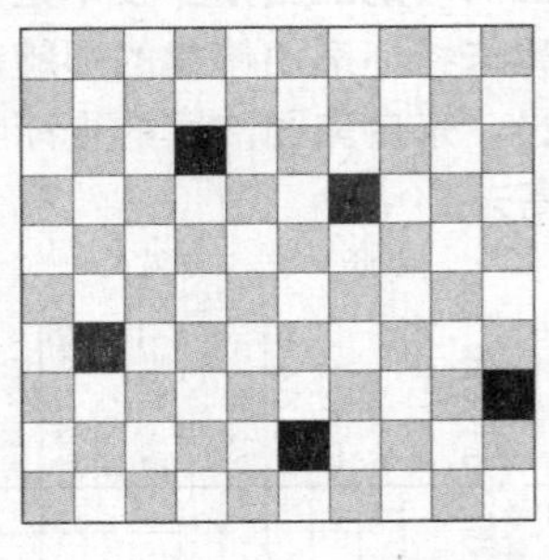

442 车的巡游

车的巡游是指车走遍棋盘上所有的格子，但每个格子只能进入一次。

车可以横走和竖走，格数不限，不能斜走。

在下面的这几种情况下请问车最少走几步或最多走几步才能完成巡游？

问 1 和问 2：图中从 A1 到 H7 车走了 30 步。请问最少走几步和最多走几步才能完成这次巡游？

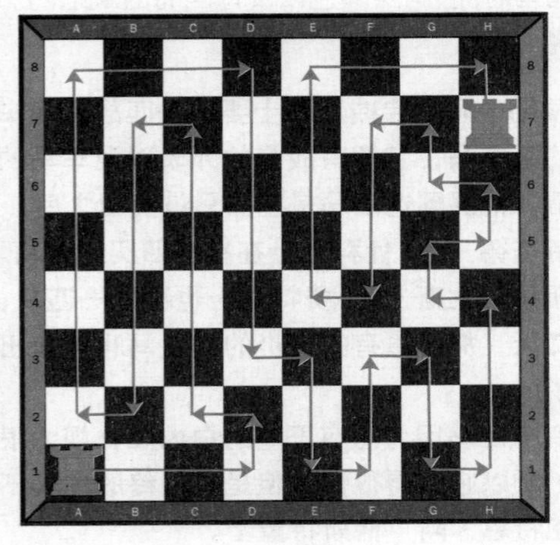

问 1 和问 2

问3和问4：图中从A1到A8车走了31步。请问最少走几步和最多走几步才能完成这次巡游？

问3和问4

问5和问6：图中车用20步完成了一次回到起点的巡游。请问最少走几步和最多走几步才能完成这次巡游？

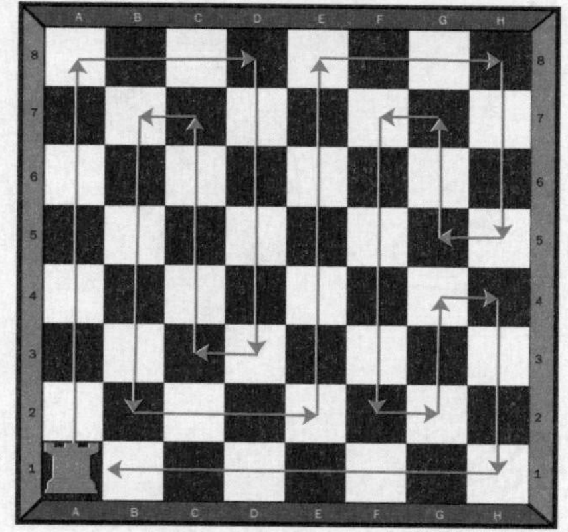

问5和问6

443 拼图

这是一个拼图游戏，需要移动几步才能从左边的图形变成右边的图形（图中灰色方块部分是空的）？

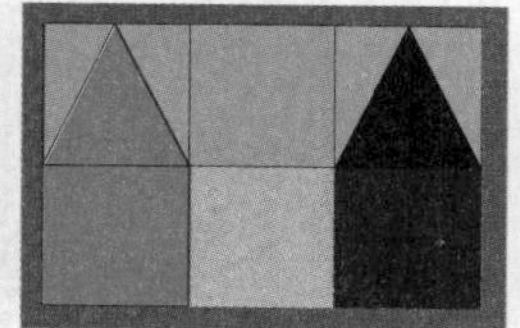

444 自创数

按照下面的规则在一行10个空格里填上一个十位数：

第1个数字是这个十位数各位数字中所包含的“0”的个数；第2个数字是十位数各位数字中包含的“1”的个数，第3个数字是十位数各位数字中所包含的“2”的个数，以此类推，直到最后一个数字是十位数各位数字中所包含的“9”的个数。

这个结果就好像是这个十位数在创造它本身，因此，人们把它叫做自创数。

怎样才能解决这个具有挑战性的难题呢？这道题究竟有没有解？

有人找到了一些思路来解决这个问题。他说，因为第1行一共有10个不同的数字，因此第2行的各个数字之和一定为10，由此就决定了这个十位数中所包含的最大数字的极限。

你能按照上面的逻辑，找到这道题唯一的解吗？

445 重叠的六边形

如图所示，4个绿色的小正六边形和1个红色的大正六边形部分重叠。

问：除去重叠的部分，4个绿色六边形和红色六边形相比哪个剩余面积更大？红色正六边形的边长是绿色正六边形边长的2倍。

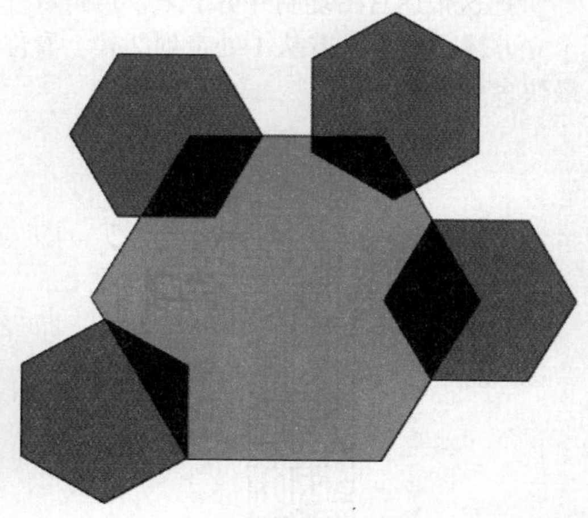

446 迷宫

迷宫是一种古代的建筑。传说最早的迷宫是代达罗斯为克里特岛上的米诺斯国王修建的，迷宫里面关着牛头人身的怪物。特修斯进入迷宫，杀掉了怪物，并且找到了回来的路，因为他在进入迷宫的时候将一个金色线团的一端留在了入口处，最后沿着金线走出了迷宫。

从数学的角度看，迷宫是一个拓扑学的问题。在一张纸上通过去掉所有的死胡同可以很快找到迷宫的出口。但是如果你没有这个迷宫的地图，而且现在就在迷宫里面，仍然有一些规则可以帮助你走出迷宫。例如，在走的过程中把你的手放在一边的墙上，留下印记。这样做，最终一定会走出迷宫，尽管你走的并不一定是最短路线。但是如果迷宫的墙有些是闭合的，那么这个方法就不管用了。

没有闭合的墙的迷宫是简单连接的，也就是说，它们没有隔离墙；而有隔离墙的迷宫的墙一定是闭合的，被称为复杂连接。如下图所示。

有没有一种方法可以帮助你走出任何一个迷宫？

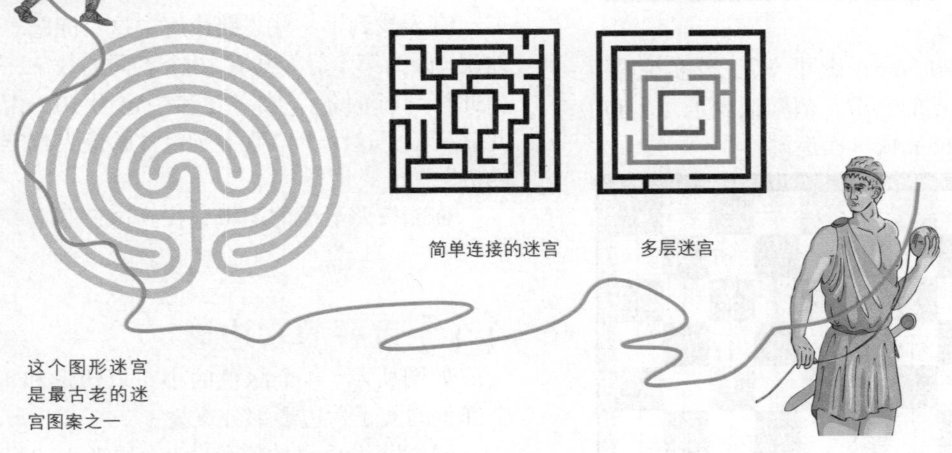

简单连接的迷宫　　多层迷宫

这个图形迷宫是最古老的迷宫图案之一

447 立方体迷宫

把这张迷宫图复制并剪下来，再折成一个立方体。然后试着从 1 处走到 2 处。看你最快多久能够完成。

448 金字塔迷宫

把这张迷宫图复制并剪下来，再折成一个金字塔。看看你能不能走出来。

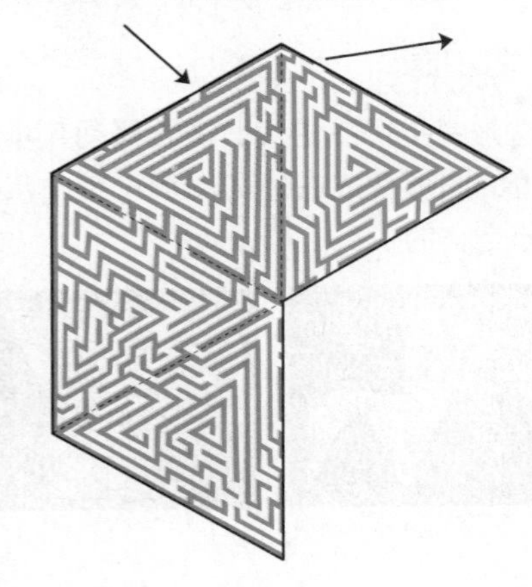

449 卡罗尔的迷宫

如图所示，从迷宫中心的菱形开始，你能否走出这个迷宫？

450 蜂巢迷宫

你能否找到穿过这个蜂巢的最短路线？

451 数字迷宫

数字迷宫是在一个每一边包含 n 个格子的正方形里面填上从 1 到 n^2 的自然数。填的时候按照横向或纵向移动，在相邻的格子里填上连续的数，每一个格子里只能填入一个数。下面给出了一个例子。

在 5×5 和 6×6 的方框中，有几个格子里已经填上了数字，你能否将剩余的数字补充完整？

	7		
	1		

6	7	8	9
5	4	3	10
16	1	2	11
15	14	13	12

5			24	
				20
	9	16		14

15					
					1
			10		
	20				
				32	

452 莱昂纳多的结

下图是莱昂纳多创造的一个复杂的拓扑学结构，请问这个结构里面一共用了多少根绳子？

453 有几个结

如图，如果这 2 只狗向着相反的方向拉这根绳子，绳子将会被拉直。

问拉直后的绳子上面有没有结，如果有的话，有几个？

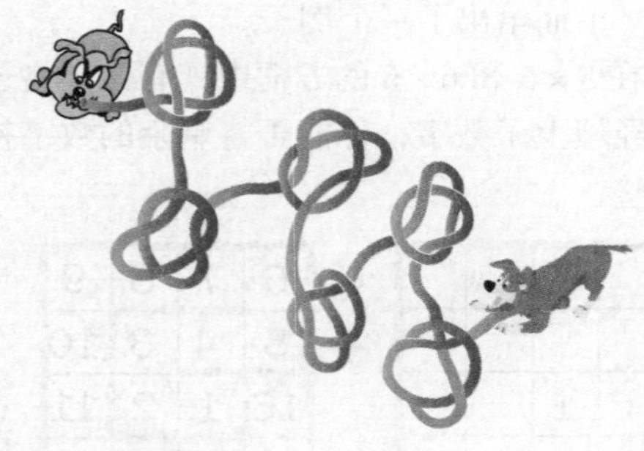

454 对结

如图，一条绳子的 2 个不同方向上分别有 2 个结。

请问这 2 个结能够相互抵消吗？还有，你能否将这 2 个结互换位置？

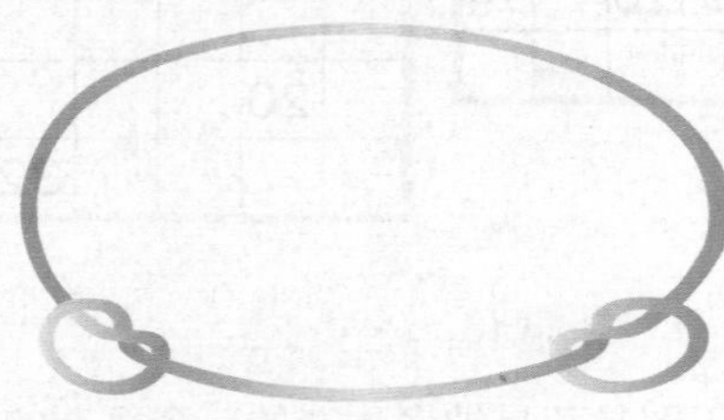

455 纸条的结

这 6 幅图分别是由 6 根纸条绕成。

问哪一幅图与其他 5 幅都不同？

456 凯普瑞卡变幻

任意列出 4 个不同的自然数，例如 2435。

把这 4 个数字依次递减所组成的四位数与依次递增组成的四位数相减，得到的数再用相同的方式相减（不足四位补 0）：

5432 – 2345

几轮之后你会得到一个相同的数。

我已经猜到这个数是什么了，你呢？

457 质数加倍

在任意一个数字和它的 2 倍之间是否总是可以找到一个质数？

2 3 4 5 6 7

8 9 10 11 12 13 14

15 16 17 18 19 20 21…

458 拼接三角形

如图所示，有6根长度分别为3，4，5，6，7，8的不同颜色的木棍，请问用这些木棍可以拼出多少个三角形？

459 多格骨牌方块（一）

由1到8个正方形组成的被称做多格骨牌的这些形状，已如图所示排列出来。

你能用所有这些形状创造 出一个6×6的正方形吗？

你能找到几种解决方法？

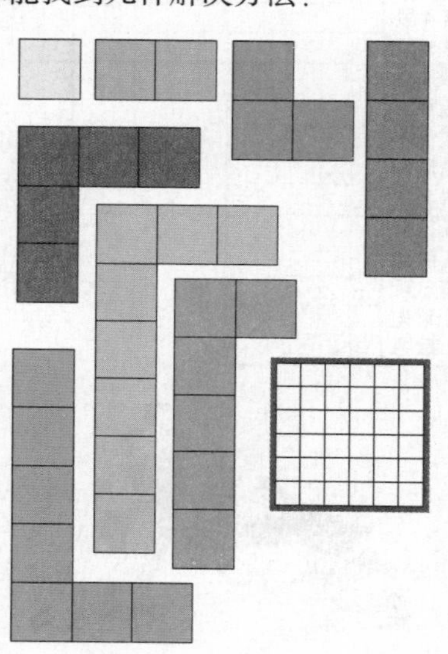

460 多格骨牌方块（二）

这里有一组不同的共8块连续多格骨牌。你能用它们创造一个6×6的正方形吗？你能找到几种解法？

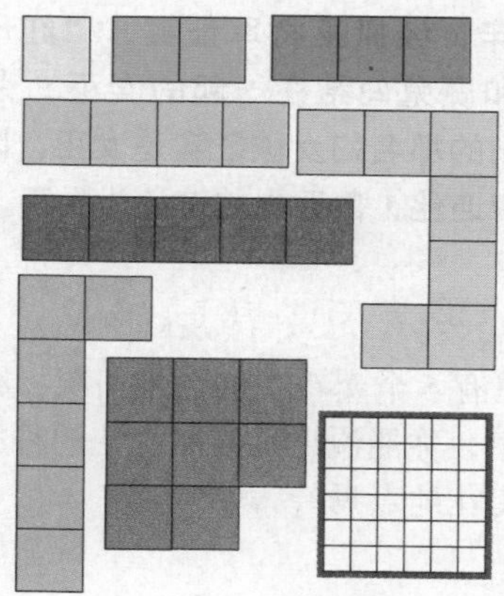

461 抓巫将军

在17世纪中期，“抓巫将军”马太·霍普金斯主要负责杀死那些被人们认为是巫婆或者巫师的人，其中有3个巫婆来自思托贝瑞附近的乡村。根据下面的信息，你能说出每个巫婆的名字、绰号，以及各自的家乡和具有法力的时间吗？

线索

1. 艾丽丝·诺格斯被称为“诺格斯奶奶”是很自然的事情。

	绰号			家乡					
	“诺格斯奶奶”	“蓝鼻子母亲”	“红母鸡”	盖蒙罕姆	希尔塞德	里球格特	1647年	1648年	1649年
艾丽丝·诺格斯									
克莱拉·皮奇									
伊迪丝·鲁乔									
1647年									
1648年									
1649年									
家乡 盖蒙罕姆									
家乡 希尔塞德									
家乡 里球格特									

2. 马太·霍普金斯在 1647 年在盖蒙罕姆抓到了一个女巫并把她送到了法院接受审判。
3. “蓝鼻子母亲”不是在 1648 年被确定为女巫，也不是来自里球格特乡村，一生居住在这个乡村的也不是克莱拉·皮奇。
4.1649 年，经抓巫将军证实，“红母鸡”是一个和魔鬼勾结在一起的女巫；从希尔塞德抓到的那名妇女被证实是女巫，随后的第二年伊迪丝·鲁乔也被确认为女巫。

462 美丽的卖花姑娘

这里有 5 个卖花女的详细情况，根据下面的信息，你能说出她们所卖花的种类、价格以及卖花地点吗?

线索

1. 梅在斯杰德大道卖花，她的花比莎拉的花便宜 1 美分，薰衣草在卡文特花园街的价格是莎拉所卖花的价格的两倍。
2. 奎尼不在卡文特花园街卖花。
3. 玫瑰的价格比紫罗兰的价格贵。
4. 汉纳卖的是紫罗兰。
5. 在皮科第立大街卖的花不是玫瑰，也不是 2 美分一束的石南花。
6. 在黑玛科特大街卖的花比在牛津街卖的花贵。

	卡文特花园街	黑玛科特大街	牛津街	皮科第立大街	斯杰德大道	石南花	薰衣草	伦敦国花	玫瑰	紫罗兰	1 美分	2 美分	3 美分	4 美分	5 美分
汉纳															
梅															
内尔															
奎尼															
莎拉															
1 美分															
2 美分															
3 美分															
4 美分															
5 美分															
石南花															
薰衣草															
伦敦国花															
玫瑰															
紫罗兰															

463 结婚趣事

最近举办了一场很受欢迎的家庭意外情况录像展，有一些从婚礼录像剪辑出来的片段。根据下面的信息，你能说出录像带中每段录像的顺序、新娘和新郎的名字，以及每段录像所记录的意外情况是什么吗？

线索

1. 第 1 段录像记录的不是牧师读错帕姆名字的时刻，第 2 段录像也和歌弗没有关系。
2. 彭妮是第 3 段录像中那个倒霉的新娘。录像中琳达没有嫁给歌弗。
3. 第 4 段录像中，新郎查尔斯忘记了带戒指，另一位尴尬的新郎鲍勃和新娘招待会中在舞场滑倒。
4. 拍摄加玛和克莱夫婚礼的那段录像就在拍摄乔斯婚礼的录像前。
5. 一段录像记录了安德鲁在看到他的婚礼蛋糕掉在地上时所表现出的惊骇表情，该段录像在与琳达有关的那段录像的前面。
6. 在圣坛昏倒的不是乔斯。

	新娘					新郎									
	加玛	帕姆	彭妮	琳达	乔斯	安德鲁	鲍勃	查尔斯	克莱夫	歌弗	新郎忘带戒指	新娘昏倒	蛋糕倒地	在舞场滑倒	牧师读错名字
第 1 段															
第 2 段															
第 3 段															
第 4 段															
第 5 段															
新郎忘带戒指															
新娘昏倒															
蛋糕倒地															
在舞场滑倒															
牧师读错名字															
新郎 安德鲁															
鲍勃															
查尔斯															
克莱夫															
歌弗															

464 英格兰的旗舰

1805年10月21日，罗德·纳尔逊在战役中不幸受伤，他在特拉法尔战役中战胜了法国舰队。他的旗舰的名字由16个字母组成，根据下面的信息，你能在每个小方框中填出正确的字母吗？

线索

1. 任何两个水平、垂直或对角线方向上的相邻字母都不同。
2. V在R下面的第二个方框内，并在C的左边第二个方框内。
3. L不在A2位置，也不在最后一行。
4. 其中一个A在D3位置上，但没有一个R在D4位置上。
5. A4和C2中的字母相同，紧邻在它们下面的方框内的字母都是元音字母。
6. G在I所在行的上面一行。
7. O就在T上面的那个位置，在Y下面一行的某个位置，而Y在与O不同的一列的顶端。

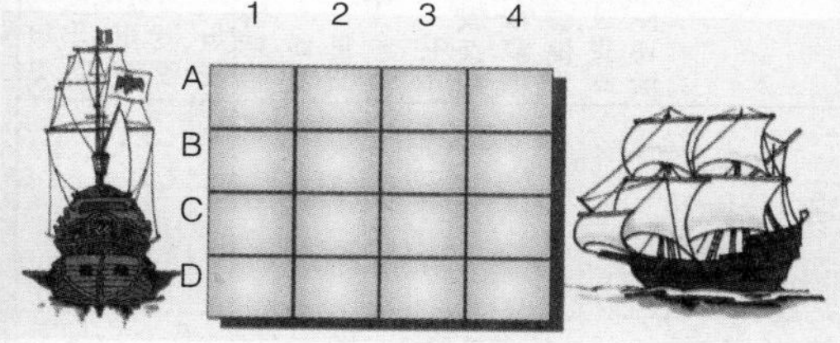

要填的16个字母：A，A，A，C，F，G，I，L，O，R，R，R，T，T，V，Y

提示：先找到V的位置。

465 龙拥有者俱乐部

龙拥有者俱乐部是为那些拥有多里卡特·龙跑车的人创办的，这些车都在1930～1955年之间制造。开始时没有多少位车主加入俱乐部，这里展示的是幸存的4辆在1940年之前制造的跑车。根据所给的线索，你能说出每辆车的主人、颜色以及制造时间吗？

线索

1. D号车是辆红色的龙跑车，它的主人不是加里·合恩，也不是1934年制造的。
2. B号车在1938年由多里卡特工厂制造，当时他们没有生产线。
3. 特德·温的车在黄色跑车和1932年生产的车之间。
4. 伦·凯斯的跑车被漆成深绿色，曾被认为是绿色英国跑车，该车不是A号车。
5. C号车不是蓝色的。

跑车主人：克里斯·丹什，加里·合恩，伦·凯斯，特德·温
跑车颜色：蓝色，绿色，红色，黄色
制造时间：1932，1934，1936，1938

提示：先找出特德的车的颜色。

466 谁的房子

始建于17世纪的别墅风格别具特色。根据下面的线索，你能分别说出1～4号每栋别墅的名字、建造时间，以及现在主人的名字吗？

线索

1. 佛乔别墅现在属于丽贝卡·德雷克，2号房产在该栋别墅之后建造。
2. 巴兹尔·布立维特拥有的别墅沿顺时针方向与狗和鸭建筑相邻，而后者至今仍然是一家酒吧。
3. 詹姆士·皮卡德那栋始建于1685年的别

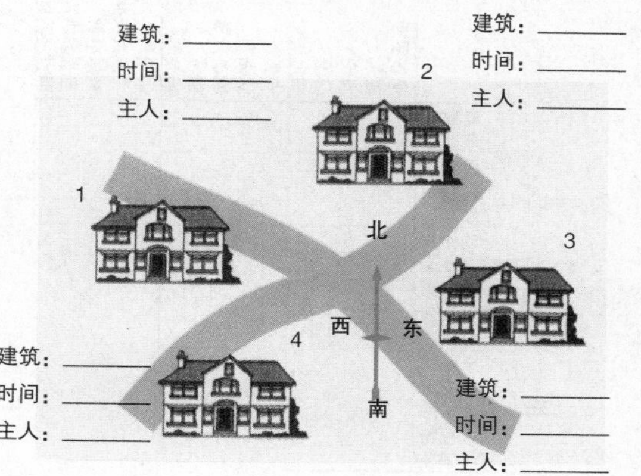

墅不是曼纳小屋。

4. 在最东面的不是建于 1708 年的瑞克特立建筑。

5. 最晚建造的那所房子不是史密塞斯上校的财产。

> 房子：狗和鸭建筑，佛乔别墅，曼纳小屋，瑞克特立建筑
> 时间：1610，1685，1708，1770
> 主人：巴兹尔·布立维特，史密塞斯上校，詹姆士·皮卡德，丽贝卡·德雷克

提示：先找出佛乔别墅的建造时间。

467 录像带

5 位常客分别在上周的不同时间里从录像馆租了一盘录像带。根据下面的线索，你能找出每天光顾的顾客的全名以及他（她）所借的录像带吗？

线索

1. 辛尼塔在福特去录像馆前一天租借了《波力沃德浪漫史》。

2. 安布罗斯·耶茨比租借动作片的那位顾客早去录像馆。

3. 著名的音乐电影在星期三被借走了。

4. 马伦在星期一借了一盘录像带，因为那天晚上他不打算出去了。

5. 海伦离开录像馆后，电视喜剧系列也被借出去了。

6. 狄克逊比卡彭特早一天租借了一盘录像带。

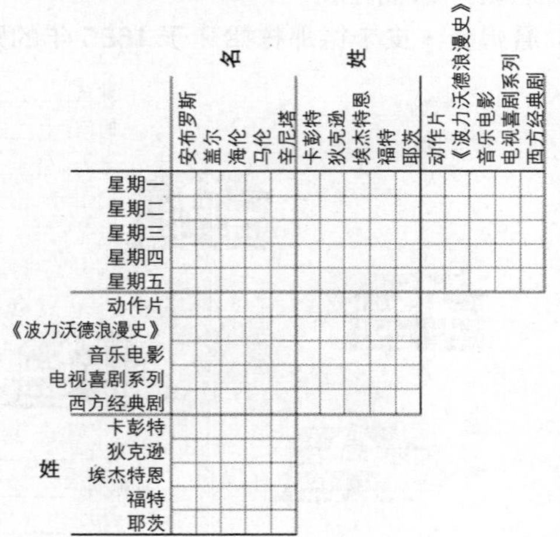

468 体育记者

5 名《新闻日报》的体育记者都已经在各自岗位工作很多年了，尽管每个人工作的时间不一样。根据以下线索，你能找出每个人的全名、各自负责报道的体育项目以及在这个报社工作的时间吗？

线索

1. 塞西尔在《新闻日报》主要负责报道板球项目，他比普雷弗尔早两年工作。

2. 有一名体育记者的笔名是迈尔斯·格莱特立。

3. 盖姆科克为《新闻日报》写了 20 年的文章，他负责的不是球类项目。

4. 负责报道足球项目的那名记者 18 年前就加入了《新闻日报》。

5. 菲尔丁在《新闻日报》里主要负责报道橄榄球项目，他的名字不是弗瑞兹。

6. 埃德加已经在这家报社工作了 22 年，但他不是拳击项目的记者。

	菲尔丁	盖姆科克	格莱特立	普雷弗尔	温斯姆	拳击	板球	足球	跑马	橄榄球	16年	18年	20年	22年	24年
名 本															
塞西尔															
埃德加															
弗瑞兹															
迈尔斯															
16年															
18年															
20年															
22年															
24年															
拳击															
板球															
足球															
跑马															
橄榄球															

名	姓	项目	年数

469 扑克牌

如图所示，15张扑克牌摆成一个圆形，其中两张已经被翻过来了。

这15张牌中每相邻3张牌的数字总和都是21。

你能否由此推出每张牌上的数字？

470 青蛙和王子

一个4×4的游戏板上随机放了16个双面方块。这些方块一面是青蛙，一面是王子。

这个游戏的目标就是使所有的方块都显示为同一面，即要么全部是青蛙，要么全部是王子。

翻动方块时要遵循一个简单的规则：每一次必须翻动一整横行、竖行或者斜行的方块（斜行也可以是很短的，比如游戏板一角的一个方块也可算做一个斜行）。

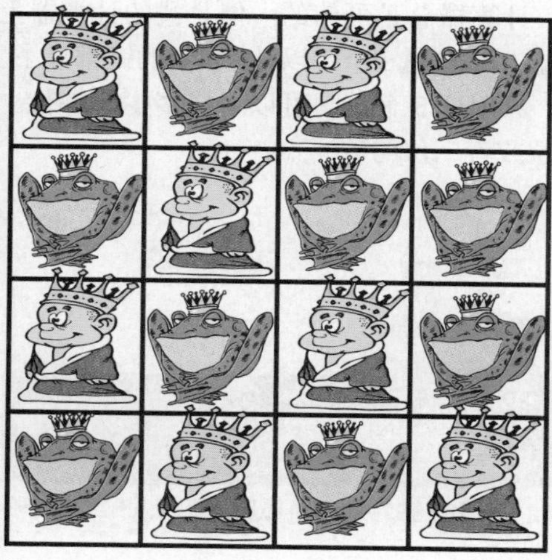
问1

已经给出了两个游戏板，请问它们都可解吗？有没有简单的方法来确定一种结构是不是可解的呢？

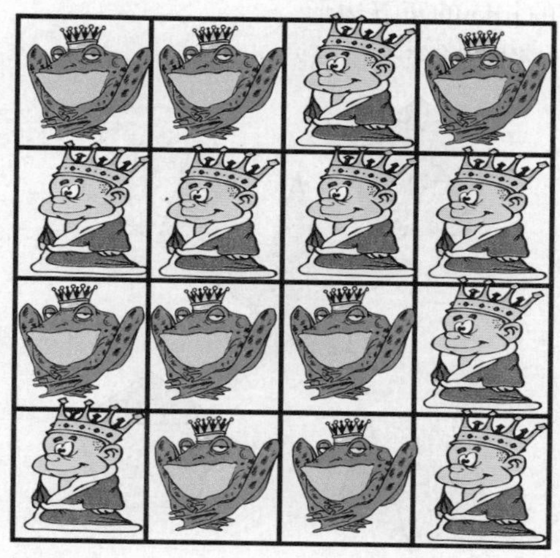
问2

471 宝石

下面是一个为世界级宝石展览特制的架子。展品包括7块宝石，但是架子上只能放下6块宝石，怎样才能使这个架子放得下7块宝石，并且每块宝石都在一个重要的位置呢？

472 五边形的变换

如图所示，把1个五角星和4个正五边形分成10部分，它们可以被重新拼成两个大的相同的正五边形。

你知道怎么拼吗?

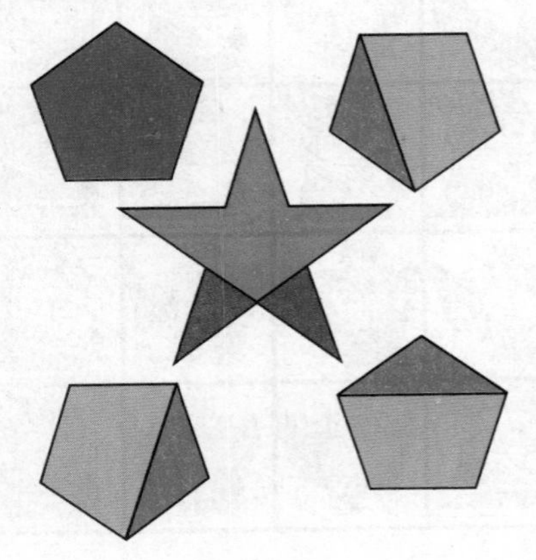

473 连线

你能够把这些数字用曲线从头到尾连接起来吗？注意曲线之间不能相交。

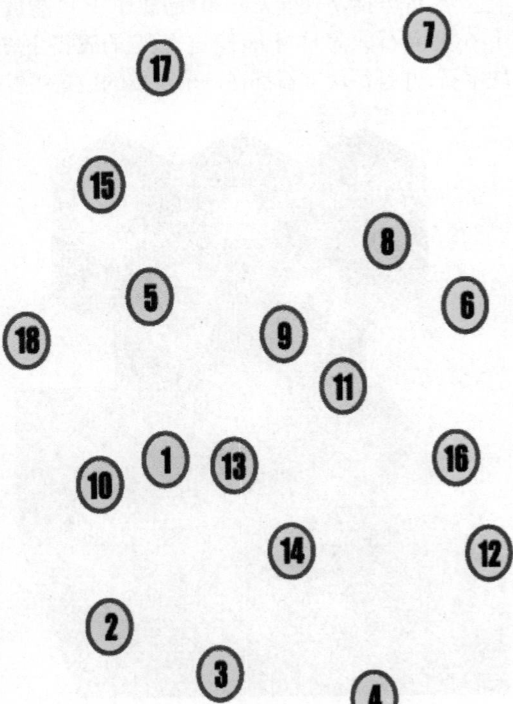

474 结的上色

图1所示的结已经被上色了，现在要求你根据下面的条件，将剩下的5个结也分别上色。

每个节中每一个线与线的交叉点处都有3个部分需要上色：

1. 穿过这个交叉点的上面的线。

2. 穿过这个交叉点的下面的线的一边。

3. 穿过这个交叉点的下面的线的另一边。

每个交叉点处的线需要分别涂上3种不同的颜色，也就是说，给一个结上色至少需要3种不同的颜色。

图1用了4种颜色上色，问给其余的5个结上色分别最少需要多少种颜色?

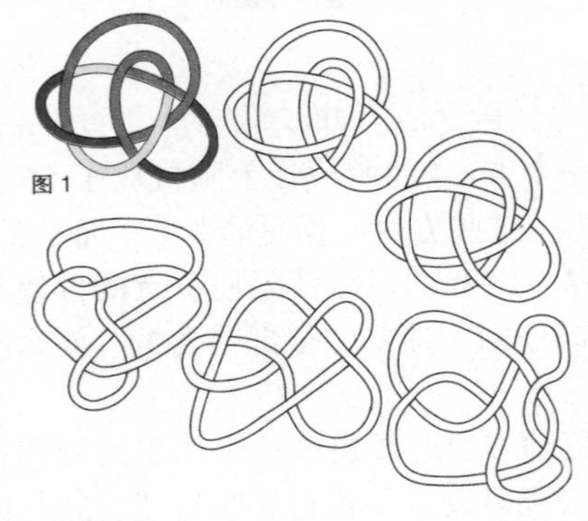

475 计算器故障

计算器总是可信的。但是我的计算器上除了1,2,3这3个键以外,其余的键都坏了。

只用这3个键，可以组成多少个一位、两位或者三位的数?

0,1,2,3,4,5,6,7,8,9,11,22,33,44,55,66,77,88,99,101,111,121,…?

476 倒放的 7 个玻璃杯

这里有 7 个倒放着的玻璃杯，要求你把这 7 个杯子全部正过来，但是每次都必须同时翻转 3 个杯子。

请问最少需要几次才能完成？

477 倒放的 10 个玻璃杯

如图所示，10 个玻璃杯放在桌子上，5 个正放，5 个倒放。每次拿任意 2 个杯子，并将它们翻转过来。不断重复这个过程。

你能否让所有的杯子全部正过来？

478 掷硬币

图中的这位女士将一个硬币连掷 5 次，一共会出现多少种可能的结果？

479 掷 3 枚硬币

掷 3 枚硬币，它们全部为正面或者全部为反面的概率是多少呢？下面的分析对吗？

掷 3 枚硬币，至少有 2 枚的结果一定会相同，因此也就取决于第 3 枚的结果，第 3 枚不是正面就是反面，因此这道题的答案应该是 1/2，对吗？

480 掷 100 次硬币

掷 1 枚硬币 100 次，全部都为正面的概率是多少？正面和反面交替出现的概率呢？前 50 次连续出现正面、后 50 次连续出现反面的概率是多少？

上面任意一种情况的概率是多少？

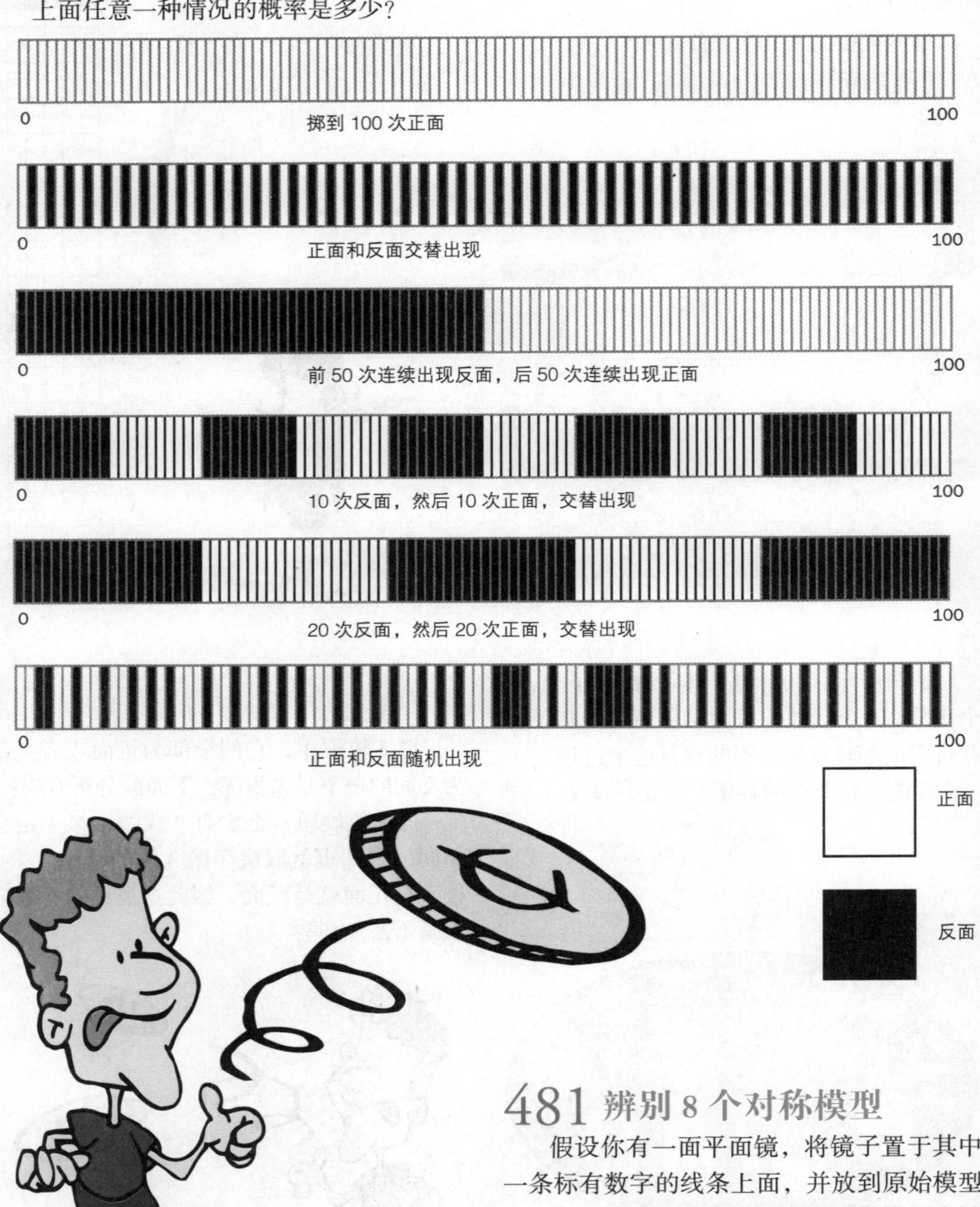

481 辨别 8 个对称模型

假设你有一面平面镜，将镜子置于其中一条标有数字的线条上面，并放到原始模型上。每一次操作你都会得到由原始模型未被遮盖的部分和镜面反射产生的镜像组成的对称模型，镜子起着对称轴的作用。

下图 A ~ H 的模型就是由 7 条对称线按这一方法得到的。

你能辨别出制造每个模型的线条分别是什么吗？

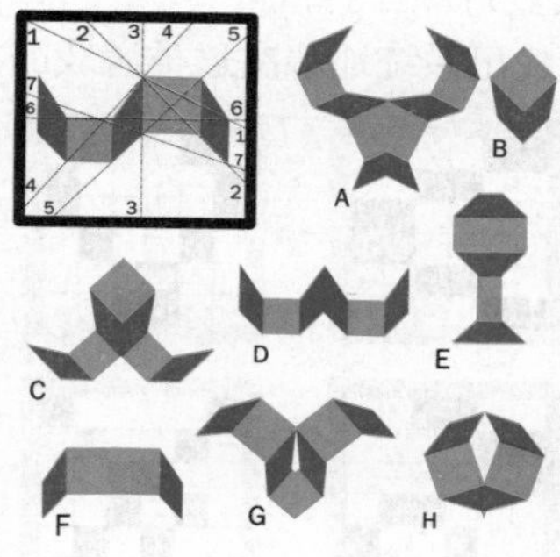

482 辨别 10 个对称模型

假设你有一面平面镜，将镜子置于其中一条标有数字的线条上面，并放到原始模型上。每一次操作你都会得到由原始模型未被遮盖的部分和镜面反射产生的镜像组成的对称模型，镜子起着对称轴的作用。

图中 A ~ J 的模型就是由 5 条对称线按这一方法得到的。

你能辨别出制造每个模型的线条分别是什么吗？

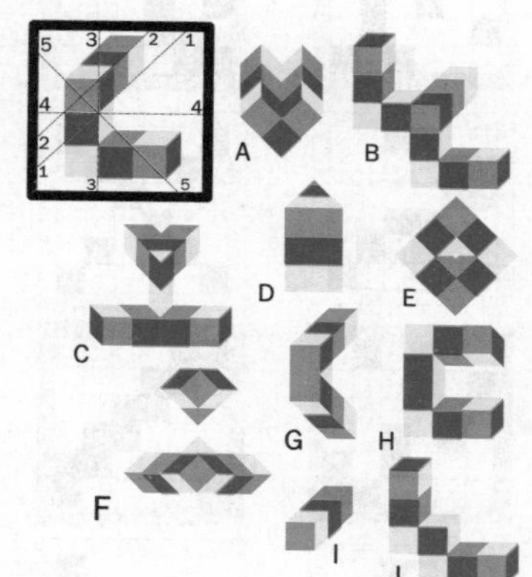

483 回文

回文并不是只出现在文字上，数字也可以产生回文现象。

选择任意一个正整数，将它的数字顺序前后颠倒，然后再与原来的数相加。将得到的数再重复这个过程。如此重复多次以后，你会得到一个回文顺序的数，即把它颠倒过来还是它本身。下面举了 234，1924 和 5280 的例子：

234	1924	5280
+432	+4291	+0825
666	6215	6105
	+5126	+5016
	11341	11121
	+14311	+12111
	25652	23232

89

...

...

?

是不是每一个数最后都可以得到一个回文顺序的数呢？

试试 89，看它是不是。

484 埃及绳问题

古埃及的土地勘测员用一条长度为 12 个单位的绳子构造出了面积为 6 个单位并有一个直角的三角形，这条绳子被结点分成 12 个相等的部分。

你也可以用一条相似的绳子做出其他图形。

你可以用这样的绳子做出面积为 4 个单位的多边形吗？可以把绳子拉开，形成一个有直边的多边形吗？图示已经给出一种解法。你能找到其他的吗？

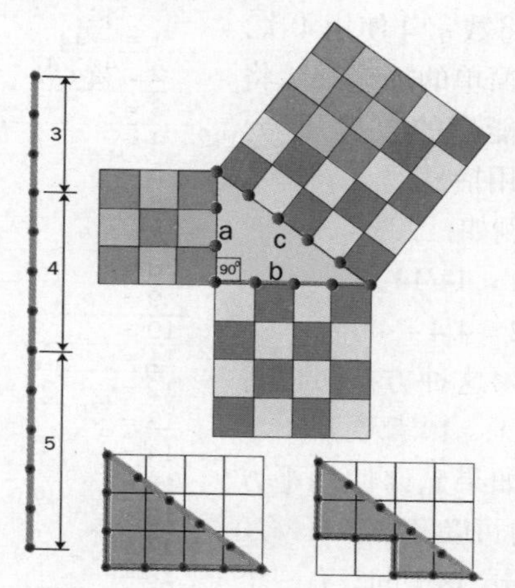

埃及绳被拉成面积为 6 个单位的埃及三角形

埃及绳被拉成面积为 4 个单位的多边形

485 规矩正方形

请问图中有多少个正方形？

486 混搭正方形

请问图中有多少个正方形？

487 展开数字

将数字 4 使用 4 次，通过简单的加减乘除将尽可能多的数展开。允许使用括号。

例如：

1 = 44/44

2 = 4/4 + 4/4

用这种方式可以将数字 1 ~ 10 都展开。

如果允许使用平方根，你可以将数字 11 ~ 20 都展开，这中间只有一个无解。

1 = 44⁄44
2 = 4⁄4 + 4⁄4
3 =
4 =
5 =
6 =
7 =
8 =
9 =
10 =
11 =
12 =
13 =
14 =
15 =
16 =
17 =
18 =
19 =
20 =

488 变形

在这 9 个变形中，目标是由第 1 个图形变到第 2 个图形，规则是将原来图形的整个横行以及竖行顺序打乱。

你能找出系统地解决这类游戏的方法吗？

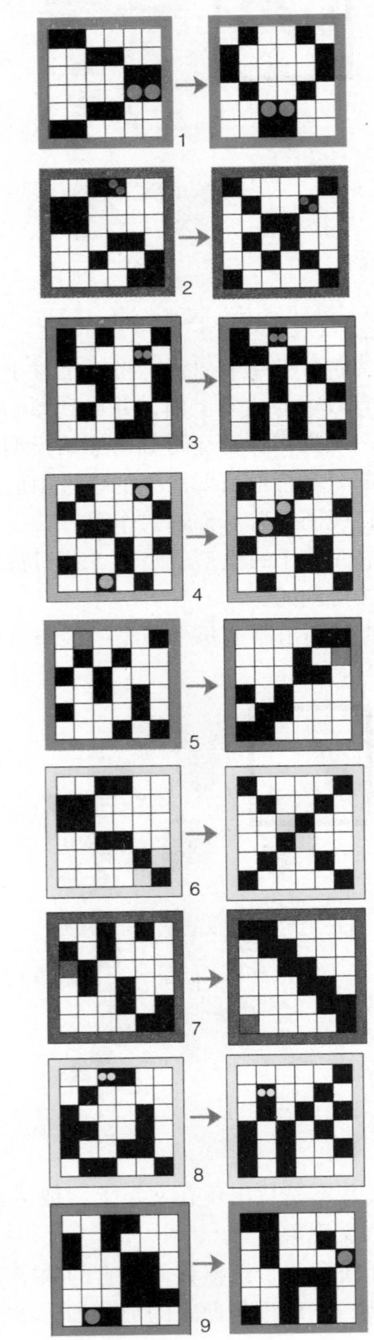

489 反重力圆锥

有物体可以违反万有引力吗？

伽利略设计了许多天才的机械的实验发明，它们当中最简单的一种如图所示。

你能设想出，当你把这两个圆锥的组合体放在这个轨道的最低处，然后放开它们，会发生什么吗？

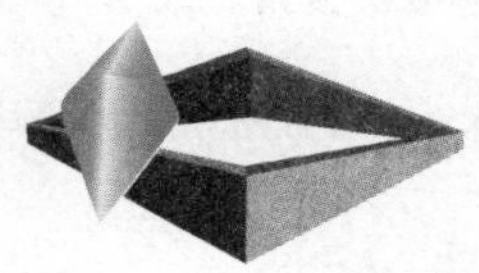

490 海市蜃楼

你可能见过用两面凹面镜组成的“海市蜃楼之碗”。

放在“碗”的底部的一枚硬币或者其他小物体会被反射，并且如图所示被观察到在顶部漂浮。

这个令人难忘的视错觉是由反射产生的，那么有几次反射呢？

491 不可思议的鸠尾接合

请问你能将左图这个看上去不可能得到的鸠尾接合分开吗？

与普通的鸠尾接合不同，这个模型四面都是一样的。

492 穿过通道

在机动车道上的4辆汽车正要穿过通道。根据以下线索，你能说出1～4号每辆车的驾驶员姓名、车的颜色以及车牌号吗？

线 索

1. 黄车的车牌号是27，它在菲利普所开那辆车的前面。

2.2号位置车的车牌号是15。

3. 曼纽尔的车在38号车的后面某个位置，38号车不在3号位置。

4. 汉斯的车紧跟在绿车后面。

5. 红车紧跟在安东尼奥的车后面。

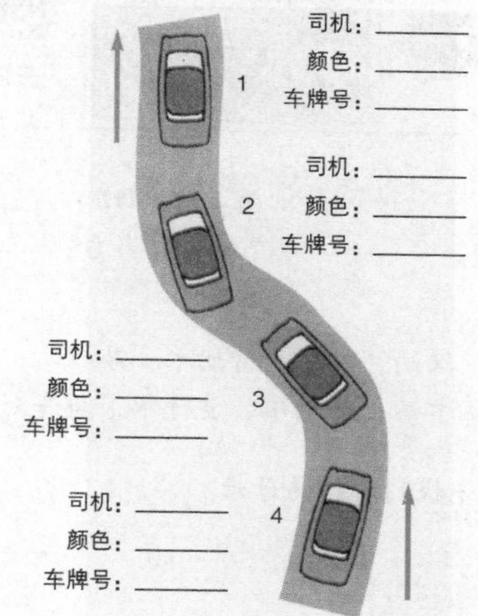

司机：安东尼奥，汉斯，曼纽尔，菲利普
颜色：蓝色，绿色，红色，黄色
车牌号：9，15，27，38

提示：先找出第一辆车司机的名字。

493 在沙坑里

在操场的一个角落里有一个沙坑，4位母亲站在沙坑的四周（A，B，C，D），看着自己的孩子在沙坑里（1，2，3，4）玩耍。根据下面的信息，你能分别说出这8个人的名字，并给他们配对吗？

线 索

1. 站在C位置上的不是汉纳，她的儿子站

在顺时针方向上爱德华的旁边。

2. 卡纳在 4 号位置上，而他的母亲不在 B 位置。

3. 詹妮的孩子在 3 号位置。

4. 丹尼尔是莎拉的儿子，他在逆时针方向上的雷切尔儿子的旁边，而雷切尔站在D位置。

5. 没有一个孩子在沙堆里的位置与各自母亲的位置相对应。

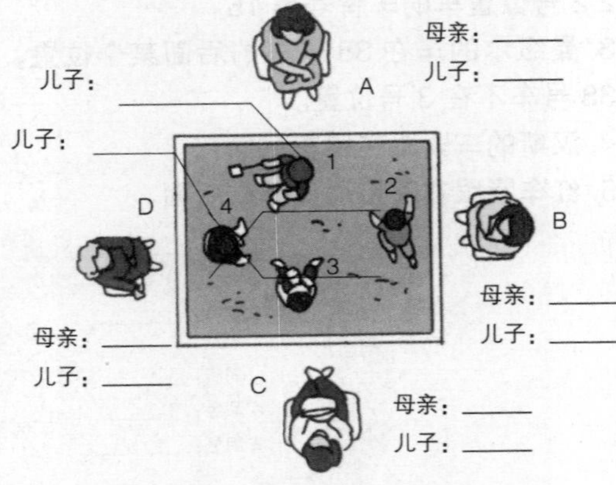

母亲：汉纳，詹妮，雷切尔，莎拉
儿子：卡纳，丹尼尔，爱德华，马库斯

提示：先找到卡纳的母亲。

494 神像

英国著名的考古学家琼斯在南美考古时，发现了一尊公元前 700 年的四面神像。根据下面的线索，你能填出神像上每个面的动物面孔、所代表的神，以及在莱曼尼特克文化中掌管的领域吗?

线索

1. 神像的一面是南美洲的一种水怪，它的名字叫乌卡特克斯赖特。或许你听说过，那是一种大型啮齿动物。

2. 以美洲虎为面孔的神像在叫爱克斯卡克斯特的神像的反面，后者是莱曼尼特克的战神。

3.D 面上的神像拥有水蟒的面孔。

4. 神像的 A 面代表莱曼尼特克的气候神，B 面的面孔不代表他们的爱神，这两个神都不叫奥克特拉克斯特。

5. 事业神不叫埃克斯特里卡特尔，与事业神在顺时针方向上相邻的那尊神像是以一只特别丑陋的蝙蝠为面孔。

面孔：水蟒，蝙蝠，水怪，美洲虎
名字：埃克斯特里卡特尔，爱克斯卡克斯特，奥克特拉克斯特，乌卡特克斯赖特
所管领域：事业，爱情，战争，气候

提示：先找出 B 面神像所掌管的领域。

495 乡村拜访

有一年的夏天，我们琼斯俱乐部的 5 位成员分别接受了 5 位年轻女士的邀请，在她们的家乡待了一段时间。根据所给信息，你能找出每位成员的名字、分别在乡村所待的时间，以及所去的地点吗?

线索

1. 一名成员拜访的是佩勒姆城堡，这座城堡正是莉莉·格琼非常讨厌的家庭乡村宅第式风格，她在那里所待的时间比爱德华·坦克瑞旅行的时间多一天。

2. 有“英国最破败的家宅”之称的尼尔森会堂的那位访客离开伦敦的时间比西尔玛·波维尔的未婚夫长。

3. 鲁珀特·德·格雷花 5 天时间所拜访的那

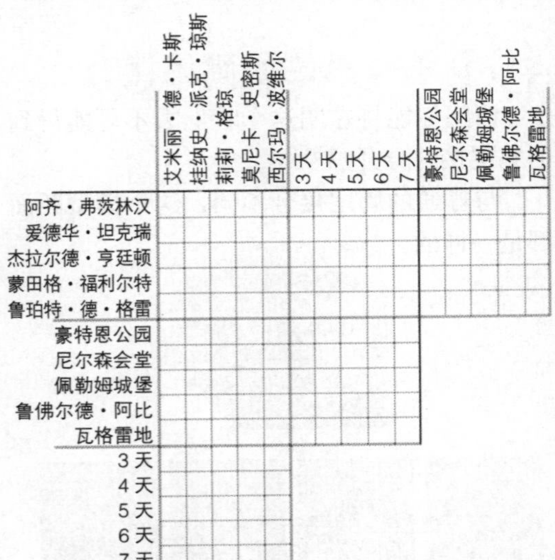

处房产不归艾米丽·德·卡斯爸爸所有，他的那次拜访很不愉快。

4. 杰拉尔德·亨廷顿的旅行时间比他的朋友在鲁佛尔德·阿比待的时间多 2 天，这两天很折磨人。

5. 阿齐·弗茨林汉拜访了莫尼卡·史密斯的父母，但只在那里待了不到一周。

6. 蒙田格·福利尔特随同他的爱人在豪特恩公园拜见了她的父母，他必须每天早晨端坐一小段时间去听她爸爸讲有关政治方面的事。

7. 一名成员在瓦格雷地所过的 6 天实在是很无聊。

496 鬼屋

如果你打算找一处乡下的房子，你或许可以考虑巴赛特郡的 5 幢房子，具体如下所述。当然，如果你认为住鬼屋不是个好主意，它们自然不在你的考虑范围内。从以下给出的线索中，你能推算出各幢房子的所在地、目前的价钱和其间出没的东西吗？

线索

1. 传说有修女的幻影出没的房子位于大韦斯特佰斯村或小韦斯特佰斯村，它的价格比名叫“柳树梢”的房子贵 5000 英镑。

2. 名为“美丽风景”的那幢房子叫价低于 27 万英镑，位于莱士兰德高街。

3. 在劳雷尔住宅里经常可以看到一只鹦鹉在一楼的走廊上飞来飞去，传说它是 18 世纪时此房子主人的宠物。

4. 在拿士迈尔，传说房子里有一个吉普赛女郎的鬼魂经常通过厨房的窗户往外窥视，那幢房子不是最便宜的。

5. 叫勃宣普斯的那幢房子不是最贵的。传说最贵的那幢房子里有个吊死鬼出没。据说那个吊死鬼叫萨姆·丹捷斐尔德，他是一个退役的雇佣兵，因为拦路抢劫在 1769 年被吊死在巴切斯特。

6. 在大韦斯特佰斯的那幢房子比在小韦斯特佰斯的要便宜 1 万多英镑。

	大韦斯特佰斯	小韦斯特佰斯	拿士迈尔	莱士兰	德温司丹	25 万英镑	25.5 万英镑	26 万英镑	27 万英镑	27.5 英镑	狗	吉普赛女郎	吊死鬼	修女	鹦鹉
勃宣普斯															
“美丽风景”															
劳雷尔住宅															
“小树林”															
“柳树梢”															
狗															
吉普赛女郎															
吊死鬼															
修女															
鹦鹉															
25 万英镑															
25.5 万英镑															
26 万英镑															
27 万英镑															
27.5 英镑															

497 新来的人

泰克斐尔德·圣·安德鲁是萨福克郡上一个有趣的镇，它的居民非常保守——他们始终认为几年前搬来的退休的伦敦人是“新来的人”。从以下给出的线索中，你能推断出这些“新来的人”来自伦敦哪里、在镇里住了多久、现在的家在哪里吗？

线索

1. 住在牧场的沃尔特·杨，不是那个以前在艾林特居住和工作的伦敦人。

2. 以前家在帕丁顿火车站后面的那个人，居住在泰克斐尔德·圣·安德鲁的时间比艾伦·布拉德利的要长。

3. 怀特盖茨村的那个“新来的人”居住时间

	前住址						现住址		
	柏特斯	艾林特	帕丁顿	8 年	11 年	16 年	牧场	罗斯村	怀特盖茨村
艾伦·布拉德利									
梅维斯·诺顿									
沃尔特·杨									
现住址 牧场									
罗斯村									
怀特盖茨村									
8 年									
11 年									
16 年									

已经超过 8 年了。

4. 其中一个“新来的人”已经在罗斯村住了 16 年了。

498 百岁老人

斯多布里的山楂牧场住着3位百岁老人。从以下给出的线索中，你能推断出每位百岁老人的全名、他们搬去山楂牧场前居住的村庄和他们搬家的时间吗？

线索

1. 名叫西尼尔的住户搬到山楂牧场的时间，比曾住在莫博里的那个人迟。

2. 亨利以前是位农场工人，搬来山楂牧场前他一直生活在威逊韦尔。

3. 玛格丽特·格雷经营着一家乡村邮局。

4. 在1995年搬家的人姓艾尔德，但不叫戴西。

		姓：艾尔德	格雷	西尼尔	莫博里	布莱伍德	威逊韦尔	1985 年	1990 年	1995 年
名	戴西									
	亨利									
	玛格丽特									
	莫博里									
	布莱伍德									
	威逊韦尔									
	1985 年									
	1990 年									
	1995 年									

499 退货

百货商店里，有4位不满意的顾客排队等在退货柜台边。从以下给出的线索中，你能将图中每位女士的全名和所要退的货填写出来吗？

线索

1. 希拉·普里斯不是那位排在第 3 位、并要求退一条牛仔裤的女士。

2.想退有问题的烤箱的那位女士不是夏普夫人。

3. 马里恩退的是一个一点都不能旋转的旋转式剪草机。

4. 希瑟排在第 4 位，她不是克拉普夫人。

5. 特威德夫人排在第 1 位。

> 名：马里恩，希拉，卡罗尔，希瑟
> 姓：特威德，普里斯，克拉普，夏普
> 退货：剪草机，烤箱，牛仔裤，手提箱

提示：首先推断出排在第 3 位的女士的名字。

500 中断的演出

每年夏天，斯多博雷戏剧爱好者协会（SADS）都会在城镇或其附近的露天场地表演莎士比亚的一部著作。但是到目前为止，还没有一部作品能完整地演完。从以下给出的线索中，你能推算出最近 5 年里每年上演的是哪部莎士比亚剧、在哪里演出、是什么原因使演出中断吗？

线索

1. 因电力方面的失误导致所有的舞台灯光都熄灭而中断表演的那场户外演出之后，SADS 又打算把《裘力斯·凯撒》推出作露天表演。

2.《暴风雨》是在 1999 年表演的。

3. 命运多舛的《罗密欧与朱丽叶》的户外表演，比 SADS 推出的另一部莎翁著作要早。那部莎翁著作是在贝迹维欧公园上演的，并且只演了一半。

4.《奥赛罗》的演出因一场突来的浓雾致使演员们互相看不到对方而过早停演。它比

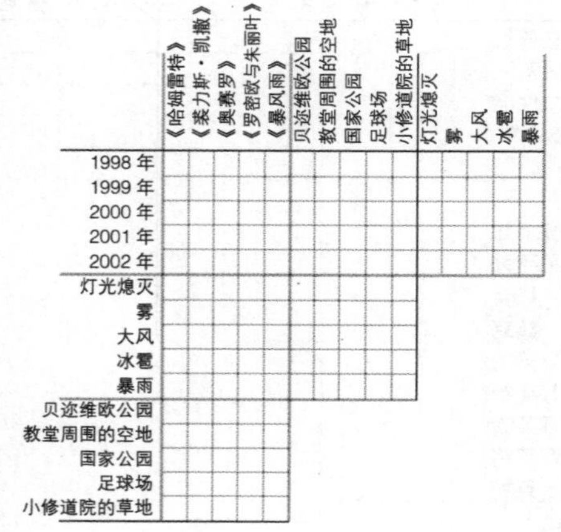

SADS 在国家公园的演出要早。

5.SADS 在万圣教堂周围的空地上演的户外表演不是在 1998 年。

6.2000 年特别的千禧年演出因一阵突来的大风吹走了舞台布景而遭到破坏。

7. 因暴雨中断的演出不是在 2001 年举行的，也不是在 2002 年斯多博雷足球爱好者俱乐部的球场举行的。

501 双胞胎姐妹

有 5 对双胞胎姐妹，其中每一对都如此相似：她们都没有结婚，都找了相同的工作。从以下给出的线索中，你能推断出每对姐妹的姓名以及她们的谋生方式吗？

线索

1. 安德里亚和里贾纳都不是宠物园主。
2. 厄休拉的双胞胎妹妹是菲奥纳，她们的姓不是博伊德。
3. 姓凯利的双胞胎中姐姐的名字和姓卡尔的双胞胎姐妹之一的名字一样长。
4. 泰拉·威尔莫特不是美容师，琳达才是。
5. 姓博伊德的双胞胎姐妹的名字都不是元音字母开头的。
6. 伊丽莎白·卡尔的职业不是古董经销商。
7. 维姬和她的双胞胎姐妹都是女警察，她们的姓比苏茜的短。

		妹妹					姓									
		菲奥纳	里贾纳	苏茜	泰拉	维姬	博伊德	卡尔	凯利	马洛	威尔莫特	古董经销商	美容师	宠物园主	女警察	教师
姐姐	安德里亚															
	卡珊德拉															
	伊丽莎白															
	琳达															
	厄休拉															
	古董经销商															
	美容师															
	宠物园主															
	女警察															
	教师															
姓	博伊德															
	卡尔															
	凯利															
	马洛															
	威尔莫特															

名（姐姐）：安德里亚（Andrea），卡珊德拉（Cassandra），伊丽莎白（Elizabeth），琳达（Linda），厄休拉（Ursula）

名（妹妹）：菲奥纳（Fiona），里贾纳（Regina），苏茜（Susie），泰拉（Tara），维姬（Vicky）

姓：博伊德（Boyd），卡尔（Carr），凯利（kelly），马洛（Marlow），威尔莫特（Wilmott）

502 孩子的年龄

一个父亲说：“如果将我的 4 个小孩的年龄相乘，结果将会是 39。”

请问他的 4 个孩子分别是多大？

503 毕达哥拉斯正方形

你可以把这 12 个图形重新拼成一个完整的正方形吗？

504 十二边形模型

图 1 所示的十二边形被分割成 20 块色块，并且这些色块被重新排列成不同的模型。1 ~ 4 这 4 个模型中哪个是不可能由图 1 中的色块组合而成的？

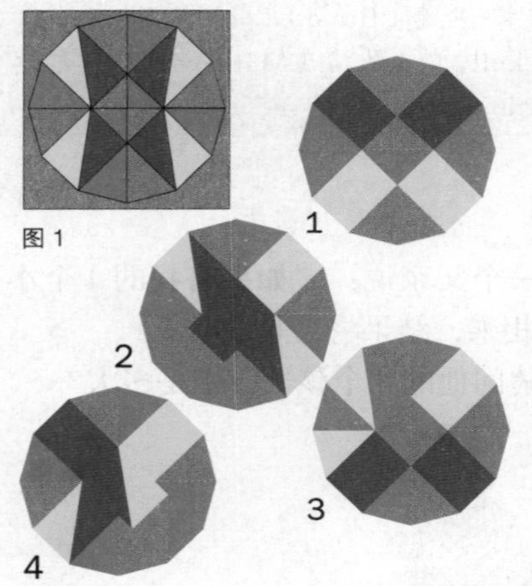

505 吉他弦

如图所示，一根吉他弦两端分别固定在 1 和 7 两处，从 1 到 7 每两点之间的距离相等。

在 4，5，6 处分别放上 3 个折叠的小纸片。

用手捏住琴弦的 3 处，然后拨动 2 处。

纸片会有什么反应？

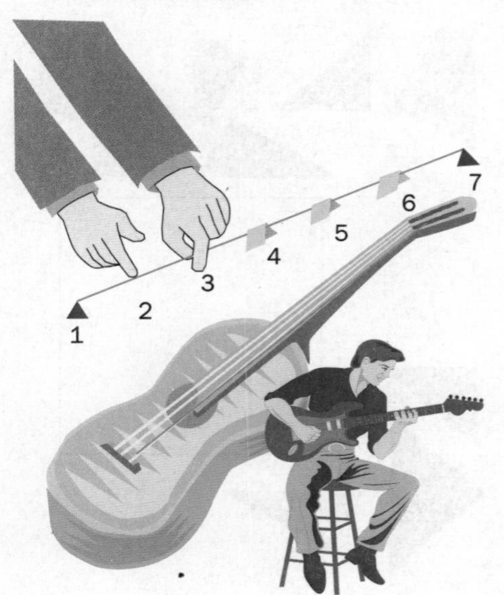

506 正方形折叠

在几何学中，正方形是 4 条边相等和 4 个角相等的几何图形，或者说它是 4 条边都相等的矩形。

不用任何辅助工具，只是用手来折叠一个正方形，你会得到很多有趣的数学结果。这里给出了一系列的折叠方法，其结果分别是不同的数学发现。

你能否用一个正方形折出 4 个大小不同的正方形？

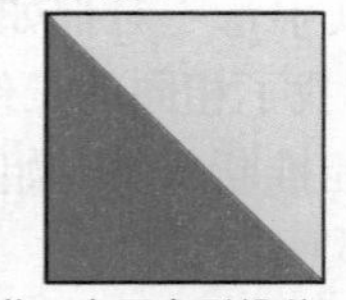

将 1 个正方形沿着一条对角线折叠，得到 2 个全等的等腰直角三角形。

将 1 个正方形沿着它的 2 条对角线折叠，折叠线经过正方形的中心，并将它分成 4 个全等的等腰直角三角形。

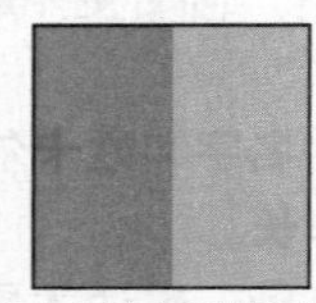

将 1 个正方形沿着纵向的对称轴对折，得到了 2 个全等的长方形，该对称轴与正方形的 2 条边都平行。

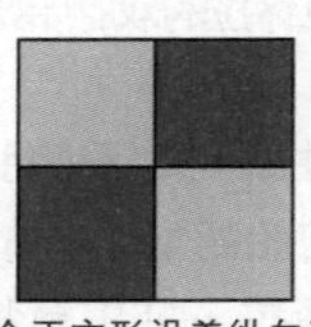

将 1 个正方形沿着纵向和横向的对称轴对折，折叠线经过正方形的中心，并将它分成了 4 个全等的小正方形。

沿着正方形所有的对称轴折叠 4 次，折叠线就是它的 4 条对称轴；此外，这个正方形还绕着它的中心点中心对称。

507 拼合正方形

将 5 个边长为 1 个单位的正方形拼入一个正方形中（图 1），此正方形的边长是 2.828 个单位。你可以把这 5 个小正方形重新拼入一个如图 2 所示的小一点的正方形吗？

图 1　　图 2

508 数列

这里的数是按照一定的顺序排列的，你能否在画有问号的方框内填上一个恰当的数？

如果你做到了，图中缺少的那块蛋糕就是你的了！

509 父亲和儿子

父亲和儿子的年龄个位和十位上的数字正好颠倒，而且他们之间相差 27 岁。

请问父亲和儿子分别多大？

510 红色小球与 4 个帽子

将 41 个小球放进如图所示的 4 个帽子中，其中 23 个小球为红色，18 个小球为蓝色。每个帽子中的小球数量如图所示。

从每组中（A 和 B 为一组，C 和 D 为一组）抽出一个小球。在这 2 次中如果你抽到红色小球就算你赢。请问在哪个帽子中抽到红色小球的可能性最大？

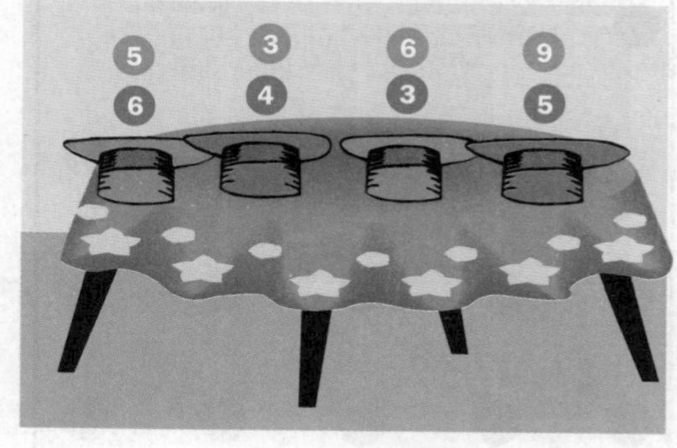

511 红色小球与 2 个帽子

在一个小一点的桌子上再玩帽子游戏，将 41 个小球放在 2 个帽子中。各个帽子中小球的数量如图所示。

从哪个帽子中抽到红色小球的可能性更大？

512 小钉板上的面积

如图所示，用一根橡皮筋在右边的小钉板上围出一个红色的四边形，假设图中每一个小正方形的边长为 1 个单位，你能算出这个红色的四边形的面积吗？

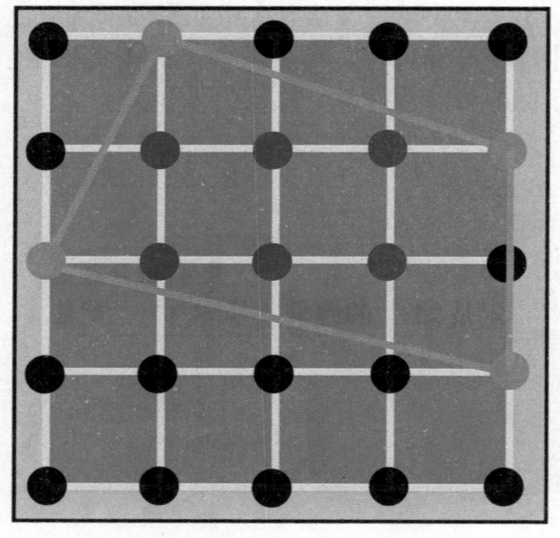

513 不同图形的面积

如图所示，假设每一个小正方形的边长为 1 个单位，你能够算出下面这 4 个图形的面积吗？

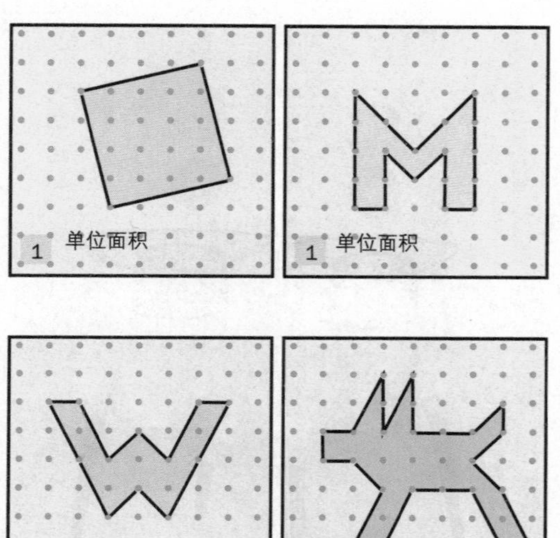

514 双色多米诺骨牌

你能将 28 块彩色的多米诺骨牌放入 7×8 的游戏板内，使得游戏板上除了 8 个灰色方块之外，其余的部分可以被分成 12 组 2×2 的双色方块吗？

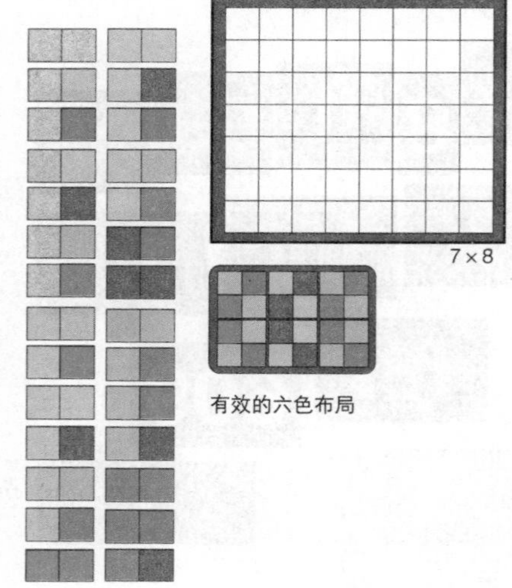

515 彩色多米诺骨牌

将 28 块彩色多米诺骨牌放入 7×8 的游戏板中，要求是以 4 个相同颜色的方块为一排填充。图 1 提供了一种解法（有多种完全不同的解法）。你能在这个解法当中嵌入多米诺骨牌的轮廓吗（即找出其骨牌原型）？

你能否在图 2 中给出另一种解法？

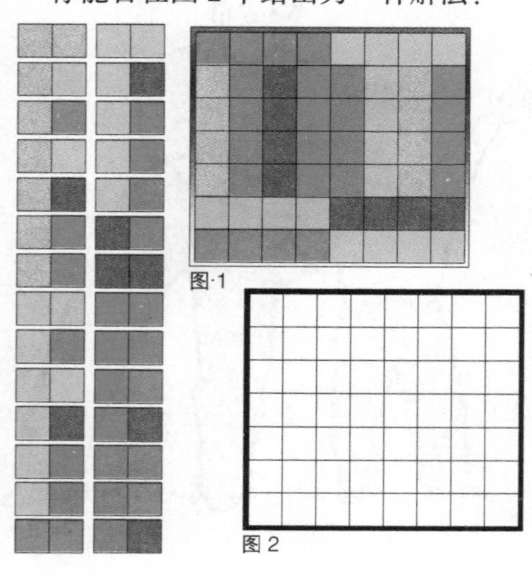

516 滑行方块

下图是一个大型仓库的平面图。仓库里的货物箱用红色方块表示，仓库里的工作人员用蓝色方块表示。

我们的任务是要将所有的货物箱都推到图中最顶上的储物区。工作人员只能自己来推动箱子，可以横向或者纵向推动箱子，但是不能斜向推动。一次只能推动一个箱子。推一次看做是一步，不管这一步有多远。如下页例子所示，下页所示的工作人员推一个箱子用了2步。

解决这个问题一共需要多少步？

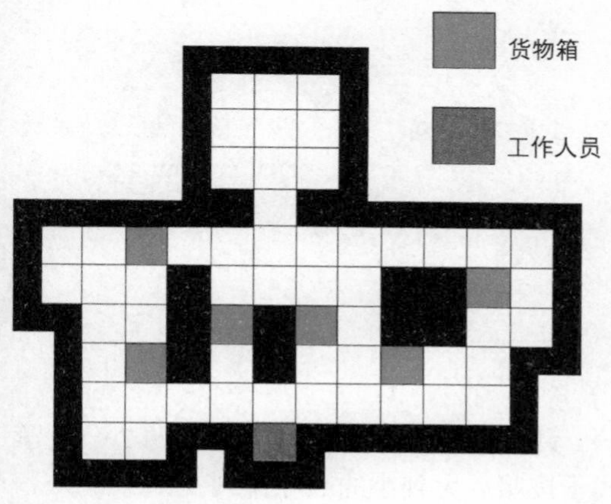

517 拼合瓷砖

将这7块瓷砖按照如下要求拼接起来：

1. 每2个图形任意相邻的两部分颜色不同。

2. 最后拼成的图形必须是轴对称图形。

518 足球

如果这个足球的重量等于50克加上它重量的3/4，那么这个足球的重量是多少？

519 弹子球

詹妮和杰迈玛本来有相同数量的弹子球，后来詹妮又买了35颗，而杰迈玛丢掉了15颗，这时他们两人弹子球的总数是100。

请问刚开始时詹妮和杰迈玛分别有多少颗弹子球？

520 组合单位正方形

把11个相同的红色单位正方形放进黄色的正方形区域。规则如下：

1. 正方形必须在黄色区域内。

2. 不允许出现重叠的正方形。

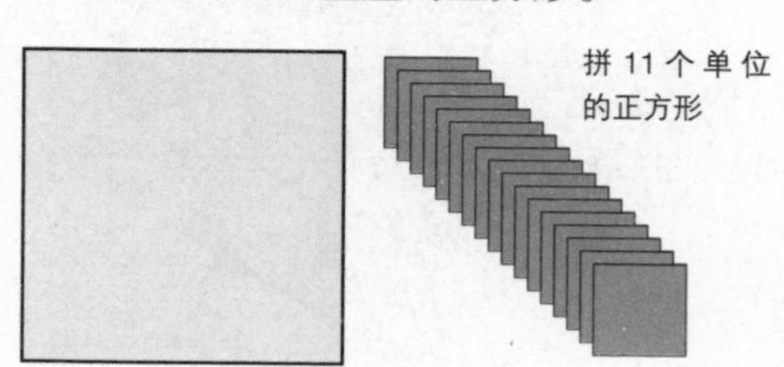

521 颜色相同的六边形

下图是一个蜂巢式的结构，蜂巢中的每一个六边形都用如图所示的 6 种颜色上色，六边形的 6 个顶点颜色相互都不同。

现在要求将整个图形上色，使每 2 个相接的六边形的顶点的颜色都相同。请问有多少种不同的六边形的上色方法？

同一图形的旋转和镜像只算做一种上色方法。

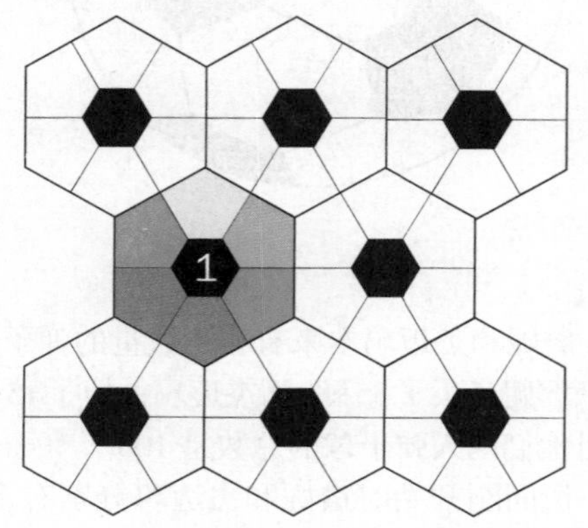

522 哈密尔敦路线

从游戏板上的 1 开始，必须经过图中每一个圆圈，并依次给它们标上号，最后到达 19。你每次只能到达一个圆圈，并且必须按照图中的箭头方向前进。

注意：不能跳步。

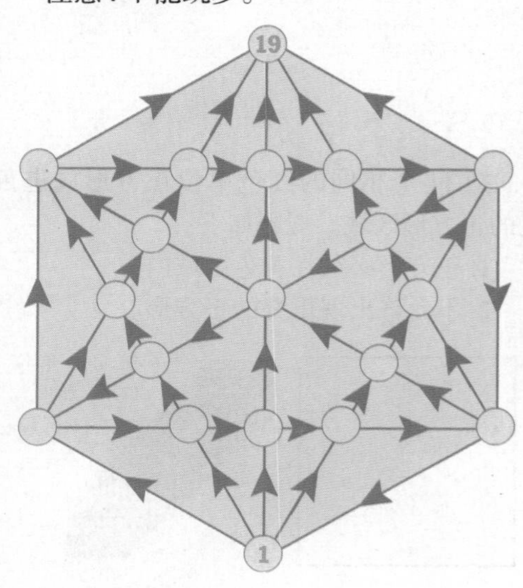

523 哈密尔敦闭合路线

一个完全哈密尔敦路线是从起点 1 开始，到达所有的圆圈后再回到起点。你能不能将 1 ~ 19 这些数字依次标进图上的圆圈中，完成这样一条路线呢？

你每次只能到达一个圆圈，并且必须按照图中的箭头方向前进，不准跳步。

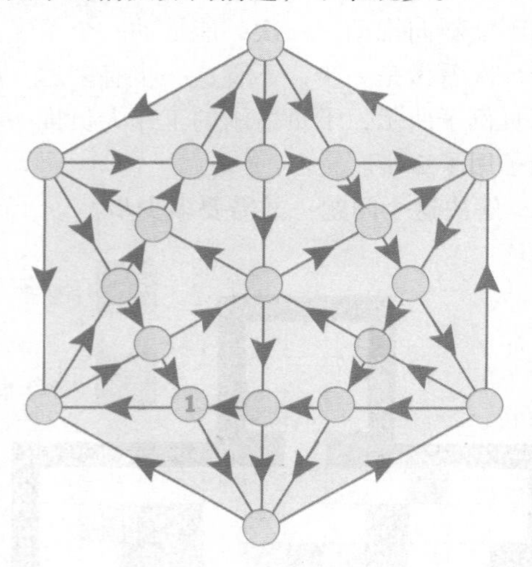

524 数学式子

只凭直觉，你能否将黑板上的 7 个数学式子按照从大到小的顺序排列？

525 木头人

这是一个很经典的脑筋急转弯。

一个老座钟上立着一个木头人。每当他听到钟响1次，他就会跳2次。座钟每到整点就响，响的次数与时刻数相等。

那么一天24小时，这个木头人一共会跳多少次？

526 叠纸牌

4个小朋友分别用不同颜色的纸牌成功地叠出了纸房子，但每个人叠的层数不同。从以下给出的线索中，你能叫出4个人的名字，并说出他们各自所用的纸牌背景颜色和分别叠了几层吗？

线索

1. 使用绿色纸牌的夏洛特，坐在叠到5层的那个朋友对面。
2. 座位2的那个女孩用纸牌叠到4层高。
3. 安吉拉用的不是黑色的纸牌。
4. 在座位3用蓝色纸牌的女孩，她叠的房子没有用红色纸牌的女孩叠得高。
5. 罗斯是最成功的建筑师，在坍塌之前，她叠到第7层。她不是坐在座位4。

提示：首先把罗斯的位子找好。

名字：安吉拉，夏洛特，罗斯，蒂娜
纸牌颜色：黑，蓝，绿，红
层数：4，5，6，7

527 书报亭

位于巴黎塞纳河左岸的公开市场里有4家书亭，4位顾客正在向各家书亭购买不同种类的书。从以下给出的线索中，你能说出书亭主人的名字、在1～4号书亭购书的顾客的名字以及他们买的是什么书吗？

线索

1. 威廉正在买书的那个书亭在波莱特经营的书亭的西边某个位置。卖字典的书亭的东边。
2. 乔·埃尔刚买了诗集，但不是从艾兰恩那里买来的。
3. 小说是在3号书亭购得的。
4. 雅克的顾客是阿曼裕。
5. 传记是在玛丽安的书亭购得的，她的书亭在斯尔温买书的那个书亭的西边。

亭主：艾兰恩，雅克，玛丽安，波莱特
顾客：阿曼裕，乔·埃尔，斯尔温，威廉
书：传记，字典，小说，诗集

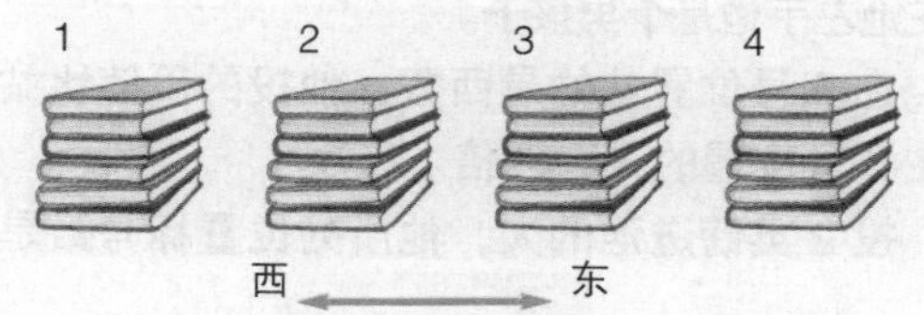

提示：首先叫出玛丽安的顾客的名字。

528 票

4个人正在售票亭前排队买票。从以下给出的线索中，你能叫出4个人的名字，并说出他们各自买的是哪个晚上的票、坐在剧院的哪个位置吗？

线索

1. 要买星期六晚上包厢票的那个人排在珀西瓦尔后面。他看星期六晚上的演出来庆祝一个重要的周年纪念。

2. 马克斯紧排在买剧院花楼票的那个人前面，那张剧院花楼的票不是星期四演出的票。

3. 亨利排在队伍的第 3 个位子，在演出的上演日期上，他的票比正厅后排座位的票要早。

4. 威洛比买的是星期五晚上的票。

名字：亨利，马克斯，珀西瓦尔，威洛比
时间：星期三，星期四，星期五，星期六
位置：正厅后排座位，包厢，剧院花楼，正厅前排座位

提示：首先叫出排在第 4 位的人的名字。

529 美好的祈愿

在某个公园里，8 个小孩各自在许愿池里投了一枚硬币，每个孩子都投了不同面值的硬币。从以下给出的线索中，你能确定 1 ~ 8 号的小孩分别叫什么名字、投进池里的硬币面值是多少吗？当然，他们各自所许的心愿仍然是个秘密。

线索

1. 詹妮和杰克坐在完全面对面的位子。杰克投的硬币面值是詹妮的两倍。

2. 在 4 号位置的是一个女孩，她投的是便士，在她左手边是个男孩子。

3. 在 6 号位置站的是西蒙，他投的币值比站在 8 号位置的人大两倍。

4. 投 2 英镑进池的人，他所处位置标号数是投 1 便士的人的两倍。两人中有一个叫埃莉诺。埃莉诺的对面坐的是丹尼尔。

5. 在 1 号位置的人投了 20 便士。

6. 杰西卡许愿时投的是 5 便士，刘易斯投的不是 2 便士。

7. 站在帕特里克右手边的人投的是 1 英镑。

男孩：丹尼尔，杰克，刘易斯，帕特里克，西蒙
女孩：埃莉诺，詹妮，杰西卡
硬币：1 便士，2 便士，5 便士，10 便士，20 便士，50 便士，1 镑，2 镑（1 英镑 = 100 便士）

提示：首先找出投 1 便士的人所处的位置。

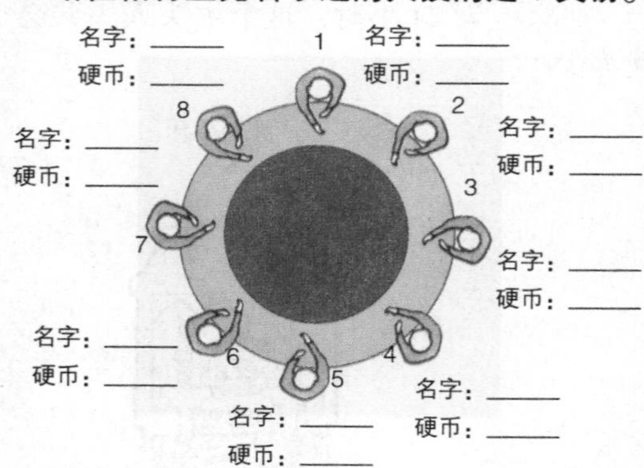

530 国家公园

不列颠拥有几座令人称羡的壮观而美丽的国家公园，下面具体介绍的是其中建于 20 世纪 50 年代的 5 个公园。从所给出的信息中，你能推算出每个公园设计于哪一年、覆盖的面积和最高点的海拔是多少吗？

线索

1.5 个公园中历史最悠久的那个公园覆盖面积为 954 平方千米；埃克斯穆尔国家公园的面积不是 1049 平方千米。

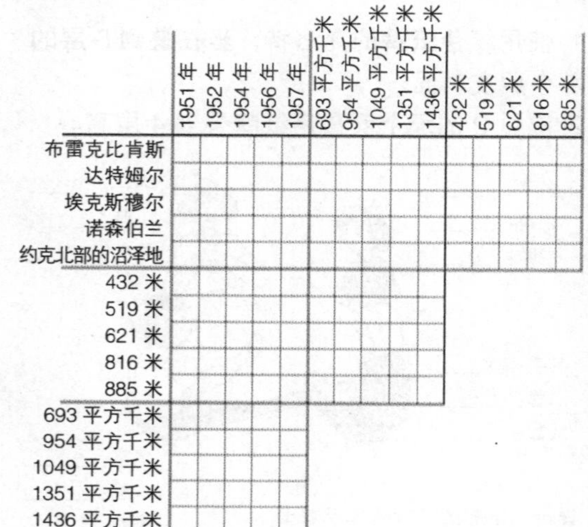

2. 达特姆尔国家公园不是成立于 1954 年，所占面积少于 1000 平方千米。建于 1952 年和 1954 年的公园，其面积都不是 1351 平方千米。

3. 占地最少的公园的最高点海拔为 519 米。而建于 1952 年的公园其最高点的海拔是 5 个公园中最低的。

4. 最高点海拔是 621 米的公园和布雷克比肯斯公园的面积都不是 1049 平方千米。布雷克比肯斯公园不是建成于 1954 年。

5. 诺森伯兰国家公园成立于 1956 年，它不是海拔最高的那个公园。

6. 约克北部的沼泽地国家公园是 5 个公园中占地面积最大的。

531 加薪要求

4 个工会的代表正在开会协议向 W & S 公司提交一份增加工资要求的声明。从以下给出的线索中，你能推断出图中每个人的名字、所代表的工会，以及代表的成员人数吗？

线 索

1. 思德 · 塔克坐在 C 位置，他代表的成员人数不是 4 人。

2. 阿尔夫 · 巴特坐在来自 ABM 的那个代表的对面。ABM 有 6 个成员在 W & S 公司。

3. 有 7 个成员的工会不是 BBT。

4. 坐在 D 位置的人代表的是 BBMU。

5.UMBM 的雷 · 肖所代表的成员人数没有坐在 B 位置的人代表的多。

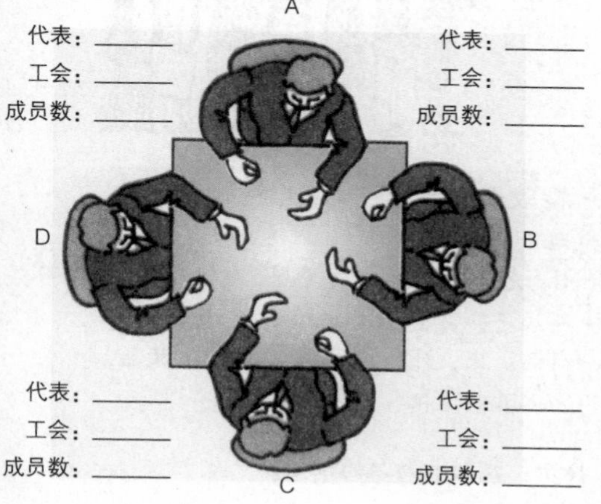

代表：阿尔夫 · 巴特，吉姆 · 诺克斯，雷 · 肖，思德 · 塔克
工会：ABM，BBT，BBMU，UMBM
成员数：3，4，6，7

提示：找出雷 · 肖所坐的位子。

532 不同颜色的马

3个女孩各自拥有一匹不同颜色的小马。从以下给出的线索中，你能说出每个女孩的全名和她们各自的马的名字、颜色吗？

线 索

1. 贝琳达的褐色小马不叫维纳斯。

2. 姓郝克斯的那个女孩有一匹黑色小马。

3. 灰色小马的名字叫邦妮。

4. 费利西蒂姓威瑟斯。

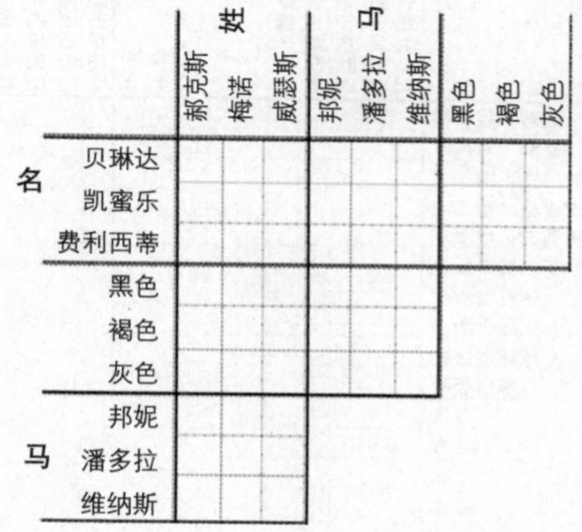

533 侦探小说

我的朋友文森特喜欢侦探小说，他同时是个完美主义者——比如一位作者写了 7 本侦探小说，不将其收集完整，他是不会甘心的。上个星期，文森特兴奋地告诉我，他已经完整地收集了 5 位侦探小说作者的全部作品。从以下给出的线索中，你能得出这 5 位作者所写的侦探的名字、各自写了几本有关这个侦探的书，以及对应出版社的名字吗？

线 索

1. 乔奇 · 弗赛斯写了 10 本侦探小说。

2. 帕特里克·纳尔逊写的侦探小说本数比那个有关旧金山反犯罪的系列小说少2本，小说的主人公不是蒂特蒙中尉。

3. 虚构的埃德加·斯多瑞侦探的经历由英国的地球出版社出版，有关他的书的本数比理查德·奎艾内写得要多。

4. 亚当·贝特雷的作品由王冠出版社出版。

5. 标枪出版社出版了其中一个虚构的侦探的事迹。

6. 红隼出版社出版的侦探系列小说比有关乔布林博士的侦探小说多2本。小说里，业余侦探乔布林博士其实是个家庭医生。

7. 现在伦敦工作的尼克·路拜尔是纽约的一个私家侦探，以他为主人公的小说写了18本。

		侦探：乔布林博士	侦探：埃德加·斯多瑞	侦探：克罗维尔检查员	侦探：蒂特蒙中尉	侦探：尼克·路拜尔	10本	12本	14本	16本	18本	毕尔格出版社	标枪出版社	王冠出版社	地球出版社	红隼出版社
作者	亚当·贝特雷															
作者	乔奇·弗赛斯															
作者	帕特里克·纳尔逊															
作者	理查德·奎艾内															
作者	史蒂夫·梭罗本															
	毕尔格出版社															
	标枪出版社															
	王冠出版社															
	地球出版社															
	红隼出版社															
	10本															
	12本															
	14本															
	16本															
	18本															

534 早起的鸟儿

有7位年轻的女士比早起的鸟儿还要早，因为她们已经排了一整夜的队，只为了当沃奇特＆布莱克商场开门营业时，她们能买到想要的东西。从以下给出的线索中，你能推断出每位热情的顾客的姓名和她们各自要买的东西吗？

线索

1. 费丝·雷恩紧挨在那位想买半价宽屏电视机的女士的前面。

2. 盖尔对冰淇淋制造机不感兴趣，那不适宜她肥胖的身躯。

3. 道恩不在队伍中间的那个女孩的前后相邻位置。

4. 达维小姐在斯沃恩小姐的前面某处。两人都不是在第4个位置。

5. 艾米不是在第6个位置。

6. 伊夫排队想买一件皮制外套，她紧排在费恩瞿的后面。

7. 贝丝确保了她自己在队伍中第2的位置。

8. 想买一张新床的克雷恩小姐排在卡勒尔后面；克雷恩小姐比寻求DVD播放器的那位年轻女士提前了两个位置。

9. 在第3个位置的是杰伊小姐。排在第5个位置的弗丝想去买一个新设计的皮包。

名：艾米，贝丝，卡勒尔，道恩，伊夫，费丝，盖尔

姓：克雷恩，达维，费恩瞿，杰伊，雷文，斯沃恩，雷恩

商品：床，外套，女装，DVD播放器，冰淇淋制造机，皮包，电视机

提示：找到卡勒尔的位置。

535 不幸事件

5 岁的艾尼不会游泳，在一个平均水深仅为 3 英尺（约 0.9 米）的湖里面淹死了。

这个不幸的事件怎么会发生呢？

536 用连续的长方形拼起来的正方形

从给出的一组长方形中做出选择，拼出 4 个正方形，两个边长为 11，两个边长为 13（长方形可以重复使用）。

这 4 个正方形中的每一个都必须由这样的长方形组成：这些长方形的边长从 1 到 10，每个数字各出现一次。

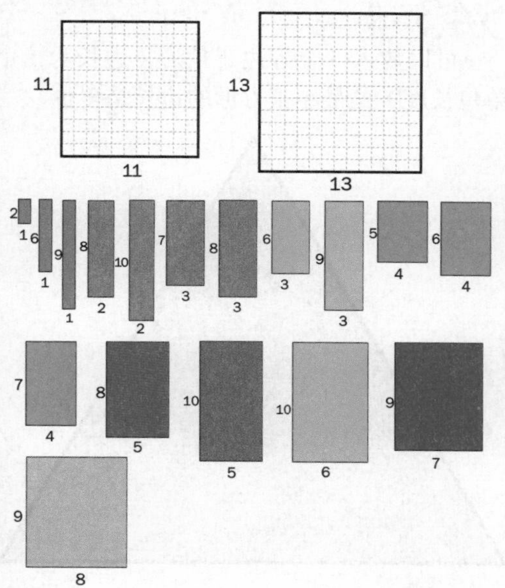

537 多少个三角形

这 6 幅图中分别有多少个三角形？

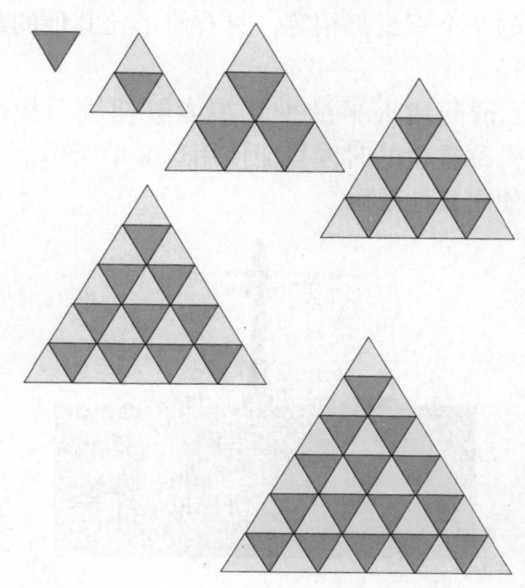

538 彩色多米诺条

你能以多少种方式用 14 条彩色多米诺条完全覆盖 7×8 的游戏板？

其中一种可能的解法如右上图所示。在不变动多米诺条位置的情况下，仅对颜色进行置换不算做新的解法。

539 寻找假币

一共有 8 个金币，其中 1 个是假币。其余的 7 个重量都相等，只有假币比其他的都要轻。

请问用天平最少几步能够把假币找出来？称重量的时候只能使用这 8 个金币，不能使用其他砝码。

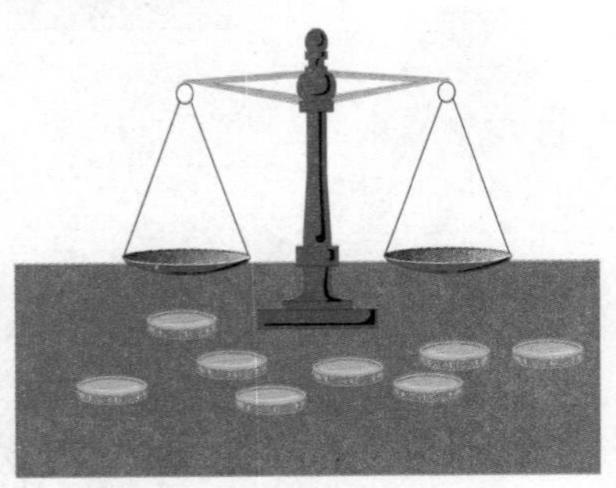

540 等于 11 的一半

你能否找到一种方法，使得 6 等于 11 的一半？

6+6=11

541 整数长方形

如图所示，一个大长方形被分成很多个小长方形。每个小长方形或者高是整数，或者宽是整数。绿色的小长方形宽为整数，高不是整数。橘红色的长方形高是整数，宽不是整数。

那么这个大长方形的高和宽都是整数吗？还是都不是整数？

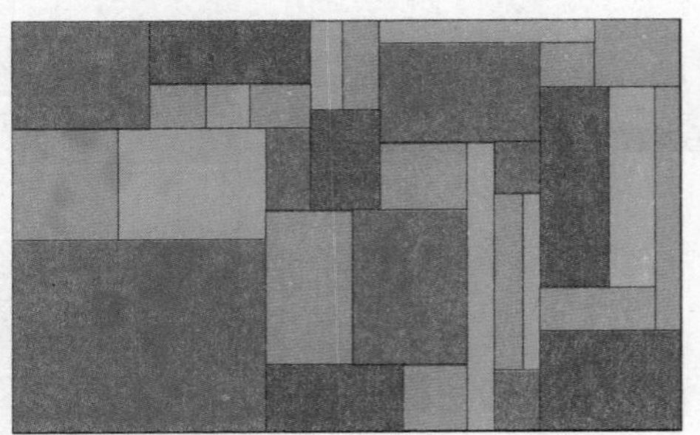

542 x 问题

x 在 9 与 11 之间，如果你不知道 x 的值，让你猜一个值，使得错误率最小（即你猜的数与 x 的真实值之间的差距与其真实值的比），你应该猜什么数？

543 把三角形放进正方形

可以放入 5 个等边三角形（边长为 1 个单位长度）的最小正方形的边长是多少？

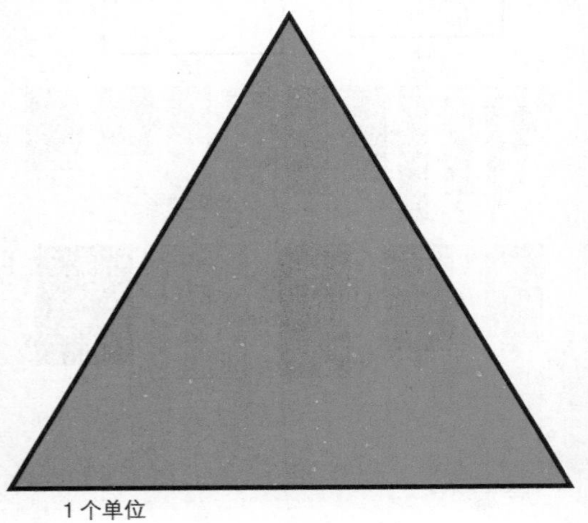
1 个单位

544 萨瓦达美术馆

这个形状奇怪的美术馆里一共有 24 堵墙，在美术馆里的任何一个角落都可以安放监视器。在图中，一共安放了 11 台监视器。

但是，监视器的安装和维护都非常昂贵，因此美术馆希望安放最少的监视器，同时它们的监视范围能够覆盖到美术馆的每一个角落。问最少需要安放几台？

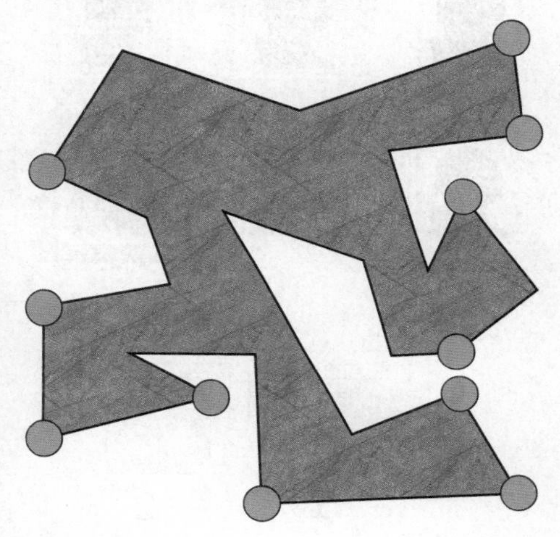

545 蛋糕片

这块蛋糕被切成 18 片，而且每一片被分成 6 块。

这个谜题的目的是将蛋糕片重新编排，使得在这个蛋糕里没有任何一块相同颜色的蛋糕片有接触。

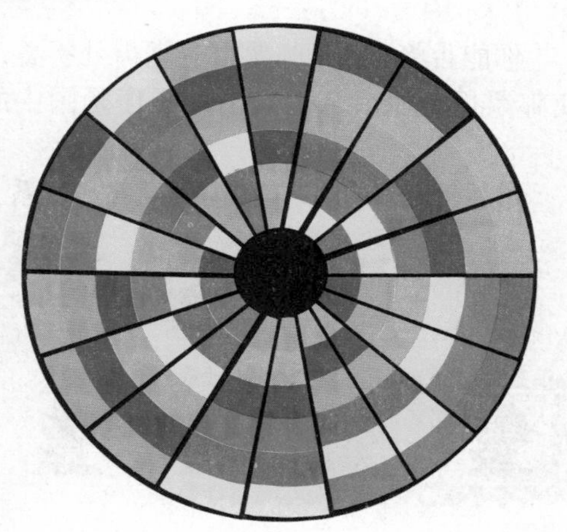

546 摆放三角形

将最下面的 4 个彩色图形每种各复制 3 份，共可得到 12 个三角形。

问：怎么摆放才能使这 12 个三角形能够正好填满图中的空白三角形？

547 折叠邮票（一）

这一套邮票共 3 张，你能说出一共有多少种折叠方法吗？

只能沿着邮票的边缘（锯齿）处折叠，最后必须折成 3 张上下放置。

邮票朝上朝下都没有关系。

3 种颜色有 6 种排列方法。如图所示。

可以折出其中的几种？

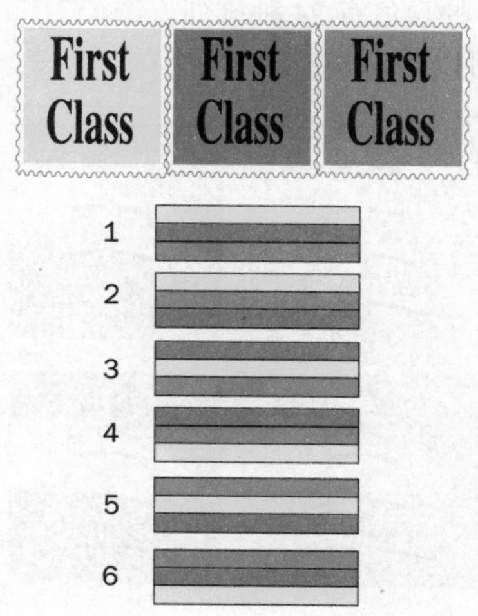

548 折叠邮票（二）

如图所示，这一套邮票共 4 张。你能说出一共有多少种折叠方法吗？

只能沿着邮票的边缘（锯齿）处折叠，最后必须折成 4 张上下放置。邮票朝上朝下都没有关系。

4 种颜色有 24 种排列方法。

可以折出其中的几种？

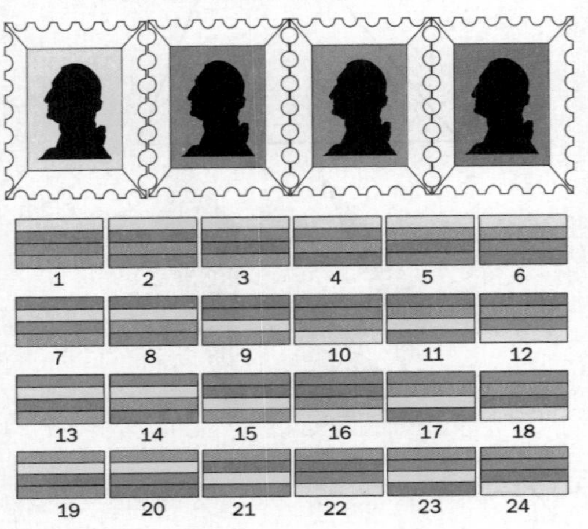

549 折叠邮票（三）

如图所示，4 张邮票组成了一个正方形。你能说出一共有多少种折叠方法吗？

只能沿着邮票的边缘（锯齿）处折叠，最后必须折成 4 张上下放置。邮票朝上朝下都没有关系。

4 种颜色有 24 种排列方法。

可以折出其中的几种？

550 折叠邮票（四）

如图所示，6 张邮票组成了一个 2×3 的长方形。沿着邮票的边缘（锯齿）处折叠可以折出很多种上下组合。

这里给出了 4 种组合，请问其中哪一种是不可能折成的？

最后折出来邮票朝上朝下都没有关系。

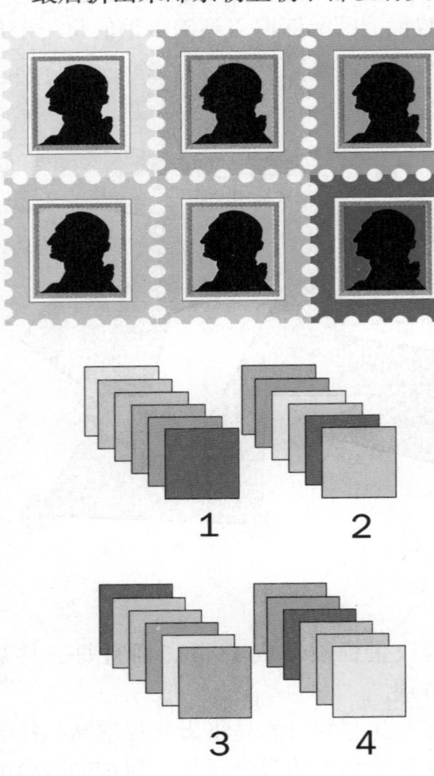

551 折叠邮票（五）

你能否将这 8 张邮票沿着锯齿处折叠，使邮票折叠以后从上到下的顺序是图中的 1 ~ 8？

最后折出来的邮票朝上朝下都没有关系。

552 折叠报纸

将一张报纸对折，你认为最多可以连续对折多少次？

5 次？8 次？还是更多？

亲自动手试试！

553 加一条线

在下面这个等式中加一条线，使等式成立。

5+5+5=550

554 动物散步

图中的问号处应该分别填上什么动物？

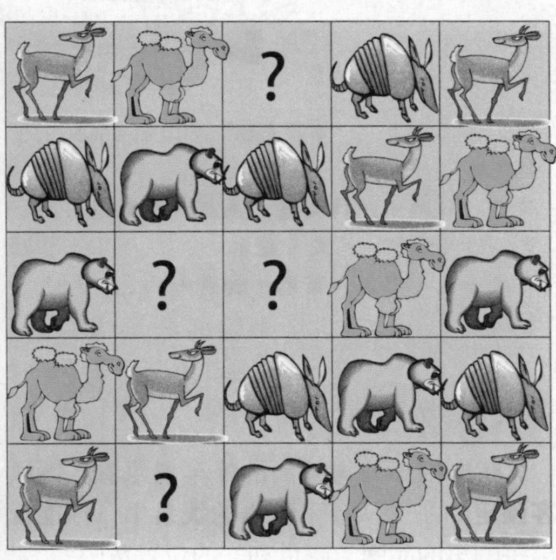

555 排列 13 个连续正方形

这里一共有 13 个连续的正方形，如标号所示。

在图 1 中，前 7 个连续的正方形呈螺旋状排列在中心的 1×1 正方形周围，并且没有空隙。

还有多少个正方形可以以这种螺旋的方式围绕着中心排列进去，把这个平面覆盖住并且不留空隙？

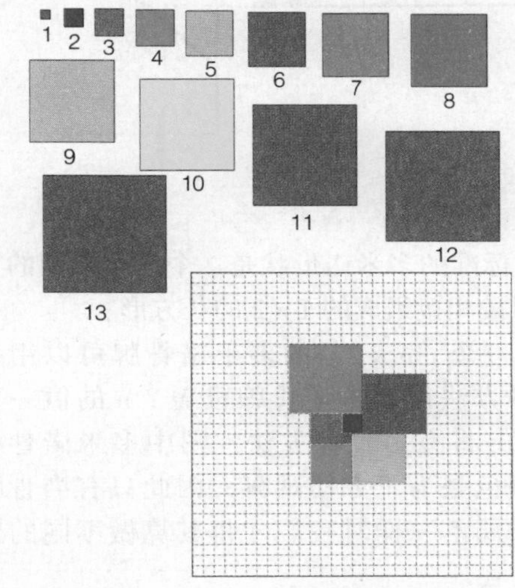

556 排列 24 个连续正方形

你可以把下边的 24 个正方形拼进一个框架是 67×98 的长方形中，并且保证图形内部没有空隙吗？

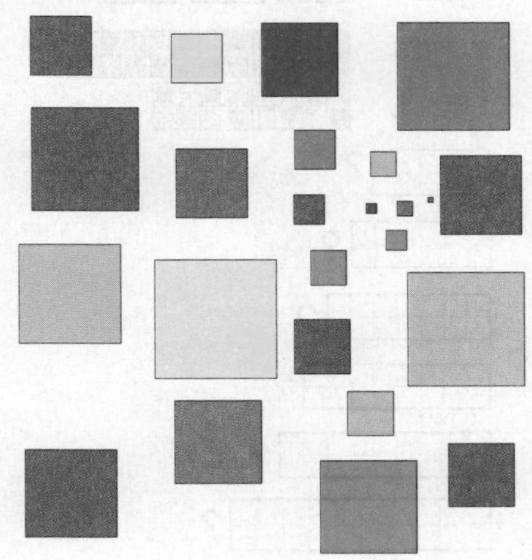

557 三角形的内角

请问你能不能用折纸的方式来证明欧几里得平面里的三角形内角和等于 180°？

有没有这样的平面，在该平面上三角形的内角和大于或是小于 180°？

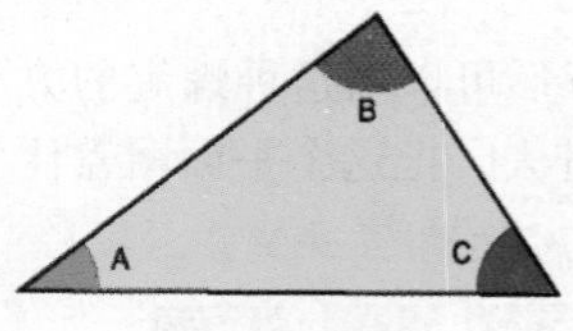

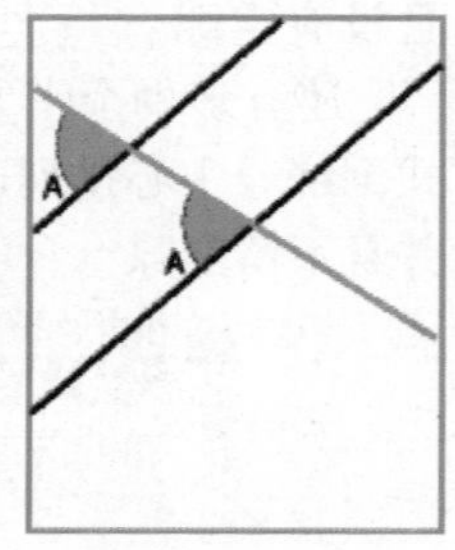

558 多米诺布局

标准的多米诺形状是 2 个完全相同的方块以棱相接组成的 1×2 的长方形。

一个"n×2"的多米诺骨牌可以用多少种方法被多米诺骨牌覆盖？n 的值一直到 10，将有多少种方法？图中多米诺骨牌的颜色是为了方便观察，因此只有当骨牌的布局不一样时我们才将其算做不同的覆盖方式。

n=2、n=3 和 n=4 时不同的覆盖方式如图所示，他们分别有 2，3 和 5 种不同的布局。

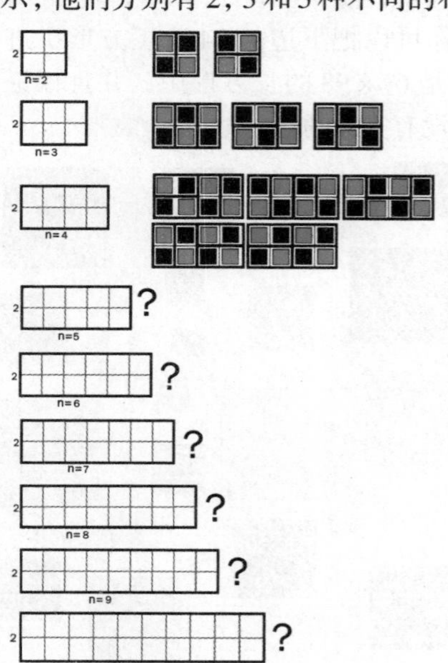

559 照片定输赢

最近一次在爱普斯高特的赛马比赛是根据照片上的差距定输赢的。从以下给出的线索中，你能说出每匹马的排名、它们的骑师和骑师所穿衣服的颜色吗？

线索

1. "矾鹂"马的后面紧跟着卢克·格兰费尔骑的马。卢克·格兰费尔穿着黑蓝两色的衣服。

2. "国王兰赛姆"的骑师是马文·盖尔，他穿的衣服不是粉色和白色。

3. 科纳·欧博里恩的马比杰姬·摩兰恩的马的排名靠前。

4. 穿红色和橘黄色衣服的骑师和他的马排第 3 名。

5. 裁判研究了拍下的照片，最后由于微小的领先，判定是名叫"布鲁克林"的马赢得了此次比赛。

提示：首先找出"矾鹂"马的名次。

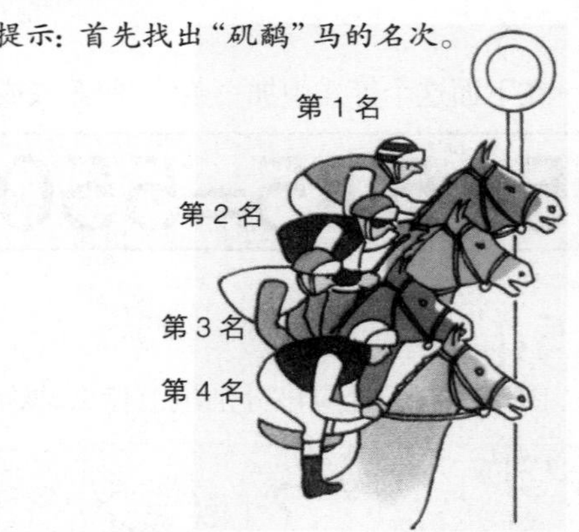

马："蓝色闪电"，"布鲁克林"，"国王兰赛姆"，"矾鹂"

骑师：科纳·欧博里恩，杰姬·摩兰恩，卢克·格兰费尔，马文·盖尔

衣服颜色：黑色和蓝色，粉色和白色，红色和橘黄色，黄色和绿色

560 租车

在出租车公司外面的停车场停着 5 辆顾客预定的车。从以下给出的线索中，你能说出每辆车的品牌、颜色和它的位置数吗？

线 索

1. 罗孚停在位置 5。
2. 红色汽车停在福特旁边，福特不是停在位置 4。
3. 菲亚特是黄色，在位置 3 的车是白色的。
4. 中间 3 辆车的生产商名字都不是 5 个字母的。
5. 丰田不是停在位置 2，棕色汽车在丰田的相邻位置，且停在其左面。

颜色：棕色，绿色，红色，白色，黄色
牌子：罗孚（Rover），菲亚特（Fiat），丰田（Toyota），福特（Ford），沃尔沃（Volvo）

提示：首先找出沃尔沃汽车所在的位置。

561 溜冰

4 位年轻的女士来到一个公园的湖上溜冰。从以下给出的线索中，你能确定图中 4 位溜冰者的名字和她们围巾的颜色吗？

线 索

1. 伯妮斯 · 海恩在戴黄色围巾的朋友的右边某处。
2. 叫肖特的溜冰者戴着红色的围巾。
3. 戴着绿色围巾的溜冰者在路易丝左边的某处。
4. 1 号溜冰者戴的是蓝色围巾。
5. 杰姬不在 2 号位置，她也不姓劳恩。

溜冰者：________ ________ ________ ________
姓名：________ ________ ________ ________
围巾：________ ________ ________ ________

名：杰姬，夏洛特，伯妮斯，路易丝
姓：特利尔，劳恩，海恩，肖特
围巾：蓝色，绿色，红色，黄色

提示：首先找出伯妮斯所带围巾的颜色。

562 赖福尔斯小姐的报复

虽然赖福尔斯小姐没有她哥哥（一个江洋大盗）那么有名，但很多女犯罪分子却也想把各种盗窃罪名推给她，为此她不得不经常澄清。下面是 4 个已发生的案件，从给出的线索中，你能找出她们分别在哪个城市作案、想推卸给赖福尔斯小姐的罪行和赖福尔斯小姐对她们的报复吗？

线 索

1. 内利 · 派克的活干得跟赖福尔斯小姐一样利落，她想将她大部分的入户盗窃案嫁祸给赖福尔斯小姐。
2. 在拉格斯哥，警方在调查一桩珠宝店抢劫案时，发现了一只抢劫者事后落下的背包上标记有赖福尔斯小姐的名字。那个女人想由此使赖福尔斯小姐背负罪名。但是她不是那个被扔进湖里以示警戒的人。
3. 赖福尔斯小姐被一件持枪抢劫案惹恼了，她把真正犯罪者的名字、地址和如何找出犯罪证据的方法透露给了当地调查此事的警察。
4. 鲁比 · 斯泰格不是在拉格斯哥的窃贼。某天凌晨，她被带出家并被丢弃在几英里以外的山上，当时她身上还穿着睡衣。她因此受到惊吓，再也不敢为非作歹了。
5. 简 · 肯奇被认为是伯明翰地下世界的王后。盗窃银行一案不是发生在伦敦，这是一件需要安排有序的挖地道的“工作”，几乎可以跟赖福尔斯小姐的技术相媲美。

	伯明翰	拉格斯哥	伦敦	曼彻斯特	持械抢劫	盗窃银行	入户盗窃	破窗抢劫	被丢在山上	被扔进湖里	赃物被偷	向警方告密
艾丽丝 · 布雷												
简 · 肯奇												
内利 · 派克												
鲁比 · 斯泰格												
被丢在山上												
被扔进湖里												
赃物被偷												
向警方告密												
持械抢劫												
盗窃银行												
入户盗窃												
破窗抢劫												

563 完全不同

有些小说家是根据他们的经验来创作

的，比如约翰·李·卡勒，在写间谍小说前他曾做过情报部门的工作人员，而有些人则不是，如汤姆·克兰斯就宣称自己从来没有在情报部门工作过，在这个问题上，汤姆就是属于第2种类型的小说家。从以下给出的线索中，你能推断出每个作家的全名、各自最擅长的小说类型和成为小说家之前的工作是什么吗？

线 索

1. 约翰写的历史小说大多设定在俄罗斯战争期间。
2. 姓凯勒的小说家以前是一个餐饮老板。姓福斯特的作者创作了一系列政治小说，内容是一位野心勃勃的首席执行官决计不惜一切代价成为首相。
3. 托马斯·罗宾斯是伦敦人。约翰不姓梅尔沃德，他住在诺瑞奇。
4. 迪莉娅的小说不是有关医学领域的。
5. 波林以前曾经营过属于她自己的书店。那位前消防队员写的不是爱情小说。
6. 政治小说的作者从来没有做过消防队员或尸体防腐者。

		姓 福特斯	凯勒	梅尔沃德	罗宾斯	历史小说	医学小说	政治小说	爱情小说	书店老板	餐饮老板	尸体防腐者	消防队员
名	迪莉娅												
	约翰												
	波林												
	托马斯												
	书店老板												
	餐饮老板												
	尸体防腐者												
	消防队员												
	历史小说												
	医学小说												
	政治小说												
	爱情小说												

564 小镇

如图所示，有10个距离很近的小镇，从以下给出的线索中，你能把每个镇名都写出来吗？

线 索

1. 亚克斯雷镇在科尔布雷杰镇的北方某处，在布赖圣特恩镇的西南方，而且其在地图上标示的是一个偶数。
2. 波特菲尔得镇在勒索普镇的东北方。
3. 德利威尔镇比欧德马克科特镇位置更偏南。
4. 图上标号3的是肯思费尔德镇。
5. 摩德维尔镇在威格比镇的西边。威格比镇在另外一个镇的正北方向。

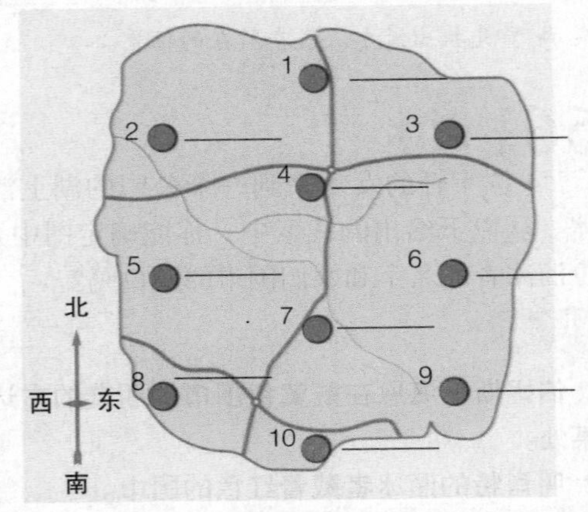

镇名：布赖圣特恩镇，科尔布雷杰镇，德利威尔镇，肯思费尔德镇，勒索普镇，摩德维尔镇，欧德马科特镇，波特菲尔得镇，威格比镇，亚克斯雷镇

提示：首先要找出亚克斯雷镇所在的位置。

565 环行线路

一条环行路线连着4个村庄，它的起始点即下图中标1的地方。开车的4位驾驶员分别住在4个村庄里。根据给出的线索，你能叫出每个村庄住的驾驶员的名字，并推算出环线上各村之间的距离吗？

线 索

1. 格里斯特里村是最北边的村庄，在环线上它与前面或后面的村庄的距离都不是7千米。
2. 驾驶员德莫特是提姆布利村的住户。提姆布利村不是最东面的村庄。

3.6千米长的那段路程起始在桑德莱比村，阿诺德不住在那里。

4. 环行车在5千米长的那段路上是朝往西南的方向开的，起始自罗莉住的村庄。

村庄：提姆布利，格里斯特里，桑德莱比，托维尔

驾驶员：阿诺德，德莫特，吉姆，罗莉

距离：4千米，5千米，6千米，7千米

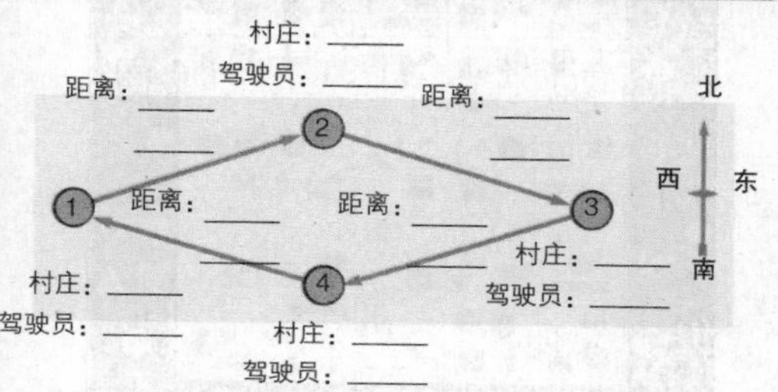

提示：首先要知道罗莉住的村庄名字。

566 冬日受伤记

去滑雪的3个朋友不幸都摔了一跤，导致某个部位骨折。从以下给出的线索中，你能确定他们的名字、所去的旅游胜地和骨折部位吗？

线索

1. 泊尔在法国滑雪。
2. 去澳大利亚的那位女子摔断了一条腿。
3. 斯塔布斯夫人选的度假地点不是瑞士，她也没有把手臂摔断。
4. 索尼亚摔断了她的锁骨，她不姓霍普。

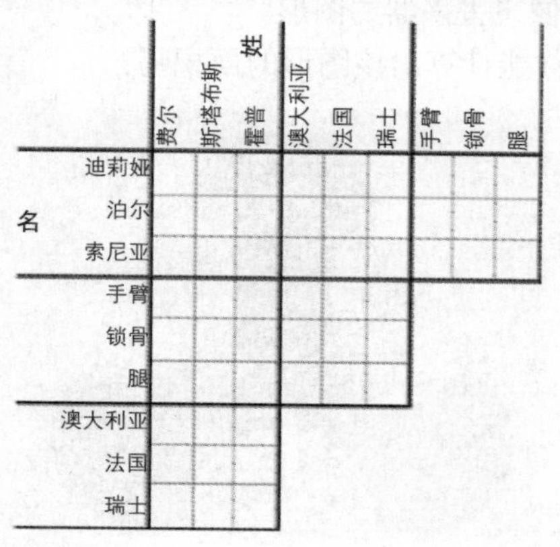

567 长长的通道

罗姆郡运河的罗斯顿通道是罗斯顿镇的主要水路，它行经30千米穿越这个开放的国度。以前，每天至少有30艘驳船载着各式各样的货物在闸口经过，但是昨天却只经过了4艘船，其中3艘还是游玩的船只。从以下给出的线索中，你能推断出每艘船通过闸口的时间、船的类型和它的目的地吗？

线索

1. 在下午2:00通过闸口的那艘船是去格林利的小村庄的。
2. 在早上8:00通过的那艘船租给了来自伦敦的一家人，他们得在下午1:00靠岸。
3. 蒸汽式游艇维多利亚号始建于19世纪晚期，它富有的主人经常开着它穿过闸口。
4. 珐尔·雷德在她去科菲尔得的途中经过闸口的时间比叫曼勒德的人早。他们两个人所坐的船都是罗姆郡人的。
5. 工作船正返回它在肯思贺尔特的停泊处，它的工作人员已经在修补它在斯特罗布奇附近堤岸上造成的损伤。

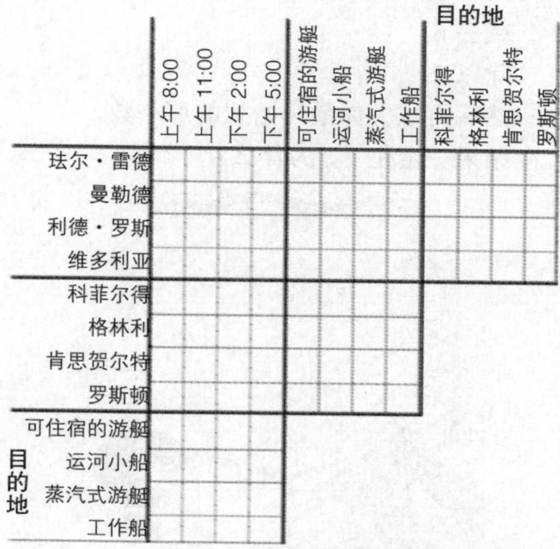

568 长方形游戏

用整数 1 到 9 分别作为长方形的长和宽，把正方形排除在外，一共可以组成多少个不同的长方形？（答案应该是 36 个。）

你能否把这些长方形都放进上面这个 29×30 的方框内，而且每两个长方形之间不能重叠？如果不能，你最多能够放入多少个？

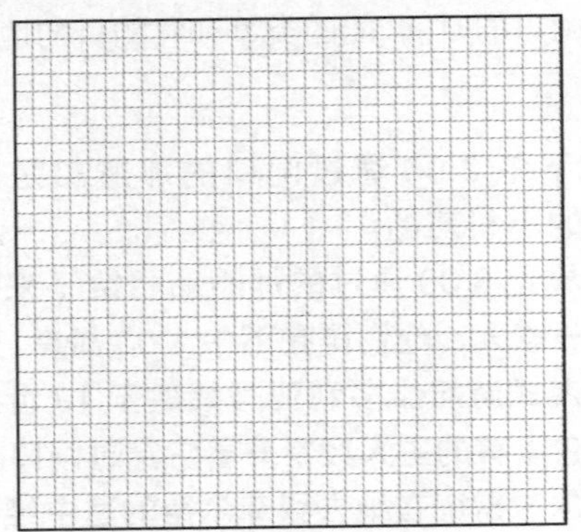

569 想一个数

随便想一个数。

加上 10。

乘以 2。

减去 6。

除以 2。

然后再减去你最开始想的那个数。

结果一定是 7。为什么？

570 方块里的图形

所有黑色方块里的图形都能在与它同一横行或者竖行的灰色方框内找到一个与它一模一样的图形。

某一个灰色方块内少了一个图形，你能把它找出来吗？

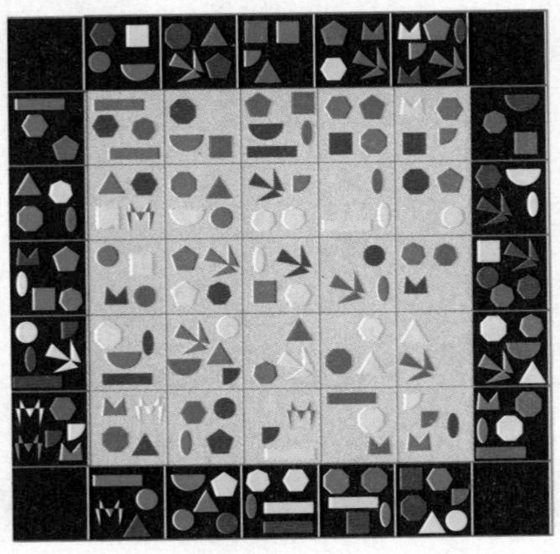

571 在管子里的人

这个人是在管子的左边还是右边？

572 飞去来器

如图，6 个半径为 1 的半圆组成了这个形状像飞去来器的图形。

你能计算出该图形的面积吗？

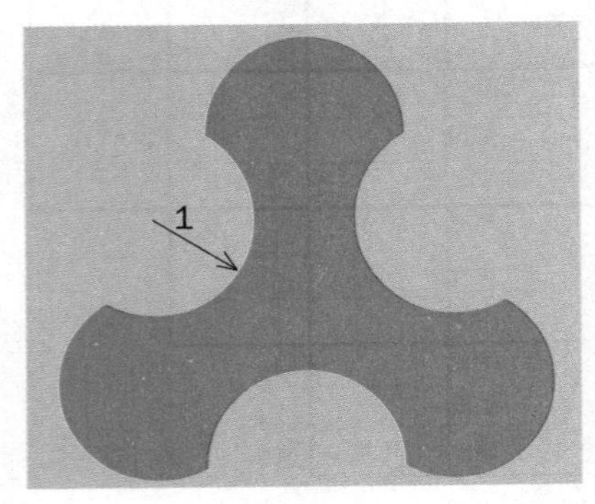

573 成角度的镜子

假设有2面以铰链衔接的平面镜，以成对的彩线所成的角度摆放。

这个铰链衔接的镜子有3个值得注意的效果。

首先，通常的左右互换现象消失了。

其次，你只需要一个很小的东西就能制造出一个万花筒。

最后，通过改变2面镜子之间的角度，你能使被反射的物象加倍并且增多。

你能从不同角度找到多少个燃烧的蜡烛的像（包括原物像）？

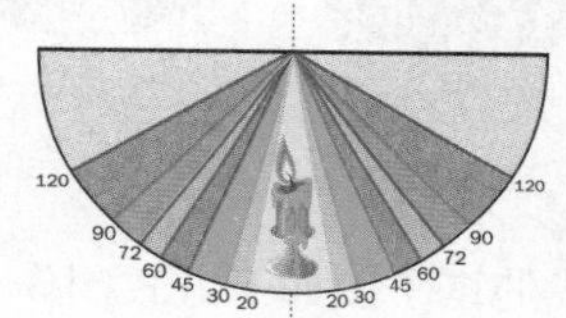

574 小鸟觅食

7只小鸟住在同一个鸟巢中。它们的生活非常有规律，每一天都有3只小鸟出去觅食。

7天之后，任意2只小鸟都在同一天出去觅食过。

将7只小鸟分别标上序号1 ~ 7，请你将它们这7天的觅食安排详细地填在表格中。

时 间	觅食的小鸟序号
第1天	
第2天	
第3天	
第4天	
第5天	
第6天	
第7天	

575 类似的数列

一个有趣的数列的前8个数如下图所示。

请问你能否写出该数列的第9个数和第10个数？

序数	数
1	1
2	11
3	21
4	1211
5	111221
6	312211
7	13112221
8	1113213211
9	?
10	?

576 伐里农平行四边形

下图是3个任意四边形。

把图1中的四边形的4条边的中点连接起来，就形成一个平行四边形。

且这个平行四边形的边分别与原四边形的2条对角线平行。

问这个平行四边形与原四边形的面积之间存在什么关系？平行四边形的周长与原四边形的对角线长度又有什么关系？

其他的任意四边形4条边的中点相连也会得到一个平行四边形吗？你可以在所给的另外2个任意四边形上试试。

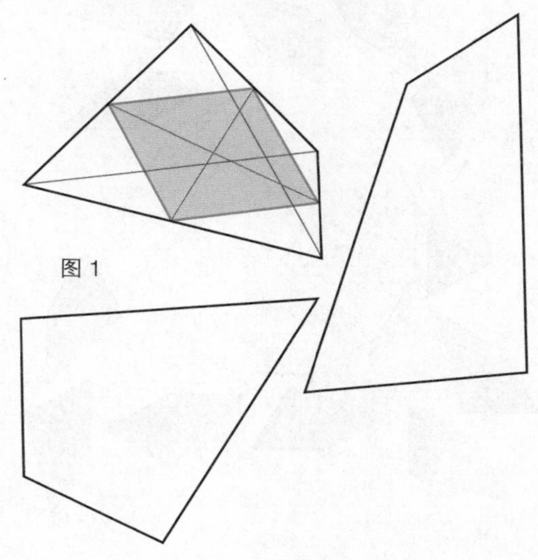
图1

577 决斗

汤姆、比尔和迈克 3 个人准备决斗。他们抽签来决定从谁开始，每个人选一个对手，向他射击，直到最后只剩下一个人。

汤姆和比尔的命中率都是 100%，而迈克的命中率只有 50%。

谁活下来的可能性最大？

578 四边形组成的十二边形

一个十二边形可以被分割成 12 个相同的四边形，每个四边形都是由一个等边三角形和一个正方形的一半组成。

你能用这 12 个四边形重新组成一个十二边形吗？

579 正方形和三角形

下图的凸多边形（从五边形到十边形）都是由全等的三角形和正方形组成的，现在请问组成十一边形至少需要多少个这样的三角形和正方形？

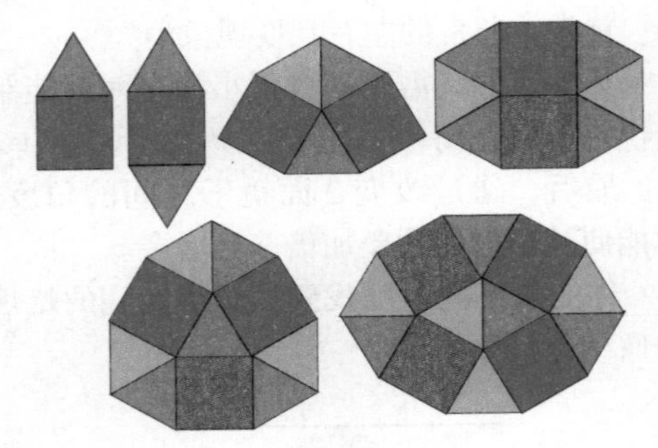

580 多米诺棋子

该游戏的棋子以如下方式制作：

首先在所示圆形纸片中沿中心正方形的边剪下外围的 1，2 或 3 个弧（边缘是圆的）。

然后给紧挨着被剪切的边的三角形涂上不同的颜色，从黄、红、绿和蓝色中选择。

最后将剩余部分涂黑。

在图 1 中，3 个圆弧已经被剪掉，其相邻的三角形已经用规定的 4 种颜色中的 3 种上色。

你能制造出另外 27 个或者更多不同的多米诺棋子吗（镜像图不算做新的棋子）？

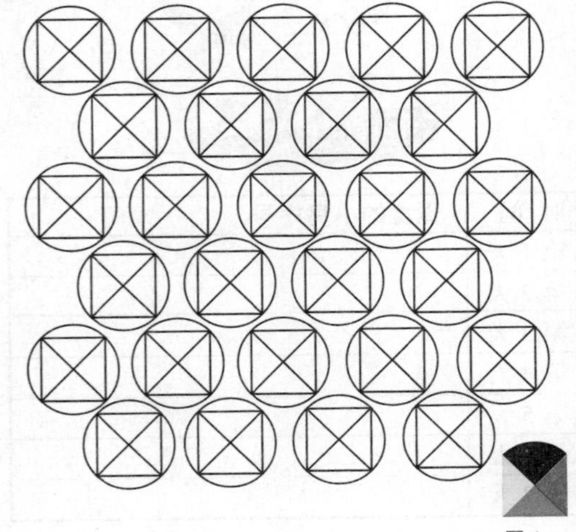

图 1

581 几何级数

下面是这个几何级数前10项的直观图：

1+ 1/2 +1/4+ 1/8 +1/16 + 1/32 +1/64 +1/128 +1/256+1/512+⋯+$(1/2)^n$+⋯

请问随着n的无限增大，这个级数和的极限是多大？

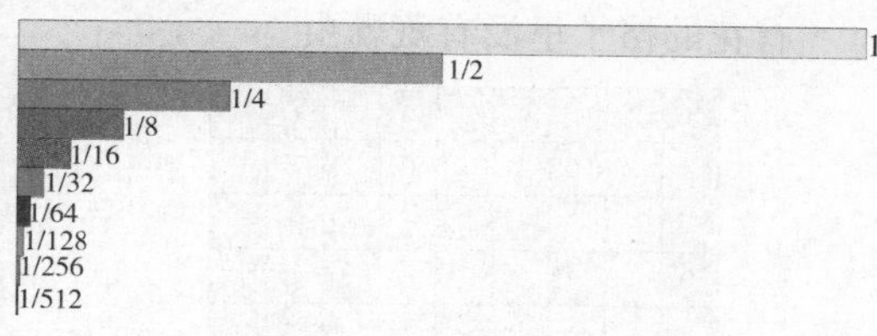

582 调和级数

下面是这个调和级数前10项的直观图：

1 + 1/2 + 1/3 + 1/4 +1/5 +1/6 +1/7 +1/8 +1/9 +1/10+⋯+1/n+⋯

请问随着n的无限增大，这个级数和的极限是多大？

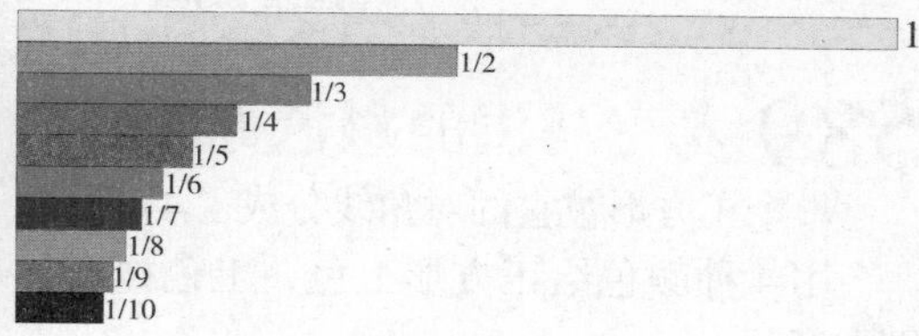

583 冰雹数

随便想一个数。如果是一个奇数，就将它乘以3再加上1；如果是一个偶数，就除以2。

重复这个过程。例如：

1，4，2，1，4，2，1，4，2，1，4，2⋯

2，1，4，2，1，4，2，1，4，2⋯

3，10，5，16，8，4，2，1，4，2⋯

我们可以看到，上面的这些数列后面的部分都变成一样的了。

那么是不是不管开头是什么数，到后面都会变成同一串数呢？

试试用7开头，然后再看答案。

584 遛狗

9个女孩每天都带着她们各自的宠物狗出去散步。她们每次分3组，每组3个人，4天之中，她们中的任意2个女孩都只有一次被分到同一组。

请问应该怎样给她们分组呢？

585 射击

3个射手轮流射一个靶。但他们可不是什么射击能手。

艾丽丝射5次会中2次。

鲍勃射5次会中2次。

卡门射10次会中3次。

请问在一轮中他们至少有一个人射中靶子的概率是多少？

586 最小的正长方形

一个长方形可以被进一步分割成不同的小正方形吗?

1909年，Z. 摩隆发现了一个可以被分成9个不同的正方形的长方形，1940年，图特、布鲁克斯、史密斯和史托恩证明了它是最小的，也就意味着没有更小的长方形可以被分成9个不同的正方形，而且根本没有长方形可以被分成8个或更少的不同的正方形。

最小的正长方形是由边长为1,4,7,8,9,10，14，15和18个单位长度的正方形拼出来的，如图所示：

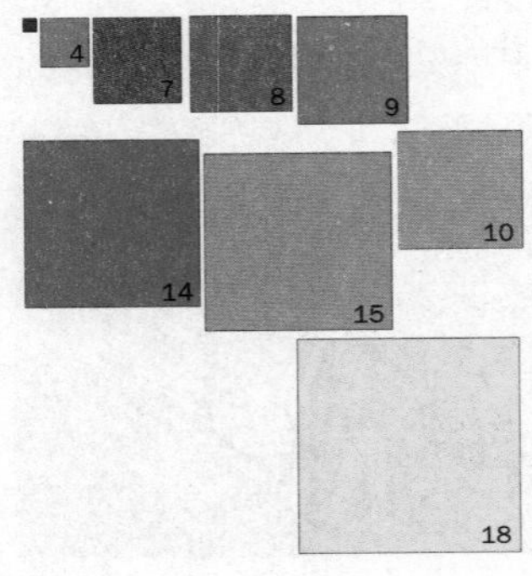

587 瓢虫的空间

一共有19个不同大小的瓢虫，其中17个已经被分别放入了下边的图形中，每个瓢虫均在不同的空间里。

现在要求你改变一下图形的摆放方式，使整个图中多出两个空间，从而能够把19个瓢虫全部都放进去，并且每个瓢虫都在不同的空间里。

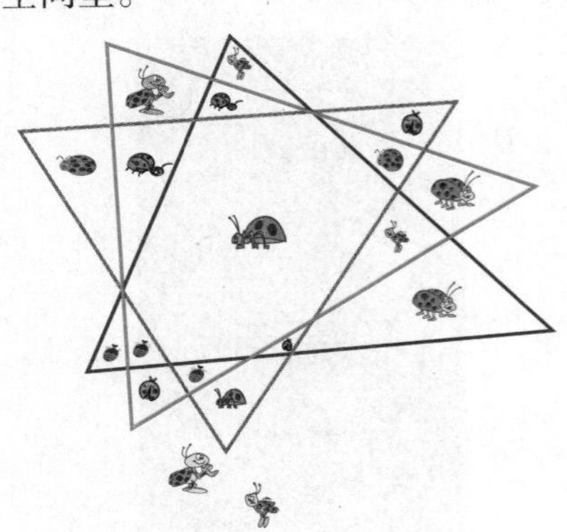

588 藏匿的瓢虫

在下边的格子里一共藏有13只瓢虫，请你把它们都找出来。

方框里的每朵花上面都写有一个数字，这个数字表示的是它周围的8个格子里所隐藏的瓢虫的总数，见图1。

有花的格子里没有藏瓢虫。

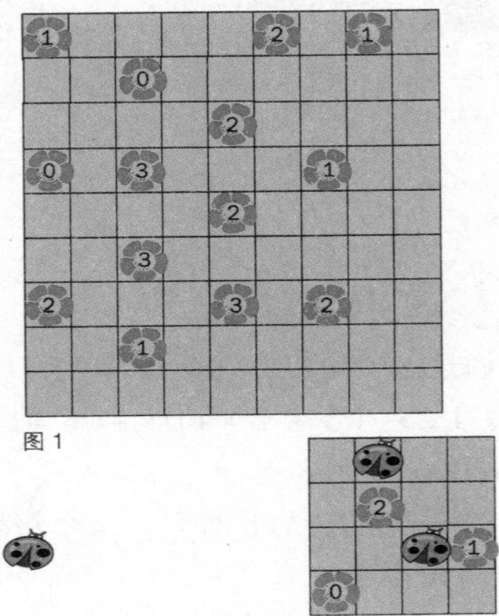

图1

589 麦克马洪的彩色方块

一个正方形被它的对角线分成了4部分。

用4种颜色给正方形上色，上色样板如图1所示。

有6种不同的方法给正方形上色（旋转所得的正方形不算做新的正方形）。你能把它们都找出来吗?

你将每一种正方形再复制3份，组成一套24个正方形，将它们剪下来并解决这个经典的题目：

你能否用这一套正方形拼成一个4×6的长方形，要求相邻正方形的边的颜色相同，符合多米诺骨牌风格。

图1

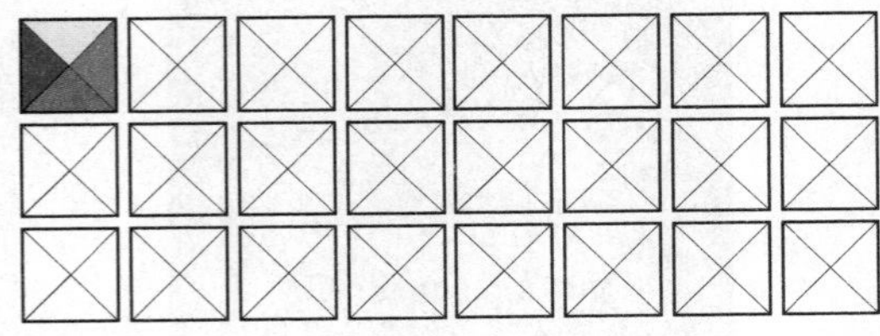

590 数的持续度

一个数的“持续度”表示的是通过把该数的各位数字相乘，经过多久可以得到一个一位数。

比如，我们将 723 这个数的各个数位上的数字相乘，得到 $7\times2\times3=42$。然后再将 42 的各个数位上的数字相乘，得到 8。这里将 723 变成一位数一共花了 2 步，所以 2 就是 723 的“持续度”。

那么持续度分别为 2，3，4，5 等的最小的数分别为多少？

是不是每个数通过重复这个过程都可以得到一个一位数呢？

591 完人之旅

最初，彼得·格莱海德这位冒险者的形象只出现在短篇故事书里，但是自 20 世纪 30 年代末起，他的创作者查里斯·里特利斯也创作了一些长篇小说，都是浅显易懂而又非常流行的。从以下给出的线索中，你能推断出那些邪恶的罪犯是谁、他们出没的地点、所犯的罪行和最后被揭露出来时的身份是什么吗？

线索

1. 在《完人在开罗》里，罪犯以考古学家的身份出现，表面上是在为卡玛西斯四世法老墓作研究。在《完人在纽约》里的罪犯和代号是“王子”的两个人都是走私分子，但是两人公开的身份都不是政治家。

2.《完人在柏林》里的罪犯叫自己“修道士”，因为他的大本营是城外一座破败的隐修院。彼得·格莱海德后来发现他曾和一个以旅店经营者身份为掩护的罪犯有过密切接触。那件事不是在迈阿密发生的。

3. 不知疲倦的慈善机构工作人员其实是代号“鼓手”的作案老手，但他没有参与毒品走私。代号“鲨鱼”的人和他的同伙主要干的是敲诈勒索的活。

4.《完人在里斯本》里发生的是伪造案。而另一伙拐骗团伙的主犯却摇身一变成了警察，他们不是《完人在迈阿密》的主角。

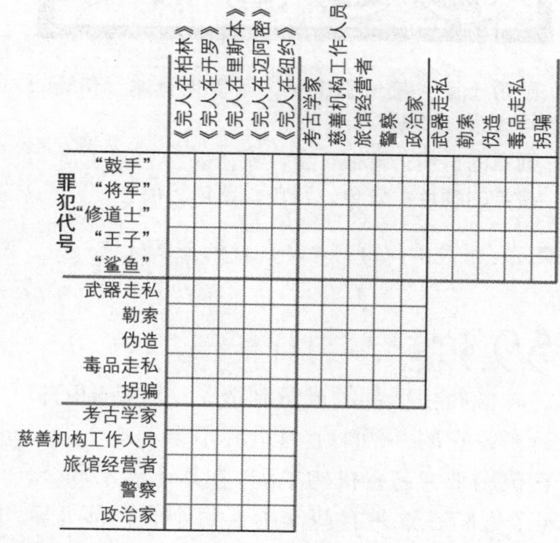

592 勋章

乔内斯特的宫廷博物馆有一个陈列橱，里面排放着 14 ~ 19 世纪中期的前乔内斯特的国王们保留的 4 个骑士团大勋章。从以下给出的线索中，你能填出下图的 4 个勋章分别代表的 4 个勋爵士团的名字、制造大勋章用的金属材料和它上面的绶带的颜色吗？

线索

1. 勋章 C 上悬挂着绿色的绶带。

2. 大勋章 A 是用纯银制作的。
3. 为 14 世纪乔内斯特王位的继承人命名的赖班恩王子勋爵士团的勋章有一个紫色的绶带。
4. 铁拳勋爵士团的勋章，顾名思义是铁制的大勋章，上面烙印着代表性图案：握紧的拳头。展示在有蓝色绶带的勋章旁边。
5. 青铜制的勋章紧靠在由纯金制造的勋章的右边，金制勋章不是伊斯特埃尔勋爵士团的代表。

勋爵士团：赖班恩王子，圣爱克赞讷，伊斯特埃尔，铁拳
勋章的材料：青铜，金，铁，银
绶带的颜色：蓝色，绿色，紫色，白色

提示：首先要找出制造勋章 D 的金属材料。

593 四人骑自行车

骑行俱乐部的成员制造了一些特别的自行车，它的一辆车上可以骑不多于 4 个人，它被用来为慈善机构牟利。在某个展示场合，4 个人骑在这种自行车上，每个人扮演儿童故事书中的一个角色。从以下给出的线索中，你能说出每个人的全名以及他或她所扮演的角色吗？

线索

1. “托德先生”紧靠在詹妮后面。
2. 扮演“诺德”的不是斯普埃克斯，他在基思的前面某个位置。
3. 骑在 2 号位置的人扮演“迈德・海特”。
4. 贝尔穿成飞人“贝格尔斯”的样子。
5. 戴夫在自行车的 3 号位置。

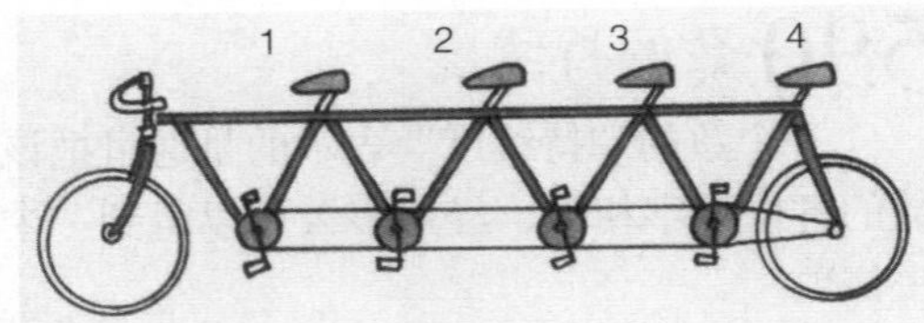

名：戴夫，詹妮，基思，莫尼卡
姓：贝尔，切诺，福克斯，斯普埃克斯
角色：“贝格尔斯”，“迈德・海特”，“托德先生”，“诺德”

提示：首先要安置好詹妮。

594 过街女士

在我们镇上的 5 所小学里，小学生穿过拥挤马路时的安全是由他们的“过街女士”来负责的。从以下的信息中，你能推断出哪位“过街女士”在哪一所学校外工作、她们所负责的街道以及每位女士从事这份工作的时间吗？

线索

1. 有一位女士负责这个工作已经 4 年了，她并不在圣・威妮弗蕾德小学外的马路上工作，圣・威妮弗蕾德小学外面的马路也不是用树名来命名的。
2. 斯多普薇女士是阿贝菲尔德小学的“过街女士”，但她不帮助学生经过风磨房大街；大不列颠路小学外的大街与此小学同名。

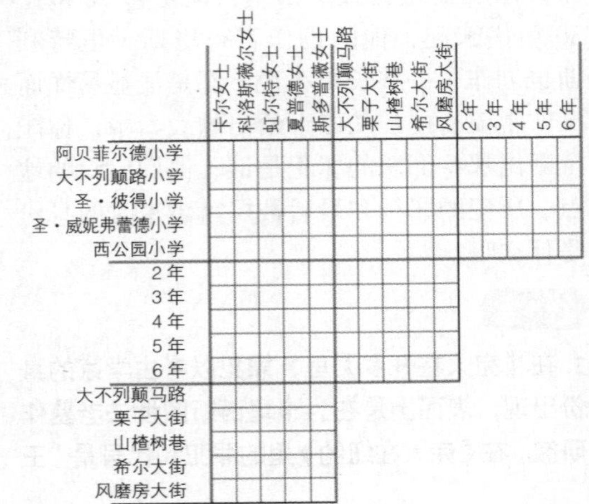

3. 科洛斯薇尔女士在这5名女士中是最迟受雇佣的。她的学校外的马路并不称之为“某某街”。
4. 西公园小学的“过街女士”已经工作3年了，希尔大街的“过街女士”已经工作5年了。
5. 夏普德女士不是5人中工作时间最长的。
6. 在栗子大街上的学校是根据圣人命名的，而卡尔女士在山楂巷阻拦车辆。

595 修理店的汽车

汽车修理店停着4辆汽车，其中汽油泵旁边有2辆汽车，另外2辆在使用其他设备。从下面所给的线索中，你能说出司机的名字、每辆车的颜色和品牌吗？

线索

1. 当你看着这个平面图时，你会发现那辆灰色美洲豹比哈森的汽车停得更靠右边。
2. 蒂莫西驾驶的汽车不是蓝色的。
3. 阿尔玛的汽车不是宝马，它也不停在2个汽油泵的前面。丰田汽车停在了汽油泵的前面，但它不是绿色的。
4. 4号汽车是深蓝色的，但它不是流浪者牌。

司机：阿尔玛，杰拉尔丁，哈森，蒂莫西
颜色：深蓝色，绿色，灰色，浅蓝色
品牌：宝马，美洲豹，流浪者，丰田

提示：首先推断出4号汽车的品牌。

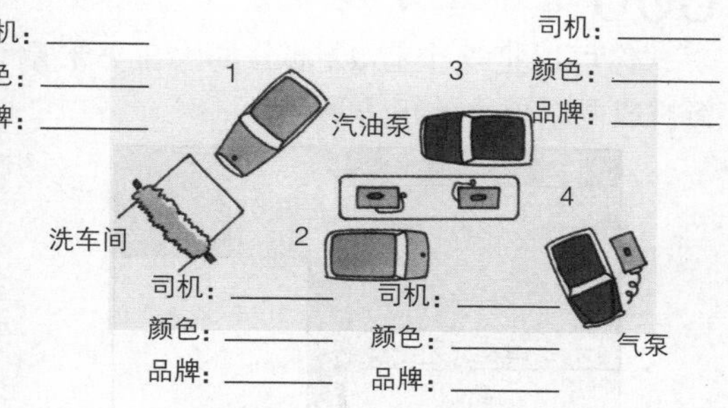

596 阳光中的海岛

这是一个小岛，它近来刚刚被开发成旅游中心，它由4个主要的市镇组成，分别坐落在沿海岸线编号为A，B，C，D的位置上。从所给的线索中，你能说出每一个市镇的名称、在那里旅游的是哪个家庭，以及那里所提供的娱乐设施吗？

线索

1. 罗德斯一家人住在国王乡村的一个旅馆中，而游艇港湾镇沿着海岸线顺时针方向的下一站就是国王乡村镇。
2. 莱斯特一家人住在东海岸的一个旅游胜地上，而巴瑞特一家人住在拥有宜人海滩的旅游胜地上。
3. 西海岸的旅游胜地叫做白色沙滩。
4. 卡西诺赌场位于蓝色海湾镇上，但是沃德尔一家人没有在这里旅游。

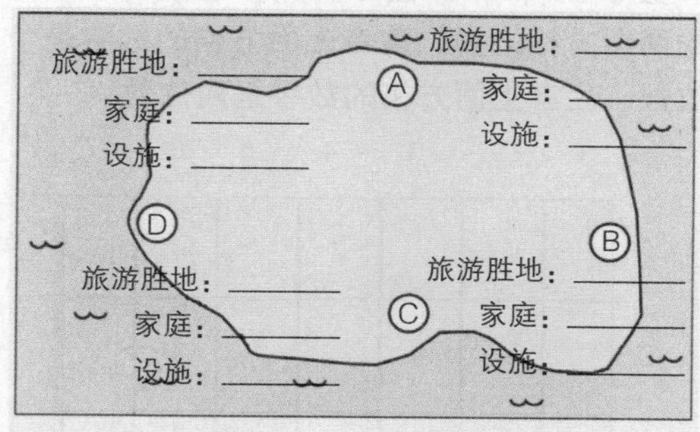

旅游胜地：蓝色海湾，国王乡村，纳尔逊镇，白色沙滩
家庭：巴瑞特，莱斯特，罗德斯，沃德尔
设施：卡西诺赌场，游艇港湾，宜人海滩，潜水中心

提示：首先找出国王乡村的娱乐设施。

597 矩形填数

在下图中，构成矩形的每一个方格都包含了一个不同的数字，数字从1～21不等。从所给的线索中，你能在每个方格中填上正确的数字吗？

线索

1. 数字20在第一行中，7在它的左边，6在它的右边。

2. 方格 A4 中的数字比它的邻居 A3 大 2，同时又是它另一个邻居 A5 的 2 倍。
3.C3 中的数字是 2，而数字 3 不在 B 行中。
4. 数字 10 与 15 在同一水平行中，而且 10 在 15 左边第 3 个方格中。
5. 方格 B1 中的数字是方格 A1 中数字的 2 倍，而方格 A1 中的数字是方格 C1 中数字的 2 倍。
6.B3 中的数字比 C6 中的数字少 1，同时 B3 又比 C2 中的数字少 2。
7. 数字 1 所在的方格是在 18 的上面，1 又在 13 的左边。
8. 数字 12 所在纵列的 3 个数字之和是 31，而第 7 纵列的 3 个数字之和大于 25。
9. 数字 21 和 9 都在 C 行内，它们位于相邻的两个方格之内，前者上面方格的数字是个位数，后者上面方格的数字是两位数。

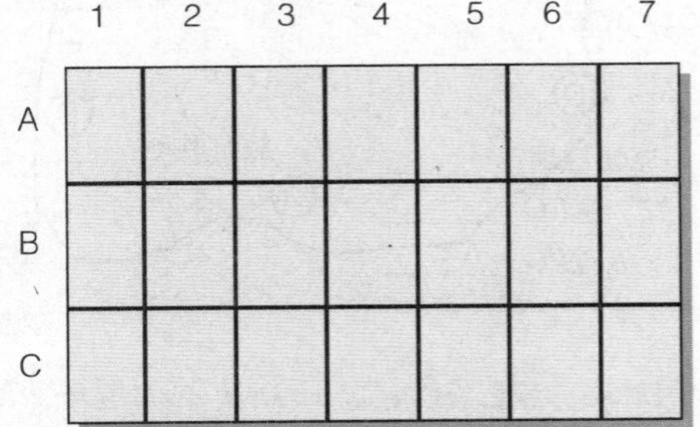

提示：首先推断出第一纵列的 3 个数字。

598 封闭的环形路线

这 8 个棋子的每一条边都包含 6 种颜色。你能分辨出棋子经过旋转后（不改变它们在游戏板上的位置），哪种颜色能形成一条封闭的环形线路？

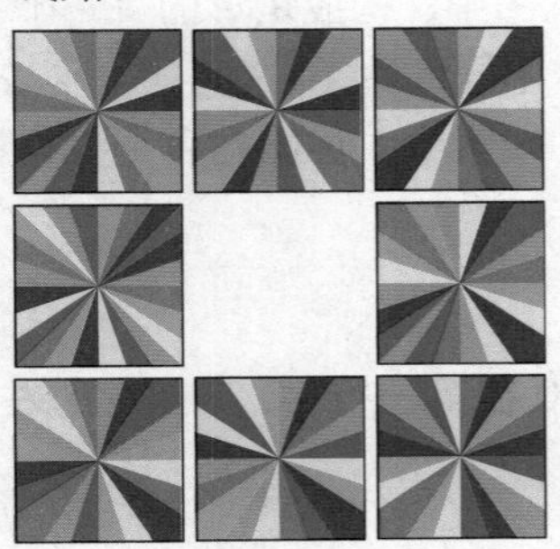

599 数字分拆

高德弗里·哈代和锡里尼哇沙·拉玛奴江共同研究了数字分拆问题，即将正整数 n 分拆成几个正整数一共有多少种方法？

比如，数字 5 就有 7 种不同的分拆方法，如下图所示。

现在请问你：数字 6 和 10 分别有多少种分拆方法？

5 = 5
5 = 4 + 1
5 = 3 + 2
5 = 3 + 1 + 1
5 = 2 + 2 + 1
5 = 2 + 1 + 1 + 1
5 = 1 + 1 + 1 + 1 + 1

600 分割正方形

你可以把这个有 22 部分的大正方形重新拼成两个更小的正方形吗？

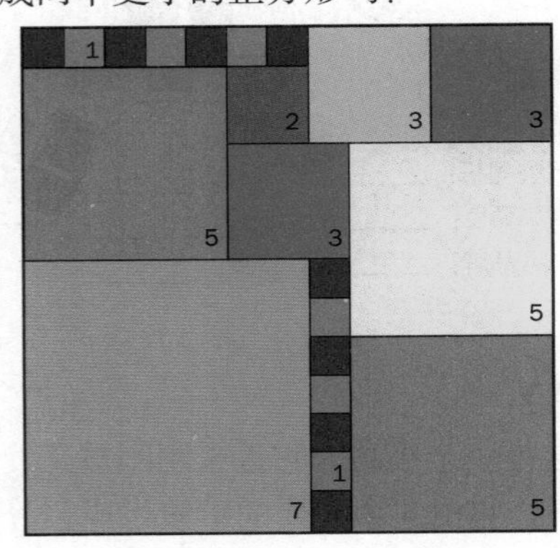

601 六边形填数

你能否在如图所示的这些小六边形里填上恰当的数，使得三角形中的每一个数都等于它上面两个数之和？不允许填负数！

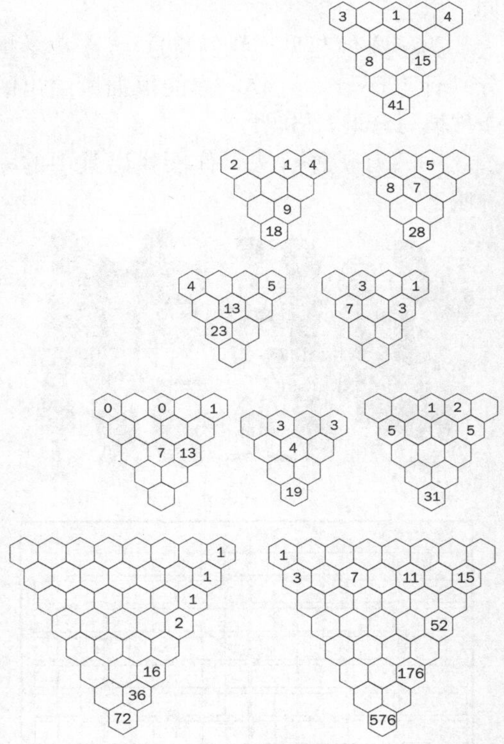

602 楼号

街的一边上的大厦从 1 开始按顺序编号，直到街尾，然后从对面街上的大厦开始往回继续编号，到编号为 1 的大厦对面结束。每栋大厦都与对面的大厦恰好相对。

若编号为 121 的大厦在编号为 294 的大厦对面，这条街两边共有多少栋大厦？

603 猫鼠过河

3 只猫和 3 只老鼠想要过河，但是只有一条船，一次只能容纳 2 只动物。无论在河的哪一边，猫的数量都不能多于老鼠的数量。

它们可以全部安全过河吗？

船最少需要航行几次才能将它们全都带过河？

604 兔子魔术

魔术师将 6 只白色兔子和 6 只红色兔子放在 4 顶帽子里，每顶帽子上面都贴有标签，如图所示。但是这些标签全部都贴错了。4 个选手每个人拿到一顶帽子和帽子上的标签（弄错了的标签）。每个选手可以从他的帽子中拿出 2 只兔子。要求他们说出自己帽子里的 3 只兔子的颜色。

第 1 个选手拿出了 2 只红色兔子，他说："我知道剩下的 1 只兔子是什么颜色的了。"第 2 个选手拿出了 1 只红色和 1 只白色的兔子，他说："我也知道剩下的 1 只兔子是什么颜色的了。"第 3 个选手拿出了两只白色兔子，他说："我不知道我帽子里的第 3 只兔子的颜色。”第4个选手说：“我不需要拿兔子。我已经知道我帽子里所有兔子的颜色，而且我也知道了第3个选手的另外1只兔子的颜色。”

他是怎么知道的呢？

605 不可比的长方形

在数学上，两个有整数边的长方形，如果它们互相都不能被放进另一个里面（它们的边是平行的），那么我们称它们为不可比的长方形。

下面一组7个长方形互相不可比，而且可以被拼进一个最小的长方形。

1. 你能确定这个可以由7个不可比的长方形拼成的长方形边的比例吗？

2. 你能找到这类的图样吗？

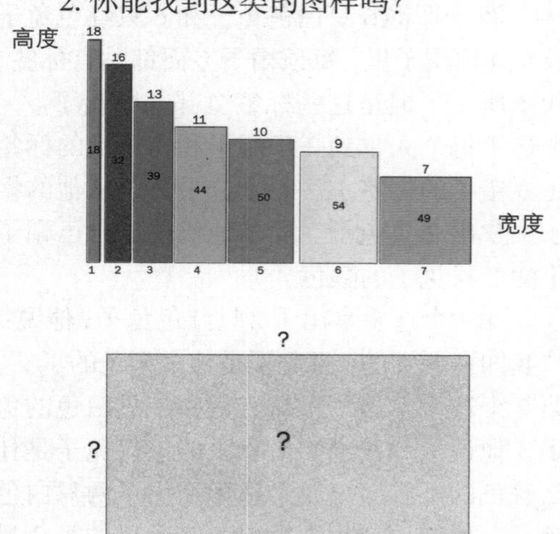

606 小学生的日程安排

15个小学生3人一组去上学，连续7天。

他们的分组情况必须要满足一个条件：在7天中任意2个小学生只有1次被分到同一组。

为了方便起见，我们将这15个小学生分别标上序号1～15，你能根据所给出的条件填写分组表格吗？

一共有7种解法，你能找出其中的一种吗？

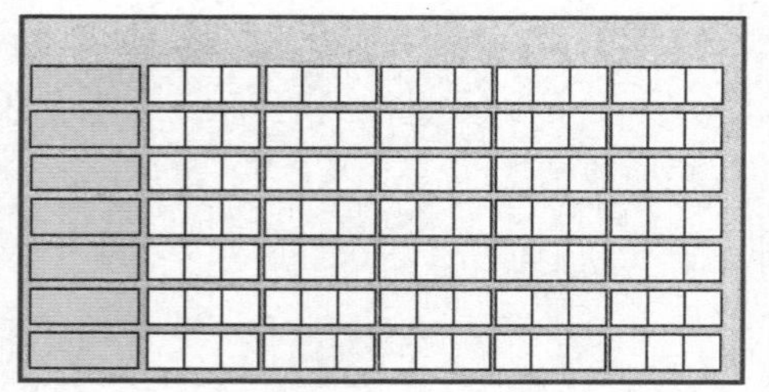

607 纸条艺术

你能否用一张纸条折成下面的形状？这张纸条至少需要多长？

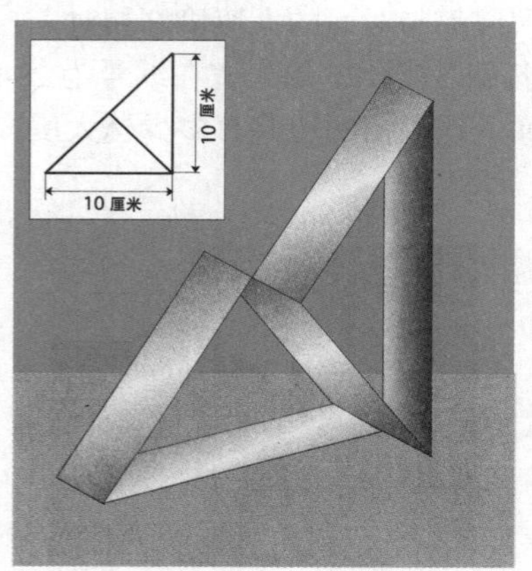

608 纸风车图案

如图所示，每一横行或每一竖行都有6个纸风车，每个纸风车都包含有4种颜色。

你能找出这些图案的规律，并给图中的6个白色纸风车涂上正确的颜色吗？

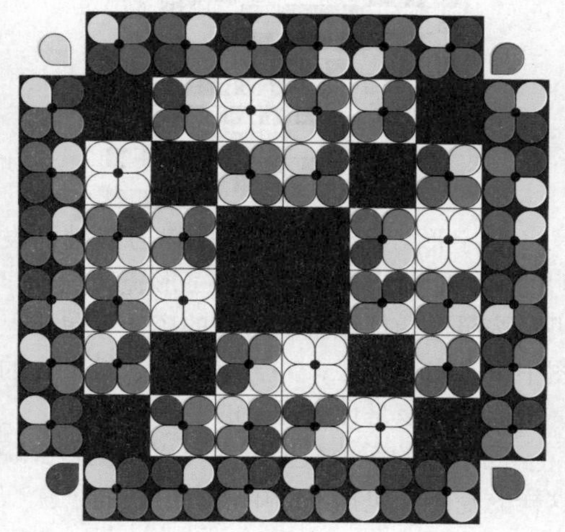

609 两人相同的生日

随机选择几个人组成一组，问至少要多少人，才可以使这个组里面至少有2个人生日相同的概率大于50%？

610 与你相同的生日

选择一些人与你组成一组，问至少需要多少人，才可以使他们中至少有1个人跟你的生日相同的概率大于50%？

611 倒霉的“郝斯彻斯”

“郝斯彻斯”是一家集酒吧和餐饮于一体的店，这是一个很小却非常温馨的地方。但是这一年里，它的员工都非常不幸。在最近5个月里已经有5个人在一些古怪的事件里受伤。从以下给出的线索中，你能说出是谁在哪个月受伤、他或她在店里的职务和遭遇的事件吗？

线索

1.“郝斯彻斯”的大堂经理的腿被一条狗咬了一口，虽然这并不十分古怪，但是那是一只老到戴假牙的吉娃娃狗。这件事是发生在高夫·狄尔受伤之后。

2.西里尔·佩奇是在4月末受伤的。那时正是首批度假旅客开始陆续出现的时候。西里尔·佩奇不是出纳员。

3.一位神经质的女客人觉得黑暗的触手正沿着走廊来到她的房门外，接下来出现的将是罪恶的入侵者，而不是晚上熄灯后重返的工作人员，被她击倒的不是店里的厨师。

4.清洁工是在5月份受伤的，他不是弗瑞德·罗普。弗瑞德·罗普是那个被自行车压倒的人。

5.7月份，店里的一位职员在去接待区的路上被一条活的鲱鱼滑倒，狠狠地在地上摔了一跤。

6.艾里斯·韦尔斯是刚来工作不久的女服务员。

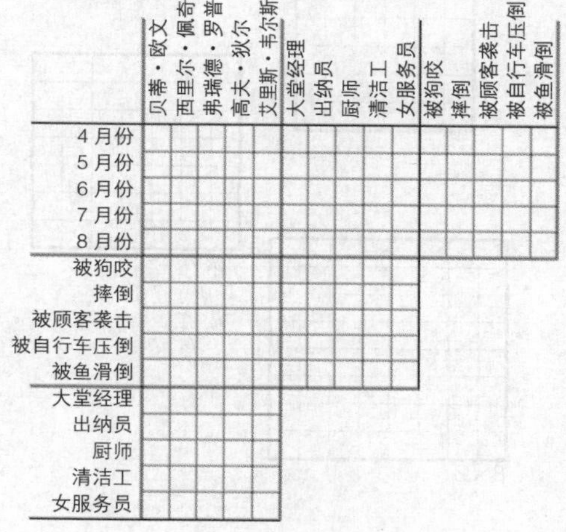

	贝蒂·欧文	西里尔·佩奇	弗瑞德·罗普	高夫·狄尔	艾里斯·韦尔斯	大堂经理	出纳员	厨师	清洁工	女服务员	被狗咬	摔倒	被顾客袭击	被自行车压倒	被鱼滑倒
4月份															
5月份															
6月份															
7月份															
8月份															
被狗咬															
摔倒															
被顾客袭击															
被自行车压倒															
被鱼滑倒															
大堂经理															
出纳员															
厨师															
清洁工															
女服务员															

612 非正的正方形

非正的正方形是由沿着它们的单位格的小正方形拼成的。这些正方形可以是相同的。问题是，边长为n的正方形可以被分成的边长为整数的正方形的最小数目是多少？

图中已经给出了从有2×2个单元格的正方形到有13×13个单元格的正方形。

你能找出每一个非正的正方形可以分割成的最小的正方形的数目吗？

1个2×2的正方形只可以被分成4个小的单位正方形；3×3的正方形可以被分成1个2×2的正方形和5个单位正方形，一共6个；4×4的正方形可以被分成1个3×3的正方形和7个单位正方形，一共8个，但是它也可以被分成4个相同的2×2的正方形，当然这一种解法更好。一般来说，n为偶数时的解法与此类似，但是你会发现对于奇数的正方形来说，问题更加巧妙。

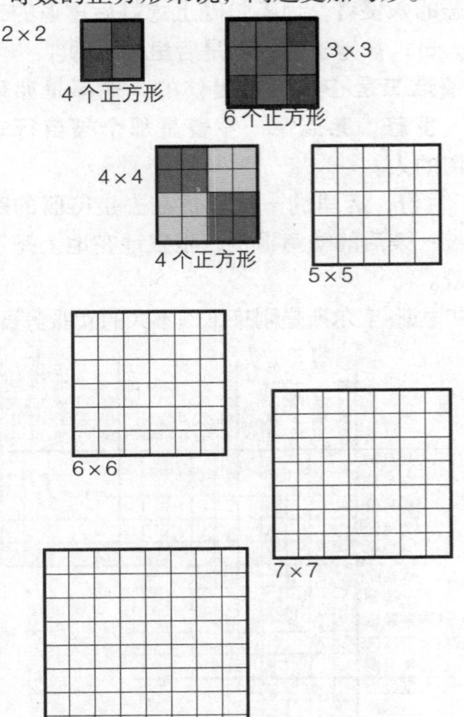

613 之字形瓷砖

之字形瓷砖是以多联骨牌为基础而发明的。你能找出上面这些之字形瓷砖的规律吗？按照这一规律找出所有的瓷砖（包括上图中没有出现的），并告诉我们，接下去的一块瓷砖应该是什么样子的？

问下面的游戏板上最多可以贴上多少块这样的瓷砖（包括下图中没有出现的）？

之字形瓷砖游戏板

614 打孔正方形

将一个大正方形两边对折，折成它1/4大小的小正方形，然后用打孔器在小正方形上打孔，见每行最左边的小正方形。

将小正方形展开，会得到一个对称图形。

你能说出这4个小正方形对应的展开图分别是哪个吗？

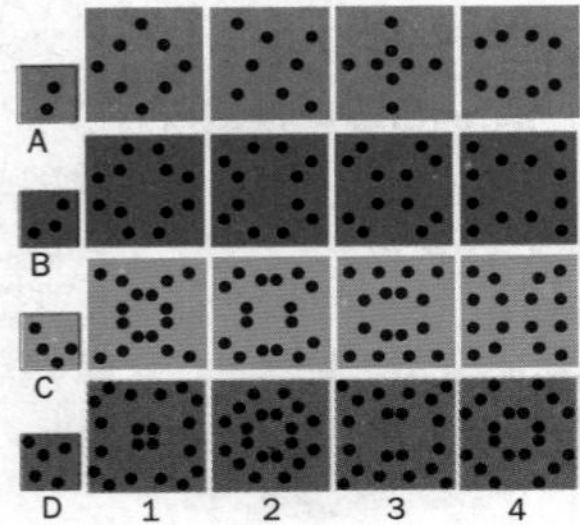

615 打洞正方形

将一个大正方形两边对折，折成它1/4大小的小正方形，然后在小正方形上打洞，如图所示。

将小正方形展开，会得到一个对称图形。

你能说出A，B，C，D4个小正方形对应的展开图分别是哪个吗？

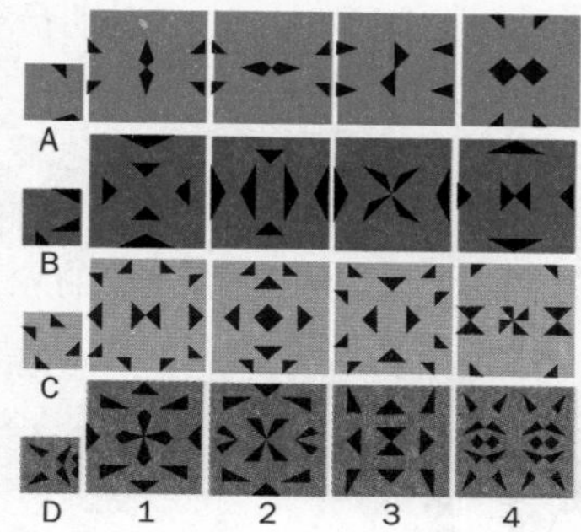

616 数字卡片

有黄红两组数字卡片。请你把它们粘到下边的数字板上，使得横向相邻的两种不同颜色的卡片数字相同。

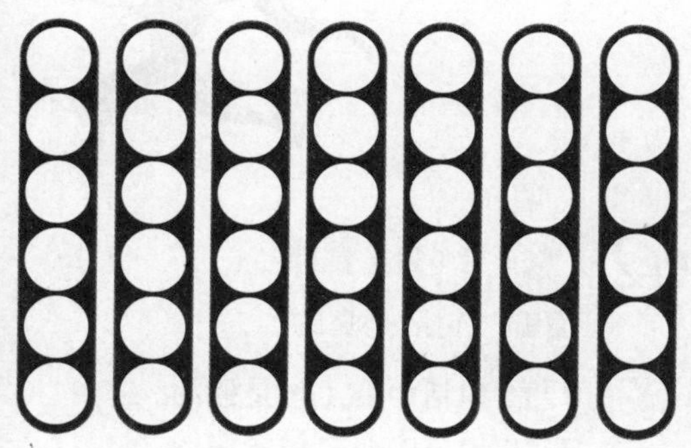

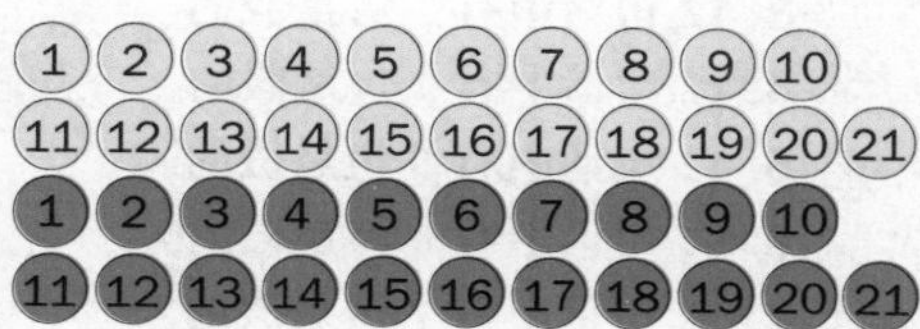

617 谁是谁

汤姆总是说真话；狄克有时候说真话，有时候说假话；亨利总是说假话。

请问图中的3个人分别是谁？

618 分巧克力

要把这块巧克力分成64块相同的部分，你最少需要切几次？

注意：你可以把已经切好的部分放在没有切的巧克力上面。

619 隐藏的图形

图形 1 和图形 2 分别如左图所示，请问在上图中你能够找到几个图形 1 和几个图形 2？其中图形 1 和 2 上面可以允许有其他的线段穿过。

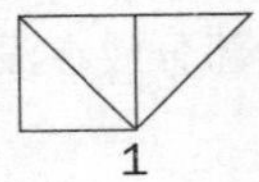

1

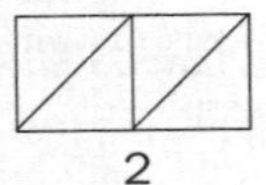

2

620 彩色方形图

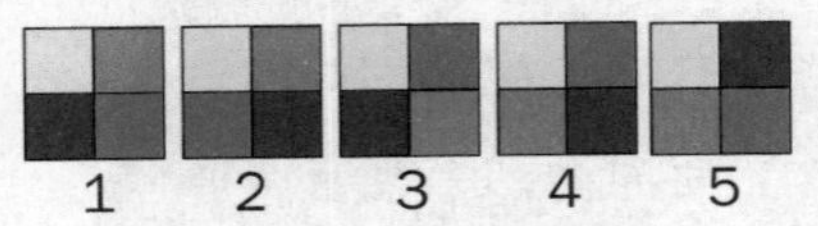

编号 1 ~ 5 的方形卡片中哪一张永远不可能在下图中找到？

621 排列 4 队运动员

如图所示，一共有 4 队运动员（用 4 种不同的颜色表示），每队里面有 2 个运动员。他们同时起跑。

跑到终点的时候，有一个运动员在红队的 2 个运动员之间到达，2 个运动员在蓝队的 2 个运动员之间到达，3 个运动员在绿队的 2 个运动员之间到达，4 个运动员在黄队的 2 个运动员之间到达。

同时我们也知道最后一个到达终点的是黄队的运动员。

你能将这些运动员到达终点的顺序排列出来吗（按照颜色）？

622 哪一句是真的

下面哪一句话是真的？

1. 12 句话中有 1 句是假的。
2. 12 句话中有 2 句是假的。
3. 12 句话中有 3 句是假的。
4. 12 句话中有 4 句是假的。
5. 12 句话中有 5 句是假的。
6. 12 句话中有 6 句是假的。
7. 12 句话中有 7 句是假的。
8. 12 句话中有 8 句是假的。
9. 12 句话中有 9 句是假的。
10. 12 句话中有 10 句是假的。
11. 12 句话中有 11 句是假的。
12. 12 句话中有 12 句是假的。

623 黑暗中的手套

抽屉里面一共放了2双黄色手套、3双红色手套、4双绿色手套以及5双蓝色手套。这些手套都杂乱地摆放着。

现在要在黑暗中从抽屉里拿出手套，要求至少拿到一双相同颜色的手套，并且左右手配套。请问至少需要从抽屉里拿出多少只手套才能完成任务？

624 黑暗中的袜子

在抽屉里放了7只红色、7只黄色以及7只绿色的袜子。

在黑暗中，必须要拿多少只袜子才能拿到一双左右脚配套的袜子(任意颜色的都可以)？

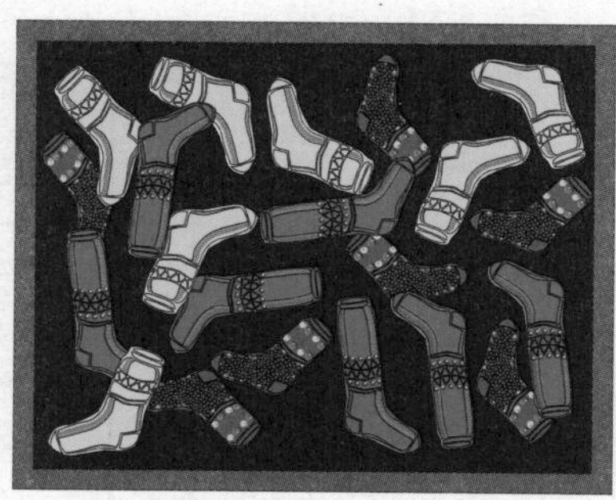

625 开派对的动物们

兔子莱吉邀请了它所有的朋友去一个温暖的洞穴开派对。下面是对其中5个客人的描述，从给出的信息中，你能推断出每个客人带的食物是什么、喜爱的音乐家是谁、喜爱的伴奏音乐是哪段吗？

线索

1. 野兔哈利带来的不是酸模叶，也不是黑莓。后者不是由喜爱凯特·布逊的动物带来的，也不是爱跟着音乐《小兔子》跳舞的动物带来的。
2. “上等软毛”不是带来酸模叶的客人喜爱的音乐组合；这个音乐组合没有录制歌曲《她爱伊夫》和《我心永恒》。
3. 带来橡子的客人喜爱的音乐组合不是“树篱人生”，这位客人喜欢的唱片是《我心永恒》。
4. 《疯狂的东西》是凯特·布逊的成名作；老鼠莫里斯是“白鼬布赖恩”的歌迷。
5. 田鼠弗农喜欢随着《秘密进行》跳摇摆舞。这首不是“上等软毛”的成名作。
6. 猫头鹰奥瑟给派对带来了坚果；贡献出种子的客人是“狐的音乐”组合的歌迷。

		橡子	黑莓	酸模叶	坚果	种子	“白鼬布赖恩”	“狐的音乐”	“上等软毛”	“树篱人生”	凯特·布逊	《小兔子》	《秘密进行》	《我心永恒》	《她爱伊夫》	《疯狂的东西》
							音乐家									
客人	野兔哈利															
	老鼠莫里斯															
	猫头鹰奥瑟															
	松鼠塞梅															
	田鼠弗农															
	《小兔子》															
	《秘密进行》															
	《我心永恒》															
	《她爱伊夫》															
	《疯狂的东西》															
	“白鼬布赖恩”															
	“狐的音乐”															
	“上等软毛”															
	“树篱人生”															
	凯特·布逊															

626 博物馆的展品

在 20 世纪初期，苏塞克斯的百里香小镇有一位喜爱考古的乡绅，他把几样在他的土地上发现的东西赠给了附近的一家博物馆。现在摆在展台上的东西是其中的 4 件。从以下给出的线索中，你能推断出每件东西是在哪个世纪制造的、在哪年赠给博物馆的吗？

线索

1. 那件银匙不是产自公元 9 世纪。物品 C 不是在 1936 年赠送给博物馆的。
2. 在 1948 年，乡绅去世的前一年，他将出产于 12 世纪的一件人工制品捐献给博物馆。那位乡绅 89 岁。
3. 物品 B 是一枚银胸针，它不是第一件赠送给博物馆的艺术品。
4. 那把剑紧靠在大概出产于 10 世纪的东西的右边。
5. 银酒杯的制造时间紧靠在 1912 年赠出物的制造时间之前。两者在展示橱上相邻排在一起。

艺术：________ ________ ________ ________

制造日期：________ ________ ________ ________

赠送日期：________ ________ ________ ________

艺术品：银胸针，银匙，银剑，银酒杯

制造日期：9 世纪，10 世纪，11 世纪，12 世纪

赠送日期：1912 年，1929 年，1936 年，1948 年

提示：首先要确定物品 A 的相关问题。

627 笔名

“羽毛书”以出版侦探小说闻名。上个月他们就推出了 5 本由新作者写的侦探小说。这 5 位作者有以下几个共同点：每个人都有一份成功的事业，都选择其工作所在地区的刑事调查人员作为他（或她）塑造的侦探英雄形象。从以下给出的线索中，你能推断出每位作者的另一个职业是什么、各自的居住地和作品中侦探的名字吗？

线索

1. 其中一位作者是一家酒店老板，但他不居住在苏塞克斯东部地区。埃德蒙·格林不是在威尔士格温内思郡一个小镇工作的兽医。
2. 朱丽叶·李尔家在什罗普郡。
3. 农场经营者斯图亚特·文恩不是创作出贝克探长的那位作者，而创作出贝克探长的那位作者也未从事过任何形式如承办酒席等服务行业的工作。
4. 朱丽叶·李尔塑造的英雄，确切地说是女英雄，叫撒切尔警官。思尔文探长的构想者没有经营过酒吧或咖啡店。
5. 现实生活中是位警察的那个作者没有居住在什罗普郡，他塑造的侦探叫法罗斯。
6. 其中一位作者在苏格兰的泰赛德地区从事酒店生意。

	咖啡店主	农场经营者	警察	酒店老板	兽医	苏塞克斯东部	多塞特地区	格温内思郡	什罗普郡	泰赛德地区	贝克探长	法罗斯探长	奎恩探长	思尔文探长	撒切尔警官
阿米莉娅·科尔															
埃德蒙·格林															
朱丽叶·李尔															
内文·坡															
斯图亚特·文恩															
贝克探长															
法罗斯探长															
奎恩探长															
思尔文探长															
撒切尔警官															
苏塞克斯东部															
多塞特地区															
格温内思郡															
什罗普郡															
泰赛德地区															

628 偶然所得

某天，3个少年在不同地点各捡到了一枚硬币。从以下给出的线索中，你能说出每个人的年龄、硬币的面值和捡到它的地点吗？

线索

1. 韦斯利捡到的硬币面值比在公园捡到的那个要大，在公园捡到硬币的人年纪比韦斯利大。
2. 阿曼达捡到了一枚面值为20便士的硬币，但不是在停车场捡到的。
3. 6岁小孩是在人行道上捡到那枚硬币的。

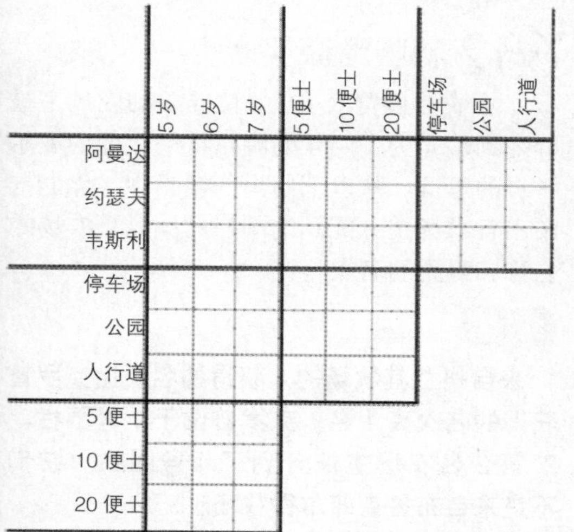

629 知名人士的房子

在戴夫·斯诺主持的一个很受欢迎的电视节目里，我们在伊洛德·卢德曼的带领下参观没有被告知姓名的知名人士的房子，然后请观众猜那位屋主到底是谁。这个星期已经播出5集这样的节目。从以下给出的信息中，你能推断出每位名人住的房屋样式、观众猜错的次数和每次节目里无意中泄漏的有关屋主秘密的线索吗？

线索

1. 猜错3次后确定的名人不是利维·韦尔斯，也不是沃伦·埃斯赫姆。观众猜沃伦·埃斯赫姆时，不是猜错4次得出的，也不是因为古董或纪念品这一泄密线索得出的结论。纪念品不在公寓里。
2. 公寓不是利维·韦尔斯的家。猜错公寓主人的次数比猜前教区牧师住宅主人的次数少。
3. 观众猜米莉·奈尔时猜错次数比因明显的唱片收集泄密而被猜出的名人多2次。最快被猜出的那家的泄密原因不是收集的唱片。
4. 前教区牧师住宅里的家庭健身房是确定屋主的线索之一。观众猜错了5次才明白过来排屋属于谁。
5. 观众猜洛娜·古德普兰斯猜得最慢。
6. 观众猜乡村小别墅的主人猜得最快。

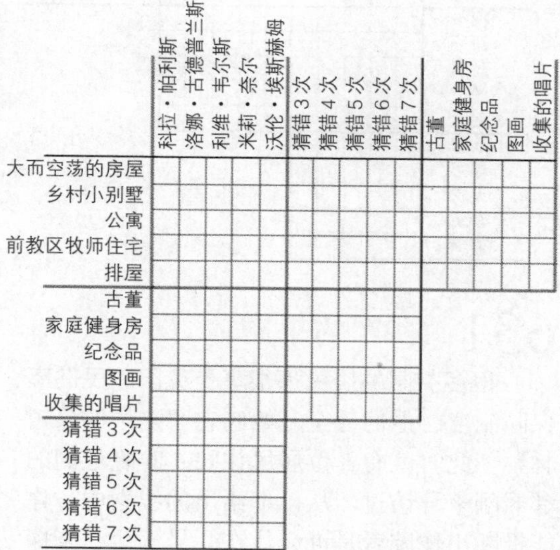

630 时装表演

在最近一次时装表演会上，有5件作品特别让我感兴趣。从以下给出的信息中，你能推断出每件衣物的款式、面料、设计师的名字和展示它的模特吗？

线索

1. 埃勒维兹不是展示威尔·佛洛特或阿莱·莫德作品的模特。威尔·佛洛特的作品不是裤子，所用的布料也不是缎子。

2. 吸引我眼球的罩衫不是用毛线或丝绒制成的，它上面也没有阿莱·莫德的标签，它也不是由米兰达展示的棉制品。

3. 比尔·拉吉设计的是丝绒制成的衣服，不是套装。裤子是纯丝绸制成的。

4. 令人惊叹的大衣是旺达·普莱斯带来的。

5. 那件礼服是塞布丽娜展示的。

6. 吉娜展示的是奥拉·雷杰的作品。

	阿莱·莫德	比尔·拉吉	奥拉·雷杰	旺达·普莱斯	威尔·佛洛特	礼服	罩衫	大衣	套装	裤子	棉布	缎子	丝绸	丝绒	毛线
埃勒维兹															
吉娜															
米兰达															
塞布丽娜															
扎拉															
棉布															
缎子															
丝绸															
丝绒															
毛线															
礼服															
罩衫															
大衣															
套装															
裤子															

631 “多产的果树林”

很多英国的居民都很享受英国国民健康保险制度，他们甚至开始叫它“多产的果树林”。此时就有 3 位居民住院，昨晚他们的邻居刚来拜访过。从以下给出的线索中，你能推断出住院者是谁、住在几号病房、来探望的是哪对与之相邻的夫妇及每对夫妇住的房子编号吗？

线索

1. 住在26号房子的那对夫妇探望了克劳普先生。

2. 菲尔夫人是 39 号病房的病人。

3. 多赫尔蒂家房子的编号数目比去 53 号病房探望的夫妇家的大。53 号病房住的不是唐纳斯夫人。

4. 萨克森比夫妇探望的是住在 47 号病房的女士。

		39 号病房	47 号病房	53 号病房	多赫尔蒂	莱德雪姆	萨克森比	26 号	65 号	81 号
					夫妇			房子		
病人	克劳普先生									
	唐纳斯夫人									
	菲尔夫人									
房子	26 号									
	65 号									
	81 号									
夫妇	多赫尔蒂									
	莱德雪姆									
	萨克森比									

632 腼腆的获奖者

在农业展览会上，4 位养羊的农场主被分配到编号为 1 ~ 4 的圈栏，来让他们展示各自的羊群。从以下给出的线索中，你能推断出各农场主分配到的圈栏的编号、农场的名称和得到的名次吗？

线索

1. 来自格兰其牧场的人获得的名次比克罗普获得的名次高 1 名。克罗普位于 1 号围栏。

2. 第 2 名农场主被分到了 4 号圈栏。它们不是来自布鲁克菲尔得牧场。

3.2 号圈栏的羊来自高原牧场，它们得到的名次比普劳曼得的要高。

4. 此次比赛，提艾泽尔是第 3 名的农场主。

农场主：克罗普，普劳曼，提艾泽尔，海吉斯
农场：高原牧场，格兰其牧场，曼普格鲁牧场，布鲁克菲尔得牧场

	1	2	3	4
农场主：	______	______	______	______
农场：	______	______	______	______
名次：	______	______	______	______

提示：首先要知道第 1 名的名字。

633 服务窗口

下面的图向我们展示了一个繁忙的城市邮政局，分别有4位顾客在4个服务窗口前办理业务。从下述的线索中，你能说出今天在各个窗口上班的职员的名字、每个顾客的名字以及每位顾客办理的业务吗？

线索

1. 艾莉斯正在提取她的养老金。
2. 某人正在办理公路收费执照，而亨利就站在此人左边第2个窗口处。亨利不在亚当的窗口前办理业务。
3. 路易斯在3号窗口处工作。
4. 4号窗口前的顾客不是玛格丽特，此处的顾客正在购买一本邮票集锦。
5. 某人正在寄一封挂号信，大卫就在此人的右边一个窗口工作。

1　　2　　3　　4

职员：亚当，大卫，路易斯，迈根
顾客：艾莉斯，丹尼尔，亨利，玛格丽特
业务：邮票集锦，养老金，挂号信，公路收费执照

提示：从办理公路收费执照处的窗口开始推断。

634 演讲

泰迪·罗恩的广播秀中有一个节目叫做《富有思想的停顿》，在节目中他会邀请一位拥有不同信仰的嘉宾来阐述自己的想法。以下是上周5位演讲者的信息，你能推断出哪一天由哪位嘉宾演讲、他们所属的宗教或部族以及他们演讲的主题吗？

线索

1. 哈维·歌德曼的演讲在一位罗马天主教牧师演讲之后，又在演讲《分享》的前一天。
2.（基督教）循道公会派的牧师演讲的题目是《容忍》，但是犹太人老师的演讲题目不是《睦邻友好》。
3. 维克·普里斯特利是星期四的嘉宾，但他不是犹太人。
4. 卡普特·罗维尔是救援军队的代言人。
5. 英国国教部的牧师的演讲是在星期三。
6.《深思熟虑》是在周一演讲的，但演讲者不是维尔·立夫维尔。

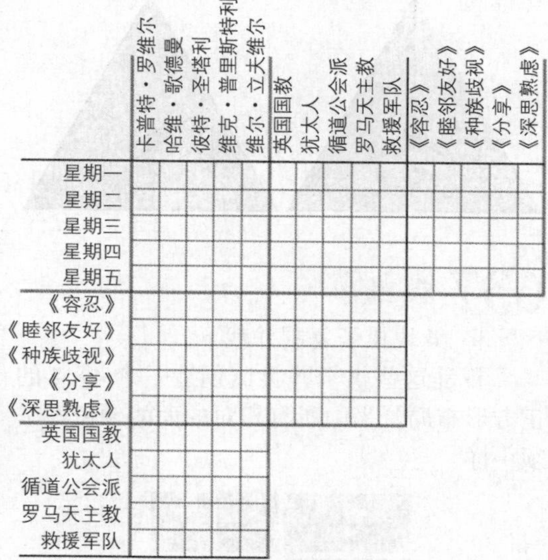

635 十二边形锯齿

将下图复制并剪下来，分成15个部分，把它们重新排列拼成一个十二边形，使十二边形表面上形成一条闭合的、曲折的线。

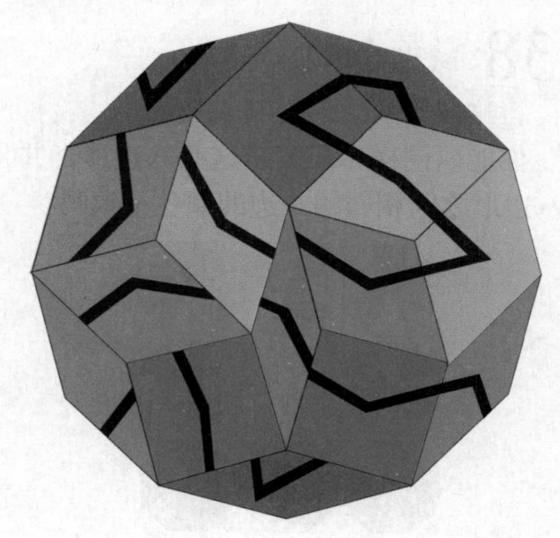

636 三分三角形

如图所示，要把一个正三角形三等分非常简单。

现在的要求是沿直线将三角形剪成几片，使各片拼起来能够正好拼成 3 个一模一样的形状。且剪刀不能通过该三角形的中心。

请问应该怎样剪？

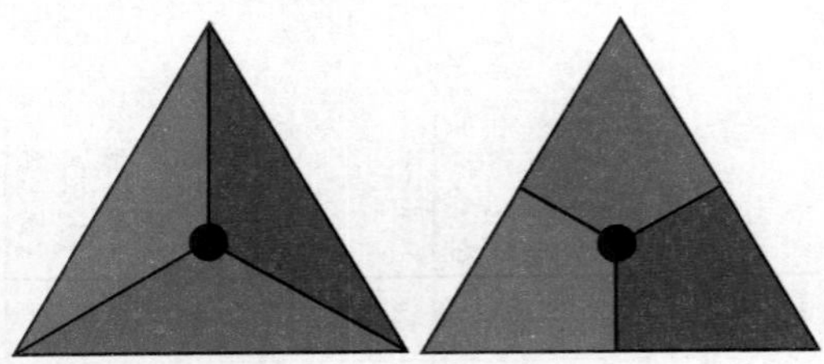

637 彩色布局（一）

将 16 块棋子复制并裁下。

打乱这些棋子并尝试创造一个 4×4 的正方形布局，当中所有相对的面的颜色都必须一样。

638 彩色布局（二）

将这 8 个八边形复制并裁下。

你能以同样布局安排这些八边形，并且使八边形之间相邻的一边的颜色一致吗？

639 三角形的特性

有一个三角形，一面为黄色，另一面为红色。将三角形的一个角与另一个角对折，如图所示，你会发现这 3 条折叠线交于一点。

是不是所有的三角形都具有这样的特性呢？

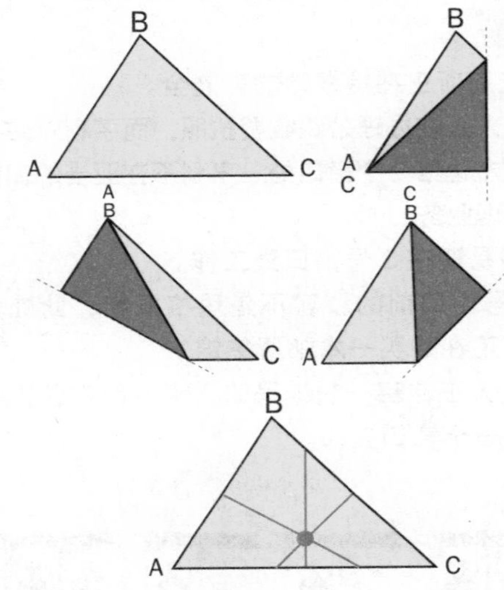

640 通往真理城的路

真理城的人总是说真话，而谎言城的人总是说假话。

你在去往真理城的路上看到了上面的这个路标，但是这个路标让人摸不着头脑，因此你必须要向站在路标旁边的人问路。

不幸的是，你并不知道这个人究竟是来自真理城还是谎言城，而你只能问这个人一个问题。

你应该问一个什么问题，才能找到通往真理城的路呢？

641 长方形拼正方形

这些长方形由1个单位正方形开始，并且按照一定的逻辑规则无限增长变化。

这一系列的长方形中的前11个已经给出了。

你能找到用这11个长方形可以拼成的最小的正方形吗？

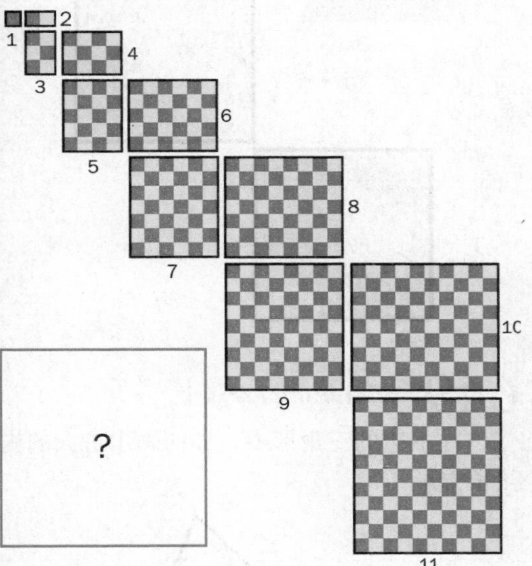

642 面积比

图中红色的部分占整个正方形总面积的百分之几？

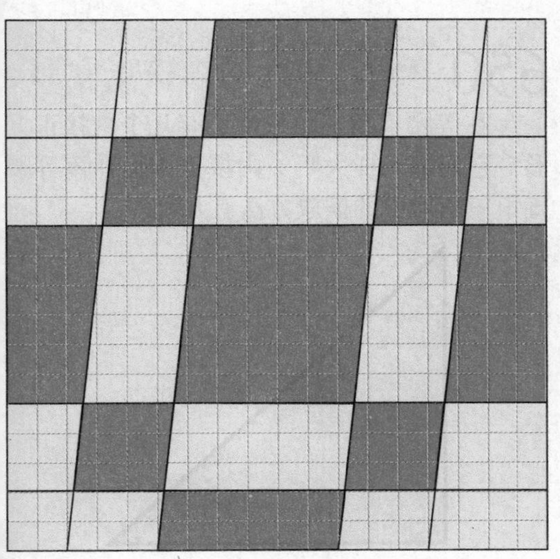

643 神秘的信息

你能读懂下面这条信息吗？从中你可以看出一个英文句子。

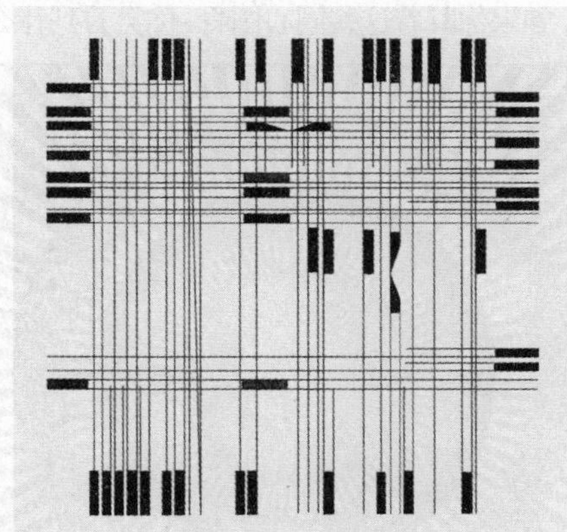

644 连续整数（一）

天平上放着3个重物，这3个重物的重量为3个连续的整数，它们的总和为54克。问这3个重物分别重多少？

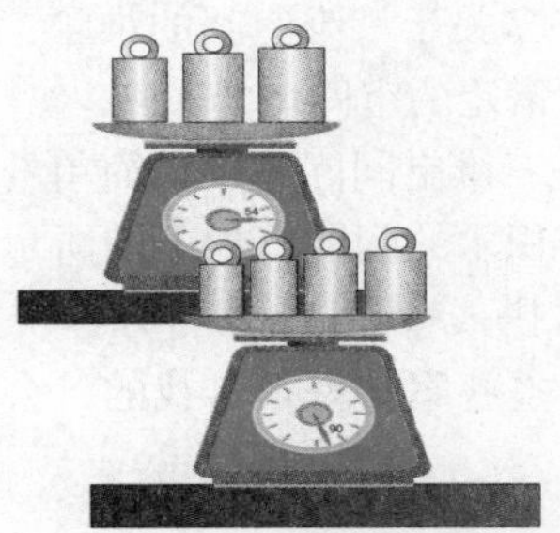

645 连续整数（二）

天平上放着4个重物，这4个重物的重量为4个连续的整数，它们的总和为90克。问这4个重物分别重多少？

646 旋转的圆圈

这张视错觉图是巴黎一位著名艺术家受到视幻艺术的启发所创作的。

如果你盯着这些同心圆看，你会看到什么？

647 积木问题

有许多关于三维空间的难题：把相同的积木放进指定的空间内。

这是三维空间问题中最简单的一个关于不相同的积木的问题，如下图所示。要求把这些积木拼成一个3×3立方体。这看起来简单，但是答案却是很难找的，会使你有挫败感。

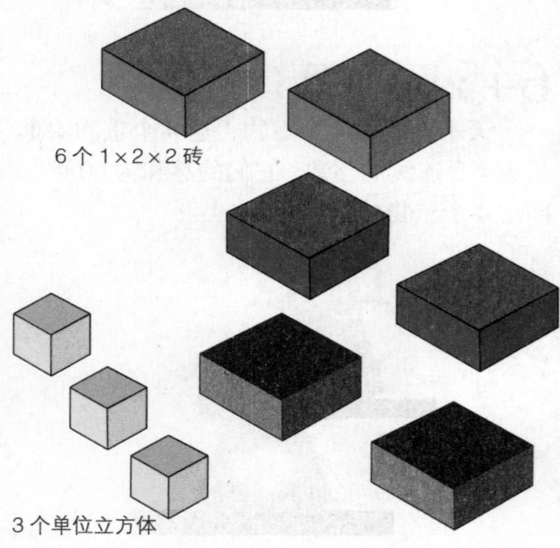

648 正方形的内接三角形

在边长为1的正方形的内接正三角形中，面积最小的是多少？面积最大的又是多少呢？

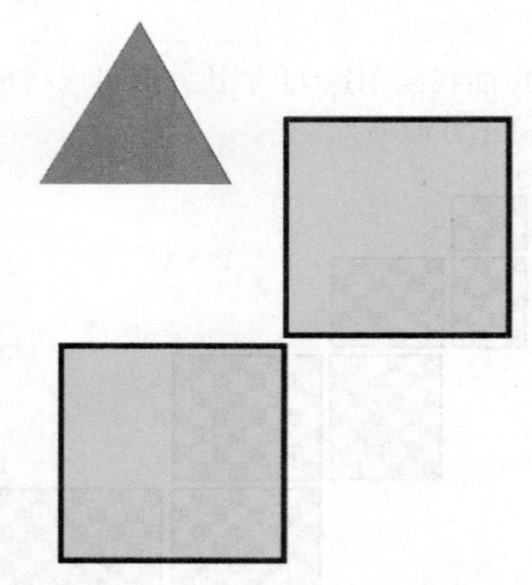

649 三角形的内接长方形

在下边的三角形中，如何画出最大的内接长方形？

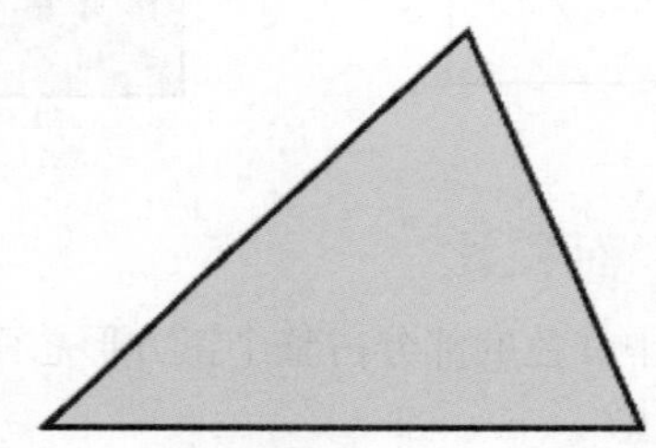

650 直角三角形的内接正方形

在等腰直角三角形中，有几个内接正方形？它们都一样大吗？内接正方形在该等腰直角三角形中的摆放方法有几种？

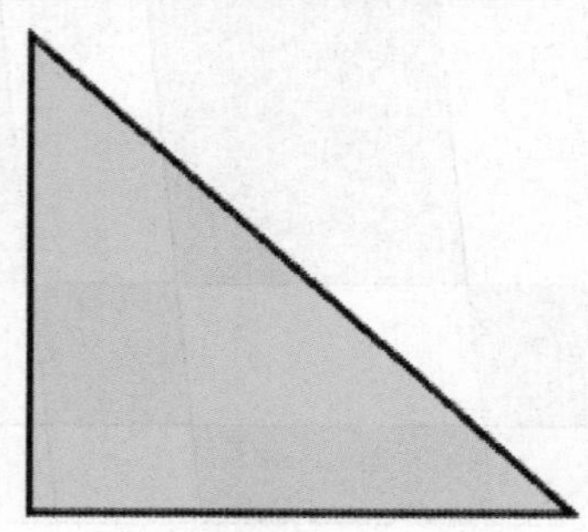

651 等边三角形的内接正方形

在等边三角形的内接正方形中，面积最大的是多少？最大面积的内接正方形在该等边三角形中的摆放方法有几种？

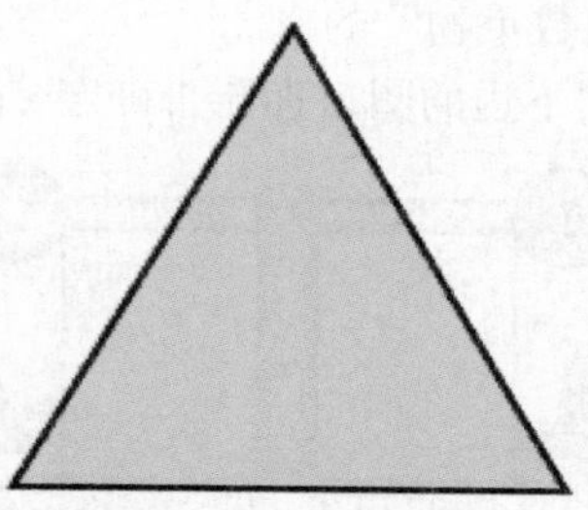

652 拼接六边形

将下边给出的10个部分复制并裁下。

将这些部分重新拼接成一个4×4×4的八边形蜂巢模式，如下图所示。

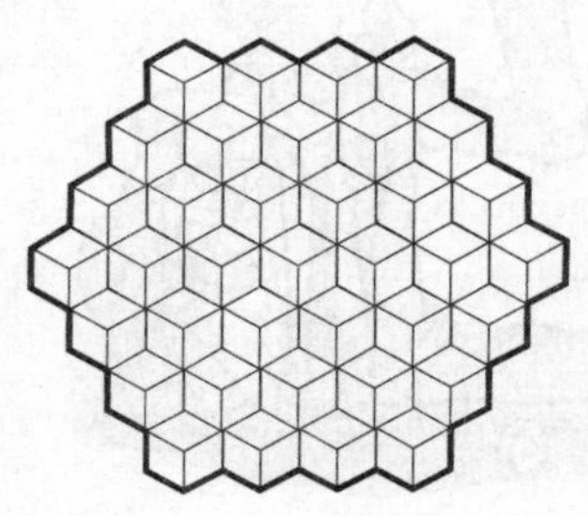

653 不可能的多米诺塔（一）

第一眼看这个用多米诺骨牌搭成的结构，你可能会觉得这是不可能实现的。但是如果仔细想想，你就知道这是怎么做到的了，你甚至可以自己用多米诺骨牌搭一个。

654 不可能的多米诺桥（二）

这看上去是一个不可能完成的结构，你知道它是怎么搭起来的吗？

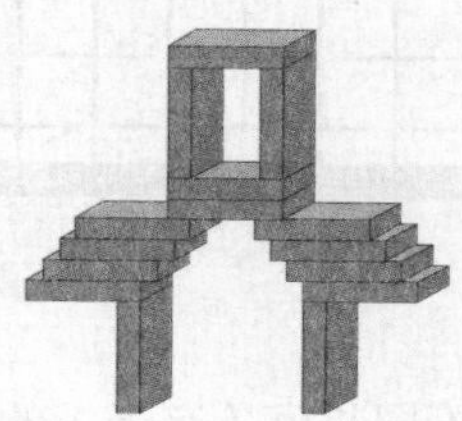

655 真理与婚姻

国王有2个女儿，一个叫艾米莉亚，一个叫莱拉。她们中有一个已经结婚了，另一个还没有。艾米莉亚总是说真话，莱拉总是说假话。一个年轻人要向国王的2个女儿中的一个提一个问题，来分辨出谁是已经结婚了的那个。如果答对的话，国王就会将还没有结婚的女儿嫁给他。

他应该怎样问才能娶到公主呢？

656 发散幻觉

在如图所示的矩阵中，红色的十字覆盖了格子的一部分，蓝色的十字覆盖了剩下的部分。红色和蓝色看上去像是向对角线方向发散的。

这个视错觉是由克里斯托弗·雷迪斯、罗塔·斯皮尔曼和普里斯皮安·库伍茨于1984年发明的。如果把这页纸旋转45° 会出现什么现象？

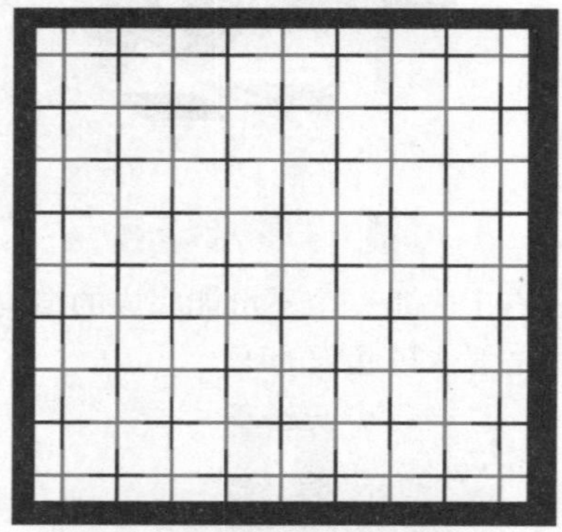

657 长木板

有许多不同长度（毫米）的厚木板，如图所示，我们的目的是选择一些木板并把它们组合成一根连续长度尽可能接近某一个特定的长度的木板——在这道题目里为3154毫米长的木板，如果可能，不要砍断任何木板。你能得到的最好结果是多少？

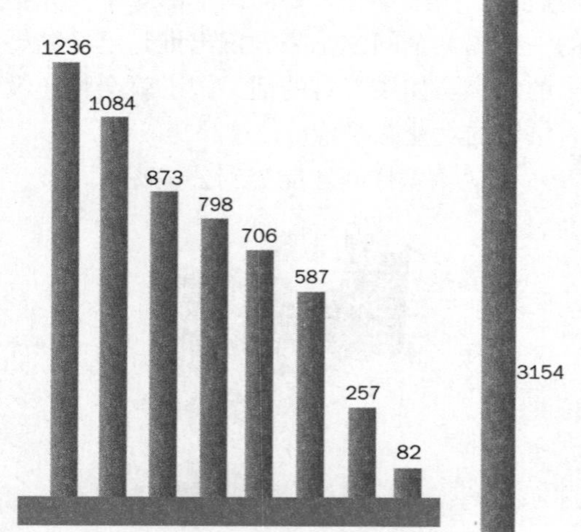

658 等式平衡

一个等式就好比一个天平。英国教师罗伯特·柯勤设计了一个天平，即在一个常规天平上加一个滑轮，如图所示。由此也就引入了“负数重物”的概念。

根据下边的图，你能否确定 x 的值？

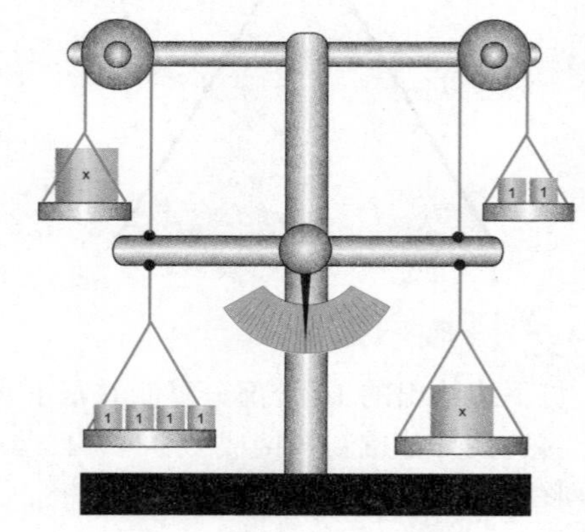

659 游泳池

一个游泳池长10米、宽5米、深1米，你一生中所喝的水的总量能不能把这个游泳池装满。

660 首姆斯和惠特森

在 100 多年前，有一位私人侦探叫做霍洛克·首姆斯，他经常会被邀请去侦破一些复杂的案件。这些都被他忠实的助手惠特森先生记录下来。下面的问题围绕着其中的 5 个案件，它们发生于 5 个连续的年份中。从所给的线索中，你能说出惠特森先生给每个案件所起的名字，并推断出首姆斯先生解决每个案件所需要的时间以及引领他最后解决问题的关键线索吗？

线索

1. 在惠特森的记载中，“幻影掷刀者案件”发生于另一个案件之后，那个案件是首姆斯以洗衣房的账单为线索，花费 4 天时间解决的。

2. “布林克斯顿扼杀案”是首姆斯根据马蹄印最后破案的。此次调查持续时间不是 4 周。

3. “王冠宝石案”在首姆斯调查此案之后的第 3 周得到顺利的解决。

4. 首姆斯解决“波斯外交官案件”不是在 1899 年。

5.1900 年首姆斯根据一颗纽扣侦破了一桩案件。

6.1901 年，一位内阁部长邀请首姆斯侦察“假冒的印度王公案件”，该案件的关键线索不是结婚证书。

7.1898 年，首姆斯花费整整 6 周时间侦破了一桩案件。

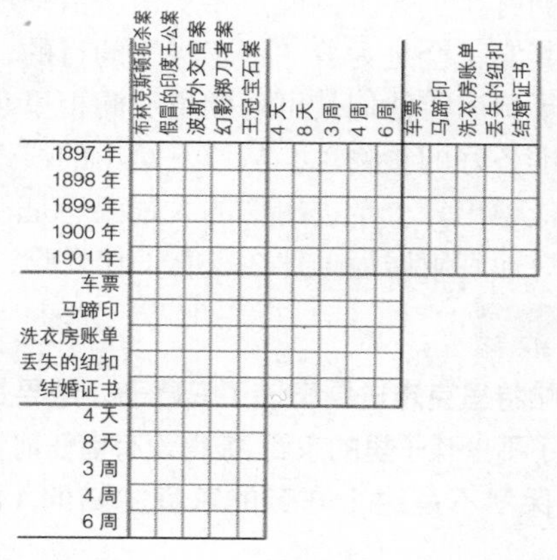

661 运货车

有 4 位司机在一家运输公司工作，如图所示：该公司的停车场通往一条环形马路，该环形马路又发出 4 条直行马路。从下面所给的线索中，你能将停车场中标号 1 ~ 4 的运货车与 4 位司机名字逐一匹配出来吗？并指出那天早晨出发时他们是按照何种顺序离开停车场的，同时推断出每位司机是选择 A ~ D 中哪条马路来行驶的吗？

线索

1. 汤米在 1 号运货车司机启程之后出发。在 2 号运货车司机亚瑟之前驶离出口，并离开环形马路。

2. 第 3 个离开停车场的运货车到达环形马路后，它朝着马路 C 的方向行驶。

3. 当天早上，罗斯是第 2 个离开停车场的。

4.4 号货车行驶的是马路 D。

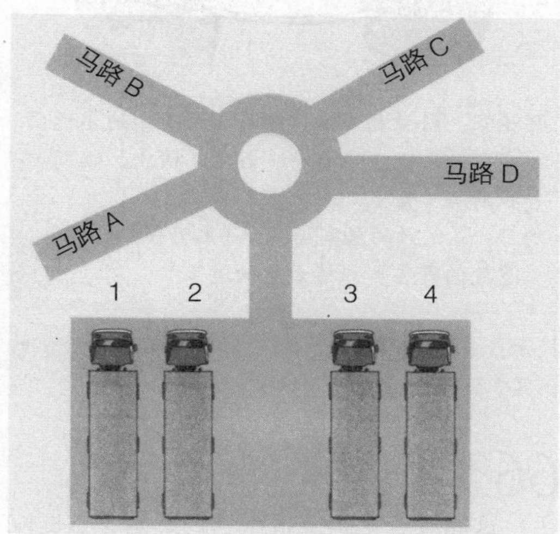

司机：亚瑟，盖瑞，罗斯，汤米

提示：首先推断出汤米的运货车号。

662 文学奖项

评委们正在对文学奖“震撼人心奖”进行评审工作。从下面所给的线索中，你能指出图中每个位置上坐着的评论家的名字，以及他们最喜欢的小说是哪本吗？

线索

1. 有一位评论家喜欢《木乃伊的诅咒》，他坐在科兰利·斯密斯特顺时针方向的下一位，同时坐在一位女性评论家的对面。
2. 喜欢《无血的屠宰场》的评论家坐在德莫特·谷尔的对面。
3. 评审团成员中有一位最喜欢《恶魔的野餐》，他坐在迪尔德丽·高尔顺时针方向的下一位，同时坐在盖莉·普拉斯姆的对面。
4.《太空的魔王》受到D座的评论家的支持。

评论家：科兰利·斯密斯特（男），迪尔德丽·高尔（女），德莫特·谷尔（男），盖莉·普拉斯姆（女）
题目：《无血的屠宰场》，《木乃伊的诅咒》，《恶魔的野餐》，《太空的魔王》

提示：首先推断出哪位评论家最喜欢《木乃伊的诅咒》这本小说。

663 没人在家

这周没有牛奶或报纸送到彭姆布雷庭院来，而且每家每户都关着灯，因为6个公寓的居住者都因不同的原因离开了家。从以下给出的线索中，你能确定图中是谁住在哪个公寓里、因什么原因而不在家的吗？

线索

1. 同一楼层相邻的两户户主的性别没有一个是相同的。
2. 在女儿手术后陪着女儿的那个人住在近期要住院的人的左边。
3. 两个楼层之间有很好的隔音效果，但是隔壁房间则不尽如人意。当戴克斯先生的超强音乐打扰到他邻居格蕾小姐时，她还是非常和善的，而她现在去了新西兰。里弗斯夫人右手边的邻居去度假了。
4.6号楼里住着一位女士。
5. 沃特斯小姐右边的隔壁邻居去商业旅行了，而她跟布洛克先生则隔了个楼层。
6. 伯恩斯先生不在家的理由跟工作没有关联，他也没有跟女儿在一起。格蕾小姐没有参加商业会谈。

居住者：布洛克先生，伯恩斯先生，戴克斯先生，格蕾小姐，里弗斯夫人，沃特斯小姐
原因：住院，在新西兰，谈生意，商业旅行，度假，陪女儿

提示：首先要知道6家住户的性别，然后推断出6号公寓的住户是谁。

664 厨房里的男人

温迪·普赖德在厨房里正忙着为一大家子人的聚会准备食物。而普赖德家的男人们则要准备好其他的事，然而，温迪已经被他们打扰了5次，说是要从厨房借一些东西（其实完全是为着“不正当”的目的，因为进了厨房，他们就可以顺道从橱柜里拿些温迪准备好的食物），从以下给出的线索中，你能说出每个走进厨房的人跟温迪是什么关系、他到厨房借了什么、吃了什么吗？

线索

1. 帕特里克走进厨房借了只碟子，结果是他吃掉了不少碟子里的东西。彼得没有借任何餐具。
2. 保罗不是这个辛劳的家庭主妇的11岁大

的小儿子，他吃了一些猪肉派以致完全破坏了它们在盘子里的对称性，那是温迪刚放上去的。

3. 温迪的小儿子没有享用任何蛋糕，也不是那个以借勺子为名，想发掘橱窗里东西的人；那个拿了温迪最喜欢的煎锅去作装饰用窗帘的平衡物，同时吃了一个小蛋糕的人不是温迪的丈夫。

4. 温迪的公公拿了一个她自制的腊肠卷，但他没有借温迪的刀。为切一段电缆线向温迪借刀的人没有吃奶酪卷。

5. 温迪的大儿子借了一个玻璃制的碗用以混合石膏，那是受他令人信任的父亲的委托做一件“自己动手做”的工作。

6. 佩里·普赖德是温迪的小叔子。

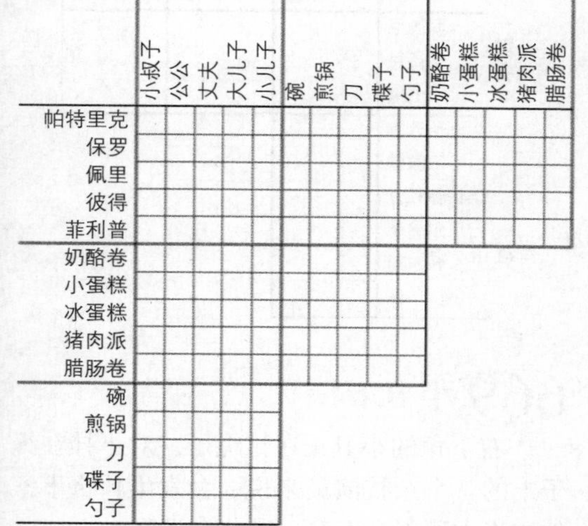

665 聪明的女士

斯托布利妇女慈善猜谜杯在上周六晚终于进行到了最后的时刻，最后参加决赛的选手是97队和河域女孩队。决赛有常识性的问题、团队相关的问题以及一个专业题目。从以下给出的线索中，你能说出每个队的3个队员的全名、所给的专业问题是什么、所属的队是哪个、最后赢得比赛的是谁吗？注意图中各位女士头发的颜色。

线索

1. 威尔科克斯夫人坐在队长和芭芭拉之间。队长的专业题目是《有名的俄国人》。

2. 莉兹选了《下院女议员》作为她的专业题目。她的发色是黑的。

3. 安德鲁斯小姐的专业题目是《肥皂剧》。她就坐在卡罗琳的正对面。

4. 坐在图A3位置的埃文斯夫人的名字字母数比回答《有名的俄国人》问题的人少一个字。

5. 帕姆·德克斯特跟专业题目是《音乐厅》的女士不是同一队的。她们两个也没有面对面坐着。

6. 选择《迪克·弗朗西斯》作为专业题目的女士，她的姓氏以元音字母开头。

7. 欧尼尔夫人和索菲都属于获胜队97队。同时欧尼尔夫人比索菲的座位号大。

8. 奥氏博尼夫人不在图中B1的位置。

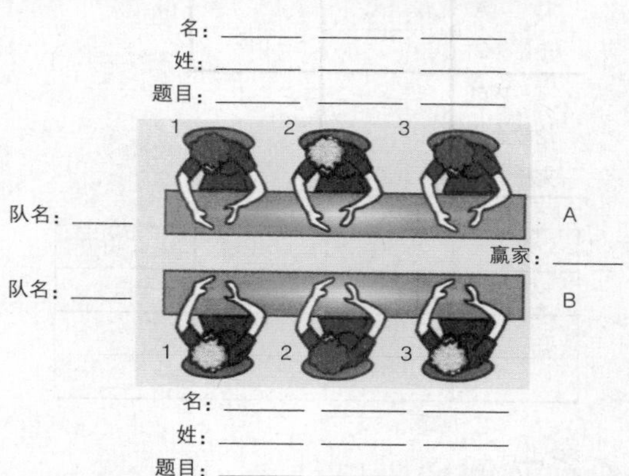

名：芭芭拉（Barbara），卡罗琳（Caroline），道恩（Dawn），莉兹（Lizzy），帕姆（Pam），索菲（Sophie）

姓：安德鲁斯（Andrews），德克斯特（Dexter），埃文斯（Evans），奥氏博尼（Osborne），欧尼尔（O'Neill），威尔科克斯（Wilcox）

专业题目：《迪克·弗朗西斯》（Dick Francis），《有名的俄国人》（Famous Russians），《著名的歌剧》（Grand Opera），《下院女议员》（Lady MPs），《音乐厅》（Music Hall），《肥皂剧》（Tv Soaps）

提示：首先推断出帕姆·德克斯特的专业题目是什么。

666 变化多端的题目

那什利浦高中二班的学生分别要进行一项研究。从给出的线索中，你能推断出 3 个学生的全名、所选的主题和得到的评分吗？

线索

1. 哈里特不姓布兰得弗德，她的作业得了个 A⁻。
2. 选内战主题的女孩得分比海伦·罗伯茨高。
3. 克伦威尔是姓埃文斯的那个女孩的研究对象。

		姓：布兰得弗德	埃文斯	罗伯茨	内战	伦敦大火	克伦威尔	A	A⁻	B⁺
名	艾玛									
	哈里特									
	海伦									
	A									
	A⁻									
	B⁺									
	内战									
	伦敦大火									
	克伦威尔									

名	姓	主题	得分

667 断掉的拐杖

一根拐杖断成了 3 截，这 3 截可以组成一个三角形的概率为多少？

如图所示的等边三角形可以帮助你解决这种经典概率问题。这个三角形的高等于拐杖的长度。

668 举行婚礼

3 个兄弟在教堂和他们的新娘举行了婚礼。从以下给出的线索中，你能分别说出三对新人的名字和他们举行婚礼的教堂吗？

线索

1. 在圣三教堂结婚的那对不包括罗德尼或黛安娜，他们两个不是一对。
2. 威廉跟贝尔弗莱结婚了。
3. 琼的婚礼在圣约翰教堂举行。
4. 梅格的新婚丈夫不是肖恩，肖恩妻子结婚前不姓希尔斯。

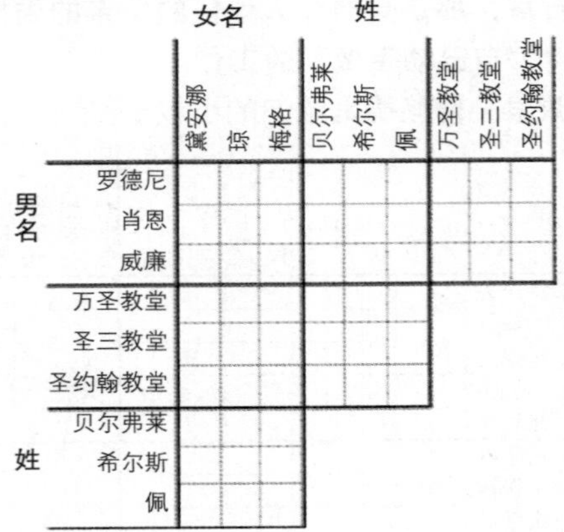

669 小丑表演

右下角的小丑正在拉绳子。对于挂在绳子上的 7 个杂技演员来说，会发生什么事？他们当中哪些会上升，哪些会下降？

670 火柴积木

这个矩阵(彩色小正方形)被分成15条，共8种颜色，每行用1种。

在8×8的游戏板上重新排列这15条积木，使得没有任何一行或列有颜色重复出现。

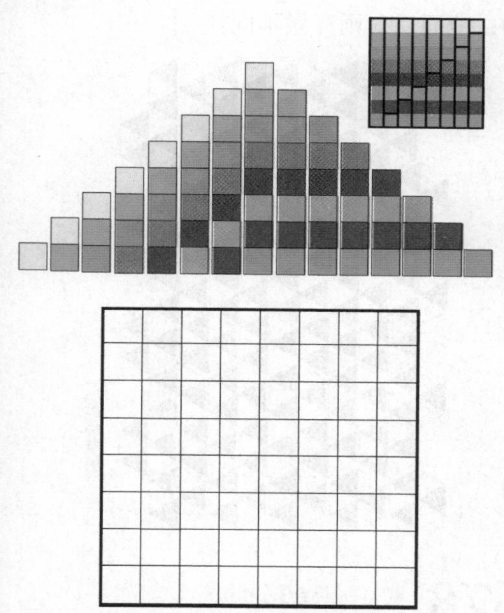

671 不可能的任务

如图所示，升旗手的任务是把旗杆插到这座塔的最高处。

你能帮助他找到最高处吗？

672 重物平衡（一）

上面的2个天平都处于平衡状态。

在第3个天平的右边需要放多少个蓝色重物才能使天平平衡？

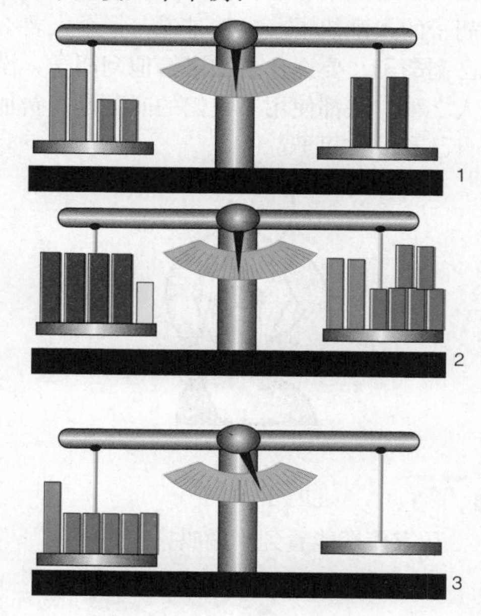

673 重物平衡（二）

上面的2个天平都处于平衡状态。

在第3个天平的右边需要放多少个蓝色和黄色重物才能使天平平衡？

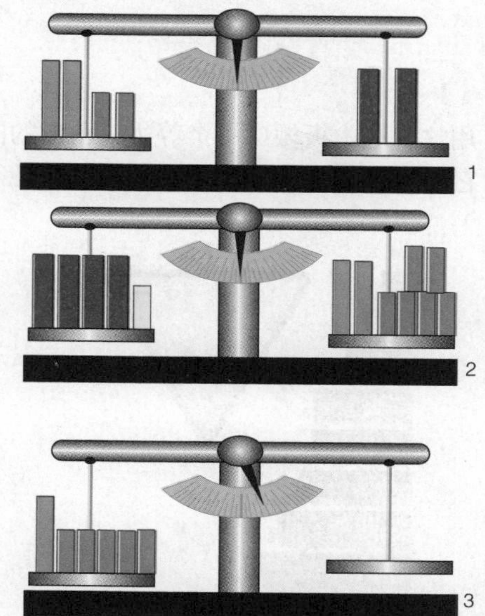

674 理发师费加诺

小城里唯一的一位理发师名叫费加诺。在所有有胡子的居民中，费加诺给所有自己不刮胡子的人刮胡子，他从来不给那些自己刮胡子的人刮胡子。也就是说，一个人要么自己刮胡子，要么让费加诺给他刮胡子，没有人2种方法都使用。我们的问题是，费加诺自己有没有胡子？

675 私家侦探

私家侦探能看到小偷吗？

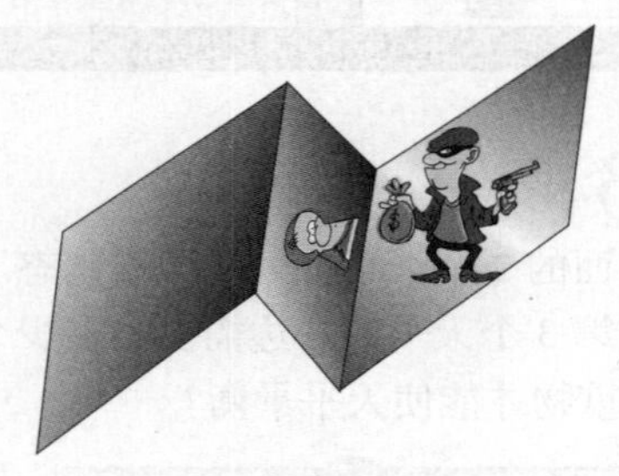

676 三角形围栏

用这9块木板做成一个等边三角形的围栏，它们的长度用米表示（9块木板都必须用上）。

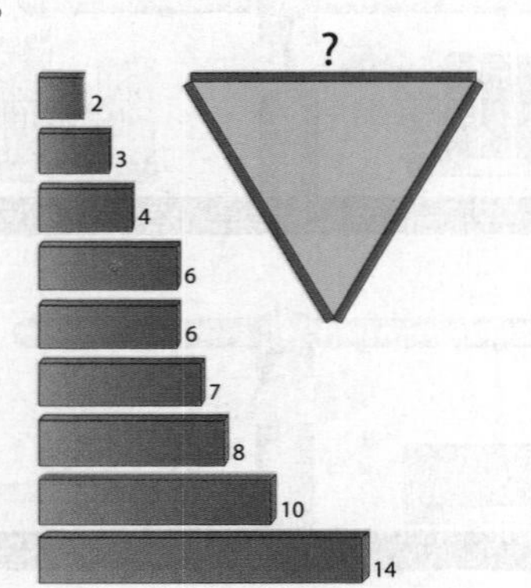

677 六边形填色

每个六边形被分成6个三角形，其中3个为黑色。

用所给6种颜色中的3种进行颜色填充，你能创造出多少个不同的六边形？

旋转后得到的六边形不被算作是不同的；镜面反射则算做不同。

678 不可能的结构

将下面的大图复制并剪下来。

你能否将这个大图折成左上角的立体图？仔细观察右下角的细节图，似乎这个立体图是不可能做到的。完成这个结构其实很简单，应该怎么做呢？

注意：不准剪切或者黏合。

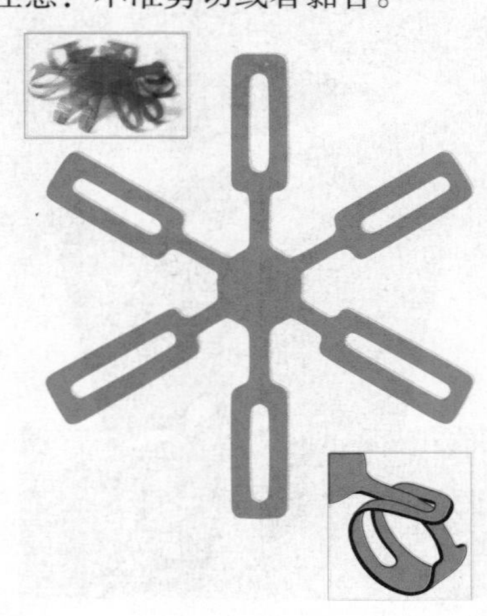

679 战俘的帽子

第二次世界大战中，一个战俘营里有100名战俘。战俘营的看守准备将他们全部枪毙，司令官同意了，但是他又增加了一个条件：他将向这些战俘提一个问题，答不出来的将被枪毙，答出来的则可以幸免。

他把所有的战俘集合起来，说：

"我本来想把你们全部枪毙，不过为了公平起见，我准备给你们最后一次机会。一会儿你们会被带到食堂。我在一个箱子里为你们准备了相同数量的红色帽子和黑色帽子。你们一个接一个地走出去，出去的时候会有人随机给你们每人戴上一顶帽子，但是你们谁都看不到自己帽子的颜色，只能看到其他人的，你们要站成一列，然后每一个人都要说出自己戴的帽子是什么颜色。答对的人将会被释放，答错了，就要被枪毙。"

过一会儿，每一个战俘都戴上了帽子，现在请问，战俘们怎样做才能逃脱这场灾难呢？

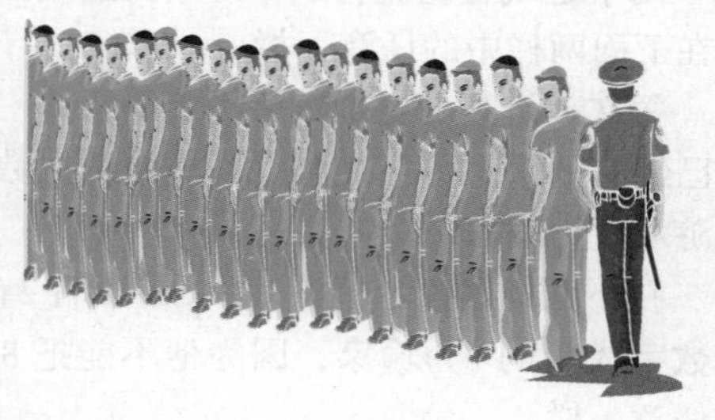

680 随机走步

反复掷一枚硬币。

如果出现的是正面，上图中的人就向右走一格；如果是反面，则向左走一格。

掷硬币很多次以后，比如36次之后，你能够猜到这个人离起点多远吗？

你能说出这个人最后会回到起点的概率（假设他一直走）吗？

681 给重物分组

给如图所示的单位为千克的重物分组，把它们分成3组，使它们的总重量尽可能相等。

如果是3个2千克重的物体和2个3千克重的物体，答案就简单了。但是有9个物体，问题就麻烦了。你可以完成吗？

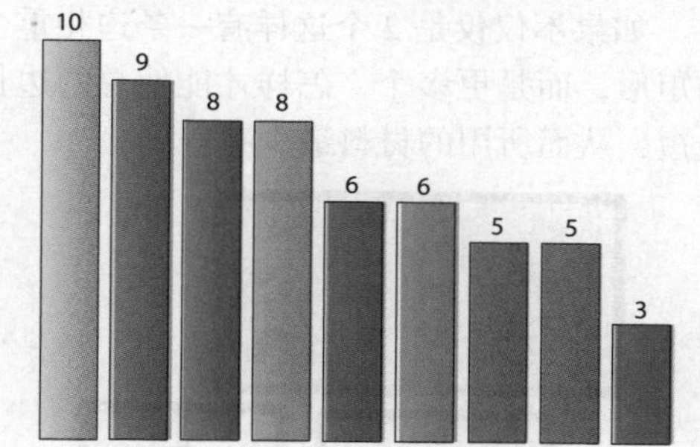

682 动物园的围栏（一）

这3个围栏的面积相同，请问制作哪个围栏所用的材料最少？

683 动物园的围栏（二）

两个矩形围栏全等，并且有一条边重合，这种情况下怎样才能使制造围栏所用的材料最少呢？

如上图所示，这3种围栏中哪种所用材料最少？这3幅图都是按照相同的比例尺画的，并且3幅图的面积相等。

如果不仅仅是2个这样有一条边相重合的矩形，而是更多个，怎样才能使总的边长最短，从而所用的材料最少呢？

684 彩条谜题

用4种颜色填充每个纸条，你能填充出多少种不同的纸条（旋转后得到的图案算做不同的一个）？

685 对称轴

这5个图案中哪几个图案的对称轴不是8条？

686 总数游戏

两个游戏者轮流将从1开始的连续整数写在下面两栏中的任意一栏。

每次放进某一栏的数字不能等于这一栏中已经有的两个数字之和。不能继续放数字的游戏者为输家。

在下面的这盘示范游戏中，游戏者2（红色数字代表的）为输家，因为他不能把8放进任意一栏。

在第1栏中：1+7=8。

在第2栏中：3+5=8。

你能否找到一种方法使得其中一个游戏者每次都赢？

687 男孩的特征

一个班有20个男孩，其中有14个人是蓝眼睛，12个人是黑头发，11个人体重超重，10个人非常高。

请问一共有多少个男孩同时具备这4个特征？

688 醉汉走步

如图所示，以矩形方阵的中心作为起点，掷2枚硬币(1枚红色1枚黄色)来决定醉汉的走步。每掷一次，醉汉向上或向下走一步，然后向左或向右走一步。

请问掷这两枚硬币100次以后，这个醉汉的位置在哪里呢？

你能否同时猜一下醉汉回到起点的概率？

醉汉只能在这个矩形方阵里面走步，不能走到外面去。如果走到了边缘，忽视所有使他向外走的投币，重新掷硬币，直到他可以重新向里走为止。

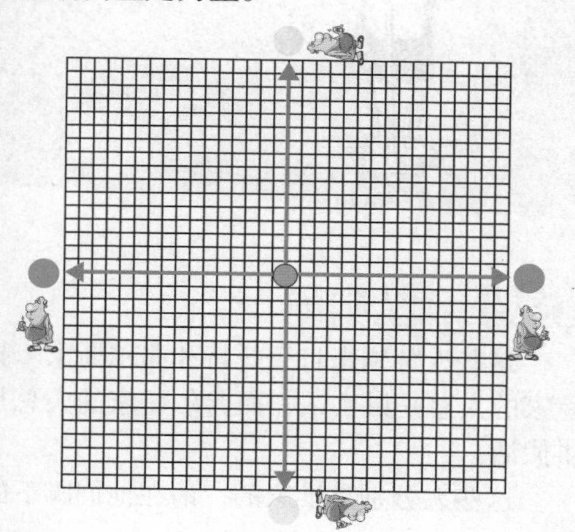

689 得与失

这是出现于1900年的一道看似矛盾的几何题。

这个8×8正方形被分成4部分，这4部分可以拼成一个5×13的长方形，只是看起来好像多了1个单位面积。

这4部分也可以覆盖最下面的图形，但看起来好像少了1个单位面积。

你能解释这个矛盾的事实吗？

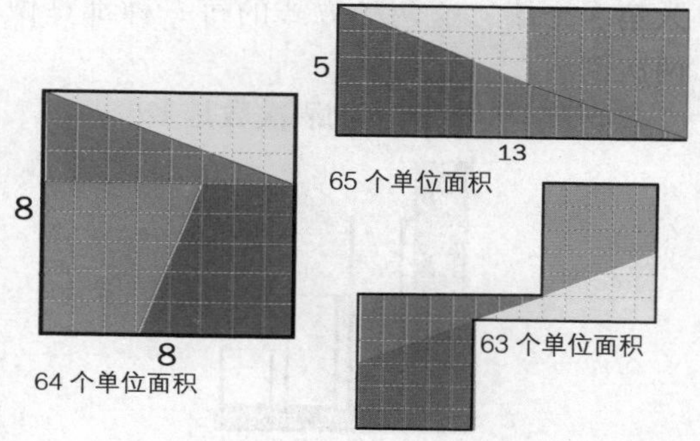

690 注水问题（一）

最开始的时候，9升罐是满的，5升、4升和2升罐都是空的。

游戏目的是将红酒平均分成3份（这将使最小的罐留空）。

因为这些罐都没有标明计量刻度，倒酒只能以如下方式进行：使一个罐完全留空或者完全注满。如果我们将红酒从一个罐倒入两个较小的罐中，或者从两个罐倒入第3个罐，这两种方式的每一种都算做两次倒酒。

达到目的的最少倒酒次数是多少？

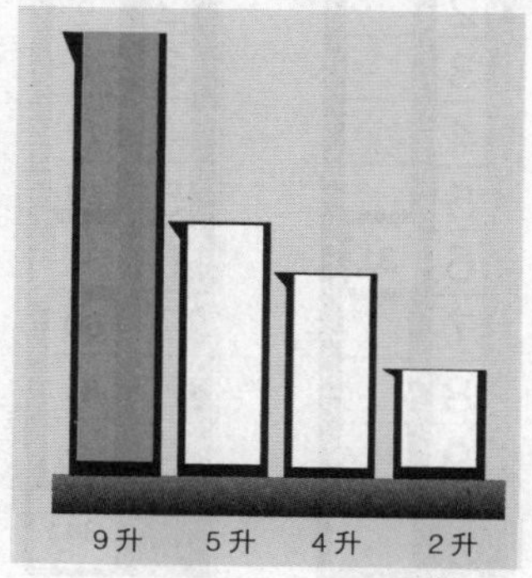

691 注水问题（二）

最开始的时候，9 升罐是满的，7 升、4 升和 2 升罐都是空的。

游戏目的是将红酒平均分成 3 份（这将使最小的罐留空）。

因为这些罐都没有标明计量刻度，倒酒只能以如下方式进行：使 1 个罐完全留空或者完全注满。如果我们将红酒从 1 个罐倒入 2 个较小的罐中，或者从两个罐倒入第 3 个罐，这两种方式的每一种都算做两次倒酒。

达到目的的最少倒酒次数是多少？

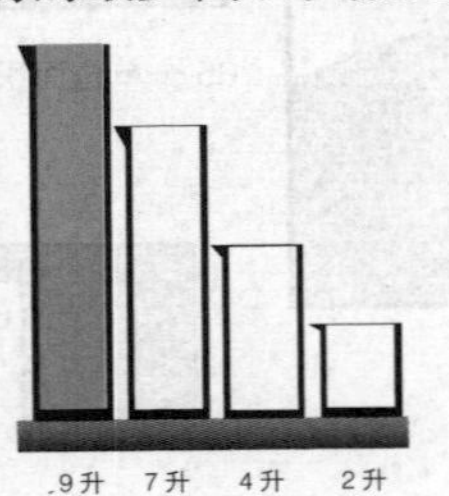

692 卢卡数列

找一个朋友在下图 2 个红色方框内分别写上 2 个数字（例如 3 和 2），并且不能让你看到。然后从第 3 个方框开始，每个方框里面的数等于前 2 个方框里的数之和，以此类推，一直写到第 10 个方框。

他们只给你看绿色方框里的数，其他方框里的数你都不知道。

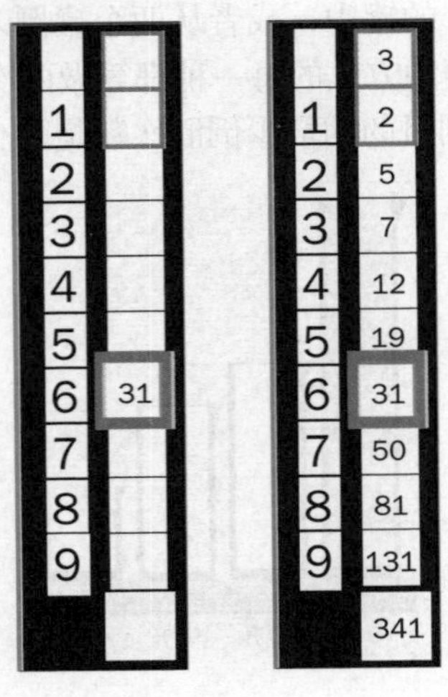

要求你写出这 10 个数的和。在他们还没有写完这 10 个数时，你就可以将它们的和（图中为 341）写出来了。

怎样可以提前知道答案呢？

693 酒店的门

酒店的 10 扇门都关着，它们分别被标上 1 ~ 10 这 10 个序号。

一个清洁工走过来，将所有序号能被 2 整除的门都打开。

一个修理工走过来，将所有序号能被 3 整除的门打开或者关上（如果门是关着的就把它打开，如果门是打开的就把它关上）。

又一个服务生走过来，将所有序号能被 4 整除的门都打开或关上。以此类推，直到所有门的状态都不能再被改变为止。

最后哪几扇门是关着的？

694 真假难辨

这些人分别来自于托特和弗尔斯家。托特家的人总是讲真话，而弗尔斯家的人总是讲假话。

这些人分别是谁家的，请在他们脚下的

方框里填上恰当的字母。

695 失眠时刻

失眠是一件可怕而令人痛苦的事情，下面是对 5 位失眠者的具体描述。从给出的信息中，你能推断出每位失眠症患者的就寝时间、用来帮助睡眠的方法和他们最后入睡的时间吗？

线 索

1. 其中一位在晚上 11:00 拿了本枯燥无味的书上床；比她早上床的弗洛拉·佩斯直到凌晨 1:30 才入睡。
2. 最早上床的人和使用草药枕头帮助入睡的人最后都比罗斯·威尔利早睡着。但她们都不是弗洛拉·佩斯。
3. 罗斯·威尔利比克斯特·那埃特早上床半小时；而想靠数绵羊入睡的人比希尔达·贝德弗吉睡着的时间晚。
4. 道恩·库明希望一杯热饮能帮助她入睡。
5. 放松的音乐帮助了其中一位在凌晨 3:00 入睡。
6. 其中一位失眠者在晚上 10:30 上床，直到凌晨 1:00 才睡着。

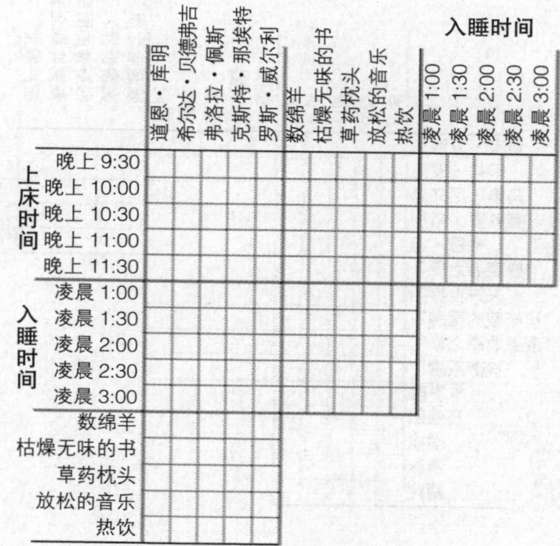

696 生日快乐

昨天是下列 5 位小朋友的生日，为了庆祝这件乐事，每位小朋友的父母邀请他们的孩子及几位朋友参加一项有趣的活动，然后在当地的速食店举行派对。从以下给出的线索中，你能推断出每位小朋友的姓名、年龄、所参加的活动和派对所在的地点吗？

线 索

1. 去表演屋剧院看演出的那个孩子的年龄不是 5 岁。他和他的朋友们在那里看“埃尼尔叔叔的木偶和伙伴们的表演”。
2. 去银河电影院看新迪斯尼电影的 6 岁小孩不是马修·尼文恩。
3.7 岁小孩和他的 6 个朋友在“披萨殿堂”有一个派对。
4. 比韦恩·杨大一岁的小孩的生日安排是先去看马戏团表演，然后在一家叫做“躲藏者之屋”的速食馆开派对。而韦恩·杨的父母带着他和他的朋友们去了溜冰场溜冰。
5. 昨天是卡林·罗克的 8 岁生日。

6. “夹饼世界”的派对不是庆祝某人9岁生日的，也不是为赛弗罗·塔利庆祝的。

7. 昨天，迪安·爱迪生是在名为“科斯蒂的厨房”那家餐馆举行他的生日派对的，他的年龄是奇数。

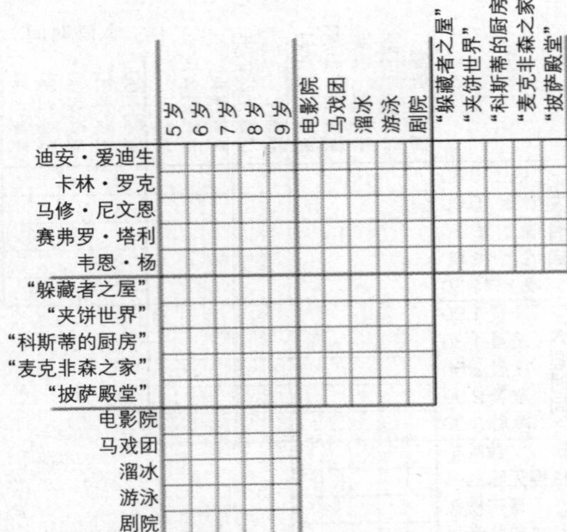

697 岛屿的选择

一个意向调查小组想要调查出公众最喜爱的度假岛屿。从以下给出的线索中，你能写出3个人对5个岛屿的排序吗？注意：他们每个人的排序都不同。

线 索

1. 鲍勃把马德拉岛选为自己第2喜欢的岛屿，塞浦路斯岛不是他最喜欢的也不是最不喜欢的。卡拉喜欢塞浦路斯岛更甚于克利特岛。3人中谁都没有把克利特岛排在第3位。
2. 其中一个人的排序中，塞浦路斯岛排名比马略卡岛前两位。
3. 安吉首选的那个岛屿，鲍勃把它排在第5位。
4. 在鲍勃的序列表上名列第3的岛屿，被卡拉选为第2。
5. 克利特岛在安吉的序列表上的排名，跟塞浦路斯岛在鲍勃的序列表上的排名相同。
6. 没有人把罗底斯岛排在第1位。

提示：由第3条线索中找出它所指的岛屿。

698 找出皇后

这是一场考验耐心的游戏，图中所示的9张扑克牌就是这场游戏的道具。从以下给出的线索中，你能准确地指出这9张牌各自的牌值和花色吗？

线 索

1. 9张牌里，只有一种花色出现过3次，而在图中的排列，没有哪一列或行的花色是完全相同的。
2. 皇后紧靠在“7”的右边，梅花的上面。
3. “8”紧靠在黑桃的下面。
4. 杰克紧靠在一张红桃的左边。
5. 图中中央那张牌是红桃10。
6. 图中有一排的第一张是梅花5。
7. 9号牌是一张方块。
8. 国王紧靠在“4”的左边，它们的花色不一样。“4”和3号牌的花色是一样的。
9. 6号牌和“8”为不同花色。而2号牌和“7”为相同的花色。

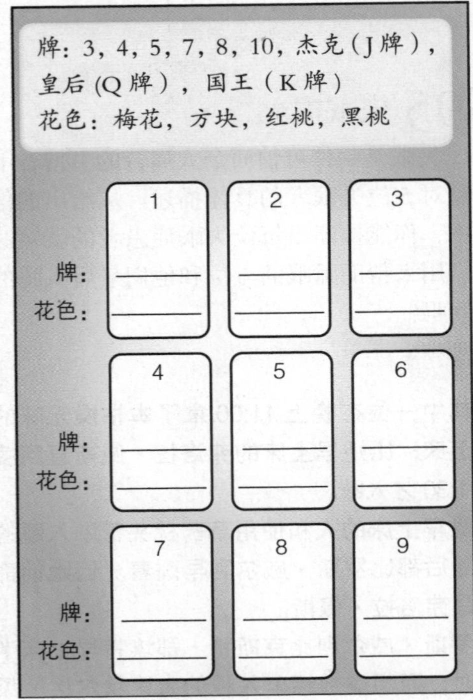

提示：先找出A图案的颜色。

699 盾形徽章

4 位世袭的贵族拥有如图所示的盾形徽章。从以下给出的线索中，你能说出字母编号为 A，B，C，D 的盾形徽章的所有者及每个徽章上的图案和颜色吗？

线索

1.莱可汉姆领主的盾形徽章以火鸡图案为特征，用以见证自己某位祖先在对抗异教徒的宗教战争中的英勇行为。这个火鸡图案的徽章排在蓝色徽章的左边。

2. 黄色的盾形徽章在描刻有鹰的徽章的右边。鹰徽章是在代表伯特伦领主徽章的邻旁。

3. 狮子不是曼伦德领主徽章上的图案。

4. 盾形徽章 C 的背景颜色是绿色。

5. 盾形徽章 A 的图纹是莱弗赛奇领主的外衣徽章。

领主：伯特伦领主，莱弗赛奇领主，曼伦德领主，莱可汉姆领主
图案：鹰，狮子，牡鹿，火鸡
颜色：蓝，绿，红，黄

700 园丁的工作

戴夫是一个园丁，上个星期他给 5 位夫人干了些零活。从以下给出的线索中，你能推断出戴夫具体是在哪天给哪位夫人工作的以及当天工作的具体内容吗？

线索

1. 戴夫为梅维斯干完活，第二天就去给布什太太的花床除草。

2. 去弗劳尔太太的园子工作是接在给罗斯工作之后。戴夫给罗斯干的活不是修整草坪。

3. 上星期四戴夫是给内尔工作的。

4. 戴夫是在乔伊斯的园子里造了座假山。乔伊斯不是布鲁姆太太。

5. 上星期二戴夫在修剪树木。

6. 造访格伦达·普兰特比修整树篱早，但不是早两天。

		名 格伦达	名 乔伊斯	名 梅维斯	名 内尔	名 罗斯	姓 布鲁姆	姓 布什	姓 弗劳尔	姓 里斐	姓 普兰特	修剪树木	造假山	修整草坪	修整树篱	花床除草
	星期一															
	星期二															
	星期三															
	星期四															
	星期五															
	修剪树木															
	造假山															
	修整草坪															
	修整树篱															
	花床除草															
姓	布鲁姆															
姓	布什															
姓	弗劳尔															
姓	里斐															
姓	普兰特															

701 往日的成功之作

下面是 5 首歌曲在过去几年里位列排行榜前 10 名的具体情况，虽然唱这几首歌的乐团或歌手最后没能一直保持下去，但不可否认，它们都是很优秀的作品。从所给出的信息里，你能说出每首歌的演唱者是谁、它位列前 10 名是在哪一年以及它的名次吗？

线索

1. 丹尼斯·拉·赛尔的歌曲在当年的排行榜上是第 6 名。他的这首歌比《小心偷听》成名早。

2. “无法选择的威根”组合在 1975 年获得成功；但他们的排行不是 No.4。排行 No.4 的组合或表演者成名比“比兹·尼兹”组合早。

3. “纤尘”组合的成名之作是《没有啤酒的酒吧》。“大小莫里斯”组合不是在 1985 年达到前 10 名。

4. 最成功的作品是在 1959 年发表的。但不是《我吹喇叭嘟嘟嘟》这首歌。

5.《说唱音乐》成名于 1987 年。

6.《跳舞者》排行 No.9。

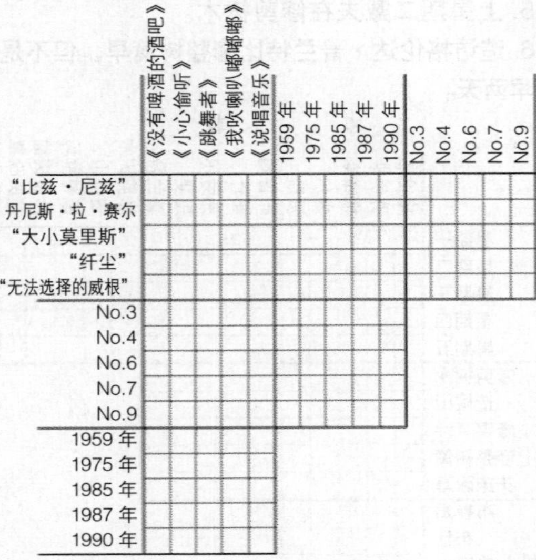

702 卢多

某个下雨天，4 个小女孩在玩一种叫卢多的游戏。从以下给出的线索中，你能说出 4 个女孩分别在哪个位置上、各自所选的筹码颜色以及最近一次掷的骰子点数吗？

线索

1. 没有人掷出的点数跟她的座位号一样。
2. 掷出 3 点的雷切尔坐在用黄色筹码的女孩的左手边。
3. 桌上的红色筹码是特里萨的。
4. 在 2 号座位的玩家掷出 6 点。
5. 蓝色筹码持有者掷了 4 点。持有者不是安吉拉。
6. 伊冯不是坐在 3 号位置。

名字：安吉拉，雷切尔，特里萨，伊冯
筹码颜色：蓝色，绿色，红色，黄色
骰子点数：1，3，4，6

提示：首先找出雷切尔的筹码是什么颜色。

703 重组三角形

图 1 中灰色的三角形面积是 60 个单位正方形。

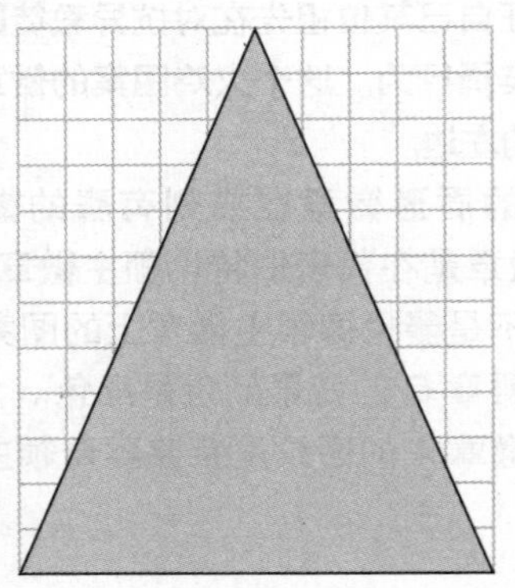

图 2 中 6 个图片的总面积也是 60 个单位正方形，并且它们可以覆盖图 1 中的三角形，如图 3 所示。

图 2

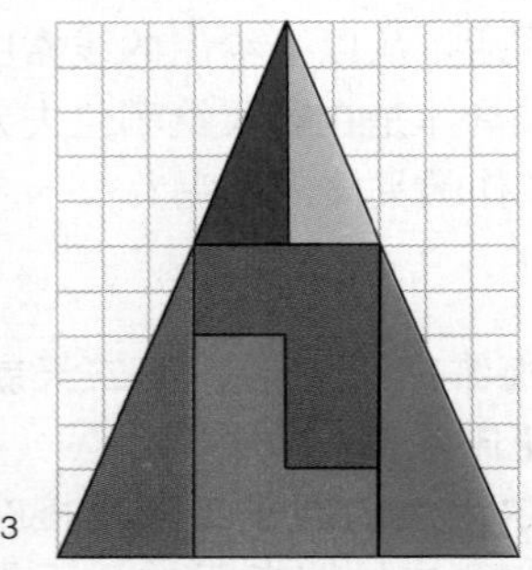
图 3

你可以把这些图片重新排列并覆盖图 1 中的灰色的三角形，但是要在中间留出一个小长方形的空隙吗？

704 重组长方形

把下边的图形复制并剪成5个部分。把红色和绿色的部分重新拼成一个长方形，不要用小的紫色的部分。

705 重组正方形

把这个正方形分成如图所示的6部分。将黑色的小正方形拿走，然后把剩下的部分重新拼在一个相同的正方形的轮廓里，把它完全覆盖。

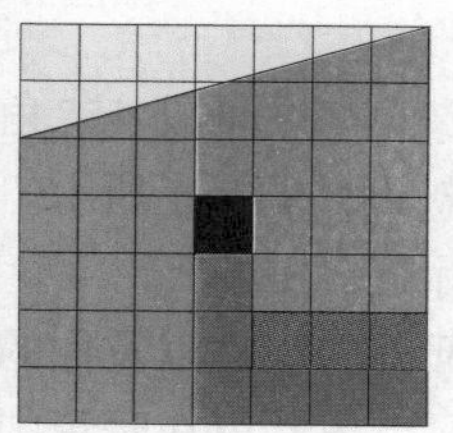

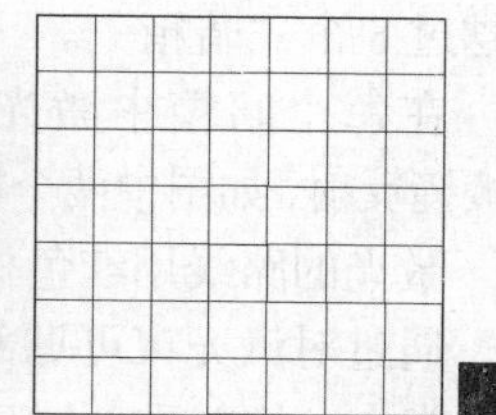

706 旋转方框

仅凭直觉回答：通过旋转这5个方框，能否使每条射线上仅有一种颜色？

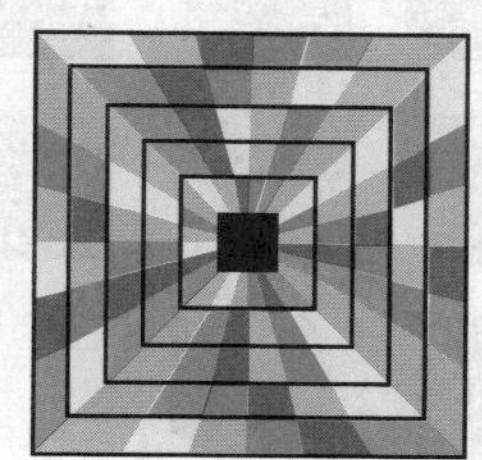

707 小丑的帽子（一）

如图所示，马戏团里的4个小丑前后站成一排。他们中有2个人戴着红色的帽子，另外2个人戴着绿色的帽子。这一点每个观众都知道，但是小丑自己并不知道自己头上帽子的颜色，同时他们都不允许转头向后看。

哪一个小丑最先知道自己帽子的颜色？注意：其他小丑看不见小丑D，因为他身后的海报挡住了他们的视线。

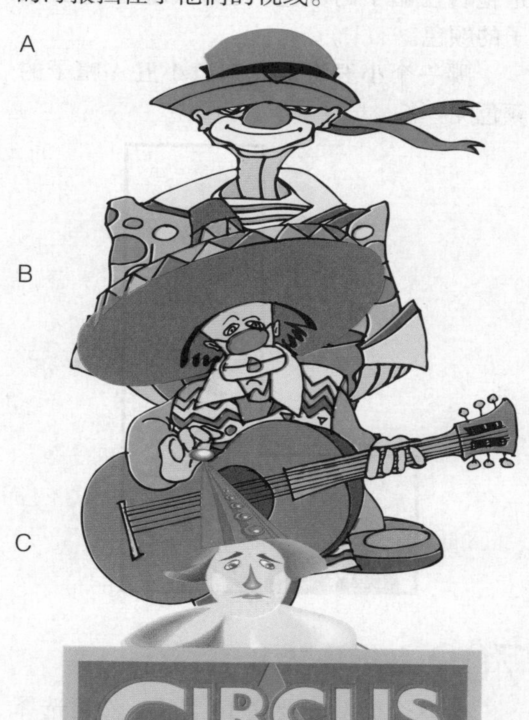

708 小丑的帽子（二）

马戏团的 5 个小丑中有 2 个人戴蓝色的帽子，3 个人戴红色的帽子。这一点每个观众都知道，但是他们自己却不知道。跟小丑的帽子（一）的条件一样，他们都不能往后看。

此外，小丑 E 只能被小丑 D 看到，而不能被其他小丑看到。例如小丑 A 就不知道他自己帽子的颜色，也不知道小丑 E 帽子的颜色。

哪一个小丑将最先知道小丑 A 帽子的颜色呢？

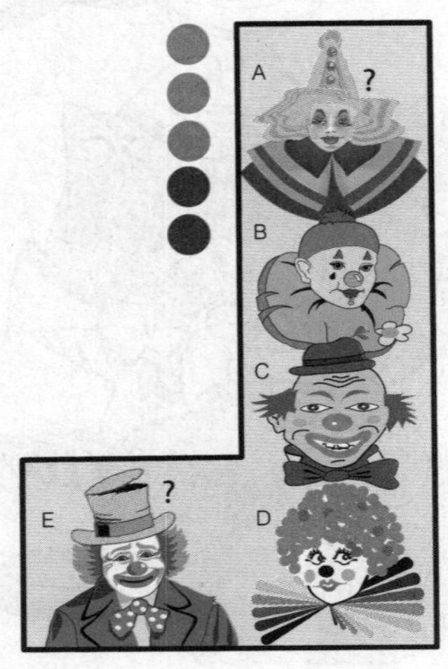

709 嘉年华转盘

玩这个游戏先要交 10 美元，然后选择一个转盘，转动指针，指针指向的数字就是你赢到的钱数。

最好选择哪个转盘呢？

710 卡利颂的包装盒

卡利颂是一种有名的法国糖果，它的形状是由两个正三角形所组成的菱形，卡利颂通常用漂亮的纸盒包装起来。

我们用三角形格子的纸盒来装卡利颂，由于每个卡利颂要占两个三角形的位置，那么一般说来纸盒里三角形的格子数必须是偶数。

但是是不是这样就够了呢？是不是所有含三角形的格子数为偶数的纸盒都可以装满卡利颂，而没有一个格子空出来呢？

如图所示，你能够用 3 种颜色的卡利颂糖果填满上面星形的包装盒吗？

711 激光束

如下图所示，在全息摄影环境中，一束激光从左上方发出，并在右下方被吸收。它穿越过 8 个“暗箱”。

在每个暗箱中激光都被两面成 45°角的棱镜反射，如图中两个被剖开的箱子所示。

激光的路线用红色标记。

通过对激光束可见部分的观察以及你的推演能力，你能重新构建出激光束在暗箱中的连续路径吗？

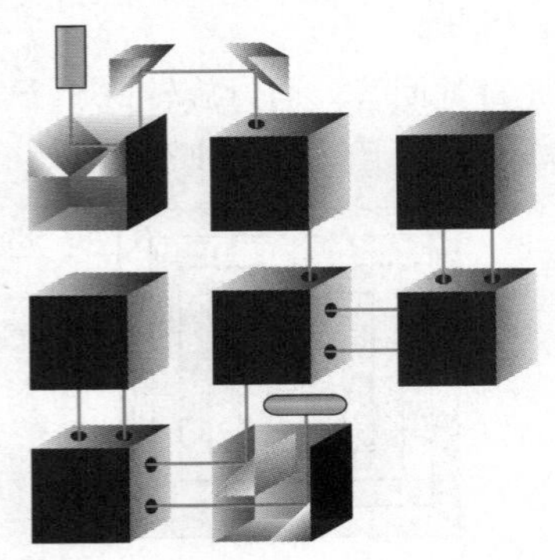

712 突变

4张卡片上的3幅图已经画出来了，你能把第4张卡片上的图也画出来吗？

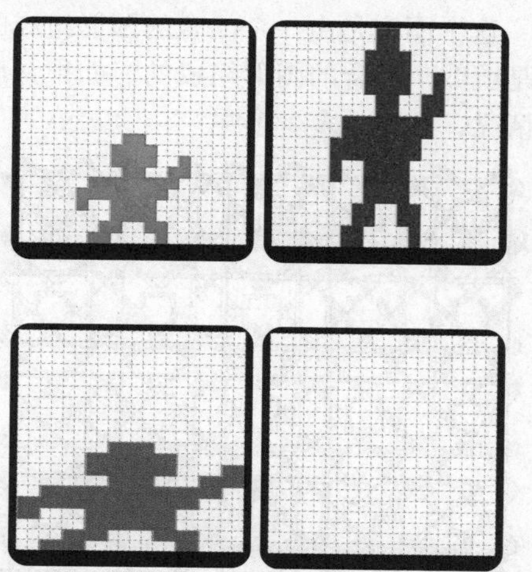

713 折叠图形

A可以折叠出B～G6个选项中的哪一个？

714 分配碟子（一）

假设所有碟子颜色都一样—没有标记，也没有办法区分这些碟子。

你能用几种方法将3个不同颜色的物体分配到3个没有标记的碟子上吗？

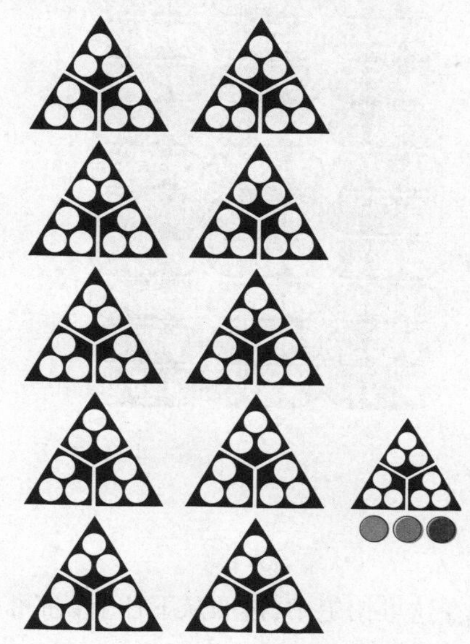

715 分配碟子（二）

有多少种分配方法将4个上了色的物体放在4个没有标记的碟子上？

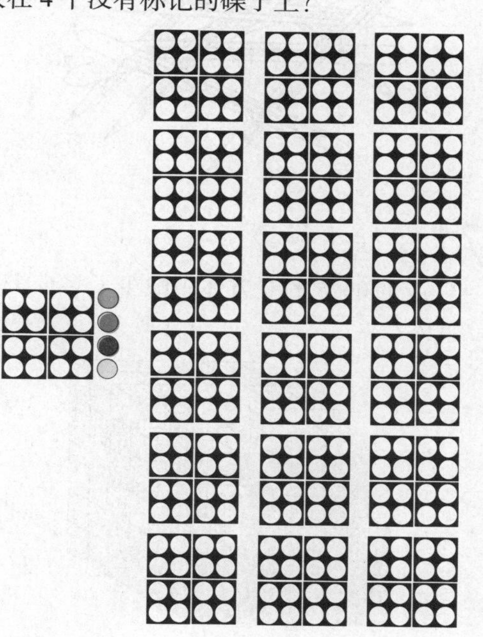

716 分配碟子（三）

有几种分配方法能将 3 个物体（三角形、正方形和圆形）放在 3 个有标记的碟子上？

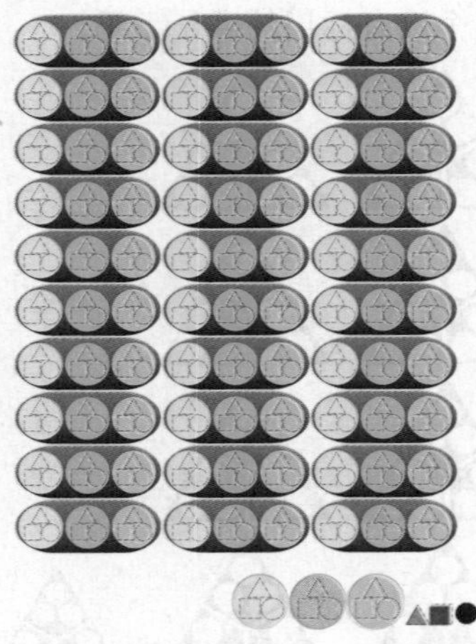

717 第 3 支铅笔

在这堆铅笔中，按照从下往上数的顺序，哪支铅笔是第 3 支呢？

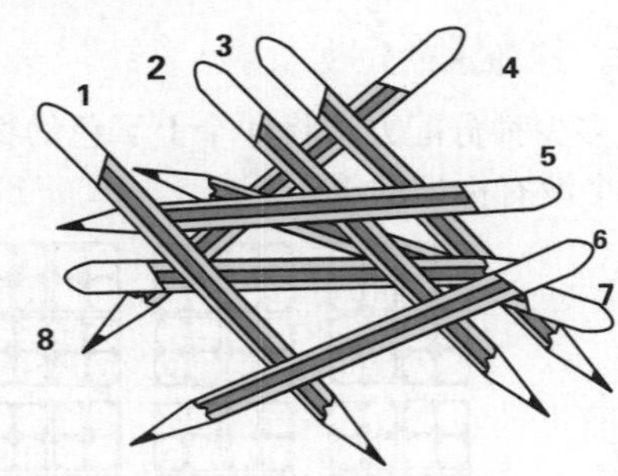

718 缺少的立方体

这个 6×6 的立方体中缺少了多少个小立方体？

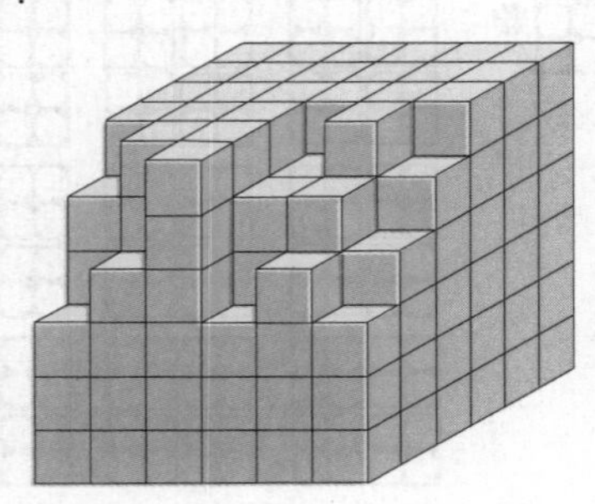

719 摩尔人的图案

摩尔国王以前的宫殿非常具有数学美感，这个复杂的图案就是有关几何的设计之一。

这个图案是由一个闭合的图形组成的，还是由数个闭合的图形组成的？如果是后一种情况，具体是多少个呢？

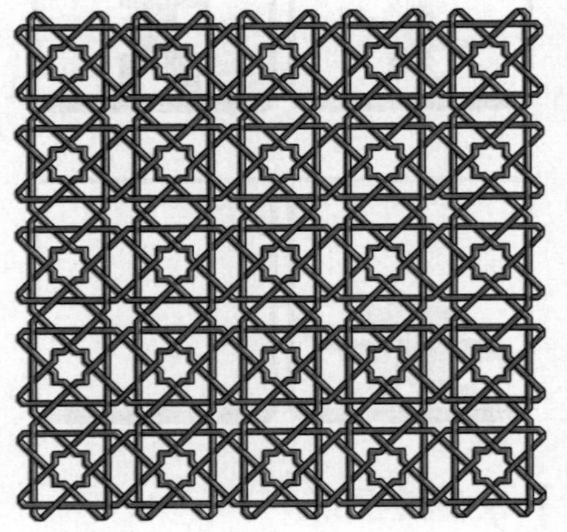

720 五角星的内角和

如图所示，请问你能否证明五角星的内角和等于 180°？

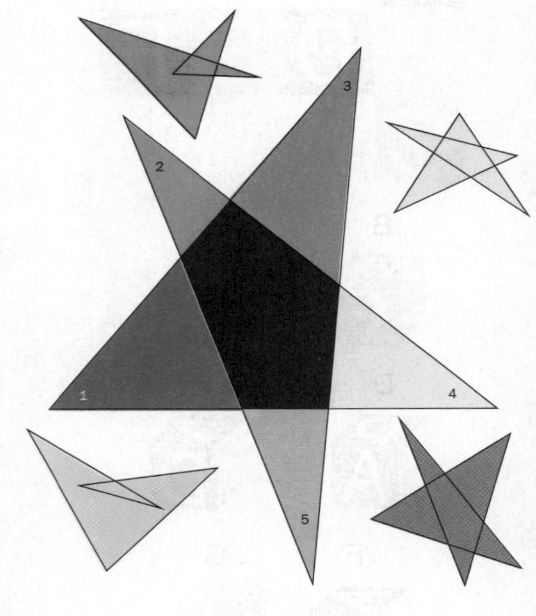

721 三角形的面积问题

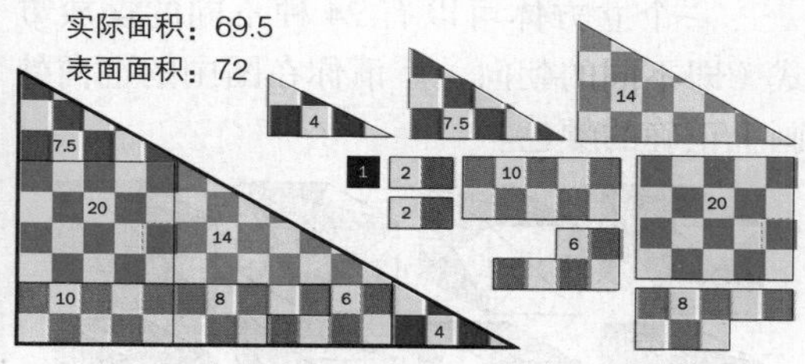

用右上方所示的一组 10 个图形，我们可以以 6 种不同的方法拼出一个近似 9×16 的三角形（面积是 72 个单位）。

这 6 个被拼起来的三角形的面积，有时大于大三角形的面积，有时却小于，但它们的形状都和大三角形差不多。

第一种拼法得到的三角形面积是 69.5。你能拼出其他 5 个三角形吗？它们的面积已经在下面给出。

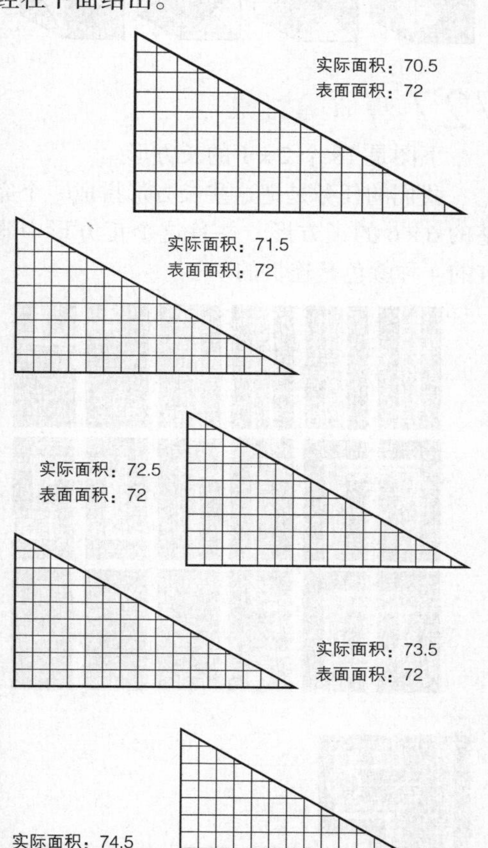

722 立方体结构

用 16 个全等的小立方体分别做成左边的 4 个图形，请问哪一个图形的表面积最大？

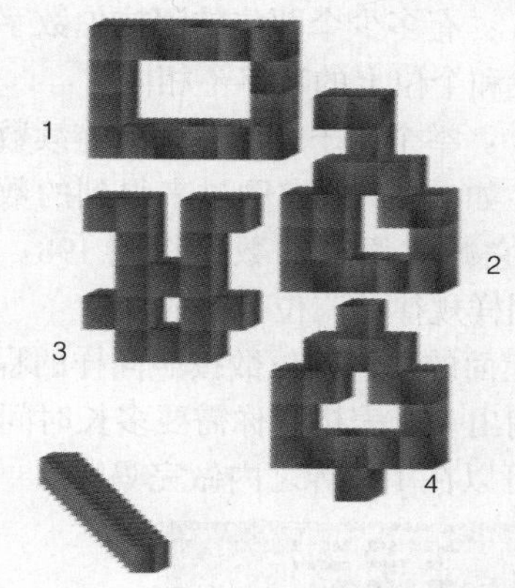

723 数字与黑色方格

在每一行或列的旁边有一些数字，这些数字会告诉你在这一行或列中将有几个黑色的方格。

举一个例子，2，3，5 这几个数字就是告诉你，从左到右（或从上到下）将依次出现一组 2 格的黑色方格，然后有一组 3 格的黑色方格，最后还有一组 5 格的。

虽然在每一组黑色方格的前后可能（或不可能）出现白格，但在同一行（或同一列）内，每一组黑格与其他组之间最少夹有一个白格。你能看出这道题里所隐藏着的东西吗？

															1				
							1	1		1	1		1	1	2	1	3	1	
						2	1	1	1	1	1	1	3	2	1	2	3	2	2
					9	5	1	3	6	1	1	1	1	1	3	3	1	5	9
			1	1															
				5															
				1															
				15															
			2	2															
			1	1															
1	5	1	1	1															
1	1	1	1	1															
1	1	2	2	1															
	1	1	3	1															
	2	1	1	2															
				15															
	1	1	1	1															
	1	1	1	1															
			1	1															

724 连续的唯一数字

问 1：有多少个两位的阿拉伯数字，它们的十位和个位上的数字不是连续数字？

问 2：有多少个两位的阿拉伯数字，它们的十位和个位上的数字不相同？

问 3：举个例子，用一个有连续数字的三位数，如 234，把它倒过来得到的数字是 432，用它减去原来的数字得到 198。这对于符合同样规律的三位数都成立。

把上面的一组四位数按照同样的程序运算，并制出一个表格，你需要多长时间？

你可以在 1 分钟之内做完吗？

725 分割多边形

要把这些正五边形和正六边形分割成三角形，要求分割线只能是连接两个顶点的线段，而且这些分割线之间不能相交，问你能想出多少种分割方法？

在该题中，同一个图形的旋转和镜像被认为是不同的图形。这个问题也被称为欧拉多边形分割问题。

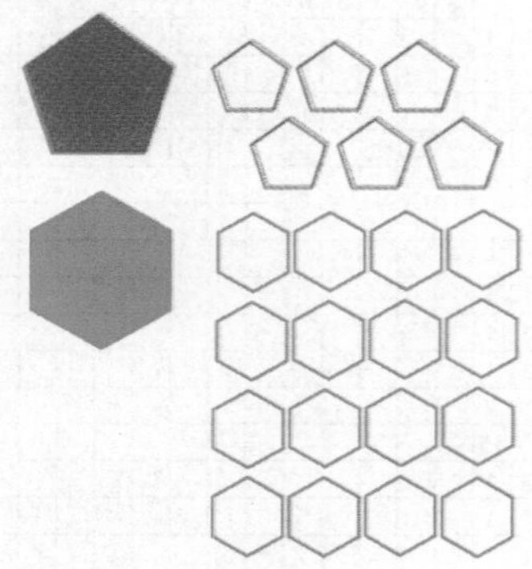

726 立方体的摆放

一个立方体可以有 24 种不同的摆放方式（即不同的朝向）。请你在图中的空白处画上正确的颜色。

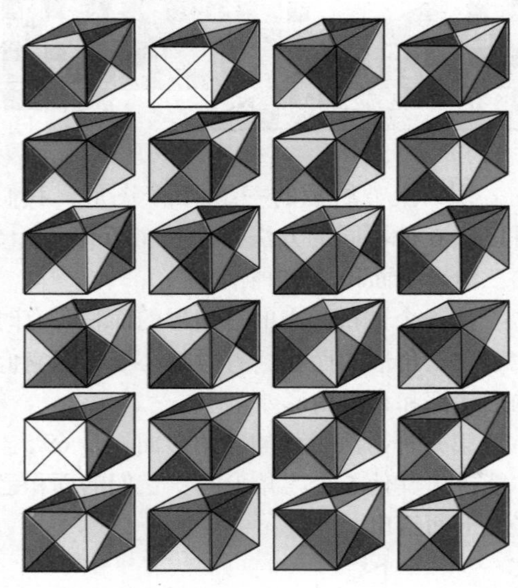

727 弯曲的彩虹

下图是 18 个 2×1 的长方形。

我们的任务是把这些长方形拼成一个完整的 6×6 的正方形，并且这个正方形中彩虹的 4 种颜色是连贯的。

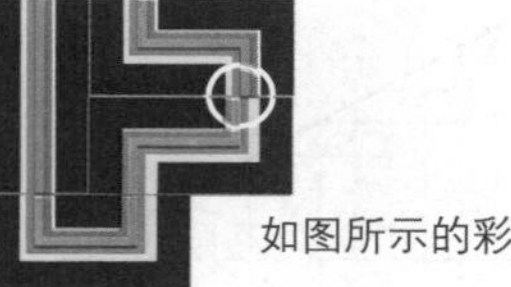

如图所示的彩虹的连接方式是错误的

728 奇怪的电梯

一栋19层的大厦，只安装了一部奇怪的电梯，上面只有“上楼”和“下楼”两个按钮。“上楼”按钮可以把乘梯者带上8个楼层（如果上面不够8个楼层则原地不动），“下楼”的按钮可以把乘梯者带下11个楼层（如果下面不够11个楼层则原地不动）。用这样的电梯能走遍所有的楼层吗？

从一楼开始，你需要按多少次按钮才能走完所有的楼层呢？走完这些楼层的顺序又是什么呢？

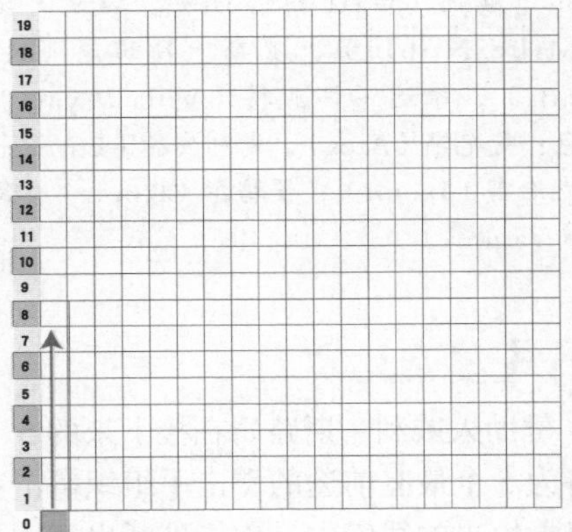

729 分享花朵

3只分别为红色、绿色和蓝色的瓢虫，住在一个有5朵花的花园里。

如果每朵花的颜色都不一样（也就是说，有“标记”），那么瓢虫落在花朵上的方式有多少种？如果有必要的话瓢虫们可以分享花朵。

730 宠物

4个毗邻而居的家庭各自拥有一条不同品种的狗。从以下给出的线索中，你能说出编号17～23的房子住户和每家宠物的品种和名字吗？

线索

1. 阿尔萨斯犬住在萨姆的隔壁人家，萨姆是利德家的狗。

2.17号的住户的宠物是一只拳师犬。

3. 克勒家有一只吉娃娃狗。

4. 弗雷迪住的房子是21号。

5.19号的那户人家不姓肯内尔。

6. 马克斯是一只约克夏小猎犬。

17　19　21　23

家庭：波尼家，可勒家，肯内尔家，利德家
品种：阿尔萨斯犬，拳师犬，吉娃娃狗，约克夏小猎犬
狗名：迪克，弗雷迪，马克斯，萨姆

提示：首先要知道萨姆的品种是什么。

731 罗希的玫瑰花结

在一年一度的障碍马术赛上，罗希·兰姆斯勃特和她的马再次在比赛中获胜。5年里她已经赢了4次。每次比赛她都骑着不同的马上场。从以下给出的线索中，你能说出她所骑的马的名字、比赛地点和比赛年份吗？

线索

1. 紧接在1998年罗希获胜之后，她骑着“爵士”再次赢得了象征胜利的玫瑰花结。这两场比赛都不是在切尔特娱乐中心举行的。

2. 在切尔特娱乐中心的那次比赛，是在她骑着“小鬼”赢了比赛的两年之后举行的，并且罗希赢得的不是D玫瑰花结。有关“小鬼”的玫瑰花结紧靠在来自切尔特娱乐中心的那次比赛

的玫瑰花结的左边。

3. 罗希骑着“花花公子”赢得的玫瑰花结在骑着“斯玛特”赢的玫瑰花结的右边某个位置。

4. 罗希在梅尔弗德公园的那场比赛赢的玫瑰花结紧靠在她最近一次比赛中赢的花结的右边。

5. 罗希在 1996 年赢的玫瑰花结紧靠在斯特克农场那场比赛中赢得的玫瑰花结的左边。

小型马的名字：“花花公子”，“小鬼”，“爵士”，“斯玛特”
比赛地点：切尔特娱乐中心，梅尔弗德公园，斯特克农场，提伊山
年份：1996，1998，1999，2001

提示：首先找出 D 玫瑰花结上的马叫什么名字。

732 来到船上

因展示太空巡洋舰的第 5 系列——《科学幻想》电视节目的需要，5 位新演员加入到常规演员阵容中，饰演要继续探险之旅的自由号恒星飞船的船员。从以下给出的线索中，你能说出他们的种族、位置和饰演的角色吗？

线索

1. 自由号上新来的堪兹克船员（当然是指来自堪兹克星球的）不叫爱利安德。

2. 角色中植物学家的名字比由迈克·诺勒饰物演的那个来自切斯安星球的切斯安人的名字多两个字母。

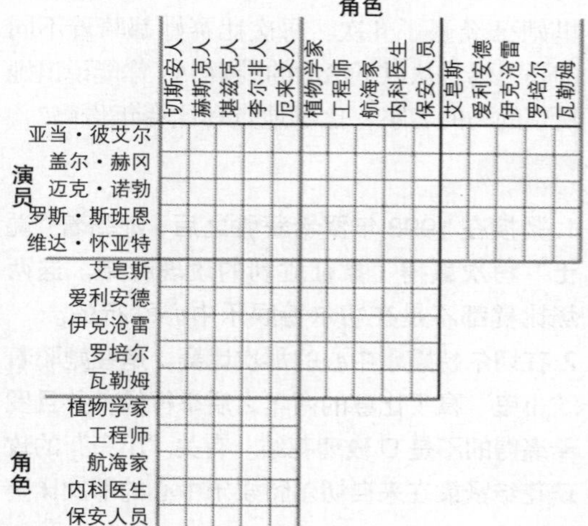

3. 罗斯·斯班恩的角色的名字比航海家的名字短。

4. 维达·怀亚特演的不是来自厄来文星球的厄来文人。那个厄来文人不叫瓦勒姆。

5. 亚当·彼艾尔的角色是自由号上的首席内科医生。罗斯·斯班恩演的是来自赫斯克星球的赫斯克人。

6. 盖尔·赫冈饰演的是罗培尔。剧中船上新来的保安人员叫伊克沧雷。

演员：亚当·彼艾尔（Adam Beale），盖尔·赫冈（Gail Hagan），迈克·诺勒（Mike Noble），罗斯·斯班恩（Ross Spain），维达·怀亚特（Vida Wyatt）
角色：艾皂斯（Azos），爱利安德（Eriander），伊克沧雷（Ixonli），罗培尔（Ropir），瓦勒姆（Valarma）

733 拳击比赛

赞助人威利·斯路姆在接下来的 5 个月里将为 5 个最有前途的拳击手组织拳击赛。从以下给出的线索中，你能推断出每次拳击比赛举行的月份、比赛的重量级别和他们对手的名字吗？

线索

1. 勒克·杰雷乔兹，波兰的重量级拳击手，已经签约准备参加接在绍恩·杰伯的拳击比赛下面月份的比赛。

2. 次重量级拳击手比赛被安排在 12 月。

3. 在利昂·堪维斯长长的拳击职业生涯里已经击出了很多次胜利的一击，他将在里基·思科莱普后面参加决斗。

4. 弗兰克·摩勒是威利·斯路姆最有希望的中量级拳击手，他的对手不是恰克·塔维尔——一个既往记录不是最好的拳击手。

5. 迪安·克林瞿将在 10 月份上场。

6. 皮埃尔·萨斯格德是个法国籍的拳击手，他的拳击记录相当复杂，他将参加 9 月份的比赛，那不是一场次中量级拳击手比赛。

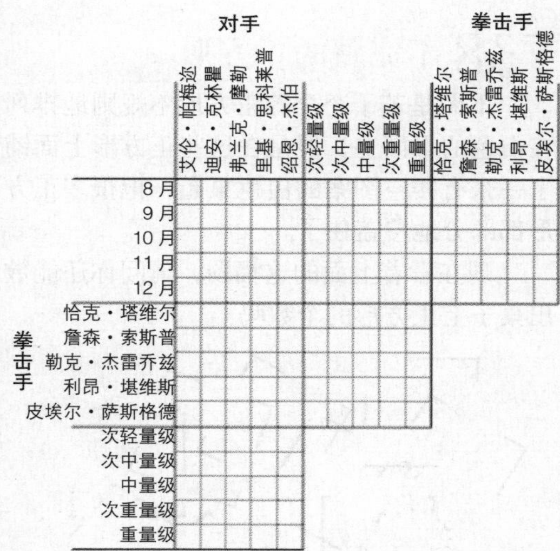

734 加油

4 个开车的人同时到加油站加油，并在付油钱的同时都在店里买了东西。从以下给出的线索中，你能叫出每位驾驶员的名字、他或她开的车的品牌和所买的东西吗？

线索

1. 彼得和标致车车主站在同一组加油泵的对面。那个车主买了一袋糖果。

2. 买杂志的那个车主不是萨利，开的也不是沃克斯豪尔车。

3. 伯特在 5 号泵加油。

4. 买报纸的车主在 3 号泵加油。

5. 在 2 号泵加油的女士没有买书，福特车的主人也没买书。开福特车的不是尤妮斯。

驾驶员：________　　驾驶员：________

车：________　　车：________

买的东西：________　　买的东西：________

7　6

8　5

3　2

4　1

驾驶员：________　　驾驶员：________

车：________　　车：________

买的东西：________　　买的东西：________

> 驾驶员：伯特，尤妮斯，彼得，萨利
> 车：福特，标致，丰田，沃克斯豪尔
> 买的东西：书，杂志，报纸，糖果

提示：首先推断出彼得用的是哪个加油泵。

735 发错的邮件

克拉伦斯是一家邮递公司的派送员，有一天，他把订单的顺序给弄乱了，订单被送到错误的城市。从以下给出的线索中，你能推断出他把订单送到了哪个错误的城市吗？说出所列书目的作者名字，以及它原来要送到的城市和克拉伦斯派送的错误地址。

线索

1. 每本书相关的名字，包括作者和相关的两个城市名字的首字母都是不同的。

2.《布达佩斯的秋天》和道森写的书，它们的目的地都不是卡莱尔。被送到切姆斯弗德的那本书，它的作者不是格雷尼，它原来的目的地也不是布莱顿。

3.《斯多葛学派》一书，既不是克罗瞿的著作，也不是被送到格拉斯哥的那本书。

4.《伊特鲁亚人》的作者名字的首字母在字母表上接在最后被送到威根的那本书作者名字的后面。

> 作者：艾伦·比格汉姆（Alan Bingham），伊利斯特·克罗瞿（Ernest Crouch），格兰特·道森（Grant Dawson），马丁·格雷尼（Martin Greene）
> 正确的城市：布莱顿（Brighton），卡莱尔（Carlisle），马特洛克（Matlock），索尔兹伯里（Salisbury）
> 错误的城市：切姆斯弗德（Chelmsford），格拉斯哥（Glasgow），斯旺西（Swansea），威根（Wigan）

提示：首先找出格雷尼写的书最后被送到哪里了。

736 迟到

我一位年长的朋友艾丽丝曾经在一个礼拜里预约了3次出租车，但每次车都迟到。从以下给出的线索中，你能推断出她是在哪天预定的、车分别迟到了多少分钟和她要去的目的地吗？

线索

1. 预定在上午9:20的出租车迟到的时间少于15分钟。此次预约是在预定在上午11:15那次之后。

2. 星期四艾丽丝去她的皮肤科医生那里，等车不是等了10分钟。

3. 她去中心公园时，出租车迟到了5分钟。

4. 去医院时预约了下午2:40的车，那天不是星期五。

	上午 9:20	上午 11:15	下午 2:40	5 分钟	10 分钟	15 分钟	皮肤科医生	中心公园	医院
星期二									
星期四									
星期五									
皮肤科医生									
中心公园									
医院									
5 分钟									
10 分钟									
15 分钟									

737 拼半圆

把6个半圆拼进正方形边框中。这6个半圆必须在白色区域内。

738 不完整的正方形

下图是若干个全等正方形不规则地排列在白色的桌面上，但是在这些正方形上面铺了一张有镂空图案的白色桌布，把很多正方形都部分地覆盖住了。

现在看着上面的这幅图，请问你还能数出桌子上正方形的个数吗？

739 电路

如果想圆满完成任务，你需要从A ~ F选项中找出下面电路的错误镜像。

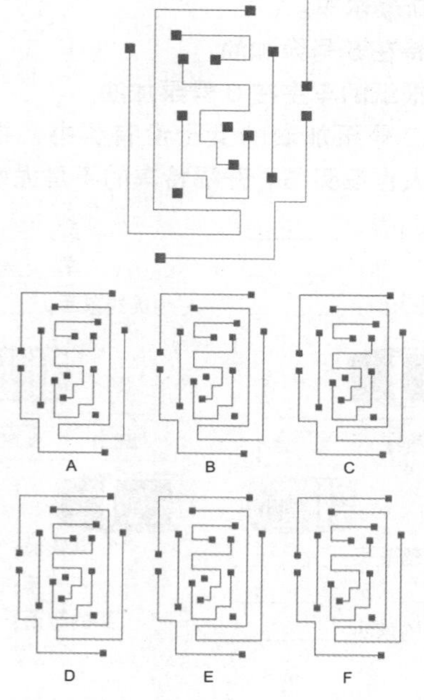

740 滑动链接

在滑动链接谜题中，你需要从纵向或者横向连接相邻的圆点，形成一个独立的没有交叉或分支的环。每个数字代表围绕它的线段的数量，没有标数字的点可以被任意几条线段围绕。

			3				3		
2	3	0	1				0		
							3	2	0
		0	2	1	1				
		1			2				
		3			1			3	0
		2	2	1	2			2	
								2	
1	2			2	1			3	
	0			3	2			3	1
	3								
	2			3	2	0	1		
2	1			0			1		
				2			1		
				0	1	2	2		
1	3	3							
		2				1	3	3	3
		1				1			

741 土地裂缝

如图所示的是一块泥地，泥地上有很多裂缝，只用眼睛看，你能够说出这众多裂缝中哪一条是最先出现的吗？

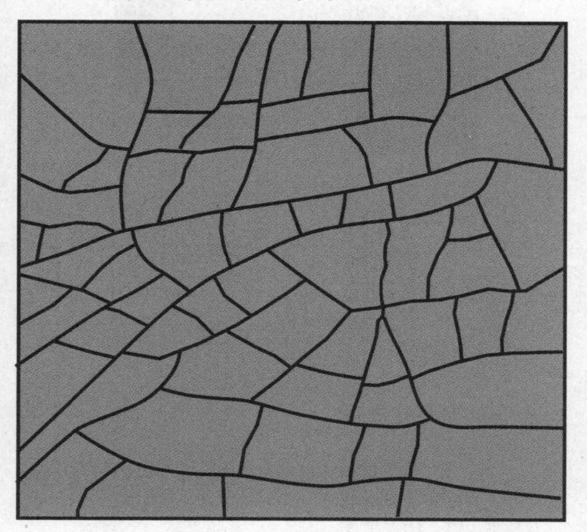

742 蜂群

蜂群总数的一半的平方根飞去了一丛茉莉花中，8/9 的蜂群也紧跟着飞去了；只有 2 只蜜蜂留下来。

你能说出整个蜂群里一共有多少只蜜蜂吗？

743 立方体上色

在一个 3×3×3 的立方体表面上涂上红色，然后再把它分成 27 个小立方体。

这里面分别有多少个有 3 个红色表面、有 2 个红色表面和没有红色表面的小立方体？

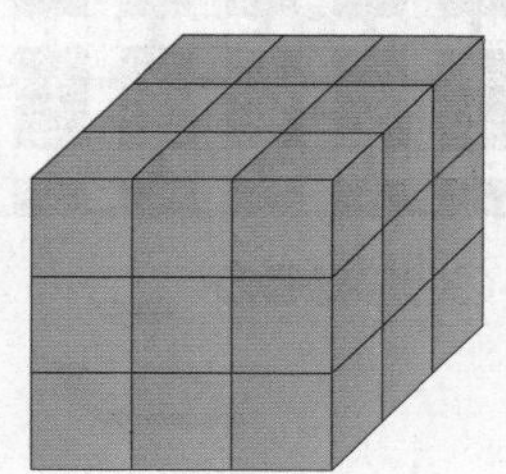

744 彩色立方块

珀西·麦克马洪引入广义多米诺的概念，将标准的多米诺骨牌拓展为凸多边形，添加颜色，并将这样的多米诺骨牌限制在组合数学问题系列。

他的一系列 30 个彩色立方块，创造于 1893 年，是数学娱乐题真正的宝藏之一。

这一系列的立方体建立的基础是以下问题：

如果你给立方块的 6 个面涂上不同的颜色，并且所有立方块都是用同一套颜色，你能够得到多少个不同的立方块？

旋转后得到的图形不被算作是不同的；但镜面反射则算。

如何制作这组30个彩色立方块？

一个单调乏味的方法是找出6种颜色或数字的所有720种可能的排列组合方法，但一个更好的方法是进行系统地上色。

你能用6种颜色给下面的图示上色（或者用数字1到6编号），来制造出30个不同的立方块吗？

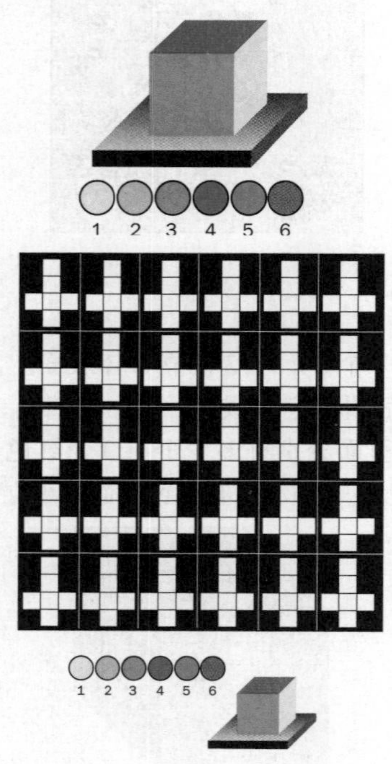

745 菲多与骨头

菲多被人用一条长绳拴在了树上。拴它的绳子可以到达距离树10米远的地方。

它的骨头离它所在的地方有22米。当它饿了，就可以轻松地吃到骨头。

它是怎么做到的？

746 对角线的长度（一）

这个小男孩在玩4个全等的大立方体。

他只用一个直尺，能否量出立方体对角线的长度？

747 对角线的长度（二）

你能否算出一个由8个小立方体黏合而成的大立方体的对角线长度？允许你使用单独的小立方体（每个小立方体与组成大立方体的小立方体大小相等）作为计算的辅助工具。你需要多少个这样的小立方体？

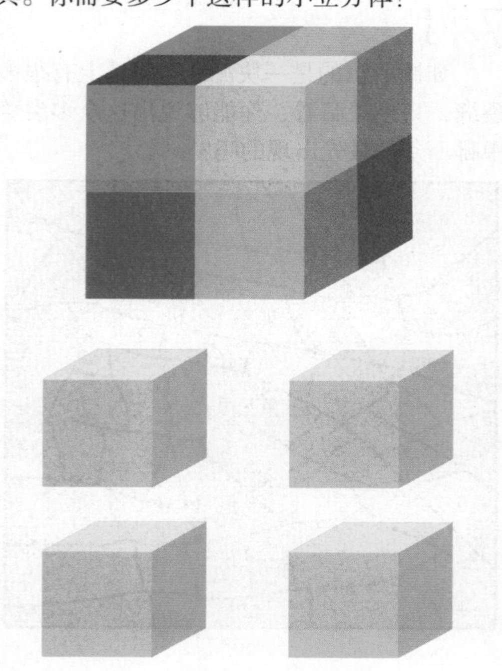

748 化学实验

6个烧瓶的容积分别为7，9，19，20，21和22个单位容积。现在化学家要把蓝色和红色的2种液体分别倒满其中5个烧瓶，留下1个空的烧瓶，同时使这些烧瓶中蓝色液体的总量是红色液体的总量的2倍（2种液体不能混合）。

请问：按照上面的条件，哪几个烧瓶应该倒满红色的液体，哪几个应该倒满蓝色的液体，哪一个烧瓶应该是空的？

749 图形拼接

3个全等的正方形被剪成了13块，如图所示。请问你能不能仅凭第一印象就迅速地把这13个图形重新拼成3个正方形？

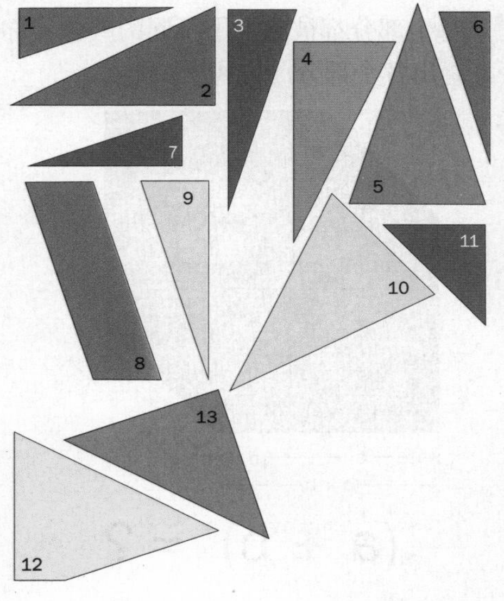

750 箭头的逻辑

按照这个顺序，接下来将会是哪幅图？A，B，C还是D？

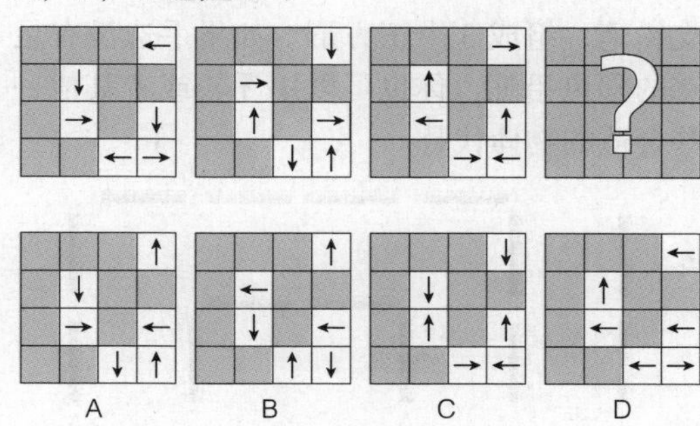

751 迷路的企鹅

不横过这些道路，你能让企鹅都回到它们自己的家吗？

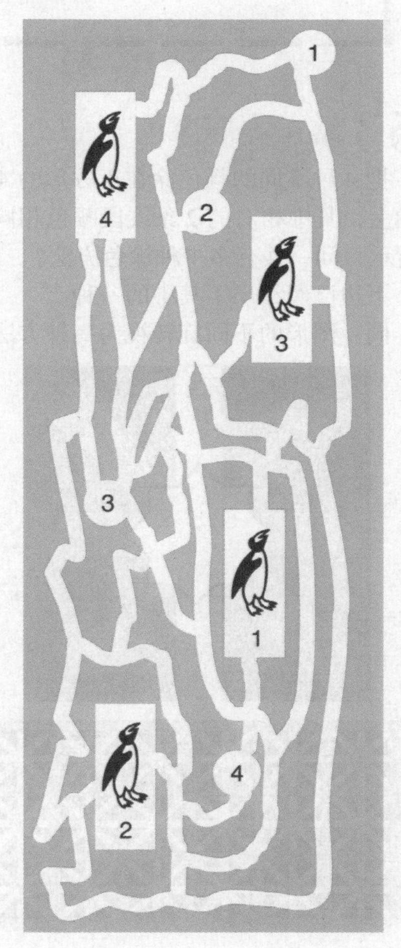

752 彩色铅笔

打开你的绘画盒，拿出 35 支彩色铅笔，按图中所示摆成回形。现在，移动其中的 4 支铅笔，组成 3 个正方形。如果手边没有足够的彩色铅笔，你也可以用牙签或者其他一些合适的物体代替。

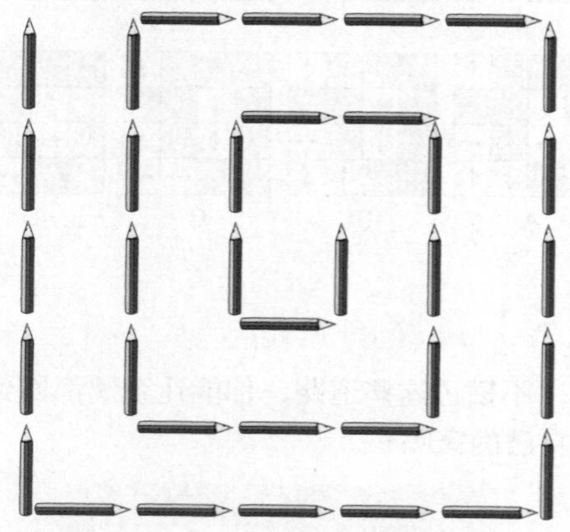

753 给正方形涂色

把 4 种不同的颜色涂在正方形的 4 条对称轴上，其中相对的 2 条线段颜色相同，如图所示，问一共有多少种涂色方法？

下边已经给出了其中的一种。

同一图形的不同旋转视为一种方法。

754 代数学（一）

我们通常认为代数就是很抽象的，但是不要忘了数学的起源是有着非常实际和直接的原因的——例如划分土地。

你能否通过上面的几何图形解出这几个简单的代数式？

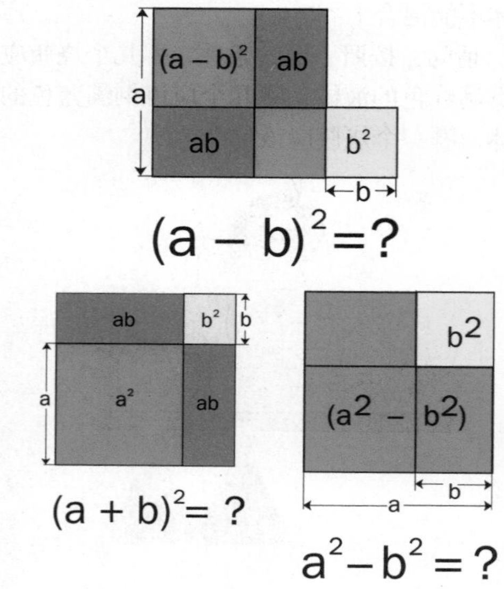

755 代数学（二）

这个立方体的边长为 (a+b)，它被分成了很多部分，如图所示。所有这些部分的总体积是 $(a+b)^3$。

每个部分都被涂上了不同的颜色，你能否计算出各个部分的体积？

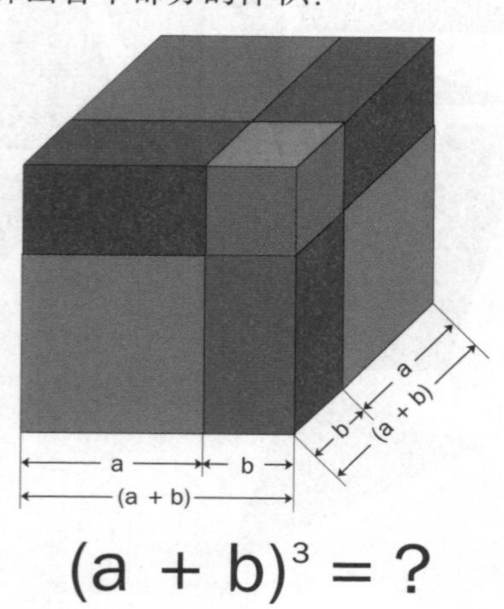

756 不一样的钟

这个钟是为一个行星设计的，它每16个小时自转一次。每个小时为64分钟，每分钟为64秒。现在钟上所显示的时间为差一刻钟到8点。请问指针下次最快相遇的时间是什么时候？

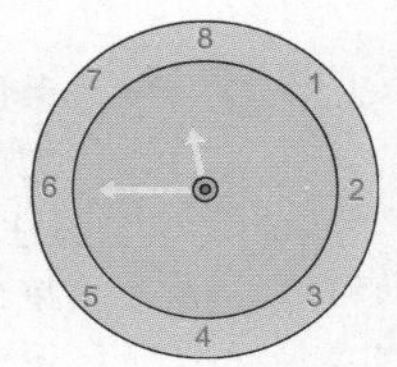

757 神秘的洞

这里有一张正方形的纸板，在纸板上偏离中心的位置上有一个洞。通过将这张纸板剪成两部分，并且将这两部分重新排列，就能把这个洞移到正方形中心的位置上。你知道怎么做吗？

758 三角形块

只要由相同数量的等腰直角三角形所组成的多边形，若其形状一致就视为一种多边形。

单个等腰直角三角形只能组成1种多边形，2个等腰直角三角形则能组成3种多边形，3个等腰直角三角形能组成4种多边形(如下图所示)。

你能算出由4个等腰直角三角形组成的多边形有几种吗？

759 数字游戏板

如图所示，把数字1～4，1～9，1～16，1～25分别放进4个游戏板中，使每个圆中的数字都大于其右侧与正下方相邻的数字，你能做到吗？

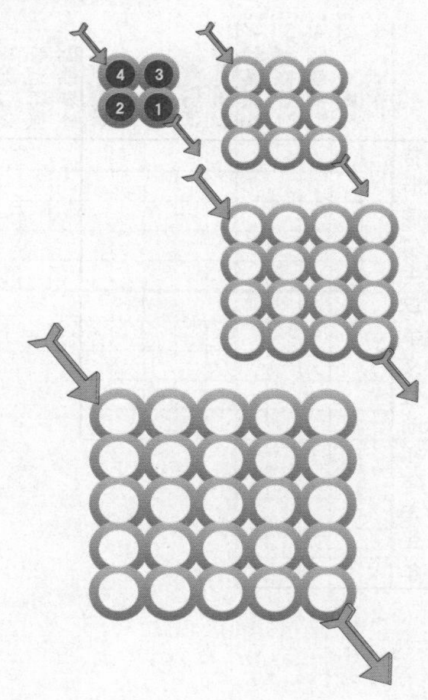

760 糟糕的往日

在中世纪末期，因为不同统治者的糟糕统治，一个小国有一段时期动荡不安。从以下给出的线索中，你能推断出每个国王的绰号、上台执政的年份、在他统治期间发生的重大的国内动乱吗？

线索

1. 于1532年加冕的国王在第二年被他的小儿子篡位了。
2. 费迪南德不是那个激怒贵族谋反的人，他在那个绰号“自满的人”之前当上国王。
3. 卢多夫是在1485年得到王位的。农奴起义不是发生在1457年登基的国王统治期间。
4. 艾伯特是在某个奇数年份当上国王的。
5. 以“愚不可及的人”这一绰号闻名的统治者是在1501年继承他父亲的王国的。
6. 迈克尔这个“坏家伙”与统治期间发生宗

教战争而使王国动摇的统治者是在同一个世纪执政的。

7. 抗税运动发生在查尔斯国王的统治期间。查尔斯的统治比因绰号“荒唐的人”出名的国王早。

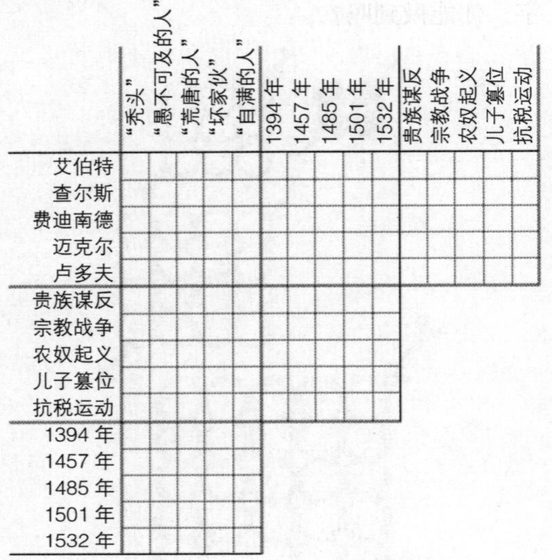

761 舞蹈比赛

有 9 对舞蹈选手正在进行古典舞蹈比赛。从以下给出的线索中，你能将图中 1 ~ 9 对男女舞伴对应起来吗？

线索

1. 艾伯特在露西的正东北方、艾丽丝的西方。
2. 诺埃尔和雪莉的牌号是单数，他们在伊芙林和她的舞伴跳舞的北边那一排。
3. 雷蒙德在哈罗德的南方，在吉莉安的东方。
4. 康士坦茨所在那一对的牌号小于西里尔的，她在丽塔的东南方。
5. 第 8 对中的女士是格蕾丝；文森特是第 6 对中的男士。
6. 杰克在南希的南边，罗兰那一对不在最靠近乐队的那一横排，也不在西里尔所在的那一横排。

男性：	女性：
艾伯特	艾丽丝
西里尔	康士坦茨
杰夫	伊芙林
哈罗德	吉莉安
杰克	格蕾丝
诺埃尔	露西
雷蒙德	南希
罗兰	丽塔
文森特	雪莉

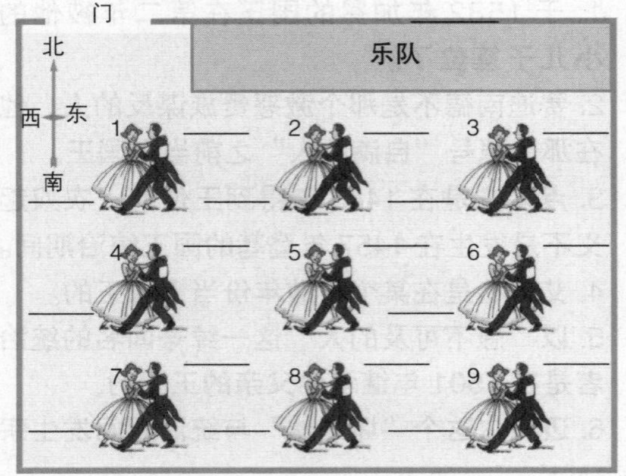

762 遮住眼睛

4 个小女孩在生日派对上玩“遮住眼睛”的游戏。从以下给出的线索中，你能推断出 4 个女孩的名字以及她们所戴帽子的颜色吗？

线索

1. 杰西卡在派对上戴着粉红色的帽子。
2. 爱莉尔在戴着黄色帽子的女孩的右边。
3. 戴着绿色礼帽的曼尼斯在莎拉左边的某个地方。
4.3 号女孩戴着白色帽子，她不姓修斯。
5. 路易丝紧靠在肯特的左边或右边。

名：爱莉尔，杰西卡，路易丝，莎拉
姓：巴塞特，休斯，肯特，曼尼斯
帽子：绿色，粉红色，白色，黄色

提示：首先要找出 4 号女孩的帽子颜色。

763 倒霉的日子

今年夏天，在同一个星期里，5 个家庭决定去英国海边度假。那个星期的天气每天都很“特别”，每一个家庭都在不同的情况下遭遇了不同的坏天气。从以下给出的线索中，你能说出他们各自去的度假胜地和他们是在哪天遭遇什么样的坏天气吗？

线 索

1. 达许伍德家遇到坏天气是在萨斯安德遭遇莫名其妙的毛毛雨之后。
2. 星期二是某个度假胜地遭受大风袭击的日子。
3. 雷阵雨发生在科尔威海湾的坏天气之前。科尔威海湾不是乌德郝斯家去的那个度假胜地。乌德郝斯家在星期一和星期三享受到美好的晴天。
4. 纳特雷一家有一天差点被暴雨冲走。
5. 布莱克浦在星期四遭遇到坏天气。
6. 普里斯家在斯卡布罗度假，他们经历坏天气是在班尼特家之前。

		度假胜地														
		布莱克浦	布赖顿	科尔威海湾	斯卡布罗	萨斯安德	星期一	星期二	星期三	星期四	星期五	大风	暴雨	莫名奇妙的毛毛雨	持续地下雨	雷阵雨
家庭	班尼特															
	达许伍德															
	纳特雷															
	普里斯															
	乌德郝斯															
	大风															
	暴雨															
	莫名奇妙的毛毛雨															
	持续地下雨															
	雷阵雨															
	星期一															
	星期二															
	星期三															
	星期四															
	星期五															

764 水族馆

如图所示，水族馆里的 16 个鱼缸按 4×4 排列，这些鱼缸里一共有 4 种鱼，每种鱼有 4 种不同的颜色。现在水族馆的老板想把这些鱼缸摆放得更为美观，使每一横行、每一纵列分别为 4 条不同颜色且不同种类的鱼。请问应该怎样摆放？

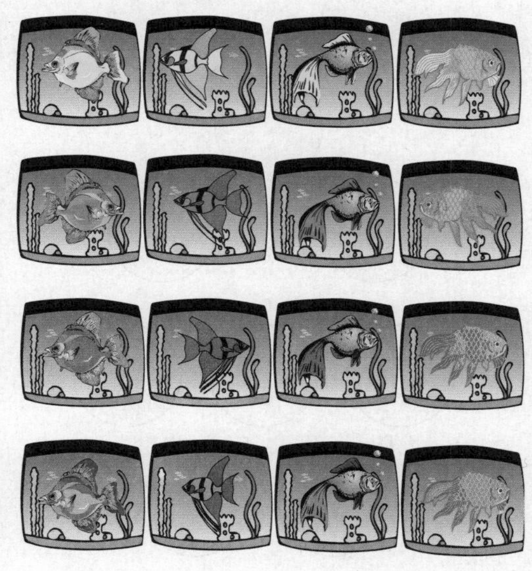

765 被切割的五边形

下图是一个大的被切割的正五边形，由 3 组不同的形状组成——五边形和两种等腰三角形——一共 17 块。

复制并裁下这 17 个图片，用这 17 张图片组成 5 个大小完全相同的小五边形。

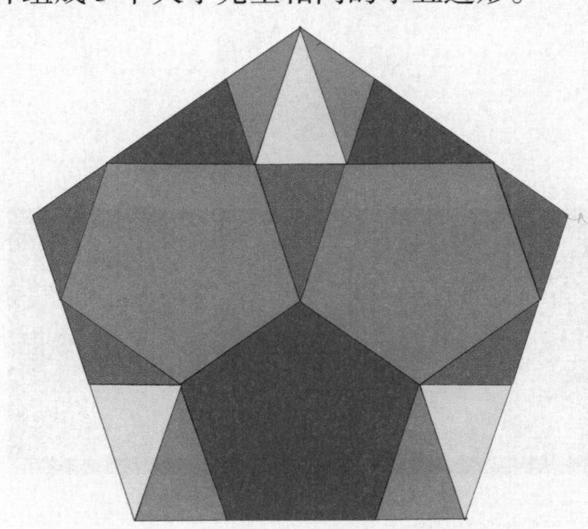

766 线条的移动

问号周围4个圆圈里的每个线条和图形都遵循着这样的规律移动到中间的圆圈里——在周围的圆圈里出现过1次：移动；2次：可能移动；3次：移动；4次：不移动。A，B，C，D或E，哪个圆圈应该放在问号处呢？

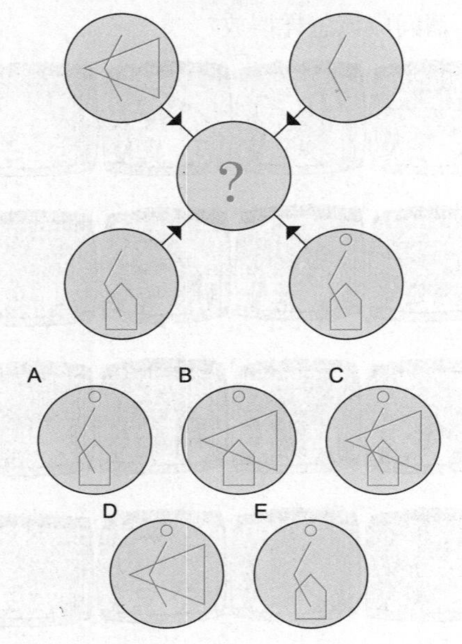

767 红色的水滴

将一滴水染上红色，然后滴入一碗水中。当它落入水中之后，你还能再次看到这个红色水滴吗？

768 等积异型魔方（一）

复制并裁下所给出的7个图片。将它们组合成一个魔方，每一行、列都有6种不同的颜色。想要尝试更大的挑战吗？那就不要将图片裁下，尝试心算解题。

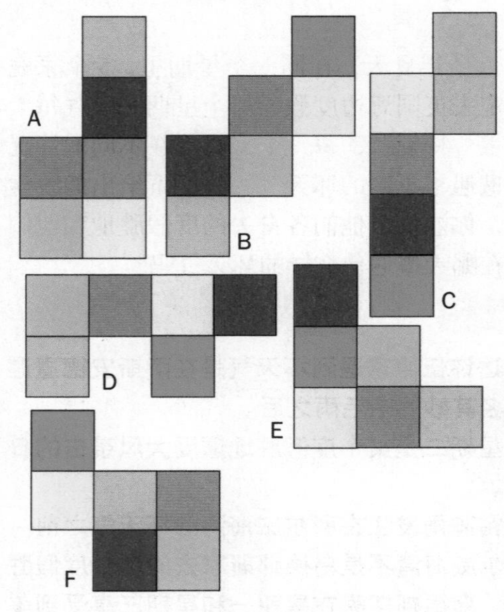

769 等积异型魔方（二）

你能将这7个图片组合成一个魔方，每一行、列都有7种不同的颜色吗？

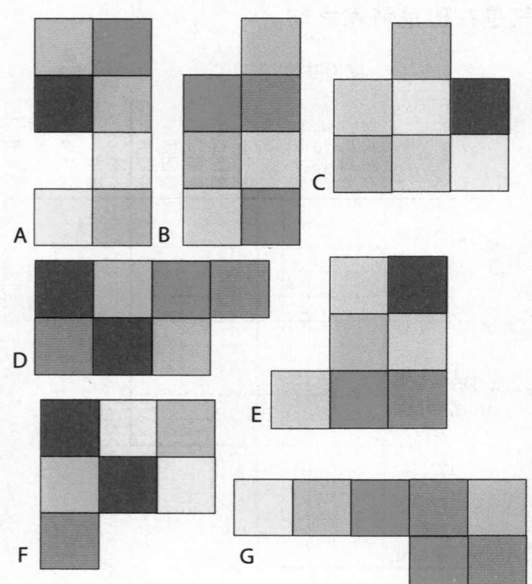

770 燃烧的蜡烛

如图所示，把一根点燃的蜡烛放在一个装有水的容器里，再在蜡烛上面罩上一个玻璃瓶。

你能预测一下，这个实验最终会出现什么结果吗？

771 字母填空（一）

仔细找一找，哪个选项可以完成这道难题？

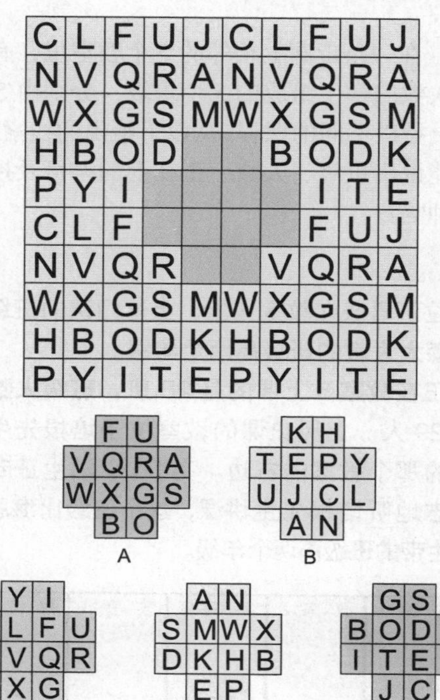

772 字母填空（二）

哪一组图形可以完成这道难题？

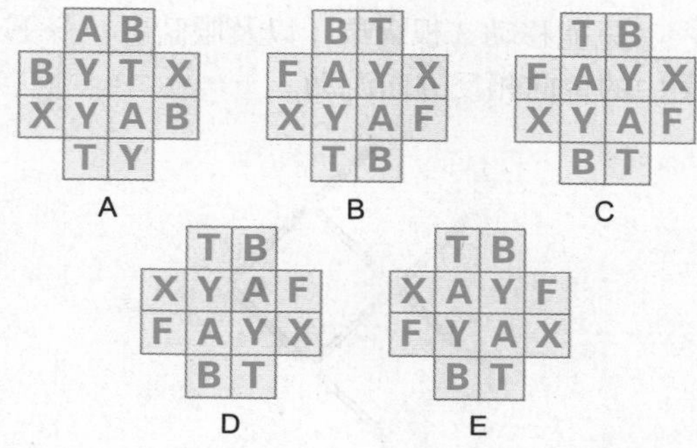

773 比舞大赛

在一次大赛中一对舞伴分别被拍照8次。

哪几张照片中显示出他们改变了跳舞姿势呢？

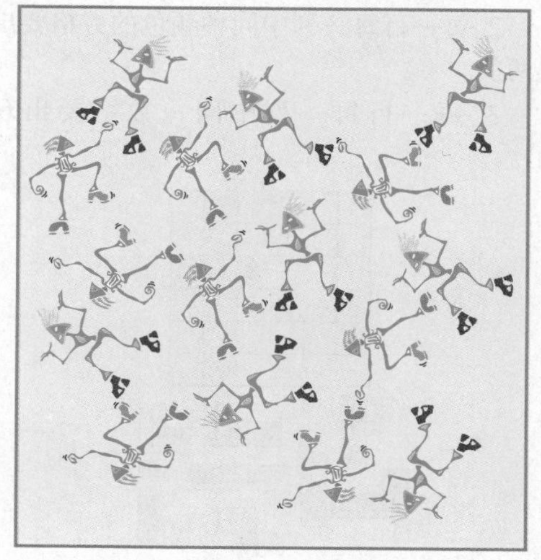

774 乌鸦

哪一组乌鸦是完全相同的？

775 游动的鱼

只能移动 3 根火柴（以及眼睛），令下图中的鱼向相反方向游动。

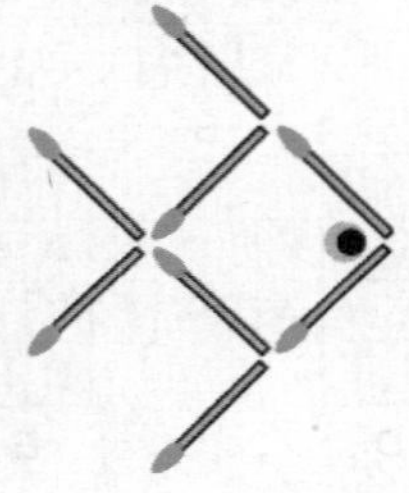

776 方格中的数字

把所有的碎片在方形格里拼好。要求：

1. 第一行的数字要和第一列的数字相同，第二行的数字要和第二列的数字相同，依此类推。

2. 每一行每一列中同种颜色的方格要出现两次。

3. 每一行每一列中同一数字要出现两次。

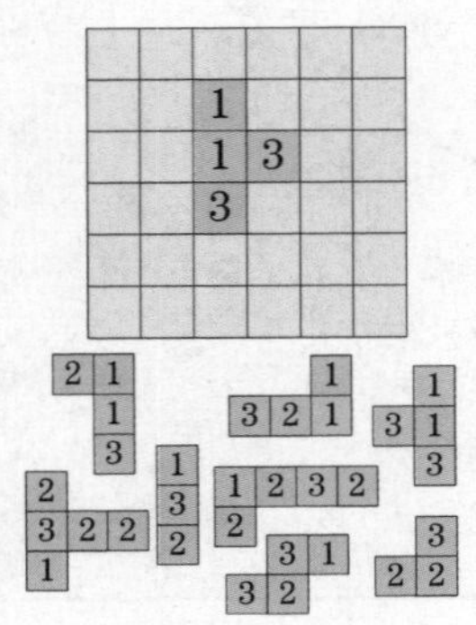

777 网格里的数字

下面每一个算式的结果都可以在数字模式的网状格里找到。你可以从上往下找，也可以从下往上找，横着竖着斜着找都可以。最聪明的人是不会去找计算器帮忙的！

1. 1111 × 9　**2.** 20 × 20 × 20　**3.** 88 × 88
4. 22 × 222　**5.** 1776 ÷ 4　**6.** 3 × 3030
7. 1010 ÷ 5　**8.** (3 × 3 × 3) × (4 × 4 × 4)
9. 23624 × 5　**10.** (5 × 5) × (5 × 5 × 5)　**11.** 7 × 200　**12.** 4994 × 2　**13.** 66000 ÷ 3

5	2	1	3	2	0
4	4	7	7	0	2
8	8	9	9	2	1
8	0	9	0	4	8
4	9	0	0	4	1
9	0	9	0	4	1

778 学习走廊

在一条走廊上相邻的 5 个教室里，有不同人数的学生组成的 5 个班级，分别由 5 位教员授以不同的课程。从以下给出的线索中，你能说出班级、人数、正在上的科目及授课老师吗？

线索

1. 拉丁语课在教室 4 上，上这门课的班级比汉森太太教的班级高两个年级。

2. 正在教室 5 上课的是 2B 班，班级人数不是 29 人。上历史课的教室位于培根先生上课的那个教室的右边。有 30 个学生正专心致志地听培根先生讲课，这个班级比海恩斯先生带的班级高两个年级。

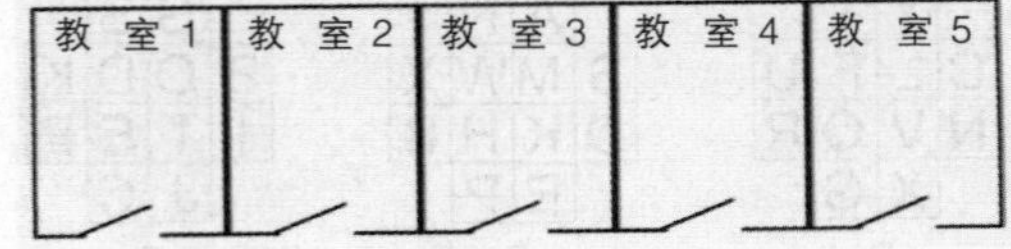

3. 由 28 个学生组成了 5B 班，他们所在的教室在数字上比课程表安排的史宾克斯小姐上英语课的教室大一个数字。
4.4A 班人数比 1A 班少，4A 班上的是地理课。
5.3A 班的人数少于 30，给他们上课的不是伯尔先生。

班级：1A，2B，3A，4A，5B
课程：英语，地理，历史，拉丁语，数学
老师：培根先生，伯尔先生，汉森太太，海恩斯先生，史宾克斯小姐
班级人数：26，28，29，30，32

提示：首先找出哪个班级是培根先生教的。

779 善于针织的母亲们

作为对那斯利浦高中 100 周年纪念庆典的捐赠，各有一个女儿在读的 4 位母亲共同织就了一幅挂毯，这幅挂毯有 4 个主题，每位母亲负责其中的一个。从以下给出的线索中，你能说出每个部分作品的主题，以及相对应的母亲和女儿的名字吗？

线索

1. 没有一位母亲和她女儿的名字有相同的首字母。
2. 描绘艺术类的作品放在梅勒妮的母亲负责的那部分作品的左边。最有可能负责描绘艺术类部分作品的母亲，她的名字在字母表顺序上排在其女儿的前面。
3. 米歇尔负责的那部分作品排在崔纱的母亲的右边某个位置，这两部分都不是关于物理教育方面的。而关于物理教育的那部分作品，它左边是海伦的作品，右边是哈里特的母亲的作品。
4. 莎拉的母亲和索菲都不负责科学技术部分的作品，负责这部分作品的母亲在最右边。
5. 阐述人文学科的作品在梅勒妮的母亲负责部分的左边某个位置；梅勒妮的母亲的作品不跟索菲负责的那部分作品相邻。

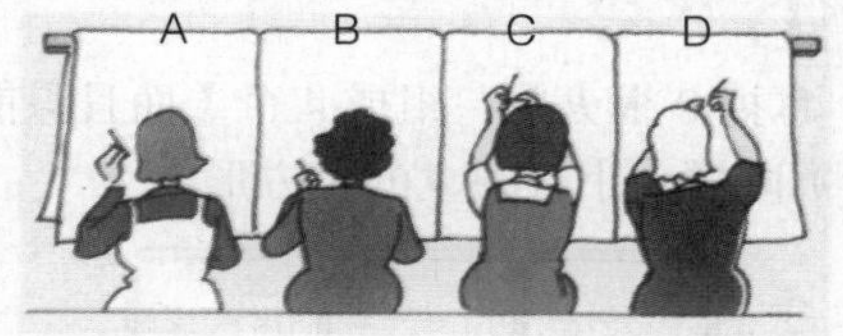

主题：物理教育，科学技术，艺术类，人文学科
母亲：海伦（Helen），米歇尔（Michelle），索菲（Sophie），坦尼娅（Tanya）
女儿：哈里特（Harriet），梅勒妮（Melanie），莎拉（Sarah），崔纱（Trisha）

提示：找出索菲最不可能负责的那个部分以及她女儿的名字。

780 隐藏的立方体

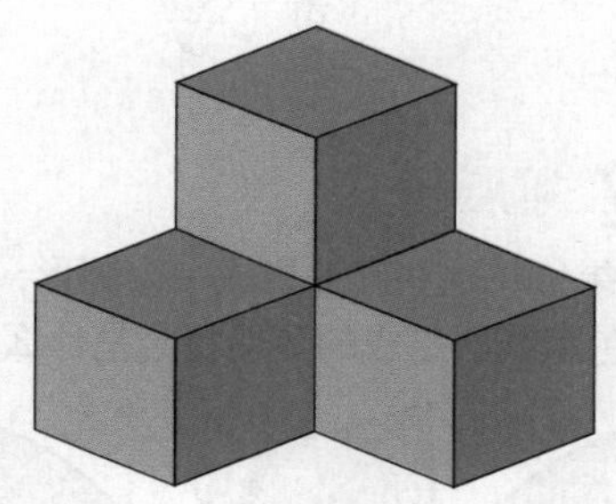

问 1：上图的第 4 个立方体被隐藏在了下层后面的角落部分。将这个物体拿起，从各个角度观察它。你能看出多少不同的立方体的面呢？

问 2：下图的“双 L”形由 6 个立方体所组成。但第 6 个立方体隐藏在了中间一层后面的角落里。如果你能够从各个角度观察这个形体，你会看到多少个面呢？

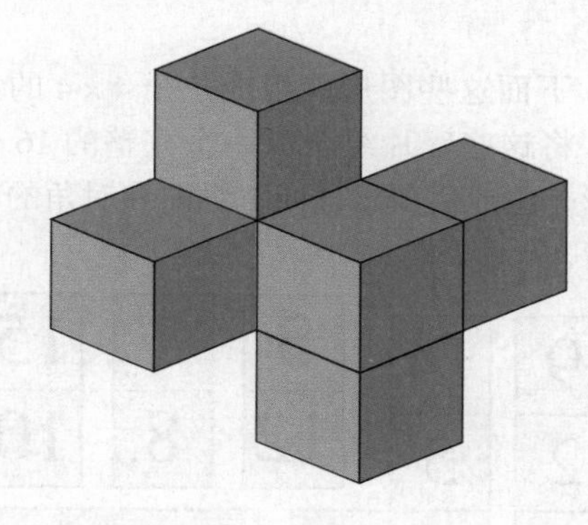

781 隐藏的正五角星

你能在多短的时间里找出隐藏在下图中的正五角星呢？

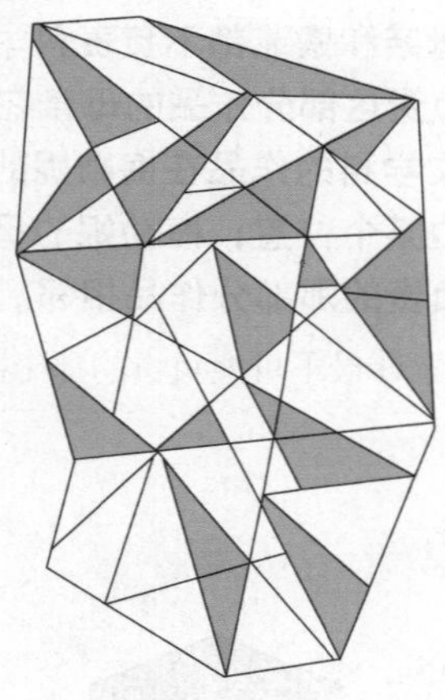

782 圆形拼接

如果你将这些碎片拼成一个圆形，那么圆形内黑色粗线所组成的图形将会是什么样子？

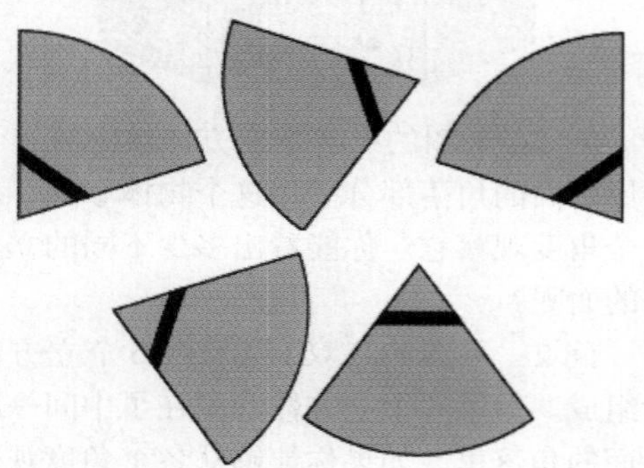

783 碎片正方形

下面这些图形能组成一个 4×4 的正方形。将这些碎片组合成一个完整的 16 格正方形，组成后要求横向、纵向和对角的和都相等。

784 字母等式

下边的等式中每一个字母都代表一个不同的数字。你能破译出它们分别代表哪个数字吗？

$$\begin{array}{r} AB \\ \times\ AB \\ \hline ABB \end{array} \qquad \begin{array}{r} AA \\ +\ AA \\ \hline BBC \end{array}$$

$$\begin{array}{r} ABA \\ +\ BAB \\ \hline BBBC \end{array} \qquad \begin{array}{r} ABA \\ +\ BAA \\ \hline CDDD \end{array}$$

785 填字母

你能根据这些线索在下面的格子中填上相应的内容吗？

1. B 与 E 和 H 处在同一列之内。

2. F 位于 B 的左方，并且位于 D 的正上方。

3. G 位于 E 的右方，并且位于 I 的正上方。

4. D 位于 H 的左方，并且和 A 处于同一列之中。

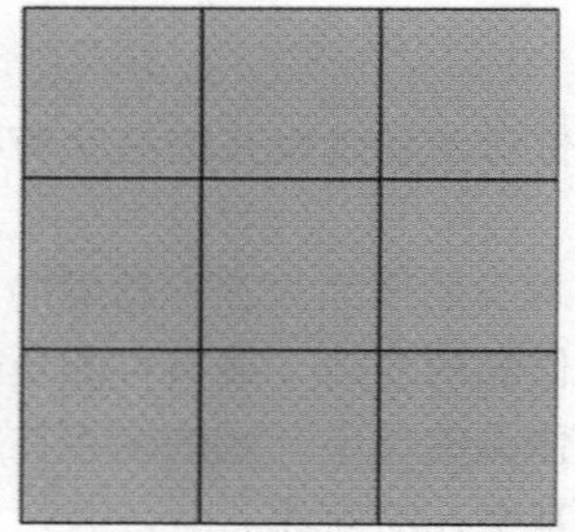

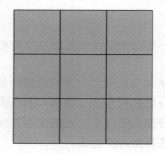

786 火柴正方形

拿掉 8 根火柴，组成 4 个（而且只能是 4 个）同样大小且独立的正方形。

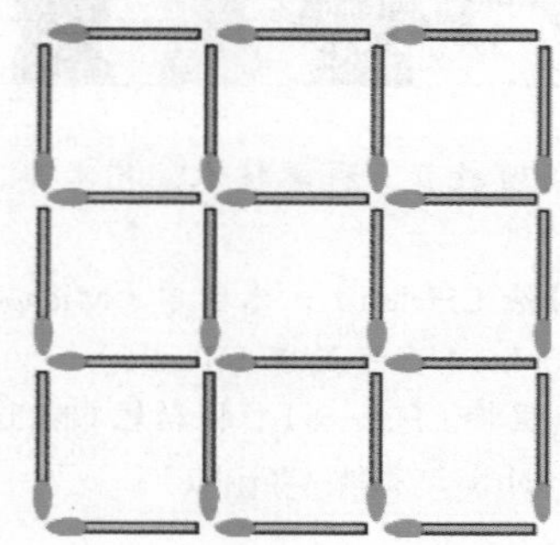

787 宇航员逻辑题

新的空间站里还有相当多的工作要做。但是是不是每个人都在做自己分内的工作呢？事实上，有一个宇航员美美地睡着了。其中 8 个人眼睛所看到的景象在左边的方框里。现在你需要把景象（A ~ H）与看到该景象的宇航员（1 ~ 9）相匹配。而剩下的那个人就是偷懒睡着了的！

788 抬头看天

这次风筝大赛的风筝都是成对放上天的，每一对的颜色和设计都完全相同。有一个小孩放出一只自己的风筝以后，又得到一只新的，跟某一其他选手的风筝配对。你能找出天空中 12 对相互匹配的，小孩新得到的，以及剩下那 3 个一组的风筝吗？

789 树的群落

在下边方框里隐藏着方框上面所示的 5 种特定形状，全部由给出的 4 种叶子组成，其中每种叶子在每个形状里出现且仅出现一次。方框里的形状与方框上所示的一模一样，不能通过旋转得到。看看你是否能把它们通通找出来。

790 给糖还是交换

这些万圣节讨要糖果的小孩身上都多了一件属于图中其他人的装束。看看你能否把每个孩子化装服缺失的那部分给找回来。

791 去吃午饭

在这里点餐很困难——这家餐厅里几乎一切都出错了。总共 24 个错误中，你能找出几个？

792 即时重播

这两幅图看上去似乎一样，但是仔细再看！事实上两幅图之间有 14 个不同之处。你能找出几个？

793 恍然大悟

这幅图中有7种图形都在图中不同的地方出现了2次。比如，垃圾桶的踏板，在狗的耳朵那里也出现了——虽然旋转过，但是两者其实拥有相同的大小、形状和颜色。你能找出另外6对图形吗？

794 雪花生意

51号雪花检查员正在检查哪些雪花的6个部分并不完全对称。他最后通过的只有2片雪花。你能找出它们，并且指出其他5片雪花的不合格之处吗？

795 只是粉碎

这些粉碎的镜像中只有2个完全相同。你能指出是哪2个吗？

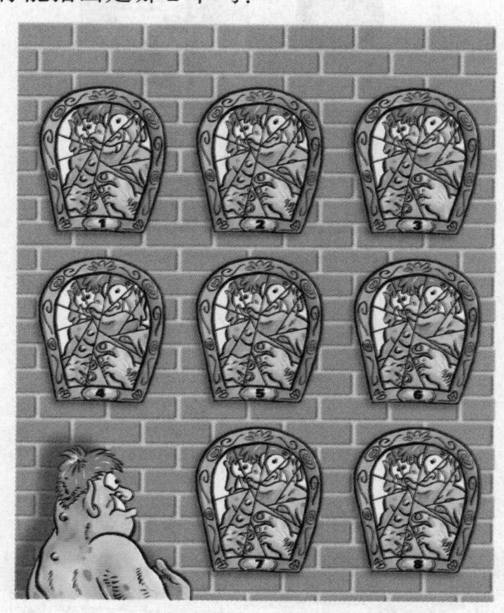

796 包装小组

圣诞老人给了这些小鬼5卷包装纸和5盘丝带并要求他们把每一种包装纸与每一种丝带组合，使25个盒子中任意2个的包装都不相同。现在就剩下最后一个没有打包了，它需要什么颜色的包装纸和什么颜色的丝带组合呢？

797 局内人

如果你很小，玩捉迷藏时你就能找到一些很棒的地方来藏身。下页图是6个你很熟悉的地方，别人从来没能从这里面往外看过。你能分辨出每幅图分别是哪里吗？

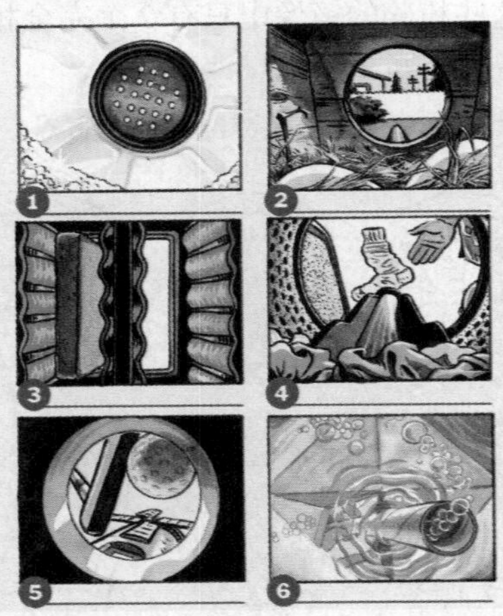

798 从这里下坡

这幅图中有22个错误，你能找出多少？

799 发疯

这些滑板玩家中只有两个完全一样。你能指出是哪两个吗？

800 假日海滩

这些孩子晒太阳晒得太久了……仔细观察每个小孩身上的图案，看看你是否能把每个人与毯子上的两件物品分别匹配。

801 雪落进来了

这幅图中有7个图形，每一个都在不同地方出现了两次。比如窗户上的雪堆，也是男孩兜帽上的白色部分——虽然旋转了，但是大小、形状和颜色都相同。你能找出另外的6对吗？

802 打保龄球

这两幅图看上去每个地方都完全相同。事实上它们之间有 17 处不同。你能找出几处？

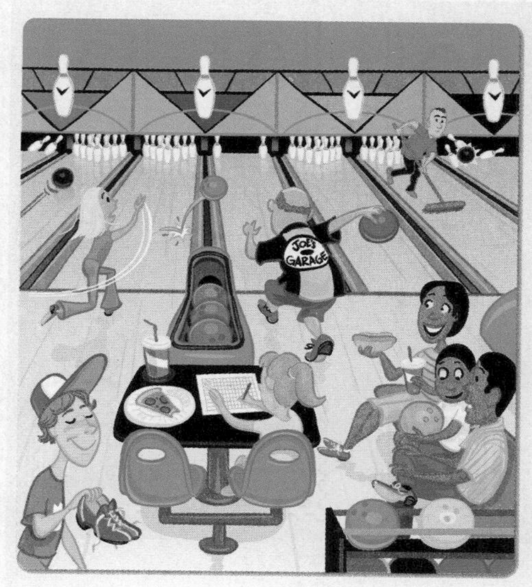

803 蝙蝠

下面这幅万圣节的图中隐藏了 25 只蝙蝠。你能找出多少只？

804 装饰品

这棵树原本是由成对的饰品装饰，其中一个坏了以后，用另一个替换上，而换上的这个在树上原本已经有两个了。你能够从树上找出 16 对饰品，单独的一个，以及剩下的一组三个吗？

805 赝品

一个忙碌的伪造者制作了大量珍贵物品的赝品，这个人几乎每件赝品上都有一个错误。仔细研究每一组的原件，看看你能否找出5件赝品里完美的一件以及另外4件上的错误。

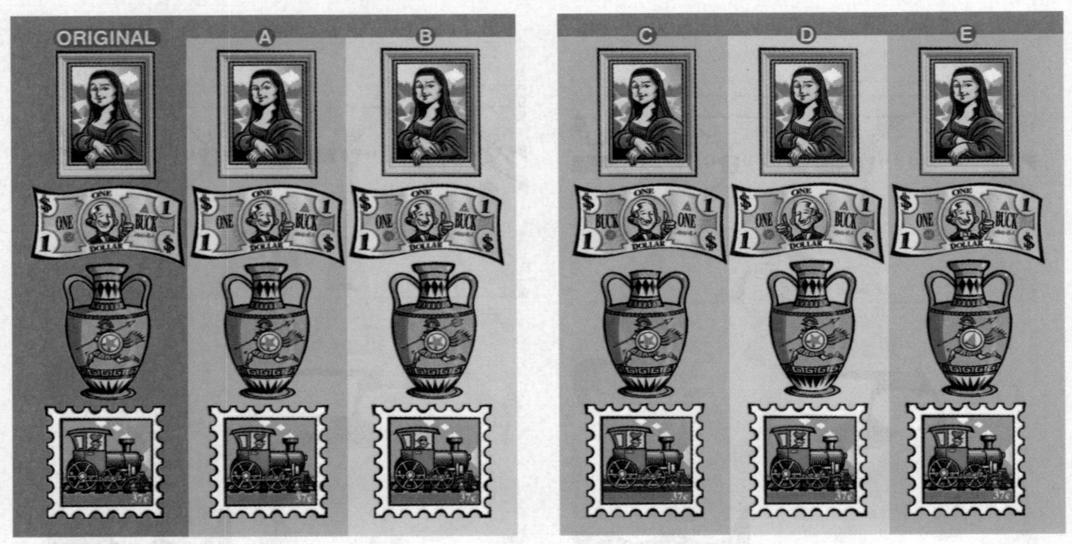

806 结冰的池塘

仔细观察下图，你会发现结冰的池塘里的倒影跟冰面上的人、物并不完全吻合。你能找出倒影与真实人、物之间的 16 处区别吗?

807 羽毛相同的鸟

你能从下边找出7对相匹配的鸟，并指出剩下那单独的一只吗？相同的鸟不一定朝向同一个方向，因此注意它们的特征和颜色。

808 晚餐我请客

下图中翻倒的汉堡中只有两个是完全一样的。你能指出是哪两个吗？

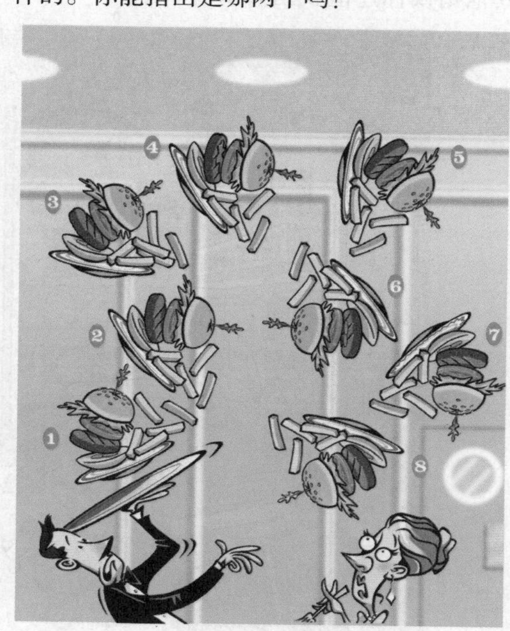

809 藏着的老鼠

屋子里有老鼠吗？事实上，这个场景里有8只老鼠。旁边的小图分别是每只老鼠从藏身地点所看到的景象，你能据此找出每只老鼠分别藏在哪里吗？

810 魔镜，魔镜

下图左边的场景和它右边的镜像至少有 27 处冲突。比如，飞机的方向就被反射错了。其他错误你还能找出多少？

811 重要部件

这里每件物品都缺少一个重要部件。仔细观察，你能找出它们分别缺少什么吗？

812 车库乐队

这个竭尽全力的车库乐队看起来真不怎么样。这个爵士演奏会场景里有 12 个错误，你能找出多少？

813 飞船

梅格拉克专门买了一艘跟其他人都不同的宇宙飞船，但是现在在这个银河系停车场里，他却找不到自己的飞船了。要帮助他，你需要仔细观察所有的飞船，找出其中12对相互匹配的飞船。剩下那艘单独的就是梅格拉克的了。

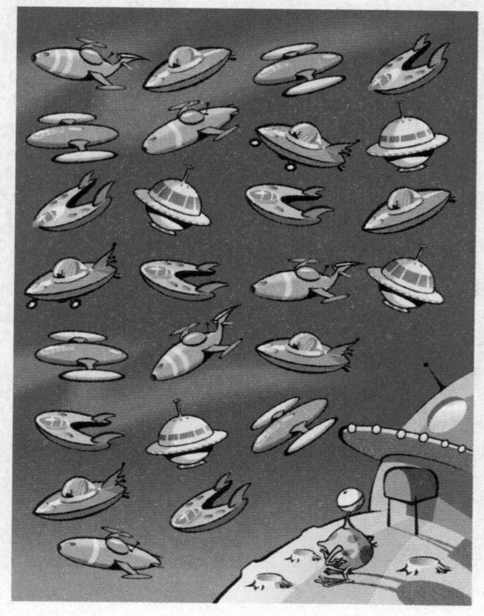

814 眼花缭乱

仔细观察这些特写镜头，你能辨认出它们分别是日常生活中的什么物品吗？

815 看两遍

下边的这些图中包含12对完全一样的图形。比如秃头男人手里的勺子，也是棒球运动员的棒球帽——虽然图形有旋转，但是大小、形状和颜色相同。你能把这12对图形都找出来吗？

816 宠物店

这个宠物店场景里有25个错误，你能找出多少个？

817 闹鬼的旅行

讨要糖果的小鬼住在哪个闹鬼的房子里？下边的小图是他们在附近行进的路线上依次看到的景象。通过对比这些小图和上面的大图，你能画出他们的路线，并且找到唯一一所他们没有经过其前门的房子——那就是他们的住所。提示：他们刚刚从他们面前的房子讨要完糖果。

818 花园矮人

这所房子的主人从商店里买了4个花园矮人，放到屋前草坪里以后，他们的房子被真正的花园矮人入侵了，他们以为这里正在开一个派对。4个假矮人一模一样，而8个真矮人相互之间却分别有一处不同。你能找出所有不同，并且分辨真假花园矮人吗？

819 木乃伊

这两个木乃伊本不应该缠在一起的，但是有一条纱布把它们缠在了一起。所有其他纱布虽然相互之间穿过但是并不相连。你能把唯一那条把两个木乃伊连在一起的纱布找出来吗？

820 列岛游

可怜的漂流者被困在了迷岛，从这里找到出去的路相当不容易。从漂流者所在的岛开始，从岛上选择任意一样物体（除了棕榈树以外），找到别的岛上跟它相同的物体，并跳到那个岛上。然后选择新岛上的另一件物体，并找到别处跟它一样的物体。如此反复，一直到达右下角的木船处……要注意路上的死角！

821 我们到了吗？

你能在车子的气用完之前找到购物中心侧面停车场的正确位置吗？

822 穿过雪花

你能穿过雪花，从图中的起点到达终点吗（只能经过蓝色的位置）？

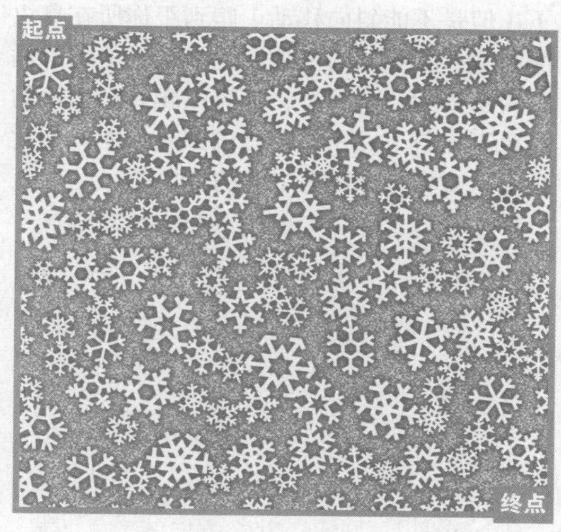

823 跟随岩浆

你能从起点到达终点而不被烧着吗？

824 臭虫迷宫

你将得爬行前进，穿过这群臭虫走出这个迷宫。你可以向左、向右、向上，或者向下（但是不能斜向移动）爬到跟你所在臭虫颜色或形状相同的臭虫身上。从左上角的橘色臭虫开始。从那里，你可以爬到它旁边的橘色臭虫或下面跟它一样的圆臭虫上。如此反复，直到你到达右下角的臭虫处。

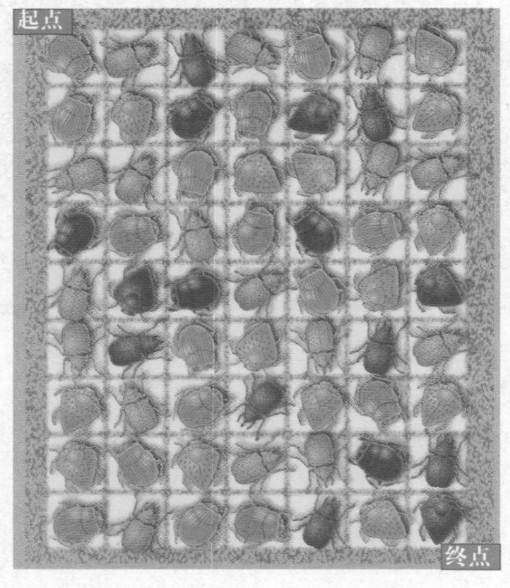

825 运动的药剂

弗兰克林博士的实验室已经成为了杯子、罐子和管子所组成的迷宫。你能从科学小乖蛋出发，沿着奇怪的药剂找到通往精神病医生处的路线吗？加强挑战：找出图中的5个骷髅！

826 跳蚤路线

一直搞不明白跳蚤是怎么传播的？要完成这个特别的迷宫，先从左上角的一组三只狗里面选择一只开始。然后找到别处跟它姿势相同的狗，并跳到那里。接下来在新的组合中选择另外一只狗，并找到别处跟它一样的狗。如此反复，直到你到达右下角那只没有跳蚤的狗那里……注意途中的死角！

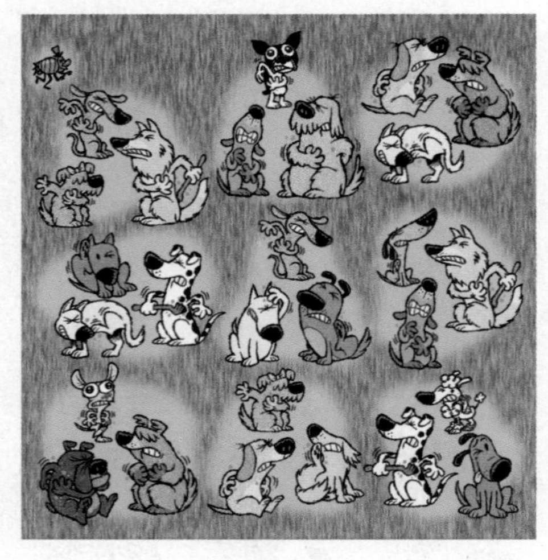

827 长跑

帮助这个运动员完成马拉松，使他沿着黄色的路线到达底部的领奖台(不准越线)！完成以后，把路线涂黑，你就能知道他比赛的结果。

828 穿越马路

想知道这只鸡穿越马路的真正原因吗？先完成这个迷宫！从鸡所在处开始，你能否找到去往 The Other Side 的路，并且不迷失方向呢？

829 蛛丝马迹

你能从蛛网外的蜘蛛处出发，只能沿蛛丝行动，最终到达网中心的那只苍蝇吗？注意其他的苍蝇——那些都是死角！

830 邮票迷宫

穿过这个迷宫的时候可千万不要卡住哦。你可以向左、向右、向上，或者向下（但是不能斜向移动）爬到跟你所在邮票颜色相同的邮票上。从左上角黄红相间的邮票开始。从那里，你可以爬到它旁边有红边的邮票或下面大洲为黄色的邮票上。如此反复，直到你到达右下角的邮票处。

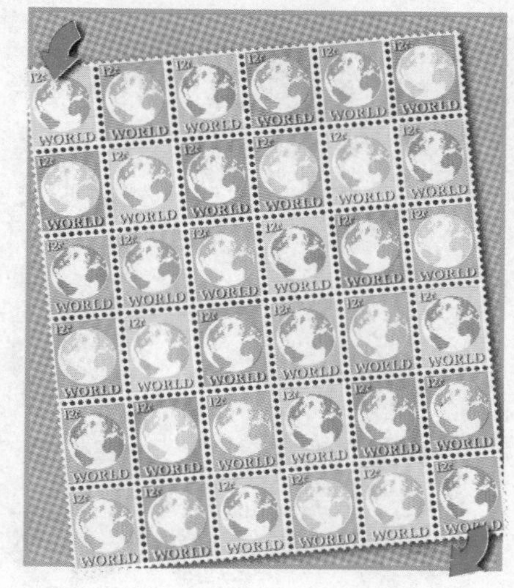

831 交叠的围巾

从左上角的编织者到达右下角的男孩只有唯一一条路线，把它找出来可是相当有难度的任务。你能沿着上下交叠的围巾把它找出来吗？

832 蝴蝶迷宫

要完成这道不可思议的蝴蝶迷宫，你得先紧张一小下。选择左上角叶片上三只蝴蝶里的任一只作为开始。现在找到图中跟它一模一样的另一只，并跳到那片叶子上。接着在新叶子上选择另一只蝴蝶，并寻找图中跟它相同的另一只。如此反复，直到你到达右下角的叶子上……注意途中的死角！

833 开始挖吧！

这块考古宝地很难四处走动。左上角的考古学家需要到达右下角的同伴那里，但是他需要穿越恐龙骨骼。哪一条是唯一行得通的路线？

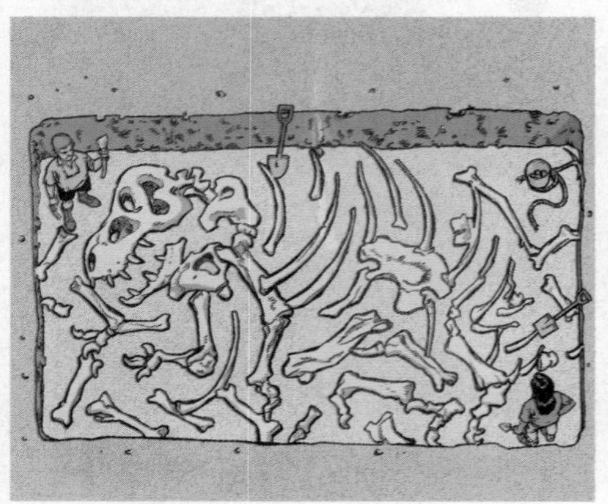

834 幸运之旅

这座迷宫里，其中一堆三叶草里藏有一片幸运四叶草，是哪一堆呢？从左上角开始，沿着路径直到你到达一堆三叶草，加减沿路的数字。如果你得到的总数是4，那么你已经找到了四叶草。如果总数是3，回到起点，看看你下一次的运气会不会好点儿！

835 蜜蜂路线

看看你能否沿着蜂房从起点到达终点。

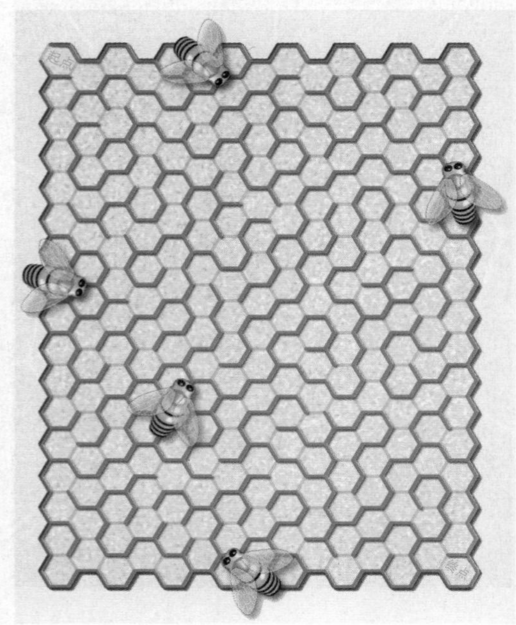

836 死角

看你能否沿着铁条从大门底侧的起点到达顶部的终点，即 FINISH 那几个字母。

837 到达码头的水路

木筏上的可怜虫终于回到了文明社会，但是他还没能脱离水面。你能帮他找到唯一一条到达码头的水路吗？他不能从障碍物下面穿过或者穿过图以外的水面。

838 蜻蜓的路线

你能帮助这只蜻蜓从起点到达终点，而不会成为青蛙的午餐吗？注意：得从睡莲之间的空隙穿过，并且不经过任何一只青蛙的正前方，不能越过池塘的边缘！

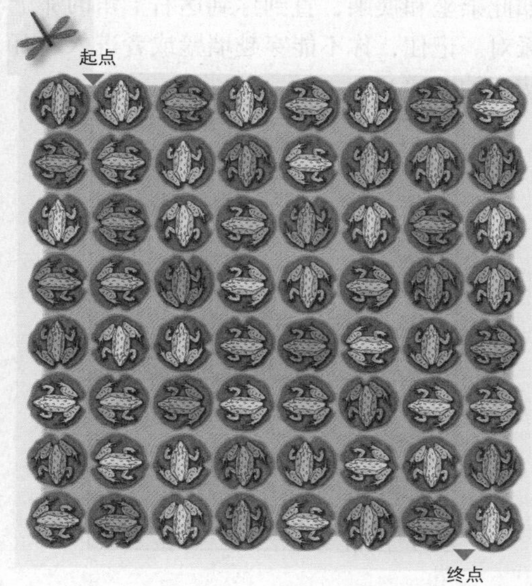

839 别去那儿

这是一道相反的迷宫，你的目标是不要到达终点！从起点开始，试着找到唯一一条到达死角的路。如果你到达了终点，非常不幸——你得回到起点，从头开始。

840 楼层平面图

在这个迷宫中，电梯按钮告诉你每台电梯能带你到几层。从左下角的电梯开始，它带你上一层。你出来以后，换乘那一层的电梯。你得自己决定到底是上两层还是下一层。如此乘坐和换乘，直到你到达右上角的那个派对。记住，你不能穿越墙壁或者进入没有按钮的电梯。

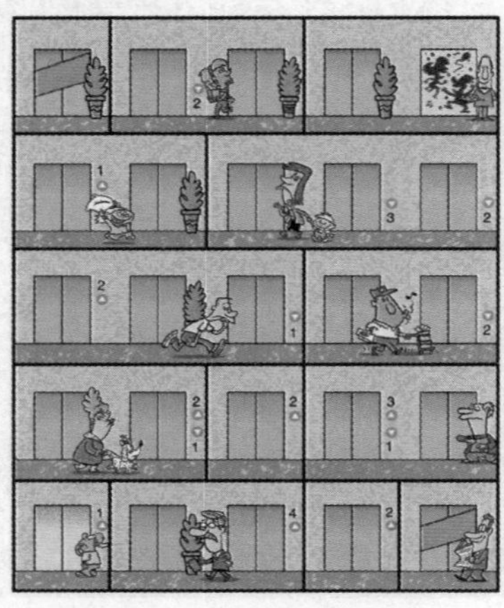

841 O 地带

在这个 O 形散射状的图形中你将找到横向、纵向和斜向的 30 个单词，它们都只有 O 作为唯一的元音字母。你把它们全部找出来以后，从左到右，从上到下阅读剩下的字母，你会发现额外的信息。现在开始吧！

842 礼物标签

今年谁将得到什么礼物？要搞清楚，在每个礼物标签的两行空格上填入相同顺序的相同字母。第一行告诉你礼物是给谁的，第二行告诉你礼物的名称，它们都在树下放着（并非每件物品都会被用到）。作为开始，有一个标签已经为你填好了。

843 夏威夷之旅

在这个网格中你将找到横向、纵向和斜向的 20 个单词，它们都跟夏威夷有关。你把它们全部找出来以后，从左到右，从上到下阅读剩下的字母，你会发现一个很酷的事实。祝你好运！

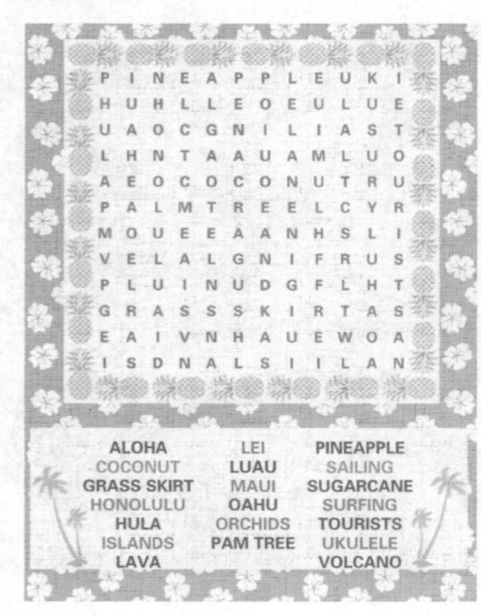

844 捉苍蝇

哪里来的嗡嗡声？在这道题目中，字母组合 F–L–Y 在列出来的单词中出现了 18 次，它们总是用一只苍蝇的图案代替。比如，“flypaper”这个词在左边纵横格中的表示形式就是“ PAPER”。这些单词按照左右、上下或者斜向的顺序隐藏在纵横格中。你把它们全部找出来以后，从左到右、从上到下阅读剩下的字母，你会得到一条额外的信息。

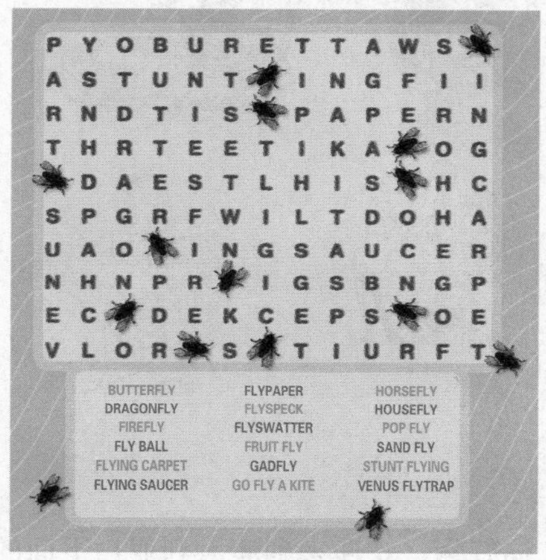

845 湿透了

下边这 6 个单词都能加在“water”的后面组成一个新单词或词组，如“waterproof”，但是这些词被放入水中扭曲变形了。你能靠想象把它们擦干，并且拼出每个词吗？

846 乐器

这个故事里隐藏有 18 种乐器的名称。有的直接就在一个词里面（“harp 竖琴”就藏在“sharply”里面），有的则是穿越了两个甚至更多单词（“sitar 锡塔琴”藏在“sit around”里面）。找到 10 个就很好了，找出 15 个是非常好，如果你 18 个全部找出来，那你就是真正的乐器专家了。

Peter and Tippi had sharply different tastes in music. Peter liked to sit around in the tub and listen to jazz,while Tippi really responded to rock concerts.

One night,Tippi told Peter that she was planning on going to see her favorite band,even though she' d heard rumors that the concert was sold out.Her plan was to pack a zoom lens and a camera and blend in with all the paparazzi there.

"You think they' re so disorganized,they let in every shutterbug left and right?" Peter asked.

Tippi said, "When I turn the charm on I can get past anyone."

"But tonight' s ravioli night," Peter whined. "Would you really cancel long-standing plans?"

"Absolutely!" she replied,and left.

Before long,Tippi returned and threw the biggest tantrum Peter had ever seen.The police had given Tippi an order to go home for violating the law. Peter smiled as he said, "Will you feel better if I fetch you som cold ravioli?"

847 美食

你能在这个字母格里找出列出来的 25 种美食吗？不，你不可能找出来。这是因为事实上只有 20 个隐藏在里面。这些单词可以是从上到下、从下到上、从左到右、从右到左以及斜向排列。当你把全部 20 个找出来以后，剩下的字母从左到右从上到下阅读会组成一个谜，剩下 5 个在字母格里没有找到的单词的首字母，将组成这个谜的谜底。

848 笑声声迹

我们列出来的 34 个单词可以放入下面的纵横格里。所有单词里都有 HA，这些 HA 都已经填入纵横格了，但是其他字母都没填上。根据这些单词的长度，以及它们相互交叉的位置，你能把它们全部放入正确的位置吗？

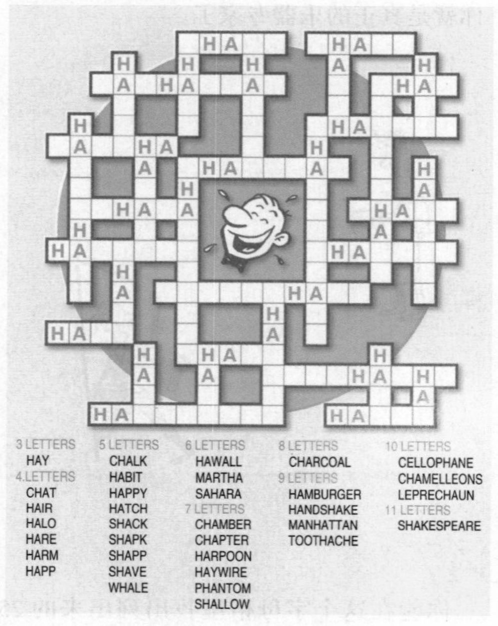

3 LETTERS
HAY
4 LETTERS
CHAT
HAIR
HALO
HARE
HARM
HAPP
5 LETTERS
CHALK
HABIT
HAPPY
HATCH
SHACK
SHAPK
SHAPP
SHAVE
WHALE
6 LETTERS
HAWALL
MARTHA
SAHARA
7 LETTERS
CHAMBER
CHAPTER
HARPOON
HAYWIRE
PHANTOM
SHALLOW
8 LETTERS
CHARCOAL
9 LETTERS
HAMBURGER
HANDSHAKE
MANHATTAN
TOOTHACHE
10 LETTERS
CELLOPHANE
CHAMELLEONS
LEPRECHAUN
11 LETTERS
SHAKESPEARE

849 一字之差

以下的每一幅图片都可以用两个单词来形容，这两个单词只差一个字母。比如说：墙上挂着着霍格华兹学校最有名的巫师——哈利波特的画像，我们可以说 Potter poster（波特的海报）。你能为这些图片想出合适的名字吗？

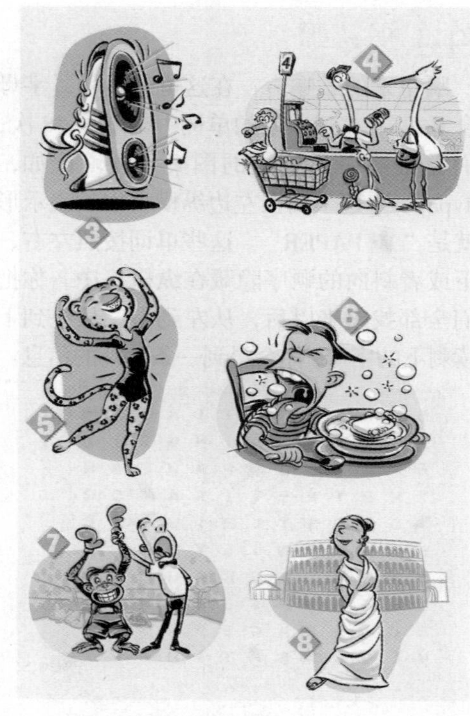

850 澳洲趣闻

你好啊，欢迎来到澳大利亚！下面的图形中隐藏着 22 个和澳大利亚有关的单词（已经在方框中列出）。请你从上、下、左、右或沿着对角线的方向分别把它们找出来。完成任务之后，再把剩下的字母从左到右、从上到下拼起来，你会发现一件有趣的事情！

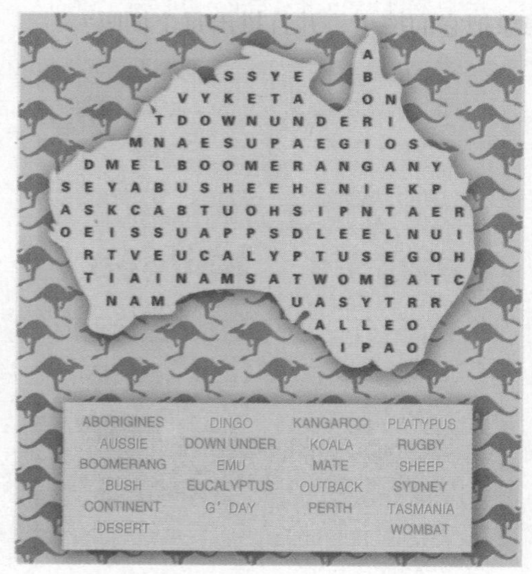

851 冰山一角

有人偷偷地撕开了这些礼物的包装。你能不能从这些露出来的部分，判断出这些礼物是什么呢？

852 愚人节礼物

艾弗丽想要买一个愚人节礼物给他的朋友们，但她不知道该送什么好。图下文字列出了她的真实想法。根据这些描述，你能不能猜出这个整蛊的礼物是什么呢？

853 如此作画

这一组漫画讲了一个非常幽默的故事，不过图片的顺序被打乱了。你能把它们排好吗？

854 寻找狗狗

这么多狗狗，它们的主人是谁呢？请你阅读上方的提示，利用逻辑推理为每一只狗狗找到主人。有些提示适用于两只以上的狗，但每只狗狗只有一个主人。

855 疯狂照片

妈妈用一个照片处理软件对一张家庭照片做了一系列的改动。请你仔细观察每一张图片，找出妈妈每一步做了什么。然后，按照图片处理的过程，把照片重新排序。

856 扑克牌

一副扑克牌里面所有的梅花都掉出来堆在了一起。仔细观察你所能看到的每一张牌，想想他们分别是哪一张，中间朝下的那张是哪一张呢？

857 圣诞袜

尽管霍莉每年圣诞节的时候都负责挂圣诞袜，但她总是记不起来哪一只是她的。好在她还记得关于袜子的几个细节。请你根据图中的提示，把她的袜子找出来。

858 微型相机

这一组漫画讲一个非常幽默的故事，不过图片的顺序被打乱了，你能把它们排好吗？

859 运动空间

下图中的每一个孩子都在做运动，但是，他们的运动器材却并没有画出来。请仔细观察他们的姿势，你能说出这些分别是什么运动吗？你可以选择参考右下角列出的词，当然，如果想要增加挑战性，也可以不看这些词，自己想出来。

篮球 击剑 高尔夫球
美式撞球 举重 保龄球
网球 排球 足球
棒球 箭术 花样滑冰

860 游乐园

图片中这一家人来到了游乐园。他们打算先分头玩儿不同的游戏，再互相交流自己的体会。请你仔细阅读图中给出的提示，然后运用逻辑关系找出每个人将首先尝试哪一种游戏。

861 粉刷匠

这间房间里本来有一些物品，它们对应的单词已经列在图下方。一位粉刷匠在东西没有搬走之前，就把地板粉刷了一遍。所以，你能在图中看到物品摆放过的地方留下了各种各样的斑点。你能猜出这些物品原先在哪里吗？多想想它们的形状，有几条腿，还有一些其他的特征。

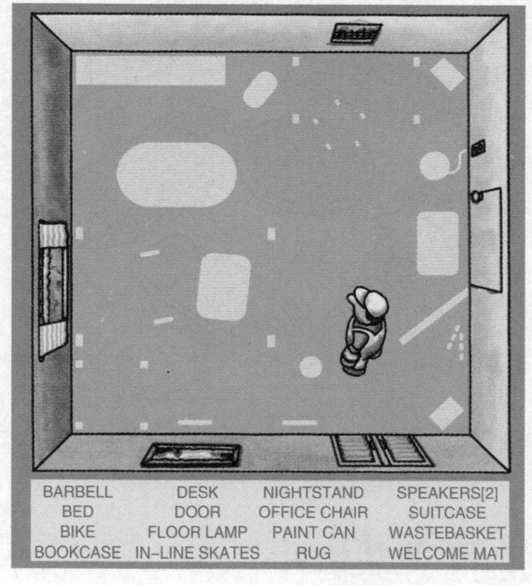

BARBELL DESK NIGHTSTAND SPEAKERS[2]
BED DOOR OFFICE CHAIR SUITCASE
BIKE FLOOR LAMP PAINT CAN WASTEBASKET
BOOKCASE IN-LINE SKATES RUG WELCOME MAT

862 洗澡奇遇

这一组漫画讲一个非常幽默的故事。不过图片的顺序被打乱了，你能把它们排好吗？

863 雪橇之谜

奥弗希尔先生想要为自己买一只雪橇，但他不知道该买哪一只。图下文字列出了他的真实想法。根据这些描述，你能不能猜出哪一只是他最中意的？

864 截然相反

哈，你没有发现吧。下图中的一些事物是正常的，但另一些是左右相反的——就像在镜子里那样。你能不能光凭记忆找出哪些图片是相反的呢？

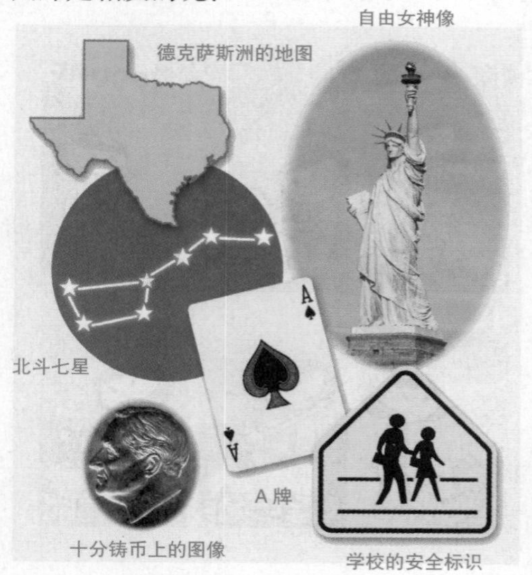

865 神秘怪兽

一名摄影家追踪一种叫做角马的怪兽。而这个怪兽就是图中的 6 种动物之一。到底是哪一只呢？仔细阅读图片中的提示，排除掉其他的动物，找出角马。

866 化妆舞会

在这次化妆舞会上，客人们好像都忘记了给自己贴上姓名标签。只有一种方法可以搞清楚他们究竟是谁——那就是阅读图中给出的提示，运用逻辑推理。（这些名字并不会告诉你他们的性别）

867 弄巧成拙

这一组漫画讲一个非常幽默的故事。不过图片的顺序被打乱了，你能把它们排好吗？

868 字母写真

下面的每一幅图片都是英文字母某一角度的特写。请仔细观察这些图片，推测一下它们究竟是哪些字母（所有的图片都是正面朝上的）？请你把所有找到的字母都划掉，有三个字母将不会用到，你能把这三个字母拼成一个常见的单词吗？

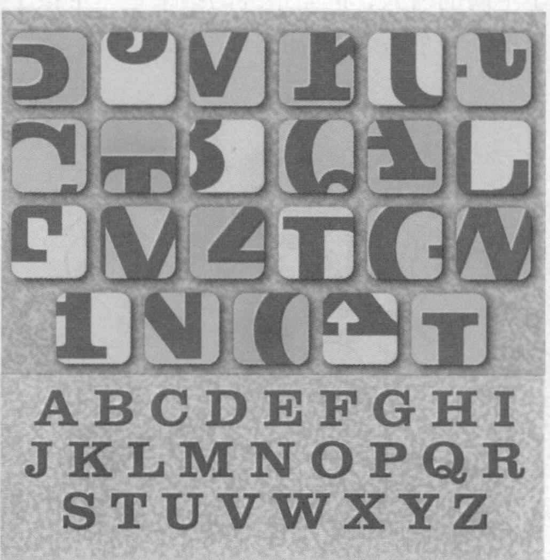

869 假日礼物

这一组漫画讲一个非常幽默的故事，不过图片的顺序被打乱了，你能把它们排好吗？

870 对半分

请你把这个表格分成形状完全相同的两部分，同时，每一部分的硬币总面值都是 50 美分。

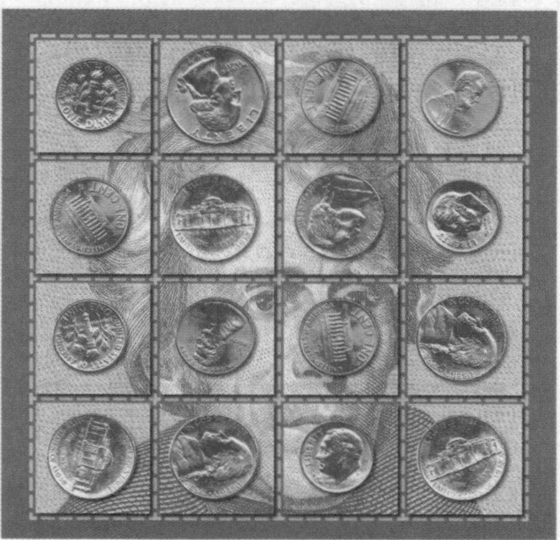

871 机器人趣话

在未来世界，你随时随地可以买到机器人为你效劳。不过，你怎么知道该选哪一个机器人呢？现在，你需要一个为你做发型或者洗脚的机器人。请参照图中给出的提示，排除掉不合格的机器人，剩下的那个就是你忠实的仆人。

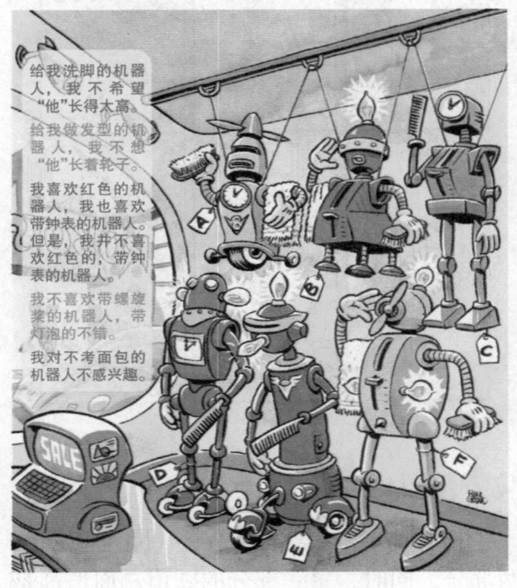

872 有去无回

这一组漫画讲一个非常幽默的故事，不过图片的顺序被打乱了，你能把它们排好吗？

873 大小难辨

仔细观察这些你非常熟悉的物品。它们当中的三件要比现实生活中大一些；另外三件要小一些；还有三件则和现实生活中一样大。不要在身边寻找对照，还是通过观察来把它们找出来吧！

874 堆雪人

孩子们堆了不少雪人，但他们忘了每个雪人是谁堆的。仔细阅读图片下方的提示，运用逻辑推理找出答案。一些提示可能适用于不同的雪人，但是最终的结果是一个孩子只堆了一个雪人。

875 化妆实验

下面的12张图片，展示了一个女孩万圣节化妆的全过程，但是图片的顺序被打乱了。请你仔细观察每一幅图片，按正确顺序排列。

876 金鱼故事

请你仔细观察下面的6幅图片。这一组漫画讲了一个非常幽默的故事，不过图片的顺序被打乱了，你能把它们排好吗？

877 图腾柱

请你沿着图腾柱走出这个迷宫。首先，在左上角的图腾柱上选择一个图腾；然后，移动到有相同图腾的另一根柱子上。在新的图腾柱上，选择另外一个图腾，再去寻找具有相同图腾的新的图腾柱……请你按照这样的方式一直走到右下角的出口处，不过，要当心图中有死胡同哦！

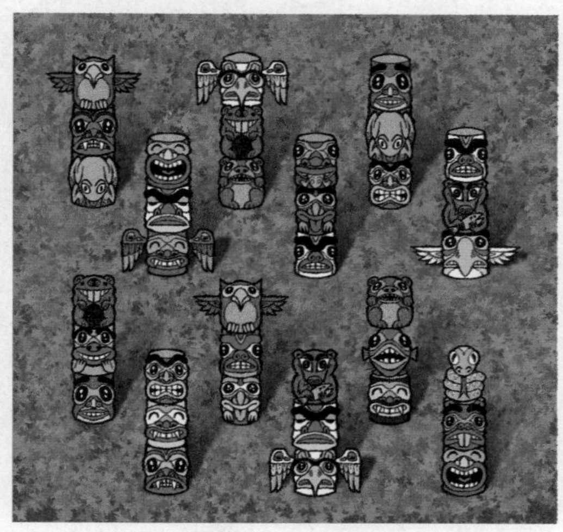

878 万圣节大变脸

为了迎接万圣节，下图上方的5个孩子化装之后按照新的顺序排在了下方。他们戴上了假发、假鼻子等。请你利用逻辑推理，把他们一一对应起来。

879 沙滩城堡

去沙滩玩，最快乐的事情莫过于堆一个沙滩城堡了！不过，这8张关于沙漠城堡的图片被打乱了顺序，请仔细观察每一张图片的内容，然后按照适当的顺序把它们排列出来。

880 在碰碰车上

4个年轻的朋友在同一时间坐上了碰碰车，图示的是他们4个在圆形的运动场中央正在掉头的时刻。从以下给出的线索中，你能将1～4号碰碰车上的年轻人全名叫出来并说出碰碰车的颜色吗？

线索

1. 布里格斯坐在蓝色的碰碰车上，他的右手边是刘易斯。
2. 3号碰碰车的颜色是黄色。它上面坐的是个男孩。
3. 达芙妮·艾伦坐的不是红色的碰碰车。
4. 在1号车上的年轻人姓格兰特。
5. 埃莉诺开的是2号碰碰车。

名：________ ________ ________ ________

姓：________ ________ ________ ________

颜色：________ ________ ________ ________

名：达芙妮，大卫，埃莉诺，刘易斯
姓：艾伦，布里格斯，格兰特，鲍威尔
颜色：蓝色，绿色，红色，黄色

提示：首先推断出哪辆车是达芙妮开的。

881 规则和图形

下图中，A图案和B图案相叠，可以得到C图案；D图案和E图案相叠，可以得到

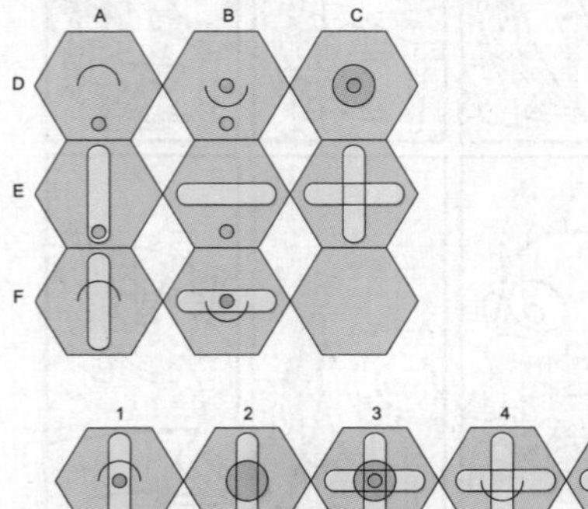

F图案；且相同的图形叠加不显示。依照这个规则，空白处应该是哪个图案？

882 圆球

找一找，哪一个与众不同？

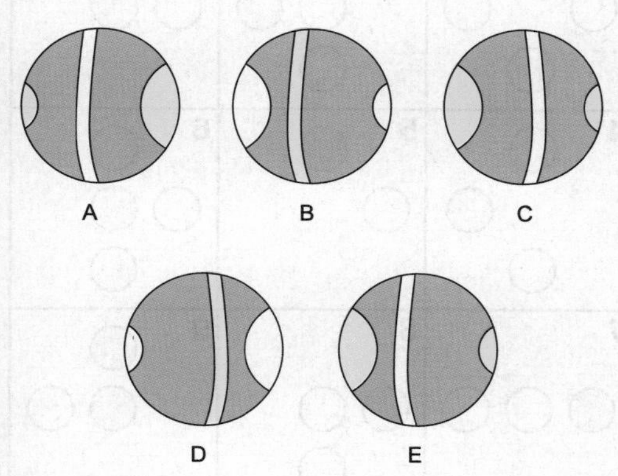

883 完美组合

哪幅图正好和蓝色图形组合为一体？

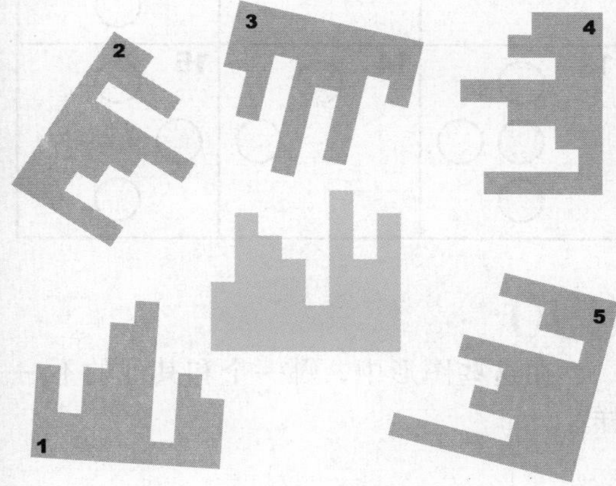

884 看大小

哪个内圆较大？

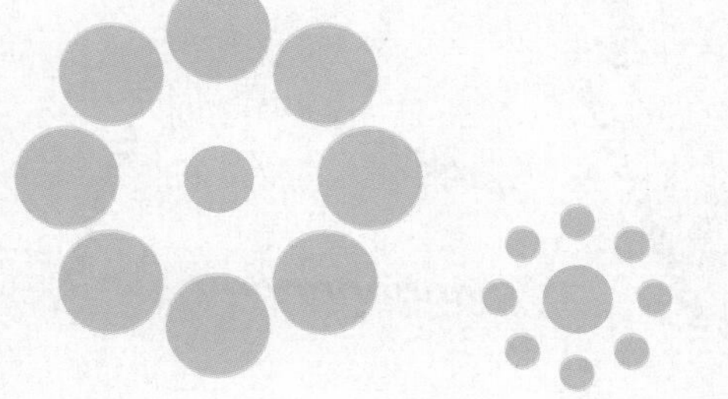

885 延长线

如果你接着图示的左边线的末端继续画，并保持它是直着向上走的，你会接上哪条线，A还是B？

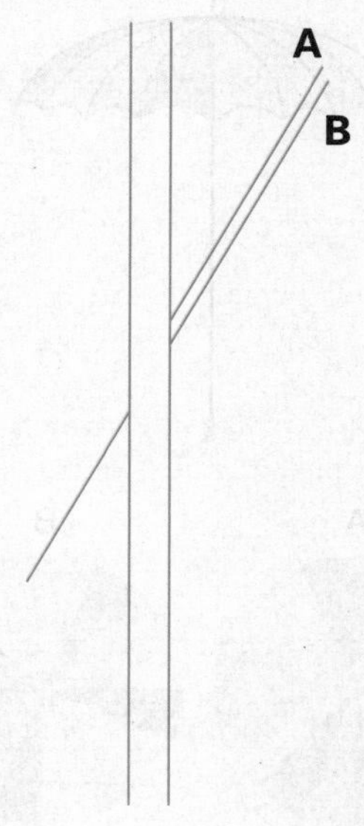

886 数三角形

在下面的图形中，你能找出多少个三角形呢？

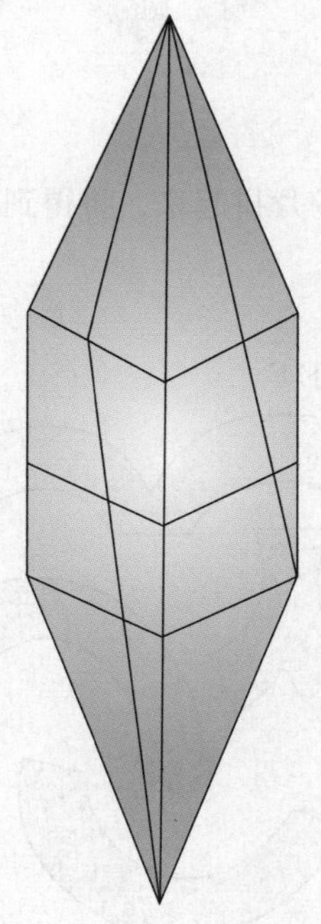

887 俯视雨伞

从上方俯视这把雨伞，它会是什么样子的？

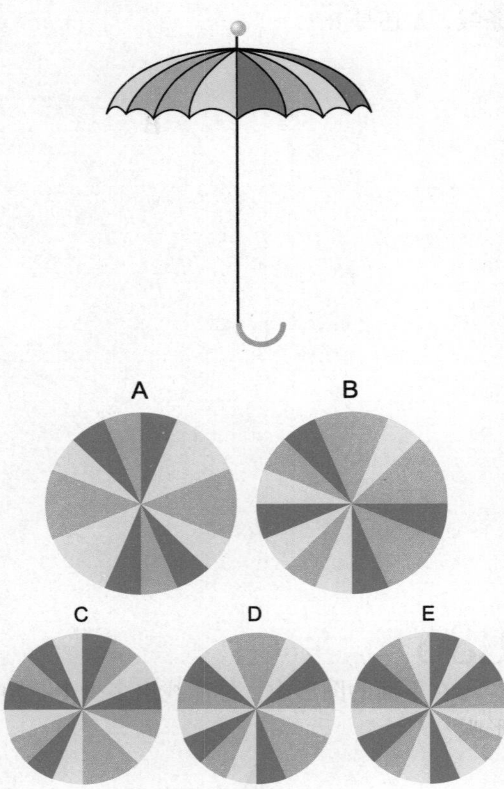

888 拼接数字

把这些碎片拼起来，将得到哪个阿拉伯数字？

6 7 9 3 8 4
A B C D E F

889 双色圆圈

下列哪一项和其他项不一样？

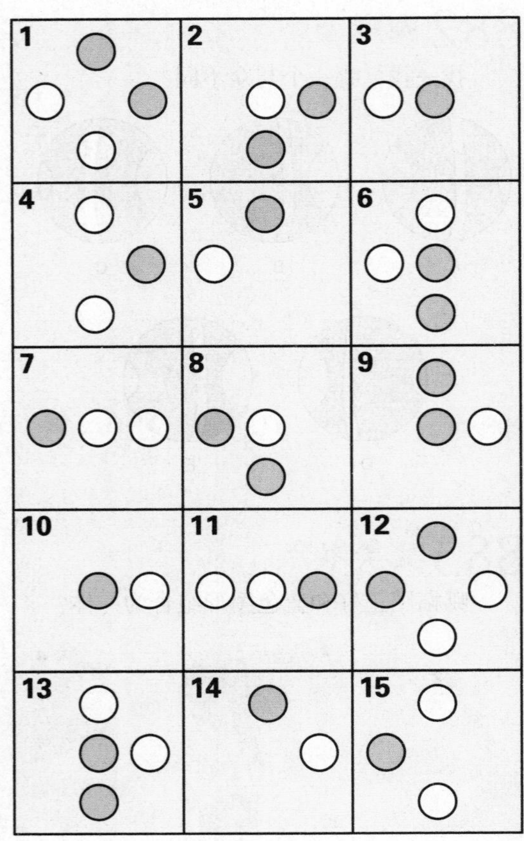

890 "S" 组合

在这些图形中，哪一个和其他的不一样？

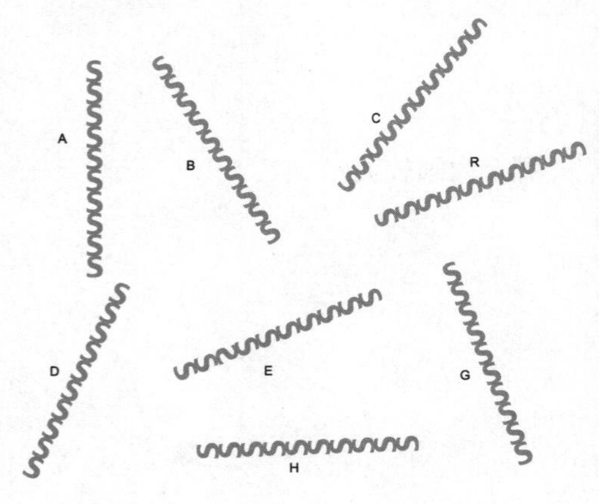

891 不同图形

快速找出哪一幅图和其他的不一样？

892 黑点和圆

数一数，黑点一共出现在多少个圆圈内？

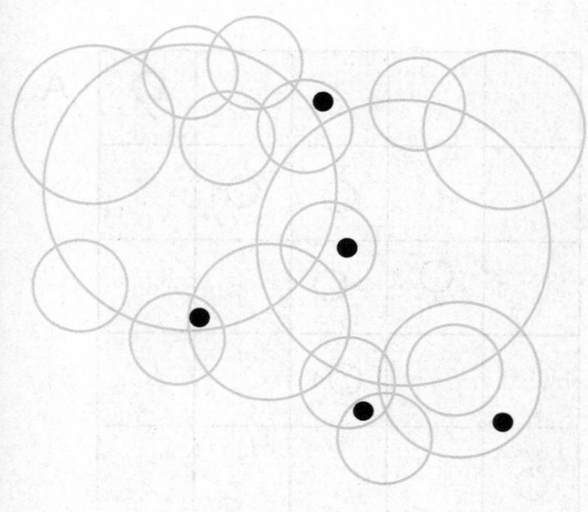

893 图形移动

问号周围四个圆圈里的每个线条和图形都遵循着这样的规律移动到中间的圆圈里——在周围的圆圈里出现过一次：移动；两次：可能移动；三次：移动；四次：不移动。A、B、C、D 或 E，哪个圆圈应该放在问号处呢？

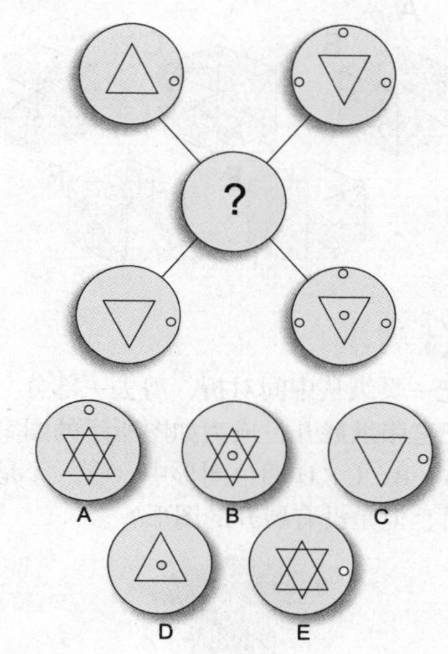

894 不一样的图形

A、B、C、D、E 五个选项中哪个图形和其他内容不一样？

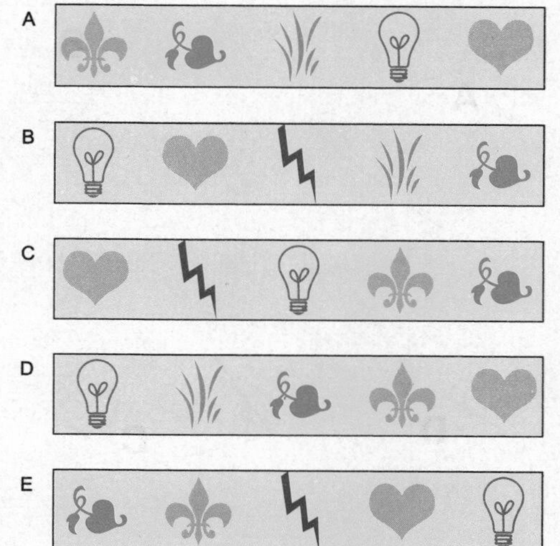

895 空间想象

把 A 折叠后，可以形成 B、C、D、E、F 五个选项中的哪一个？

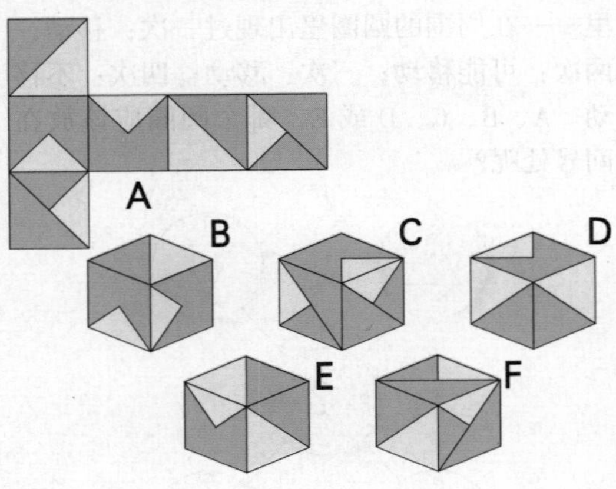

896 剪纸

把一页纸从中间对折，剪去一部分。然后再把这张纸展开，成为如图所示的图案。那么 A、B、C、D 四个图形中，哪一个是被剪以后，但是没有展开的图形？

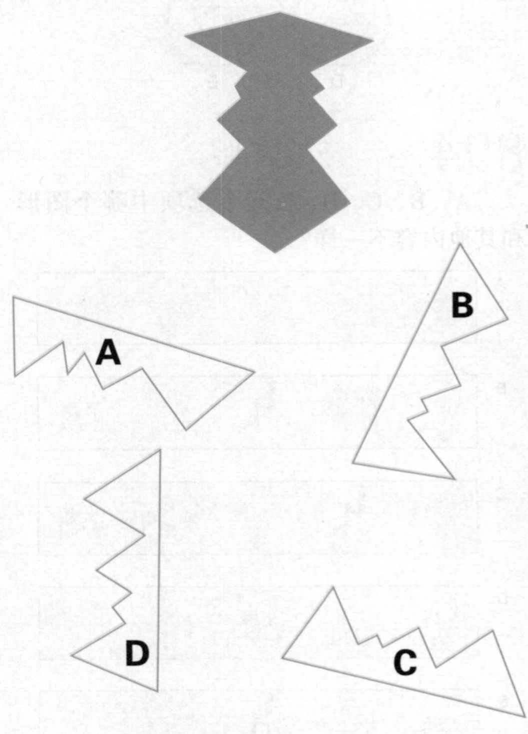

897 错误叠加

格子里有九个方块，标号从 A1 到 C3，方块里的图形由图形 A、B、C 及图形 1、2、3 叠加而成。仔细看一看，九个方块中哪一个是错的？

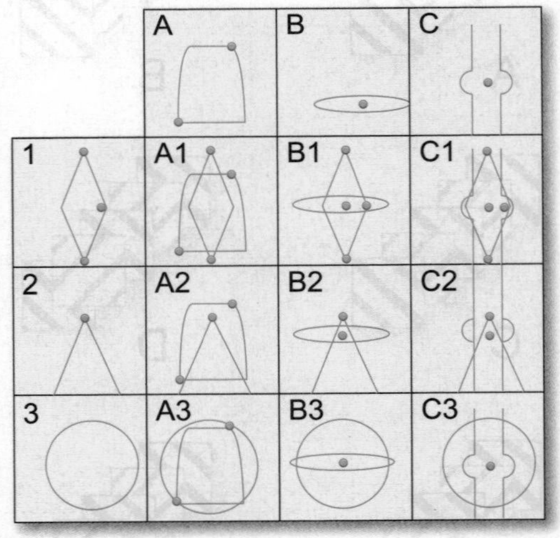

898 成像错误

A、B、C、D 是一张图分别所成的像，有一项上有个错误，请找出这一项。

215. 对应关系

A 和 B 的关系相当于 C 与哪个选项的关系？

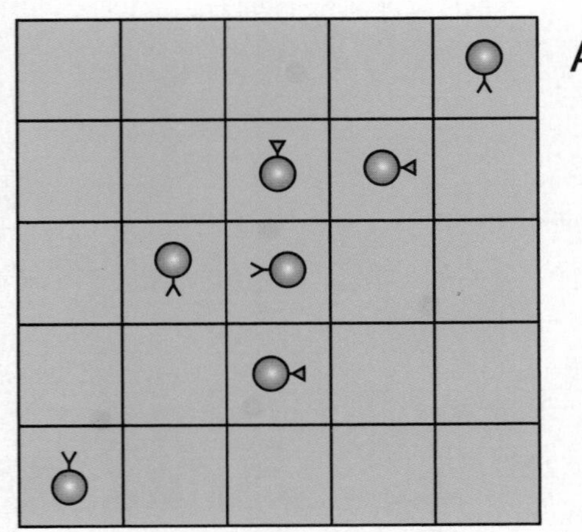

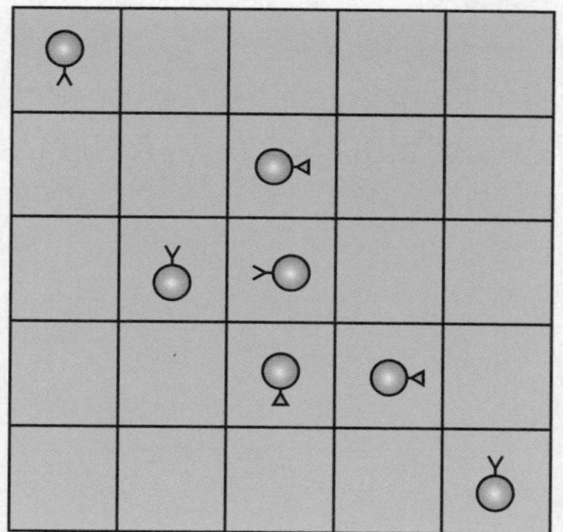

B

C

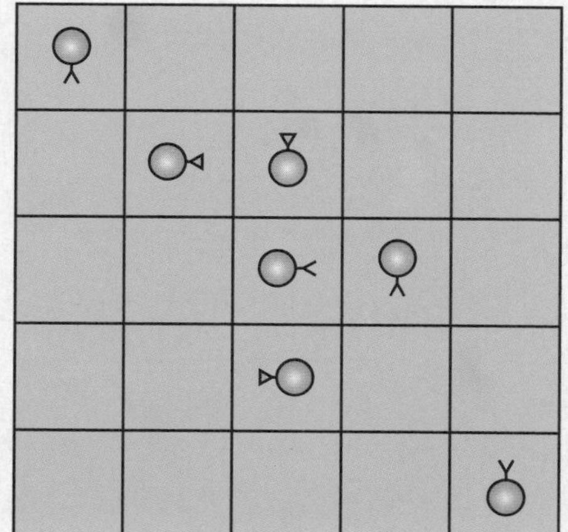

D

899 对应关系

A和B的关系相当于C与哪个选项的关系？

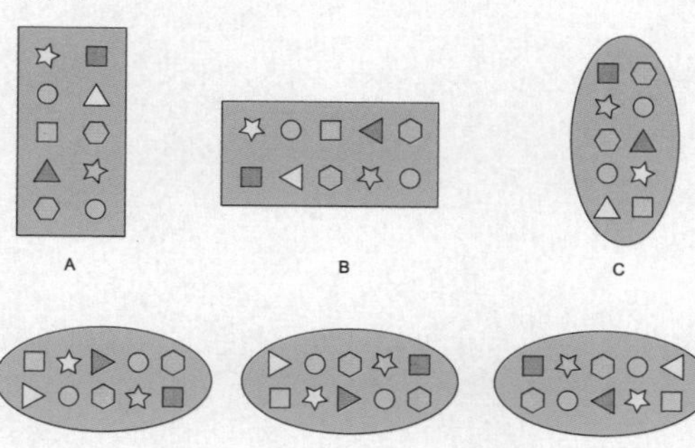

900 奇怪的窗户

这幅画是比利时画家琼·德·梅的作品，画中这个坐在窗沿上的人与M.C.埃斯彻尔的观景楼一图中那个手拿神奇方块的人颇为相似。图中有不合适的地方吗？

答·案

001...

黑白蒙德里安：蒙德里安的原画是左下方的那幅，这幅画是蒙德里安于1917年创作的，该画原名为《线段的合成》。

而在这个实验中很多人认为这4幅中最好看的是右上角的那幅。

彩色蒙德里安：蒙德里安的原画是第1幅。

002...

这个装置利用了一些简单的机械原理。装置中用到了链子、滑轮、杠杆以及气箱和水箱。牧师将圣坛上的圣火点燃，气箱和水箱里的空气受热膨胀，压迫球形水箱里的水通过虹吸管流到挂在滑轮上的桶里面。桶的下降会拉动绳子或链子，从而拉动拴门的链子，神殿的门就这样被“神奇”地打开了。

当圣火燃尽，空气冷却之后，门又会通过右下方的平衡物自动关上。

003...

重物1：向上

重物2：向下

重物3：向上

重物4：向下

004...

大部分人的直觉答案是“大约800千克”，但这与结果相差甚远。

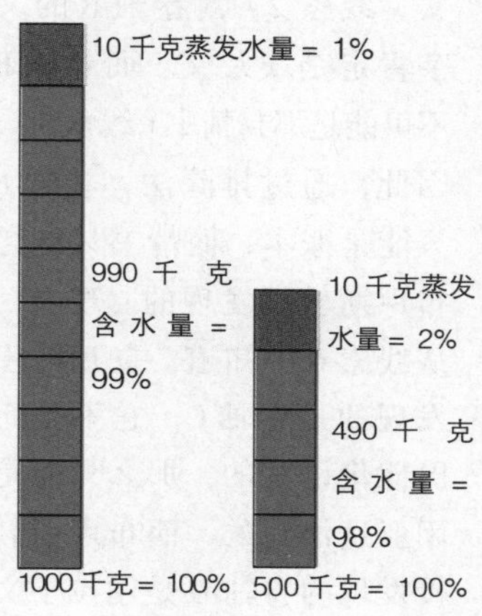

正确答案应该是500千克，这个结果出人意料。但是如果你拿起纸笔计算一下，就会马上得出这个结果。上边的图示可以帮助你更好地理解。

005...

劳拉接到了朋友的电话（线索1，2，3），所以女儿（不是乔伊斯）一定是艾莉森，是玛格丽特打电话给艾莉森的。通过排除法，乔伊斯肯定是其中一位女性的母亲，这位女性不可能是伯妮斯（线索1），得出乔伊斯肯定是波林的母亲，因此伯妮斯是打电话给她的朋友劳拉的人。伯妮斯（线索1）和玛格丽特（线索2）都不是在9:20打的电话，因此，9:20时，肯定是波林在打电话。而从线索1中知道，伯妮斯是在9:22打的电话，剩下只能是玛格丽特在9:25打电话。

答案：

9:20，波林打电话给母亲乔伊斯。

9:22，伯妮斯打电话给朋友劳拉。

9:25，玛格丽特打电话给女儿艾莉森。

006...

史蒂夫的姓不是沃尔顿（线索2），他也不可能姓汉克，汉克是第3名（线索2和3），因此他只可能姓泰勒，所以他代表红狮队（线索1）。他不是第2名（线索2），那么他只能是第1名，而沃尔顿是第2名。比尔不代表五铃队（线索4），因此他只可能代表船星队，而玛丽代表五铃队。从线索4中知道她肯定是汉克，最后取得第3名，得出比尔肯定姓沃尔顿，取得第2名。

答案：

比尔·沃尔顿，船星队，第2名。

玛丽·汉克，五铃队，

第3名。

史蒂夫·泰勒，红狮队，第1名。

007...

第2个预演的是家庭主妇(线索3)。因被描述成“错误形象”而淘汰的女士是第1个预演的,她不是清洁工(线索4)，也不是图书管理员，图书管理员因太高而不符合要求（线索1），因此她只能是服装店的助手基蒂·凯特（线索6）。第2个预演的家庭主妇不是蒂娜·贝茨（线索3），也非科拉·珈姆，因为她是第4个预演的（线索5），那么她只可能是艾达·达可，她不是因为太成熟而被淘汰的（线索2），通过排除法，她只能是怀孕了,太成熟的只能是清洁工。现在，从线索中知道图书管理员是第3个预演的，所以她不是科拉·珈姆，只能是蒂娜·贝茨，剩下第4个预演的肯定是科拉·珈姆，太成熟的清洁工。

答案：

第1个，基蒂·凯特，服装店助手，错误形象。

第2个，艾达·达可，家庭主妇，怀孕。

第3个，蒂娜·贝茨，图书管理员，太高。

第4个，科拉·珈姆，清洁工，太成熟。

008...

卷轴B是迪格博士发现的（线索4）。卷轴A是衣物清单，不是被布卢斯教授发现的（线索3），夏瓦博士找到日记（线索6），因此卷轴A肯定是雀瓦教授发现的，它是用古巴比伦字体撰写的（线索1）。迪格博士发现的卷轴B不是用亚述语写的（线索4），也不是拉丁文（线索2），卷轴B的文字肯定是埃及文。而卷轴B不可能是那封情书（线索5），因此，通过排除法，卷轴B只能是账本，而情书只能是布卢斯教授发现的。现在，从线索6中知道，夏瓦博士发现的是卷轴C，它不是用巴比伦语写的，那么只能是用亚述语写的，而布卢斯教授发现的卷轴D是用拉丁文写的情书。

答案：

卷轴A，古巴比伦文，衣物清单，雀瓦教授。

卷轴B，埃及语，账本，迪格博士。

卷轴C，亚述语，日记，夏瓦博士。

卷轴D，拉丁文，情书，布卢斯教授。

009...

巴石在E躺椅上（线索2），尼克的姓是索乐（线索3）。克可在A躺椅上，他不是萨姆（线 索1），线索6告诉我们克可不是多克，那么克可肯定就是姜根而不可能是宇航员（线索1）；躺椅D上的是物理学家（线索4），化学家姓多明克（线索5），生物学家的名字是多克（线索6），因此姜根·克可肯定是飞行员。现在，我们知道了一些姓或名或职业的搭配关系，因此，多克是生物学家，但不是克尼森(线索6)，则肯定是戴尔。我们知道她（是的，多克·戴尔是第2位女性，虽然没办法找出来）不在躺椅A，D，E上，线索2能排除躺椅B，因此她必定在躺椅C上。现在我们知道3个躺椅占有者的职业。线索1告诉我们，宇航员不在躺椅B上，那么他只能是E上的巴石。通过排除法，躺椅B被多明克占了，她是化学家。另外，我们把姓和职业与名搭配，可以推得多明克只能是萨姆。通过排除法，尼克·索乐只能是躺椅D上的物理学家，而克尼森是E上的巴石。

答案：

躺椅A，姜根·克可，飞行员。

躺椅B，萨姆·多明克，化学家。

躺椅C，多克·戴尔，生物学家。

躺椅D，尼克·索乐，物理学家

躺椅E，巴石·克尼森，宇航员。

010...

字母K在六边形7（线索5）中，从线索1中知道，A不在1，2，4，6，7，9，10，11，13，14中，因此A只可能在3，5，8，12中。

M不可能在14中，因其里是个元音（线索7），A不可能在12（线索1）中，也不可能在5（线索7）中，线索2又排除了F在1中的可能性，而A也不可能在六边形3中（线索1），所以只能在8里。F在5中，M在11里（线索1）。从线索7中知道，14里的元音一定是E。线索3排除了H在3，4，6，9，10，12，13中的可能性，而且我们早就知道它不可能在5，7，8，11，14中，因此只可能在1和2里。但是线索2排除了1，因此H在2中，而D在4中（线索3），线索6可以提示B在9中。现在我们已经知道了A，B，D，E的位置，从线索2中知道1里的肯定是C。从线索4中知道，N只可能在3中，I在13里。现在从线索8中可以推出G在12中，L在10中，剩下J位于六边形6中。

答案：

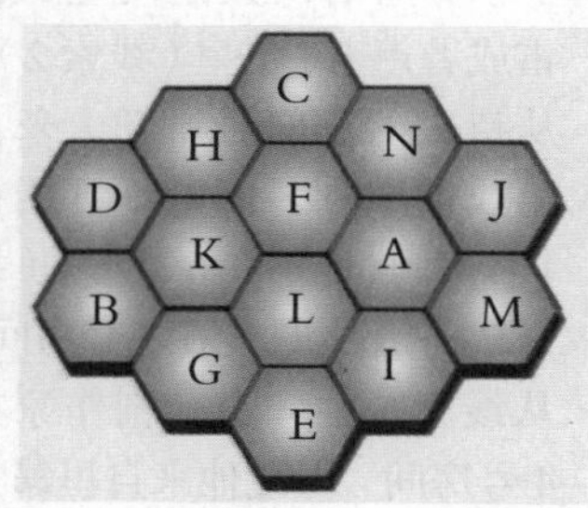

011...

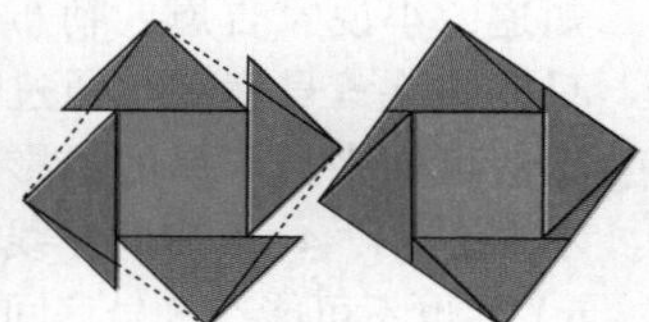

012...

那个生气的面具在第2行右边倒数第2个。

人的感知系统总是能够很容易察觉异常的事物，而完全不需要系统地查找。这个原理被用于飞机、汽车等系统里，从而使它们的显示器能够随时随地地探测出任何异常的变化。

013...

九宫图中的9个数字相加之和为45。

因为方块中的3行（或列）都分别包括数字1到9当中的1个，将这9个数字相加之和除以3便得到“魔数”——15。

总的来说，任何n阶魔方的“魔数”都可以很容易用这个公式求出：

$$\frac{n^3+2}{2}$$

和为15的三数组合有8种可能性：

9+5+1　9+4+2　8+6+1　8+5+2

8+4+3　7+6+2　7+5+3　6+5+4

方块中心的数字必须出现在这些可能组合中的4组。5是唯一在4组三数组合中都出现的。因此它必然是中心数字。

9只出现于两个三数组合中。因此它必须处在边上的中心，这样我们就得到完整的一行：9+5+1。

3和7也是只出现在2个三数组合中。剩余的4个数字只能有一种填法。

2	9	4
7	5	3
6	1	8

014...

三阶反魔方存在，而且可以有其他答案。

015...

和为34的四阶魔方有880种。我们在此举一例。

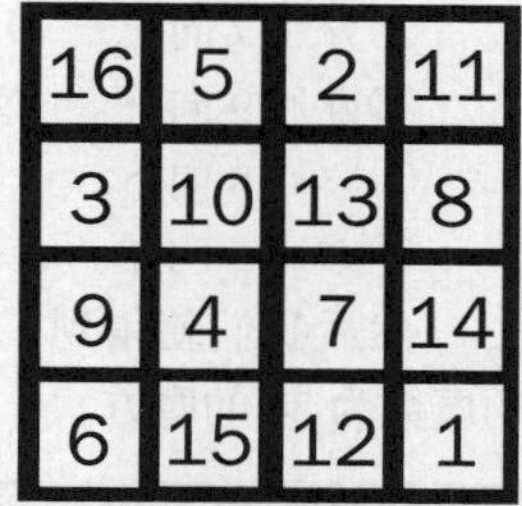

16	5	2	11
3	10	13	8
9	4	7	14
6	15	12	1

016...

28	4	3	31	35	10
36	18	21	24	11	1
7	23	12	17	22	30
8	13	26	19	16	29
5	20	15	14	25	32
27	33	34	6	2	9

017…

八阶魔方具有许多“神秘”的特性，而且超出魔方定义的一般要求。

比如说每一行、列的一半相加之和等于魔数的一半等。

52	61	4	13	20	29	36	45
14	3	62	51	46	35	30	19
53	60	5	12	21	28	37	44
11	6	59	54	43	38	27	22
55	58	7	10	23	26	39	42
9	8	57	56	41	40	25	24
50	63	2	15	18	31	34	47
16	1	64	49	48	33	32	17

018…

019…

4 个方片需要按以下顺序沿着铰链翻动：

①方片 7 向上。

②方片 9 向下。

③方片 8 向下。

④方片 5 向左。

然后我们就得到了著名的魔数为 34 的魔方。

020…

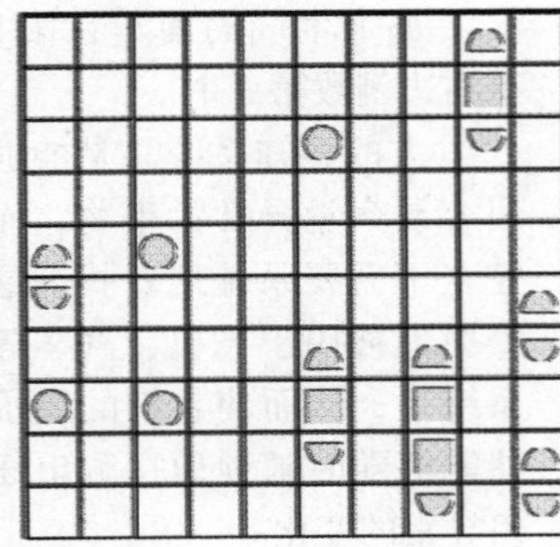

021…

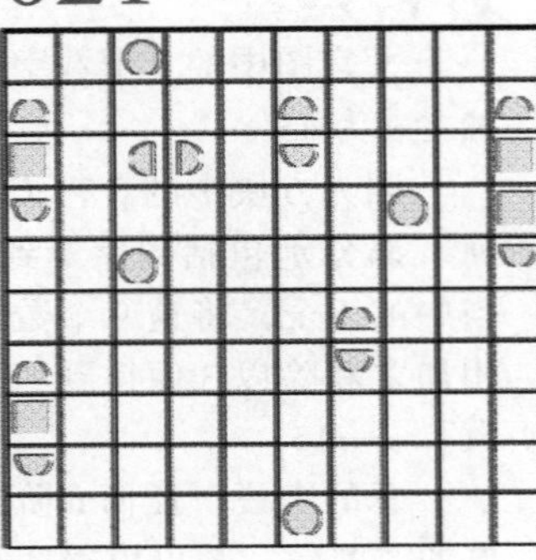

022…

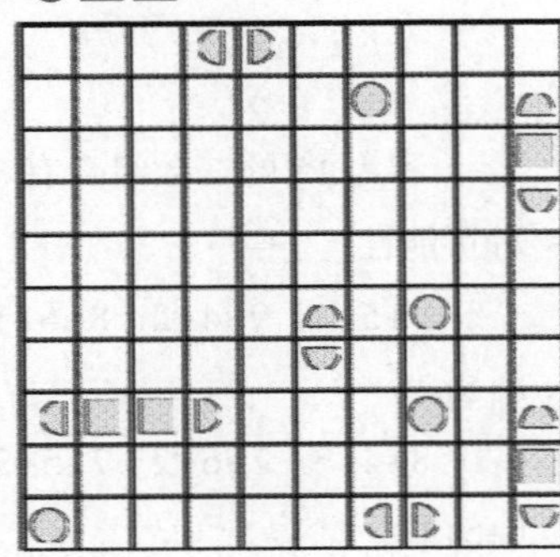

023…

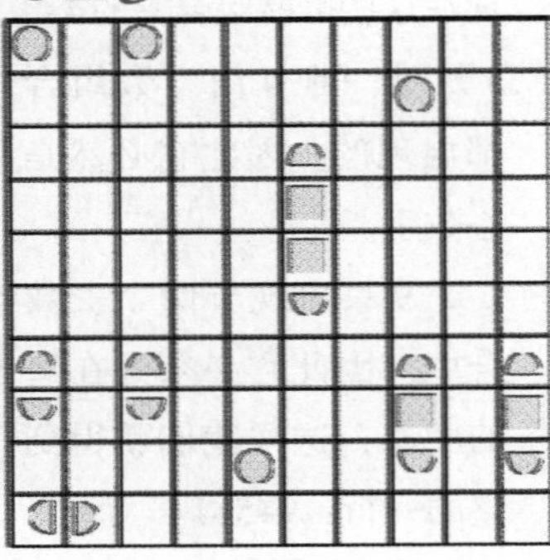

024…

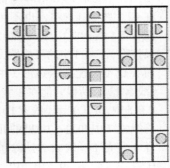

025…

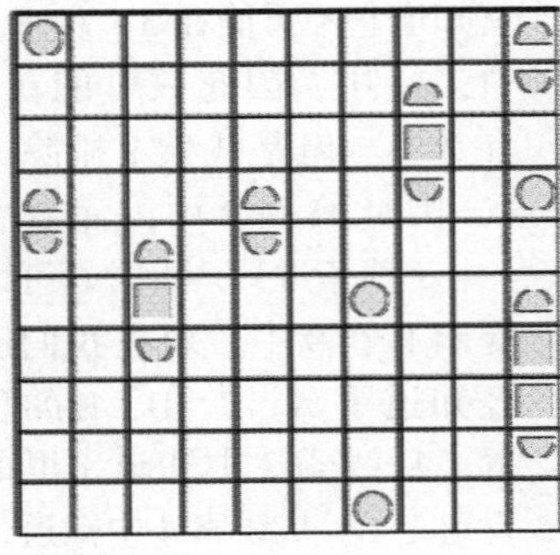

026…

思尔闻·恰尔住在 5 号房间（线索 3），从里昂来的人在 4 号房间（线索 4），2 号房间的诗人是阿兰·巴雷或者卢卡·莫里（线索 2）。从诗人的房间号所知，来自第戎的亨利·家微不可能在 1 号房间，也不在 6 号房间（线索 7），那么只能在 3 号房间。从线索 7 中知道，剧作家在 4 号房间，因此他来自里昂。现在我们知道了 2 号和 4 号房间人的职业，从线索 6 中知道，小说家吉恩·勒布伦只能住在 6 号房间。通过排除法可知来自卡昂的摄影师不在 2，3，4，6 房间（线索 6），也不可能在 5 号房间，因此他或她只能在 1 号房间。

画家不在3号房间（线索5），因此只能在5号房间，那么3号房间的亨利·家微一定是雕刻家。现在我们知道1号或者3号房间人的家乡。从线索1中可以知道，来自波尔多的年轻人一定是2号房间的诗人。我们已经知道了4个人的家乡，而5号房间的画家不是来自南希（线索5），只能来自土伦，剩下南希是吉恩·勒布伦的家乡，他是6号房间的小说家。4号房间来自里昂的剧作家不是塞西尔·丹东（线索4），塞西尔·丹东也不是2号房间的诗人（线索2），那么她只能是1号房间的来自卡昂的摄影师。最后，从线索1中得知，住在2号房间的来自波尔多的诗人不是阿兰·巴雷，那么只能是卢卡·莫里，阿兰·巴雷只能是4号房间的来自里昂的剧作家。

答案：

1号房间，塞西尔·丹东，卡昂，摄影师。

2号房间，卢卡·莫里，波尔多，诗人。

3号房间，亨利·家微，第戎，雕刻家。

4号房间，阿兰·巴雷，里昂，剧作家。

5号房间，思尔闻·恰尔，土伦，画家。

6号房间，吉恩·勒布伦，南希，小说家。

027…

杰克爵士跟随北爱尔兰的球队（线索1），佩里·奎恩将去俄罗斯（线索5），和英格兰队和挪威有关的评论员不是阿里·贝尔（线索3），只能是多·恩蒙。前守门员在威尔士队（线索4），他不去比利时，因为曾经的经营者将去比利时，前守门员也不去俄罗斯（线索5），因此他只能去匈牙利，通过排除法，他是阿里·贝尔，而佩里·奎恩和苏格兰队有关。现在我们知道了3位评议员的目的地，因此去比利时的前经营者必定是杰克爵士，他跟随北爱尔兰队。最后，从线索4中知道，前记者不是和苏格兰队一起的佩里·奎恩，他只能是多·恩蒙，和英格兰队和挪威有关，而佩里·奎恩和苏格兰队及俄罗斯有联系，他一定是前足球先锋。

答案：

阿里·贝尔，前守门员，威尔士队，匈牙利。

多·恩蒙，前足球记者，英格兰队，挪威。

杰克爵士，前经营者，北爱尔兰队，比利时。

佩里·奎恩，前足球先锋，苏格兰队，俄罗斯。

028…

纺织品商店在国王街（线索1），水灾发生在格林街（线索3），判断出发生车祸的书店不可能在牛顿街（线索5），则只能在萨克福路。鞋店不在格林街（线索3），因此只能是牛顿街上的帕夫特（线索5），而格林街被洪水淹没的商店一定是卖五金用品的，这家店不是格雷格（线索4），也不是巴克商店，巴克商店发生的是错误警报（线索2），因此，它只能是林可商店。我们知道萨克福路上的书店的警报不是假的，那么它不可能是巴克（线索2），只能是格雷格，巴克必定是国王街的纺织品商店（线索1）。通过排除法，牛顿街上的帕夫特鞋店发生了火灾。

答案：

巴克，纺织品店，国王街，错误警报。

格雷格，书店，萨克福路，车祸。

林可，五金商店，格林街，水灾。

帕夫特，鞋店，牛顿街，火灾。

029…

埃德娜和鲍克丝夫人应为2号或3号（线索1），而克拉丽斯·弗兰克斯肯定不是4号（线索3），只能是1号。寄出3封信件的女人位于图中3或者4的位置（线索3）。线索2告诉我们邮筒两边寄出的信件数量相同，那么它们必将是5封和2封在邮筒一侧，3封和4封在另一侧，所以寄出4封信件的女人必将位于3或者4的位置。但只有一个人的信件数和位置数相同（线索5），结果只可能是4号女人有3封信而3号女人有4封信。从线索5中知道，2号有2封信件要寄，剩下克拉丽斯·弗兰克斯是5封。我们知道埃德娜和鲍克丝夫人位于图中2或者3的位置，因此现在知道埃德娜是2号，有2封信要寄出，而鲍克丝夫人是3号，有4封信，她不是博比（线索4），那么她就是吉马，剩下在4号位置的博比，不是斯坦布夫人（线索4），那么她只可能是梅勒，而斯坦布夫人是埃德娜。

答案：

位置1，克拉丽斯·弗兰克斯，5封。

位置2，埃德娜·斯坦布，2封。

位置3，吉马·鲍克丝，4封。

位置4，博比·梅勒，3封。

030…

朱莉娅是其中一位顾客（线索2）。29便士是2号售货员给4号顾客的找零（线索5），但是2号不是莱斯利（线索3），也不是杰姬，因为后者参与的交易是17便士的找零（线索1），因此2号肯定是蒂娜，4号是朱莉娅（线索2）。而后者不是买了洗发水的奥利弗夫人（线索2），那么奥利弗夫人肯定是3号。朱莉娅一定买了阿司匹林，她是阿尔叟小姐接待的（线索4），而阿尔叟小姐肯定是蒂娜。通过排除法，17便士的找零必定是1号售货员给3号顾客的，因此通过线索1，朱莉娅肯定是沃茨夫人，而剩下的1号售货员肯定是里德夫人，她也不是莱斯利（线索3），所以她只能是杰姬，最后得出莱斯利姓奥利弗。

答案：

1号，杰姬·里德，找零17便士。

2号，蒂娜·阿尔叟，找零29便士。

3号，莱斯利·奥利弗，买洗发水。

4号，朱莉娅·沃茨，买阿司匹林。

031…

D	E	A	C	B
E	D	C	B	A
C	A	B	E	D
A	B	E	D	C
B	C	D	A	E

032…

D	B	A	E	C
C	E	B	D	A
E	A	C	B	D
B	C	D	A	E
A	D	E	C	B

033…

B	A	E	C	D
D	C	A	B	E
E	B	D	A	C
A	D	C	E	B
C	E	B	D	A

034…

A	E	B	D	C
D	C	A	E	B
C	A	D	B	E
E	B	C	A	D
B	D	E	C	A

035…

E	C	A	B	D
B	D	C	A	E
D	E	B	C	A
A	B	E	D	C
C	A	D	E	B

036…

这6幅图中只用了一种基本图形，如下图所示：

每一种图案都是由这一种基本图形合成的，该图形通过旋转可以有4种方向。

100年前，皮尔·多米尼克·多纳特引入了这个概念：由一个最基本的图形单元通过不同的排列以及对称可以形成各种不同的图案。

1922 年，安德烈亚斯·施派泽出版了《有限组合的理论》，在书中他分析了古代的装饰物，他说，这些装饰物的图案完全不能用某个数学公式来计算它们的复杂性。在这种意义上甚至可以说不是数学产生了艺术，而是艺术产生了数学。施派泽通过单个图形单元的对称、变形、旋转和镜像得到了这些复杂的图案（通过各种方法组合得到最终的图案：他一共用了 17 组，用这 17 组基本图形可以组成所有人们想得到的图案）。

037...

如图所示：

038...

大齿轮旋转一圈，它的 14 个齿会契合其他的 3 个齿轮。

设为了使所有的齿轮都回到原来的位置，大齿轮需要转 n 圈。

那么 13 个齿的齿轮将会转 14n/13 整圈；

12 个齿的齿轮将会转 14n/12（即 7n/6）整圈；

11 个齿的齿轮将会转 14n/11 整圈。

也就是说，n 必须被 13，6 和 11 整除。由此可知，n 最小为 13×6×11=858。大齿轮至少需要转 858 圈才能使所有的齿轮都回到原来的位置。

039...

将中间的齿轮逆时针旋转一个颜色格，所有齿轮相接处的颜色都会相同。

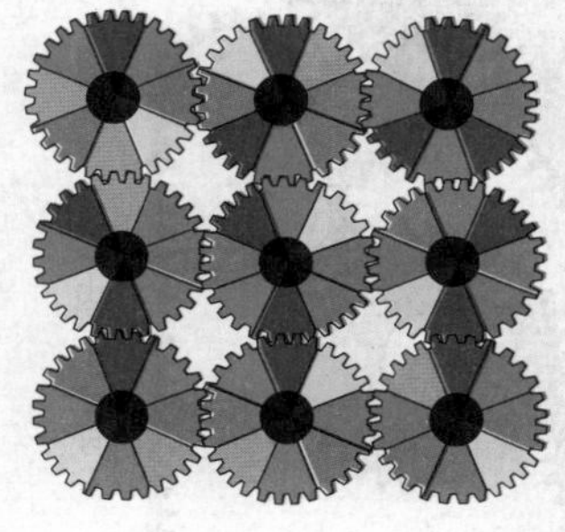

040...

逆时针旋转两圈半。

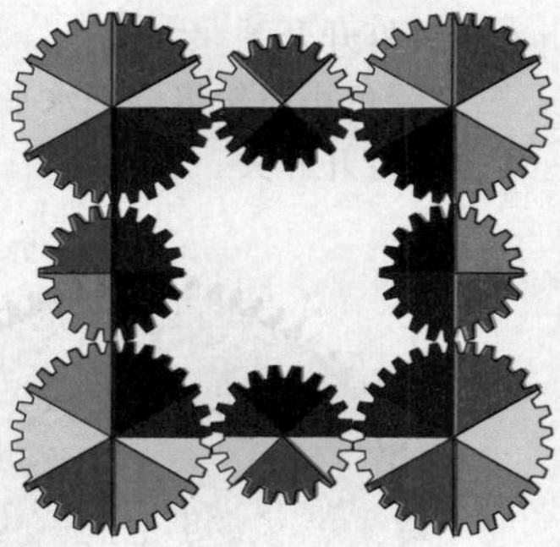

041...

逆时针旋转 2/3 圈。

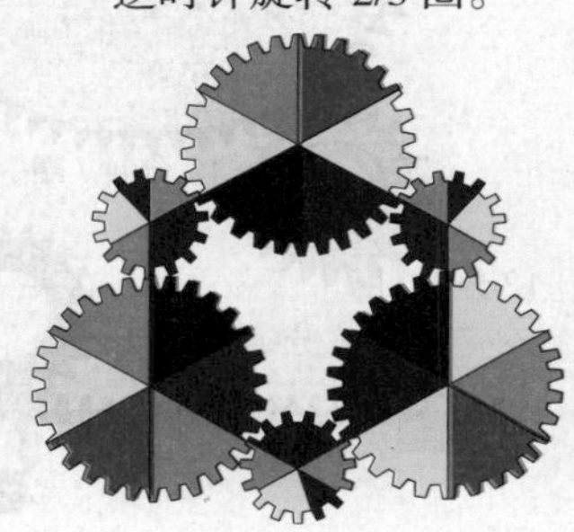

042...

如图所示：最后组成的句子是："The impossible takes longer."

最大的齿轮顺时针转动 1/8 圈就可以得到这句话。

这句话出自于一个无名氏之手，是美国海军工程营纪念碑上的碑铭，其原文是："The difficult we do at once; the impossible takes a bit longer."（困难我们可以马上克服，不可能的任务多一点时间就能完成。）

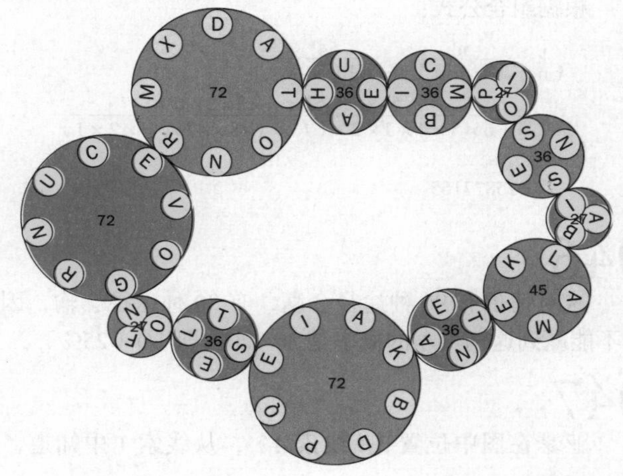

043…

黄色小齿轮将会把竖直的齿轮带向下带动18个齿，需要6分钟打开开关。

绿色小齿轮将会把水平的齿轮带向左带动12个齿，需要4分钟打开开关。

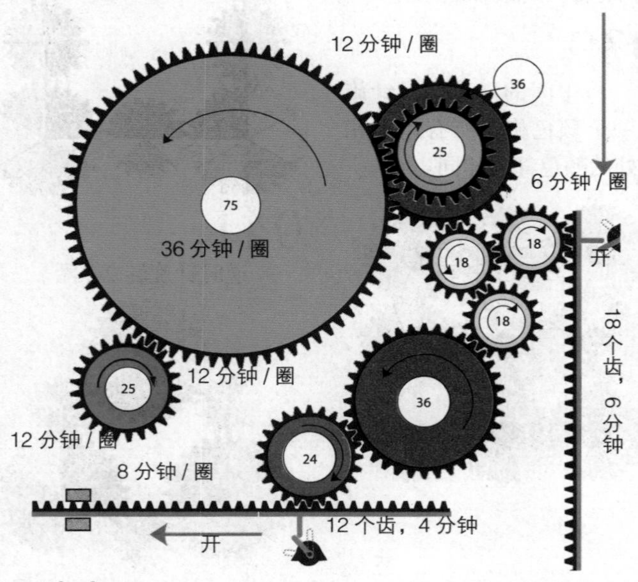

044…

当你睁开眼睛时你的车已经行驶了约9.03米，因此你刚刚避免了一场交通事故。

1千米=1000米，因此按照65千米/小时的速度你在半秒钟内行驶了（65×1000）/（60×60×2）≈9.03米，从而可以避免这场交通事故。

045…

根据组合公式：

$$C_n^k=\frac{n!}{k!(n-k)!}=\frac{54!}{6!(54-6)!}$$

$$=\frac{54\times53\times52\times\cdots\times3\times2\times1}{(6\times5\times4\times3\times2\times1)\times(48\times47\times\cdots\times2\times1)}$$

$$=25827165$$

046…

这对情侣有90种途径会赢，有30种途径会输，因此他们不能赢到这辆汽车的概率是30/120，即1/4（25%）。

047…

亚瑟在图中位置3（线索4），从线索1中知道，看到翠鸟的不是位置1也不是位置4的人。位置2的那个小伙子在玩鳟鱼（线索5），因此，通过排除法，只能是位置3号的亚瑟看到了翠鸟。另从线索1中知道，汤米在2号位置，且是玩鳟鱼的人。通过线索3知道，比利肯定在1号位置，而埃里克在位置4。我们现在已经知道3个位置上人的姓或者所做的事，那么，听到布谷鸟叫的史密斯（线索2）肯定是1号的比利。剩下埃里克只能是看到山楂开花的人。最后，从线索5中知道，汤米不是波特，那么他必定是诺米，剩下波特是看到翠鸟的亚瑟。

答案：

位置1，比利·史密斯，听到布谷鸟叫。

位置2，汤米·诺米，玩鳟鱼。

位置3，亚瑟·波特，看到翠鸟。

位置4，埃里克·普劳曼，看到山楂开花。

048…

霍尔商店卖鸵鸟肉（线索5），老橡树商店出售卷心菜（线索6），而卖火鸡和椰菜的商店不是希勒尔也非布鲁克商店（线索2），那么它只能是冷杉商店。在冷杉商店工作的不是康妮（线索3），也不是希勒尔商店的理查德（线索1），也非卖豆角的珍（线索4）和卖牛肉的基思（线索4），所以只能是吉尔。我们知道理查德的商店不卖火鸡和牛肉，也不卖鸵鸟肉。希勒尔商店不卖猪肉（线索1），因此理查德一定在卖羊肉的商店。羊肉和土豆不在同一个地方出售（线索3），那么理查德和希勒尔商店肯定出售甜玉米。康妮不卖土豆（线索3），所以她必定在老橡树商店卖卷心菜。通过排除法，土豆在基思的商店、且和牛肉一起出售，而基思一定在布鲁克商店。另外，在霍尔商店工作的只能是珍，卖豆角和鸵鸟肉，而康妮在老橡树商店工作，卖猪肉和卷心菜。

答案：

康妮，老橡树商店，猪肉和卷心菜。

珍，霍尔商店，鸵鸟肉和豆角。

吉尔，冷杉商店，火鸡和椰菜。

基思，布鲁克商店，牛肉和土豆。

理查德，希勒尔商店，羊肉和甜玉米。

049…

布莱克预计在11:00到达骑术学校（线索6），9:00的预约不在韦伯斯特农场（线索4），也不是给高下马群的赛马安装赛板（线索1），也非在石头桥农场（线索4），那一定是去看瓦特门的波比。10:00是去石头桥农场（线索4）。在中午要为一匹马安装运输蹄（线索3），所以下午2:00为高下马群的赛马安装赛板。通过排除法，12:00的工作只能是在韦伯斯特农场，而11:00在重装王子蹄钉（线索4）。乾坡不是他10:00的工作，也不是中午在韦伯斯特农场的工作（线索4），因此只能是给高下马群的赛马安装赛板。我们知道运输蹄不是给乾坡和本的，而它的名字要比需要被清理蹄钉的那匹马的名字长一些（线索3），所以安装运输蹄的那匹马肯定是佩加索斯。而本必定是石头桥农场的马，预约在10:00。本不是那匹要安装普通蹄的马（线索2），它需要清理蹄钉，剩下波比是需要安装普通蹄的马。

答案：

上午9:00，瓦特门，波比，安装普通蹄。

上午10:00，石头桥农场，本，清理蹄钉。

上午11:00，骑术学校，王子，重装蹄钉。

中午12:00，韦伯斯特农场，佩加索斯，安装运输蹄。

下午2:00，高下马群，乾坡，安装赛板。

050…

我们知道改革者号在2号站点处领航（线索3），安迪·布莱克不在3号站点处领航（线索5），而且从线索1可以排除格兰·霍德在3号站点处领航，线索8也可以排除露西·马龙在3号站点处领航。科林·德雷克在5号站点处领航（线索6），6号站点叫青鱼站点（线索1）。线索4可以排除亚马逊号的盖尔·费什在3号站点处领航，所以3号站点的领航者必然是派特·罗德尼。同时可知，3号站点是波比特点（线索2）。我们知道2号站点是由改革者号领航的，2号不是波比特站点，也不是城堡首领站点或者青鱼站点，它也不可能是斯塔克首领站点，在斯塔克首领站点处领航的是五月花号（线索7）。我们知道科林·德雷克的皮划艇在5号站点处领航，所以圣·犹大书站点不可能是2号站点（线索4），用排除法可以知道，2号是海盗首领站点。因此圣·犹大书站点不可能是5号站点（线索4），用排除法可知圣·犹大书站点只可能是1号站点，剩下5号站点是斯塔克首领站点，此处由五月花号领航。所以，盖尔·费什的亚马逊号必然在4号站点处领航，即城堡首领站点。我们知道露西·马龙不在4号站点处领航，她也不在海盗首领站点领航（线索8），所以，她必然从在青鱼站点处领航，即6号站点（线索8），所以魅力露西号是从3号站点处领航的，即波比特站点。海猪号皮划艇不在青鱼站点处领航（线索1），用排除法可以知道在青鱼站点处领航的必然是去利通号。剩下海猪号在圣·犹大书站点领航，它由安迪·布莱克驾驶(线索5)，格兰·霍德驾驶改革者号在2号海盗首领站点处领航。

答案：

1号，圣·犹大书站点，安迪·布莱克，海猪号。

2号，海盗首领站点，格兰·霍德，改革者号。

3号，波比特站点，派特·罗德尼，魅力露西号。

4号，城堡首领站点，盖尔·费什，亚马逊号。

5号，斯塔克首领站点，科林·德雷克，五月花号。

6号，青鱼站点，露西·马龙，去利通号。

051...

麦克的姓是阿彻（线索4），而克里福特不是约翰，他的马是海员赛姆(线索2)，他不可能是萨利（线索3），那么他就是埃玛。艾塞克斯女孩是第2名（线索1），第4名的马不是海员赛姆(线索2)，不是西帕龙(线索4)，则一定是蓝色白兰地。他的骑师不是理查德，理查德骑的也不是西帕龙（线索3），我们已经知道了海员赛姆的骑师，那么理查德的马一定是艾塞克斯女孩。麦克·阿彻不可能是第1名的马的骑师（线索4），而西帕龙不是第2，他也不在第3名的马（线索4），所以他肯定是第4名马匹的骑师，他的马是蓝色白兰地。因此，从线索4中知道，西帕龙是第3名，通过排除法，海员赛姆是第1名。从线索3中知道，萨利姓匹高特，则她的马一定是第3名的西帕龙。最后，剩下第2名的马就是艾塞克斯女孩，骑师是约翰·理查德。

答案：

第1名，海员赛姆，埃玛·克里福特。

第2名，艾塞克斯女孩，约翰·理查德。

第3名，西帕龙，萨利·匹高特。

第4名，蓝色白兰地，麦克·阿彻。

052...

	A	C		B
B			A	C
C	B			A
	C	A	B	
A		B	C	

053...

B	A	C		
	C	B		A
A	B		C	
		A	B	C
C			A	B

054...

B			A	C
	C	B		A
A			C	B
C	B	A		
		C	B	

055...

A	B	C		
	C		A	B
B	A		C	
C		B		A
		A	B	C

056...

	A		C	B
B	C		A	
A		B		C
		C	B	A
C	B	A		

057...

	B	C		A
A			B	C
C	A			B
	C	B	A	
B		A	C	

058...

15部分。

这些部分如下：四面体的4个顶点上有4部分；四面体的6条边上有6部分；四面体的4个面上有4部分；四面体本身。一共有15部分。

这个数字是一个三维空间被4个平面分割时能得到的最大数字。

059...

060...

一共有 64 种排列方法，如下图所示。

061...

画 3 个直角三角形，x 为三角形的高。

由此我们就得到了这 3 条直线的关系：

$$c^2 = a^2 + x^2$$

$$b^2 = x^2 + 1$$

$$(a+1)^2 = b^2 + c^2$$

将前 2 个式子带到第 3 个式子中，我们就得到了下面的等式：

$$a^2+2a+1 = x^2+1+a^2+x^2$$

$$a^2+2a+1 = a^2+2x^2+1$$

$$2a = 2x^2$$

$$a = x^2$$

$$\sqrt{a} = x$$

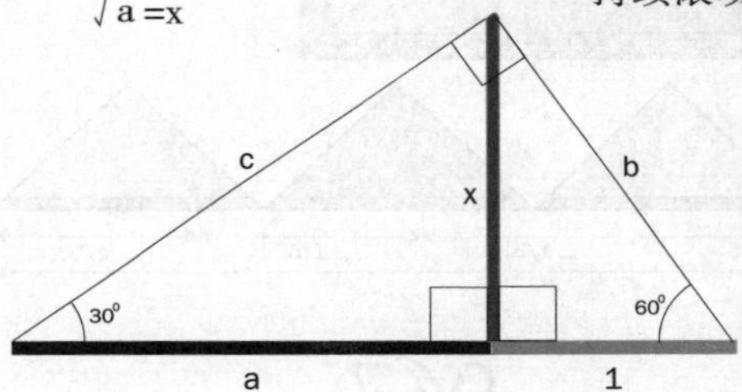

我们把小球在 1 秒钟内所经过的距离设为 d，那么它在前 2 秒钟内经过的总距离为 4d，在前 3 秒钟经过的总距离为 9d，在前 4 秒钟内经过的总距离为 16d，以此类推。你可以用一把尺子来检验：将尺子倾斜成一定角度，让小球沿着尺子向下滚动。不过倾斜角度一定要足够小，才能使小球在尺子上持续滚动 4 秒钟。

063...

帕斯卡三角形里的每一个数字都等于它左上角和右上角的数字之和。

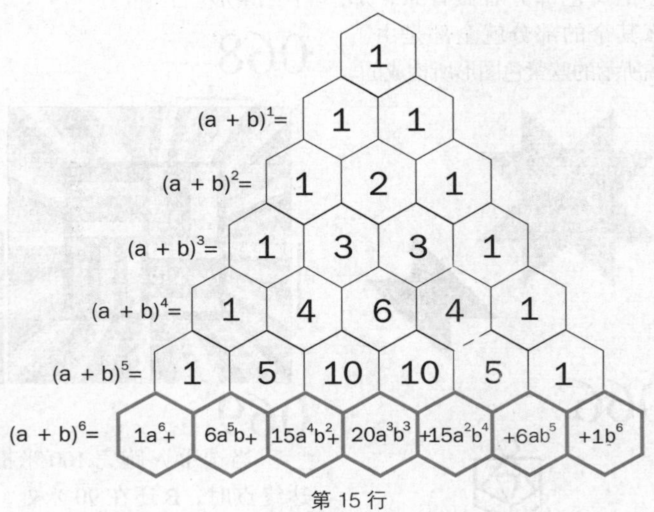

1	14	91	364	1001	2002	3003	3432	3003	2002	1001	364	91	14	1

064...

你所要做的是把周长分成相等的 5 份（或“n”份，这个“n”是你所要得到的蛋糕块数）。然后从中心按照一般切法把蛋糕切开。

诺曼·尼尔森和佛瑞斯特·菲舍在 1973 年提供了证明，证明如下：

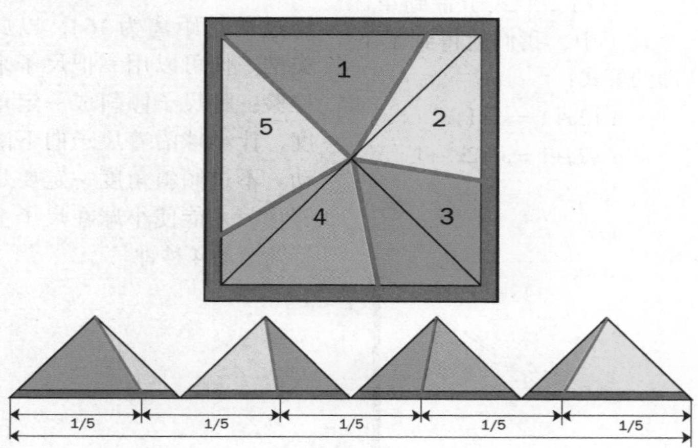

065...

尽管看上去似乎至少需要两种图形才能构成这两个图案，而事实上只要一种就够了。比如在第 1 幅图中，你把黄色部分看做背景，那么其余的部分就全部是由下图所示的蓝紫色图形所构成的。

066...

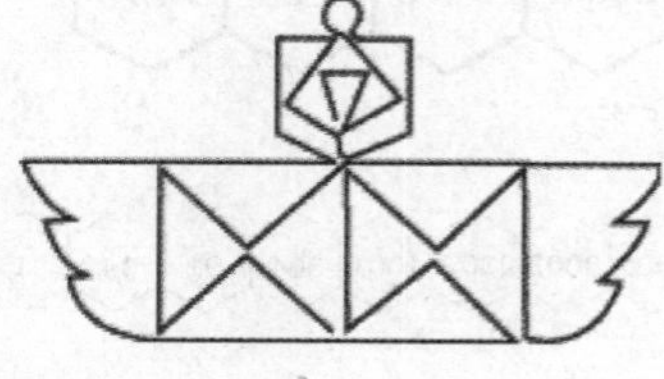

067...

C。

A，B 和 D 都包含两个圆、两个正方形、两条直线和两个三角形。在 C 图中只有一个三角形。

068...

069...

当选手 A 跑完 100 米抵达终点时，B 还在 90 米处，他只跑了选手 A 的 90% 的距离。同样的道理，选手 C 的速度也只是选手 B 的 90%，因此当 B 处于 90 米处时，C 应该正处在 81 米处。也就是说，选手 A 比选手 C 领先了 19 米。

070...

如果 B 和 C 的贴纸都是蓝色的，那么 A 就会知道自己头上的是红色的，但是 A 并不知道自己的颜色，因此 B 和 C 中至少有一个或者两个人都是红色的。如果 C 是蓝色的，B 应该知道自己是红色的，但是 B 不知道，因此 C 的贴纸一定是红色的。

071...

？ ？ ？ 7 ？ ？ ？

1 3 5 7 9 11 13

最重的西瓜是 13 千克。

072...

缺失的狭条是：

4	7	8	15

1	4	14	15	1	3	5	12	14	14	4	7	11	12	3	13	2
12	13	4	5	6	10	16	3	5	7	2	16	9	7	6	8	10
11	8	1	14	12	16	5	2	11	9	1	7	12	14	10	3	7
10	9	13	2	15	5	6	16	7	4	2	9	11	12	15	10	15
13	6	3	15	8	9	2	3	2	6	3	3	7	8	16	4	1
7	11	7	4	16	8	6	8	5	7	6	13	16	1	4	7	6
8	9	9	2	5	12	15	9	13	10	11	12	1	13	8	10	11
6	8	15	16	6	10	2	14	14	11	14	1	10	9	14	13	16
2	8	11	13	4	11	7	1	15	4	2	1	3	2	6	11	15
6	7	9	12	9	15	3	14	2	6	7	5	9	5	7	9	13
3	7	11	13	10	1	16	10	7	9	11	13	10	1	3	14	16
3	7	10	14	11	2	8	10	14	15	14	15	12	5	8	9	12
3	4	14	2	5	6	10	13	4	3	4	7	2	6	12	14	5
8	13	6	7	2	3	13	16	5	6	11	8	13	9	11	1	8
11	9	10	12	3	5	11	15	11	12	6	9	14	6	13	1	10
12	8	4	13	1	2	15	16	14	13	13	10	5	6	9	14	11
4	16	12	2	12	4	8	1	14	3	13	4	5	5	6	8	15
3	4	11	16	5	12	1	16	4	15	12	3	7	2	4	13	15
12	11	1	10	1	8	10	9	10	5	4	15	8	5	7	10	12
16	3	9	6	16	10	15	8	6	11	5	12	14	4	5	9	16

073...

可能的排列顺序应该有 $6 \times 5 \times 4 \times 3=360$ 种。

074...

不可能做到。

075...

范是坐计程车回来的（线索3），巴里·沃斯不是坐警车回来的（线索1），则一定是被救护车送回来的，因此他去的时候是步行（线索4）。通过排除法，扎吉是坐警车回来的，他或者她去的时候不是坐巴士去的(线索2），那么只能是骑自行车去的，剩下范是坐巴士去的。因此扎吉不是乔安妮（线索5）的姓，而是罗宾的，剩下乔安妮的姓就是范，后者去的时候坐巴士，回来时坐计程车。

答案：

巴里·沃斯，步行，救护车。

乔安妮·范，巴士，计程车。

罗宾·扎吉，自行车，警车。

076...

尼尔·李出现在电视短剧中（线索2），在电视连续剧中扮演记者的人的姓含3或者4个字母（线索4），那她一定是蒂娜·罗丝，是《摩倩穆》中的主角（线索6）。而道恩·埃尔金饰演的是医学生（线索1），那么在《格里芬》里扮演年轻演员的(线索1）肯定是简·科拜。艾伦·邦庭饰演的不是一位老师(线索2），则肯定是法官，而尼尔·李扮演的是教师。艾伦·邦庭不演电影(线索2)，也没有出现在电视连续剧中（线索3），因此他一定出现在舞台剧《丽夫日》中(线索5)。《罗米丽》中的演员的姓包含5个字母（线索4)，则肯定是道恩·埃尔金。而尼尔· 李一定饰演《克可曼》中的角色。最后，因为简·科拜不在电视连续剧中（线索3），那么《格里芬》一定是一部电影，通过排除法可以得出，出演电视戏剧《罗米丽》的肯定是道恩·埃尔金。

答案：

艾伦·邦庭，法官，《丽夫日》，舞台剧。

道恩·埃尔金，医学生，《罗米丽》，电视戏剧。

简·科拜，女演员，《格里芬》，电影。

尼尔·李，教师，《克可曼》，电视短剧。

蒂娜·罗丝，记者，《摩倩穆》，电视连续剧。

077...

汉斯·卡尔王子的游艇名字包含5个或者6个字母（线索5），由于歌手拥有游艇曼特（线索1），那么汉斯·卡尔王子一定拥有30.5米长的游艇极光号（线索6）。杰夫·额的游艇有22.9米长，它的名字不是最短也不是最长的（线索4）。我们知道它不是极光号，也不是迪安·奎的美人鱼号（线索1），那么它必定是米斯特拉尔号。比安卡女士号不属于雅克·地布鲁克（线索3），因此它一定是雨果的。剩下曼特是属于雅克·地布鲁克的。比安卡女士号不属于电影明星（线索3），也不属于职业车手（线索2），那么它一定是属于工业家的长42.7米的游艇（线索6）。我们知道33.5米长的游艇名字中包含7个字母(线索5)，它肯定是美人鱼号。剩下曼特长38.1米，另外，因米斯特拉尔不属于职业车手（线索2），那么它只能是电影明星的，剩下美人鱼号是职业车手迪安·奎的游艇。

答案：

极光号，30.5米，汉斯·卡尔，王子。

比安卡女士号，42.7米，雨果·姬根，工业家。

曼特号，38.1米，雅克·地布鲁克，歌手

美人鱼号，33.5米，迪安·奎，职业车手。

米斯特拉尔号，22.9米，杰夫·额，电影明星。

078...

朱利叶斯是人物A（线索4），而哈姆雷特紧靠在理查德的右边（线索3），不可能是人物A或者B，他将饰演士兵（线索3），他不可能是人物C，因为人物C扮演孩童时代的马恩（线索1），那么他必将是人物D，理查德是扮演儿童时期的C。我们现在知道3个人的名或者姓，因此安东尼·李尔王(线索2)一定是B。通过排除法，

哈姆雷特肯定是约翰。安东尼·李尔王不扮演哲学家（线索2），因此他肯定扮演青少年，而朱利叶斯扮演的是哲学家。最后，通过线索1知道，理查德不是曼彻特，他只能是温特斯，剩下曼彻特就是朱利叶斯，即人物A。

答案：

人物A，朱利叶斯·曼彻特，晚年。

人物B，安东尼·李尔王，青少年。

人物C，理查德·温特斯，孩童。

人物D，约翰·哈姆雷特，士兵。

079...

布莱克在1723年5月当选（线索2），安·特伦特是在偶数年份当选的（线索3）。1721年当选的皇后不姓萨金特（线索1），也不是沃顿，沃顿的父亲是铁匠（线索5），她也不是索亚（线索6），也非米尔福德（线索7），因此只能是安德鲁。从线索4中知道，织工的女儿是在1722年当选的。教区长的女儿不是在1723年之后当选的，但是她也不是在1722年当选的。而布莱克在1723入选，线索1也能排除教区长的女儿在1721年人选。因此，知道教区长的女儿就是布莱克，即1723年的皇后。从线索1中知道，萨金特是1725年当选的，而汉丽特是1727年的皇后。我们已经知道1721年的五月皇后安德鲁的父亲不是织工、教区长和铁匠，也不是箍桶匠（线索7），因为布莱克是在1723年当选的，所以安德鲁的父亲也不是旅馆主人（线索7）和茅屋匠（线索8），通过排除法，他只能是木匠，而安德鲁就是苏珊娜（线索6）。线索6告诉我们索亚是1722年当选的。箍桶匠的姓不是特伦特（线索3），也非米尔福德（线索7），我们知道他也不姓安德鲁、布莱克、索亚、沃顿，因此只可能是萨金特。从线索7中知道，汉丽特的姓不是米尔福德，她的父亲不是旅店主人（线索7），也不是铁匠，所以只能是茅屋匠。线索5告诉我们，铁匠的女儿不是1726年的五月皇后，通过排除法，她应该是在1724年当选的，而沃里特是教区长布莱克的女儿，她在1723年当选（线索5），剩下旅馆主人的女儿是1726年当选的，通过排除法，可以知道她就是安·特伦特。现在从线索7可以知道玛丽就是沃顿，1724年的皇后。织工的女儿不是比阿特丽斯（线索4），则肯定是简，最后剩下比阿特丽斯就姓萨金特，她是箍桶匠的女儿。

答案：

1721年，苏珊娜·安德鲁，木匠。

1722年，简·索亚，织工。

1723年，沃里特·布莱克，教区长。

1724年，玛丽·沃顿，铁匠。

1725年，比阿特丽斯·萨金特，箍桶匠。

1726年，安·特伦特，旅馆主人。

1727年，汉丽特·米尔福德，茅屋匠。

080...

雷蒙德往东走（线索3），从线索1中知道，骑摩托车去上高尔夫课的人不朝西走。去游泳的人朝南走（线索2），拍卖会不在西面举行（线索2），因此朝西走只可能是去看牙医的人。西尔威斯特坐出租车出行（线索5），不朝北走。同时我们知道雷蒙德不朝北走，安布罗斯也不朝北走（线索1和2），那么朝北走的只可能是欧内斯特。从线索4中知道，坐巴士的人朝东走。我们知道雷蒙德不去游泳，也不去看牙医，而他的出行方式说明他不可能去玩高尔夫，因此他必定是去拍卖会。现在通过排除法知道，骑摩托车去上高尔夫课的人肯定是欧内斯特。从线索1中知道，安布罗斯朝南出行去游泳，剩下西尔威斯特坐出租往西走，去看牙医。最后可以得出安布罗斯开小汽车出行。

答案：

北，欧内斯特，摩托车，上高尔夫课。

东，雷蒙德，巴士，拍卖会。

南，安布罗斯，小汽车，游泳。

西，西尔威斯特，出租车，看牙医。

081...

继承人吉可巴士（吉可）在家系中排行第2（线索6），从线索4中知道，住在利物浦的贝赛利不排第1，也非第5。在沃克叟工作的继承人排行第4（线索3），因此贝赛利肯定是第3，职业是出租车司机（线索5）。现在，从线索4中知道，做管道工作的西吉斯穆德斯一定排行第4，在沃克叟工作。而消防员住在施坦布尼（线索1），那么住在格拉斯哥的继承人不是盖博旅馆的主人（线索1），则一定是清洁工，而旅店主人必定住在坦布。因旅店主人排行不是第2和第5（线索2），那么肯定是第1。因此他不可能是帕曲西斯（线索7），只能是麦特斯，剩下帕曲西斯排行第5。现在从线索1中可以知道，他必定是施坦布尼的首席消防员，而格拉斯哥的清洁工是排行第2的吉可巴士。

答案：

第1，麦特斯，坦布，旅馆主人。

第2，吉可巴士，格拉斯哥，清洁工。

第3，贝赛利，利物浦，出租车司机。

第4，西吉斯穆德斯，沃克叟，管道工。

第5，帕曲西斯，施坦布尼，消防员。

082...

从线索1中知道，爱德华不是刚来才1周的人，另外也告诉我们他也不是保险公司2周前新招聘的员工。第7层的新员工是3周前来的女孩（线索6），而德克是在4周前就职的（线索3），因此爱德华肯定是5周前来的新员工。信贷公司在第9层（线索4），爱德华不可能在3层和11层工作（线索1），我们知道女孩在7层工作，根据线索1和6可以推出保险公司2周前新聘的员工不在7层，从线索1中知道，爱德华不可能在第9层，也不可能在第5层，那么只能在第3层。线索1告诉我们伯纳黛特在邮政服务公司工作，而线索2排除了爱德华在假日公司的可能性，同时爱德华所在的楼层说明他也不可能在信贷公司和保险公司上班，那么他肯定在私人侦探所工作。淑娜不可能在第3层的保险公司上班（线索5），德克也不可能，而伯纳黛特和爱德华的公司我们已经知道，因此在保险公司工作的只能是朱莉。伯纳黛特的邮政服务公司不在11层（线索1），也不在第3层、第5和第9层，那么她肯定是在第7层的女孩，是3周前被招聘的。通过排除法，剩下1周前新来的只能是淑娜，从线索1中知道，她在9层的信贷公司上班。最后，剩下德克是假日公司的新员工，在大楼的11层工作。

答案：

伯纳黛特，邮政服务公司，7层，3周。

德克，假日公司，11层，4周。

爱德华，私人侦探所，5层，5周。

朱莉，保险公司，3层，2周。

淑娜，信贷公司，9层，1周。

083...

莎的姓是卡索（线索2），蒂米穿红色的泳衣（线索1），因此，穿橙色泳衣叫响的小男孩肯定是詹姆士。通过排除法，莎的泳衣一定是绿色的，他的母亲是曼迪（线索4）。同样再次通过排除法，蒂米的姓是桑德斯，他的母亲不是丹尼斯（线索3），那么肯定是萨利，最后剩下丹尼斯是詹姆士的母亲。

答案：

丹尼斯·响，詹姆士，橙色。

曼迪·卡索，莎，绿色。

萨利·桑德斯，蒂米，红色。

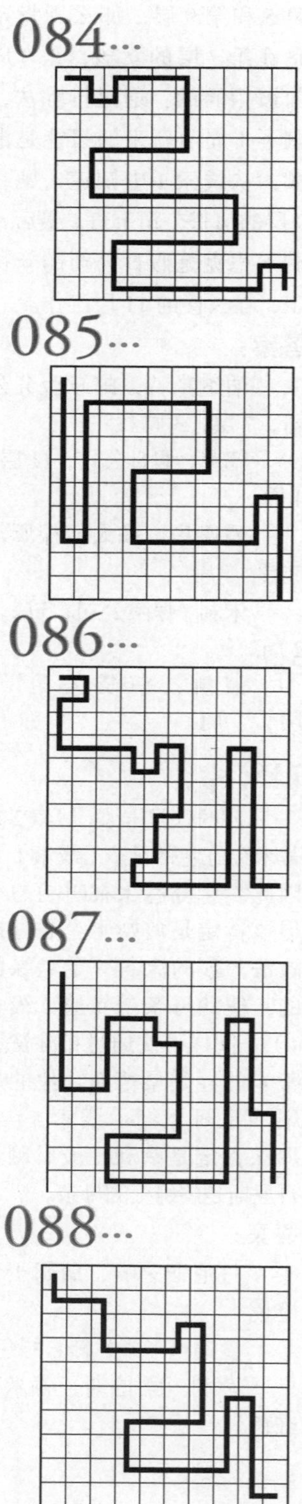

089…

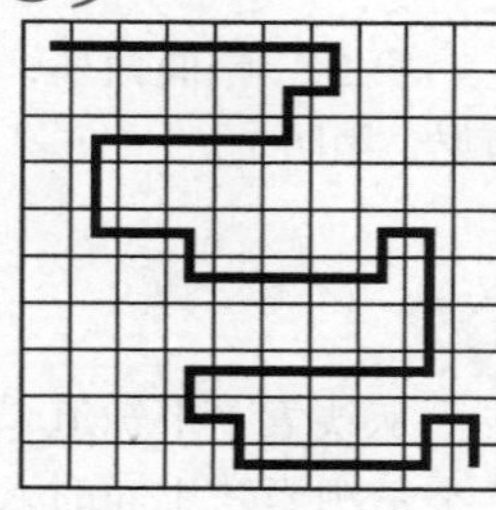

090…

通过这个实验可以测试出你的反应时间。这个反应时间就是从松开直尺到握住直尺它所滑落的距离。

你用一只手握住直尺的顶部，让你的朋友食指和拇指稍稍分开，对准直尺上的0刻度处。突然松开直尺。你的朋友抓住直尺时所捏住的刻度就是他的成绩。

091…

这个问题把你难住了吗？许多人认为答案是1.5千克，实际上应该是2千克。

092…

如图所示：有两种排列方法。

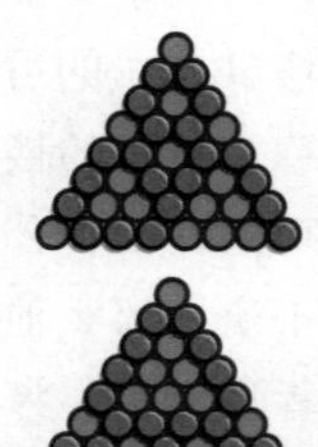

093…

094…

当然，你可以一个一个地数，但这样花的时间绝对要超过规定的时间。

你可以先迅速分析一下图形的特点，然后再算出圆点的数量，这样做能够大大提高速度。

每个小正方形中有10个圆点，一共有9个这样的小正方形，因此一共是90个圆点。

095…

在10×10的正方形中一共少了10个圆点，因此一共是90个圆点。

096…

11。

把左右两边的圆垂直分成两半。在左边圆中，左半边圆中的数字相加等于中间圆中左上角的数字；右半边圆中数字相加等于中间圆中左下角的数字。右边圆也按照这种形式进行。

097…

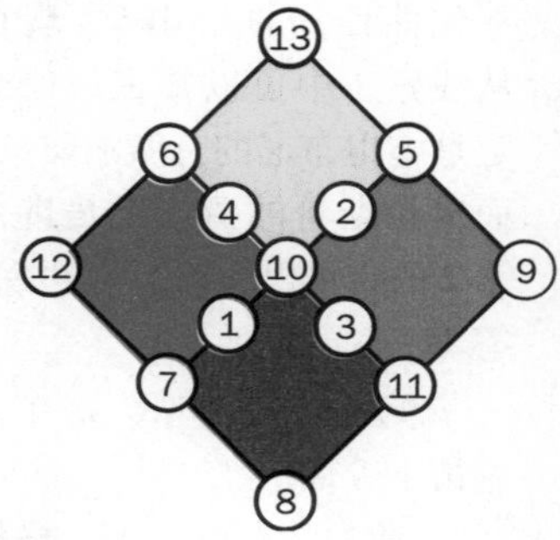

098…

你们两个人掷到同一点数的概率是1/6，因此你们俩其中一个掷的点数比另外一个人高的概率为 5/6。

因此你比你朋友点数高的概率为 5/6 的一半，即 15/36=5/12。

下图为详解。

1	*	+	+	+	+	+
2	-	*	+	+	+	+
3	-	-	*	+	+	+
4	-	-	-	*	+	+
5	-	-	-	-	*	+
6	-	-	-	-	-	+

099...

100...

浸在水里的物体的浮力等于它所排出的水的重量。

你可能认为结果应该是在天平右端原来的重物基础上再加上与左端容器里重物承受的浮力相等的重量，然而真的是这么简单吗？

根据牛顿第三定律，作用力与反作用力相等。那么容器里的水对重物的浮力就等于重物对水的反作用力。

因此，天平右端的重量减少时，天平左端的重量相应增加。

所以要达到平衡，天平右端需要加上 2W 的重量，W 等于重物在左端容器里排出的水的重量。

101...

应该选择 B，将 B 覆盖在红色方框中每对图案右边的图案上，都能够使这 3 对图案都正好相互反色。

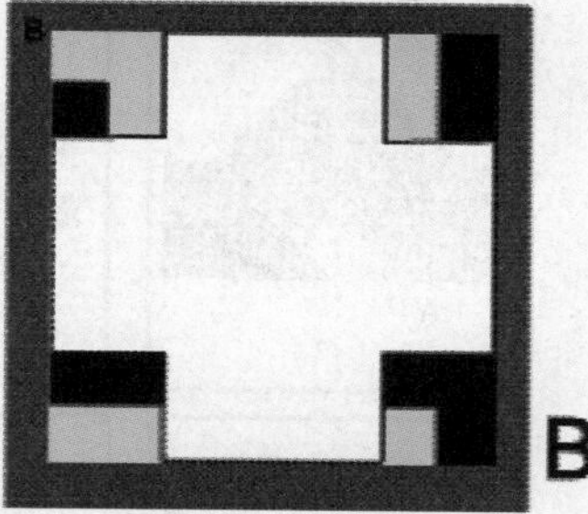

102...

笔画出来的运动轨迹是一条正弦曲线，如图所示。这种运动被称为阻尼运动，这是因为在摩擦力的作用下振动最终停止，而且其运动轨迹成为一条直线。

理想的状态（即没有摩擦力的情况）被称为简谐运动。简谐运动是自然界中最常见的运动类型之一，比如池塘的水波、收音机的波等。

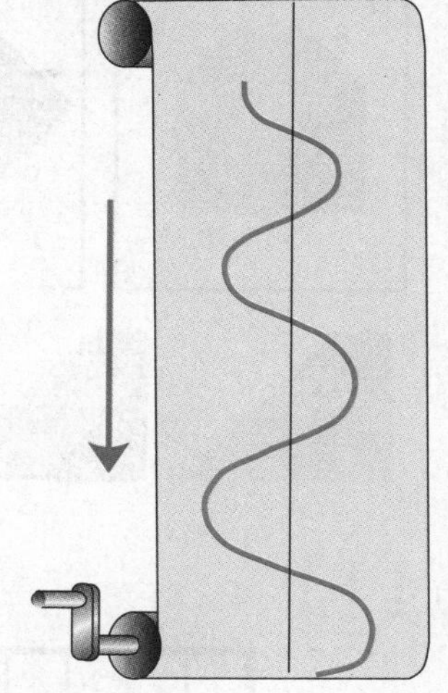

103...

在这个图案中你看到了什么？

如果你盯着这个图案看，你会交替地看到放射线条纹部分和同心圆环部分凸现出来。拿绿色的同心圆来说，你既可以把它看成是主体图形，而过一会儿之后它看上去又像是背景。

我们的眼睛不能从这个部分之中选择主体图形，当眼睛在纸面上来回扫动时，我们看到其中一个部分为主体，而过了一段时间，又看到另外一个部分为主体。这两种印象交替出现。

104...

105...

如图所示：

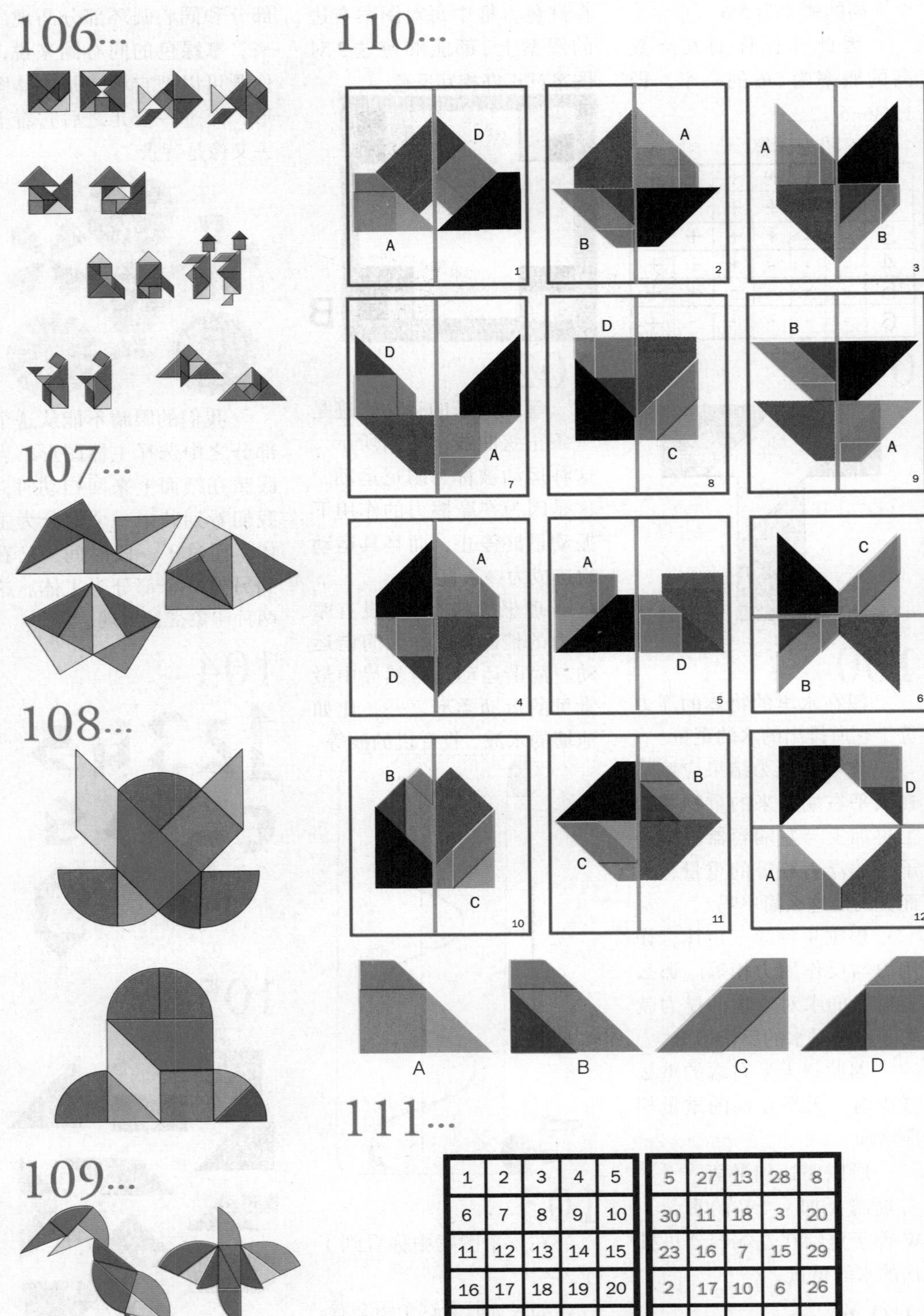

1	2	3	4	5
6	7	8	9	10
11	12	13	14	15
16	17	18	19	20
21	22	23	24	25
26	27	28	29	30

5	27	13	28	8
30	11	18	3	20
23	16	7	15	29
2	17	10	6	26
9	14	22	1	24
21	4	19	25	12

112…

事实上，由1到9当中的3个数字组成和为15的可能组合有8种。

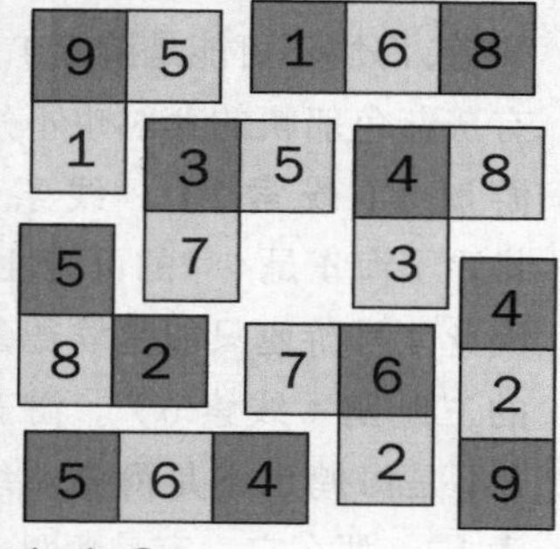

113…

从上到下：C，A，B，F，E，D。

114…

从上到下：A，E，D，B，C，F。

115…

从上面开始：A，D，C，F，B，E。

116…

从上到下：A，B，F，E，C，D。

117…

从上到下：D，A，C，B，F，E。

118…

从上到下：A，B，C，D，E，F。

119…

科拉·迪在药店工作（线索4），而艾米·贝尔不在面包店工作（线索1），所以她肯定在零售店工作，而埃德娜·福克斯则在面包店工作。艾米·贝尔在半岛商店工作（线索1），斯蒂德商店店员穿蓝色工作服（线索2），因此，穿黄色工作服的埃德娜，肯定在梅森商店工作。通过排除法，艾米的工作服肯定是粉红色的，而在斯蒂德商店工作的一定是科拉，她穿蓝色的工作服。

答案：

艾米·贝尔，半岛商店，零售店，粉红色。

科拉·迪，斯蒂德商店，药店，蓝色。

埃德娜·福克斯，梅森商店，面包店，黄色。

120…

牛顿的爱好是板球（线索1），他或她不是安布罗斯（线索1），也不是贝琳达·戴维斯（线索2），也不是休伯特，因为休伯特的爱好是刺绣（线索3），也非密涅瓦（线索2），因此他只能是西奥多，一个监狱长官（线索4）。贝琳达和密涅瓦都不玩高尔夫（线索2），那么玩高尔夫肯定是安布罗斯的爱好。喜爱睡觉的不是贝琳达·戴维斯（线索2），那么只能是密涅瓦，通过排除法，贝琳达的爱好一定是牌类游戏，因此她就是厨师（线索5）。演说家不是密涅瓦（线索2），而安布罗斯的爱好是高尔夫（线索2），那么演说家必定是休伯特。安布罗斯不是牧师（线索1），那么他一定是酿酒人，剩下密涅瓦是牧师，他姓爱因斯坦（线索6）。休伯特的姓不是麦克威利（线索3），那么只能是所罗门，而麦克威利则是安布罗斯的姓，一个酿酒人。

答案：

安布罗斯·麦克威利，退休的酿酒人，高尔夫。

贝琳达·戴维斯，厨师，牌类游戏。

休伯特·所罗门，演说家，刺绣。

密涅瓦·爱因斯坦，牧师，睡觉。

西奥多·牛顿，监狱长官，板球。

121…

蓄电池没电是下午5:00发现的（线索6），不可能是吉恩的汽车出的事（线索1），同时线索1也告诉我们伊夫林的车胎穿了孔。西里尔的不幸发生在3:00（线索4），而线索3排除了姆文在下午5:00出事的可能，通过排除法，只可能是格兰地的电池没电了。司机把车撞到门柱发生在星期五（线索2），他不可能是伊夫林和吉恩（线索1），我们知道他也不是格兰地和姆文，那么他肯定是西里尔。姆文不是因超速被抓住的（线索3），因此通过排除法，他肯定是压到了栅栏，剩下超速的是吉恩。超速不是发生在下午3:00和5:00，伊夫林发生不幸的最迟时间也只可能是下午2:00，而线索1排除了这个可能性，她也不是在早上

10:00出事的（线索3），那么她必定是早上11:00出事的，从线索3中知道，姆文肯定是在早上10:00压倒了栅栏，剩下的只有伊夫林在下午2:00出事。线索5告诉我们格兰地在星期一蓄电池没电，而从线索1中知道，吉恩肯定是星期三出事的，则伊夫林必定是在星期四出的事。

答案：

西里尔，星期五，撞到门柱，下午3:00。

伊夫林，星期四，车胎穿孔，下午2:00。

格兰地，星期一，蓄电池没电，下午5:00。

吉恩，星期三，超速，上午11:00。

姆文，星期二，压倒栅栏，上午10:00。

122...

保持相同排名的不是贝林福特队和罗克韦尔·汤队（线索1），从第2跌到第7的是匹特威利队（线索2），而保持相同排名的也不是克林汉姆队和格兰地威尔队（线索3），也非内德流浪者队和福来什运动队（线索6），因此通过排除法，只能是米尔登队，它最后取得了第3名（线索5），而在圣诞节时也是第3名。线索5告诉我们，中场时罗克韦尔·汤队是第4名，而最后取得了第1名（线索1）。贝林福特队到赛季末下降了2个名次（线索1），在圣诞节时它不可能是第7和第8，我们知道它也不可能是第2、第3和第4。既然我们已经知道了圣诞节时第3和第7名的队伍，而贝林福特队不可能从第1和第5开始下降的，那么只能从第6下降到第8（线索1）。从第1下降到第5的队（线索7）不可能是福来什运动队（线索6），克林汉姆队和格兰地威尔（线索3），因为他们的名次都是上升的，那么，只可能是内德流浪者队。现在从线索3中已经可以知道，在圣诞节时，克林汉姆队是第7，格兰地威尔是第8。剩下当时福来什运动队是第5。福来什运动队最后不是第4（线索4），那么肯定是第2名。最后，从线索3中知道，克林汉姆队以第4结束，而格兰地威尔队以第6告终。

答案：

圣诞

1. 内德流浪者队
2. 匹特威利队
3. 米尔登队
4. 罗克韦尔·汤队
5. 福来什运动队
6. 贝林福特队
7. 克林汉姆队
8. 格兰地威尔

赛季末

1. 罗克韦尔·汤队
2. 福来什运动队
3. 米尔登队
4. 克林汉姆队
5. 内德流浪者队
6. 格兰地威尔
7. 匹特威利队
8. 贝林福特队

123...

图中3号游艇是维克多的（线索4），从线索1中知道，海鸠不可能是游艇4，有灰蓝色船帆的燕鸥也不是游艇4（线索2）。线索5排除了海雀是4号的可能性，因此4号游艇只能是埃德蒙的三趾鸥（线索6）。游艇1不是海鸠也不是海雀（线索1），那么它一定是燕鸥。我们知道燕鸥的主人不是埃德蒙，也不是拥有白色帆游艇的马尔科姆（线索5），那么只能是大卫，而剩下马尔科姆是游艇2的主人。从线索1中知道，游艇3是海鸠，而剩下游艇2是海雀。三趾鸥的帆不是灰绿色的（线索1），那么肯定是黄色的，剩下海鸠是灰绿色的帆。

答案：

游艇1，燕鸥，大卫，灰蓝色。

游艇2，海雀，马尔科姆，白色。

游艇3，海鸠，维克多，灰绿色。

游艇4，三趾鸥，埃德蒙，黄色。

124...

爱好园艺的人有着最迷人的眼睛（线索4），古典音乐的爱好者不以声音和真诚引人注目（线索1），也不因身高而吸引詹妮（线索

1），那么他肯定是因幽默而吸引某位女士的人。马特是一个真诚的人（线索2），他不喜好园艺和古典音乐，也不爱好烹饪，烹饪是比尔的爱好（线索5），马特也不爱好老电影（线索2），因此他肯定和布伦达一样喜欢跳舞（线索6）。凯茜和休相处得不错（线索6），罗斯发现她并不渴望和克莱夫及彼特聊天（线索3），那么她的倾慕对象肯定是厨师比尔，他受到罗斯青睐的地方不是他的眼睛、幽默感、真诚和他的身高（身高是詹妮青睐的），那么只能是他的声音。通过排除法，詹妮的搭档则是老电影的爱好者。彼特不是非常幽默的古典音乐的爱好者，也不是园丁（线索3），他肯定是和詹妮共同爱好老电影的男人。古典音乐的爱好者不是克莱夫（线索1），那么只能是凯茜的新朋友休，最后通过排除法，克莱夫是用他的眼睛和对园艺的爱好吸引了凯丽。

答案：

布伦达和马特，线性舞，真诚。

凯茜和休，古典音乐，幽默感。

詹妮和彼特，老电影，身高。

凯丽和克莱夫，园艺，眼睛。

罗斯和比尔，烹饪，声音。

125...

那辆红色的法拉利车不是伯纳黛特的（线索5），也不是迪尼斯的（线索5）。安东尼开兰吉·罗拉（线索2），而克利福德的车是白色的（线索6），因此红色的法拉利肯定是埃弗拉德的。卡迪拉克的车牌号是W675JAR（线索6），从线索1中知道，埃弗拉德的法拉利和那辆江格的车牌是T453JAR或者T564JAR。因此，W786JAR不是法拉利、江格和卡迪拉克的车牌号，也不是默西迪丝的（线索3），而只能是兰吉·罗拉的车牌号，是安东尼所开的车。那辆黑色车的车牌是R342JAR（线索4），而克利福德的白色汽车不是车牌是W675JAR的卡迪拉克（线索6），那么它的车牌肯定是T开头的，一定就是江格车（线索1）。通过排除法知道，那辆黑色车牌是R342JAR的车一定是默西迪丝。安东尼的兰吉·罗拉不是蓝色的（线索3），那么肯定是绿色的，而卡迪拉克一定是蓝色的。伯纳黛特的汽车车牌号上的每个数字比埃弗拉德的法拉利车牌号均要大1（线索5），后者不是T453JAR，因为如果后者是T453JAR，那么T564JAR就是江格的车牌号（线索1），那么伯纳黛特汽车的车牌号就不可能有了，所以埃弗拉德的法拉利车牌号一定是T564JAR，而从线索5中知道，伯纳黛特汽车是那辆车牌号为W675JAR的蓝色卡迪拉克。剩下迪尼斯的汽车是车牌为R342JAR的黑色默西迪丝。最后，知道克利福德的江格车号为T453JAR。

答案：

安东尼，W786JAR，兰吉·罗拉，绿色。

伯纳黛特，W675JAR，卡迪拉克，蓝色。

克利福德，T453JAR，江格，白色。

迪尼斯，R342JAR，默西迪丝，黑色。

埃弗拉德，T564JAR，法拉利，红色。

126...

村庄4的名字为克兰菲尔德（线索3），从线索5中知道，波利顿肯定是村庄2，那么利恩村肯定是村庄1，而剩下村庄3是耐特泊。村庄3的居民是出去遛狗的（线索2），从线索5中知道，这个居民一定是丹尼斯。而婚礼发生在利恩村（线索5），参加婚礼的人住的村庄一定是村庄4，即克兰菲尔德，因此，现在从线索4中可以知道，西尔维亚一定住在村庄2，即波利顿村。现在我们已经知道了村庄2和3的居民，以及村民4出行的目的，那么线索1中提到的去看朋友的波利一定住在利恩村。通过排除法，最后知道玛克辛住在克兰菲尔德，而西尔维亚出行的目的是去看望她的母亲。

答案：

村庄1，利恩村，波利，见朋友。

村庄2，波利顿村，西尔维亚，看母亲。

村庄3，耐特泊村，丹尼斯，遛狗。

村庄4，克兰菲尔德村，玛克辛，参加婚礼。

127...

弹吉他的不是1号（线索1），1号也不是变戏法者（线索3），也非马路艺术家（线索4），因此1号肯定是手风琴师，他不是泰萨，也不是莎拉·帕吉（线索2），而内森是2号（线索5），因此1号只能是哈利。因内森不玩吉他（线索5），线索1可以提示吉他手就是4号。4号不是莎拉·帕吉（线索2），而莎拉·帕吉不是1号和2号，因此只能是3号。因此，她不是变戏法者（线索3），通过排除法，她肯定是街边艺术家，剩下变戏法者就是2号内森。从线索4中知道，他的姓一定是西帕罗，而4号位置肯定是泰萨。从线索2中知道，克罗葳不是泰萨的姓，则一定是哈利的姓，而泰萨的姓只能是罗宾斯。

答案：

1号，哈利·克罗葳，手风琴师。

2号，内森·西帕罗，变戏法者。

3号，莎拉·帕吉，街边艺术家。

4号，泰萨·罗宾斯，吉他手。

128...

如果球直接掉进水池里，它排出的水池里的水量等于它本身的体积。

如果球落到船上，那么它排出的水量等于它自身的重量（阿基米得定律）。由于铅球的密度比水的密度大，因此落到船上所排出的水的体积要更大。

129...

5个四格拼板不能正好放入4×5的长方形中。T形的四格拼板放进去覆盖住了3个黑色格子和1个白色格子，剩下的4个都是覆盖住2个黑色格子和2个白色格子。因此这5个四格拼板覆盖的黑色和白色格子数必须分别都为奇数，但是题中长方形里的黑色和白色格子各10个，因此答案是不能放入。

130...

8个多格拼板可以正好放进这个4×7的长方形中，下图所示的是多种解法中的一种。

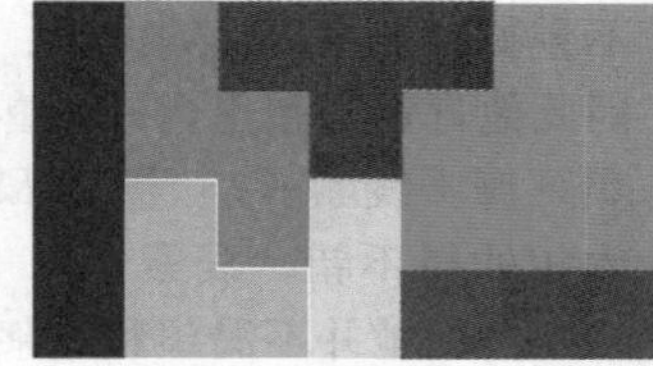

131...

如图所示：这个鸡蛋竖起来的道理与高空走钢丝是一样的。两个叉子给鸡蛋提供平衡力，降低鸡蛋的重心。多一点耐心就可以完成题目的要求。

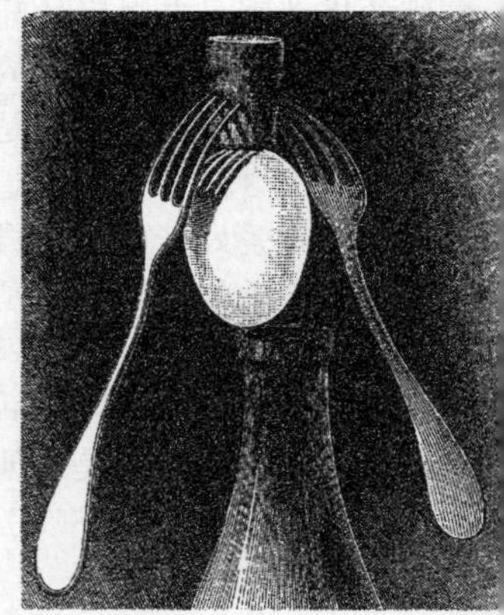

132...

在这个装置中，通过起连接作用的绳子使这两个摆锤的运动相互作用。当其中一个摆锤开始振动时，这种振动转移到起连接作用的绳子上，然后再转移到另一个摆锤上。第一个摆锤的能量逐渐转移到另一个摆锤上，然后再转移回来。

由于这种共振转移作用，这种摆通常被称为共振摆。

133...

过了一段时间之后，所有的摆都开始摆动，但是只有第一个开始摆动的摆和与之颜色相同的摆的摆幅最大。它们之间通过振动传递能量。

每个摆都有一个摆动频率或者固有频率。每个摆的每一次摆动都会拉动连接的横杆，并带动其他的摆。其中摆长相同的两个摆固有频率也相同，从而相互作用。

最终，这一对摆长相同的摆中有一个摆幅慢慢接近0，它的能量转移到另一个摆上，使这个摆的摆幅达到最大，然后能量又传递回来，如此循环往复。

134...

通过很多次轻轻地拉动绳子，这个巨大无比的摆将会慢慢摆动起来，而且摆幅会越来越大—只要轻拉绳子，节奏是可以引起共振的。

如果你用力过大就会将磁铁从摆上拉开，而轻轻地拉动绳子则会带动摆开始有一点摆动。然后把磁铁拿开，让摆自己摆动，当它向你摆过来又要摆回去的时候，再次将带着绳子的磁铁吸在它侧面，并且将绳子往你的方向轻轻拉动。如果你时机把握得好，节奏又把握得非常准的话，摆的摆幅就会逐渐增大。

135...

如图所示：

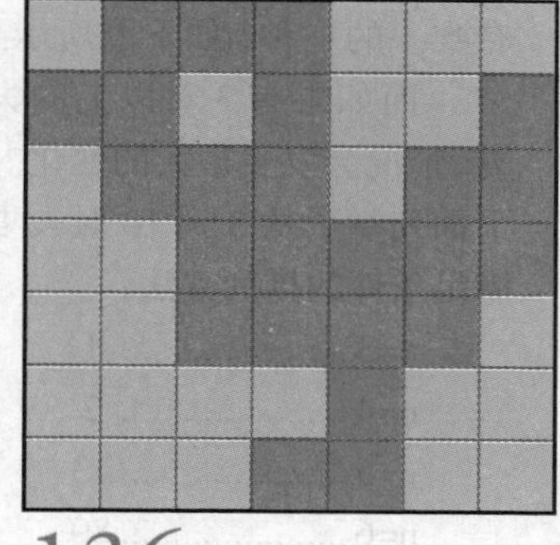

136...

如果你观察得足够仔细的话，还可以将立方体的4个面画出来。

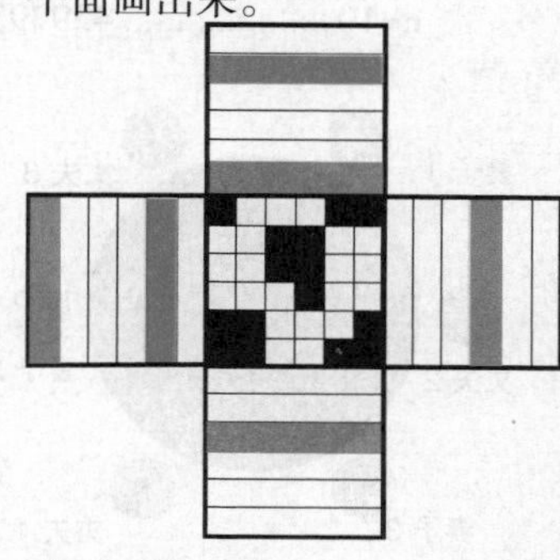

137...

第1组菜中你有两道可以选择，第2组菜中你有3道可以选择，第3组菜中你有两道选择。因此你的选择方法一共应该有2×3×2=12种。

138...

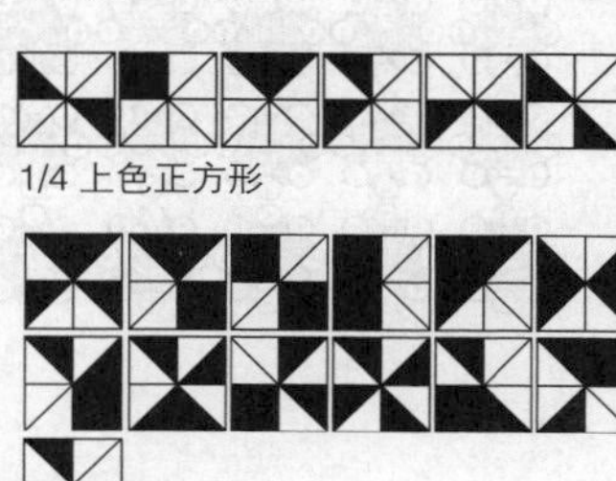

139...

这个结构理论上你想搭多高都可以。当你将一块积木放在另一块积木上时，只要它的重心在比它低的积木上面，就不会倒。

如果所有的积木都摆放得非常完美，那么整个结构会非常平稳（当然，在实际操作中，即使是很小的误差也会导致积木全部倒塌）。

140...

至少要变4步，分别是第1行、第4行、第2列和第3列。

141...

如图所示：

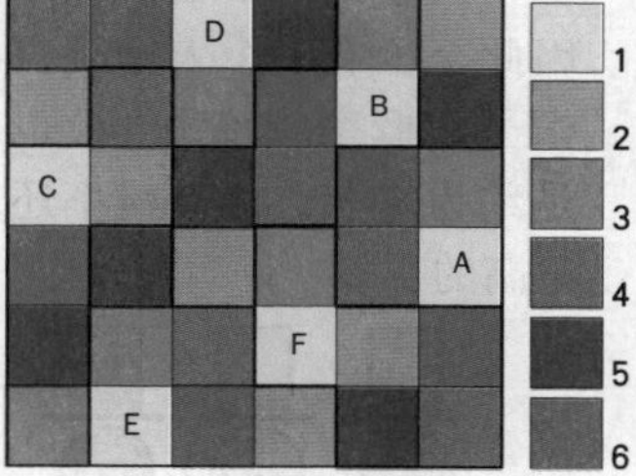

142...

如图所示：

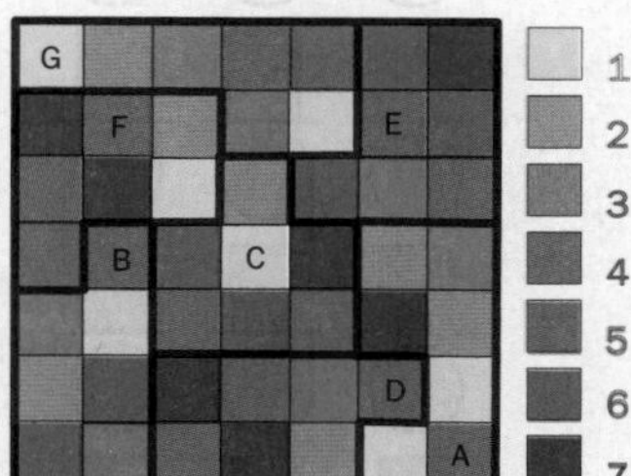

143...

一共有6种平衡的情况（如图所示的3种，再加上它们分别反过来摆放）。

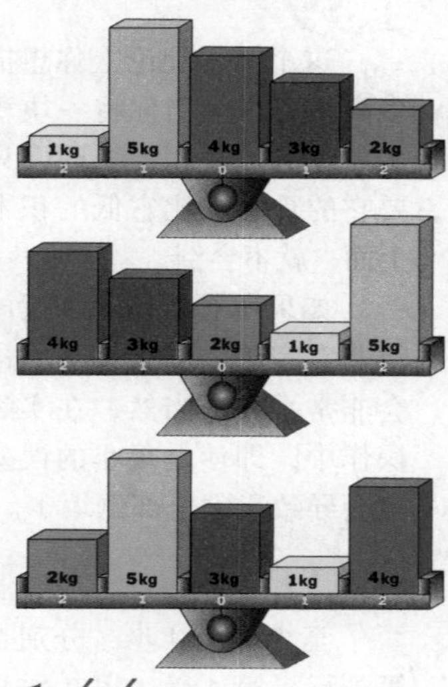

144...

如图所示：3 个帽子弄混一共有 6 种情况。

而其中的 4 种情况都有一个人拿到他自己的帽子。因此至少有一个人拿到自己帽子的概率应该是 4/6，也就是约为 67%，这个概率还是很高的。

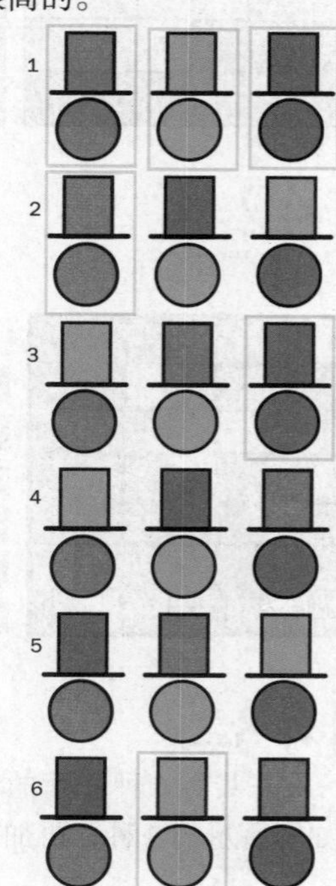

145...

满足条件的排列方法只有唯一的一种，如下图所示：

而如果有 3 对以上的夫妻，情况会发生很大的变化。下面列举了从 3 到 10 对夫妻满足条件的排列方法：

n=3 1
n=4 2
n=5 13
n=6 80
n=7 579
n=8 4738
n=9 43387
n=10 439792

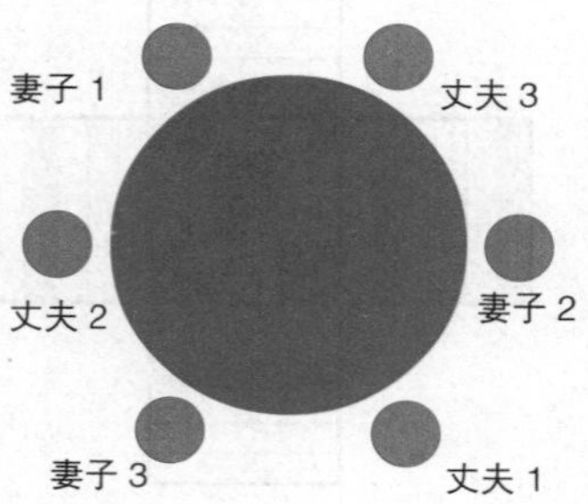

146...

n 个骑士在圆桌旁的排列应该有：$\frac{(n-1)\times(n-2)}{2}$种，即：$\frac{(8-1)\times(8-2)}{2}=21$ 种。另外的 20 种排列方法如图所示。

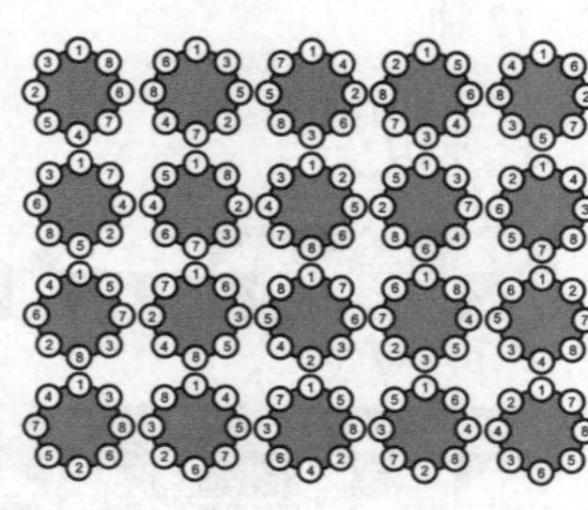

147...

照片 A 是帕丁顿（索 2），D 不是鲁珀特（索 4），也不是泰迪（线5），因此只能是布鲁马，来自天鹅湖动物园（线索 1）照片 B 不是格林斯顿的灰（线索 3），也不是来自鹅湖的熊。线索 5 排除了来自布赖特邦动物园的可性，因为布赖特邦动物园熊就在泰迪的右边，因此片 B 上的熊一定来自诺斯斯特。现在，从线索 5 中以知道，泰迪不可能在照C 上，因此，只能是 B 照上的来自诺斯丘斯特的熊，而 C 则是鲁珀特。来自鹅湖的布鲁马是一只眼镜（线索 4），从线索 5 中知道鲁珀特肯定是在布赖特邦物园，剩下帕丁顿则是来格林斯顿的灰熊。来自布特邦动物园的不是东方太熊（线索 5），那么肯定极地熊，最后剩下东方太熊肯定是照片 B 中的来自斯丘斯特动物园的泰迪。

答案：

照片 A，帕丁顿，灰熊格林斯顿动物园。

照片 B，泰迪，东方太阳熊，诺斯丘斯特动物园。

照片 C，鲁珀特，极地熊布赖特邦动物园。

照片 D，布鲁马，眼镜熊天鹅湖动物园。

148...

得斯地蒙诺是蒙特高·利特的联系人（线索 4），而阿的阿姨不是玛丽购得（线索5），则一定是霍滕西亚，因此她和博阿塞西·莱格斯有联系（线索7）。从线索6中，通过排除法可以知道，鲁珀特·得格雷的中间联系人一定是玛丽购得，她不是他的表兄妹（线索6），我们知道她也不是他的阿姨，那么她一定是他的母亲，因此，鲁珀特·得格雷是博阿塞西·泰尔的直系后代（线索2）。爱德华·泰可瑞的其中一个表兄妹和尼迪亚·博阿塞西有联系（线索1），而我们已经把吉恩和另外2个博阿塞西对上了号，那么格莱得不和博阿塞西·斯居特有联系（线索3），则一定和博阿塞西·贝尔斯有联系，剩下博阿塞西·斯居特通过得斯地蒙诺和蒙特高·弗利特有联系。格莱得·汉丁顿和博阿塞西间的联系人不是卡斯伯特(线索3)，那么他们之间的联系人一定是马格纳斯，剩下卡斯伯特是爱德华·泰可瑞的表兄妹和尼迪亚的联系人。因此，马格纳斯一定是格莱得的叔叔，而得斯地蒙诺则是蒙特高的表兄妹。

答案：

阿彻·方斯林，博阿塞西·莱格斯，阿姨，霍滕西亚。

爱德华·泰可瑞，博阿塞西·尼迪亚，表兄妹，卡斯伯特。

格莱得·汉丁顿，博阿塞西·贝尔斯，叔叔，马格纳斯。

蒙特高·弗利特，博阿塞西·斯居特，表兄妹，得斯地蒙诺。

鲁珀特·得格雷，博阿塞西·泰尔，母亲，玛丽购德。

149...

保罗·斯通的新娘是飞行员（线索1），而普鲁·赖德是职业赛马师（线索2）。利安·马经和达娜厄·菲尔兹夫妇，他俩不是家庭主夫和泥瓦匠妻子组成的家庭（线索4），而达娜厄·菲尔兹也不是消防员（线索3），因此她一定是木匠，她的丈夫利安不是模特（线索3），我们也知道他不是家庭主夫。亚历克·本顿是香料商(线索5)，而牙医护工是和凯特·拉姆结婚的（线索6），因此利安·马经一定是种花人。从线索2中知道，职业赛马师普鲁·赖德的丈夫一定是香料商亚历克·本顿，现在我们已经知道了3个新郎和他们新娘的职业，而提姆·韦布没有和消防员结婚(线索3)，那么他一定是和泥瓦匠结婚的家庭主夫，剩下圣伊莱斯·哈迪则是消防员的新郎。提姆·韦布的新娘不是安·克拉克（线索7），而他的职业也提示他不是凯特·拉姆，那么她一定是露西·迈尔斯。圣伊莱斯·哈迪不是模特（线索3），那么他一定是牙医护工，而他的新娘则是凯特·拉姆。最后剩下保罗·斯通的职业就是模特，而他的飞行员新娘就是安·克拉克。

答案：

亚历克·本顿，香料商，普鲁·赖德，职业赛马师。

圣伊莱斯·哈迪，牙医护工，凯特·拉姆，消防员。

利安·马经，种花人，达娜厄·菲尔兹，木匠。

保罗·斯通，模特，安·克拉克，飞行员。

提姆·韦布，家庭主夫，露西·迈尔斯，泥瓦匠。

150...

B位置上的是9号选手（线索6）。万能选手6号不可能在A位置上（线索1），而C位置上的选手是乔希（线索4），线索1提示位置D上的不可能是万能选手，那么万能选手一定是C位置上的乔希。现在，从线索1中可以知道，帕迪一定是位置B上的9号选手。我们现在已经知道A不是乔希，也不是帕迪，线索5排除了艾伦，那么他只可能是尼克，他是乡村队的守门员（线索2），最后剩下艾伦在D位置上。现在，从线索5中知道，艾伦一定是7号，尼克则是8号。而艾伦一定不是旋转投手（线索3），那么他一定是快投，剩下旋转投手是帕迪。

答案：

选手A，尼克，8号，守门员。

选手B，帕迪，9号，

旋转投手。

选手 C，乔希，6 号，万能。

选手 D，艾伦，7 号，快投。

151...

0	3	0	3	6	4	6	2
5	5	0	5	4	5	5	0
6	2	0	4	2	3	4	1
1	2	2	4	4	3	1	3
1	1	0	6	5	3	3	1
1	3	6	6	6	2	2	5
2	1	4	0	4	0	6	5

152...

1	4	2	1	1	6	0	2
3	6	2	1	1	6	6	5
4	3	2	5	3	3	3	4
0	1	4	2	4	4	6	1
3	5	0	4	2	5	3	0
1	5	5	6	5	0	0	0
3	2	5	6	0	4	6	2

153...

2	0	6	6	3	6	2	1
1	0	6	3	4	3	3	6
5	1	1	1	3	6	0	0
1	2	5	2	2	5	5	1
2	0	5	2	5	4	5	4
4	6	6	4	0	1	0	4
0	3	3	3	5	2	4	4

154...

0	2	2	4	4	4	4	4
2	5	2	3	1	1	6	6
6	3	6	3	3	5	3	5
3	0	6	3	5	2	5	6
2	1	6	4	0	5	5	4
2	0	0	0	6	5	1	4
1	0	3	1	1	2	1	0

155...

1	3	4	0	2	3	0	0
6	5	5	1	2	3	4	6
4	4	4	2	2	5	5	6
3	1	0	0	3	0	5	6
6	1	1	2	2	5	3	3
1	5	6	0	2	5	6	1
4	0	4	6	2	4	1	3

156...

2	5	1	1	1	2	0	6
5	0	6	6	5	3	4	4
2	3	4	5	2	5	4	2
1	1	6	5	2	5	0	4
0	0	4	5	3	3	3	2
6	6	6	3	3	2	1	6
4	1	0	0	0	1	4	3

157...

尽管许多科学家和历史学家都对这个故事着迷，但是他们都判定这是个不可能完成的功绩。不过有几个科学家曾试图证明阿基米得的确能使罗马船舰突然冒出火苗。这些科学家的假设是，阿基米得用的肯定不是巨型镜子，而是用非常多的小反射物制造出一面大镜子的效果，这些小反射物可能是磨得非常光亮的金属片（也许是叙拉古战士的盾牌）。

阿基米得所做的是不是仅仅让他的士兵们排成一行，命令他们将太阳光聚焦到罗马船只上呢？

1747 年法国物理学家布丰做了一个实验。他用 168 面普通的长方形平面镜成功地将 330 英尺（约 100 米）以外的木头点燃。似乎阿基米得也能做到这一点，因为罗马船队在叙拉古港湾里距离岸边肯定不会超过大约 65 英尺（约 20 米）。

1973 年一位希腊工程师重复了一个与之类似的实验。他用 70 面镜子将太阳光聚集到离岸 260 英尺（约 80 米）的一艘划艇上。镜子准确瞄准目标后的几秒钟内，这艘划艇开始燃烧。为了使这个实验成功，这些镜子的镜面必须是有点凹的，而阿基米得很有可能用的就是这种镜子。

158...

基本的图案只有 3 种，然而通过不同颜色之间不同的排列一共可以串出 12 种不同的项链，如下图所示：

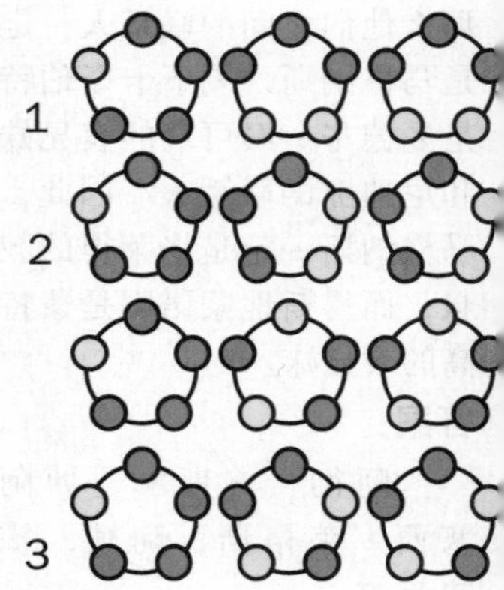

159...

最少应由 16 颗珠子组成，如图所示。

要用 n 种颜色组成一个圆圈，使该圆圈包含这些颜色中任意 2 种颜色的所有组合，那么这个圆圈最短的长度是 n^2。

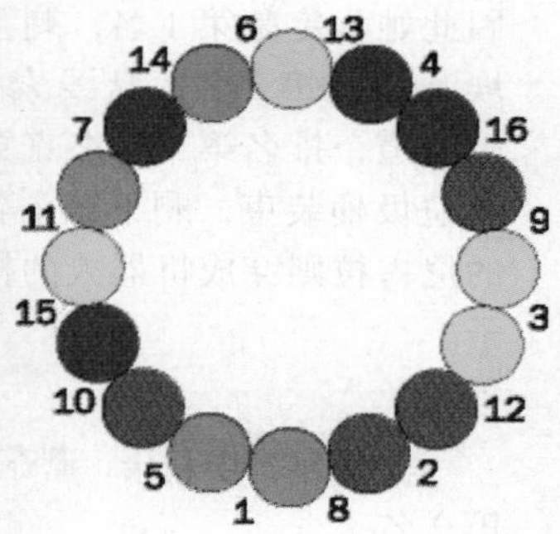

160...

游戏板上所有这些重物都放置在正多边形的顶点，如下图所示。其中还缺少5个重物，在图中用红色大圆圈表示。加上这5个重物可以保持整个游戏板的中轴平衡，因为所有的重物都是对称分布的。

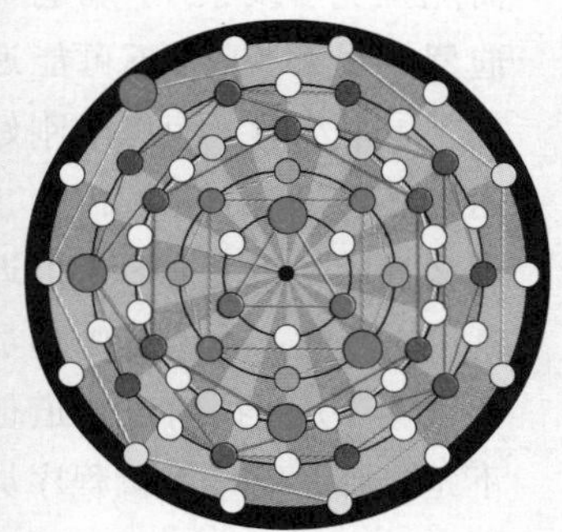

161...

你的体重将会变成原来的8倍。

如果所有测量长度的工具都变为原来的2倍，那么一个二维物体的面积将会增加到原来的4倍（2×2）。

同样，一个三维物体的体积将会变成原来的8倍（2×2×2），因此重量也会变成原来的8倍。

162...

这是一个经典的变换视觉主体图形的问题。有些二维的图形在解读它的三维效果时有多种方法。这个顶点处的正方形可以有3种方法来解读它，但是其中每一种印象都不会持续很久。

163...

164...

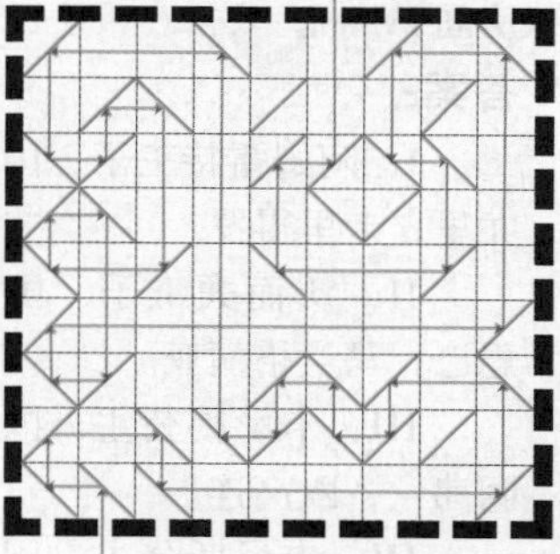

165...

如图所示：

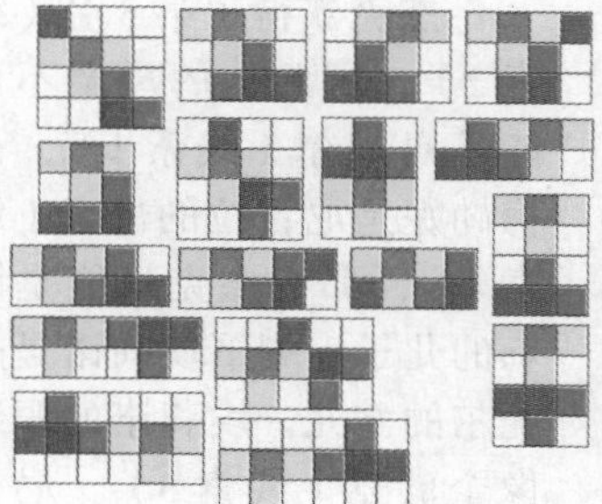

166...

A: 序号为 10

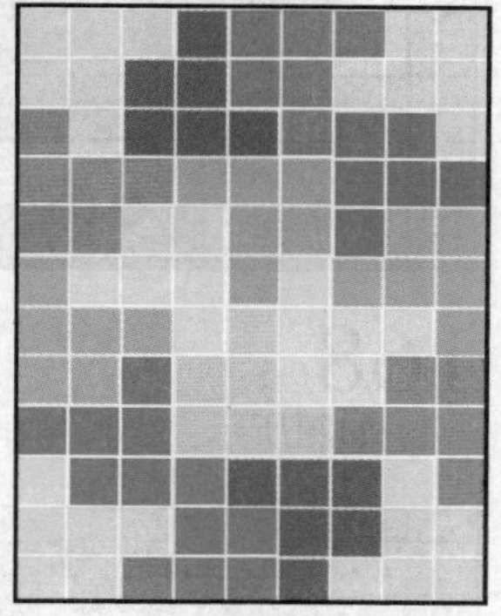

B: 序号为 18

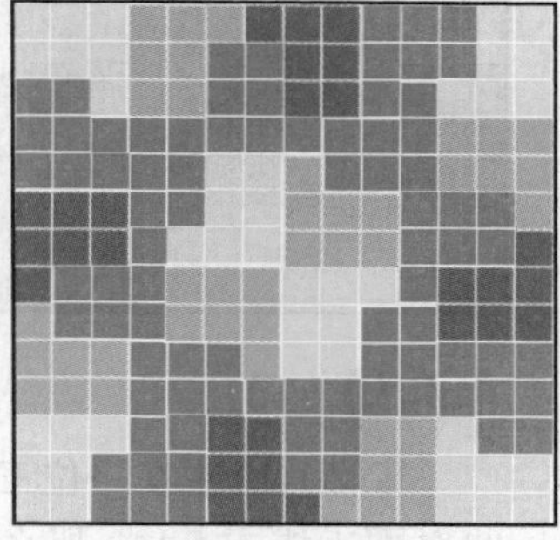

C: 序号为 28

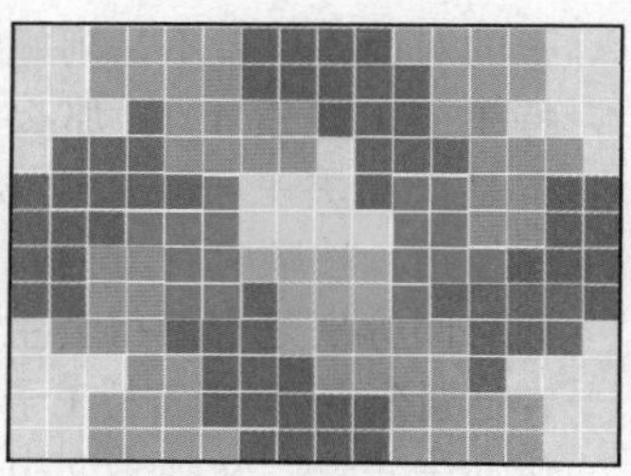

D: 序号为 24

167…

这12个五格拼板在棋盘上的摆放位置有很多种，最后总是会留下4个方格。无论这4个方格选在哪里，总是可以将这12个五格拼板放进去。如图所示为答案之一。

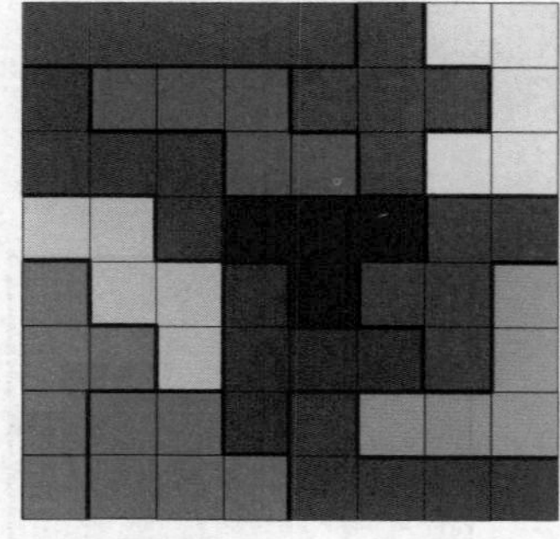

168…

如图所示：

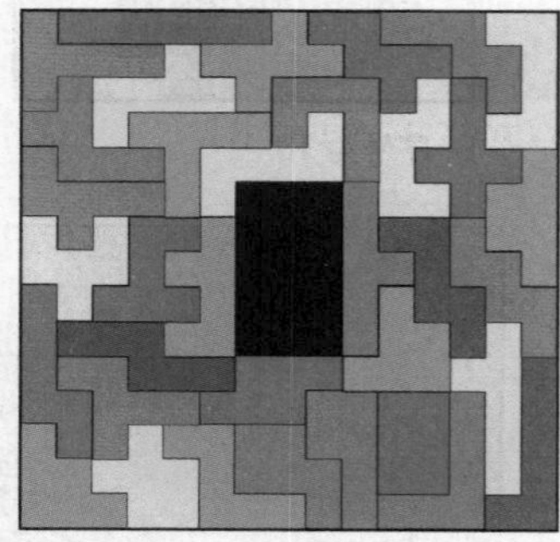

169…

卡萨得公主在一位王子的对面（线索5），那么吉尼斯公主一定在另外一位王子的对面，后者不是阿姆雷特王子（线索4），那么一定是沃而夫王子。从线索4中知道，按顺时针方向，他们房间分别是卡萨得公主、吉尼斯公主、阿姆雷特王子、沃而夫王子。从线索2中知道，吉尼斯公主的父亲是尤里天的统治者，而沃而夫王子的父亲则统治马兰格丽亚（线索4）。卡萨得公主的父亲不统治卡里得罗（线索5），那么他一定统治欧高连，通过排除法，阿姆雷特王子的父亲必定统治卡里得罗。从线索2中知道，卡萨得公主的父亲一定是阿弗兰国王，而吉尼斯公主的父亲统治尤里天，后者必定是国王西福利亚（线索3）。卡里得罗的阿姆雷特王子的父亲不是国王恩巴（线索5），那么必定是国王尤里，剩下国王恩巴是沃而夫王子的父亲。最后，从线索1中知道，阿姆雷特王子的房间是I，那么沃而夫王子则是II，卡萨得公主是III，而吉尼斯公主在房间IV中。

答案：

I，阿姆雷特王子，国王尤里，卡里得罗。

II，沃而夫王子，国王恩巴，马兰格丽亚。

III，卡萨得公主，国王阿弗兰，欧高连。

IV，吉尼斯公主，国王西福利亚，尤里天。

170…

杰克获得了第3名（线索2），因此他的母亲不可能是丹妮尔（线索1），而梅勒妮是尼古拉的母亲（线索4），那么杰克只能是谢莉的儿子，剩下埃莉诺是丹妮尔的女儿，埃莉诺的服装像个蘑菇（线索3）。尼古拉不是第2名（线索4），我们知道她也不是第3名，因此她肯定是第1名，剩下埃莉诺是第2名，从线索中知道，排名第3的杰克穿成垃圾桶装束，剩下第1名的尼古拉则穿成机器人的样子。

答案：

丹妮尔，埃莉诺，蘑菇，第2名。

梅勒妮，尼古拉，机器人，第1名。

谢莉，杰克，垃圾桶，第3名。

171…

赛得曼迟到了50分钟（线索2），从线索3中知道鲁宾不可能迟到了1个小时，而克拉克（线索4）和老师迪罗（线索5）均不可能迟到了1个小时，而思欧刚好迟到了半小时（线索7），那么只能是迈克尔·奇坡迟到了1小时。他不是邮递员（线索1），我们也知道他不是老师，而计算机程序员是兰格（线索6）。线索排除了迈克尔·奇坡是收费站工作人员的可能性，收费站工作人员不可能迟到了小时，因此，迈克尔·奇坡一定是砖匠。从线索4中知道，克拉克肯定是赛得曼，他迟到了50分钟。现在我们已经知道老师迪罗不是奇坡兰格和赛得曼，也不是斯朗博斯（线索5），那么他一定是耐品。我们知道，收费站工作人员不是兰格和奇坡，那么从线索3中知道，他的姓肯定是斯朗博斯。他不是鲁宾（线索3），则他一定是思欧，迟到了30分钟，剩下鲁宾就是兰格，计算机程序员，从线索3中可以知道，他迟到了40分钟。通过排除法，克拉克·赛得曼一定是邮递员，而老师迪罗·耐品，则是迟到了20分钟的人。

答案：

克拉克·赛得曼，邮递员，50分钟。

迪罗·耐品，教师，20分钟。

迈克尔·奇坡，砖匠，1小时。

鲁宾·兰格，计算机程序员，40分钟。

思欧·斯朗博斯，收费人员，30分钟。

172...

“伊诺根”是在下午5:00到达的，他或她不是因为汽车抛锚而迟到的（线索3），从线索1中知道，她或他不是错过早班车的肯·杨，也不是出演阿匹曼特斯的演员，因后者是称火车被取消而迟到的（线索1）。由于汽油用尽而迟到的那个演员是在早上9:00到的（线索2），那么“伊诺根”一定是因为交通阻塞迟到的。杰克·韦恩是在11:00到达的（线索4），那么肯·杨肯定是在下午1:00或3:00到达的，而扮演阿匹曼特斯的演员是在3:00或者5:00到的。我们知道，“伊诺根”是在下午5:00到达的，那么“阿匹曼特斯”肯定是在3:00到的，而肯·杨则是在下午1:00到的。通过排除法，发生汽车抛锚的人肯定是在11:00到的，他就是杰克·韦恩。现在我们可以把4人的名字或者扮演的角色和他们迟到的理由对上号了，因此，扮演“寂静者”的菲奥纳·托德迟到的理由肯定是汽油用光，他是在早上9:00到的。而“匹特西斯”不可能在11:00到达（线索6），那么一定是下午1:00到达的，所以，他就是肯·杨。通过排除法，杰克·韦恩肯定出演“李朝丽达”，而从线索5中知道，克利奥·史密斯不是“伊诺根”，因“伊诺根”是发生了交通阻塞，因此他肯定是“阿匹曼特斯”，是因为火车取消而迟到的人，最后，剩下“伊诺根”就是艾米·普丽思。

答案：

艾米·普丽思，伊诺根，下午5:00，交通阻塞。

克利奥·史密斯，阿匹曼特斯，下午3:00，火车取消。

菲奥纳·托德，寂静者，早上9:00，汽油用光。

杰克·韦恩，李朝丽达，上午11:00，汽车抛锚。

肯·杨，匹特西斯，下午1:00，错过班车。

173...

在皇家工程队的阿托肯军官出生于1977年（线索1），而在皇家炮兵队的大卫·阿托肯，他要比在奥尔德肖特的兄弟年轻（线索2），那么他一定是1978年出生的，而年纪最大的兄弟一定在步兵团，他不是詹姆士（线索3），因此他肯定是在伦敦的布赖恩（线索4）。现在，通过排除法知道，在工程队的一定是詹姆士。从线索2中知道，大卫不在奥尔德肖特，那么他一定在柯彻斯特，而他在皇家工程队的兄弟肯定在奥尔德肖特。

答案：

布赖恩，1976年，步兵团，伦敦。

大卫，1978年，炮兵队，柯彻斯特。

詹姆士，1977年，工程队，奥尔德肖特。

174...

SD间谍在6号房间（线索2），从线索5中知道，OSS间谍一定在5号房间，而SDECE间谍在3号房间，鲁宾在1号房间。2号房间的间谍不可能来自阿布威（线索3），也不来自M16，而间谍加西亚不在1号房间（线索1），那么他肯定是GRU的间谍。从线索4中知道，毛罗斯先生的房间是4号，罗布斯不可能在3号（线索1），也不可能在2号房间，因为加西亚不在4号房间，所以罗布斯也不可能在6号。罗布斯只能在5号房间，而加西亚在 3 号，M16 的间谍则在 4 号房间（线索 1）。6 号房间的 SD 间谍不是罗布斯（线索 2），则肯定是戴兹，剩下罗布斯一定是 2 号房间的 GRU 间谍，最后通过排除法，1 号房间的鲁宾是阿布威的间谍。

答案：

1 号房间，鲁宾，阿布威。

2 号房间，罗佩兹，GRU。

3 号房间，加西亚，SDECE。

4 号房间，毛罗斯，M16。

5 号房间，罗布斯，OSS。

6 号房间，戴兹，SD。

175...

6 岁的格雷琴不可能是 4 号（线索 1），而 3 号今年 7 岁（线索 4），1 号是个男孩（线索 3），因此，通过排除法，格雷琴肯定是 2 号。现在从线索 1 中知道，3 号是 7 岁的牧羊者。玛丽亚的父亲是药剂师（线索 5），不可能是 1 号（线索 3），那么只能是 4 号，从线索 5 中知道，她今年 5 岁，剩下 1 号男孩 8 岁。所以 1 号不是汉斯（线索 2），则一定是约翰纳，剩下汉斯是 7 岁的牧羊者。从线索 3 中知道，格雷琴的父亲不是屠夫，那么只能是伐木工，最后知道约翰纳是屠夫的儿子。

答案：

1 号，约翰纳，8 岁，屠夫。

2 号，格雷琴，6 岁，伐木工。

3 号，汉斯，7 岁，牧羊者。

4 号，玛丽亚，5 岁，药剂师。

176...

“小约西亚”是 1873 年歌剧中的主要人物（线索 6），而以所罗林长官为主要人物的《伦敦塔卫兵》（线索 1）和包含人物“格温多林”的作品要比《将军》迟写，在 1870 年写的《康沃尔的海盗》和马里亚纳无关（线索 5），它的主人公肯定是“马库斯”，首次上演是在伦敦（线索 3）。《法庭官司》要比首次在利物浦上演的小歌剧晚 3 年写（线索 2），因此不可能是在 1873 年或 1879 年写的。布里斯托尔是 1879 年写的小歌剧公演的城市（线索 2），而《法庭官司》不是在 1882 年写的，那么肯定是 1885 年写的，而在利物浦首次上演的小歌剧写在 1882 年。《忍耐》的首次上演在伯明翰（线索 4），它不可能在 1879 或者 1882 年写，那么一定是 1873 年写的，主人公是“小约西亚”的歌剧。主人公是“格温多林”的歌剧不是《将军》（线索 1），那么一定是 1885 年写的《法庭官司》，而通过排除法，《将军》中的主人公一定是马里亚纳。从线索 1 中知道，它就是 1879 写的首次在布里斯托尔公演的歌剧。通过排除法知道，写在 1882 年的首次在利物浦上演的歌剧肯定是《伦敦塔卫兵》，主人公是所罗林长官，剩下曼彻斯特是《法庭官司》首演的城市。

答案：

1870 年，《康沃尔的海盗》，伦敦，马库斯先生。

1873 年，《忍耐》，伯明翰，小约西亚。

1879 年，《将军》，布里斯托尔，马里亚纳。

1882 年，《伦敦塔卫兵》，利物浦，所罗林长官。

1885 年，《法庭官司》，曼彻斯特，格温多林。

177...

赢 6 场的球队只平了 1 场（线索 6）。平了 5 场的球队赢的场数不是 1 场和 2 场（线索 2），也不是 5 场（线索 4），因此只能是 4 场，所以它就是格雷队（线索 5），它只输了 1 场（线索 2）。输了 2 场的球队平的场数是 3 或者 4 场，赢了 5 场的球队平的场数是 1 或者 2 场（线索 4）。赢了 6 场的球队只平了 1 场，那么赢了 5 场的球队肯定平了 2 场，而输了 2 场的队必定平了 4 场，后者赢的场数不是 1 场（线索 3），那么它肯定赢了 2 场。通过排除法，踢平 3 场的白球队（线索 5）只赢了 1 场，它输的场数不是 3 场（线索 3），则必定输了 6 场。布赛姆队赢的不是 2 场（线索 1），因此打平的不可能是4场，而它们打平的场次要比汉丁汤队多（线索1），所以不会是平了1场，因此肯定是平了2场，赢了5场。而汉丁汤队平了1场（线索1），输了5场(线索1),赢了6场。通过排除法，赢了2场的是思高·菲尔得队，而布赛姆队则平了2场，输了3场。

答案：

布赛姆队，胜5平2负3。

格雷队，胜4平5负1。

汉丁汤队，胜6平1负5。

思高·菲尔德队，胜2平4负2。

白球队，胜1平3负6。

178...

图片A指的是雅各布（线索2），图片D指的是丘吉曼（线索4）。赫伯特的图片与“男人” 麦克隆水平相邻，前者不可能是图片C上的人，而图片C上的也不是西尔维斯特（线索1），那么图片C上的一定是马修斯。我们知道西尔维斯特不是图片A、C和D上的人，那么肯定就是图片B上的人。通过排除法，赫伯特一定是图片D上的人。从线索1中知道，图片C上的一定是马修斯，他就是“男人”麦克隆。通过排除法知道，雅各布的姓就是沃尔夫。因此，从线索3中可以知道，“小马”就是西尔维斯特· 加夹得，他是图片B上的人。D上的赫伯特·丘吉曼不是“强盗”，那么他的绰号一定是“里欧”，而“强盗”就是图片A上雅各布·沃尔夫的绰号。

答案：

图片A，雅各布·沃尔夫，“强盗”。

图片B，西尔维斯特·加夹得，“小马”。

图片C，马修斯·麦克隆，“男人”。

图片D，赫伯特·丘吉曼，“里欧”。

179...

戒指1是马特·佩恩给的（线索2），戒指3价值20000英镑，那么紧靠雷伊给的戒指右边的那个价值10000英镑的戒指一定是戒指4。从线索1中知道，从雷伊那得到的钻戒一定是戒指3，价值20000英镑。戒指1价值不是25000英镑（线索1），那么它肯定值15000英镑。通过排除法知道，戒指2肯定价值25000英镑。而戒指1上的不是翡翠（线索3），也不是红宝石（线索2），那么一定是蓝宝石。红宝石戒指价值不是10000英镑（线索2），那么一定是价值25000英镑的戒指2。剩下价值10000英镑的戒指4是翡翠戒指，它不是休·基恩给的（线索3），那么一定是艾伦·杜克给的，剩下休·基恩给了洛蒂价值25000英镑的红宝石戒指。

答案：

戒指1，蓝宝石，15000英镑，马特·佩恩。

戒指2，红宝石，25000英镑，休·基恩。

戒指3，钻石，20000英镑，雷伊·廷代尔。

戒指4，翡翠，10000英镑，艾伦·杜克。

180...

坐在A排13号位置的（线索6）不可能是彼特和亨利（线索1），也不是罗伯特（线索4）。朱蒂不可能是13号（线索5），那么这条线索也排除了A排13号是查尔斯和文森特的可能。通过排除法，在A排13号的只能是托尼，安吉拉也在A排（线索1），除此之外，A排另外还有一位女性（线索3），她不是尼娜，因尼娜坐在B排的12号座（线索2），也不是珍妮特和莉迪亚（线索7），线索5排除了朱蒂，通过排除法只能是玛克辛在前排座位。她不可能是10或11号（线索4），我们已经知道她不是13号，那么肯定是12号。因此罗伯特是A排10号（线索4），剩下安吉拉是11号。现在从线索1中知道，彼特是B排11号。B排还有一位男性（线索3）。他不是亨利，亨利在C排（线索1），而线索5排除了文森特在B排10号和13号的可能，10号和13号还未知。我们知道托尼和罗伯特在A排，那么通过排除法，在B排的只能是查尔斯，但他不是13号（线索5），因此他肯定是10号。从线索5中知道，朱蒂一定在C排10号，而她丈夫文森特是11号。从线索1和7中知道，亨利是C排的12号，而莉迪亚是那一排的13号，最后剩下B排13号上的是珍妮特。

答案：

A排：10，罗伯特；11，安吉拉；12，玛克辛；13，托尼。

B排：10，查尔斯；11，彼特；12，尼娜；13，珍妮特。

C排：10，朱蒂；11，文森特；12，亨利；13，莉迪亚。

181…

14年陈的威士忌得了92分，名字中含有“格伦”两个字（线索3），因此布兰克布恩，即伊斯雷岛麦芽酿成的、得分大于90分的（线索4）一定是96分。肯泰地区的威士忌得了83分（线索6），而8年陈的来自苏格兰高地的威士忌得分不是79（线索1），则一定是85分。因沃那奇的威士忌是10年陈的（线索2），因此苏格兰低地的威士忌不是14年陈的（线索5），得分不是92分，那么必定是79分。我们现在已经知道苏格兰低地的酒不是8年也不是10年陈的（线索5），因为8年陈的得分是85分，它也不是12年陈的（线索5），14年陈的威士忌得了92分，那么苏格兰低地的酒一定是16年陈。得分96的伊斯雷岛麦芽酿成的威士忌一定是12年陈的（线索5）。通过排除法，肯泰地区得83分的酒就是10年陈的因沃那奇。同样再次通过排除法，斯培斯的酒肯定得了92分。而它就是名字中有“格伦”的，但它不是格伦冒（线索2），因此它只能是格伦奥特。斯吉夫威士忌不是来自苏格兰高地（线索1）的酒，那么来自苏格兰高地的肯定就是8年陈的格伦冒，剩下斯吉夫威士忌来自苏格兰低地，得分是79分。

答案：

8年，格伦冒，苏格兰高地，85分。

10年，因沃那奇，肯泰，83分。

12年，布兰克布恩，伊斯雷岛，96分。

14年，格伦奥特，斯培斯，92分。

16年，斯吉夫，苏格兰低地，79分。

182…

4个问题的答案分别如图所示。也有其他解法。

横框两边的力矩 = 重量 × 它到支点的距离。例如在问题1中，横框右边的力矩为：

蓝色小球：5×4=20

红色小球：2×2=4

绿色小球：3×1=3

因此右边的总力矩是27。而左边有（2×5）+（1×4）+（3×3）+（4×1）+（1×0）= 10 + 4 + 9 + 4 + 0 = 27，与右边相等，由此使这个结构平衡。

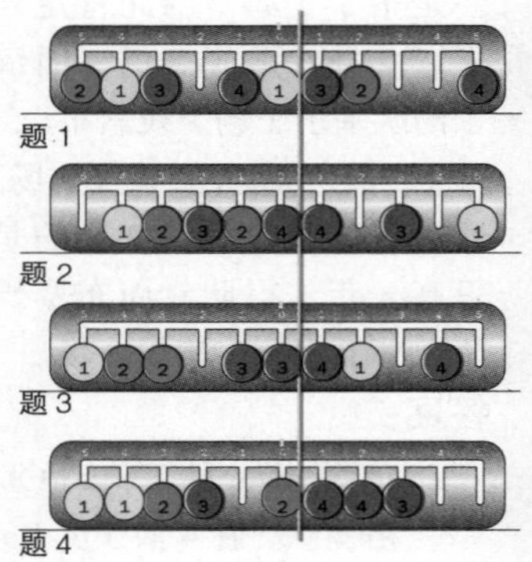

183…

在第10代时一共有2^{10}=1024级楼梯。

无论将原正方形怎样分割，楼梯的长度都是不变的，即等于原来正方形边长的2倍，即2个单位的边长。

另一方面，随着分割的不断进行，这个“楼梯”最终看上去将会近似于一条斜线，那么根据勾股定理，这条斜线，即正方体的对角线的长度应该等于 $1^2+1^2=2$。

看上去我们好像自相矛盾了（2≠2），不是吗？

事实上，尽管这些小的梯级最后看上去趋近于一条对角线，但实际上并不是这样的。

虽然梯级变得越来越小，但是不论多小，它还是存在的，只不过用肉眼看不到罢了。不管梯级最后有多小，楼梯的长度总是等于2倍的边长。

184...

MASTERMIND

你可以从书页的下面向上看。

185...

186...

满足条件的排序一共有4种，下图是其中的1种。

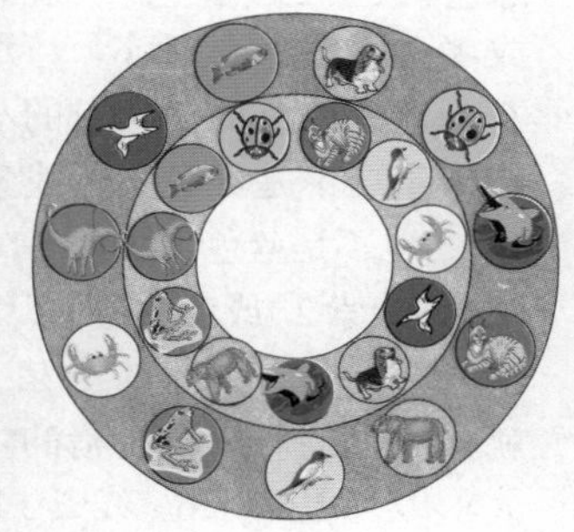

187...

可以，吸烟的人能看到经过2面镜墙反射出来的火柴光。

在19世纪50年代，厄斯特·斯托斯提出一个难题：是否存在一间如此复杂的房间，你在里面某处划着了一根火柴，却因为光的反射无法到达而使得有部分空间依然湮没在一片漆黑中？这个问题直到1995年才有了答案，加拿大艾伯塔大学的乔治·托卡斯凯回答了这个问题：存在这样一种房间，其目前可知面积最小的房间平面图有24条边。只要火柴光所在的位置恰当，就会至少有另一个相对点处在黑暗中，如图所示（图中的红点）。乔治·托卡斯凯把它叫做最小不可照明的房间。

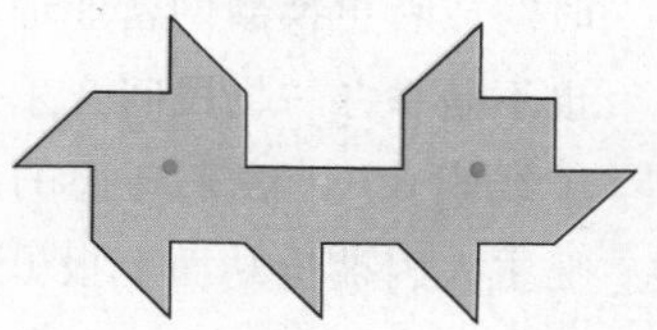

在托卡斯凯房间里有一个特定的划火柴的点，使得火柴划亮之后房间有一部分处在黑暗中，但如果你把火柴稍微移动一点，整个房间就又变亮了。

没有答案的问题依然存在：是否存在一间如此复杂的房间，你无论在里面什么地方划火柴，房间里都会有暗点？

188...

声音的传播跟光一样，也遵循反射定律。

如图所示，当两根管子跟墙所成的角度分别相等时，

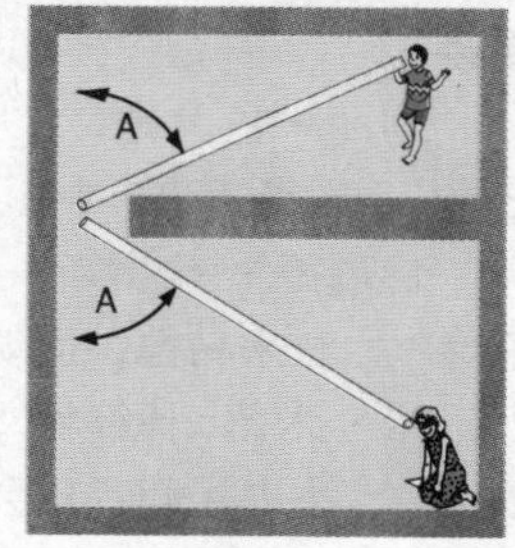

两个孩子就能够听到对方讲话。声波反射到墙面上，然后再通过墙反射进管子。

189...

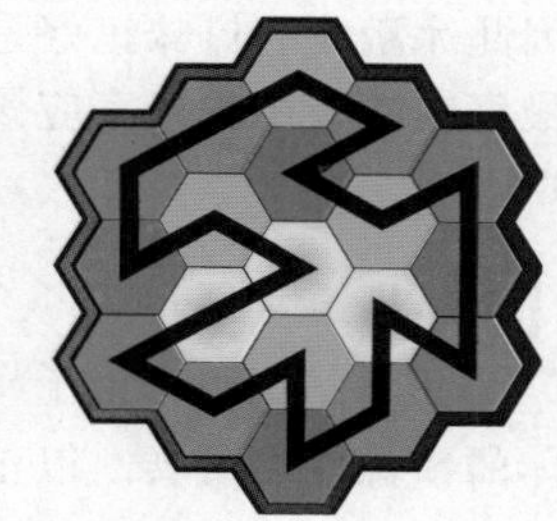

190...

奇数乘以奇数结果为奇数，一个奇数的任何次幂还是奇数，因此所有的首项都是奇数。图中的画除了第2幅以外其余结果都是偶数。

191...

最终图形的高度会接近原来图形的2倍，但是却永远不可能达到它的2倍，不论这个数列如何继续下去：

1+ 1/2+ 1/4+1/8 +···

计算“塔”的高度也与此类似。

192...

最小的板应该是4×6的板，如图所示，箭头所示为立方体滚动的路线。

193…

一共有3种口味需要排序，因此应该是3的阶乘，也就是一共有6种排序方法，因此冰激凌的口味正好是你最喜欢的顺序的概率应该是1/6。

194…

正常情况下，镜子将物体的镜像左右翻转。以正确角度接合的两面镜子则不会这样。

转角镜中右面的镜子显示的没有左右变化，男孩在镜子中看到的自己和日常生活中别人看到的他是一样的。

这种成像结果是由于左手反转以及前后反转同时作用。

195…

男孩看到的自己是右边凸起。

196…

来·米德的酒吧是“棒棒糖”（线索2），罗赛·保特的酒吧位于博肯浩尔（线索4），而佛瑞德·格雷斯的酒吧名与动物有关（线索6），位于欧斯道克的“皇后之首”的经营者不是刚更换了新酒吧经营许可证的泰德·塞尔维兹（线索5），因此它的经营者只能是彻丽·白兰地。我们知道“格林·曼”酒吧被允许延长营业时间，它的经营者不是来·米德，也非泰德·塞尔维兹和彻丽·白兰地，也不是佛瑞德·格雷斯（线索1），那么它肯定是罗赛·保特，位于博肯浩尔。我们知道彻丽·白兰地上报纸不是关于延长营业时间或者更换新的营业证，也不是举办一场民间音乐会（线索6），法来乌德的酒吧主人因被抢劫而上报（线索6），因此欧斯道克的彻丽·白兰地一定是因为中了彩票而上报的。法来乌德的新闻排除了3个名字，因图中展示的是他（我们已经知道了那位女性的酒吧）在吧台的照片（线索3），他不可能是来·米德，他的照片是在啤酒花园拍的（线索3），那么他一定是佛瑞德·格雷斯，通过排除法，来·米德一定是因为举办一场民间音乐会而上报的。他的酒吧不位于蓝普乌克（线索2），那么一定在摩歇尔，通过排除法，泰德·塞尔维兹一定经营位于蓝普乌克的酒吧，但不是“独角兽”（线索2），那么一定是“里程碑”，剩下“独角兽”是佛瑞德·格雷斯经营的位于法来乌德的酒吧。

答案：

彻丽·白兰地，“皇后之首”，欧斯道克，中彩票。

佛瑞德·格雷斯，“独角兽”，法来乌德，遭劫。

来·米德，棒棒糖，“摩歇尔”，举办民间音乐会。

罗赛·保特，“格林·曼”，博肯浩尔，延长营业时间。

泰德·塞尔维兹，“里程碑”，蓝普乌克，更换新证。

197…

12岁的小孩不可能是大卫（线索1）、卡米拉（线索3）、本和卡蒂（线索5），那么一定是杰茜卡，8岁小孩的小猪不是蓝色的（线索1），也不是绿色（线索2）、黄色（线索4）或者白色（线索5）的，那么一定是红色的。小猪E不是蓝色（线索1）、绿色（线索2）、黄色（线索4）或者红色的（线索6），那么一定是白色的。大卫的小猪储蓄罐不是红色的（线索1），也不是蓝色（线索1）、绿色（线索2）或者黄色的（线索4），那么白色的小猪E就是大卫的。红色小猪的主人8岁，不是卡米拉（线索3），或者本（线索5），那肯定是卡蒂，那么本今年9岁，而白色小猪的主人大卫今年10岁（线索5），通过排除法知道，卡米拉今年11岁。杰茜卡的小猪不是蓝色（线索1），或者黄色的（线索4），那么一定是绿色的小猪D（线索2），而C一定是黄色的（线索4），A不是卡蒂的红色小猪（线索3），那么只能是蓝色的，而红色的只能是小猪B。因此A是卡米拉的（线索3），而通过排除法知道，C是本的小猪。

答案：

位置A，蓝色，卡米拉，

11。

位置B，红色，卡蒂，8。

位置C，黄色，本，9。

位置D，绿色，杰茜卡，12。

位置E，白色，大卫，10。

198...

保罗·翰德是以斯帖的搭档（线索4），因此玛蒂娜的搭档就是理查德，所以后者的花色就是红桃（线索2）。从线索1中知道，拉夫坐北边的位置，手握钻石花色。我们知道保罗·翰德的花色不是钻石和红桃，而在西边位置的人手握黑桃（线索3），那么保罗的一定是梅花，因此他不坐在南边（线索5）。我们知道他不在北边，也不在西边（线索3），那么只能在东边，而以斯帖则在西边，手握黑桃（线索3和4）。通过排除法，理查德不在北边，那么一定在南边，而拉夫在北边的位置上，那么他就是玛蒂娜。以斯帖不姓田娜思（线索3），那一定姓启克，剩下田娜思的名字就是理查德。

答案：

北，玛蒂娜·拉夫，钻石。

东，保罗·翰德，梅花。

南，理查德·田娜思，红桃。

西，以斯帖·启克，黑桃。

199...

位置3的山是第3高峰（线索5），线索2排除了格美特是位置4的山峰，格美特被称为庄稼之神，而山峰1是森林之神（线索3）。山峰2是飞弗特尔（线索4），通过排除法，格美特是位置3的高峰。通过线索2知道，第4高峰肯定是位置1的山峰。辛格凯特不是位置4的山峰（线索6），通过排除法，它一定是山峰1，剩下山峰4是普立特佩尔。它不是第2高峰（线索4），那么它肯定是最高的。因此它就是被人们当做火神来崇拜的那座（线索1）。最后通过排除法，飞弗特尔是第2高峰，而它是人们心中的河神。

答案：

山峰1，辛格凯特，第4，森林之神。

山峰2，飞弗特尔，第2，河神。

山峰3，格美特，第3，庄稼之神。

山峰4，普立特佩尔，最高，火神。

200...

姓巴克赫斯特的人不在欧的海和布赖特布朗工作（线索1），沃尔顿在罗克利弗工作（线索3），那么姓巴克赫斯特的人一定在海湾工作，但他的名字不是菲奥纳（线索1），菲奥纳也不在欧的海和布赖特布朗工作（线索1），那么她一定在罗克利弗工作，她姓沃尔顿。护士凯不在海湾工作（线索2），在欧的海阵营工作的是个演艺人员（线索1），那么凯一定在布赖特布朗，凯的姓不是郝乐微（线索2），我们知道她不是在海湾工作的巴克赫斯特，那么她只能是阿米丽。厨师不是保罗和菲奥纳·沃尔顿（线索3），那么只能是本。在欧的海阵营工作的演艺人员不是菲奥纳·沃尔顿，那么一定是保罗，而菲奥纳·沃尔顿则是阵营管理者。通过排除法，厨师本姓巴克赫斯特，保罗姓郝乐微。

答案：

本·巴克赫斯特，厨师，海湾。

菲奥纳·沃尔顿，管理者，罗克利弗。

凯·阿米丽，护士，布赖特布朗。

保罗·郝乐微，演艺人员，欧的海。

201...

詹金斯小姐现居新西兰（线索2），现居美国的小姐是FBI成员（线索4），那么由于电视台播音员麦哈尼小姐不在冰岛（线索5），则其一定住在沙特阿拉伯。坎贝尔不是美国FBI成员（线索4），那么FBI成员一定是罗宾孙小姐，剩下坎贝尔的名字就是佐伊。而罗宾孙小姐的名字不是乔（线索3），她现在是FBI成员，她不是飞行员安娜（线索1），那么她的名字一定是路易斯。

而麦哈尼是电视台播音员，她的名字也不是安娜，那么她就是乔，飞行员安娜就是现居新西兰的詹金斯小姐（线索 2）。最后通过排除法，佐伊·坎贝尔就是现居冰岛的助产士。

答案：

安娜·詹金斯，新西兰，飞行员。

乔·麦哈尼，沙特阿拉伯，电视台播音员。

路易斯·罗宾孙，美国，FBI 成员。

佐伊·坎贝尔，冰岛，助产士。

202…

瓦利在 5 号只留了一瓶牛奶（线索 4），从线索 2 中知道，1 号收到的是 2 或者 3 瓶，而劳来斯本来应该收到的是 3 或者 4 瓶（线索 2）。那天布雷特一家期望得到 4 瓶（线索 1），劳莱斯本来应该收到 3 瓶，而 1 号当天收到了 2 瓶（线索 2）。那么收到了 3 瓶的克孜太太（线索 3）应该住在 3 号或 7 号，汀斯戴尔一家也应该住在 3 号或 7 号（线索 3）。克孜订的不止 1 瓶（线索 3），我们知道她的也不是 3 或者 4 瓶，那么肯定是 2 瓶，因此她住在 7 号（线索 5），汀斯戴尔一家住在 3 号，从线索 3 中知道，他们订了 1 瓶牛奶，通过排除法，那天他们收到的是 4 瓶牛奶。从线索 2 中知道，瓦利在劳莱斯家放的不是 2 瓶，因此他们不住在 1 号，那么肯定住在 5 号，那天收到了 1 瓶。剩下布雷特一家住在 1 号，本来订了 4 瓶实际上只收到了 2 瓶。

答案：

1 号，布雷特，定购 4 瓶，收到 2 瓶。

3 号，汀斯戴尔，定购 1 瓶，收到 4 瓶。

5 号，劳莱斯，定购 3 瓶，收到 1 瓶。

7 号，克孜，定购 2 瓶，收到 3 瓶。

203…

哈里滚球了（线索 3），而史蒂夫不是 LBW（线索 2），那么他一定是犯规的，剩下克里斯是 LBW。得了 7 分的不是哈里（线索 3），也非史蒂夫（线索 1），那么一定是克里斯。史蒂夫得分不是 2 分（线索 2），那么一定是 4 分，而哈里是 2 分。史蒂夫不是 3 号（线索 4），也非 1 号（线索 2），那他一定是 2 号。哈里不是 1 号（线索 3），则肯定是 3 号，剩下 1 号就是克里斯。

答案：

1 号，克里斯，LBW，7 分。

2 号，史蒂夫，犯规，4 分。

3 号，哈里，滚球，2 分。

204…

1910 年出生的舅舅的爱好不是制作挂毯（线索 1），他也不是工程师，因为工程师的爱好是钓鱼（线索 3），那么他肯定爱好诗歌。而他退休之前不是教师（线索 2），那么只能是士兵，剩下前教师的爱好是制作挂毯。从线索 1 中知道，1916 年不是伯纳德出生的年份，而线索 3 也排除了安布罗斯，那么 1916 年出生的只能是克莱门特。前教师出生的年份不是 1913 年（线索 2），那么他一定是 1916 年出生的克莱门特，剩下前工程师是 1913 年出生的。从线索 3 中知道，安布罗斯是 1910 年出生的，他退休前是士兵，剩下前工程师就是伯纳德。

答案：

安布罗斯，1910 年，士兵，诗歌。

伯纳德，1913 年，工程师，钓鱼。

克莱门特，1916 年，教师，制作挂毯。

205…

12 号的家庭焚烧垃圾（线索 2），格林先生拜访和调查了 18 号（线索 4），而 16 号不是毛里阿提家开修理铺的房子（线索 1），也不是音乐放的太响的那家（线索 3），那么一定是养凶猛的狗的那家。而哈什先生拜访的卡波斯一家一定是 12 号（线索 5）。从线索 3 中知道，多尔先生调查的不是 14 号，那么他一定去了 16 号处理狗的问题，把音乐放太大声的肯定是14号。通过排除法，毛里阿提家的修车房一定是在18号，是格林先生去处理的。而斯特恩先生肯定去处理14号家庭音量太大的问题。14号不是席克斯家庭（线索3），那么一定是霍克一家，剩下席克斯是16号家庭，因养了凶猛的狗而引起公愤。

答案：

12号，卡波斯，焚烧垃圾，哈什。

14号，霍克，音量大，斯特恩。

16号，席克斯，恶狗，多尔。

18号，毛里阿提，修车，格林。

206...

从线索7中知道，F车不可能载有44，45，47，49和52个旅客，那么它一定载46个人，而从同一条线索中知道，A车载有45个旅客，E车有49个。A不是阿帕克斯开的（线索1），也不是贝尔（线索2）、墨丘利（线索4）和RVT（线索5）开的，因为没有载42个人的车，因此也不可能是肖开的（线索6），那么一定是克朗。A不是黄色的（线索1），因为没有载43人的车（线索2和7），因此也非绿色，也不是红色（线索3）或者乳白色的（线索5），那么A一定是橘黄色的。从线索7中知道，B车载有52个旅客，它不是绿色的，而D不是载47人，那么一定是44人。剩下汽车C载有47人。因此D是红色的，而澳大利亚游客在车E中（线索3）。我们知道B不是绿色的，也不是黄色的（线索1），或者乳白色的（线索5），那么一定是蓝色的，而C是属于贝尔的（线索2）。车F载有46个游客，不是肖的（线索6），也不是RVT（线索5）和阿帕克斯的（线索1），那么一定是墨丘利的。从线索4中知道，红色车内的游客来自日本，现在从线索5中知道，乳白色的车不是E和F，那么肯定是C，蓝色的车是属于RVT的，橘黄色的车载了来自意大利的游客。阿帕克斯的汽车一定是D（线索1），那么乳白色的C车上游客肯定来自芬兰，而黄的那辆就是E。通过排除法，绿色那辆就是F。RVT的蓝色B车载的游客不是来自俄罗斯（线索2），那么一定来自美国，俄罗斯游客在墨丘利的F车中。另外，黄色的E车则是属于肖的。

答案：

A车，克朗，橘黄色，意大利，45人。

B车，RVT，蓝色，美国，52人。

C车，贝尔，乳白色，芬兰，47人。

D车，阿帕克斯，红色，日本，44人。

E车，肖，黄色，澳大利亚，49人。

F车，墨丘利，绿色，俄罗斯，46人。

207...

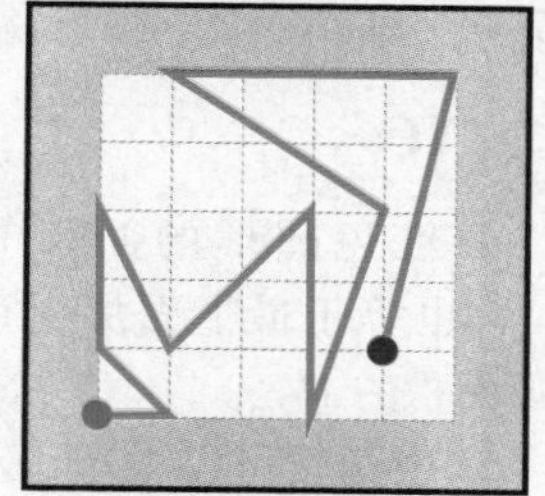

n=5,10步

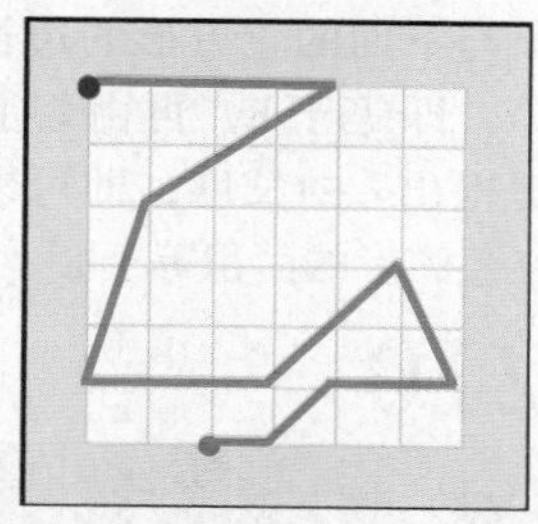

n=6,9步

208...

不管你如何选择这10个数，总是可以从中找出两组数字之和相等。

在这10个数里选择一个数一共有10种方法，选择一组两个数有（10×9）÷（2×1）种方法，选择3个数有（10×9×8）÷（3×2×1）种方法，一直到选择9个数有（10×9×8×7×6×5×4×3×2）÷（9×8×7×6×5×4×3×2×1）= 10种方法。加起来一共是1012种方法。

一组数之和最小的可能是1，最大的可能是945（一组里面包含10个数，从90到99）。

也就是说，选择数字一共有1012种方法，各组的和只有944种可能。

因此，如果从小于100

的整数中任意选出10个数，总是可以从中找出两组，使其数字和相等。

209...

红色图形的面积等于a^2，也等于最下面那个正方形面积的1/4。

由圆弧可以得知，上面大正方形里面的正方形的边长与下面的正方形的边长相等，即等于b，再由勾股定理得出c的长度，即可求得红色图形的面积等于a^2。

210...

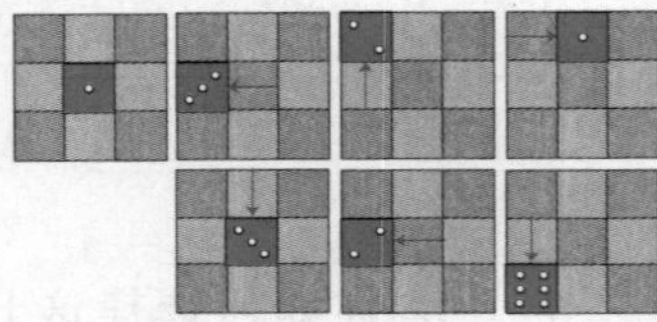

211...

从起点开始滚动色子，你可以使它最后在任何格子里以任何数字朝上。

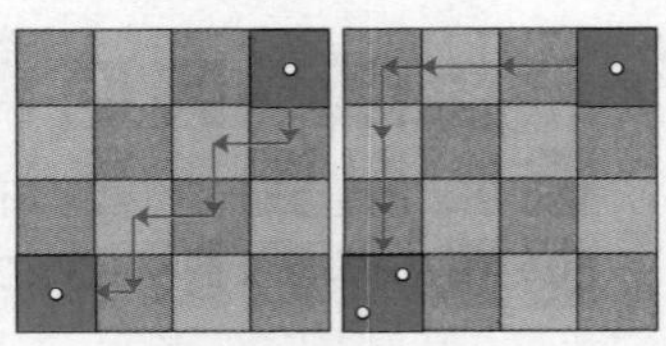

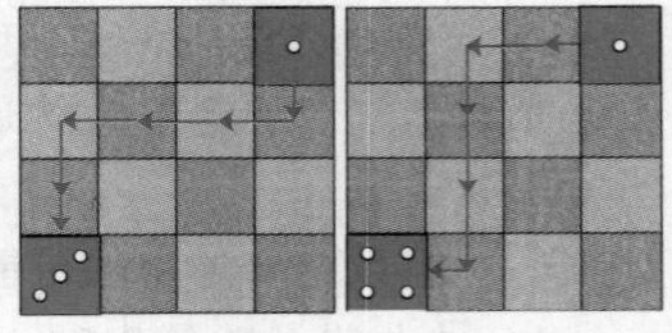

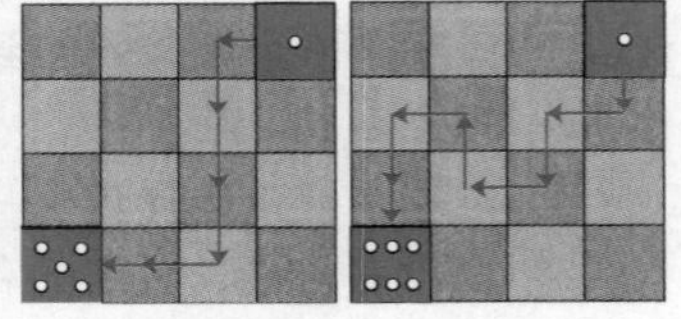

212...

这个模型展示的是间歇虹吸原理。

将这个模型倒过来，水首先会慢慢地流到中间的空厢，直到水位到达弯管的顶部，这时马上就会出现虹吸现象，迅速将中间空厢里的水抽干。这个过程将会不断重复，直到上面空厢里的水被完全抽干。

为什么会出现这样的现象呢?

虹吸管长的一端的水的重量要大，引起水从上面的空厢流出，直到上面的空厢被抽空。

虹吸现象之所以发生，最根本的一点是出水口要比入水口低。

很多世纪以前虹吸现象就被工程师所熟知，它被广泛运用在多个领域。最典型的一个例子是文艺复兴时期建造的自动喷泉。它是一个包含多个管子和虹吸管的复杂装置，这个自动喷泉上有机器鸟，每隔一段时间就会自动唱歌，还会扇动翅膀，这些靠的都是水的动力。之后一个更有名的运用就是厕所的冲水马桶。

对于虹吸管的研究是属于流体动力学领域的，流体动力学是流体力学的一个分支。

如果把这个模型再次倒过来，虹吸现象就会再次出现。

213...

将奎茨奈颜色棒分开，再组成长度为n的方法有2^{n-1}种。

想象一根长度为10的奎茨奈颜色棒在每隔1个单位长度的地方做有标记。在每一个间隔处，你有两种选择：你可以在此处将颜色棒折断，或是保持原样。

在一根这样的颜色棒上有9处标记，可供你选择折断，或是保持原样。因此排列长度为10的颜色棒一共有2^9种方法。

2x2x2x2x2x2x2x2x2=512

214...

如图所示：

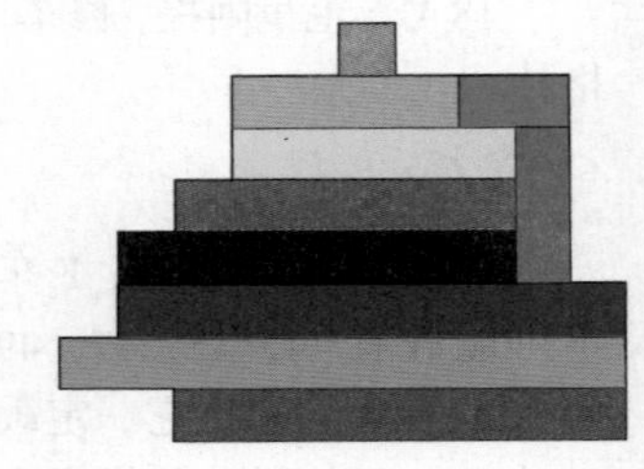

215...

对于一些简单的等差级数，其等差在 1 阶就可以得到，但是对于高阶等差级数，在找出等差之前需要进行多阶分析。

下面是两道题的详解：

题 1: 20　28　40　56　76　　　　0 阶
　　　8　12　16　20　　　　　　1 阶
　　　　4　4　4　　　　　　　　2 阶

4+16+56 =76 即问号处需要填上的数。

题 2: 8　26　56　100　160　238　336　0 阶
　　18　30　44　60　78　98　　1 阶
　　　12　14　16　18　20　　　2 阶
　　　　2　2　2　2　　　　　　3 阶

2+18+78+238=336 即问号处需要填上的数。

在这个过程中，我们会发现高阶等差级数并不是在每一阶等差都相同，因此我们需要多阶分析才能找到最后的等差。

有些级数之间不是等差，而是等比，也就是每次都乘以一个固定的数，这种级数叫做等比级数。级数中后一个数与前一个数的比值就是这列数的等比。

举一个例子：

2　6　18　54

6 ÷ 2=3　18 ÷ 6=3　54 ÷ 18=3

因此这个数列的下一个数就应该是 54 × 3=162。

216...

在 10 × 14 长方形中对角线穿过了 23 个小正方形。

关于被对角线穿过的正方形的个数，我们是否可以总结出这样一个公式：被对角线穿过的正方形的个数等于长方形两个边上小正方形的个数和减去 1？

这个公式适用于所有的长方形吗？

试一下 6×9 这个长方形。

我们得到 9 + 6 − 1=14，但是对角线穿过的正方形的个数只有 12 个。显然，我们的公式也不适用于对角线穿过正方形的角的情况。

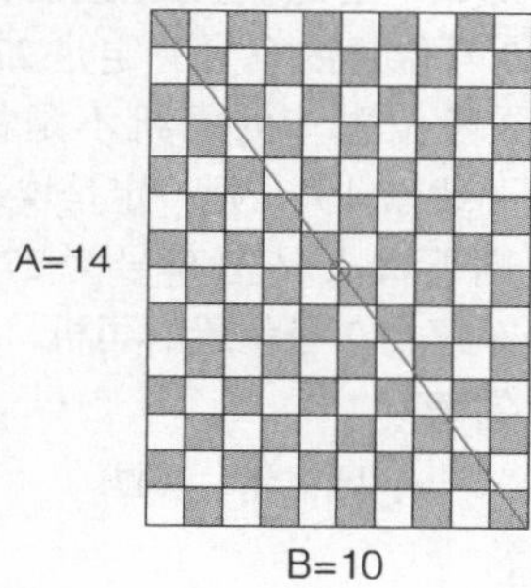

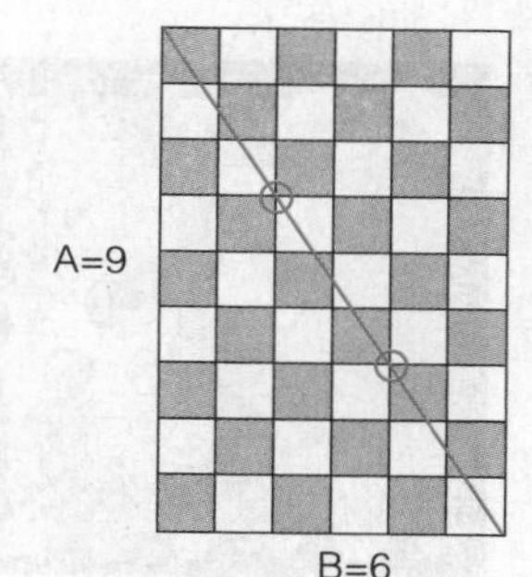

217...

我们必须记住的是水压所产生的巨大力量是同距离有很大关系的。

因此，大活塞每活动 1 个单位距离，小活塞就要活动 7 个单位距离。

加在小汽缸上的压力应该是 7 牛。

218...

219...

如果只要求每一行、列有 4 种不同的颜色，那么以下这个简单的图案会符合要求：

220...

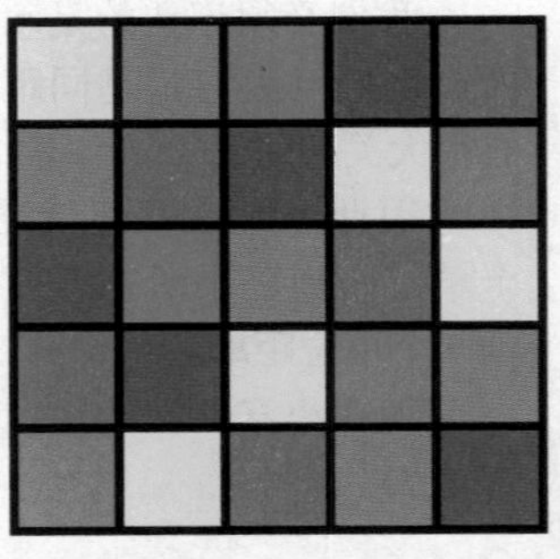

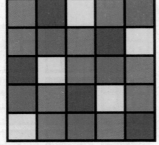

221...

解法之一，如下图所示。

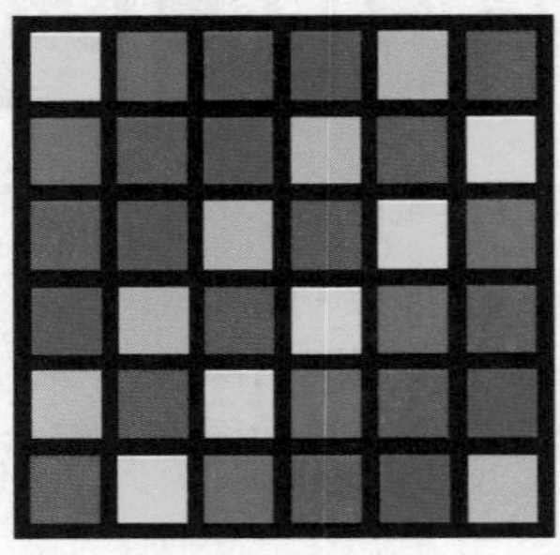

222...

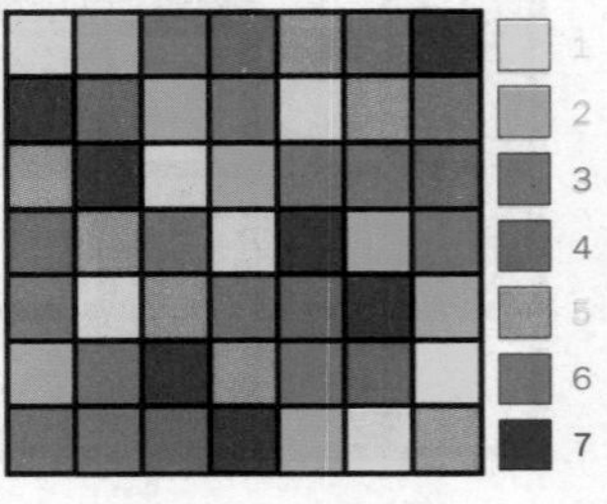

223...

"There is no substitute for hard work."

没有任何东西可以代替刻苦工作。

——托马斯·爱迪生

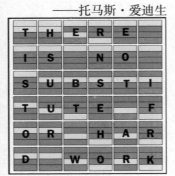

224...

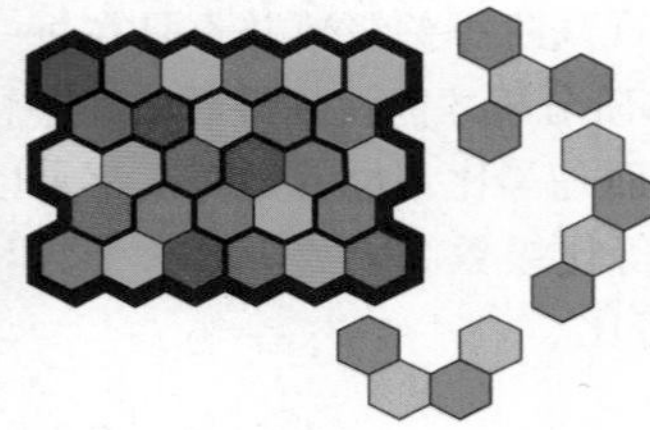

225...

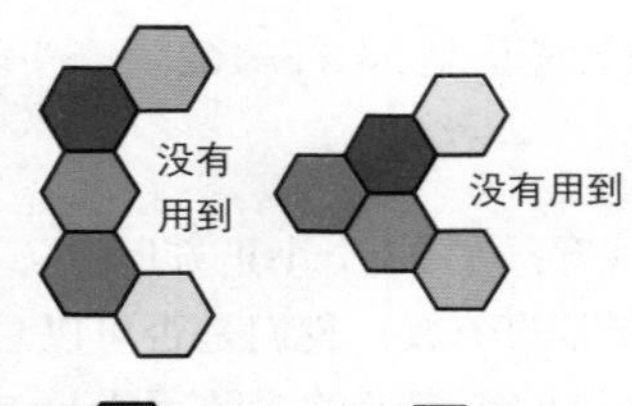

226...

如图所示：

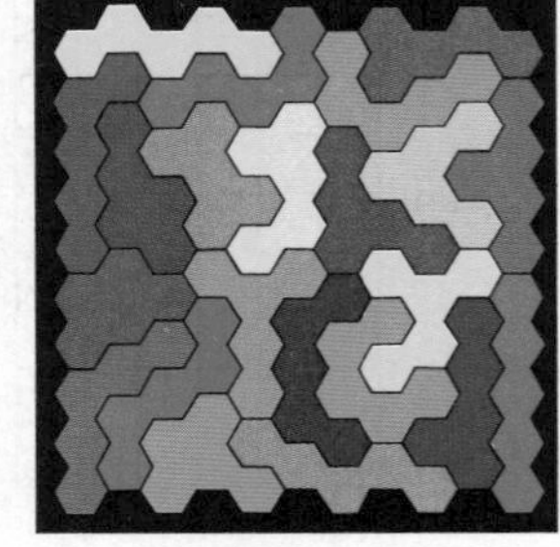

227...

从线索 1 知道，雷停靠的巴士牌号要比 324 号大。7 号的车牌不是 324（线索 2），雷停靠的也不是 5 号位置的车牌号为 340 的巴士（线索 5）。特里的车号是 361，那么雷的就是 397。它不在 6 或者 7 号位置（线索 1）。赖斯把车停靠在 4 号位置（线索 7），5 号的车牌是 340，这就排除了雷的车是 3 号的可能性（线索 1）。因 3 号车的车牌号要比邻近的车牌号都大（线索 4），雷的车也不可能是 2 号（线索 1），那么雷的车一定在 1 号位置。从线索 1 中知道，324 一定在 3 号位置。从线索 4 中知道，2 和 4 号位置的车牌都是 2 开头的。因此可以从线索 2 中知道，7 号的车牌是 361，是特里停靠的（线索 3）。2 号位置的车牌不是 286（线索 2），6 号的也不是 286（线索 5），通过排除法，286 一定是 4 号的车牌，是赖斯停靠的。线索 6 告诉我们车牌号为 253 的不在 2 号位置，那么它一定在 6 号。因此肯停靠的车在 5 号位置（线索 6）。罗宾的车不在 2 或者 3 号（线索 8），那么一定是 6 号。通过排除法，2 号位置的车号一定是 279。3 号位置车的司机不是戴夫（线索 4），则一定是埃迪，剩下戴夫是把车号为 279 的车停在 2 号位置的司机。

答案：

1 号，雷，397。

2号，戴夫，279。

3号，埃迪，324。

4号，赖斯，286。

5号，肯，340。

6号，罗宾，253。

7号，特里，361。

228...

某位女性的生日是8月4号（线索2），她不是内奥米（线索4）或者波利。巴兹尔的生日是个偶数日（线索7），安妮的生日是8月2日（线索5），因此，通过排除法，8月4日一定是威尔玛的生日。我们知道巴兹尔的生日不是2号或者4号，通过线索7知道，她的生日一定是7月28日或者7月30日，因此波利的生日是7月29日或者31日。斯图尔特·沃特斯的生日在8月份（线索7），但是克雷布的生日是8月1日（线索6），我们知道斯图尔特不是2号或者4号，那么一定是3号。出生在7月28号的不是查尔斯（线索1）、安格斯（线索3）、内奥米（线索4）或者波利（线索7），也不是安妮、斯图尔特和威尔玛，那么一定是巴兹尔。这样，从线索7中知道，波利的生日是7月29日。安格斯不是7月31日出生的（线索3），内奥米也不是，因为她的生日是在斯盖尔斯之前的（线索4），通过排除法，7月31日一定是查尔斯的生日。这样，从线索1中知道，巴兹尔姓菲什。因为阿彻是男的（线索4），那么线索4也排除了内奥米的生日是7月30日的可能，那么一定是8月1日，剩下7月30日是安格斯的生日。线索4现在可以告诉我们，安妮姓斯盖尔斯，查尔斯姓阿彻。从线索3中知道，布尔的名字是波利，出生在7月29日。安格斯不是拉姆（线索6），那么一定姓基德，剩下拉姆是威尔玛的姓。

答案：

7月28日，巴兹尔·菲什。

7月29日，波利·布尔。

7月30日，安格斯·基德。

7月31日，查尔斯·阿彻。

8月1日，内奥米·克雷布。

8月2日，安妮·斯盖尔斯。

8月3日，斯图尔特·沃特斯。

8月4日，威尔玛·拉姆。

229...

欧洲奎斯特公司在伯明翰（线索4），普雷斯顿的济慈路是他曾经的住址（线索6），他曾经为戴特公司工作时，他住在香农街，而当时不在格拉斯哥和福尔柯克（线索5），则一定在加的夫。1991年他去了福尔柯克（线索2），那么从线索3中知道，马太克不是1985年他住在金斯利大道时工作的公司（线索1），也不是查普曼·戴尔公司（线索1），那么一定是阿斯拜克特公司。通过排除法，它一定在格拉斯哥。当他为欧洲奎斯特公司工作时，他不住麦诺路（线索4），那么一定在地恩·克罗兹，剩下麦诺路是他1991年去福尔柯克住的地方。从线索3中知道，地恩·克罗兹不是1987年和1997年的地址，那么一定是1994年的住址。同样从线索3中知道，他1991年去的是马太克，在1997年时去了加的夫的香农街（线索3）。通过排除法，他在为查普曼·戴尔公司工作时住在普雷斯顿的济慈路，他是在1988年过去的。

答案：

1985年，阿斯拜克特，格拉斯哥，金斯利大道。

1988年，查普曼·戴尔，普雷斯顿，济慈路。

1991年，马太克，福尔柯克，麦诺路。

1994年，欧洲奎斯特，伯明翰，地恩·克罗兹。

1997年，戴特，加的夫，香农街。

230...

从日记中得到证据的罗伯特·威尔的剧本不是《第戎的两位女士》、《特兰西瓦尼亚王子》（线索3），也不是《国王科尔》，因《国王科尔》是和托马斯·巴德合作的（线索4），而《麦克白归来》是莎士比亚手稿中的残页（线索6），那么罗伯特·威尔的剧本一定是《暴风雪》。《特兰西瓦尼亚王子》是1610年写的（线索5），而以标题页出名的作品不是1608年写的，亚当·乌德史密斯的作品不是1606年写的（线索2），后者是从信中为大家所知的（线索 1）。1606 年的作品不是和格丽波特·骇克合作的（线索 1），也不是同托马斯·巴德合作的（线索 4），那么一定是和约瑟夫·斯格威尼亚合作的。我们知道它不是《暴风雪》、《特兰西瓦尼亚王子》、《国王科尔》和《麦克白归来》，那么一定是《第戎的两位女士》。托马斯的《国王科尔》不是因海报而出名的（线索 4），也不是因残页出名，则一定是以它的标题页为大家所知，剩下海报是 1610 作品的证据，它是《特兰西瓦尼亚王子》。从线索 2 中知道，《国王科尔》是 1612 年写的，从同条线索中知道，亚当·乌德史密斯一定是在 1610 年写的《特兰西蛙尼亚王子》，而从日记中浮出水面的《暴风雪》是 1614 年写的。通过排除法，手稿中的残页《麦克白归来》是 1608 年写的，它是和格丽波特·骇克合作的。

答案：

1606 年，《第戎的两位女士》，约瑟夫·斯格威尼亚，信。

1608 年，《麦克白归来》，格丽波特·骇克，手稿残页。

1610 年，《特兰西尼王子》，亚当·乌德史密斯，海报。

1612 年，《国王科尔》，托马斯·巴德，标题页。

1614 年，《暴风雪》，罗伯特·威尔，日记。

231...

蓝色的盒子里有 58 个东西（线索 2），绿色盒子有螺丝钉（线索 3），43 个钉子不在灰色的盒子里（线索 1），那么一定在红色的盒子。我们知道绿盒的东西不是 43 或 58 个，而线索 3 也排除了 65 个，那么在绿盒里一定是 39 个螺丝钉。通过排除法，灰色盒子的东西肯定是 65 个，它们不是洗涤器（线索 3），那么一定是地毯缝针，灰色盒子就是 C 盒（线索 4），剩下蓝色的盒子有 58 个洗涤器。绿盒不是 D 盒（线索 3），因它有 2 个相邻的盒子，那么知道它就是 B 盒，而有洗涤器的盒子就是 A 盒（线索 3），剩下红色的盒子就是 D 盒。

答案：

A 盒，蓝色，58 个洗涤器。

B 盒，绿色，39 个螺丝钉。

C 盒，灰色，65 个地毯缝针。

D 盒，红色，43 个钉子。

232...

到别尔·斯决住所的距离是 20 英里（线索 4）。距离有 25 英里的丹得宫不是别尔·里格林的（线索 3），在考克斯可布住的是别尔·笑特（线索 2），那么丹得宫一定是别尔·温蒂后的房子。我们知道别尔·斯决的住所不是丹得宫或者考克斯可布，也不是斯沃克屋（线索 4）。那么只能是福卜利会馆。剩下别尔·里格林是斯沃克屋的主人。但它不是房子 4（线索 4），而福卜利会馆也不是房子 4（线索 1），丹得宫也不是（线索 3），那么考克斯可布一定是房子 4。从线索 1 和 3 中知道，丹得宫是房子 2，福卜利会馆是房子 1，剩下别尔·里格林的沃克屋是房子 3。从相同线索中知道，别尔·来格斯从福卜利会馆到丹得宫骑了 25 英里，接着又骑了 22 英里去了斯沃克屋。我们知道，最短的行程是 20 英里到别尔·斯决的房子，那么最长的距离就是到考克斯可布的 28 英里。

答案：

房子 1，20 英里到福卜利会馆，别尔·斯决。

房子 2，25 英里到丹得宫，别尔·温蒂后。

房子 3，22 英里到斯沃克屋，别尔·里格林。

房子 4，28 英里到考克斯可布，别尔·笑特。

233...

B 机器是穿红白相间的浴袍的女士用的（线索 5），线索 4 排除了 D 是尤菲米娅·坡斯拜尔用的，因为兰顿斯罗朴小姐用了机器 C（线索 2），尤菲米娅的机器可能是 A 或者 B。而拉福尼亚的是 B 或者 C（线索 4），因此她也不用机器 D。我们知道兰顿斯罗朴用了机器 C，那么贝莎不可能是机器 D（线索 1）。因此，通过排除法，维多利亚肯定用了机器 D。所以她的姓不可能是马歇班克斯(线索1)，我们知道她的姓也不是坡斯拜尔或者兰顿斯罗朴，那么一定是卡斯太尔，而她的浴袍肯定是绿白相间的（线索3）。因此尤菲米娅不可能用了机器 B（线索4），那么一定是在 A 上，剩下机器B是马歇班克斯用的。因此，从线索1中可以知道，贝莎就是兰顿斯罗朴小姐，她用了机器 C，装束是黄白相间的，通过排除法，尤菲米娅·兰斯拜尔是穿了蓝白相间浴袍的人。

答案：

机器 A，尤菲米娅·坡斯拜尔，蓝白相间。

机器 B，拉福尼亚·马歇班克斯，红白相间。

机器 C，贝莎·兰顿斯罗朴，黄白相间。

机器 D，维多利亚·卡斯太尔，绿白相间。

234...

数目是 500 头的牛群要去往贝克市（线索6），去斯伯林博格要花3星期，而数目为 200 头的牛群到达目的地要花5星期（线索4），后者不去圣奥兰多（线索1）及查维丽（线索4），则一定是去科里福斯，因此，他的老板就是瑞德·布莱德(线索3)。里格·布尔有300头的牛群(线索2)，因此，斯坦·彼定的牛群则有 400 头，行程4星期。而去往圣奥兰多的牛群数要大于 400 头，但不是 500 头（线索6），则一定是 600 头。我们知道，后者的行程不是3、4或者5星期，也不是2星期（线索2），则一定是6星期。里格·布尔的 300 头牛群队伍行程不是6或者2星期（线索2），那么一定是3星期，目的地是斯伯林博格。通过排除法，数目为 400 头的牛群一定是去往查维丽的。朗·霍恩带队的牛群行程不是2星期（线索2），那么他的牛群数目肯定为 600 头，行程6星期。最后，波·维恩的牛群不是 400 头（线索3），那么一定是去往贝克市数目为 500 头的牛群。通过排除法，行程是2星期。剩下斯坦·彼定的牛群数目为 400 头，目的地是查维丽。

答案：

瑞德·布莱德，科里福斯，200 头，5 星期。

里格·布尔，斯伯林博格，300 头，3 星期。

朗·霍恩，圣奥兰多，600 头，6 星期。

斯坦·彼定，查维丽，400 头，4 星期。

波·维恩，贝克市，500 头，2 星期。

235...

铁门在城堡的南方（线索4），A 门为第二护卫队守卫（线索2），而剑门是在第四护卫队守卫的门的逆时针方向的下一扇门（线索1），它不是 D 门，而 D 门也不是钻石门（线索3），那么一定是鹰门，它不是由哈尔茨和第一护卫队负责的（线索5），也不是由第二护卫队负责的，线索3排除了第四护卫队，那么 D 门一定是由第三护卫队看守的。因此，从线索3中知道，第四护卫队看守钻石门。我们知道钻石门不是 C 和 D，而护卫队号也排除了 A 门，因此它就是 B 门。从线索1中知道，A 门就是剑门。通过排除法，哈尔茨长官和第一护卫队负责的一定是铁门。克恩不掌管第一护卫队，因此苏尔不掌管第二护卫队（线索6），也不是由弗尔掌管的（线索1），那么一定是克恩掌管了第二护卫队。苏尔是第三护卫队的长官，负责鹰门，即 D 门（线索6），剩下弗尔掌管第四护卫队，负责 B 门，即钻石门。

答案：

A 门，剑门，克恩，第二护卫队。

B 门，钻石门，弗尔，第四护卫队。

C 门，铁门，哈尔茨，第一护卫队。

D 门，鹰门，苏尔，第三护卫队。

236...

在 9!(9 的阶乘) 也就是 362880 种不同的排列方法中，一共有 84 种方法符合要求，如图所示是其中的2种。

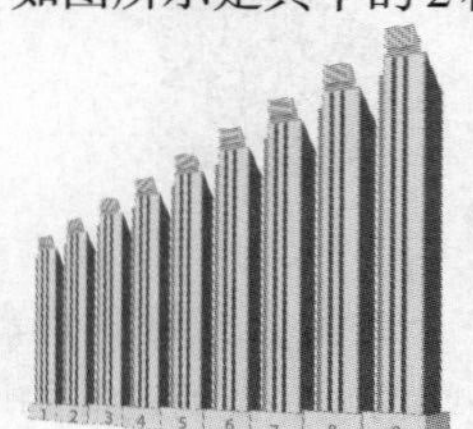

237…

这是一个深度交替变换的视错觉图。一会儿你看到其中一只在这个图像的上方飞，一会儿你又看到另一只在上方飞，如此重复交替。

238…

把1个正方形分割成6个相似的等腰直角三角形有27种方法：

239…

每3个圆的3条公共弦都有1个交点，一共有3个这样的交点，这3点连成线可以组成1个三角形。

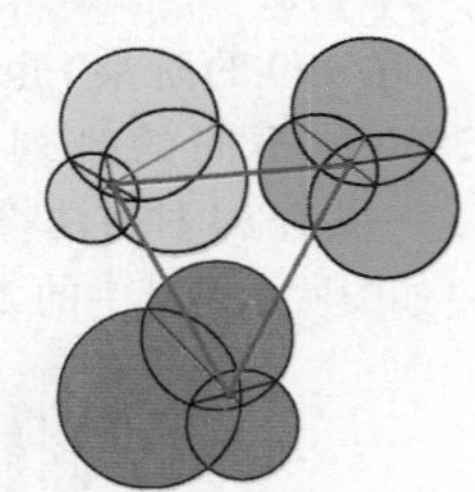

240…

链条会开始向空盘的这一端滑动，直到这端的“臂”要比另外一端更长，从而使这端更重。

链条虹吸管也是类似于虹吸管原理。

当然，这种装置不会有真空，或是气压等条件。这个模型只是展示了滑轮臂的不同长度。

241…

32547891 × 6 =195287346

242…

59天。在最先只有1朵睡莲的情况下，第二天应该有2朵睡莲。

243…

这个类似红色圆圈的图形根本就不是一个标准的圆，下图中红色细线标出来的才是一个标准的圆。

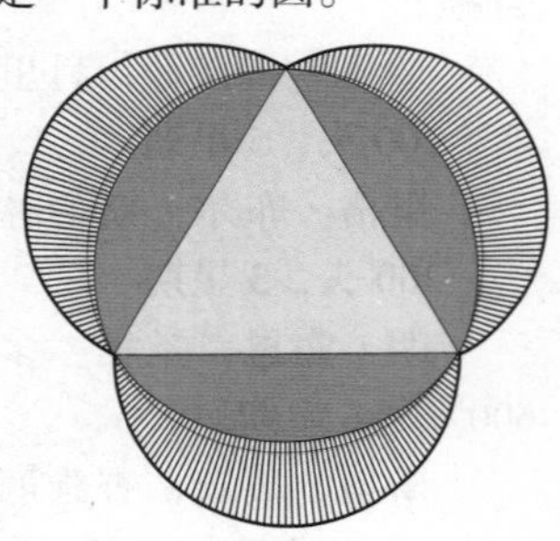

244…

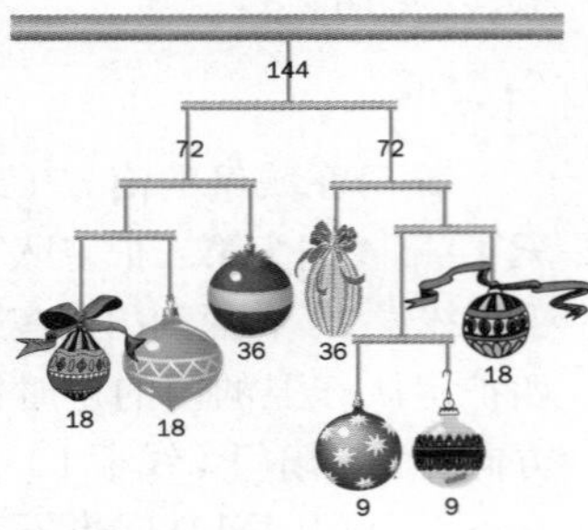

245…

橙色的圆的半径是黄色圆半径的一半，那么根据圆的面积公式，橙色的圆的面积应该是黄色的圆的1/4；而图中一共有两个橙色的圆，那么两个橙色的圆的面积应该是黄色的圆的面积的一半。其他的圆可以同理得到。

假设黄色的圆的面积为1个单位面积，那么其他颜色的圆的面积为：

橙色的圆为1/2个单位面积；

红色的圆为1/4个单位面积；

绿色的圆为1/8个单位面积；

紫色的圆为1/16个单位面积；

黑色的圆为1/32个单位面积。

246…

密码是CREATIVITY。

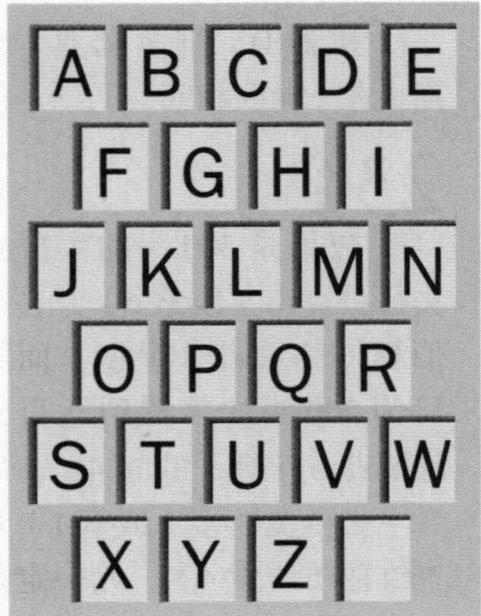

247...

如下图所示。

248...

很容易证明雪花曲线的面积是有限的。不论怎么发展，这条曲线的面积都不会超过原三角形的外接圆的范围。这条曲线所围住的面积的极限是原三角形面积的8/5。

现在我们来讨论这条曲线的周长。设原三角形的边长是1，则它的周长就是3。那么，第一次变化之后所得到的多边形的周长是原三角形的周长再加上3段长度为原三角形1/3边长的线段，即这个多边形的周长是原三角形的4/3倍。因此，每一次变化之后，图形的周长为变化前的4/3。当然这种变化是无限的，因此图形的周长也是无穷大的。

雪花曲线以及类似的曲线揭示了一个非常重要的原理，即复杂的图形可以由一些非常简单的图形通过重复变形得到，这些图形被称为碎形。雪花曲线是由冯·科赫于1904年发现的。

249...

下图是德扎格结构，在这个结构中共有10个交点(10条线中每3条线相交)。

另外有3个交点可以忽略不计，因为经过它们的只有2条线。

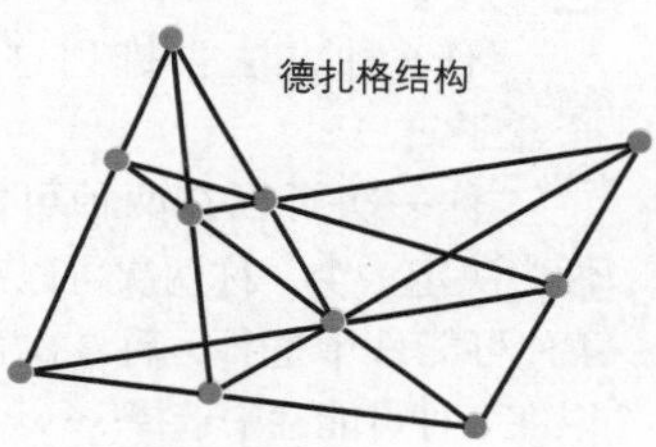

250...

可以把每2个力相加，按顺序算出它们的合力，直到得到最后的作用力，或者把它们按照下面所示加起来。

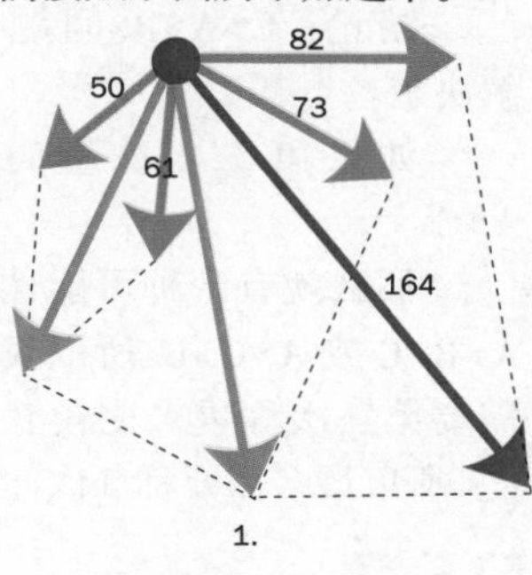

1.

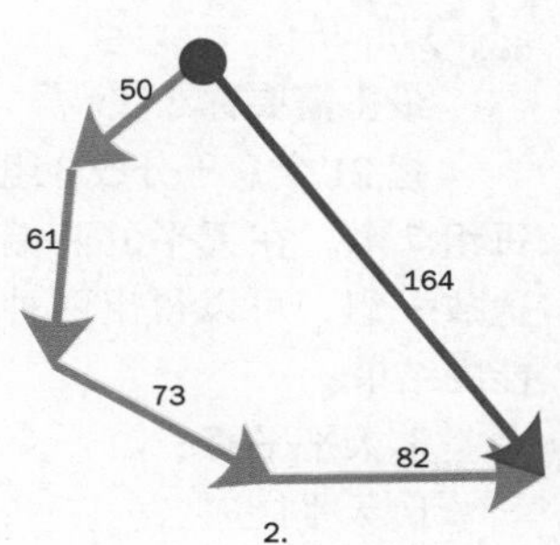

2.

251...

所得到的图案如下图所示。

252...

问1：

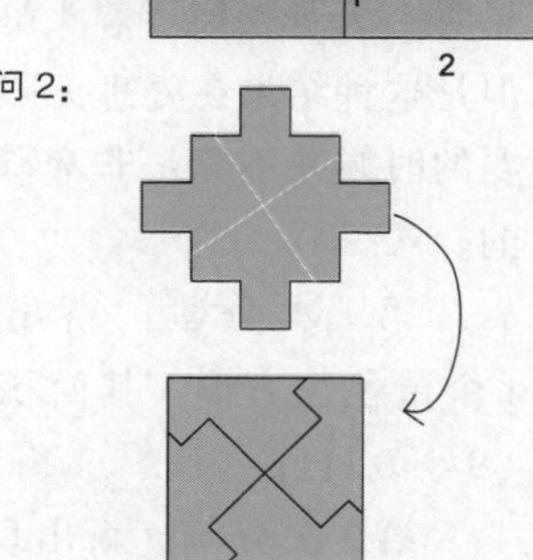

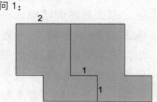

问2：

253...

一共有204个正方形，这个结果是由下面这个式子得到的：

$$8^2+7^2+6^2+5^2+4^2+3^2+2^2+1^2=204$$

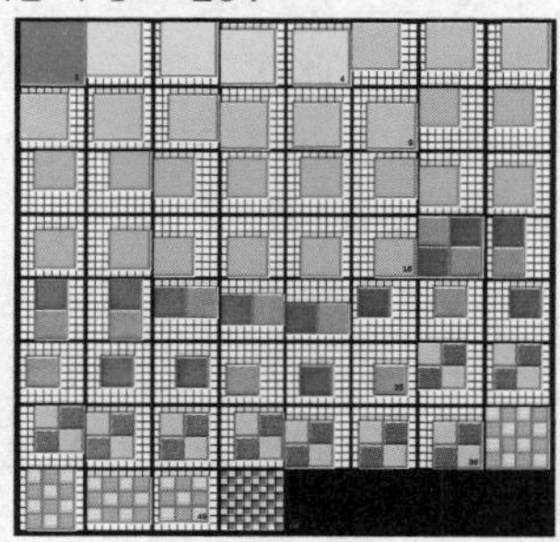

边长包含 n 个单位正方形的大正方形里所含的正方形数等于从 1 到 n 的整数的平方和。

254...

开普勒当然是正确的，但是这幅图里面的椭圆并不是真正的椭圆。在它中部其实是两条平行的直线，但是在其他射线的干扰下，整个图形看上去像一个椭圆。

255...

如果不断重复这个过程，那么最终的结果就是黄色部分的面积将会一直增加，直到它的面积最后等于原来正方形的面积。这个结果听上去令人摸不着头脑，但是这种结果在处理无限问题的时候并不算是非常特殊的。

第 1 次分割：新出现 1 个黄色正方形，其面积为 $1/9 \approx 0.111$；

第 2 次分割：新出现 8 个黄色正方形，其面积分别为 $(1/9)^2$。因此此次分割后黄色部分的总面积为 $8 \times (1/9)^2 + 0.111 \approx 0.209$

第 3 次分割：新出现 8^2 个黄色正方形，其面积分别为 $(1/9)^3$，此次分割后黄色部分的总面积等于 $8^2 \times (1/9)^3 + 0.209 \approx 0.297$

第 4 次分割：新出现 8^3 个黄色正方形，其面积分别为 $(1/9)^4$，此次分割后黄色部分的总面积等于 $8^3 \times (1/9)^4 + 0.297 \approx 0.375$

这个图形变得逐渐清晰。黄色部分的总面积是一个无限的数，它等于：

$$1/9 + 8 \times (1/9)^2 + 8^2 \times (1/9)^3 + 8^3 \times (1/9)^4 + \cdots$$

如果我们根据这个式子算到第 25 次分割，黄色部分的面积总和就已经约为 0.947，这个数字与原正方形的面积 1 已经非常接近了。

256...

有 6 种方法去排列这 3 个盒子。

称一次可以在两种可能性中决定一个，称两次可以在 4 种可能性中选择，称 3 次可以在 8 种可能性中选择……

一般来说，“n” 次称重将最多决定 2^n 种可能性。

在我们的题目中：

称重一次：A>B

称重两次：A<C

结论：C>A>B，问题就解决了。

如果第二步称重时：A>C

那么就有两种可能性：A>B>C 或 A>C>B，所以我们需要第三次称重来比较 B 和 C。所以最多需要称 3 次。

257...

最多需要称 3 次。

把 21 个盒子分成 3 组，每组 7 个。在天平的两端每边放一组，可以得出两种可能的结果：

a. 天平平衡；

b. 天平倾斜。

如果天平平衡，那么那个较重的盒子就在没有被称的那一组里。如果天平倾斜了，显然那个较重的盒子在天平倾斜的那边。把重的那组分为两组，每组 3 个盒子，剩下一个盒子，把这两组分别放在天平的两端。

又一次，有两种可能的结果：

a. 天平平衡；

b. 天平倾斜。

如果天平平衡，那么那个剩出的盒子就是那个比较重的盒子，我们就不需要再称了。否则，我们就需要再称一次，在天平两端每边放一个盒子，剩下一个盒子。

258...

13 号拍卖物是 1804 年出版的书（线索 5），而 5 号不是 1860 年的《大卫·科波菲尔》（线索 1），也非 1832 年的版本，也不是 1780 年出版的，因后者的拍卖号要比《伦敦历史》大（线索 3），那么 5 号一定是 1910 年出版的有作者签名的书（线索 2）。它不是带有注释的《多顿公园》（线索 6），也不是 21 号《哲学演说》（线索 1），那么《多顿公园》的奇数拍卖号一定是 13 号，因此它是 1804 年出版的。《哲学演说》不是 1910 年和 1780 年出版的（线索 2），则一定是 1832 年出版的。1780 年出版的不是《伦敦历史》（线索 2），那么一定是《马敦随笔》，剩下《伦敦历史》

是1910年出版的。《马敦随笔》不是16号（线索3），那么一定是8号，剩下1860年的《大卫·科波菲尔》是16号。因此，1780年的书肯定是第一版（线索4）。最后，曾经是著名珍藏之书的不是《大卫·科波菲尔》（线索1），那么《大卫·科波菲尔》一定是稀有之物，剩下来自珍藏的是1832年的《哲学演说》。

答案：

5号，《伦敦历史》，1910年，作者签名。

8号，《马敦随笔》，1780年，第一版。

13号，《多顿公园》，1804年，完整注释。

16号，《大卫·科波菲尔》，1860年，稀有之物。

21号，《哲学演说》，1832年，珍藏部分。

259…

伊丽娜·雷茨克沃不是克斯汀·麦克莫斯（线索1），也不是D位置的帕姬·罗宾逊（线索1和3），圣布里奇特·凯丽就是路得米勒·恩格罗拉（线索4），因此，伊丽娜·雷茨克沃就是曼范伊·碧温。位置D中的帕姬·罗宾逊不是叶丽娜·幼娜娃（线索4），那么一定是马里那·克兹拉娃。剩下叶丽娜·幼娜娃就是克斯汀·麦克莫斯。路得米勒·恩格罗拉不是人物D，叶丽娜·幼娜娃不是人物C（线索4），后者也非人物A（线索1），那么一定是人物B。因此，从线索1中知道，伊丽娜·雷茨克沃就是人物A，剩下路得米勒·恩格罗拉是人物C。帕姬·罗宾逊不是Z12（线索3），而曼范伊·碧温和克斯汀·麦克莫斯也不是Z12（线索1），那么Z12就是圣布里奇特·凯丽。Z4不是A或D（线索2），则一定是人物B，即克斯汀·麦克莫斯。曼范伊·碧温即伊丽娜·雷茨克沃，她不是Z7（线索5），则一定是Z9，剩下Z7是帕姬·罗宾逊，即人物D马里那·克兹拉娃。

答案：

位置A，伊丽娜·雷茨克沃，曼范伊·碧温，Z9。

位置B，叶丽娜·幼娜娃，克斯汀·麦克莫斯，Z4。

位置C，路得米勒·恩格罗拉，圣布里奇特·凯丽，Z12。

位置D，马里那·克兹拉娃，帕姬·罗宾逊，Z7。

260…

流行歌手将为一软饮料产品做广告（线索4），而电视主持人不代言化妆品和摩托滑行车（线索3），她不是范·格雷兹，范·格雷兹是为一针织品类代言的（线索2），那么电视主持人则是为某肥皂代言。罗蕾莱是化妆品（线索3），我们知道它不是由流行歌手和电视主持人代言的，它也没有和电影演员（线索3）及网球选手签约，后者将为阿尔泰公司的产品做广告（线索5），那么罗蕾莱的代言人一定是电视演员简·耐特（线索1）。卡罗尔·布和阿丽娜系列签约了（线索1），而玛丽·纳什没和丽晶和普拉丝签约，那么她一定是和阿尔泰签约的，她就是网球选手。通过排除法，阿尔泰公司即是制造摩托滑行车的厂家，而范·格雷兹就是电影演员。丽晶的签约者不是流行歌手和电视主持人（线索4），那么一定是电影演员范·格雷兹，丽晶是针织品制造商。电视主持人代言的肥皂不是普拉丝公司的产品（线索3），那么一定是阿丽娜的产品，那么这个主持人就是卡罗尔·布，通过排除法，普拉丝必定是和休·雷得曼签约，她就是流行歌手，为某软饮料代言。

答案：

卡罗尔·布，电视主持人，阿丽娜，肥皂。

范·格雷兹，电影演员，丽晶，针织品。

简·耐特，电视演员，罗蕾莱，化妆品。

玛丽·纳什，网球选手，阿尔泰，摩托滑行车。

休·雷得曼，流行歌手，普拉丝，软饮料。

261…

杰茜的宠物是一条小狗（线索5）。朱莉娅的宠物不是虎皮鹦鹉（线索4），也不是乌龟（线索3），那么一定是只猫。因此她不是4号位置的女孩，后者的宠物是虎皮鹦鹉（线索5）。此事实也排除了杰茜是4号，线索1排除了詹妮，那么4号位置的一定是杰迈玛。通过排除法，乌龟是詹妮的宠物。因为杰迈玛在4号，那么朱莉娅不可能在3号（线索3），她也不可能在2号（线索4），所以她一定在1号位置。因朱莉娅的宠物是猫，那么杰茜不可能在2号（线索2）。因此她肯定在3号位置，2号则是詹妮。线索5告诉我们杰茜10岁，而朱莉娅不可能是8岁（线索4）和9岁（线索3），那么一定是11岁。詹妮不是9岁（线索1），那么一定是8岁，剩下杰迈玛今年9岁。

答案：

位置1，朱莉娅，11，猫。

位置2，詹妮，8，乌龟。

位置3，杰茜，10，小狗。

位置4，杰迈玛，9，虎皮鹦鹉。

262...

斯拜尼斯离开了5个星期（线索7）。少利弗雷德周游的时间不可能是6或7星期（线索2），而长达6星期的周游开始于3月（线索6），线索2排除了少利弗雷德的出行时间为4星期，那么他出行的时间一定是3星期，从线索2中知道，斯拜尼斯5星期的出游一定是9月份开始的。我们知道，保丘离开的时间不是3星期和5星期，线索5又排除了4星期，而另外一位骑士在海边呆了7星期（线索1），因此通过排除法，保丘在沼泽荒野逗留的时间一定是6星期，他是3月出发的。因此，蒂米德不是在海滩呆了7星期的人（线索3），通过排除法，他出行时间一定是4星期。从线索3中知道，少利弗雷德在森林中转悠了3星期，通过排除法，在海滩呆了7星期的一定是考沃德，他是7月出行的（线索8）。斯拜尼斯出行不是去了村边（线索4），那么他一定是在河边转悠，剩下蒂米德去了村边。后者不是1月份出行的（线索3），那么一定是5月出行的，剩下去森林的少利弗雷德是1月份出行的。

答案：

考沃德·卡斯特，7月，海滩，7星期。

保丘·歌斯特，3月，沼泽荒野，6星期。

少利弗雷德，1月，森林，3星期。

斯拜尼斯·弗特，9月，河边，5星期。

蒂米德·少可，5月，村边，4星期。

263...

胡安·毛利被招募的地点不是位置3（线索1）、1（线索2）或者6（线索3）。他是在凯克特斯市的北边一站被招募的（线索3），后者不是图中3号位置（线索1），那么他被招募地一定不是2，只能是4号或者5号位置，因此凯克特斯市是图中5或者6号位置。马特·詹姆士是在某个市被招募的（线索5），从同一条线索中知道，格林·希腊镇不是6号，6号是最后一站，那么马特·詹姆士不可能在5或6号加入，必定是在马蹄市镇。位置1不是里欧·布兰可镇和格林·希腊镇（线索5），赖安不是在3加入的（线索1），因此位置1也不是保斯镇和梅瑟镇（线索4），那么一定是马蹄镇，从线索中知道，格林·希腊镇就是2号。现在知道位置3不是里欧·布兰可镇（线索5）或者梅瑟镇（线索4），则一定是保斯镇，而从线索4中知道，梅瑟镇一定在4号位置，而赖安是在5号位置加入的。因此胡安·毛利是在4号位置加入的，而凯克特斯市则是位置5（线索3）。通过排除法，6号位置就是里欧·布兰可镇。现在知道，3号保斯镇招募的不是赛姆·贝利（线索1）或者亚利桑那（线索4），那么一定是蒂尼。因他是在赛姆·贝利加入后的更往南位置加入的（线索3），后者不是在6号位置加入的，那么一定是在2号，最后，里欧·布兰可镇一定在图中6号位置，即亚利桑加入的地点。

答案：

位置1，马蹄市，马特·詹姆士。

位置2，格林·希腊镇，

赛姆·贝利。

位置3，保斯镇，蒂尼

位置4，梅瑟镇，胡安·毛利。

位置5，凯克特斯市，赖安。

位置6，里欧·布兰可镇，亚利桑那。

264...

绿色信箱不属于228号或234号（线索1），并且232号信箱是蓝色的（线索4），因此绿色信箱一定在230号。阿琳不住在228号(线索2)，而且她的黄色的信箱（线索2）一定不是230号和232号，所以一定在234号。现在通过排除法，巴伦夫人的红色信箱（线索3）一定在228号。从线索1中得出，杰布夫人住在232号，而加玛就是住在228号的巴伦夫人。阿琳不是菲什贝恩夫人（线索2），而是弗林特夫人，剩下菲什贝恩夫人住在230号。根据线索4，路易丝不是杰布夫人，而是菲什贝恩夫人，剩下杰布夫人是凯特。

答案：

228号，加玛·巴伦，红色。

230号，路易丝·菲什贝恩，绿色。

232号，凯特·杰布，蓝色。

234号，阿琳·弗林特，黄色。

265...

数字5都不是棕色的(线索1)，那么棕色邮票的面值一定是10分，但不是第4张（线索2），因此在面值中有个1的第4张邮票（线索3）面值一定是15分。这样根据线索4，第2张邮票是蓝色的。由线索2告诉我们，描写大教堂的那张邮票的面值中有个0，但不是第4张，而是第2张，从这个线索中，我们也可以知道第1张就是棕色的10分面值的邮票。根据同一个线索，第2张蓝色邮票的面值是50分。通过排除法，第3张邮票一定是25分面值的。山峰不是第1张10分邮票上的图案(线索5)，也不是25分面值邮票上的图案（线索5），因为50分面值的邮票边框是蓝色的。而我们知道它也不是50分面值邮票上的图案，那只能是第4张15分邮票上的图案。这样根据线索5,25分邮票的边框是红色的，剩下15分邮票边框是绿色的。线索3告诉我们第3张邮票描写的不是海湾，那一定是瀑布，剩下海湾是棕色的、10分面值的、第1张邮票上的图案。

答案：

第1张，海湾，10分，棕色。

第2张，大教堂，50分，蓝色。

第3张，瀑布，25分，红色。

第4张，山峰，15分，绿色。

266...

因为穿红毛衣的不是丹尼或吃巧克力派的刘易丝（线索4），而凯文的毛衣是蓝色的（线索1），所以穿红毛衣的一定是西蒙。碰到的第1位朋友穿的毛衣不是红色的（线索4），也不是蓝色的（线索1），而第3位穿着米色毛衣(线索2)，由此得出第1位一定穿着绿毛衣。这样根据线索3，第2位朋友在吃香蕉，而且我们知道他的毛衣不是米色或绿色的，他也不是穿红毛衣的西蒙（线索3），那他一定是穿蓝毛衣的凯文。接着根据线索1，穿绿毛衣的第1位朋友在吃棒棒糖，排除了凯文、刘易丝和西蒙，那他只能是丹尼。通过排除法，西蒙在吃苹果，刘易丝是汤米碰到的第3位穿米色毛衣的朋友，最后碰到的是西蒙。

答案：

第1位，丹尼，绿色，棒棒糖。

第2位，凯文，蓝色，香蕉。

第3位，刘易丝，米色，巧克力派。

第4位，西蒙，红色，苹果。

267...

各块碎片的面积如图所示。

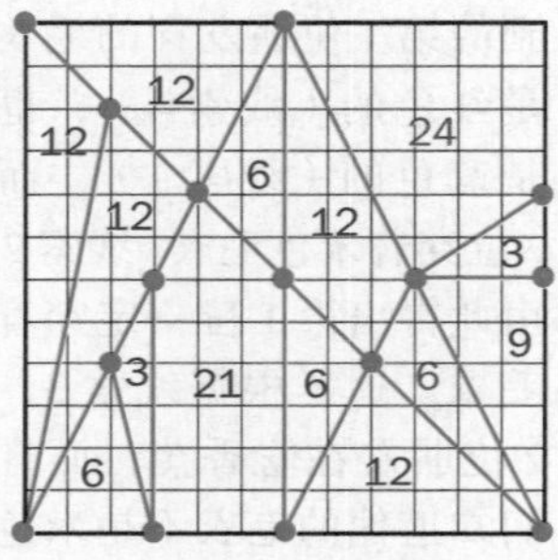

1	2	3	4	5	6	7	8	9	10	11	12	13	14
12	12	24	12	6	12	3	21	6	6	6	3	9	12

268...

这些纸条的折叠顺序应该是3–8–1–10–5–7–4–6–2–9。

269...

如图所示：

270...

如图所示：

271...

答案依次如下：

（1）A6，C5，G6。

（2）D2。

（3）12个。

（4）117，一共出现过3次。

（5）G1的值最小，为91。

（6）E4。

（7）不存在。

（8）不存在。

272...

第4次分割之后的图形如图所示。

273...

将色子慢慢地放进一杯水中。

灌了铅的色子在下沉的过程中会不断打转，而普通色子则会直接沉下去，不会打转。

274...

显然L形结构可以被分割成任何3的倍数。对于n=4的答案是一个经典的难题，这时被分割成的部分是和原来一样的L形结构。（这种图形被称作“两栖动物”，因为每个这种图形都可以被继续分割成4部分。）

对于n = 2的答案是另外一种图形（同n = 8，32,128,512,…的答案类似）。你可以把每部分都分割成和它原来一样的4部分吗？

这个问题最早出现在1990年出版的《娱乐数学杂志》中。

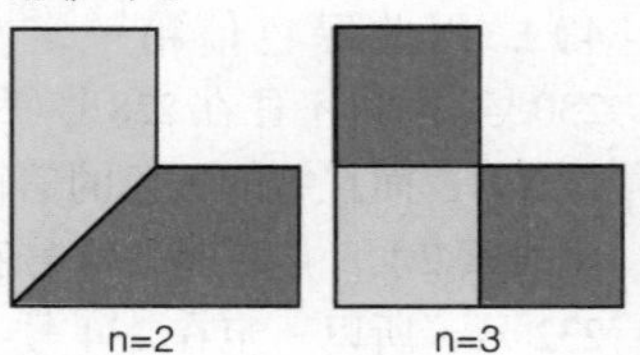

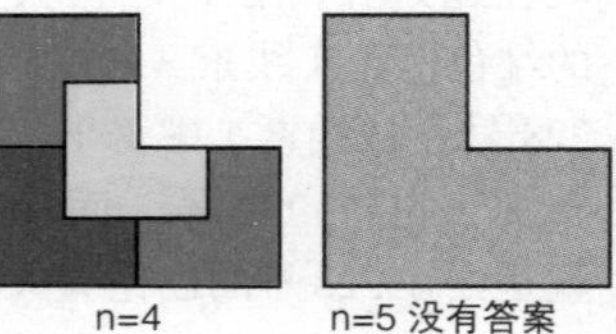

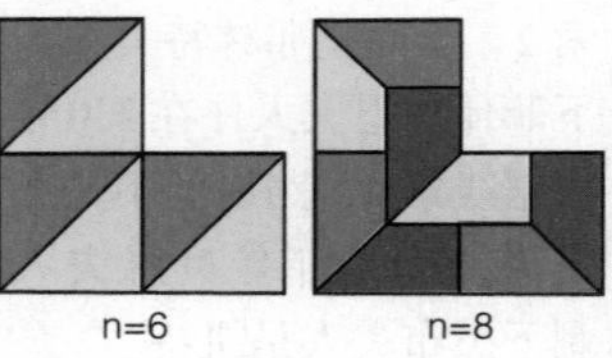

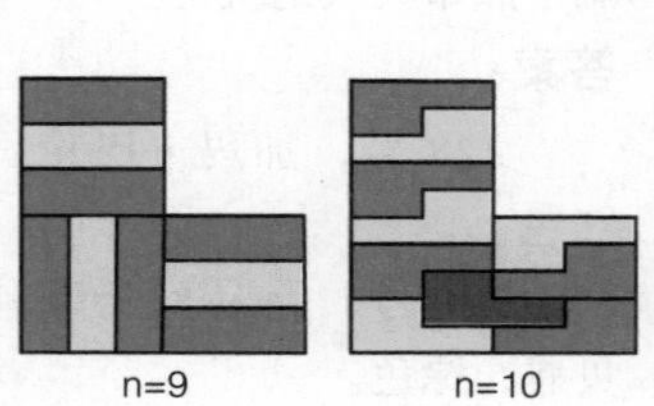

275...

二连珠可能有4种：红－红；红－蓝；蓝－蓝；蓝－红。

三连珠可能有8种。

没有重复的二连珠的珠

子串最长含 5 颗珠子：

没有重复的三连珠的珠子串最长含 10 颗珠子：

276...

277...

格雷格的地图只是愚人节的一个玩笑罢了。

四色定理在 1976 年被证明，也就是说平面中的任何地图只需要 4 种颜色上色。

在马丁·加德纳这篇文章发表后，马上就收到了成百上千的读者来信，信中是他们用 4 种颜色上色的格雷格的地图，下图就是其中的一种。

278...

大多数地图都至少需要用 4 种颜色来上色，但是有些特殊的情况不用这么多的颜色，其中一种就是地图中只有直线的情况。

在这种情况下只需要 2 种颜色。这是真的吗？

确实如此，证明起来也相当简单。将线一条一条地画在一张纸上，每增加一条直线时，将新增加的直线的一边的地区全部反色，这使得在旧的邻边和新的邻边两边的颜色都不相同。

同样的证明也可以推广使用到邻边为穿过整个纸面的简单曲线或者闭合的圆圈的情况。所有这些可以用 2 种颜色上色的地图，其交点的邻边数都为偶数，因为在交点或者角落周围的地区必须是不同的颜色。事实上，可以证明，当一张地图上的所有交点处有且仅有偶数个邻边时，它可以用 2 种颜色上色。这就是两色定理。

279...

至少需要用 12 种颜色来给该地图上色。

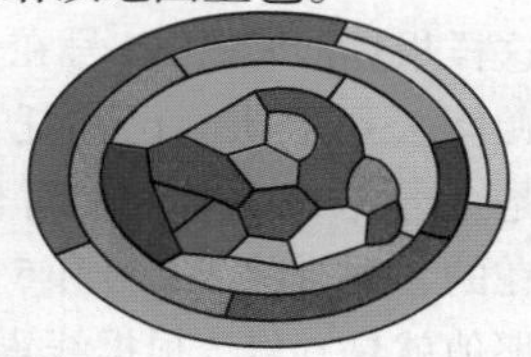

280...

下图所示为其中一种解法。不过，有人已经收集了 4200 多种解法。

281...

因为塞尔诺穿 14 号球衣（线索 5），18 号队员在第 24 分钟离开球场(线索 1)，并且在第 56 分钟被换下场的凯尼恩球衣号码不是 3 号或 8 号（线索 2），那他一定穿着 27 号球衣。豪丝替换 3 号队员上场（线索 3），因此被替换的那个队员不是塞尔诺、凯尼恩和帕里（线索 3），也不是被瑞文替换的弗里斯（线索 6），而是蒙特罗。我们知道凯尼恩不是被豪丝、瑞文或迈克耐特替换下场（线索 2），并且第 78 分钟上场的是塔罗克（线索 4），所以凯尼恩一定被勒梅特替换下场。通过排除法，豪丝在第 85 分钟上场。那么在第 78 分钟离开球场的队员不是 8 号（线索 4）而是 14 号，他是被塔罗克替换的塞尔诺。因为第 63 分钟上场的队员不是替换帕里(线索 3)，由此知道弗里斯被瑞文替换下场。最后通过排除法可以知道，弗里斯穿着 8 号球衣，帕里在第 24 分钟后被迈克耐特替换下场。

答案：

24 分钟，帕里，18 号，被迈克耐特替换。

56 分钟，凯尼恩，27 号，被勒梅特替换。

63 分钟，弗里斯，8 号，

被瑞文替换。

78分钟，塞尔诺，14号，被塔罗克替换。

85分钟，蒙特罗，3号，被豪丝替换。

282…

吉恩卖给玛丽的是杯子（线索6），玩具的价格是30美分（线索3），弗兰克卖25美分的商品（线索7），这件商品不是花瓶（线索1），也不是玛丽买的第5样货品——头巾（线索4和7），那么一定是书。玛丽买的第一件物品不是来自威里（线索1）、莫利（线索2）或莎拉的（线索7）货摊，也不是那本从弗兰克的货摊买来的只有25美分的书（线索1），那么一定是吉恩所卖的杯子。我们知道玛丽买的第3件物品不是杯子也不是头巾，而且它价值75美分（线索5），也不是书或玩具，那一定是花瓶。玩具不是第2件物品（线索3），而是第4件，所以剩下第2件货物是书。这样根据线索2，花瓶一定是从莫利那里买的。威里的货物的价格不是60美分（线索1），也不是莎拉货物的价格（线索7），那么60美分的一定是吉恩卖的杯子，所以剩下的头巾的价格是50美分。玩具不是从威里那里买的（线索3），而是从莎拉的货摊上买的，那么威里卖给玛丽的就是头巾。

答案：

第1件，杯子，60美分，吉恩。

第2件，书，25美分，弗兰克。

第3件，花瓶，75美分，莫利。

第4件，玩具，30美分，莎拉。

第5件，头巾，50美分，威里。

283…

格伦是4号（线索2），根据线索1，证券公司的雇员不是2号、6号或7号。线索2排除了5号，因为6号是男的（线索3），线索1同样排除了4号。已知3号在保险公司工作（线索6），这样根据线索1，1号在证券公司上班，而在保险经纪人公司工作的3号就是塞布丽娜。1号不是纳尔逊（线索4）、雷切尔（线索5），或在投资公司工作的托奎（线索8），也不是格伦或塞布丽娜，线索8排除了马德琳，因此只能是吉莉安。线索7告诉我们2号在一家律师所工作，这样根据线索2，5号在法律顾问公司上班。已知托奎不是7号（线索8），而他所在的公司排除了2号和5号，那他就是6号，根据线索8，马德琳是7号。雷切尔不是2号（线索5），得出他是5号，格伦在银行工作（线索5）。最后通过排除法，纳尔逊是在律师事务所工作的2号，马德琳是建筑公司的职员。

答案：

1号，吉莉安，证券公司。

2号，纳尔逊，律师事务所。

3号，塞布丽娜，保险公司

4号，格伦，银行。

5号，雷切尔，法律顾问公司。

6号，托奎，投资公司。

7号，马德琳，建筑公司。

284…

已知马丁叔叔送给拉姆的礼物是Benedam优惠券（线索3）。卡罗尔阿姨的面值为20的优惠券不是W S Henry发行的（线索4），线索1又排除了Ten-X，最后得出它属于HBS公司。从线索2可以知道，B信封内的理查德叔叔所送的礼物面值为15。由于丹尼斯叔叔给娜塔莎的礼物不是面值为5的优惠券（线索5），那么可以知道它的面值是10，面值为5的是马丁叔叔送的由Benedam发行的优惠券。又因为后者不在C信封内（线索1），也不在D信封内（线索3），而是在A信封内。我们现在已经知道A和B信封内的代币价值。根据线索1，面值为10的优惠券不在C信封内，因此C信封内的是卡罗尔阿姨所送的由HBS发行的面值为20的代币。根据线索1也可以知道，Ten-X的优惠券的面值一定为10，并且在D信封内。最后通过排除法，B信封里是理查德叔叔所送的面值为15的W S Henry的优惠券。

答案：

A 信封，马丁叔叔，Benedam，5。

B 信封，理查德叔叔，W S Henry，15。

C 信封，卡罗尔阿姨，HBS，20。

D 信封，丹尼斯叔叔，Ten-X，10。

285...

颇里安娜的主人已经 86 岁，并且住在 4 号别墅（线索 1），又知道 3 号别墅的主人 75 岁（线索 4），凯特的主人住在 2 号别墅（线索 3），那么颇里安娜一定是 1 号别墅主人的猫。住在 1 号别墅的不是马乔里（线索 1），也不是 80 岁的罗赞娜（线索 2）和拥有尼克的塔比瑟（线索 5），那么一定是格里泽尔达。这样可以知道 2 号别墅的主人 71 岁（线索 6），她的猫是凯特，剩下罗赞娜是 80 岁，并住在 4 号别墅里。3 号别墅的猫不是托比（线索 4），那么一定是尼克，并且 75 岁的塔比瑟住在 3 号别墅。通过排除法，凯特的主人是 71 岁的马乔里，而罗赞娜的猫是托比。

答案：

1 号别墅，格里泽尔达，86 岁，颇里安娜。

2 号别墅，马乔里，71 岁，凯特。

3 号别墅，塔比瑟，75 岁，尼克。

4 号别墅，罗赞娜，80 岁，托比。

286...

已知起居室将被改装成墨西哥风格（线索 4）。因为餐厅不是海边或维多利亚风格（线索 2），也不是休和弗兰克想要的未来派风格（线索 5），那么一定是哥特式。已知艾玛·迪尔夫将设计具有维多利亚风格的房间（线索 3），但不是厨房，因为厨房是雷切尔·雷达·安妮森来装修（线索 4），也不是卧室（线索 3），因此一定是浴室，她会得到海伦和乔治的帮助（线索 6）。因为林恩和罗布将帮助设计师贝琳达·哈克（线索 6），并且利萨和约翰所帮助的不是梅·克文或刘易斯·劳伦斯·贝林（线索 1），由此得出他们是和雷切尔·雷达·安妮森一起改装厨房。通过排除法，他们选择了海边风格。同样用排除法可以得出，休和弗兰克将帮忙改装卧室。因为梅·克文不改装餐厅，并且不使用哥特式主题，也不改装起居室（线索 1），那她一定是与休和弗兰克一起改装卧室。已知改装餐厅不是刘易斯·劳伦斯·贝林的计划（线索 2），而是林恩和罗布以及贝琳达·哈克的，排除法得出，刘易斯·劳伦斯·贝林和琼、基思一起工作，并且他们计划把起居室改装成墨西哥风格。

答案：

海伦和乔治，艾玛·迪尔夫，浴室，维多利亚风格。

琼和基思，刘易斯·劳伦斯·贝林，起居室，墨西哥风格。

利萨和约翰，雷切尔·雷达·安妮森，厨房，海边风格。

林恩和罗布，贝琳达·哈克，餐厅，哥特式风格。

休和弗兰克，梅·克文，卧室，未来派风格。

287...

职员罗伊·斯通（线索 1）扮演的不是萨姆·库珀，因为是大卫·埃利斯扮演那个角色（线索 2），罗伊·斯通扮演的也不是坦克丝·斯图尔特，因为后者是由马克·普赖斯或奈杰尔·普赖斯（线索 5）所扮演，同时罗伊·斯通也不是会计师扮演的马特·伊斯伍德（线索 7），又因为州长代表布秋·韦恩是马克·普赖斯或推销员扮演的（线索 3 和 6），所以罗伊·斯通扮演的一定是得丝特·邦德，他的西部角色不是一个赌徒（线索 1），也不是州长代表或州长（线索 6），而扮演牧牛工的人是个代理商（线索 4），因此得丝特·邦德扮演的是美洲野牛猎人。我们知道会计师所扮演的角色马特·伊斯伍德不是州长代表，也不是牧牛工或美洲野牛猎人，线索 7 告诉我们他扮演的也不是州长，那么他一定是个赌徒。马克·普赖斯是州长或州长代表（线索 6），因此他不可能是会计师或财产代理商，我们知道他不是职员，也不是推销员（线索6），那只能是税务检查员。由此可以得出，他所扮演的不是坦克丝·斯图尔特（线索5），从同一个线索中，我们也可以知道扮演坦克丝·斯图尔特的就是奈杰尔·普赖斯。现在我们已经把3个西部角色的名字和他们扮演者的真名配对，并把另一位扮演者和他的真实职业配对，故税务检查员马克·普赖斯所扮演的就是州长代表布秋·韦恩。剩下扮演马特·伊斯伍德的是约翰·基恩，而推销员所扮演的角色是州长，那么他不是扮演坦克丝·斯图尔特一角的奈杰尔·普赖斯，而是扮演萨姆·库珀的大卫·埃利斯，剩下的奈杰尔·普赖斯是财产代理商，他饰演的是名叫坦克丝·斯图尔特的牧牛工。

答案：

大卫·埃利斯，推销员，萨姆·库珀，州长。

约翰·基恩，会计师，马特·伊斯伍德，赌徒。

马克·普赖斯，税务检查员，布秋·韦恩，州长代表。

奈杰尔·普赖斯，代理商，坦克丝·斯图尔特，牧牛工。

罗伊·斯通，职员，得丝特·邦德，美洲野牛猎人。

288...

已知军官C不是陆军中尉阿尔迪丝或水兵（线索5）。根据线索1，如果水兵是A或B，陆军中尉阿尔迪丝就是D，空军军官是E；如果水兵是D或E，那么陆军中尉阿尔迪丝是B，空军军官是A，这样得出空军军官一定是A或E。而他的家乡不是爱达荷州（线索1）、新墨西哥州（线索2）或缅因州（线索3），也不是乔治亚州（线索4），那么一定是堪萨斯州。由此知道他不是军官E（线索4），而是军官A。同时得出水兵是D或E，陆军中尉阿尔迪丝是B。水兵不是普迪上尉（线索2）或沃德少校（线索5），因此他是德莱尼上尉或哈伦上尉，这样得出军官C一定是沃德少校（线索5）。因为陆军中尉阿尔迪丝就是军官B，所以他不是步兵（线索2）或工兵（线索3），而是军事警察。军官C沃德少校不是工兵（线索3），而是步兵。那么普迪上尉就是军官A。而来自美国新墨西哥州的是军官B，即陆军中尉阿尔迪丝（线索2）。军官E不是哈伦上尉（线索4），而是德莱尼上尉，通过排除法，哈伦上尉就是军官D。因此来自乔治亚州的是军官E（线索4）。因为步兵梅吉尔·沃德不是来自缅因州（线索3），由此得出缅因州是军官D的家乡。现在可以知道军官E是工兵（线索3）。最后通过排除法，水兵是军官D哈伦上尉，而梅吉尔·沃德来自爱达荷州。

答案：

军官A，普迪上尉，空军，堪萨斯州。

军官B，陆军中尉阿尔迪丝，军事警察，新墨西哥州。

军官C，沃德少校，步兵，爱达荷州。

军官D，哈伦上尉，水兵，缅因州。

军官E，德莱尼上尉，工兵，乔治亚州。

289...

因为麦克在机动船里（线索1），并且西蒙驾驶的“罗特丝”不是人工划行的（线索4），那么一定是小游艇，因此西蒙的女朋友是夏洛特（线索3）。由于和麦克一起在机动船上的女孩不是桑德拉（线索1），那么只能是露西，由此得出机动船的名字是“多尔芬”（线索2）。通过排除法，巴里和桑德拉是乘叫做“马吉小姐”的人工船出去的。

答案：

巴里，桑德拉，“马吉小姐”，人工船。

麦克，露西，“多尔芬”，机动船。

西蒙，夏洛特，“罗特丝”，小游艇。

290...

已知铁匠在队伍最后

（线索1），这样根据线索6得出，哈罗德·格雷特不在位置5或4号位置。雷金纳德在第2个位置（线索7），辛和吉在第1个位置（线索4），因此哈罗德·格雷特必定在第3个位置，而教区牧师在第4个位置（线索6）。我们现在已经把4个位置和对应的姓或职业配对，得出姓布尔的学校教师（线索2）就是第2个位置的雷金纳德。欧克曼不是最后一个位置上的铁匠（线索5），那么通过排除法，他是4号位置的教区牧师，剩下的铁匠的姓是比费。线索5告诉我们铁匠的名字是莱斯利。根据线索3，邮局局长就是第1个位置上的辛和吉，剩下第3个位置的哈罗德·格雷特是承办者。辛和吉不姓约翰（线索3），那他的姓一定是托马斯，剩下约翰是教区牧师欧克曼。

答案：

位置1，托马斯·辛和吉，邮局局长。

位置2，雷金纳德·布尔，学校教师。

位置3，哈罗德·格雷特，承办者。

位置4，约翰·欧克曼，教区牧师。

位置5，莱斯利·比费，铁匠。

291…

由于E位置上带着炸药的（线索5）是位军士，但不是带着枪械的卡斯特（线索1），也不是谢尔曼（线索6），那他一定是杰克逊，并且他的长官是加文中尉（线索3）。有4个士兵的一队拥有迫击炮（线索7）。有12个士兵的队伍没有枪械（线索1）、电台（线索3）或弹药（线索6），那么他们必定是在E位置上拥有炸药的那一队。现在根据线索3，有10个士兵的队伍拥有电台。因为布拉德利中尉在C位置上结束（线索4），谢尔曼军士不在A、B或D位置(线索6)，而是和他一起被困在谷仓里。所以克拉克中尉在B位置上（线索6）。他不可能在拥有迫击炮和4个士兵的那支队伍(线索6)，那支队伍的军官也不是布拉德利中尉（线索4）或帕特军士长（线索2），由此得出这一队的军官一定是利吉卫上校。由于帕特军士和他的6个士兵不在A位置的小树林里（线索2和6），而是被困在D位置上的沟渠里，所以剩下的利吉卫上校在A位置。他的军士不是卡斯特军士(线索1)或格兰特下士(线索7)，所以一定是李下士。布拉德利中尉的士兵数不是8个(线索4），所以一定是10个，并带着电台。由线索6可以知道，克拉克中尉带着8个士兵，而帕特军士长带着6个士兵并且拥有弹药，克拉克中尉带着的枪械最没用，他那只队伍的军士是卡斯特军士（线索1），因此格兰特下士和帕特军士长都在D位置上。

答案：

A位置，利吉卫上校，李下士，4个，迫击炮。

B位置，克拉克中尉，卡斯特军士，8个，重型机枪。

C位置，布拉德利中尉，谢尔曼军士，10个，电台。

D位置，帕特军士长，格兰特下士，6个，弹药。

E位置，加文中尉，杰克逊军士，12个，炸药。

292…

我们已知约翰·凯格雷来自惠灵顿（线索2），并且凯茜·艾伦不是来自美国底特律（线索4），所以她一定来自德班，并且由于她住在3楼（线索3），所以剩下佐伊·温斯顿来自底特律，但她不住在1楼(线索1)，而是2楼，剩下的约翰·凯格雷就是住在1楼。因为凯茜·艾伦不学历史（线索4）或物理学（线索1），那么她必定学医学。线索1还告诉我们，佐伊·温斯顿不学物理学，所以她学的是历史，剩下学物理学的是1楼的约翰·凯格雷。

答案：

1楼，约翰·凯格雷，惠灵顿，物理学。

2楼，佐伊·温斯顿，底特律，历史。

3楼，凯茜·艾伦，德班，医学。

293...

查尔斯·W. 崔格发现了 136 种不同的排列方法。如图所示是其中 4 种。

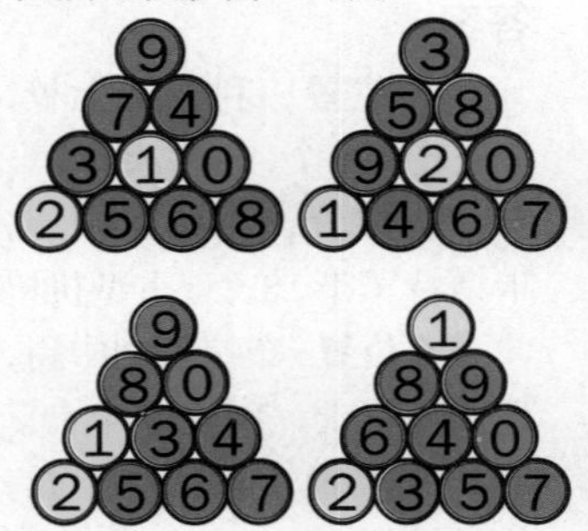

294...

1/4x+1/5x+1/6x=37

x=60

因此我一共有 60 美元。

295...

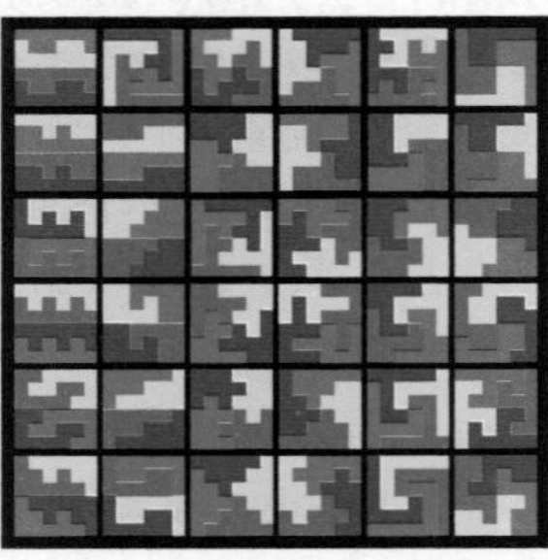

296...

只有这个图案是单独的，其他图案都是成对出现的。

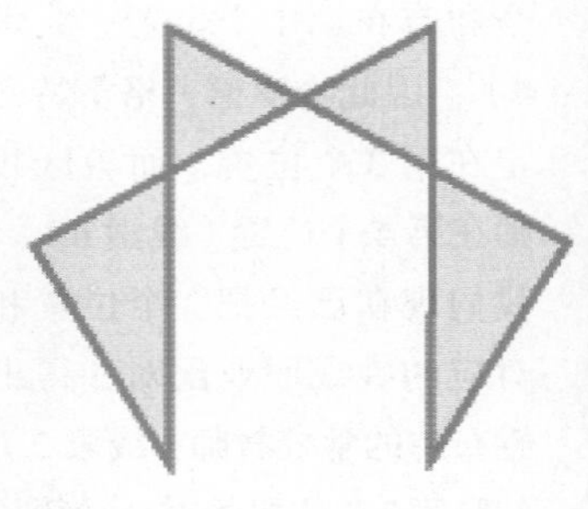

297...

如图所示：当 n 能被 4 整除时，图形不是闭合的。

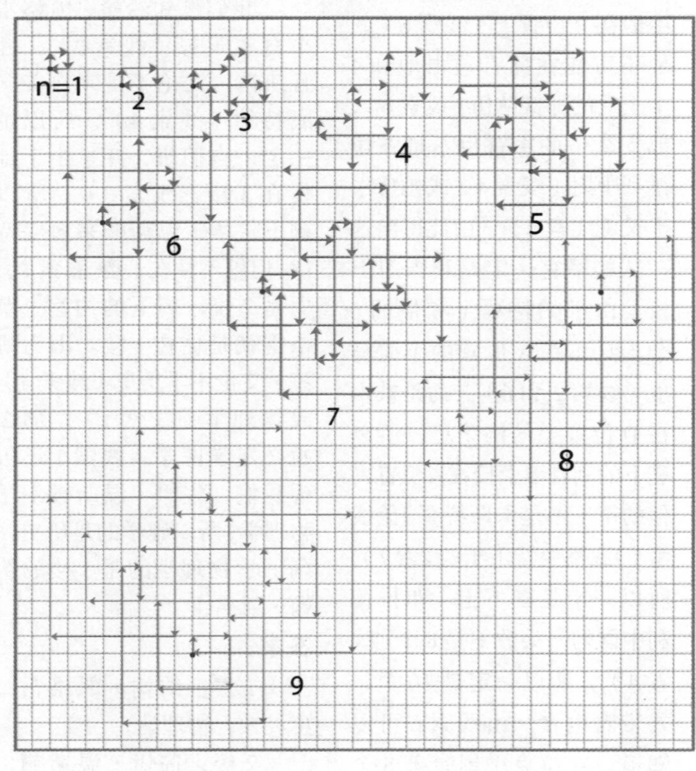

298...

如图所示：

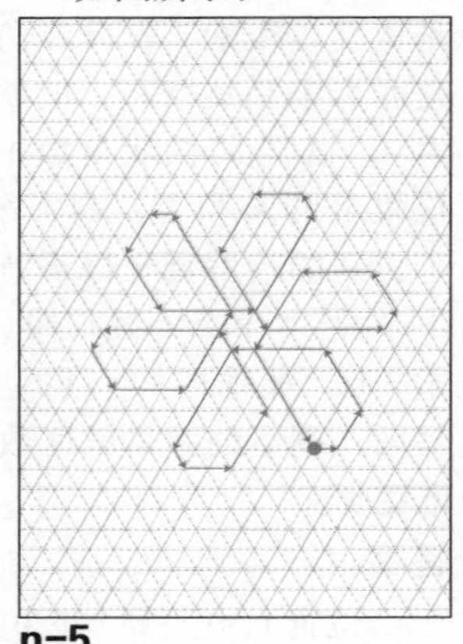

n=5

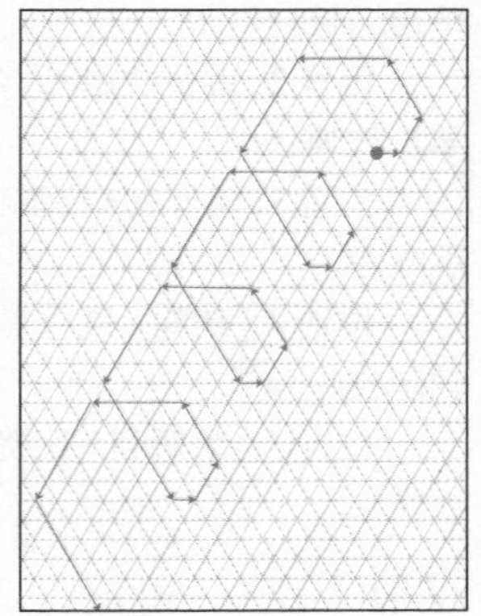

n=6

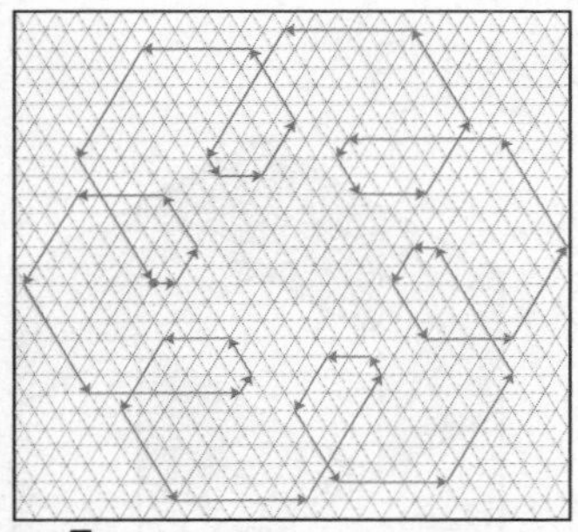

n=7

n=8

299...

7个人一共有7！即5040种排列方法。

而这3位有胡子的数学家坐在一起的情况一共有5种(如下图所示，B表示有胡子的数学家)。

B B B X X X X

X B B B X X X

X X B B B X X

X X X B B B X

X X X X B B B

对于这5种情况中的每一种，这3位数学家之间的排列方法为3×2×1＝6种。而没有胡子的数学家之间的排列方法为4×3×2×1＝24种。因此，这3位数学家坐在一起一共有5×6×24＝720种方法。

其概率为1/7(720/5040)。

300...

祝贺你！你既然还活着来核对答案，说明你一定是按照图示那样剪了8次。

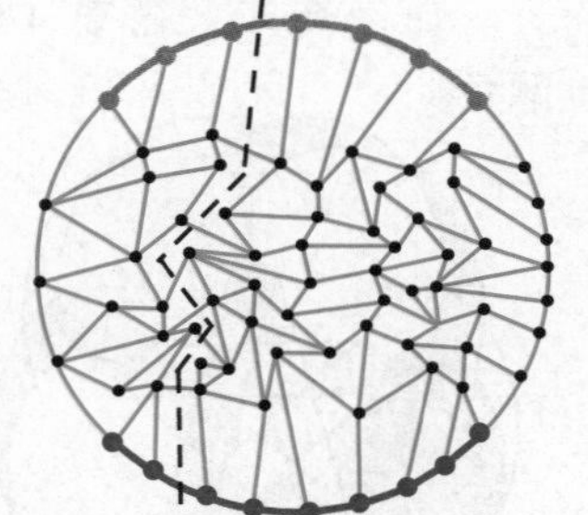

301...

B，内环的2c。

302...

B。

303...

第6个中心六边形数等于91。求它的公式为$H_n=n^3-(n-1)^3$

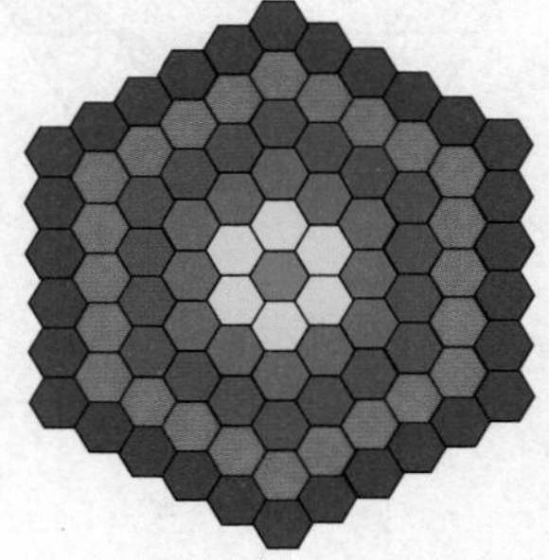

第6个中心六边形数(H_6=91)

304...

这个问题可以从帕斯卡三角形中找到答案。从帕斯卡三角形的第8行可以看出，生4男4女的概率为70/256，约27%。

生8个孩子性别都相同的概率为1/256，比1%还要小。当一个家庭所生的孩子6个以上都为同一性别时，我们就不能仅仅考虑概率的因素了，还必须考虑基因这个因素。

我们说生4男4女比生8个同一性别的孩子的可能性更大，这是因为我们并没有将孩子的出生顺序考虑进来。某一个特定出生顺序的4男4女，比如GBBGGBGB(G代表女孩，B代表男孩)，与GGGGGGGG或者BBBBB BBB的概率是完全相同的。

305...

这个结会被打开。

306...

至少需要4种颜色，如下图所示。

马丁·加德纳把这样一系列用3种颜色上色满足不了条件的边染色图命名为“蛇鲨”。而事实上，这些图应该被称为“非三色上色图”。

这一类图是由约翰霍普金斯大学的鲁弗斯·艾萨克斯首先开始研究的。

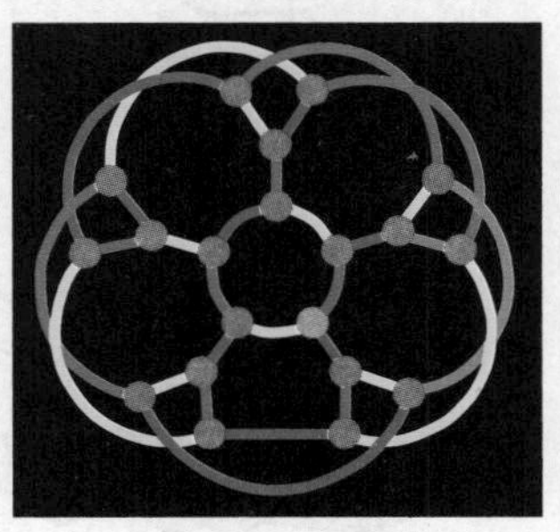

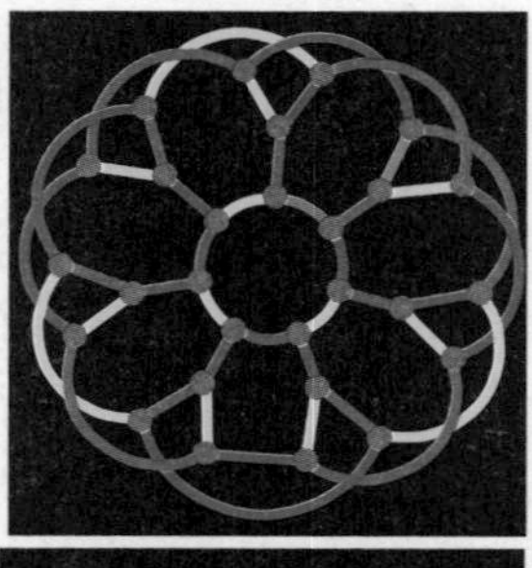

307...

这两个图形都只需要用3 种颜色上色，如下图所示：

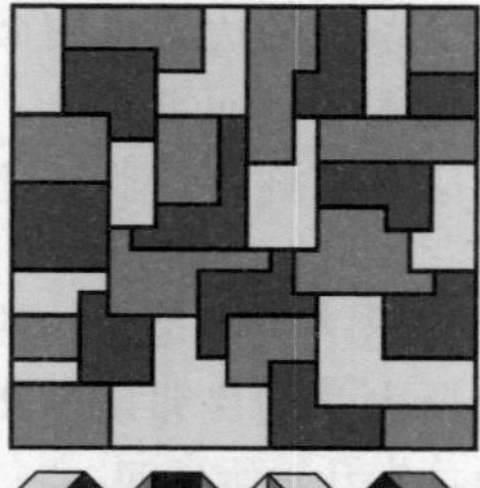

308...

如图所示：需要 4 种颜色。

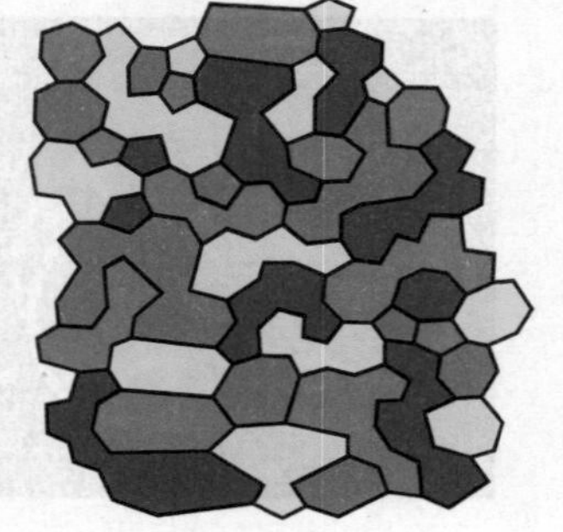

309...

如图所示：需要 4 种颜色。

310...

如图所示，18 条“鱼”都可以放进“渔网”。

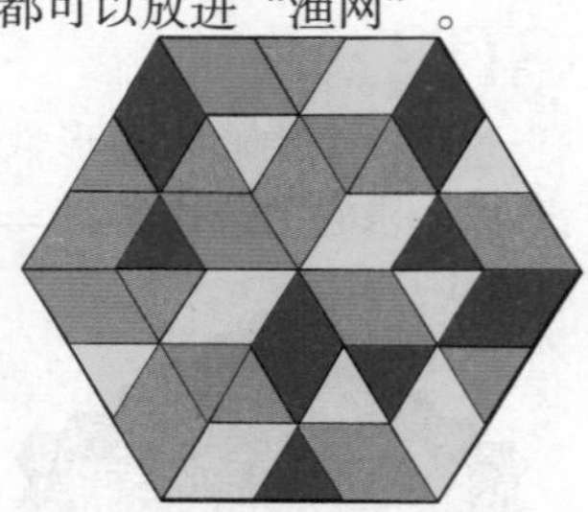

311...

如图所示：

```
      x 1 1
      3 3 x
      x x x
      7 7 x
    + x x x
    -------
    1 1 1 1
```

312...

最多可以走 5 步。

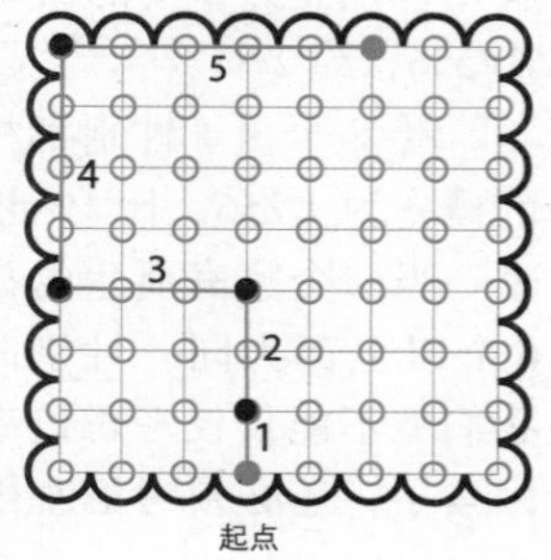

313...

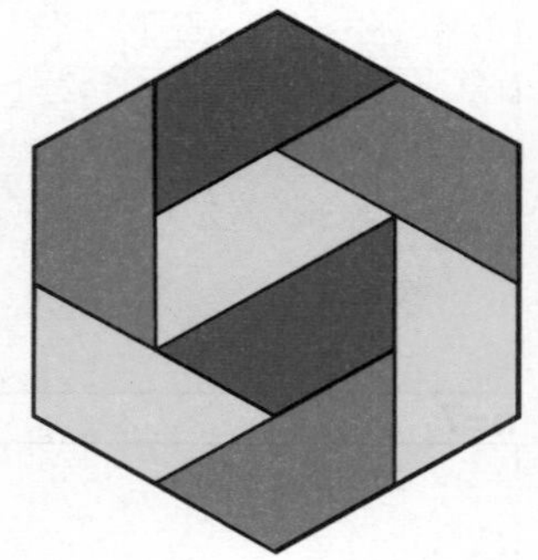

314...

因为图片 3 中的人是迪安夫人（线索 2），图片 4 中的那个人穿着救助队军官制服（线索 3），所以消防员埃利斯夫人不是图片 2 中的人物（线索 4），而是图片 1 中的妇女。又因为萨利不在图片 1 或图片 4（线索 5）中，所以她不是救助队军官或消防员，也不是交警（线索 5），最后得出她是护理人员。她不姓托马斯（线索 5）或埃利斯；马里恩姓帕日斯（线索 1），得出萨利必定姓迪安，这样就知道她在图片 3 中。通过排除法，图片 2 中的女性是交警，这样根据线索 3，图片 4 中穿着救助队军官制服的是托马斯夫人，现在排除法可以得出，红头发的马里恩·帕日斯在图片 2 中，并且是个交警。最后根据线索 3，图片 4 中的救助队军官托马斯夫人不姓卡罗尔，而是姓盖尔，卡罗尔是图片 1 中的消防员埃利斯夫人的名。

答案：

图片 1，卡罗尔·埃利斯，

消防员。

图片2，马里恩·帕日斯，交警。

图片3，萨利·迪安，护理人员。

图片4，盖尔·托马斯，救助队军官。

315…

由于设有巨石陷阱的红门的后面不是一个跳舞的女孩（线索2），绊网陷阱保护的是老鹰像（线索1），并且战士金像在黄门后面（线索4），因此红门后面是狮子像，红门也就是2号门（线索3）。这样根据线索2，跳舞女孩在1号门后面，但1号门不是绿门（线索2），也不是红门或黄门，那么它一定是蓝门，绿门后面就是老鹰像和绊网陷阱。黄门不是3号门（线索4），而是4号门，因此3号门是绿色的。最后根据线索4，地板陷阱不保护4号黄门后面的战士金像，得出后者的陷阱一定是断头台，剩下地板陷阱保护1号蓝门后面的跳舞女孩。

答案：

1号门，蓝色，跳舞女孩，地板陷阱。

2号门，红色，狮子，石头陷阱。

3号门，绿色，鹰，绊网陷阱。

4号门，黄色，战士，断头台。

316…

已知到泰姬陵·马哈利餐馆接客的时间不是11:25（线索1），因此米克没有到那里或狐狸和猎犬饭店接客（线索2），也不在火车站，因为赖安在火车站接客（线索4），米克没去斯宾塞大街，11:20那个预约电话的接客地点又在斯宾塞大街（线索6），由此得出米克去了布赖恩特先生预约的黄金国俱乐部（线索5）。接丹尼斯先生的时间不是11:10或11:15(线索1)。布赖恩特先生的预约时间是11:25，他的司机是米克，丹尼斯先生没在11:30打电话（线索1），那么他必定在11:20在斯宾塞大街需要一辆车。可以知道马特的预约时间是11:15，而泰姬陵·马哈利餐馆的电话是11:10（线索1）。赖安在火车站接客，因此马特的11:15的电话来自狐狸和猎犬处，通过排除法，赖安一定在11:30接客。在11:10去泰姬陵·马哈利餐馆的司机不是卢（线索3），而是卡尔，打电话的人是拉塞尔先生(线索3)。通过排除法，卢是去斯宾塞大街的司机。最后，马特没有去接梅森（线索2），得出是赖安接了梅森，剩下马特是那个在狐狸和猎犬处接兰勒先生的司机。

答案：

11:10，卡尔，泰姬陵·马哈利餐馆，拉塞尔。

11:15，马特，狐狸和猎犬饭店，兰勒。

11:20，卢，斯宾塞大街，丹尼斯。

11:25，米克，黄金国俱乐部，布赖恩特。

11:30，赖安，火车站，梅森。

317…

因为1997年制造的蒲公英酒不是给诺曼的母亲(线索6），也不是给他女儿（线索1）或侄女，因为送给他侄女的酒是在2000年制造的。并且他阿姨喜欢那瓶大黄酒（线索4），所以通过排除法，蒲公英酒给了他的妹妹格洛里亚（线索5）。又由于1999年制造的酒是给卡拉的黑莓酒（线索2）。诺曼的阿姨不是安娜贝尔(线索4)，而且我们知道卡拉和格洛里亚都没有得到大黄酒。米拉贝尔得到的是欧洲防风草酒（线索1），所以通过排除法，大黄酒一定给了乔伊斯。这样得出大黄酒不是1998年而是在2001年制造的（线索3）。这就说明那位得到产于2000年的酒的侄女不是米拉贝尔（线索1），她得到的是在1998年制造的欧洲防风草酒。通过排除法，诺曼的侄女是安娜贝尔，她得到的是接骨木果酒。根据线索1，可以知道诺曼的女儿是卡拉，她得到的酒产于1999年，最后得出米拉贝尔是他的母亲。

答案：

安娜贝尔，侄女，接骨木果酒，2000年。

卡拉，女儿，黑莓酒，1999年。

格洛里亚，妹妹，蒲公英酒，1997年。

乔伊斯，阿姨，大黄酒，2001年。

米拉贝尔，母亲，防风草酒，1998年。

318…

由于坐在1号位置上的红头发妇女（线索3）不是莫利（线索1）或霍莉（线索2），也不是多莉（线索4），所以她只能是颇莉。根据线索4，2号位置上的妇女想把她的头发染成黑色。已知那位原本灰发并想把头发染成赤褐色（线索5）的女性不在1号或2号位置，也不在3号位置（线索5），那么她肯定在4号。她不可能是霍莉（线索2），而且线索2也说明霍莉的头发不是金黄色的。我们已经知道她的头发不是红色，那么一定是棕色的。红头发的颇莉不可能再把头发染成红色，故她想染的颜色是白色，所以3号位置上的妇女想把她的头发染成红色。现在根据线索3，得到霍莉坐在2号位置，而3号位置上的妇女有一头金发。线索4告诉我们多莉在4号位置，莫利在3号位置。

答案：

1号，颇莉，红色，染成白色。

2号，霍莉，棕色，染成黑色。

3号，莫利，金黄色，染成红色。

4号，多莉，灰色，染成赤褐色。

319…

根据线索4，纳斯德卡思在城墙上的3或4号位置，但3号位置上的是斯堪达隆思（线索2），因此纳斯德卡思一定在4号位置上。由于已经参军12年的人不是来自大不列颠的密尼布司（线索1），也不是来自伊伯利亚半岛（线索2），而来自高卢的士兵已经参军10年（线索3），因此通过排除法得出他是罗马市民。因为他不在4号位置（线索4），线索1还说明来自大不列颠密尼布司的那个人的参军年数不是11年，而且我们知道也不是10年或12年，所以他是最晚参军的，已经参军9年。剩下来自伊伯利亚半岛的士兵的参军年数是11年，根据线索2知道，3号位置上的斯堪达隆思来自罗马，并且他已经参军12年。由线索4得到最晚参军的密尼布司在2号位置，因此1号位置上的就是阿格里普斯。线索3告诉我们他不是来自高卢，那么来自高卢的是纳斯德卡思，最后剩下阿格里普斯是来自伊伯利亚半岛的已经参军11年的士兵。

答案：

1号，阿格里普斯，伊伯利亚半岛，11年。

2号，密尼布司，大不列颠，9年。

3号，斯堪达隆思，罗马，12年。

4号，纳斯德卡思，高卢，10年。

320…

由于扮演麦当娜的帕慈不在财务部工作（线索1），也不在蒂娜·特纳的扮演者所在的销售部（线索3），所以她一定在人事部。通过排除法，来自财务部的女性将扮演伊迪丝·普杰夫，但她不是卡罗琳（线索4），故必定是海伦·凡尔敦（线索2）。销售部扮演蒂娜·特纳的那位不是坦娜夫人（线索3），因此她姓玛丽尔，通过排除法，可以知道她的名字是卡罗琳。同样通过排除法，得到来自人事部的帕慈就是坦娜夫人的名字。

答案：

卡罗琳·玛丽尔，销售部，蒂娜·特纳。

海伦·凡尔敦，财务部，伊迪丝·普杰夫。

帕慈·坦娜，人事部，麦当娜。

321…

推理小说将在2月份出版（线索2），恐怖小说是以布雷特·艾尔肯为笔名（线索6），又由于那本科幻小说比以蒂龙·斯瓦名义出版的那本书晚出版（线索3），所以1月份以尤恩·邓肯名义出版的那本书不是历史小说（线索1），而是艺术小说《主要的终曲》（线索6）。由于以吉尼·法伯名义出版的书在《白马》出版后一个月出版（线索4），因此它不在2月或4月出版。由于《船长》在4月份出版（线索2），所以以吉尼·法伯名义出版的书不是在5月出版，而是在6月。那么《白马》就在5月出版（线索4）。《世代相传》以雷切尔·斯颇为笔名（线索5），因此它不在4月或5月出版，而是2月份的推理小说。科幻小说不是以蒂龙·斯瓦为笔名(线索3)，那么就是吉尼·法伯的6月份作品，而蒂龙·斯瓦的书是历史小说，通过排除法，后者是4月份出版的《船长》，而5月出版的书《白马》是布雷特·艾尔肯的恐怖小说，剩下《太阳花》是以吉尼·法伯的名义在6月份出版的科幻小说。

答案：

1月份，《主要的终曲》，尤恩·邓肯，艺术小说。

2月份，《世代相传》，雷切尔·斯颇，推理小说。

4月份，《船长》，蒂龙·斯瓦，历史小说。

5月份，《白马》，布雷特·艾尔肯，恐怖小说。

6月份，《太阳花》，吉尼·法伯，科幻小说。

322…

3号选手的马叫汉德尔（线索5）。鲁珀特是2号选手（线索3），线索1排除了闪电是1号、2号或4号马的可能，那么它一定是5号马。这样根据线索1，4号选手赢得了比赛，骑着汉德尔的3号选手是蒙太奇。爱德华在比赛中不幸打了一个乌龙球（线索4），我们由此知道他不是2号、3号或4号选手，线索4也排除了他是1号选手的可能，因此他是骑着闪电的5号选手。然后根据线索4，黑马马乔里是参加比赛的4号选手的马。因为阿齐不是1号选手（线索2），所以由排除法得出他是骑着马乔里的4号选手，剩下1号选手是杰拉尔德。蒙太奇没有弄伤手腕（线索5），我们知道他不喜欢这场比赛，没有打乌龙球，也没有掉马球棒（线索2），则他必定从马上跌落。根据线索6，褐色马不是1号、3号、4号或5号马，只能是鲁珀特骑的2号马，1号马叫亚历山大（线索6），剩下鲁珀特的褐色马叫格兰仕。3号马不是栗色的（线索6），也不是白色的（线索1），那就是灰色的。闪电不是白色的马（线索1），而是栗色的，剩下白色的马是杰拉尔德骑的1号马。由于他没有弄伤手腕（线索5），因此是他掉了马球棒的选手，最后得到鲁珀特就是那名在比赛中弄伤了手腕的选手。

答案：

1号，杰拉尔德·亨廷顿，亚历山大，白色，掉了马球棒。

2号，鲁珀特·德·格雷，格兰仕，褐色，弄伤手腕。

3号，蒙太奇·佛洛特，汉德尔，灰色，从马上跌落。

4号，阿齐·福斯林汉，马乔里，黑色，享受比赛。

5号，爱德华·田克雷，闪电，栗色，乌龙球。

323…

由于下午3:00接的乘客来自剑桥（线索4），并且上午10:00的乘客不是来自北安普敦（线索3），那么他来自林肯，而来自北安普敦的乘客于12:30在4号站台被接到。上午10:00要接的站台号比下午3:00要接的站台号小（线索2），由此可以知道10:00接的客人在7号站台，而下午3:00接的客人德拉蒙德夫人在9号站台（线索2）。来自林肯的乘客将进入7号站台，因此斯坦尼夫人会进入4号站台（线索1），排除法得出古氏先生到7号站台。最后通过排除法，古氏先生来自林肯，斯坦尼夫人来自北安普敦，而德拉蒙德夫人来自剑桥。

答案：

上午10:00，7号站台，古氏先生，林肯。

中午12:30，4号站台，斯坦尼夫人，北安普敦。

下午3:00，9号站台，德拉蒙德夫人，剑桥。

324…

由于小博尼只有3天大（线索4），并且4天前出生的婴儿不是基德(线索1),也不是阿曼达·纽康姆博(线索2),所以他一定姓沙克林。线索1告诉我们,他不是2号小床上的丹尼尔,同时也说明丹尼尔不姓基德。我们知道丹尼尔不姓纽康姆博,因此他姓博尼,年龄只有3天。根据线索1,姓基德的婴儿的年龄是2天,通过排除法,剩下阿曼达·纽康姆博是最晚出生的。根据线索2,1号小床上的婴儿只有2天大,她姓基德,但不叫托比(线索3),由此得出她叫吉娜,剩下托比姓沙克林。后者不在3号小床上(线索3),而是在4号小床上,剩下阿曼达在3号小床上。

答案:

1号,吉娜·基德,2天。

2号,丹尼尔·博尼,3天。

3号,阿曼达·纽康姆博,1天。

4号,托比·沙克林,4天。

325...

由于1984年退休的不是罗福特·肯特(线索4)或驯狗员思考特·罗斯(线索6),再根据线索2得到受溃疡病困扰的切克·贝克也不是在1984年退休。机修工在1980年退休(线索7)。根据线索1,其中一个人因为有心脏病而离开警察队,后来成为一名摄影师,麦克·诺曼在他退休后4年才离开,故他不是在1984年退休,由此可以得出乔·哈里斯在1984年退休。由于从屋顶跌落的人是在1976年退休(线索5)。乔·哈里斯不是因车祸而退休(线索3),我们知道他也没有溃疡(线索2),而线索1又排除了他有心脏病,那么他一定是被刀刺伤。患有心脏病的人不是切克·贝克或乔·哈里斯,线索1排除了麦克·诺曼,而根据他后来的职业也可以排除思考特·罗斯,那只能是罗福特·肯特。根据线索1和4,那个出租车司机是麦克·诺曼。我们现在已经知道其中三个人退休后的工作,切克·贝克不是酒馆老板(线索2),因此他是1980年退休的机修工,酒馆老板是在1984年被刺伤而退休的乔·哈里斯(线索2)。从屋顶跌落并在1976年退休的不是出租车司机麦克·诺曼(线索5),故推断他是驯狗员思考特·罗斯,剩下麦克·诺曼是车祸的受害者,最后根据线索1知道他在1972年退休,而摄影师罗福特·肯特在1968年退休。

答案:

切克·贝克,溃疡,1980年,机修工。

乔·哈里斯,被刀刺伤,1984年,酒馆老板。

罗福特·肯特,心脏病,1968年,摄影师。

麦克·诺曼,车祸,1972年,出租车司机。

思考特·罗斯,从屋顶跌落,1976年,驯狗员。

326...

由于德吉瑞克使用汉斯·格拉巴的身份(线索5),并且椈·凯纳的代理使用洛浦兹医生的身份(线索1),来自诺德并假扮成尼尔森主教的代理属于只有创办者才知道的智能组织(线索6),因此齐德尔的沙拉·罗帕姆(线索4)不是假扮的赫斯尼船长,而是使用了帕特尔教授的假身份。又由于他(她)不是来自格洛姆斯行星(线索2)、阿德瑞基行星(线索4)或诺德,艾伦·伯恩斯来自埃斯波兰萨行星(线索3),那么他一定来自沃克斯。艾伦·伯恩斯不在椈·凯纳系统(线索3),所以没有使用洛浦兹医生的身份,而他来自的行星排除了他是尼尔森主教的可能,那么他使用的是赫斯尼船长的身份。因为假扮洛浦兹医生的椈·凯纳代理不是莫比克－奎弗(线索1),而是海伦·格尔。这样根据线索3,艾伦·伯恩斯属于NSR,所以由排除法得出莫比克－奎弗来自诺德,并使用了尼尔森主教的身份。由于德吉瑞克不是HFO的代理(线索5),而是属于DPA,所以HFO的代理是莫比克－奎弗。最后,由于海伦·格尔不是来自格洛姆斯(线索2),所以他来自阿德瑞基，而德吉瑞克来自格洛姆斯。

答案：

艾伦·伯恩斯，埃斯波兰萨，NSR，赫斯尼船长。

德吉瑞克，格洛姆斯，DPA，汉斯·格拉巴。

海伦·格尔，阿德瑞基，榻·凯纳，洛浦兹医生。

莫比克－奎弗，诺德，HFO，尼尔森主教。

沙拉·罗帕姆，沃克斯，齐德尔，帕特尔教授。

327…

刻在墓碑C上的物理学家不是卢修斯·厄巴纳斯(线索1)，也不是刻在墓碑D上的朱尼厄斯·瓦瑞斯（线索3）；泰特斯·乔缪尔斯是个酒商（线索2），因此物理学家一定是在公元84年去世的马库斯·费迪尔斯（线索4）。这样根据线索1，卢修斯·厄巴纳斯在公元96年去世，并且推断出他是个职业拳击手（线索5）。现在排除法得出朱尼厄斯·瓦瑞斯是百人队长。他不在公元60年去世（线索6），而是在公元72年，通过排除法，泰特斯·乔缪尔斯是在公元60年去世，但他的名字不是刻在A上（线索2），而是在B上，A是职业拳击手卢修斯·厄巴纳斯的墓碑。

答案：

墓碑A，卢修斯·厄巴纳斯，职业拳击手，公元96年。

墓碑B，泰特斯·乔缪尔斯，酒商，公元60年。

墓碑C，马库斯·费迪尔斯，物理学家，公元84年。

墓碑D，朱尼厄斯·瓦瑞斯，百人队长，公元72年。

328…

3号信是寄给雪特小姐的（线索3）。由于1号信不是寄给梅尔先生的（线索4），也不是给本德先生的（线索1），因此它一定是给格林夫人的。根据线索5，3号信的收件人雪特小姐住在6号，但不可能在斯坦修恩路（线索6），也不是在斯达·德弗街（线索3）。10号在特纳芮大街(线索2)，因此雪特小姐的地址是朗恩·雷恩街6号。线索1说明本德先生的信不是4号信，我们知道也不是1号或3号，那么一定是2号信，剩下4号信是寄给梅尔先生的。线索1告诉我们，1号信寄到31号，这样根据线索4，梅尔先生的地址是45号，剩下本德先生的地址是特纳芮大街10号。最后由线索6得知，斯坦修恩路不是4号信上的地址，而是1号信上的地址，剩下斯达·德弗街45号是梅尔先生的完整地址。

答案：

1号信，格林夫人，斯坦修恩路31号。

2号信，本德先生，特纳芮大街10号。

3号信，雪特小姐，朗恩·雷恩街6号。

4号信，梅尔先生，斯达·德弗街45号。

329…

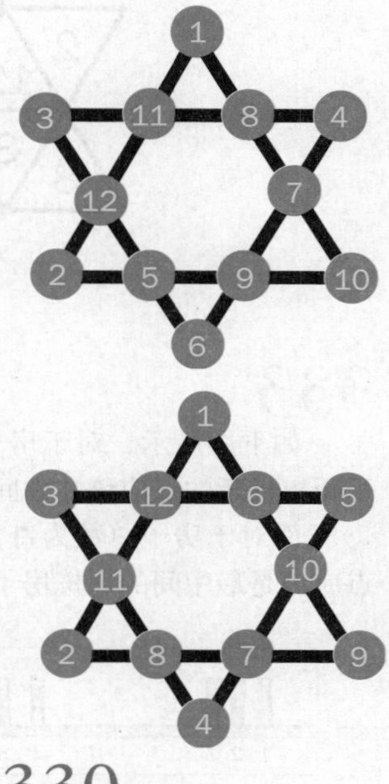

330…

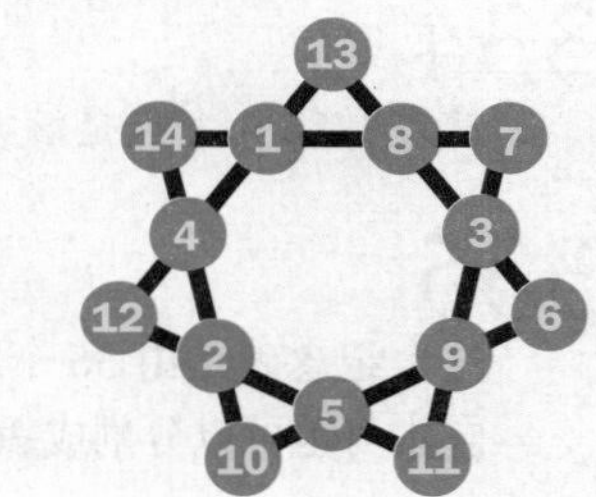

331…

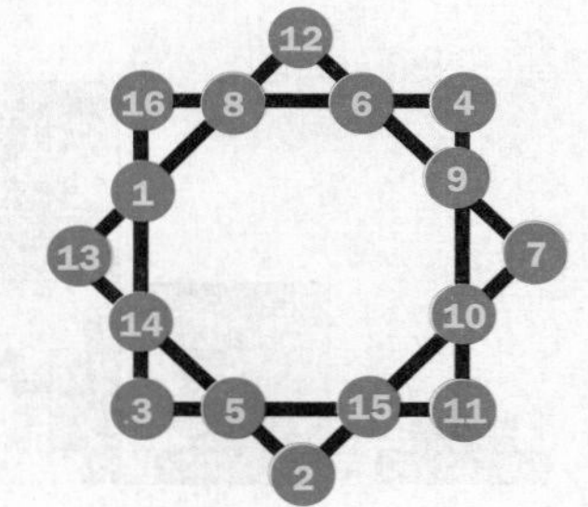

332…

这个问题可不简单。

一共有12!（12阶乘

= 1×2×3×…×11×12= 479001600）种方法，其中一种解法如下图所示。

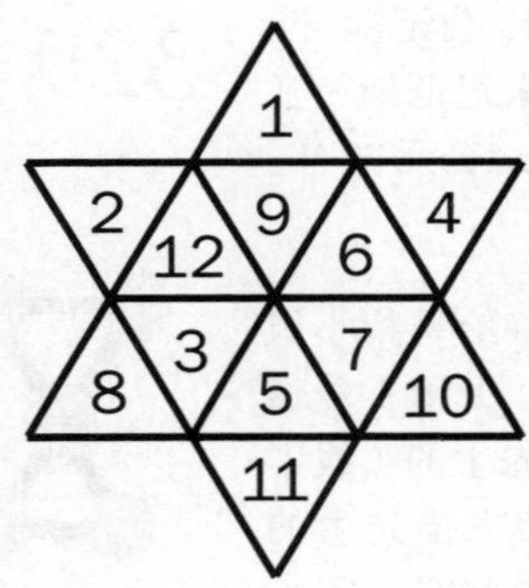

333...

如下图所示，对于房子总数为偶数的情况，到所有的房子距离最近的点应该在中间两栋房子的中心。

而对于房子总数为奇数的情况，到所有房子距离最近的点应该是最中间的那栋房子。

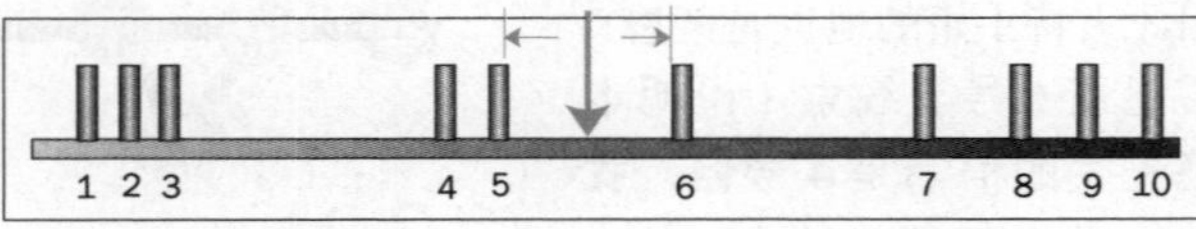

334...

从左数第 4 个点是该大圆的圆心。

335...

这个纪念碑是由 36 个原图形构成的。

它本身也可以分割成 36 个与它一样的图形。如图所示：

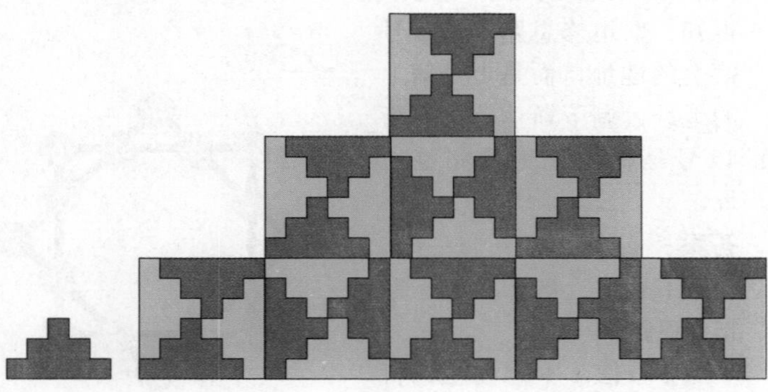

336...

如图所示：

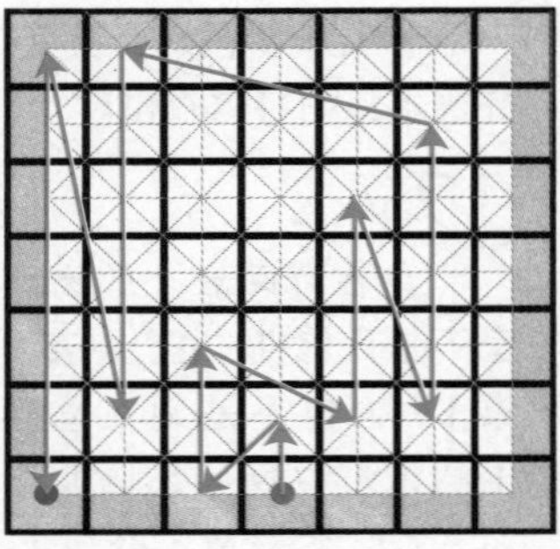

337...

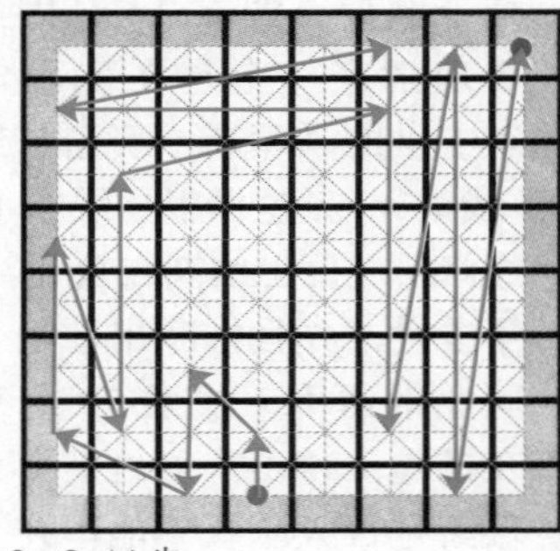

7×7 11 步

8×8 14 步

338...

面试 36 个人。这样会将你选到最优秀的人的概率提高到 1/3，这是你所能做到的最好的结果。

如果你愿意妥协，认为选择这 100 名中的第 2 名也可以，那么这样你只要面试 30 个人，你选到第 1 名或者第 2 名的概率就会高于 50%。而如果你认为选择这

100名中的前5名都可以，那么你只需要面试20个人，你选到前5名之一的概率就会达到70%。

339...

所有这些横线都是等长的。

340...

如图所示，图中用箭头标出来的那条线与其他直线都不平行，它有点倾斜。这个小小的改动使这条直线看起来与它左右相邻的直线平行。但事实上不是，它是唯一一条与其他直线都不平行的直线。

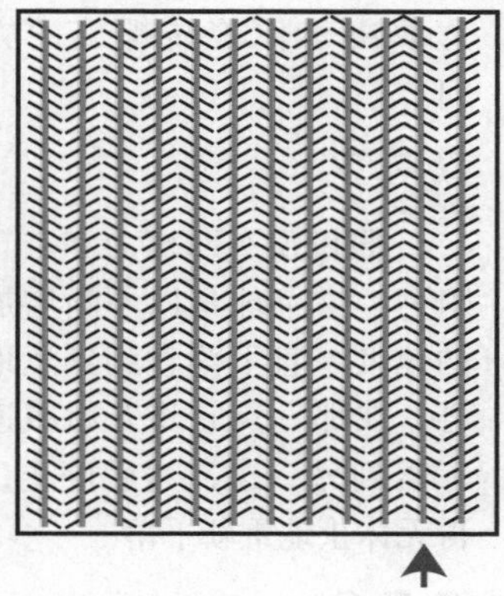

341...

一共有8组。

735 564 6432 4326 26331 3318 3183 3741

342...

第4次变色后会重新变回到第2次变色之后的图形。

（见下图）

1

2

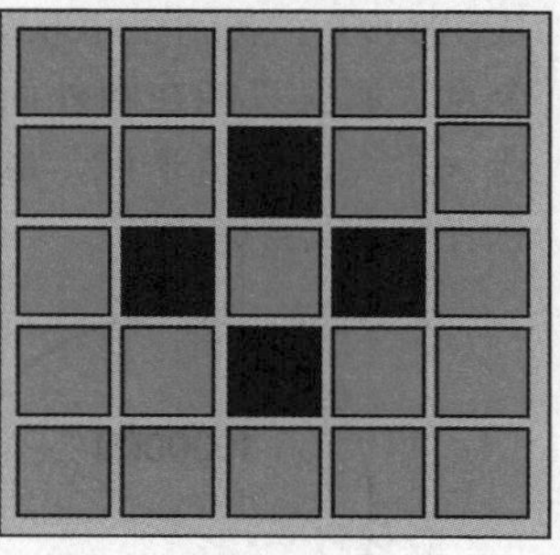

3

4

343...

显然，概率肯定不是100%。

事实上，你可以先计算6次全部都没有掷到“6”的概率。

每一次没有掷到“6”的概率为5/6，那么6次全部没有掷到“6”的概率为：5/6x5/6x5/6x5/6x5/6x5/6 ≈ 0.33。

因此6次中至少有一次掷到“6”的概率为1 – 0.33 =0.67，即67%。

344...

6/6x5/6x4/6x3/6x2/6x1/6 ≈ 0.015。

即概率小于2%。

345...

N是既是左撇子同时也是右撇子的学生数。

7N的人是左撇子，9N的人是右撇子。

那么N+6N+8N=15N，即全班的学生数。

而右撇子在学生总数中所占的比例是9N/15N，即3/5，超过班上一半的人数。

左 左 左 左 左 左 N=左+右

右 右 右 右 右 右 右 右 N=左+右

346...

眼睛贴近纸面，从图右下方的一点往上看。

347...

书虫一共爬过了25厘米，如下页图所示。它吃掉了4整本书以及第1本书的封面和第6本书的封底。

25厘米

348...

答案是2520=5×7×8×9。如果一个数能被8整除，那它也能被2和4整除；如果一个数能被9整除，那它也能被3整除；如果一个数能同时被3和2整除，那它也能被6整除。

349...

348926128可以被4和8整除；

845386720可以被4和8整除；

457873804只可以被4整除；

567467334既不能被4整除也不能被8整除；

895623724只能被4整除。

如果一个数的最后两位可以被4整除，这个数就能被4整除。如果一个数的后3位能够被8整除，这个数就能被8整除。

350...

伽利略在他的最后一本著作《关于两门新科学的对话》中提出了一个观点：平方数与非平方数的总和看起来要远远多于平方数，然而每一个数都有一个平方数，并且每一个平方数都有一个平方根，因此不能说究竟哪种数更多。这是用一一对应的方法来做证明的早期运用。

351...

那个沿着地平线发射的炮弹将最先落地，因为物体以相同的重力加速度垂直降落，不考虑它们的水平速度。如果其他两个炮弹以相同的能量降落，以一个角度发射的炮弹将比垂直发射的炮弹更早落地。这是因为以一个角度发射的炮弹的能量被转化成了水平方向的动能，所以它到达的高度不高，因此它飞行的时间将会更短。

352...

我们可以从圆的外面选一点，从这一点向圆发出射线，射线从圆的边缘开始切入。我们可以数这条射线与圆相夹的面积内有多少个点，直到正好为100万个点为止。这时这条射线在该圆内的线段就是我们要找的线段。

如果射线一次扫射正好从999999个点到了1000001个点，那就只能在圆外面另选一个点，重新来试，最后总有一条线会成功的。

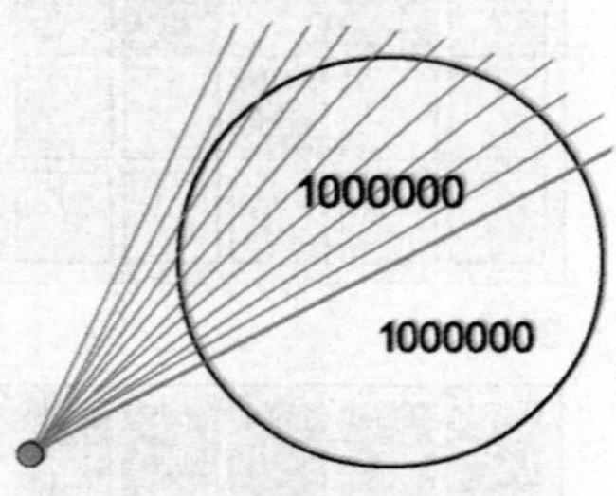

353...

红色的圆弧。

354...

绿色的线。

355...

描述康托的梳子齿的总长度的公式是（2/3）^{n}。

随着n的无限增大，梳子齿的总长度接近0。康托的梳子的一个特性就是：当梳子齿的总长度在0与1之间时，总能够在梳子上找到两点，使这两点之间的距离等于梳子齿的总长度。

356...

当你看运动的物体时，你的眼睛和大脑都已经习惯了，而当你再看静止的物体时，你的眼睛看到的是相反方向的运动。

这个错觉通常被称为瀑布错觉。

如果你盯着旋转的螺旋看一段时间，再看静止的船时，它看上去像是在朝靠近你或者远离你的方向移动，这取决于你旋转螺旋的方向。

357...

假设没有摩擦力和空气阻力，这个球将以不断增加的速度一直下落直到到达地心。在那一点它将开始减速下落到另一边，然后停止，再无休止地重新下落。

358...

已知索菲在多恩卡斯特上车（线索4）。根据线索1，黛安娜不是从约克角旅行回来，线索1和3又排除了她来自格兰瑟姆的可能，而且搭乘1号出租车的妇女来自格兰瑟姆，所以可以得出黛安娜在皮特博芮上火车。我们现在知道从格兰瑟姆来的乘客不是黛安娜或索菲，也不是伯尼的乘客帕查（线索3），因此她是安妮特。排除法得出帕查从约克角旅行回来。黛安娜的司机不是詹森（线索1），也不是诺埃尔（线索2），那么他就是克莱德，而她搭乘的是4号出租车（线索5）。然后根据线索1，詹森是3号出租车的司机，他的乘客不是伯尼的乘客帕查，而是索菲。最后通过排除法，我们知道安妮特的司机是诺埃尔，伯尼的车是2号车。

答案：

1号，诺埃尔，安妮特，格兰瑟姆。

2号，伯尼，帕查，约克角。

3号，詹森，索菲，多恩卡斯特。

4号，克莱德，黛安娜，皮特博芮。

359...

由于在3号停靠点狐狸和兔子站（线索7）下车的女乘客不是在邮局站上车的莱斯利（线索5），也不是在欧文下车的站点上车的布伦达（线索4和7），那她一定是阿尔玛。因为在1号停靠站下车的男人（线索3）不是马克斯，因为马克斯的下车站点在他上车站点的后面，并且也不是西里尔（线索2），那他一定是欧文，而布伦达在1号站上车（线索4）。这站不是植物园（线索3）或来恩峡谷（线索6），也不是西里尔下车的市场广场（线索2），我们已经知道它不是狐狸和兔子站或莱斯利上车的邮局站，马克斯不在2号站点之前上车，根据线索8，国会街不是1号站点，马克斯不在2号站点下车，因此通过排除法，1号站点是板球场。线索3告诉我们，在6号站点下车的是布伦达。马克斯不在3号站点下车（线索7），那么2号站点不是国会街（线索8）。这个线索也说明国会街不是4号、5号或7号站点，我们知道它也不是1号或3号，那它一定是6号站点。由此得出马克斯在7号站点下车，而罗宾在这站上车（线索1和8）。上、下车的乘客排除了7号站点是邮局站或市场广场站的可能，它也不是来恩峡谷站（线索6），那就是植物园站。2号站点不是市场广场站，我们知道乔斯不在1号站点（线索2）或邮局站（线索5）下车，排除法得出他在来恩峡谷站下车。现在我们已经知道4个乘客下车的站点名。在3号狐狸和兔子站上车的阿尔玛不是在3号或2号来恩峡谷站下车，那她一定在莱斯利上车的邮局站下车，但不是4号站（线索8），我们知道也不是1号、2号、3号、6号或7号，那只能是5号站。根据线索5，梅齐在3号狐狸和兔子站下车。通过排除法，4号站是市场广场，西里尔在这站下车，剩下乔斯在2号站下车。线索2告诉我们莱姆不是在2号或4号站上车，而是在6号站上车。在2号站梅齐还没有下车（线索5），皮特不在2号站上车，而是4号站，剩下马克斯在2号站上车。

答案：

1号，板球场，布伦达上车，欧文下车。

2号，来恩峡谷，马克斯上车，乔斯下车。

3号，狐狸和兔子站，阿尔玛上车，梅齐下车。

4号，市场广场，皮特上车，西里尔下车。

5号，邮局，莱斯利上车，阿尔玛下车。

6号，国会街，莱姆上车，布伦达下车。

7号，植物园，罗宾上车，马克斯下车。

360...

因为300万欧元是3月份的花费（线索2），那么只出价100万欧元的罗马拍卖会不是在1月份或3月份（线索3），而卡尼莱特的作品成功出价是250万欧元（线索3），也排除了罗马拍卖会在4月份的可能。4月份买的是格列柯的画（线索5），线索3也说明罗马拍卖会不是在5月份，因此它一定在2月份，而卡尼莱特的作品是在1月份买到的（线索3）。在罗马买的画不是马耐特的（线索1），也不是卡尼莱特或格列柯的，而弗米亚的作品是在巴黎买到的(线索6)，因此在罗马买的画一定是毕加索的。我们已经知道了在2月份和4月份买的画，线索1排除了马德里的拍卖会在1月份、3月份或5月份的可能，也不在2月份，那么一定在4月份,并且买的是格列柯的画。根据线索1,马耐特的画在5月份得到,剩下弗米亚的画是用300万欧元在3月份买的。现在由线索1得出,格列柯的画花了150万欧元,马耐特的画花了200万欧元。根据线索4,后者不是在阿姆斯特丹买的,而是在布鲁塞尔,剩下卡尼莱特的画是在阿姆斯特丹得到的。

答案:

1月,卡尼莱特,阿姆斯特丹,250万欧元。

2月,毕加索,罗马,100万欧元。

3月,弗米亚,巴黎,300万欧元。

4月,格列柯,马德里,150万欧元。

5月,马耐特,布鲁塞尔,200万欧元。

361…

已知10分钟路程中维恩广场是其中的第二段路(线索3)。根据线索1,通过斯拜丝巷和哥夫街的路程不需要12分钟,因此这条路只需花8分钟,同一个线索得出尼克花了10分钟并经过维恩广场。通过排除法,多吉丝·希尔是12分钟路程中的第二段路,根据线索2,帕特走了12分钟的路程,并经过佩恩街。最后由排除法知道,尼克所走路程的第一段是丘奇巷,桑迪通过斯拜丝巷和哥夫街只花了8分钟到达小餐馆。

答案:

尼克,丘奇巷,维恩广场,10分钟。

帕特,佩恩街,多吉丝·希尔,12分钟。

桑迪,斯拜丝巷,哥夫街,8分钟。

362…

已知星期五拜访的妇女不是帕特丝·欧文(线索1)或小说家阿比·布鲁克(线索3),那么拜访的是利亚·凯尔,并且可以知道她是个流行歌手(线索2);通过排除法,帕特丝·欧文是个电影演员,她被拜访的时间不是星期天(线索4),而是星期六,剩下小说家阿比·布鲁克是在星期天被采访的。根据线索1,星期五拜访的利亚·凯尔来自加拿大,根据线索3,星期六的被访者帕特丝·欧文来自澳大利亚,最后排除法得出,星期天的被访者小说家阿比·布鲁克来自美国。

答案:

星期五,利亚·凯尔,流行歌手,加拿大。

星期六,帕特丝·欧文,电影演员,澳大利亚。

星期天,阿比·布鲁克,小说家,美国。

363…

第2个村庄是丝特·多米尼克村(线索2)。丹尼斯住在村庄3(线索3),线索1说明波科勒村不是村庄1或村庄4,那么圣子埃特鲁米亚展览(线索1)一定在村庄3开展,丹尼斯观看了这场展览。线索1告诉我们克里斯多佛住在村庄2,安德烈住在墨维里(线索4),通过排除法,马丁所在的村庄是格鲁丝莫村,但它不是村庄1(线索5),而是村庄4,剩下村庄1是墨维里。住在那里的安德烈没有在街道上跳舞(线索3),也没有看电视(线索4),那他一定参加了烟花大会。由线索4得知马丁没有看电视,那她一定在街道上跳舞,剩下克里斯多佛呆在家里看电视。

答案:

村庄1,墨维里村,安德烈,烟花大会。

村庄2,丝特·多米尼克村,克里斯多佛,看电视。

村庄3,波科勒村,丹尼斯,圣子埃特鲁米亚展览。

村庄4,格鲁丝莫村,马丁,街道舞蹈。

364…

将去学习气球操纵的戈登夫人不在织物部门或园艺部门工作(线索3和2),也不在贴身衣物部门,因为在那里工作的妇女将度过一个潜水假日(线索6),而瑞雷小姐在体育部门(线索4)工作,因此戈登夫人一定在厨具部门工作,并且将去巴巴多斯岛(线索5)。将去参加水上运动的女士不在体育部门(线索1和4)或纺织部门工作(线索2),那她一定在园艺部门工作。来自纺织部门的女士不去亚洲(线索2),因此她不是将去泰国的沃克夫人（线索4）或布莱克小姐（线索1），我们知道她也不是戈登夫人或瑞雷小姐，那她必定是莫什夫人，她不去学习气球操纵、潜水或水上运动，也不去不明飞行物的测定地点(线索3)，由此知道她一定是去参加鸟类学的探险活动的。通过排除法，来自体育部门的瑞雷小姐一定去了不明飞行物的测定地点。布莱克小姐不去参加水上运动（线索1），而是去潜水，并在贴身衣物部门工作，沃克夫人去泰国参加水上运动。去加利福尼亚的女士不是布莱克小姐或去参加鸟类学的探险活动的莫什夫人（线索1），而是瑞雷小姐。来自纺织部门的莫什夫人不去斯里兰卡（线索2），而是去佛罗里达。贴身衣物部门的布莱克小姐将去斯里兰卡。

答案：

布莱克小姐，贴身衣物部门，斯里兰卡，潜水。

戈登夫人，厨具部门，巴巴多斯岛，学习气球操纵。

莫什夫人，纺织部门，佛罗里达，鸟类学。

瑞雷小姐，体育部门，加利福尼亚，去不明飞行物的测定地点。

沃克夫人，园艺部门，泰国，水上运动。

365…

由于1号位置的妇女（线索3）不是琼（线索4）或桑德拉（线索5），也不是查瑞丝或考林，因为他们两个在C过道上（线索7）。线索3排除了按字母顺序排列的名单上的第一个艾格尼丝，还有安妮和马吉，因为他们的名字在女顾客的后面，排除法得出1号位置上的是盖玛，那么8号顾客是戴伦（线索3），7号是安妮（线索5），马吉和杰夫都在A过道上（线索5）。由于每条过道上站着2个男顾客和2个女顾客（线索1），我们知道盖玛在A过道，所以线索6告诉我们马吉是4号顾客。然后根据线索5，杰夫一定是3号顾客。线索2提示马克也在A过道，因此通过排除法，他一定是2号顾客，现在由线索2得出威尔福是10号顾客，尼克是15号。又因为威尔福是10号顾客，线索7说明查瑞丝不是9号、10号或12号，这样由同条线索可以得出她一定是11号顾客，考林是12号。线索5现在提示桑德拉不在5号、6号、9号、13号或16号，剩下只能是14号顾客。那么奥利弗一定是9号（线索5）。现在线索4把琼放在6号位置上，鲍勃在5号位置。特德不是13号顾客（线索6），得出艾格尼丝是13号，剩下特德是16号顾客。

答案：

1. 盖玛；2. 马克；3. 杰夫；4. 马吉；5. 鲍勃；6. 琼；7. 安妮；8. 戴伦；9. 奥利弗；10. 威尔福；11. 查瑞丝；12. 考林；13. 艾格尼丝；14. 桑德拉；15. 尼克；16. 特德。

366…

已知4号士兵是所罗门·特普林(线索4)，根据线索1，穿着灰色外衣的伊齐基尔·费希尔一定是2号或3号士兵，鼓手是1号或2号士兵。但1号是个步兵(线索3)，因此鼓手是2号，伊齐基尔·费希尔是3号。现在我们已经知道一个士兵的兵种及另一个士兵的上衣颜色，可以推断出穿棕色上衣的配枪士兵(线索2)是4号士兵。然后通过排除法，穿灰色制服的伊齐基尔·费希尔是个炮手，根据线索2，2号鼓手必定是末底改·诺森，剩下1号步兵是吉迪安·海力克。他的上衣不是蓝色的(线索5)，那就是红色，而2号鼓手末底改·诺森的制服是蓝色的。

答案：

1号，吉迪安·海力克，步兵，红色。

2号，末底改·诺森，鼓手，蓝色。

3号，伊齐基尔·费希尔，炮手，灰色。

4号，所罗门·特普林，配枪士兵，棕色。

367…

10号书摊上的作者不是大卫·爱迪生(线索1)、坦尼娅·斯瓦(线索2)、卡尔·卢瑟或拜伦·布克(线索3)，也不是曼迪·诺布尔(线索4)，因此一定是保罗·帕内尔。大卫·爱迪生的书摊在拜伦·布克及女作家的书摊之间(线索1),那他不可能在7号书摊。而拜伦·布克的书摊也不是7号(线索3),由此得出大卫·爱迪生不在6号书摊。3号书摊上的作者不是坦尼娅·斯瓦(线索2),也不是曼迪·诺布尔(线索4),大卫·爱迪生不在4号,那他一定在3号,而4号是拜伦·布克(线索1和3)。我们从线索1中知道,1号摊上是个女作者,她不是坦尼娅·斯瓦(线索2),可以得出她是曼迪·诺布尔。现在根据线索3,卡尔·卢瑟在6号摊,排除法得出坦尼娅·斯瓦在7号摊。根据线索3,坦尼娅·斯瓦的书是《英式烹调术》,而线索4告诉我们,《城市园艺》是3号摊的大卫·爱迪生所写。由线索2可以得出,《乘车向导》是10号摊的保罗·帕内尔所写,《自己动手做》这本书的作者是4号摊的拜伦·布克签售的。曼迪·诺布尔的书不是《超级适合》(线索4),而是《业余占星家》,剩下6号摊上卡尔·卢瑟签售的是《超级适合》。

答案:

1号,曼迪·诺布尔,《业余占星家》。

3号,大卫·爱迪生,《城市园艺》。

4号,拜伦·布克,《自己动手做》。

6号,卡尔·卢瑟,《超级适合》。

7号,坦尼娅·斯瓦,《英式烹调术》。

10号,保罗·帕内尔,《乘车向导》。

368…

1号黑猩猩不是罗莫娜(线索1)、里欧或格洛里亚(线索2),也不是贝拉(线索3),那它一定是珀西。5号黑猩猩的母亲不是格雷特(线索1)、克拉雷(线索2)、爱瑞克(线索3)或马琳(线索4),而是丽贝卡。由此得出4号黑猩猩的母亲是马琳(线索4)。1号黑猩猩珀西的母亲不是格雷特(线索1)或克拉雷(线索2),那一定是爱瑞克。珀西和格雷特的后代都不是在11月出生(线索1),克拉雷(线索2)或丽贝卡(线索4)的后代也不是,因此在11月生产的是马琳。现在可以知道在10月生产的丽贝卡(线索4)是5号黑猩猩的母亲。根据线索3,贝拉是2号黑猩猩。5号黑猩猩不是罗莫娜(线索1)或里欧(线索2),而是格洛里亚。里欧是4号黑猩猩(线索2),排除法得出罗莫娜是3号。根据线索2,3号罗莫娜是克拉雷的后代,排除法可以知道格雷特是贝拉的母亲。在7月出生的黑猩猩不是罗莫娜(线索1)或贝拉(线索3),那一定是珀西。贝拉在8月出生(线索3),最后通过排除法得出罗莫娜在9月出生。

答案:

1号,珀西,7月,爱瑞克。

2号,贝拉,8月,格雷特。

3号,罗莫娜,9月,克拉雷。

4号,里欧,11月,马琳。

5号,格洛里亚,10月,丽贝卡。

369…

农民不是在1638年(线索6)或1641年(线索5和6)移民,铁匠在1647年移民(线索2),那么他一定是在1644年离开英国,由此可以知道他就是亚伯·克莱门特(线索3)。根据线索6,木匠在1641年离开英国,通过排除法,来自诺福克并在1638年移民(线索5)的人是军人迈尔斯·罗维(线索4)。木匠不是泰门·沃丝皮(线索6),那他就是来自德文郡的杰贝兹·凯特力(线索1),排除法得出泰门·沃丝皮是1647年离开的铁匠,他不是来自柴郡(线索2),而是肯特。柴郡是农民亚伯·克莱门特的家乡。

答案:

亚伯·克莱门特,农民,柴郡,1644年。

杰贝兹·凯特力,木匠,德文郡,1641年。

迈尔斯·罗维,军人,诺福克,1638年。

泰门·沃丝皮,铁匠,肯特,1647年。

370…

"信天翁"由一家唱片公司赞助(线索3),托尔·努森的船由一家印刷公司赞助(线索1),乔·恩格的船"曼维瑞克Ⅱ”不是由电脑制造商赞助（线索4），所以一定是由银行赞助。“海盗船”不是由印刷公司赞助的托尔·努森的船（线索1），而是由电脑制造商赞助的，通过排除法，托尔·努森的船就是那艘名为“半月”的船。“海盗船”在6号靠岸（线索1），所以它不是3号靠岸的罗宾·福特的船（线索2），那它就是尼克·摩尔斯的。通过排除法，3号靠岸的罗宾·福特的船名为“信天翁”。然后根据线索3，由银行赞助的“曼维瑞克Ⅱ”在4号靠岸。最后通过排除法，托尔·努森的“半月”在5号靠岸。

答案：

“信天翁”，3号，罗宾·福特，唱片公司。

“半月”，5号，托尔·努森，印刷公司。

“曼维瑞克Ⅱ”，4号，乔·恩格，银行。

“海盗船”，6号，尼克·摩尔斯，电脑制造商。

371...

因为摄像师姓贝瑞（线索3），坐在D位置的鸟类学专家是个男的（线索2），因此瓦内萨·鲁特（线索1）不是录音师，而是植物学家。她不在C位置上（线索3），又因为她的斜对面是录音师（线索1），所以她不在A位置上（线索2），我们知道她也不在D位置，那么她一定在B位置。这样根据线索1，录音师在C位置，通过排除法，摄像师贝瑞在A位置。坐在D位置的鸟类学专家不姓温（线索2），而姓福特，因此他不叫盖伊（线索4），而叫罗伊（线索2）。现在通过排除法，C位置的录音师姓温。A位置的贝瑞不叫艾玛（线索3），而叫盖伊，剩下C位置的录音师是艾玛·温。

答案：

位置A，盖伊·贝瑞，摄像师。

位置B，瓦内萨·鲁特，植物学家。

位置C，艾玛·温，录音师。

位置D，罗伊·福特，鸟类学专家。

372...

因为沃德拜别墅在4号位置（线索2），那么在1号位置筑巢的不是养了7只小鸭子的戴西（线索1），也不是迪力（线索3），线索4排除了多勒，通过排除法得出是达芙妮。然后根据线索5，5只小鸭子在2号别墅的花园里。我们知道拥有小鸭子数最多的不是戴西、多勒（线索4）或迪力（线索3），而是达芙妮，她拥有8只小鸭子。1号位置小鸭子的数量比2号位置上的多3只，线索3排除了迪力在2号花园里的可能，已知多勒有5只小鸭子，剩下迪力有6只小鸭子。这样根据线索3，罗斯别墅是戴西和她的7只小鸭子的家。我们知道它们不在1号、2号或4号位置，那么一定在3号位置，根据排除法和线索3，迪力在4号沃德拜别墅的花园里抚养她的6只小鸭子。线索1现在告诉我们洁丝敏别墅在2号位置，剩下1号是来乐克别墅。

答案：

1号，来乐克别墅，达芙妮，8只。

2号，洁丝敏别墅，多勒，5只。

3号，罗斯别墅，戴西，7只。

4号，沃德拜别墅，迪力，6只。

373...

2号作品不可能是凯维丝夫人的（线索1），也不是福瑞木夫人的（线索2）。线索4告诉我们萨利·斯瑞德的作品在3或4号位置，这样通过排除法，2号作品是尼得勒夫人的。然后根据线索5，以斯帖刺绣了1号作品，但不是《雪景》（线索1）或《河边》（线索3），伊冯刺绣了《村舍花园》（线索2），可以得出以斯帖的作品是《乡村客栈》。接着根据线索4，萨利·斯瑞德制作了4号作品。根据线索3，赫尔迈厄尼就是刺绣2号作品的尼得勒夫人。排除法得出3号作品是伊冯的《村舍花园》，但她不是福瑞木夫人（线索2），而是凯维丝夫人，剩下福瑞木夫人是以斯帖。赫尔迈厄尼没有刺绣《河边》（线索3），因此她的作品一定是《雪景》，剩下《河边》是萨利·斯瑞德的作品。

答案：

1号，《乡村客栈》，以斯帖·福瑞木。

2号，《雪景》，赫尔迈厄尼·尼得勒。

3号，《村舍花园》，

伊冯·凯维丝。

4号，《河边》，萨利·斯瑞德。

374...

一辆机车在1879年7月制造（线索3）。1月份制造的莫特·卡梅尔不是始于1883年（线索4），也不是1887年，因为1887年发动机的制造月份比莫特·埃梢丝的制造月份大（线索1），那么它一定始于1891年。现在根据线索1，1887年制造的发动机不在4月份制造，也不是在7月份，因此一定在12月份。通过排除法，1883年的发动机在4月制造，而根据线索5，1879年的发动机在NTM。莫特·埃梢丝在南萨克福马火车站（线索1），因此它不1879年制造的，我们知道它也不是1891年或1887年的（线索1），得出它一定始于1883年。我们现在知道丹弗地尔火车站的发动机不是在1879年或1883年制造，而且它比莫特·斯诺登峰晚4年制造（线索2），莫特·埃梢丝在1883年制造，也不是始于1887年，因此它一定是在1891年完成的莫特·卡梅尔。根据线索2，莫特·斯诺登峰在1887年制造。通过排除法，它在马球丝火车站，而1879年7月的发动机莫特·埃维瑞斯特在NTM。

答案：

莫特·埃梢丝，1883年4月，南萨克福马火车站。

莫特·卡梅尔，1891年1月，丹弗地尔火车站。

莫特·埃维瑞斯特，1879年7月，NTM。

莫特·斯诺登峰，1887年12月，马球丝火车站。

375...

因为在星期四参观的儿童农场在两处住宅中一处内（线索2），并且披肩是在有服装展的景点买的（线索6），因此哈福特礼堂的景点一定是迷宫，我们在那里买了钢笔（线索4）。星期一我们买了书签（线索1），因此那天参观的一定不是举办了服装展或者是有迷宫的景点，也不是有微型铁路的景点（线索1）。儿童农场是星期四参观的一部分，因此星期一参观的一定是古老汽车展。哈特庄园是在星期二参观的（线索2）。那里的主要景点不是迷宫（线索3），因此杯子不是在星期四买的（线索3），也就不是在儿童农场买的，而是在有微型铁路的建筑里买的。我们现在知道那天不是星期一或星期二（线索3），星期一的参观包括古老汽车展，杯子不可能在星期三买的。儿童农场是星期四的参观部分，那么得出杯子是在星期五买的。因此星期三我们在哈福特礼堂买钢笔并参观迷宫（线索3），剩下星期二的参观地点是哈特庄园，我们在那里买了披肩并参观了服装展。通过排除法，我们在儿童农场买了盘子，那是一套住宅，但不是欧登拜住宅（线索5），而是格兰德雷住宅。书签不是在保恩斯城堡里买的（线索1），那么它是星期一参观欧登拜住宅的纪念品，剩下保恩斯城堡拥有微型铁路，我们在那里买了杯子留作纪念。

答案：

星期一，欧登拜住宅，书签，古老汽车展。

星期二，哈特庄园，披肩，服装展。

星期三，哈福特礼堂，钢笔，迷宫。

星期四，格兰德雷住宅，盘子，儿童农场。

星期五，保恩斯城堡，杯子，微型铁路。

376...

图中一共有8×8×8个1×1的立方体。

有7×7×7个2×2的立方体。

有6×6×6个3×3的立方体。

......

依此类推，最后有1个8×8的立方体。

因此立方体的总数应该是$8^3+7^3+6^3+5^3+4^3+3^3+2^3+1^3=1296$。

事实上由一个公式可以直接得到这个结果：

总的立方体数$=[\frac{n}{2}\times(n+1)]^2$，当n = 8时，得到1296。

377...

这里给出其中一种解决

方法（还有很多可能性）。

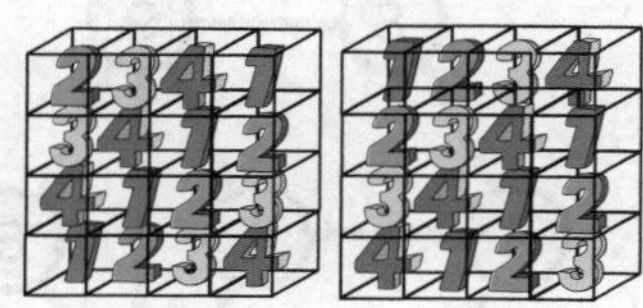

378...

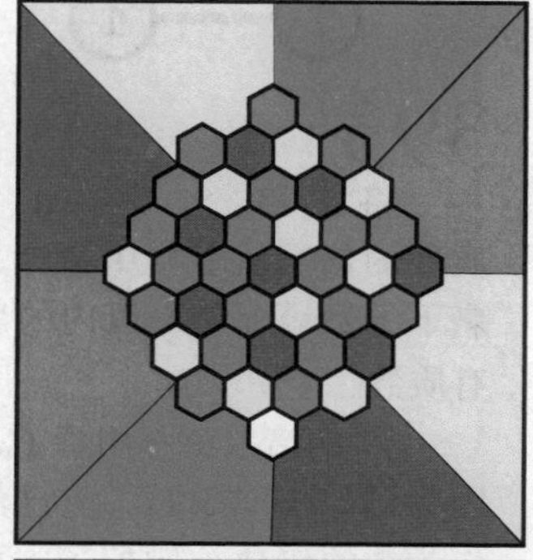

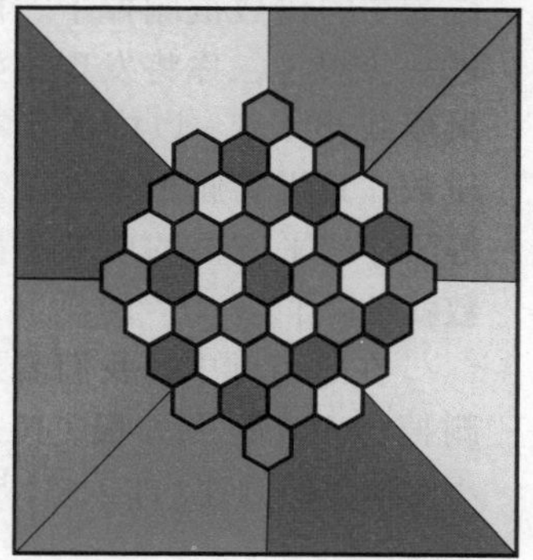

379...

红色面积最大（19 个单位面积），其次是绿色部分（18 个单位面积），而蓝色部分的面积是 17 个单位面积。

这道题是建立在意大利数学家卡瓦列里（1598 ~ 1647）的理论基础上的，即等底等高的三角形面积相等。

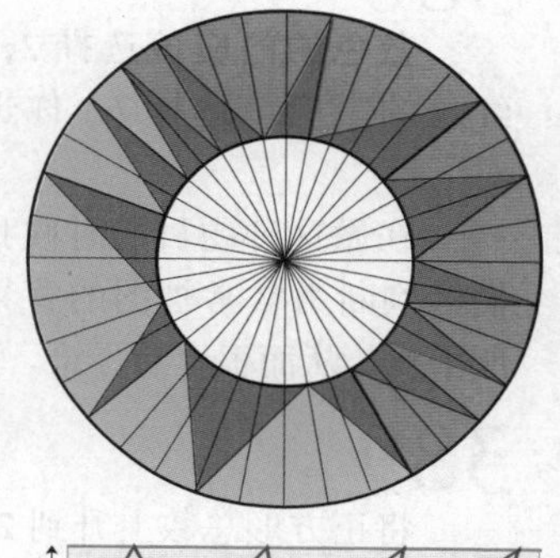

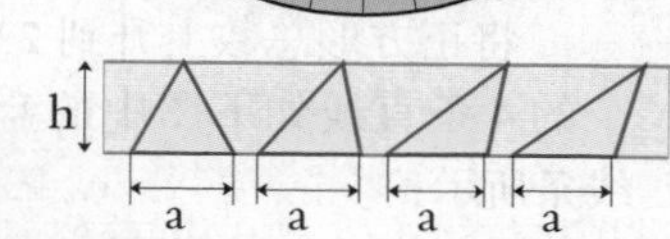

380...

最后一个与众不同，其他的都是质数(在大于 1 的整数中，只能被 1 和这个数本身整除的数叫质数，也叫素数)，它是 17 与 19607843 的乘积。

384...

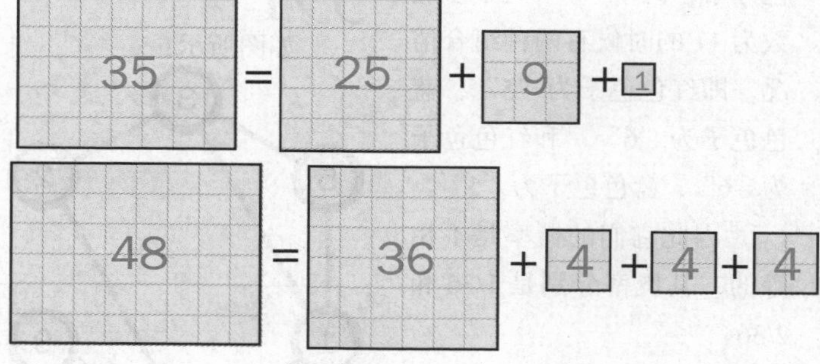

381...

382...

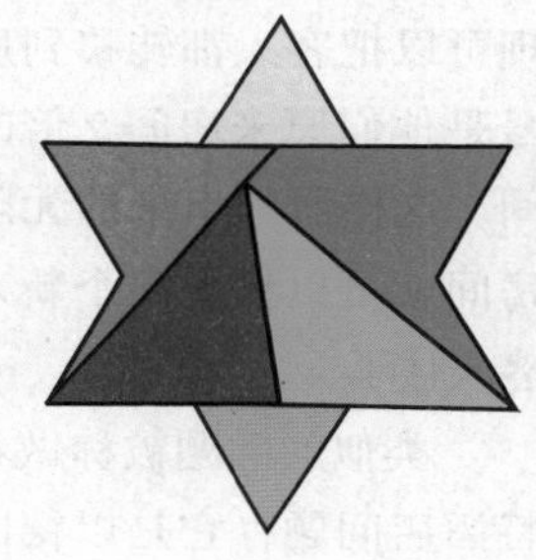

383...

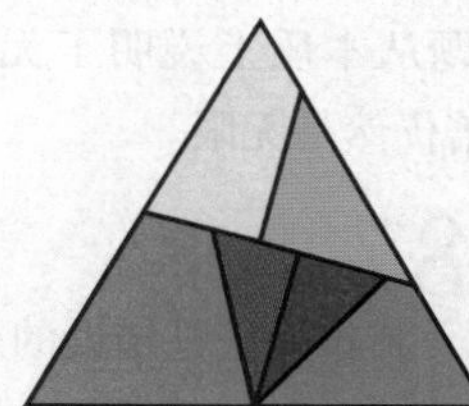

385...

库尔特·舒克尔发现所有相同大小的正多面体都可以组成一个多面体环，除了正四面体。

无论用多少个正四面体组合，都不可能组成一个多面体环。

这一理论在 1972 年被 J.H. 梅森所证明。

386...

在这种情况下，酒店经理可以把客人都转移到房间号是他们原来房间 2 倍的房间。这样所腾出来的无限个房间就可以供无限个新来的客人住了。

类似的问题被称做希伯特酒店问题，它是以德国数学家大卫·希伯特（1862 ~ 1943）的名字命名的。这个问题从本质上说明了无限的 2 倍仍然是无限。

387...

莱布尼茨是错误的。总点数为 12 的时候只有一种组合情况，即红色色子和蓝色色子都掷到“6”；而总点数为 11 的时候有两种组合情况，即红色色子为“5”，蓝色色子为“6”，和红色色子为“6”，蓝色色子为“5”。

因此它们的概率是不相等的，其概率分别是 1/36 和 2/36。

388...

蓝色的门应该选择 2；红色的门应该选择 7，你选对了吗？

在做这种题目的时候我们的判断力常常被图的背景所干扰，从而很容易弄错。

389...

将正方形总数上升到 27 个的 4 条直线如下图中的蓝线条所示：

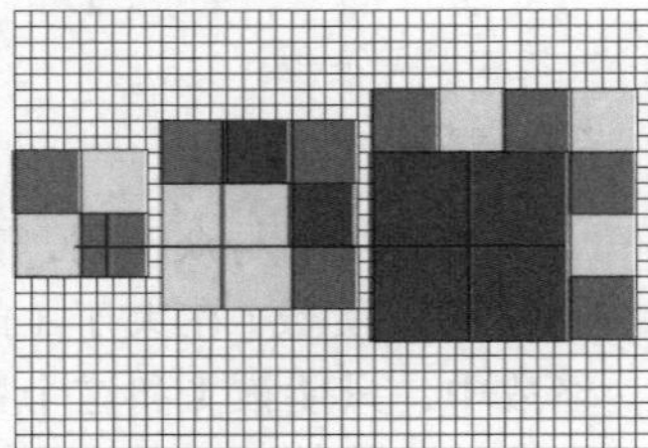

390...

如下图所示：通过 2 个正透镜的光线的弯曲度更大，因此 2 个正透镜会聚光线的能力要比一个正透镜强。

391...

如图所示：

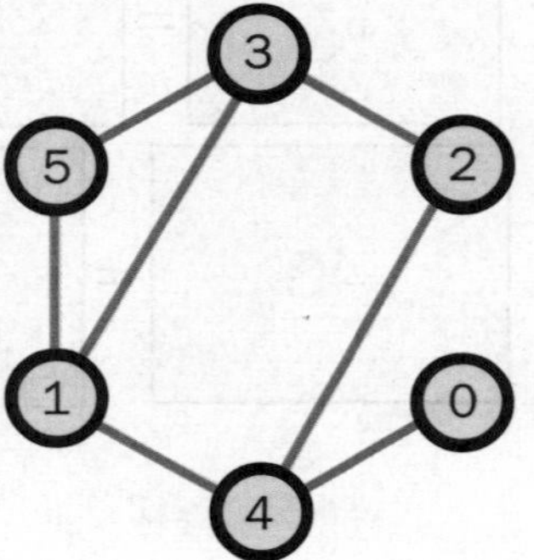

392...

如图所示。

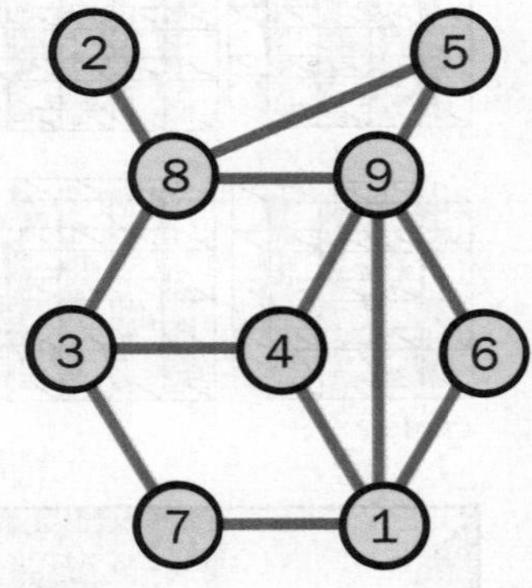

393...

将 2，3，5，7 这 4 个质数的倍数从表格中删掉，剩下的数就是 100 以内的所有质数。

11 的倍数就不用管了，因为例如 77=7×11，它已经作为 7 的倍数被删掉了。再进一步思考，你将发现，如果要找出 1 到 x 以内的所有质数，只需要删掉小于以及等于 x 的平方根的质数的倍数就可以了。

在这道题中，我们需要删掉比 100 的平方根（10）小的质数的倍数，即 2，3，5，7 的倍数。

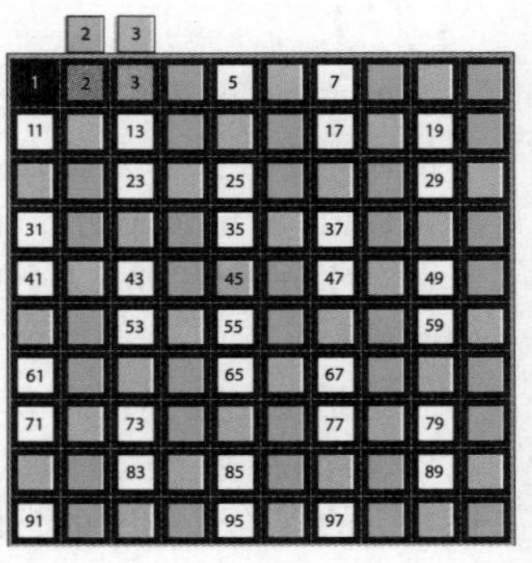

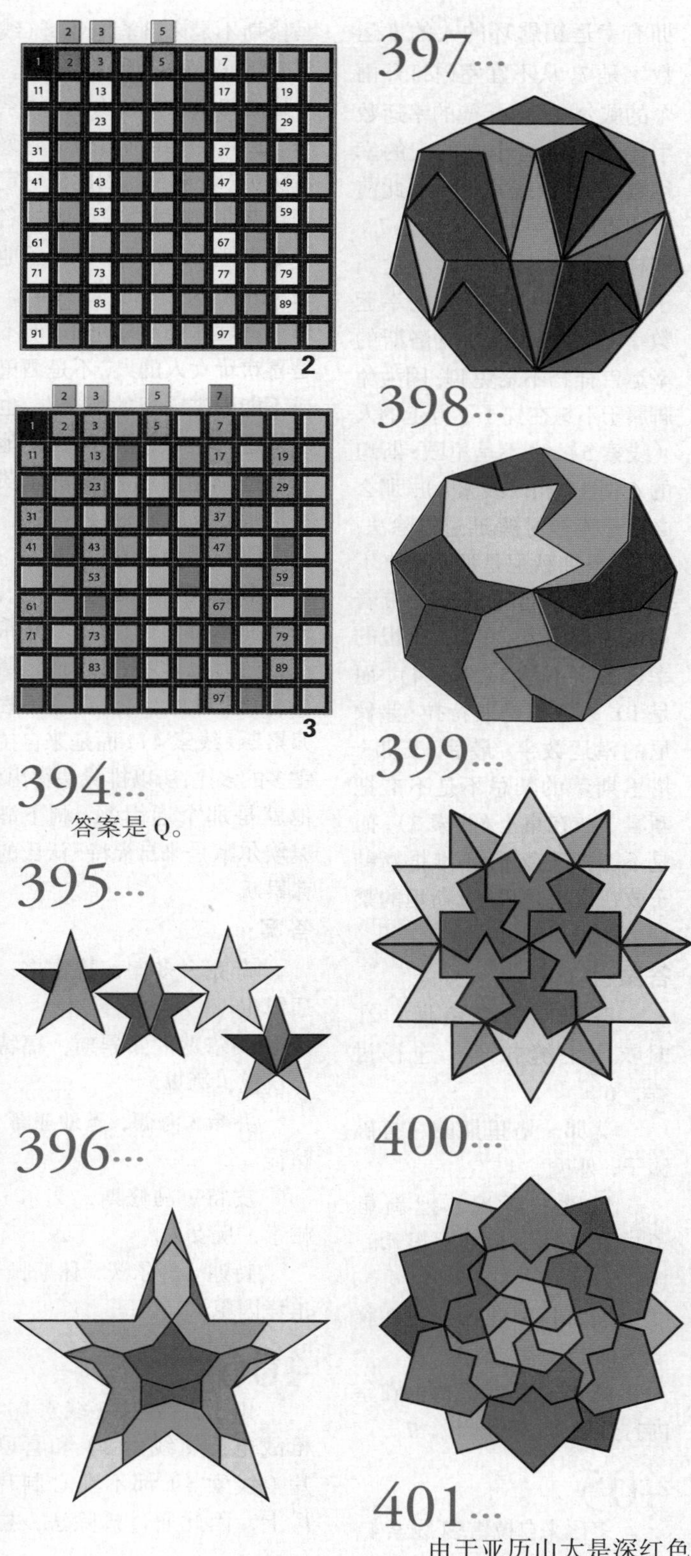

答案是Q。

由于亚历山大是深红色和白色外表（线索2）。罗德·桑兹不是橄榄绿色（线索3），因此它是猩红色和黄色，而橄榄绿的机车是沃克斯·阿比，属于阿比类（线索1），并在1942年制造（线索3）。亚历山大不是越野类型的发动机（线索2），因此是商务车类型的，而越野类型的发动机是罗德·桑兹，它不是始于1909年（线索4），而是在1926年制造的，1909年的机车是亚历山大。

答案：

亚历山大，商务车类，深红/白色，1909年。

罗德·桑兹，越野类，猩红/黄色，1926年。

沃克斯·阿比，阿比类，橄榄绿，1942年。

402...

基德拜夫妇有2个孩子（线索4），因此不只有1个孩子的希金夫妇（线索3）一定有3个孩子，并且他们去了澳大利亚（线索1）。通过排除法，去新西兰的布里格夫妇只有一个孩子；排除法又可以得出基德拜夫妇去了加拿大。希金夫妇不是开旅馆（线索1）或鱼片店（线索3），因此他们经营的一定是农场。鱼片店不是由布里格夫妇经营的（线索2），那么一定是基德拜夫妇经营的，布里格夫妇所做的生意是开旅馆。

答案：

布里格夫妇，1个，新西兰，旅馆。

希金夫妇，3个，澳大利亚，农场。

基德拜夫妇，2个，加拿大，鱼片店。

403…

来恩·摩尔是76岁(线索4)，74岁的退休邮递员不是珀西·奎因(线索2)，也不是牧场主人乔·可比(线索1)，因此一定是C位置上的罗恩·斯诺。这样根据线索2，珀西·奎因在D位置上，他不是72岁(线索3)，而是78岁，剩下乔·可比是72岁。来恩·摩尔不是马医(线索4)，而是机修工。因此他不在B位置上(线索5)，而在A位置上，剩下B位置上的是乔·可比。通过排除法，78岁的珀西·奎因在D位置上，并且是个马医。

答案：

位置A，来恩·摩尔，76岁，机修工。

位置B，乔·可比，72岁，牧场主人。

位置C，罗恩·斯诺，74岁，邮递员。

位置D，珀西·奎因，78岁，马医。

404…

由于艾弗·塔里斯蒙的幸运数字是4(线索3)，芬格斯·克洛斯的幸运数字是个偶数，比拥有幸运钥匙环的人的幸运数字小1(线索2)，因此他的幸运数字是6，并认为在旧的衣服上缝上一颗钮扣是特别不幸的(线索6)。这样得出拥有幸运钥匙环的人的幸运数字是7。从不在室内打开雨伞的威尔·塔吉沃德的幸运数字比拥有幸运小盒的人的幸运数字大3(线索1)，因此前者的幸运数字不是10而是7。同样根据线索1，幸运小盒属于艾弗·塔里斯蒙，他的幸运数字是4。芬格斯·克洛斯的幸运吉祥物不是兔脚，因为兔脚属于不想在梯子下行走的人(线索5)，也不是里欧·斯坦的6便士银币(线索4)，那么必定是连衫衬裤。通过排除法，斯特拉·弗秋尼是那个从来不想在梯子下行走并总是带着幸运兔脚的人。里欧·斯坦的幸运数字不是5(线索4)，而是10，剩下5是斯特拉·弗秋尼的幸运数字。最后，艾弗·塔里斯蒙的禁忌不是不准把新鞋子放在桌上(线索3)，而是不能打破镜子，不准把新鞋子放在桌上是里欧·斯坦的禁忌。

答案：

芬格斯·克洛斯，在旧衣服上缝扣子，连衫衬裤，6。

艾弗·塔里斯蒙，打破镜子，小盒，4。

里欧·斯坦，把新鞋子放在桌上，6便士银币，10。

斯特拉·弗秋尼，在梯子下行走，兔脚，5。

威尔·塔吉沃德，在室内打开雨伞，钥匙环，7。

405…

多比来自拉雷多(线索4)，马修斯不是来自圣地亚哥(线索2)或福特·沃氏(线索3)，并且他的缺点是玩女人(线索3)，也不是不留活口的那名突击队员(线索5)，因此他一定来自艾尔·帕索，并且他的名字是皮特(线索6)。来自圣地亚哥的人不姓多比(线索4)，那么就姓海德。我们知道他不是喜欢玩女人的人，不是酒鬼或不能引进囚犯的那个人，也不是通缉犯(线索1)，因此他一定是个赌徒。特迪·舒尔茨不是赌徒或通缉犯(线索1)，所以他是那个击毙囚犯的人，并且来自休斯顿。通过排除法，弗累斯来自福特·沃氏。乔希不是通缉犯(线索6)，而是赌徒海德。最后，由于奇克不姓弗累斯(线索4)，而是来自拉雷多的多比，所以排除法得出，他就是那个通缉犯。剩下酒鬼埃尔默是来自福特·沃氏的弗累斯。

答案：

奇克·多比，拉雷多，通缉犯。

埃尔默·弗累斯，福特·沃氏，酒鬼。

乔希·海德，圣地亚哥，赌徒。

皮特·马修斯，艾尔·帕索，玩女人。

特迪·舒尔茨，休斯顿，击毙囚犯。

406…

由于言情电影(线索1)、枪战电影(线索2)和喜剧片(线索5)都不在C制片厂上，因此通过排除法，拉娜·范姆帕担任女主角的警匪片（线索4）是在那里拍摄的。然后根据线索4，奥尔弗·楞次在B制片厂担任导演。我们知道他不是和拉娜·范姆帕一起工作，线索1也排除了海伦·皮奇在B制片厂工作的可能。西尔维亚·斯敦汉姆由卡尔·卡马拉导演（线索3），因此奥尔弗导演多拉·贝尔。海伦·皮奇不在D制片厂工作（线索1），而是在A制片厂，剩下卡尔和西尔维亚在D制片厂工作。线索1现在告诉我们，奥尔弗和多拉在拍言情电影，这样根据线索2，枪战电影一定在A制片厂拍摄，喜剧在D制片厂。线索2得出，沃尔多·特恩汉姆在C制片厂导演警匪片，鲍里斯·旭茨在A制片厂导演枪战电影，其中海伦·皮奇是女主角。

答案：

A制片厂，枪战，鲍里斯·旭茨，海伦·皮奇。

B制片厂，言情，奥尔弗·楞次，多拉·贝尔。

C制片厂，警匪，沃尔多·特恩汉姆，拉娜·范姆帕。

D制片厂，喜剧，卡尔·卡马拉，西尔维亚·斯敦汉姆。

407...

由于凯瑞的运动项目不是100米或400米（线索1），她也不是在跳远比赛中获胜的1号女孩（线索1和4），因此通过排除法，她一定破了标枪比赛的纪录。1号位置上的不是跑步运动员，所以凯瑞不是2号女孩（线索1），同一个线索排除了她是1号或4号的可能，所以她在3号位置。400米冠军哈蒂不叫瓦内萨（线索5），我们知道她不叫凯瑞。赫尔的名字是戴尔芬（线索2），那么哈蒂就是洛伊斯。她不在2号位置（线索3），而她的运动项目排除了1号和3号位置，因此她一定在照片中的4号位置。1号女孩不是戴尔芬·赫尔（线索2），而是瓦内萨，戴尔芬是2号女孩，排除法得出戴尔芬的运动项目是100米。最后根据线索4，瓦内萨不姓福特，而姓斯琼，剩下凯瑞是福特小姐。

答案：

1号，瓦内萨·斯琼，跳远。

2号，戴尔芬·赫尔，100米。

3号，凯瑞·福特，标枪。

4号，洛伊斯·哈蒂，400米。

408...

埃格要去拜访岳母（线索2），穿着绵羊皮外套的男人打算修他的小圆舟（线索5），并且穿着小牛皮上衣的奥格不打算粉刷他的窑洞墙壁（线索4），因此他一定是去钓鱼。由于穿着绵羊皮外套的男人不是阿格（线索5），我们知道他也不是埃格或奥格，那么他是艾格。通过排除法，剩下阿格是准备粉刷窑洞墙壁的男人。穿着绵羊皮外套的艾格不在1号位置（线索1），也不在3号位置，因为3号穿着山羊皮上衣（线索3），而线索1和3排除了他在4号位置的可能，那么他一定在2号位置，1号穿着狼皮上衣（线索1），剩下穿着小牛皮上衣的奥格在4号位置。线索5说明阿格在1号位置，他穿着狼皮上衣，通过排除法，在3号位置上穿着山羊皮上衣的人是埃格，就是那个打算拜访岳母的人。

答案：

1号，阿格，粉刷窑洞墙壁，狼皮。

2号，艾格，修小圆舟，绵羊皮。

3号，埃格，拜访岳母，山羊皮。

4号，奥格，钓鱼，小牛皮。

409...

菲利普·兰德得到了80万英镑（线索6），发现一幅旧油画的人得到70万英镑（线索2）。根据线索1，里约热内卢的银行抢劫犯得到的钱不是60万英镑、70万英镑或90万英镑；在新奥尔良的人得到了50万英镑（线索5），因此抢劫银行的人得到了80万英镑，并且他是菲利普·兰德。叔叔的继承人伊恩·戈尔登得到了90万英镑。卖自己公司的人得到的不是50万英镑（线索3），因此通过排除法，他得到了60万英镑，得到50万英镑并住在新奥尔良的那个人中了彩票。线索3得出，他是肖恩·坦纳。发现油画的人不是莱昂内尔·马克（线索2），所以他一定是住在塞舌尔的艾德里安·巴克（线索4）。现在通过排除法，卖公司的那个人是莱昂内尔·马克，而他家不在百慕大群岛（线索2），而在帕果－帕果，伊恩·戈尔登住在百慕大群岛。

答案：

艾德里安·巴克，塞舌尔，发现油画，70万英镑。

伊恩·戈尔登，百慕大群岛，继承叔叔，90万英镑。

莱昂内尔·马克，帕果－帕果，卖公司，60万英镑。

菲利普·兰德，里约热内卢，抢劫银行，80万英镑。

肖恩·坦纳，新奥尔良，中彩票，50万英镑。

410…

已知格兰·泰勒在1998年7月加入（线索7）。1999年3月加入并扮演要辞职角色的演员不是贝利·佩奇（线索3），也不是扮演要被调走的莫娜·杨（线索5）。根据线索2，他不是道恩·塞尔拜，由此得出他是扮演检查员维姆斯的约翰·维茨（线索4）。我们知道扮演被枪杀的演员不在1999年3月加入，而线索2排除了1999年8月，根据同一个线索，他（她）一定是在1998年加入，而道恩·塞尔拜在1997年10月加入。然后根据线索6，道恩扮演的是乌尔夫。而我们知道她不是被调走或枪杀或辞职，坎普恩警察被监禁（线索7），因此斯格特·乌尔夫将退休。我们现在已经知道3个角色离开的原因，而1998年7月加入的格兰·泰勒扮演的角色没有被监禁（线索7），那么她一定被枪杀。排除法得出，贝利·佩奇扮演了被监禁的坎普恩警察。莫娜·杨的角色不是芬警察（线索5），而是马洛警察。因此她不是在1998年5月加入（线索1），而是在1999年8月，剩下贝利·佩奇的加入时间是1998年5月。最后排除法得出，芬警察就是格兰·泰勒扮演的被枪杀的角色。

答案：

贝利·佩奇，坎普恩警察，1998年5月，被监禁。

道恩·塞尔拜，乌尔夫警官，1997年10月，退休。

格兰·泰勒，芬警察，1998年7月，被枪杀。

约翰·维茨，维姆斯检查员，1999年3月，辞职。

莫娜·杨，马洛警察，1999年8月，被调走。

411…

许多与棋盘有关的题目以及其他谜题都可以通过简单的奇偶数检验法解决。

第一个棋盘中，无论你用什么办法都不能覆盖空缺的棋盘，而证明方法很简单。除空缺块以外，棋盘上有32块黄色方块，但只有30块红色的。一块多米诺骨牌必须覆盖一红一黄的方块，因此第一个棋盘不能用31块多米诺骨牌覆盖。

如果从棋盘中移走2个相同颜色的方块，剩下的方块就不能用多米诺骨牌覆盖。

该原理的反面由斯隆基金会主席拉尔夫·戈莫里证明。

如果将2个颜色不同的方块从棋盘移出，剩下的部分必然能用多米诺骨牌覆盖。

因此只有第二个棋盘能全部用多米诺覆盖。

412…

已知斯杰普生德桥是第2号桥（线索2）。4号桥不是托福汉姆桥（线索1）或悬臂建筑维斯吉格桥（线索4），那么一定是埃斯博格桥。第1条河不是被吊桥横跨的波罗特（线索1），也不是戴斯尔河（线索3）或科玛河（线索4），因此一定是斯沃伦河。我们现在知道托福汉姆桥和维斯吉格桥是1号或3号桥，那么波罗特河（线索1）和科玛河（线索4）不可能是3号河，因此排除法得出第3条河是戴斯尔，而它上面的桥不是拱桥（线索3），也不是摆桥（线索5）或吊桥，而是悬臂桥维斯吉格。根据线索4，科玛是被埃斯博格横跨的第4条河。通过排除法，第1条河斯沃伦被托福汉姆横跨，线索1得出，在波罗特河上的吊桥就是2号桥斯杰普生德。根据线索1和5，1号桥托福汉姆是座拱桥，而4号桥埃斯博格在科玛河上，并且是座摆桥。

答案：

1号桥，托福汉姆桥，斯沃伦河，拱桥。

2号桥，斯杰普生德桥，波罗特河，吊桥。

3号桥，维斯吉格桥，戴斯尔河，悬臂桥。

4号桥，埃斯博格桥，科玛河，摆桥。

413...

透镜2和透镜1都是凸透镜，透镜2比透镜1更厚，因此经过透镜2的光线弯曲度更大，会聚太阳光的能力也更强。如下页图所示。

透镜3和透镜4都是凹透镜，它们根本不会会聚太阳光，因此它们下面的纸不可能燃起来。

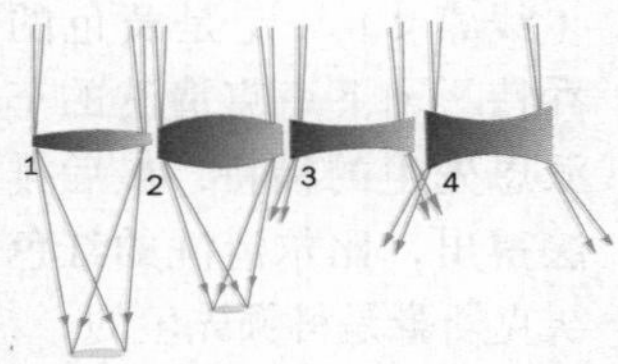

414...

当木框按照正确的顺序移走后，得到的单词是CREATIVITY。

415...

总点数从3到18共有$6\times6\times6=216$种结果。

出现总点数为7共有15种方法(7%)，出现总点数10一共有27种方法(12.5%)。

416...

在前1000个自然数中，有271个数都包含有数字9，即总数的27%。出乎意料的是，前10^{64}个自然数中有99%的数都包含数字9，这个结果可能让我们认为几乎每个数里面都包含有数字9。

但是9并不是一个特殊的数字。对于每一个包含9的数，也可以把9换成8（或者7，6，5，4，3，2，1）。因此几乎所有的数都含有每一个数字。

417...

1. 每个字母有26种可能，每个数字有10种可能，那么密码的可能性有：

$P=26\times26\times26\times10\times10$
$=26^3\times10^2=1757600$种。

2. $P=26\times25\times24\times10\times9$
$=1404000$种。

3. $P=1\times25\times24\times10\times9$
$=54000$种。

418...

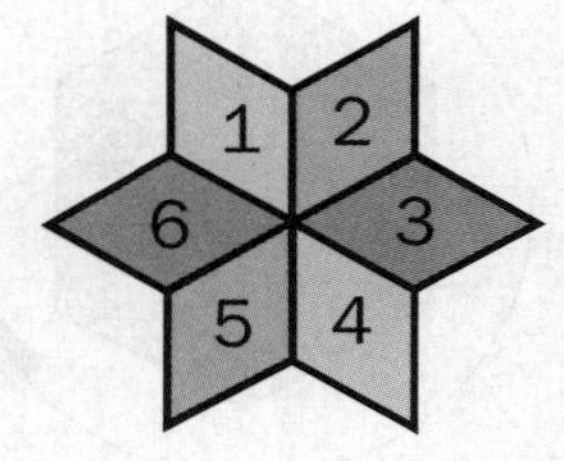

419...

亚历山大时期的希罗发现了光的反射定律：光线射到任意表面上，入射角和出射角相等，即入射光线与法线的夹角等于出射光线与法线的夹角。

420...

如图所示，下面是20个三角形所组成的正方形。这个正方形的4倍就是由80个这样的三角形所组成的正方形。

421...

有2种解法：

4 1 5 4 1 3 2 5 3 2

4 5 1 4 3 1 2 3 5 2

将这两组解的数字倒过来就构成了另外2种解法。

422...

看不见的那些面的总点数为155。这个结果可以用这10个色子的总点数(21×10=210)减去看得见的点数得到。

423...

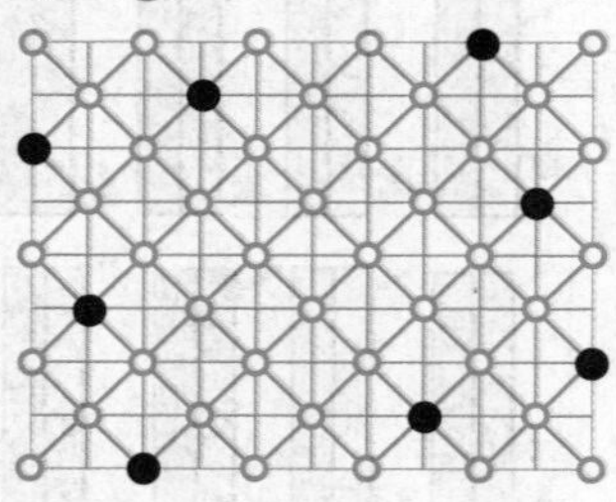

424...

从鱼身反射出的光线，由水进入空气时，在水面发生了折射，而折射角大于入射角，折射光线进入人眼，人眼逆着折射光线的方向看去，觉得这些光线好像是从它们的反向延长线的交点鱼像发出来，鱼像是鱼的虚像，鱼像的位置比实际的鱼的位置要高。

光线在不同介质中的传播速度是不同的。光在水里的传播速度比在空气中要慢，同时光线由水里进入空气中时，在交界面上产生了折射。

425...

数列里面去掉了所有的平方数。

426...

如图所示。将4张卡片重叠，最后每个小正方形里的4个圆圈就分别呈现出4种不同的颜色。

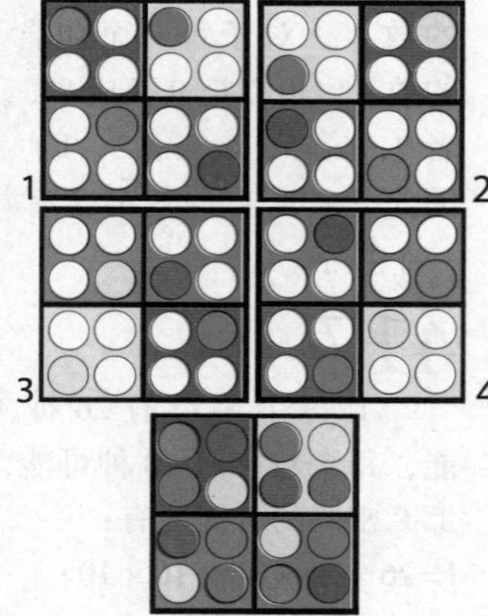

427...

看得见的洞(逆时针方向)如下。

上面的洞：4－2－3－6

左边的洞：5－4－1－3

右边的洞：6－2－1－2

看不见的洞如下。

底部的洞：3－5－3－2

左边的洞：5－6－1－2

右边的洞：3－1－3－6

要记住现在的色子都是沿逆时针方向增加点数的。

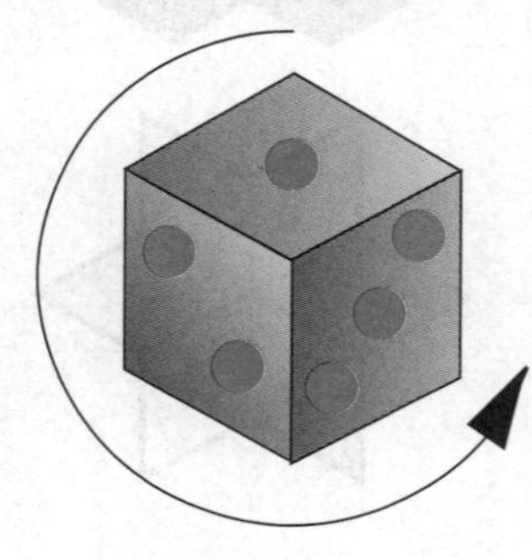

428...

在3×3的小钉板上不论你怎么连，最终总是会剩下2个钉子；而在5×5的小钉板上则总是会剩下1个钉子；在4×4的板上可以把16个钉子全部用上，一个也不剩。如图所示：

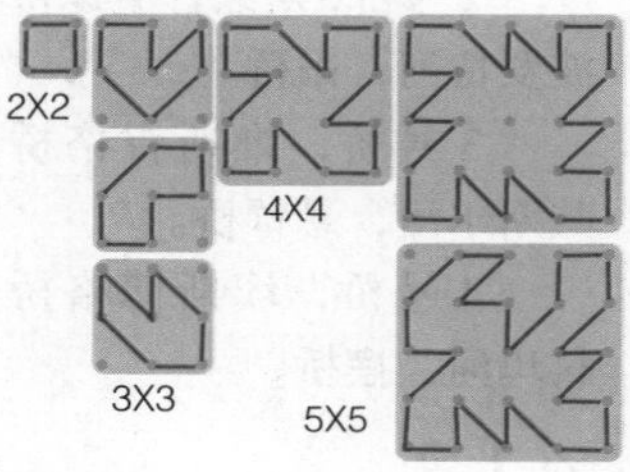

429...

由于那辆普乔特是黄色的（线索3），比尔清洗的红车不是福特车（线索1），因此得出红车是沃克斯豪，而福特车是蓝色的并属于派恩先生（线索2）。我们现在知道比尔清洗的是沃克斯豪，派恩先生的车是福特，罗里清洗的斯蒂尔先生的车（线索4）一定是黄色的普乔特。剩下卢克清洗的车是派恩先生的福特，最后排除法得出，比尔清洗的红色的沃克斯豪是科顿先生的。

答案：

比尔，科顿先生，沃克斯豪，红色。

卢克，派恩先生，福特，蓝色。

罗里，斯蒂尔先生，普乔特，黄色。

430...

由于赫尔拜店是家化学药品店（线索4），面包店不是罗帕店（线索1），因此一定是万斯店，而罗帕店是家零售店。这家店没有雇佣卡罗尔·戴（线索3）或艾玛·发，因为后者在面包店工作（线索2），所以他们雇佣的是安·贝尔，而卡罗尔·戴在赫尔拜化学药品店工作，但她的工作不是9月份开始的（线索4），艾玛·发也不是在9月份开始工作（线索1），因此9月份开始工作的一定是安·贝尔。艾玛·发开始工作的时间不是8月份（线索2），而是7月份，而卡罗尔·戴开始工作的时间是8月份。

答案：

安·贝尔，罗帕店，零售店，9月份。

卡罗尔·戴，赫尔拜店，化学药品店，8月份。

艾玛·发，万斯店，面包店，7月份。

431…

由于豪格特学校的得第5名的机器人不是得第1名的马文，不是罗伯凯特（线索1），不是由希拉里学校制造的亭·莉齐或乔科塞罗斯（线索2），因此一定是安·安德。豪格特学校在马特恩镇（线索6）。来自查尔科洛镇的学校的机器人的名次在格林费德学校的机器人的前两位（线索2），所以前者不可能是第3名，而福林特维尔的机器人也没有得第3名（线索4）。由格立特福特的一所学校制造的机器人是第4名（线索3），因此第3名一定来自山蒂布瑞的基尔·希尔学校(线索5)。我们现在知道第1名的马文不是由豪格特学校、希拉里学校或基尔·希尔学校制造，线索2也排除了格林费德学校，因此它一定由帕瑞尔·帕克学校制造。格林费德学校的机器人不是第2名（线索2），那么它一定是第4名，而格林费德学校是在格立特福特。通过排除法，第2名机器人是希拉里学校的亭·莉齐。根据线索2，第3名是乔科塞罗斯，而希拉里学校在查尔科洛镇。排除法得出，第1名马文所在的帕瑞尔·帕克学校在福林特维尔，而第4名机器人罗伯凯特来自格立特福特的格林费德学校。

答案：

第1名，马文，帕瑞尔·帕克学校，福林特维尔。

第2名，亭·莉齐，希拉里学校，查尔科洛。

第3名，乔科塞罗斯，基尔·希尔学校，山蒂布瑞。

第4名，罗伯凯特，格林费德学校，格立特福特。

第5名，安·安德，豪格特学校，马特恩。

432…

由于会计部职员订了火腿三明治（线索3），人事部职员要了油炸圈饼（线索5），而奶酪三明治和胡萝卜蛋糕不是由接待处和销售处的人订购的（线索1），因此一定是由行政部职员订的，但不是玛丽亚（线索2）和在接待处工作的洁尼（线索1），不是订巧克力甜饼的艾莉森（线索4），也不是订金枪鱼三明治的科林（线索6），而是加里。接待处的洁尼没有要鸡蛋三明治（线索1），那么她一定选择了鸡肉三明治，但没有要胡萝卜蛋糕、甜饼或油炸圈饼。要鸡肉三明治的人没有同时要橘子汁（线索2），因此洁尼另外要的是油炸马铃薯片。玛丽亚没有订购橘子汁(线索2)，由此得出她是订购油炸圈饼的人事部职员。通过排除法，科林要了金枪鱼三明治和橘子汁，他不在会计部工作，因为会计部职员订了火腿三明治，所以他一定在销售部。现在我们可以知道艾莉森是会计部职员，她将享受她的火腿三明治和甜饼，而人事部的玛丽亚订购了鸡蛋三明治还有油炸圈饼。

答案：

艾莉森，会计部，火腿三明治，巧克力甜饼。

科林，销售部，金枪鱼三明治，橘子汁。

加里，行政部，奶酪三明治，胡萝卜蛋糕。

洁尼，接待处，鸡肉三明治，油炸马铃薯片。

玛丽亚，人事部，鸡蛋三明治，油炸圈饼。

433...

由于C位置上的旅店名是升起的太阳（线索3），D位置上的船属于凯斯家庭（线索4），因此根据线索1，停泊在挪亚方舟处的费希尔家庭的船在B位置上，而斯恩费希船在A位置上。我们知道停在狗和鸭码头的帕切尔号（线索2）不在A、B或C位置上，所以它一定属于D位置上的凯斯家庭。现在通过排除法，A位置上的旅店是钓鱼者休息处。罗德尼家庭的船不是停靠在升起的太阳处（线索3），而是在A位置上的钓鱼者休息处，并且是斯恩费希号，剩下停在C位置上的升起的太阳处的船属于德雷克家庭，但不是南尼斯号（线索3），而是罗特斯号，费希尔家庭的船南尼斯停在B位置上的挪亚方舟处。

答案：

位置A，罗德尼，斯恩费希，钓鱼者休息处。

位置B，费希尔，南尼斯，挪亚方舟。

位置C，德雷克，罗特斯，升起的太阳。

位置D，凯斯，帕切尔，狗和鸭客栈。

434...

由于他们计划星期三去喂猫（线索4），星期四去草地（线索2），所以根据线索1可以知道，他们星期二去山上取水，星期一沿2号方向前进。他们声称朝4号方向前进是去清理茶匙（线索3），因此那天不是星期一，也不是星期二或星期三，那么一定是星期四，并且是去草地。剩下星期一他们去割卷心菜，但不是在河边（线索5），而是在树林中，剩下河边是他们星期三去喂猫的地方，但不是在1号方向（线索4），而是在3号方向，最后得出他们在星期二沿1号方向去爬山。

答案：

1号方向，星期二，山上，取水。

2号方向，星期一，树林，割卷心菜。

3号方向，星期三，河边，喂猫。

4号方向，星期四，草地，清理茶匙。

435...

海吉斯在2号位置（线索4）。由于4号马上的选手不是迪克兰（线索3）或沃特（线索5），因此他一定是赫多尔。这样根据线索2，安德鲁就是骑2号马的海吉斯。1号马不是“跳羚”（线索1），不是“杰克”（线索3），也不是被加百利骑着的“跳过黑暗”（线索5），因此一定是“小瀑布”。我们现在知道安德鲁的马不是“小瀑布”或“跳过黑暗”，也不是“跳羚”（线索1），那么就是“杰克”。现在线索3说明迪克兰·吉姆帕是骑1号马“小瀑布”的选手。通过排除法，沃特骑3号马。根据线索5，4号马是“跳过黑暗”，剩下沃特骑的是“跳羚”。现在已经知道赫多尔就叫加百利，而沃特是吉斯杰姆的姓。

答案：

1号，“小瀑布”，迪克兰·吉姆帕。

2号，“杰克”，安德鲁·海吉斯。

3号，“跳羚”，吉斯杰姆·沃特。

4号，“跳过黑暗”，加百利·赫多尔。

436...

乃尔特中尉将指挥赫尔墨斯3号（线索5），去奎特麦斯，由托勒尔少校指挥的那一队不是赫尔墨斯4号或5号（线索1），而赫尔墨斯1号是要停靠在盖洛克角的（线索2），所以托勒尔少校指挥的飞船是赫尔墨斯2号。结合线索1得出，雷·塞奇上校是赫尔墨斯4号的飞行员。李少校和罗斯科少校不可能是赫尔墨斯1号的成员（线索4），他们其中一个人或两个人的名字排除了是赫尔墨斯2号、3号或4号的可能性，所以他们所乘飞行器是赫尔墨斯5号。因此，普拉德上校可能是赫尔墨斯1号或4号的指挥官。赫尔墨斯2号是要停靠在奎特麦斯环形山旁的，因此线索3排除赫尔墨斯1

号是普拉德上校的船的可能性，他指挥的是赫尔墨斯4号。再根据线索3，马文山一定是赫尔墨斯5号的降落地点。综上所述，赫尔墨斯1号的指挥官是高夫中校（线索6），赫尔墨斯3号的飞行员不是尼古奇上校（线索5），所以一定是亚当斯少校。而尼古奇上校是托勒尔少校在赫尔墨斯2号的飞行员。现在根据线索6，约翰卡特环形山旁不是赫尔墨斯3号的停靠点，那是赫尔墨斯4号的，赫尔墨斯3号将停靠在埃特莱茨山附近。

答案：

赫尔墨斯1号，高夫中校，卡斯特罗上校，盖洛克角。

赫尔墨斯2号，托勒尔少校，尼古奇上校，奎特麦斯。

赫尔墨斯3号，乃尔特中尉，亚当斯少校，埃特莱茨山。

赫尔墨斯4号，普拉德上校，雷·塞奇上校，约翰卡特。

赫尔墨斯5号，李少校，罗斯科少校，马文山。

437…

星期一买的褐色马（线索7）不是索勒先生买的杂交马（线索1），也不是老马（线索6）或患有关节炎的栗色马（线索3），其中一条腿短的马是在星期三购买的（线索5），因此通过排除法，它一定是得了白内障的那匹马，那么它不是由鲍特恩先生购买（线索4），也不是被索勒先生购买。特美德先生在星期四买了匹马（线索2），考沃德先生买了匹花斑马（线索6），因此一定是斯拜尼立斯先生在星期一买了这匹褐色马。这样根据线索3，有个骑士在星期二买了患有关节炎的栗色马。现在我们已经把有缺陷的4匹马和各自的购买者或购买日期配对，因此特美德先生在星期四购买的马是匹老马。考沃德先生的花斑马不是在星期一或星期二买的，而是在星期三，并且那匹马其中一条腿短一点（线索6）。剩下星期五这天索勒先生买了杂交马，但不是黑色的（线索1），而是灰色的，剩下黑马是特美德先生在星期四购买的老马。最后根据排除法，患有关节炎的栗色马的购买者是鲍特恩先生。

答案：

考沃德·德·卡斯特爵士，星期三，花斑马，一条腿短。

鲍特恩·阿·格斯特爵士，星期二，栗色，关节炎。

索勒·阿·弗瑞迪爵士，星期五，灰色，杂交马。

斯拜尼立斯·德·费特爵士，星期一，褐色，白内障。

特美德·得·什科爵士，星期四，黑色，老马。

438…

A位置上的军官是罕克·吉米斯（线索2），坐在C位置上的是宇航员（线索5），因此弗朗茨·格鲁纳工程师（线索1）一定在B或D位置上，而陆军少校也在B或D位置上（线索1）。空军上校在B位置上（线索3），这样根据线索1，他一定是工程师弗朗茨·格鲁纳，而陆军少校在D位置上。我们现在已经知道罕克·吉米斯不是宇航员或工程师，也不是军医，因此他一定是飞行员，剩下坐在D位置上的陆军少校是个军医，根据线索4，他是尤瑞·赞洛夫，C位置上的宇航员是萨姆·罗伊斯，但她不是海军司令官（线索5），而是海军上尉，剩下海军司令官是A位置上的罕克·吉米斯。

答案：

位置A，罕克·吉米斯，海军司令官，飞行员。

位置B，弗朗茨·格鲁纳，空军上校，工程师。

位置C，萨姆·罗伊斯，海军上尉，宇航员。

位置D，尤瑞·赞洛夫，陆军少校，军医。

439…

由于2号警官的肩膀麻木（线索1），线索4说明斯图尔特·杜琼不是4号警官。线索2也排除了卡弗在4号位置的可能，并且线索3排除了布特，因此通过排除法，4号警官一定是艾尔莫特。这样根据线索3，格瑞在2号位置，并且遭受肩膀麻木的痛苦。1 号警官不是鼻子发痒的内卫尔（线索 2），也不是亚瑟（线索 3），而是斯图尔特·杜琼。这样根据线索 4，3 号警官受鸡眼折磨。我们知道他不是格瑞、内卫尔或斯图尔特，那么必定是亚瑟，剩下 4 号警官是鼻子发痒的内卫尔·艾尔莫特。通过排除法，斯图尔特·杜琼一定受肿胀的脚的折磨。亚瑟就是卡弗（线索 2），剩下格瑞就是布特。

答案：

1 号，斯图尔特·杜琼，肿胀的脚。

2 号，格瑞·布特，肩膀麻木。

3 号，亚瑟·卡弗，鸡眼。

4 号，内卫尔·艾尔莫特，发痒的鼻子。

440…

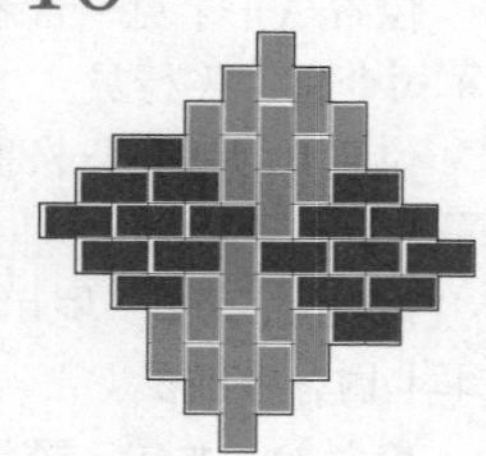

441…

原图上的 5 个缺失方块中有 4 个是在棋盘的灰色块上的，只有 1 个在白色块上。

因此当你放进去最大数

目的多米诺骨牌之后，无论你如何摆放骨牌，总会有 3 个白色块没有被覆盖上。

寻找解法的途径之一是在棋盘上画出车（国际象棋棋子）的路线图，并用骨牌覆盖它的路线。

442…

问 1 最少 21 步

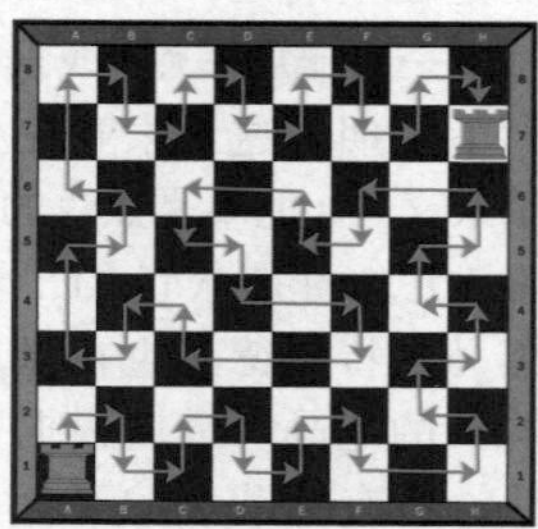

问 2 最多 55 步

问 3 最少 15 步

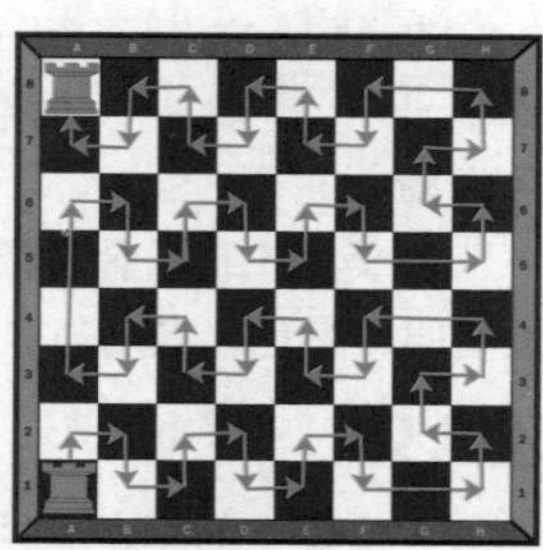

问 4 最多 57 步

问 5 最少 16 步

问 6 最多 56 步

443…

如图所示：需要移动 17 步。

444…

如果我们系统地来试着往第 1 个格子里放一个数字，从“9”试起，我们就会发现“9”不可以，因为剩下的格子里放不下 9 个“0”了；“8”和“7”一样，如图所示。而将“6”放入的时候我们会发现这就是正确的答案。

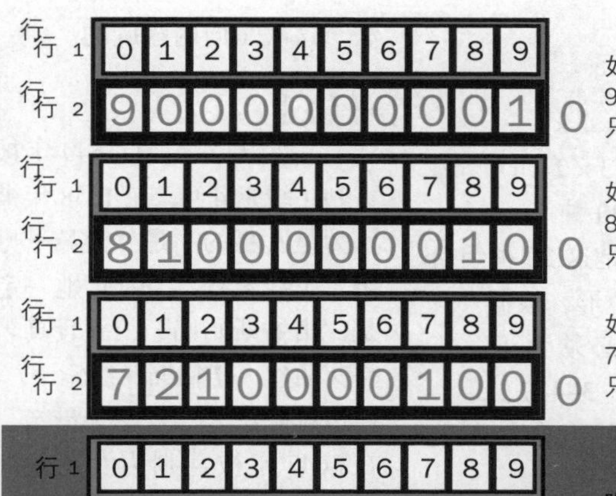

行 1	0	1	2	3	4	5	6	7	8	9
行 2	9	0	0	0	0	0	0	0	0	1	0

如果第一个数字是9，剩下的格子里只放得下8个0。

行 1	0	1	2	3	4	5	6	7	8	9
行 2	8	1	0	0	0	0	0	0	1	0	0

如果第一个数字是8，剩下的格子里只放得下7个0。

行 1	0	1	2	3	4	5	6	7	8	9
行 2	7	2	1	0	0	0	0	1	0	0	0

如果第一个数字是7，剩下的格子里只放得下6个0。

行 1	0	1	2	3	4	5	6	7	8	9
行 2	6	2	1	0	0	0	1	0	0	0

唯一的解。

445...

4个绿色正六边形的面积之和等于红色正六边形的面积，而它们重叠的部分的面积是相等的，因此减去了重叠部分之后的面积还是相等的。

446...

当你沿着迷宫走时，在路的一侧画线。当你来到一个分岔口时，选择任意一条路。如果你回到前面到过的一个分岔口，转身回到你来时的路。

如果在走一条原来走过的路（即你做的标记在路的另一侧）时，来到了一个前面到过的分岔口，尽可能地走你还没有走过的路；否则就走一条原来走过的路。千万不要进入一条两侧都已经有标记的路。

447...

如图所示：

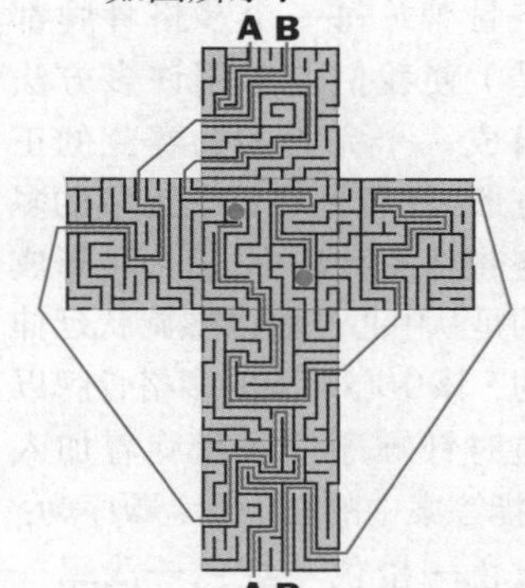

448...

如图所示：

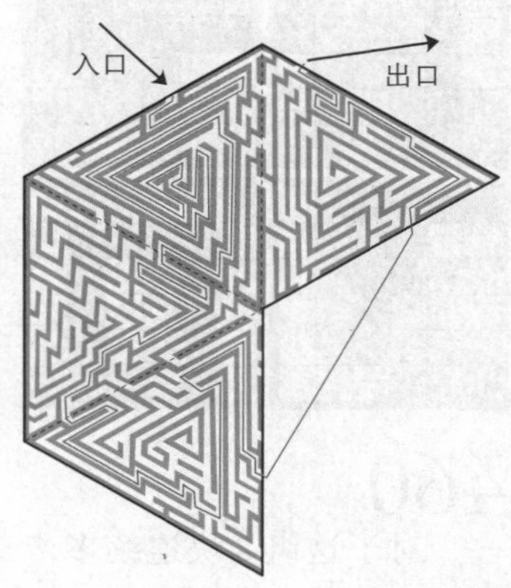

449...

这个迷宫是由刘易斯·卡罗尔在他20多岁的时候，给他的弟弟和妹妹设计的。

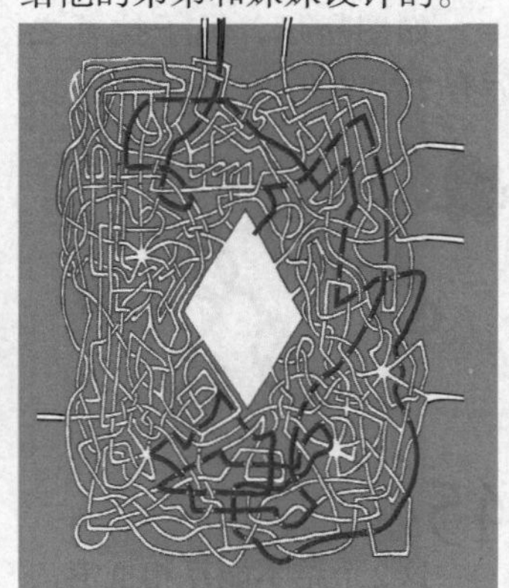

450...

如图所示。

451...

如图所示。

5	6	23	24	25
4	7	22	21	20
3	8	17	18	19
2	9	16	15	14
1	10	11	12	13

15	14	13	12	3	2
16	23	24	11	4	1
17	22	25	10	5	6
18	21	26	9	8	7
19	20	27	28	29	30
36	35	34	33	32	31

452…

只用了 1 条绳子。

453…

如图所示，绳子拉开之后有 2 个结。

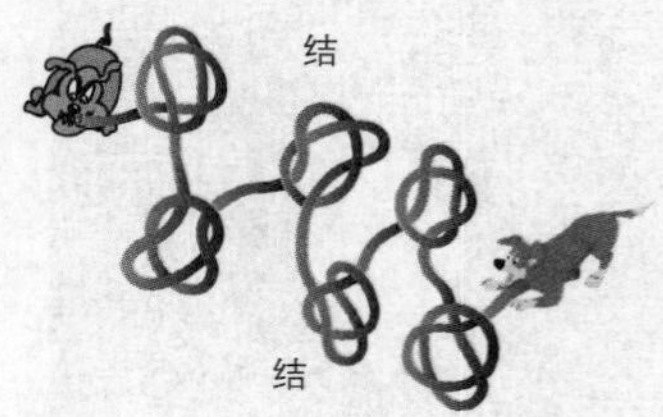

454…

这 2 个结不能互相抵消，但是可以挪动位置，使 2 个结位置互换。

455…

4 与其他 5 个都不同，其他的都只有 1 个连续的结，而 4 是由 2 个结组成的。

456…

你最终总是会得到 6174。

D.R. 凯普瑞卡发现了这一类的数，因此这一类数都以他的名字命名，称为凯普瑞卡数。

如果你以一个两位数开始，结果会是这 5 个数中的一个：9，81，63，27，45。

如果是以三位数开始，结果会是 495。

457…

任意一个整数和它的 2 倍之间总有一个质数。

458…

根据组合的公式，从 6 根棍子里选出 3 根来有 20 种可能性：

Cn=6!/(3! × 3!)
=6 × 5 × 4 × 3 × 2 × 1(3 × 2 × 1) × (3 × 2 × 1)
=720/(6 × 6)=20 种

但是并不是这 20 种组合都能够拼成三角形，根据“三角形两边之和必须大于第三边”的定理，3–4–7、3–4–8、3–5–8 这 3 种组合都不能组成三角形。

所以用这些棍子一共可以拼出 17 个三角形。

459…

我们所选择的连续的多格骨牌（每一个多格骨牌都是）使我们能够用许多方法组成一个完美的马赛克的正方形。注意到在这个连续的多格骨牌的解法中，有一种形成的是从中心开始以螺旋状延伸的，该中心周围的多格骨牌以逆时针顺序依次盘旋着加入（指答案中的右下图，顺序为：黄色—橙色—红色—浅绿—深绿—蓝色—紫色—粉色）。

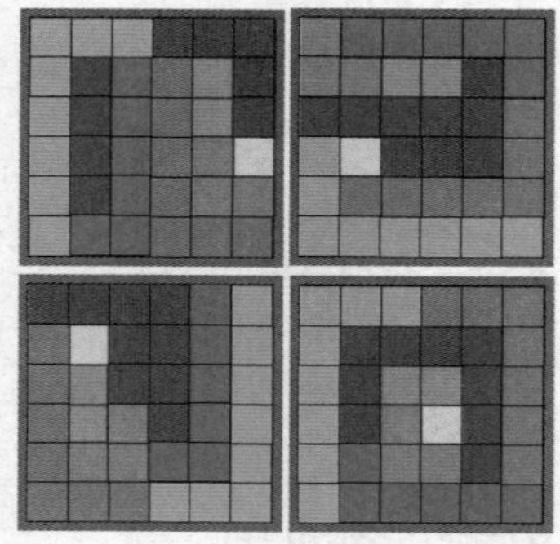

460…

对于这组 8 块连续多米诺骨牌也有很多种解法。最后一种解法（指图中的右下图）是一条顺时针盘旋的解法，这次是向内盘旋的。

461…

“红母鸡”在 1649 年被宣判（线索 4），在 1648 年被认为是女巫的不是“蓝鼻子母亲”（线索 3），因此她一定是“诺格斯奶奶”，并且真名是艾丽丝·诺格斯（线索 1）。通过排除法，“蓝鼻子母亲”在 1647 年被宣判为女巫，而她来自盖蒙罕姆（线索 2）。那么伊迪丝·鲁乔不是在 1648 年被宣判（线索 4），而是在 1649 年，她的绰号是“红母鸡”。可以得出艾丽丝·诺格斯住在希尔塞德（线索 4）。克莱拉·皮奇不是来自里球格特乡村（线索 3），所以必定来自盖蒙罕姆，并且她是在 1647 年被宣判的“蓝鼻子母亲”；排除法得出伊迪丝·鲁乔住在里球格特。

答案：

克莱拉·皮奇，“蓝鼻子母亲”，盖蒙罕姆，1647 年。

艾丽丝·诺格斯，“诺格斯奶奶”，希尔塞德，1648 年。

伊迪丝·鲁乔，“红母鸡”，里球格特，1649 年。

462…

在卡文特花园街卖的薰衣草价格是 2 美分或 4 美分（线索 1），但石南花的价格是 2 美分（线索 5），因此薰衣草的价格是 4 美分。得出莎拉卖的是石南花（线索 1），又因为她要价 2 美分，所以梅在斯杰德大道卖花的价格是 1

美分（线索1），但不是石南花、薰衣草或玫瑰（线索3），也不是汉纳卖的紫罗兰（线索4），因此梅卖的一定是伦敦国花。玫瑰的价格比紫罗兰的价格贵（线索3），得出前者的价格是5美分，后者是3美分。卡文特花园街的卖花姑娘不是奎尼（线索2），而是内尔，排除法得出卖玫瑰的是奎尼。在皮科第立大街的卖花姑娘卖的不是石南花或玫瑰（线索5），因此得出汉纳在那里卖紫罗兰。在黑玛科特大街卖的花比在牛津街卖的花贵（线索6），可以得出前者是5美分的玫瑰，后者是2美分的石南花。

答案：

汉纳，皮科第立大街，紫罗兰，3美分。

梅，斯杰德大道，伦敦国花，1美分。

内尔，卡文特花园街，薰衣草，4美分。

奎尼，黑玛科特大街，玫瑰，5美分。

莎拉，牛津街，石南花，2美分。

463...

已知彭妮的结婚片段是第3个（线索2）。由于琳达的结婚片段紧跟在安德鲁的结婚片段之后，后者是记录安德鲁和他的新娘看着结婚蛋糕倒地时的惊愕表情（线索5），因此琳达的结婚片段不是第1个，而第1个片段没有展示牧师读错帕姆名字的时刻（线索1），乔斯的婚礼录像在加玛的后面（线索4），因此第1个片段一定是加玛和克莱夫的婚礼，而乔斯的婚礼录像在第2个（线索4）。第4个片段展示了新郎忘记带戒指（线索3），由此可以得出牧师读错帕姆名字是在第5个片段中。通过排除法，琳达是第4个片段中的新娘，而安德鲁的结婚蛋糕倒地在第3个片段中（线索5）。歌弗没有在第2或第3个（线索2）片段中出现，所以他和帕姆的婚礼是第5个片段，而歌弗是那个被牧师读错名字的新郎。我们知道忘带戒指的新郎不是克莱夫或鲍勃，并且他的名字比另一个新郎的名字长，后者和新娘在招待会时一起滑倒（线索3），那么可以得出前者是查尔斯。因此第2个片段一定是鲍勃和乔斯的婚礼。但在圣坛昏倒的不是乔斯（线索6），由此得出她和鲍勃一定是那对被拍下在舞场滑倒的新人，昏倒的是克莱夫的新娘加玛。

答案：

第1段，加玛和克莱夫，新娘昏倒。

第2段，乔斯和鲍勃，在舞场滑倒。

第3段，彭妮和安德鲁，蛋糕倒地。

第4段，琳达和查尔斯，新郎忘带戒指。

第5段，帕姆和歌弗，牧师读错名字。

464...

根据线索2，V一定在C1，C2，D1或D2中的一个格子内。因为它不是重复的，所以不可能在C2（线索5），而那个线索也排除了包含有一个元音的D2。D3内是个A（线索4），那么线索2排除了V在D1内，排除法得出它在C1内。这样根据线索2，A1内有个R，而C3内是C。线索1和4排除了在D2内的元音（线索5）是A，也不是O（线索7），因此只能是I。根据线索6，G在C排，但G只有一个，不在C2内（线索5），只能在C4内。这样B4内的元音（线索5）不是O（线索7），而是另一个A。线索7排除了O在A或D排的可能，而已经找到位置的字母除掉了B1，B3或C2，以及B4，C1，C3和C4，只剩下B2包含O，而一个T在C2内（线索7）。这样根据线索5，第二个T在A4内。根据线索7，Y在A3内。我们还需找到两个R的位置，但都不在D4内（线索4），线索1也排除了B1和A2，只剩下B3和D1。L不是在D4内，也不是在A2内（线索3），因此在B1内。线索1排除了剩下的A在D4的可能，得出F在D4，而A在A2。

答案：

R	A	Y	T
L	O	R	A
V	T	C	G
R	I	A	F

465...

由于特德·温的车不是黄色的（线索3），也不是红色的D号车（线索1和3）；伦·凯斯的跑车是绿色的（线索4），因此特德·温的车是蓝色，但不是C号车（线索5），根据线索3，一定是B号车，并且于1938年制造（线索2）。红车不是加里·合恩的（线索1），而是属于克里斯·丹什，剩下加里·合恩是黄车的主人。伦·凯斯的车不是A号车（线索4），因此一定是C号车，而加里·合恩的车是A号车。根据线索3，伦·凯斯的车是1932年的模型。1934年的模型不是D号车（线索1），而是加里·合恩的黄车，克里斯·丹什的D号红车始于1936年。

答案：

A号车，加里·合恩，黄色，1934年。

B号车，特德·温，蓝色，1938年。

C号车，伦·凯斯，绿色，1932年。

D号车，克里斯·丹什，红色，1936年。

466...

由于瑞克特立建筑始于1708年（线索4），詹姆士·皮卡德拥有的财产在1685年建造（线索3），丽贝卡·德雷克拥有的佛乔别墅不是始于1770年（线索1），而是1610年。这样线索1就告诉我们2号建筑始于1685年，并且属于詹姆士·皮卡德，但不是曼纳小屋（线索3），我们知道它也不是瑞克特立建筑或佛乔别墅，因此必定是狗和鸭建筑，剩下曼纳小屋是1770年建造的。线索2现在告诉我们，巴兹尔·布立维特是1号建筑的主人。史密塞斯上校不拥有曼纳小屋（线索5），因此他的房子一定是瑞克特立建筑，剩下1号建筑是曼纳小屋，并属于巴兹尔·布立维特。而瑞克特立建筑不是3号房子（线索4），只能是4号，剩下的佛乔别墅在3号位置。

答案：

1号，曼纳小屋，1770年，巴兹尔·布立维特。

2号，狗和鸭建筑，1685年，詹姆士·皮卡德。

3号，佛乔别墅，1610年，丽贝卡·德雷克。

4号，瑞克特立建筑，1708年，史密塞斯上校。

467...

由于马伦在星期一借的录像带（线索4）不是辛尼塔选择的《波力沃德浪漫史》（线索1），也不是动作片（线索2）或电视喜剧系列（线索5），而音乐电影在星期三被借走（线索3），因此马伦借的是西方经典剧。因为星期五的顾客不是辛尼塔（线索1）、安布罗斯·耶茨（线索2），也不是海伦（线索5），所以我们已经知道不是马伦，因此只能是盖尔。马伦是星期一的顾客，线索5排除了电视喜剧系列在星期二被借走的可能，而线索2说明星期二被借走的不是动作片，排除法得出一定是辛尼塔借的《波力沃德浪漫史》。这样根据线索1，福特在星期三借了音乐电影。我们已经把4个时间和各自的顾客配对，可以得出安布罗斯·耶茨在星期四去了录像馆。这样根据线索2，动作片被盖尔在星期五借走。现在排除法可以得出，福特的名字是海伦，安布罗斯·耶茨借了电视喜剧系列。因为耶茨是星期四的顾客，线索6排除了卡彭特在星期一和星期五去录像馆的可能，所以它是星期二的顾客辛尼塔的姓，根据线索6，马伦姓狄克逊，盖尔的姓是埃杰特恩。

答案：

星期一，马伦·狄克逊，西方经典剧。

星期二，辛尼塔·卡彭特，《波力沃德浪漫史》。

星期三，海伦·福特，音乐电影。

星期四，安布罗斯·耶茨，电视喜剧系列。

星期五，盖尔·埃杰特恩，动作片。

468...

由于埃德加已经在这家报社工作了22年（线索6），足球项目通讯记者已经工作了18年（线索4）。板球项目的通讯记者塞西尔在那里工作不只16年（线索1），他不姓盖姆科克，并且后者已经在那里工作了20年，但不报道球类比赛（线索3），因此通过排除法，塞西尔在那里工作了24年。这样根据线索1，埃德加就是普雷弗尔。我们现在知道塞西尔不姓盖姆科克或普雷弗尔，而迈尔斯姓格莱特立（线索2），菲尔丁报道橄榄球（线索5），因此塞西尔就姓温斯姆。可以得出橄榄球记者菲尔丁已经工作了16年。工作了18年的足球运动通讯记者就是迈尔斯·格莱特立。菲尔丁的名字不是弗瑞兹（线索5），而是本，剩下弗瑞兹就姓盖姆科克。埃德加不是拳击运动通讯记者（线索6），而是跑马赛的通讯记者，剩下弗瑞兹·盖姆科克报道拳击赛。

答案：

本·菲尔丁，橄榄球，16年。

塞西尔·温斯姆，板球，24年。

埃德加·普雷弗尔，跑马，22年。

弗瑞兹·盖姆科克，拳击，20年。

迈尔斯·格莱特立，足球，18年。

469...

设有4张牌，前3张的和为21，后3张的和也为21。那么就说明第1张牌和第4张牌一定相等。因此在这些牌中，每隔2张牌都是一样的。

470...

秘密就是看下图阴影处的8个方格。如果在这8个方格中，青蛙和王子的数量都是偶数，那么这个游戏最终就是有解的，反之则无解。原因是每一次翻动都会影响到0个或者2个在这个阴影区域的方格，而不可能只影响到奇数个方格。由于你必须在游戏最后让这个区域内所有的方格都显示为同一个图案，因此如果这个区域内青蛙或王子的数量是奇数，那么这个游戏是不可能完成的。根据这个规律，问1无解，问2有解。

471...

把这个架子倒过来就可以了，如图所示。

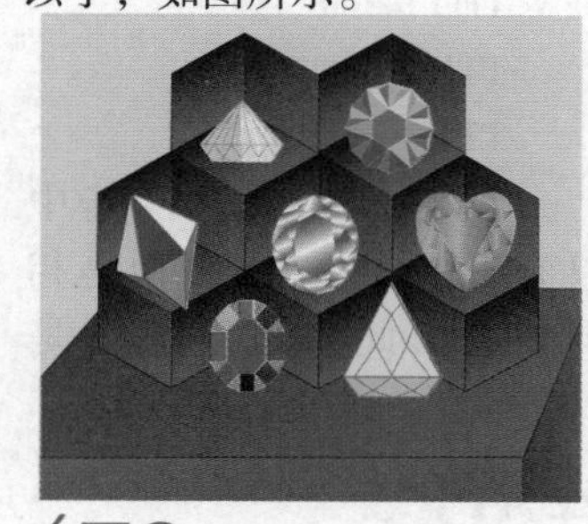

472...

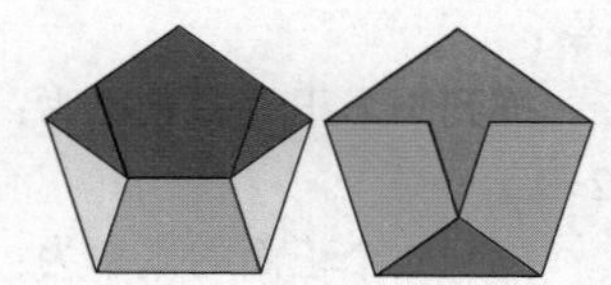

473...

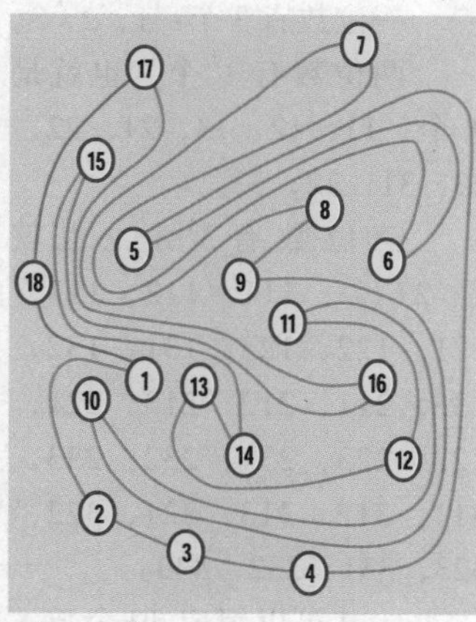

474...

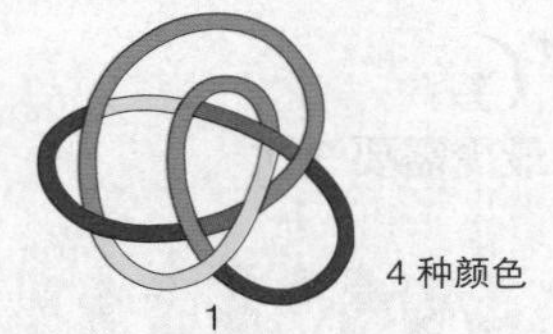

1　　4种颜色

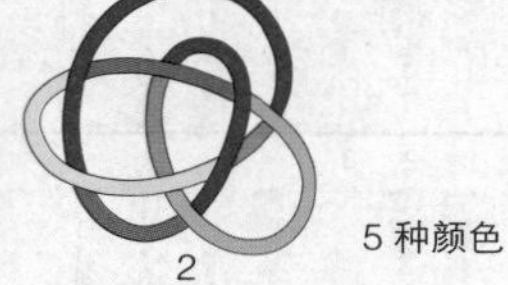

2　　5种颜色

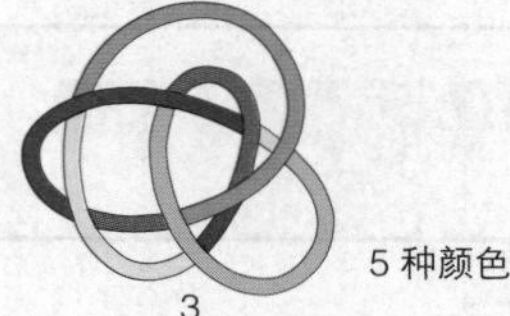

3　　5种颜色

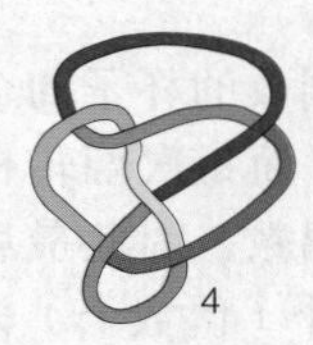

4　　5种颜色

5　　5种颜色

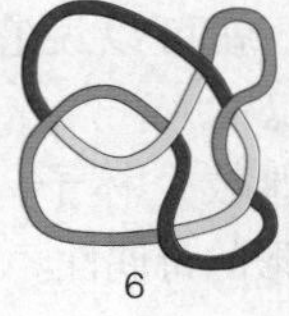

6　　3种颜色

475…

一位数有3个：1，2，3。

两位数有3^2个，也就是9个：11，12，13，21，22，23，31，32，33。

三位数有3^3个，也就是27个：111，112，113，121，122，123，131，132，133，211，212，213，221，222，223，231，232，233，311，312，313，321，322，323，331，332，333。

一共可以组成39个数，$3+3^2+3^3=39$。

476…

最少需要3次。

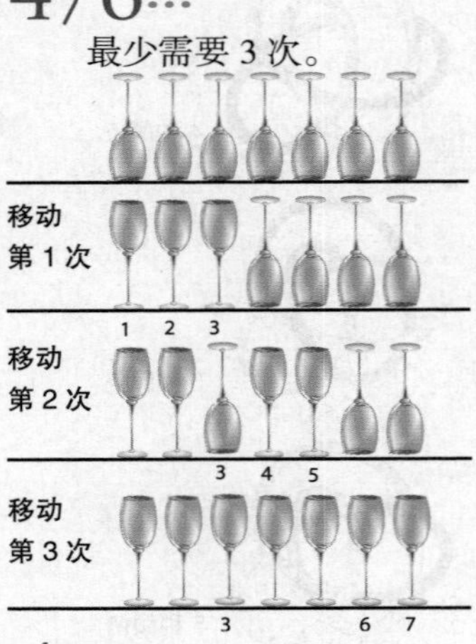

477…

正放和倒放的杯子的个数都是奇数，而每次翻转杯子的个数是偶数，因此最后不可能将10个（偶数个）杯子都变成相同的放置情况。

奇偶性这个词在数学中首先是被用来区别奇数和偶数的。如果两个数同是奇数或者同是偶数，就可以说它们的奇偶性相同。

每次移动偶数个杯子，这样就保留了图形的奇偶性。

478…

每次掷一个硬币会有2种可能的结果。根据下面的基本计算规律，掷5次硬币一共有$2\times2\times2\times2\times2=2^5=32$种结果。

基本计算规律：

2个独立的任务，如果第1个任务有M种可能的完成方法，第2个任务有N种可能的完成方法，那么2个任务就会有M×N种不同的完成方法。

479…

这个分析是不对的。尽管我们已经知道第3枚硬币只有2种结果，但是我们同时也应该把另外2枚硬币的4种不同结果考虑进去。我们可以将所有可能的结果列出来(H表示正面，T表示反面)：

HHH

HHT

HTH

HTT

THH

THT

TTH

TTT

我们可以看到，其中只有2种结果3个硬币是相同的，因此其概率应该是2/8=1/4。

480…

掷100次全部为正面的概率：

掷到1个正面的概率为：

1/2=0.5

掷到2个正面的概率为：

1/2×1/2=1/4=0.25

掷到3个正面的概率为：

1/2×1/2×1/2=1/8=1.125

掷到100个正面的概率为$(1/2)^{100}$

约等于1/1000000000000000000000000000000。在理论上是有可能掷到100个正面的，但是在实际操作中基本上不可能，因为正反都掷到的可能性有太多种。

同样，在实际操作中，出现所给出的任意一种情况的可能性都很小。这些情况出现的可能性都是相同的。

481…

A—1　E—6

B—2　F—3

C—5　G—4

D—3　H—7

482…

A—1　E—5　I—2

B—2　F—5　J—1

C—3　G—4

D—3　H—4

483…

希望你没有花太多的力气就得到一个回文顺序的数。

在前10000个数中，只有251个在23步以内不能得到回文顺序的数。曾经有一个猜想说：“所有的数最终都会得到一个回文顺序的数。”但是这个猜想后来被证明是错误的。

在前100000个数中，有5996个数从来都不会得到回文顺序的数，第一个这样的数是196。

484...

用埃及绳可以做出大量不同的面积为 4 个单位的多边形。

有人将这个问题与多联骨牌(由多个大小相同的方块连成,用于一种棋盘游戏)——确切的说是与四格拼板(一种拼板游戏中用的多边形拼合板)联系在一起。这 5 个四格拼版中的每一个都可以是大量解决方法的基础,剩下要做的只是根据 12 个相等的长度去加减三角形。用这 5 个不同的四格拼盘来解决问题的一些方法如图所示。

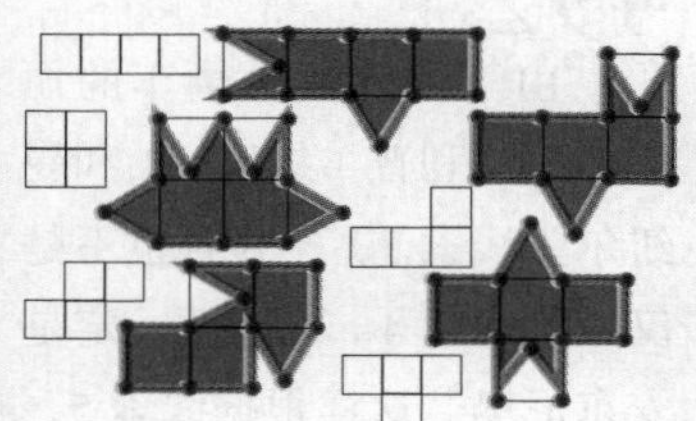

485...

23 个正方形。

486...

50 个正方形。

487...

20 以内唯一不能被这样展开的数是 19。如果允许用阶乘的话，也可以把它展开 (4!=1×2×3×4)，19 可以被写成 4!–4–(4/4)。

1=44/44	2=4/4+4/4	3=(4+4+4)/4
4=4(4–4)+4	5=[(4X4)+4]/4	6=4+[(4+4)/4]
7=4+4–(4/4)	8=4+4+4–4	9=4+4+(4/4)
10=(44–4)/4	11=44/(√4×√4)	12=(44+4)/4
13=(44/4)+√4	14=4+4+4+√4	15=(44/4)+4
16=4+4+4+4	17=(4X4)+4/4	18=(4X4)+4–√4
19= 无解	20=(4×4)+√4+√4	

488...

如图所示，在图形格子的旁边分别标上数字，这样解决起来就容易得多。首先，将纵向格子的变化用序号标出来，然后再用同样的办法重新排列横向的格子。

用同样的转换方式记录下每次变形的方式。

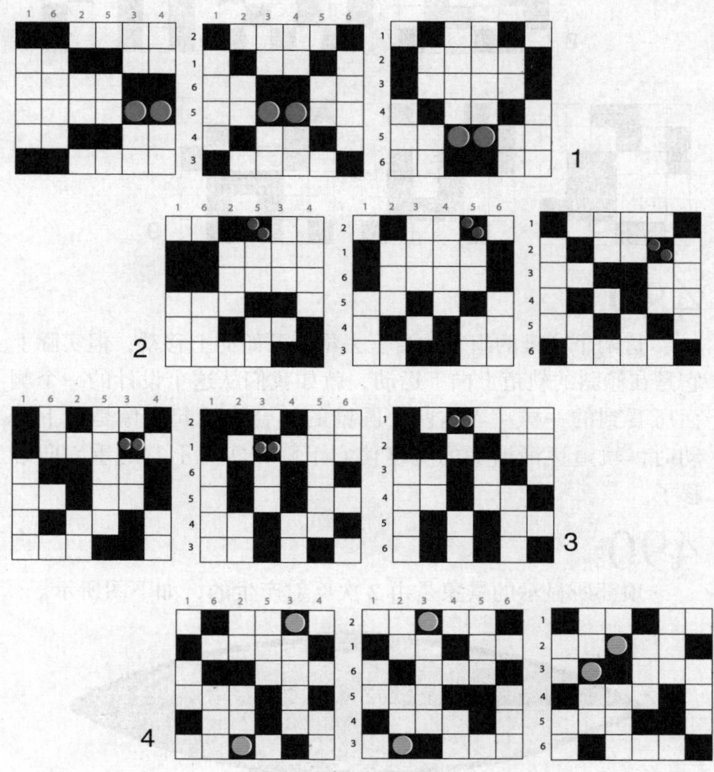

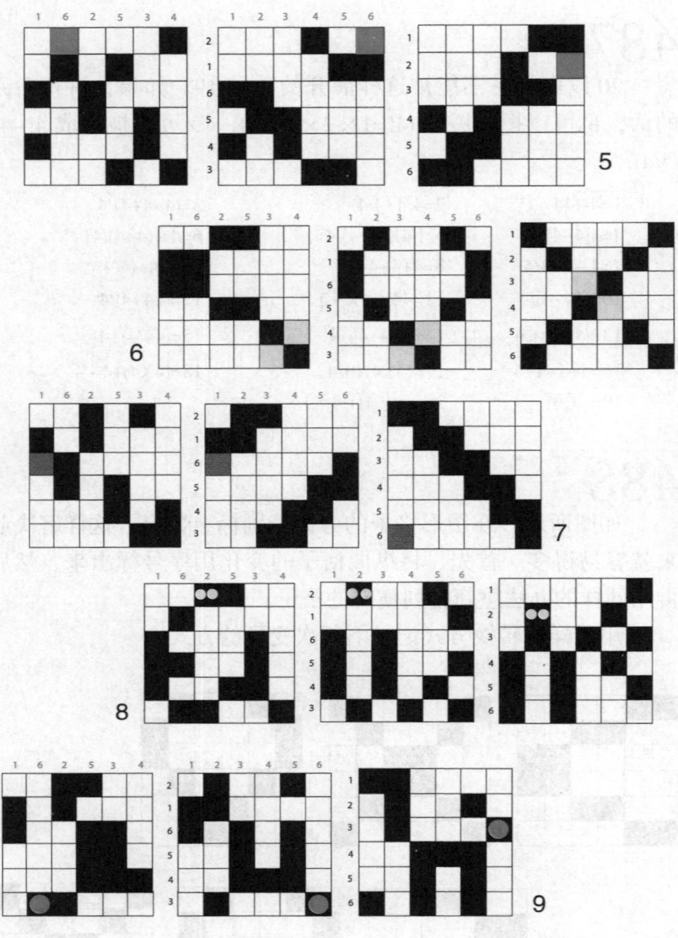

489...

这两个圆锥的组合体看上去将会开始向上移动，但实际上它是在倾斜的轨道上向下运动，就如我们从这个设计的一个侧面所看到的一样。当这两个圆锥的组合体看起来像是向上移动时，轨道逐渐增加的宽度使它下降，实际上它的重心向下移了。

490...

顶部所显示的景象是由 2 次反射产生的，如下图所示。

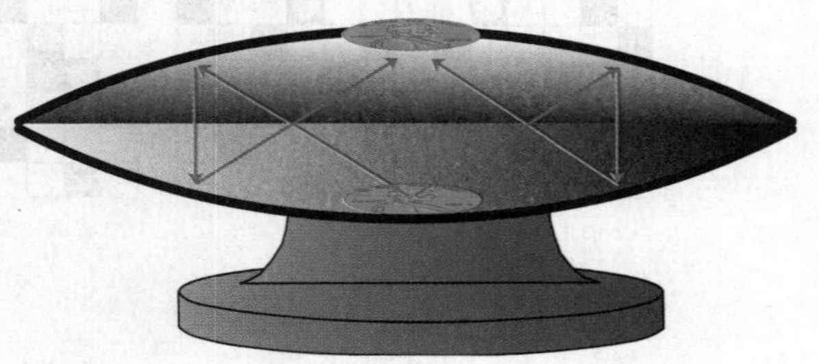

491...

这两块模型是如图所示接合而成的，因此只要斜向滑动就能将这两块模型分开。

492...

由于最前面一辆车的司机不是菲利普（线索 1）和曼纽尔（线索 3），并且也不是汉斯（线索 4），因此一定是安东尼奥。这样根据线索 5，红车在 2 号位置上，那么它的数字是 15（线索 2）。第 4 个位置上的车不是车牌号为 27 的黄车（线索 1），它的车牌号也不是 38（线索 3），排除法得出它的车牌号是 9。我们知道它不是红色或黄色，也不是绿色（线索 4），那只能是蓝色。剩下车牌号 38 的车是绿色的，但绿车不在 3 号位置（线索 3），因此它是领先的安东尼奥的车，剩下 3 号车是带数字 27 的黄车。线索 4 现在告诉我们汉斯是 2 号红车的司机，线索 1 说明菲利普是 4 号蓝车的司机，剩下曼纽尔是 3 号黄车的司机。

答案：

1号位置，安东尼奥，绿色，38。

2号位置，汉斯，红色，15。

3号位置，曼纽尔，黄色，27。

4号位置，菲利普，蓝色，9。

493...

詹妮的孩子在3号位置上（线索3）。4号位置上的卡纳（线索2）不是D位置上的雷切尔的儿子（线索4和5），丹尼尔是莎拉的儿子（线索4），这样通过排除法，卡纳的母亲是汉纳。然后根据线索1，爱德华是詹妮的孩子，他在3号位置，雷切尔的儿子是马库斯。我们知道汉纳不在D位置上，也不在C位置（线索1）或B位置（线索2），因此她一定在A位置。詹妮不在C位置（线索5），而是在B位置，剩下C位置上的是莎拉。丹尼尔不在2号位置（线索4），那他一定在1号，剩下马库斯在2号位置，这由线索4证实。

答案：

A位置，汉纳；4位置，卡纳。

B位置，詹妮；3位置，爱德华。

C位置，莎拉；1位置，丹尼尔。

D位置，雷切尔；2位置，马库斯。

494...

由于D面上的神像拥有水蟒的面孔（线索3），这样根据线索2，战神爱克斯卡克斯特不在B面；而B面神像不是爱神（线索4），A面代表了气候神（线索4），因此B面上的是事业神。可以得出C面神像以蝙蝠为面孔（线索5）。事业神的名字不是埃克斯特里卡特尔（线索5），也不是爱克斯卡克斯特或奥克特拉克斯特（线索4），因此他一定是乌卡特克斯赖特，而B面神像的面孔是水怪（线索1）。通过排除法，A面神像拥有美洲虎的面孔，这样根据线索3，战神爱克斯卡克斯特一定在C面上，剩下以水蟒为面孔的神像在D面，并且他是爱神。奥克特拉克斯特不在A面（线索4），那只能在D面，剩下A面神像是埃克斯特里卡特尔。

答案：

A面，美洲虎，埃克斯特里卡特尔，气候。

B面，水怪，乌卡特克斯赖特，事业。

C面，蝙蝠，爱克斯卡克斯特，战争。

D面，水蟒，奥克特拉克斯特，爱情。

495...

根据线索7，其中一个人在瓦格雷地过了6天（线索7），因为鲁珀特的拜访持续了5天（线索3），所以线索4排除了在鲁佛尔德·阿比的拜访时间是3天的可能性。在佩勒姆城堡与莉莉·格琼家庭所待的时间（线索1）和在尼尔森会堂的时间（线索2）都不是3天，因此蒙田格在豪特恩公园呆了3天（线索6）。我们知道蒙田格和鲁珀特的拜访时间不是7天，爱德华的拜访时间也不是（线索1），线索5也排除了拜访莫尼卡·史密斯父母的阿齐，因此通过排除法，一定是杰拉尔德拜访了7天。然后根据线索4，在鲁佛尔德·阿比的拜访时间是5天。我们现在知道爱德华的拜访持续了4或6天，根据线索1，在佩勒姆城堡的拜访持续了5或7天；但我们知道不是5天，因此必定是7天，且拜访者是杰拉尔德，剩下阿齐的拜访时间是4天。排除法得出他拜访了尼尔森会堂。然后根据线索2，蒙田格花了3天时间在豪特恩公园拜访西尔玛·波维尔的父母。最后根据线索3，艾米丽·德·卡斯不是鲁珀特的女朋友，而爱德华用6天时间在瓦格雷地拜访她的父母，剩下鲁珀特在鲁佛尔德·阿比呆了5天，拜访的是桂纳史·派克·琼斯的爸爸。

答案：

阿齐·弗茨林汉，莫尼卡·史密斯，4天，尼尔森会堂。

爱德华·坦克瑞，艾米丽·德·卡斯，6天，瓦格雷地。

杰拉尔德·亨廷顿，莉莉·格琼，7天，佩勒姆城堡。

蒙田格·福利尔特，西尔玛·波维尔，3天，豪特恩公园。

鲁珀特·德·格雷，桂纳史·派克·琼斯，5天，鲁佛尔德·阿比。

496...

价格为27.5万英镑的房子，出没的鬼魂是个吊死鬼（线索5），它不是莱士兰德的“美丽风景”（线索2）。修女出没的房子是在大韦斯特佰斯或小韦斯特佰斯房子的其中一幢（线索1）。鹦鹉出没在劳雷尔住宅（线索3）。吉普赛女郎出没的房子在拿士迈尔（线索4）。所以在“美丽风景”的鬼魂是只狗。我们现在可知出没在“柳树梢”的鬼魂不是狗也不是鹦鹉，从线索1和5得出也不是吊死鬼，同时线索1排除了修女的可能性。所以，在“柳数梢”的鬼魂一定是吉普赛女郎，位居拿士迈尔。从线索1和5得出它的价格不是26万英镑、27万英镑或27.5万英镑，更不是25万英镑（线索4），所以它肯定是25.5万英镑。因此，从线索1得出修女出没的房子是26万英镑；从线索2得出“美丽风景”在莱士兰德，价值25万英镑。余下鹦鹉出没的房子价值27万英镑。价值27.5万英镑的房子不是勃宣普斯（线索5），所以它肯定是“小树林”。留下勃宣普斯是修女出没的那幢房子。最后，从线索6得出，勃宣普斯是在大韦斯特佰斯，而“小树林”在小韦斯特佰斯，剩下的劳雷尔住宅在温司丹浴。

答案：

勃宣普斯，大韦斯特佰斯，26万英镑，修女。

“美丽风景”，莱士兰德，25万英镑，狗。

劳雷尔住宅，温司丹裕，27万英镑，鹦鹉。

“小树林”，小韦斯特佰斯，27.5万英镑，吊死鬼。

“柳树梢”，拿士迈尔，25.5万英镑，吉普赛女郎。

497...

住了16年的那个居民是在罗斯村（线索4），住龄8年的住户，他家不在怀特盖茨村（线索3），所以一定是在牧场，因此他是沃尔特·杨（线索1）；他不是来自艾林特（线索1），也不可能来自帕丁顿（线索2），所以一定是来自柏特斯。艾伦·布拉德利不是来自帕丁顿（线索2），所以一定是从艾林特来的。剩下梅维斯·诺顿是来自帕丁顿的那个人，他在镇上的罗斯村生活了16年（线索2）。综上可知，艾伦·布拉德利在怀特盖茨村生活了11年。

答案：

艾伦·布拉德利，艾林特，11年，怀特盖茨村。

梅维斯·诺顿，帕丁顿，16年，罗斯村。

沃尔特·杨，柏特斯，8年，牧场。

498...

艾尔德是在1995年搬来的（线索4），所以，由线索1得出，西尼尔是1990年到的，格雷是1985年。格雷名叫玛格丽特（线索3），所以不叫戴西的艾尔德，他的名字是亨利（线索4）。剩下戴西的姓是西尼尔。从线索1知道，玛格丽特·格雷来自莫博里。而由线索2，亨利·艾尔德原住在威逊韦尔。最后，戴西·西尼尔以前的家在布莱伍德。

答案：

戴西·西尼尔，布莱伍德，1990年。

亨利·艾尔德，威逊韦尔，1995年。

玛格丽特·格雷，莫博里，1985年。

499...

排在第3位退牛仔裤的女士不是希拉（线索1），不是退剪草机的马里恩（线索3），也不是排在第4位的希瑟（线索4），所以，她是卡罗尔。现在我们已知其中两位女士的名字；希拉·普里斯（线索1）不是排在第1位，排第1位的是特威德夫人（线索5），所以希拉·普里斯排的是第2位。综上所述，排第1位的特威德夫人是马里恩。现在我们知道了两位女士的姓，希瑟不姓克拉普（线索4），她姓夏普。因此退牛仔裤的卡罗尔是克拉普夫人。

从线索2得出，希瑟·夏普排第4位，她退的不是烤箱，是手提箱。退回烤箱的是排在第2位的希拉·普里斯。

答案：

第1位，马里恩·特威德，剪草机。

第2位，希拉·普里斯，烤箱。

第3位，卡罗尔·克拉普，牛仔裤。

第4位，希瑟·夏普，手提箱。

500...

2002年的表演在足球场上演（线索7）。1998的演出不在贝迩维欧公园（线索3），不在国家公园（线索4），也不在教堂周围的空地（线索5），所以，是在小修道院的草地上演的。因为《暴风雨》是在1999年上演的（线索2），线索4排除了国家公园是2000年演出地点的可能性，而2000年的演出是被一场大风破坏掉的（线索6），所以线索4也排除了国家公园是2001年演出地点可能性，因此它是1999年《暴风雨》的演出地点。所以，因雾中断的《奥赛罗》是在1998年小修道院的草地上演的（线索4）。2002年，在足球场的演出不是被雷暴雨打断的（线索7），同时我们知道也不是受了大风或雾的影响；线索1将熄灯的可能性排除在外，所以，2002年的演出是因大雨中断的。我们已经知道1998年和1999年的演出分别是《奥赛罗》和《暴风雨》，从线索3得知，2000年的表演不是在贝迩维欧公园；所以贝迩维欧公园是2001年的演出地点，剩下2000年的演出地点是教堂周围的空地。由线索3得出，2000年的演出一定是《罗密欧与朱丽叶》。2001年在贝迩维欧公园的表演不是被暴雨打断的（线索7），所以它是因熄灯停演的，而1999年的演出才是因暴雨中断的。现在，由线索1可知，2002年因冰雹中断的演出一定是《裘力斯·凯撒》，剩下2001年因灯光熄灭停演的是《哈姆雷特》。

答案：

1998年，《奥赛罗》，小修道院的草地，浓雾。

1999年，《暴风雨》，国家公园，暴雨。

2000年，《罗密欧与朱丽叶》，教堂周围的空地，大风。

2001年，《哈姆雷特》，贝迩维欧公园，灯光熄灭。

2002年，《裘力斯·凯撒》，足球场，冰雹。

501...

厄休拉和菲奥纳不是马洛姐妹（线索2），她们的姓也不是博伊德（线索5）。卡尔双胞胎姐姐叫伊丽莎白（线索6），泰拉是威尔莫特双胞胎里的妹妹（线索4），所以，厄休拉和菲奥纳是凯利姐妹。从线索3得出，卡尔姐妹其中一个有6个字母的名字。我们知道那不是年长的伊丽莎白，所以卡尔双胞胎妹妹是里贾纳。现在，结合线索7，苏茜的姓不是博伊德，所以一定是姓马洛，同样由线索7得知，维姬，那个女警察，一定是姓博伊德。琳达美容师不是泰拉的姐妹（线索4），同时我们知道她也不是里贾纳和菲奥纳姐妹，而她的工作排除了她是维姬姐妹的可能性，所以琳达的姐妹一定是苏茜·马洛。维姬·博伊德的姐姐不是安德里亚（线索5），所以必定是卡珊德拉，剩下安德里拉是泰拉的姐妹。伊丽莎白和里贾纳不是宠物园主（线索1），也不是古董经销商（线索6），因此她们是教师。安德里拉和泰拉都没有宠物园（线索1），所以，她们是古董经销商，剩下宠物园主是厄休拉和菲奥纳。

答案：

安德里亚·威尔莫特和泰拉·威尔莫特，古董经销商。

卡珊德拉·博伊德和维姬·博伊德，女警察。

伊丽莎白·卡尔和里贾纳·卡尔，教师。

琳达·马洛和苏茜·马洛，美容师。

厄休拉·凯利和菲奥纳·凯利，宠物园主。

502...

$1 \times 1 \times 3 \times 13 = 39$。

503...

504...

不可能由这些颜色块组合而成的是模型3，其中一个大的绿色三角形被换成了红色的三角形。

505...

如图所示，琴弦开始振动，4和6处的纸片会掉下来。

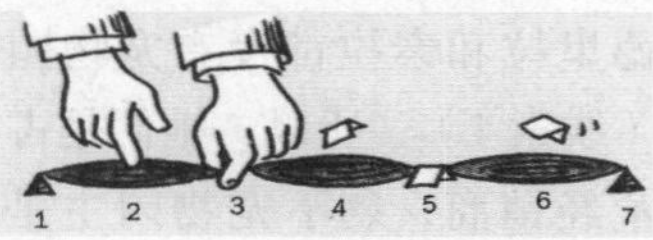

506...

每次将4个角往正方形的中心折，你就能得到一个小一些的正方形，依此类推，直到厚得不能再折为止。

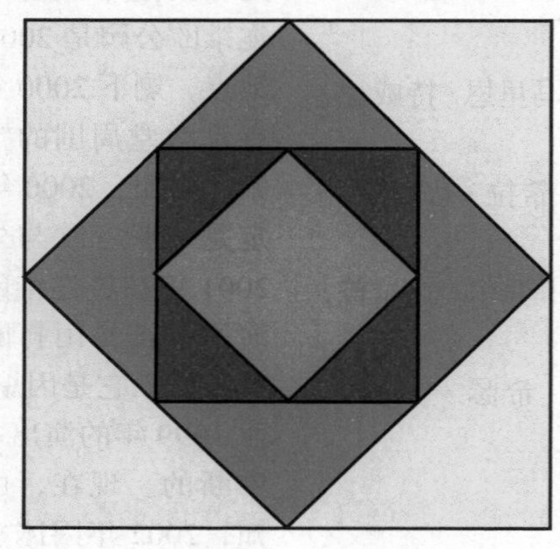

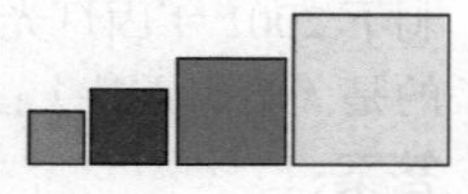

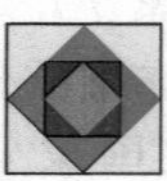

507...

5个边长为1个单位的正方形可以拼入一个边长是2.707个单位的正方形内。

下面是n（n从1到10）个单位正方形可以拼入的最小面积的正方形。k是正方形的边长。

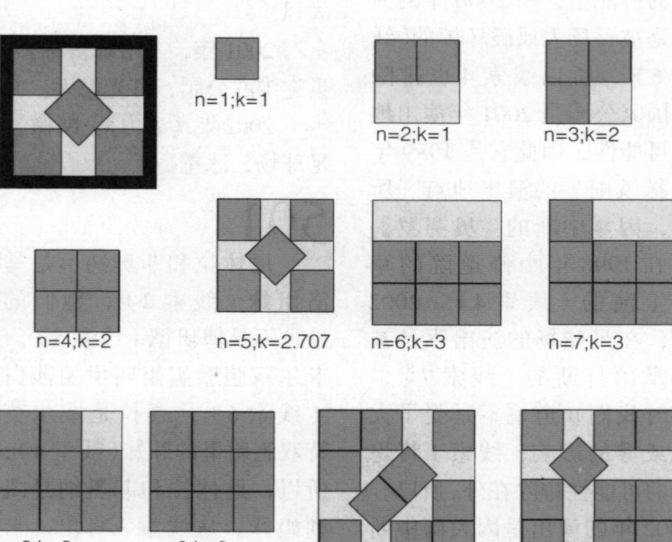

508…

这个数列包含的数字都是上下颠倒过来也不会改变其数值的数字。

509…

可能的情况有以下几种：

父亲 96 岁，儿子 69 岁；

父亲 85 岁，儿子 58 岁；

父亲 74 岁，儿子 47 岁；

父亲 63 岁，儿子 36 岁；

父亲 52 岁，儿子 25 岁；

父亲 41 岁，儿子 14 岁。

从图中看，应该是最后一种情况。

510…

如图所示，在下面这 2 个红色帽子中抽到红色小球的可能性最大。

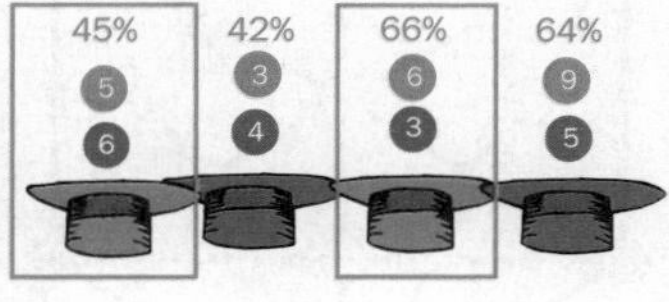

511…

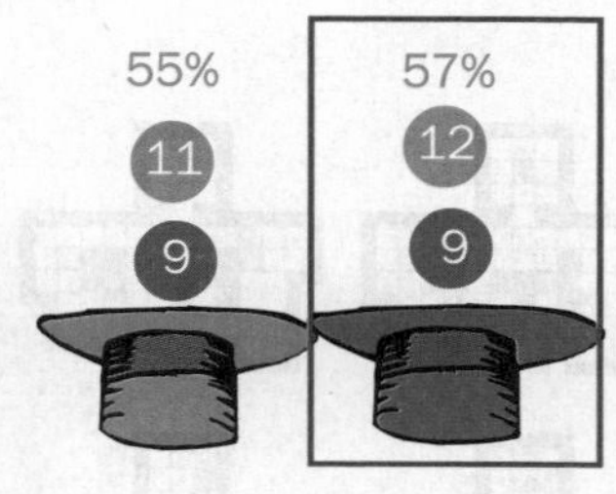

出人意料的结果是，这次从蓝色帽子中抽到红色小球的可能性最大。这个悖论也可能出现在实践中。它通常是由变动的组合和大小不等的组结合成一个组所引起的，但是在精确的设计实验中可以避免。

512…

7.5 个单位面积。

可以把这个红色四边形的面积分成 3 个直角三角形和中间的 3 个小正方形。中间的 3 个小正方形的面积是 3 个单位面积，而 3 个直角三角形的面积分别是 1.5，1，2 个单位面积，因此红色四边形的总面积是 3+1.5+1+2=7.5 个单位面积。

513…

这 4 个图形的面积分别是 17，9，10，16 个单位面积。

335 题的方法同样也适用于这一题。不过对于更加复杂的图形可以采用皮克定理，它会让计算变得非常容易。

当我们要计算一个小钉板上的闭合多边形的面积时，我们所要做的就是数出这个多边形内（不包括多边形的边线）的钉子数（N）和多边形的边线上的钉子数（B），多边形的面积就等于：N+B/2–1。

你可以用本题中的例子来验证一下这个公式。

514…

这道谜题的解法被认为是唯一的。显而易见，图 1 满足谜题的要求；图 2 则展示解题的布局过程。

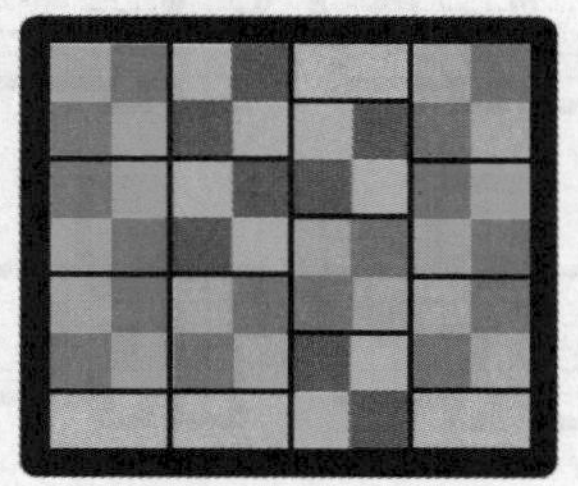

图 1

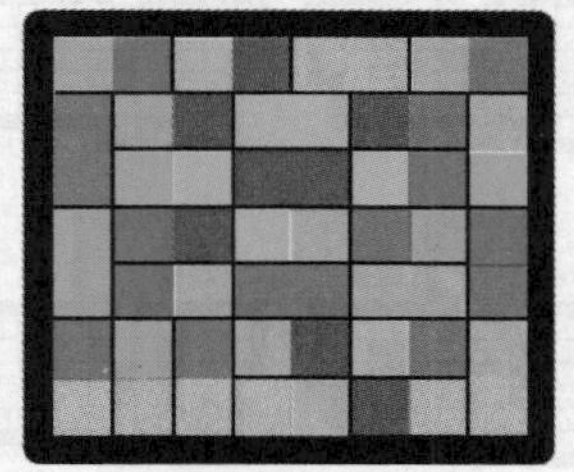

图 2

515…

有 2 种可能的答案。

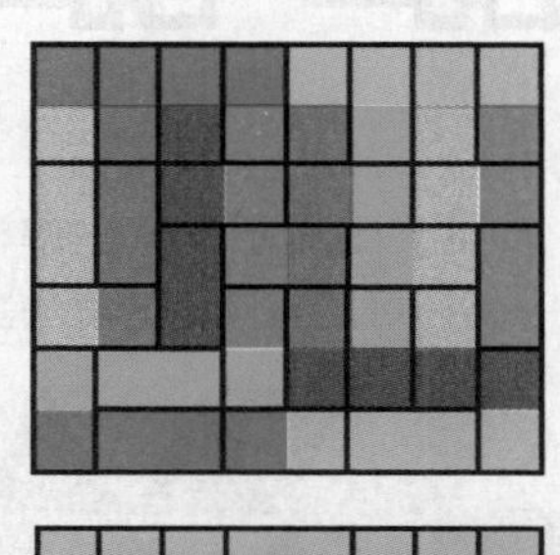

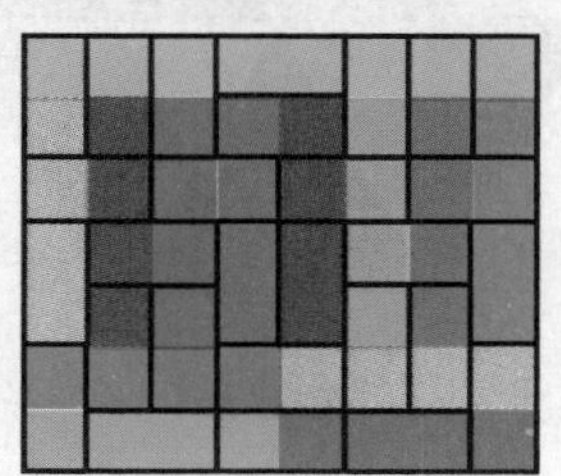

516...

如图所示，需要23步。

开始时的结构

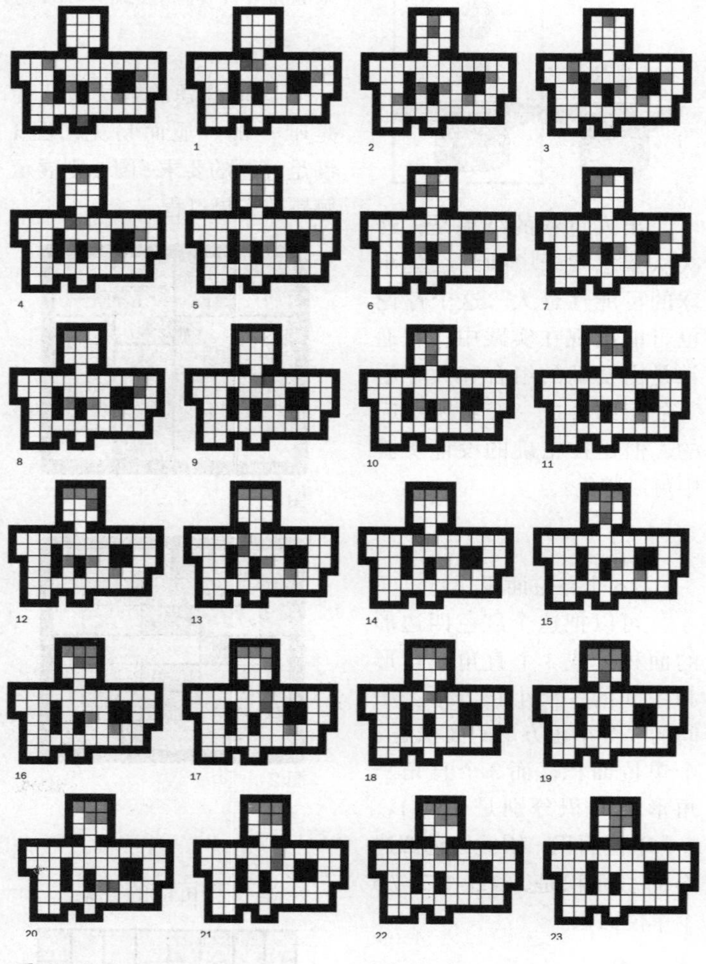

517...

如下图所示，这是解法之一，还可能有其他的解法。

518...

这个足球的1/4重50克，那么这个足球的总重量就是200克。

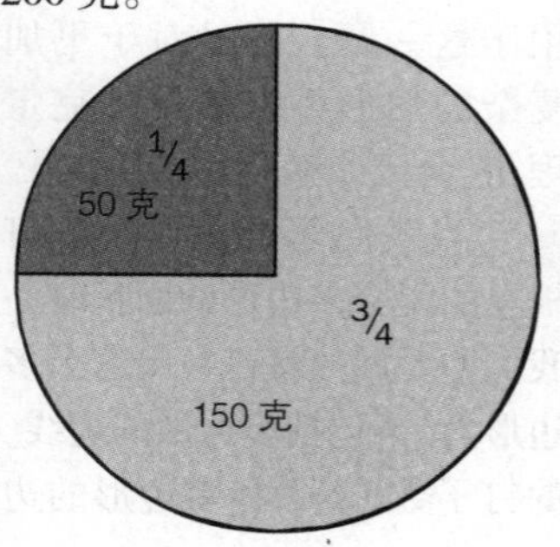

519...

刚开始时他们各自有40颗弹子球。

设他们刚开始时的弹子球数为x，2x+35-15=100，因此2x+20=100，2x=80，x=40。

520...

正方形的边长是3.877个单位长度。倾斜的正方形以40.18°的角度倾斜。

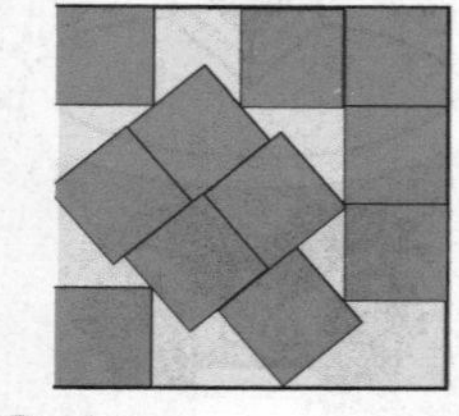

521...

如下图所示，至少需要5种不同的上色方法。

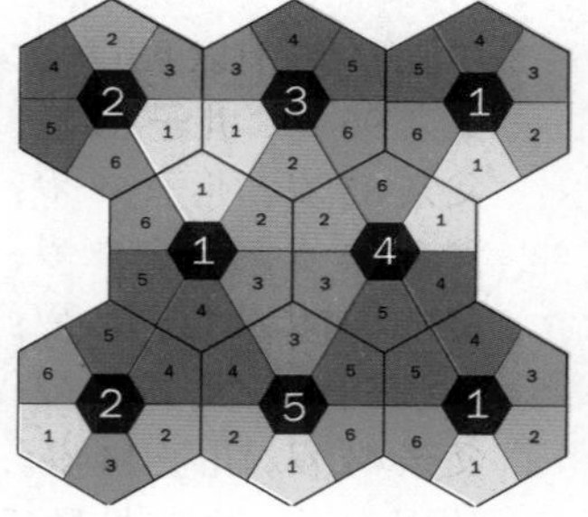

522...

解法之一。

523...

解法之一。

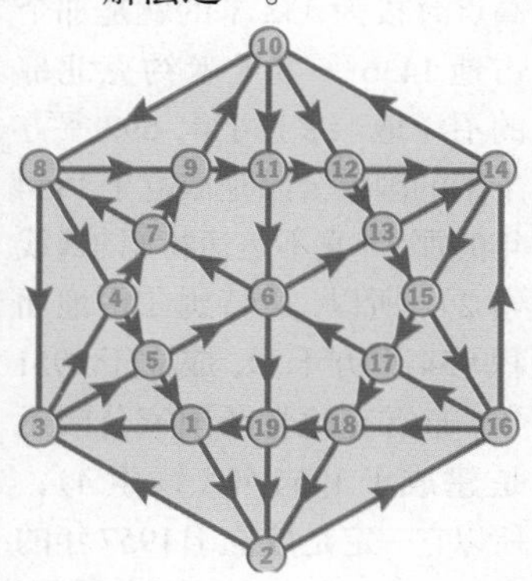

524...

如下面所示。

$$10^2 = 100$$

$$10$$

$$\frac{10}{\sqrt{10}} = 3.1622777$$

$$\sqrt{10} = 3.1622777$$

$$\frac{\sqrt{10}}{10} = 0.3162277$$

$$\frac{1}{\sqrt{10}} = 0.3162277$$

$$\frac{1}{10\sqrt{10}} = 0.0316227$$

525...

他一次都不会跳。因为他是木头做的，所以完全不可能听到钟响！别忘了我提醒过你这是脑筋急转弯。

526...

罗斯的房子达到7层高（线索5），所以她不可能是叠出4层高房子的2号女孩（线索2）。线索4排除了她在3号位置用蓝色纸牌的可能，她也不是在4号位置（线索5），所以，罗斯坐在1号座位。我们已知夏洛特用的纸牌是绿色的（线索1），她不在位置1或3，因为2号女孩叠出4层楼，所以，夏洛特不可能是在4号位置(线索1)，她是在位子2，造出了4层楼的房子。因此，由线索1得出，5层楼的房子是由4号女孩建造的。留下用蓝色纸牌造的6层房子在位置3。综上，根据线索4，罗斯用的是红色的纸牌，剩下由黑色纸牌构成的在位置4的5层房子，它不是由安吉拉建造的（线索3），而是蒂娜做的。安吉拉坐在3号位置，持蓝色纸牌。

答案：

座位1，罗斯，红色，7层楼。

座位2，夏洛特，绿色，4层楼。

座位3，安吉拉，蓝色，6层楼。

座位4，蒂娜，黑色，5层楼。

527...

雅克的顾客叫阿曼裕(线索4)乔·埃尔买的是诗集(线索2)，因传记是玛丽安在出售，且不是由斯尔温购买（线索5），所以必定是威廉买去的。玛丽安的书亭不是1号和4号书亭（线索1）。结合小说是在3号书亭买到的（线索3），所以玛丽安的书亭是3号。因此，从线索1得出字典是由3号书亭出售，而从线索5得出斯尔温一定是在3号书亭买了小说的顾客。余下阿曼裕在1号书亭。排除上面已知的，乔·埃尔一定在4号书亭买书，而4号书亭不是由艾兰恩经营的（线索2），它是波莱特的，剩下艾兰恩在3号书亭卖小说给斯尔温。

答案：

1号，雅克，阿曼裕，字典。

2号，玛丽安，威廉，传记。

3号，艾兰恩，斯尔温，小说。

4号，波莱特，乔·埃尔，诗集。

528...

亨利排在队伍的第3个位子（线索3）。第4个位子排的不是珀西瓦尔（线索1），也不是马克斯（线索2），所以，一是威洛比。威洛比买的是星期五晚上的票（线索4）。星期六晚上定在包厢座位的票不是珀西瓦尔买的（线索1），也不是亨利的（线索3），排除法得知买票的是马克斯。所以，马克斯不可能是排在第1位的（线索1），而是排在第2位，第1位排的是珀西瓦尔。因此据线索2可得，第3位是亨利，买的是剧院花楼的票。但不是星期4的演出（线索2），是星期三的。剩下珀西瓦尔买的是星期四的票，并根据线索3

得出，是在正厅后排的座位。所以，威洛比星期五晚上的票是正厅前排的座位。

答案：

位置1，珀西瓦尔，星期四，正厅后排座位。

位置2，马克斯，星期六，包厢。

位置3，亨利，星期三，剧院花楼。

位置4，威洛比，星期五，正厅前排座位。

529...

1号投的是20便士（线索5）。从线索4可知，1便士的硬币不可能由在5、6、7或8号位置的任何一个人投出的，因为女孩4投的是便士（线索2），所以排除了2号投1便士的可能性。线索3排除了8号投2英镑的可能性，也就排除了4号投1便士的可能性，所以，1便士是由3号投出的。所以，西蒙在6号位置（线索3）投了2英镑（线索4）。因此，由线索4，埃莉诺一定是在3号位置投了1便士的，而丹尼尔在7号位置。同时，从线索3得出，1英镑由8号投出，结合线索7，帕特里克一定是1号，他投的20便士。现在我们已经确定了4个小孩。杰克不可能是4号（线索2），因为他是在詹妮的对面，他也不可能是2号或5号，所以他是8号。由此可知詹妮是4号（线索1）。线索1同时还告诉我们她投了50便士进许愿池。现在我们已经安置了3个男孩子，从线索2知道，5号一定是刘易斯，余下2号是杰西卡，杰西卡投了5便士（线索6）。因为刘易斯许愿时投的不是2便士硬币（线索6），他投了10便士进许愿池。剩下2便士的硬币由丹尼尔投出。

答案：

位置1，帕特里克，20便士。

位置2，杰西卡，5便士。

位置3，埃莉诺，1便士。

位置4，詹妮，50便士。

位置5，刘易斯，10便士。

位置6，西蒙，2英镑。

位置7，丹尼尔，2便士。

位置8，杰克，1英镑。

530...

覆盖面积为1049平方千米的公园不是布雷克比肯斯（线索4），不是埃克斯穆尔（线索1），也不是占地1436平方千米的面积最大的约克北部的沼泽地（线索6），或者是覆盖面积小于1000平方千米的达特姆尔（线索2），所以，它是诺森伯兰，建于1956年（线索5），它的最高点海拔不是621米（线索4）、885米（线索5），也不是519米——那是覆盖面积是693平方千米的公园最高点的海拔（线索3），或者432米——那是建于1952的公园的最高点的海拔（同样是线索3），所以诺森伯兰国家公园最高点的海拔是816米。占地1351平方千米的公园不是在1952年或1954年建立的，也不是1956年——那年建成的是占地1049平方千米的公园，或者1951年——那年建成的是占地954平方千米的公园（线索1），所以，是在1957年。693平方千米的公园至高点是海拔519米，于1952年建成最高点海拔为432米的就是那个占地1436平方千米约克北部的沼泽地。综上可得，693平方千米的国家公园是成立于1954年的那个。它不是达特姆尔（线索2），所以，达特姆尔占地面积954平方千米，成立于1951年。布雷克比肯斯国家公园不是建成于1954年（线索4），所以它一定是成立于1957年的占地1351平方千米的公园，它最高点不是621米，而是885米。最后，成立于1954年的国家公园一定是埃克斯穆尔，而达特姆尔的占地面积是954平方千米，最高点达621米。

答案：

布雷克比肯斯，1957年，1351平方千米，885米。

达特姆尔，1951年，954平方千米，621米。

埃克斯穆尔，1954年，693平方千米，519米。

诺森伯兰，1956年，1049平方千米，816米。

约克北部的沼泽地，1952年，1436平方千米，432米。

531...

思德·塔克坐在C位置（线索1），BBMU的人坐在D位置（线索4），所以来自UMBM，不是坐在B位置的雷·肖（线索5），一定是在A位置。现在根据线索2，代表ABM的6位成员的那个人不可能是坐在A或C位置，也排除了坐在D位置的可能，所以他是坐在B位置；同样根据线索2，阿尔夫·巴特一定是在D位置。综上，吉姆·诺克斯坐在B位置，思德·塔克代表BBT坐在C位置。所以BBT代表的不是7位成员（线索3），也不是4位（线索1），我们知道是吉姆·诺克斯代表有6位成员的ABM，所以BBT有3位成员。UMBM的雷·肖代表的人数比ABM的吉姆·诺克斯代表的少（线索5），所以UMBM一定有4位成员，而BBMU的阿尔夫·巴特代表的是7位成员。

答案：

位置A，雷·肖，UMBM，4

位置B，吉姆·诺克斯，ABM，6

位置C，思德·塔克，BBT，3

位置D，阿尔夫·巴特，BBMU，7

532...

灰色小马叫邦妮（线索3），所以不叫维纳斯（线索1），属于贝琳达的那匹褐色小马一定是叫潘多拉。综上得出，黑色小马一定是叫维纳斯，维纳斯的主人姓郝克斯（线索2）。现在我们知道潘多拉的主人叫贝琳达，而维纳斯的主人姓郝克斯，所以费利西蒂·威瑟斯（线索4）必定是灰色小马邦妮的主人。得出凯蜜乐姓郝克斯，贝琳达姓梅诺。

答案：

贝琳达·梅诺，潘多拉，褐色。

凯蜜乐·郝克斯，维纳斯，黑色。

费利西蒂·威瑟斯，邦妮，灰色。

533...

与尼克·路拜尔相关的侦探小说有18本（线索7），标枪出版社出版了16本书（线索5），乔奇·弗赛斯写了10本书（线索1），由线索3得出，地球出版社出版的有关埃德加·斯多瑞的系列小说不可能是10或12本，所以是14本，有关埃德加·斯多瑞的写了12本（线索3）。现在我们已知两个著者写的本数和两家出版社出版的本数。由上得出，亚当·贝特雷写的由王冠出版社出版的（线索4）是18本系列的小说，主人公是尼克·路拜尔。而根据线索2，帕特里克·纳尔逊写的不是16本，所以是14本。余下史蒂夫·梭罗本是16本系列侦探小说的作者。由线索6得出，红隼出版社出版本数不是10本，所以应是理查德·奎艾内写的12本。而那10本是由毕尔格出版社出版的，所以主人公一定是乔布林博士（线索6）。根据线索2，有关旧金山的不是蒂特蒙中尉的侦探一定是史蒂夫·梭罗本的16本小说的主人公。所以，史蒂夫·梭罗本塑造的侦探必定是克罗维尔检查员。而蒂特蒙中尉则是红隼出版社出版的理查德·奎艾内写的12本书的主人公。

答案：

亚当·贝特雷，尼克·路拜尔，18本书，王冠出版社。

乔奇·弗赛斯，乔布林博士，10本书，毕尔格出版社。

帕特里克·纳尔逊，埃德加·斯多瑞，14本书，地球出版社。

理查德·奎艾内，蒂特蒙中尉，12本书，红隼出版社。

史蒂夫·梭罗本，克罗维尔检查员，16本书，标枪出版社。

534...

杰伊小姐在第3个位置，想要买皮包的女孩在第5个位置（线索9）；由线索8得出，想要床的卡勒尔小姐不可能是在第1、3、5、6或7的位置，所以只能是在第2或4的位置。所以根据线索8，卡勒尔一定是在第1、2或3位置。贝丝在第2位置（线索7），这排除了卡勒尔在第3位置的可能性（线索9），所以卡勒尔是在第1位。现在我们知道杰伊小姐不叫卡勒尔或贝丝，线索9告诉我们她也不叫艾米。费思姓雷恩（线索1），道恩不是排在第5位（线索3），想要外套的伊夫不是杰伊小姐（线索6），道恩也不在的第3位（线索3）。综上所述，杰伊小姐姓盖尔。而从线索9得出，在第5位的女孩是费丝·雷恩。我们已知想要外套的伊夫不可能在第1、2、3或5的位置，线索6告诉我们她也不可能是在第4或6的位置，所以她是在第7位，费恩瞿小姐是在第6位（线索6），结合线索1得知，她要的是电视机。我们现在知道了5个女孩的名字和她们所在的位置，所以，不在第6位的艾米（线索5），一定是在第4位。剩下是在第6位的费恩瞿小姐名字是道恩。已知第5、6和7位女孩所要买的东西，根据线索8，想要床的克雷恩小姐不可能在第4位，一定是在第2位，名叫贝丝。所以排在第4位的是想要DVD播放机的艾米（线索8）。盖尔·杰伊要的不是冰淇淋制造机（线索2），所以她要的是女装，而是第1位的卡勒尔要冰淇淋制造机。最后，由线索4知道，卡勒尔是达维小姐，斯沃恩小姐是在第7位的伊夫。第4位的艾米姓雷文。

答案：

位置1，卡勒尔·达维，冰淇淋制造机。

位置2，贝丝·克雷恩，床。

位置3，盖尔·杰伊，女装。

位置4，艾米·雷文，DVD播放机。

位置5，费丝·雷恩，皮包。

位置6，道恩·费恩瞿，电视机。

位置7，伊夫·斯沃恩，外套。

535…

平均水深并不代表着每一个地方的水深都一样。我们必须要考虑到这个湖不同地方的水深会有差别。

如果这个湖3/4部分的水深都是1英尺（0.3048米），而剩下的1/4水深9英尺（约2.7米），那么它的平均水深仍然是3英尺（约0.9米）。

536…

如果前10个正整数是这5个可以被拼成一个正方形的长方形的元素，那么这个正方形的面积一定在110和190之间。正方形的边长应该是11，12或13。

因为长方形的10个元素完全不同，4个长方形一定包围着一个在中间的长方形。

对于边长为12没有解法。只存在4种解法：两种边长为11，两种边长为13。解法如图所示。

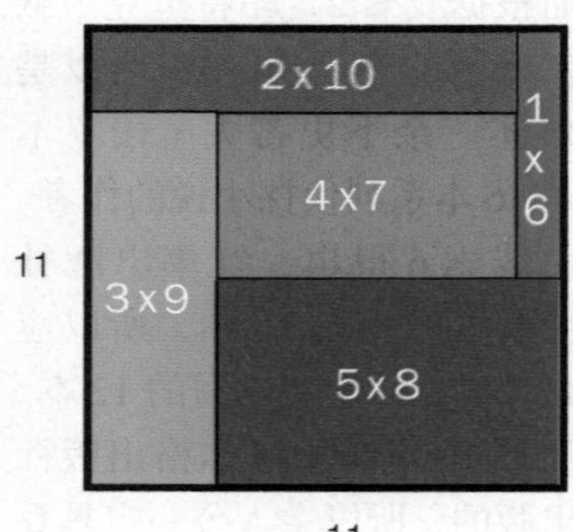

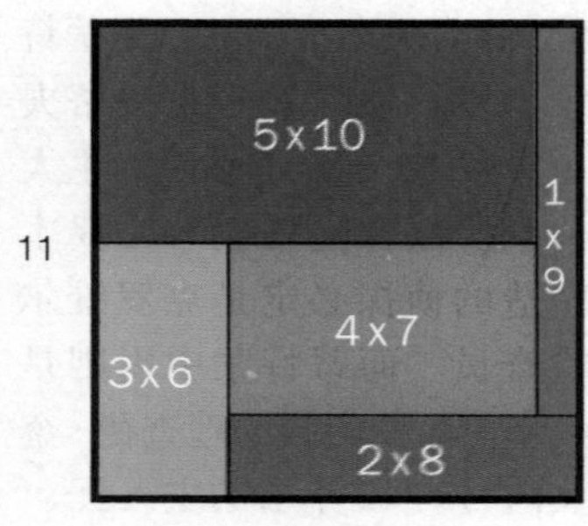

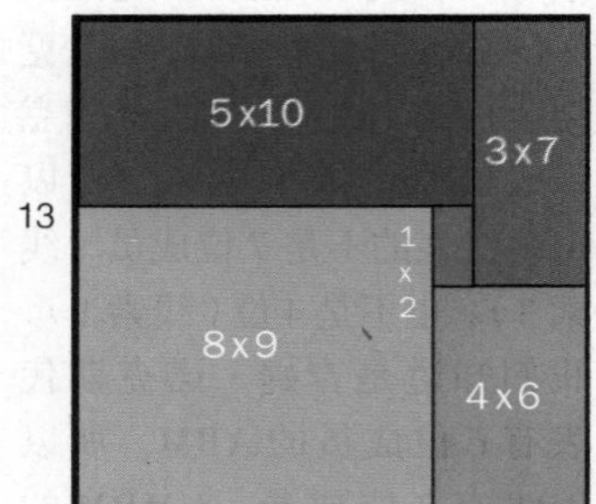

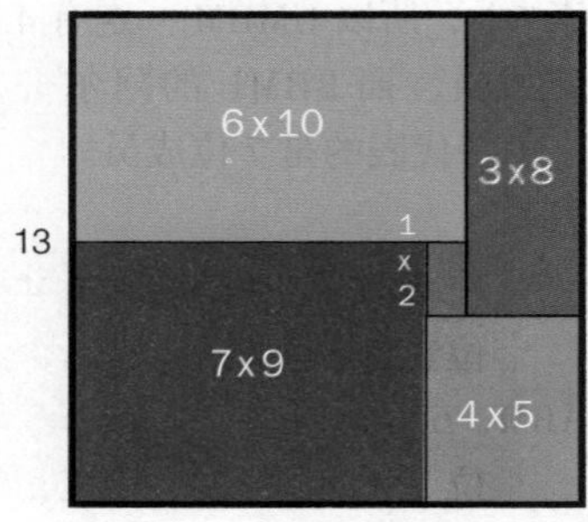

537…

1.1个三角形

2.5个三角形

3.13个三角形

4.27个三角形

5.48个三角形

6.78个三角形

如果n(n为每条边被平均分成的份数)为偶数，三角形的总数将遵循下面这个公式：

$$\frac{n(n+2)(2n+1)}{8}$$

而如果n为奇数，公式应该是：

$$\frac{n(n+2)(2n+1)-1}{8}$$

538...

可以用如图所示的 13 种方法解题。

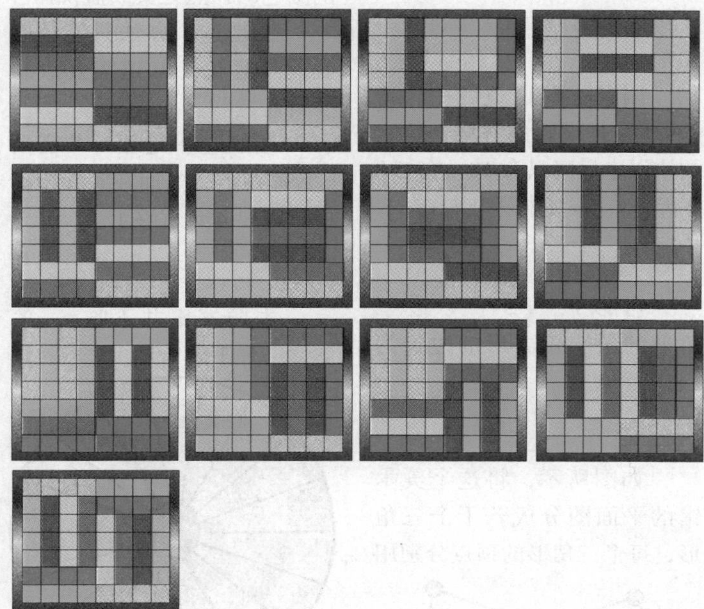

539...

把 8 个金币分成两部分，一部分 6 个金币，一部分 2 个。

不管假币在哪一部分，我们只用 2 步就可以把它找出来：

先将第一部分的金币一边 3 个分别放在天平的左右两边。如果天平是平衡的，那么假币一定在剩下的 2 个中。

再将剩下的 2 个金币分别放在天平的两端，翘起的那一端的金币较轻，这个就是假币。

如果第一步分别将 3 个金币放在天平的两端，天平是不平衡的，如左图所示，天平右端翘起了，说明右边较轻。那么假币是天平右边所放的 3 个金币中的 1 个。

再取这 3 个金币中的任意 2 个分别放在天平的两端，如果天平不平衡，那么轻的那一端放的就是假币。

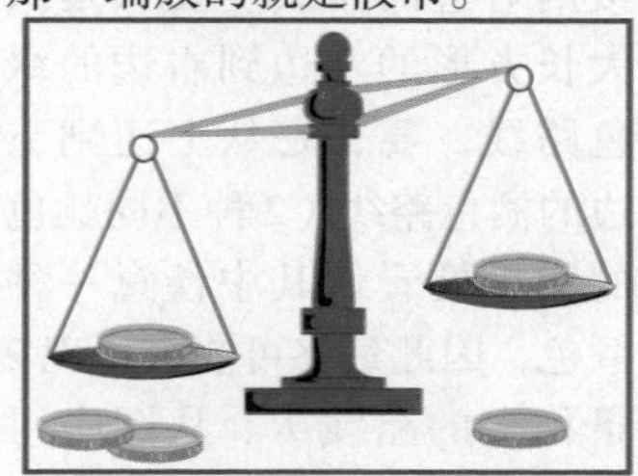

如果天平仍然是平衡的，那么剩下的那个就是假币。

540…

罗马数字中的 11 就是这样的，如下图所示。

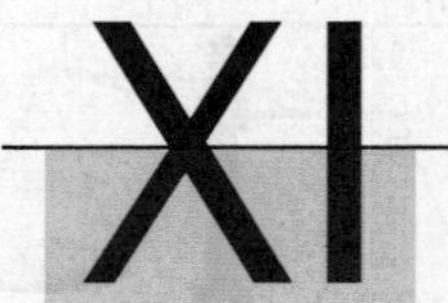

541…

这种结构的大长方形，要么宽是整数，要么高是整数，或者两者都是整数。这一证明是由数学家斯坦·威根完成的。后来，彼得·温克勒在他的著作《数学智力游戏：极品珍藏》中又给出了一种天才的证明方法。

将大长方形里所有宽为整数的绿色小长方形的上下边线用橘色勾勒并加粗。将剩下的橘色小长方形的左右边线用绿色勾勒并加粗。这样处理之后，最后在这个大长方形中至少会出现一条连接两对边的路线—要么是从大长方形的左边到右边的绿色路线，要么是从上边到下边的橘色路线（2 种不同颜色的相接处看做其中任意一种颜色，因此最终可能会出现 2 条相交的路线）。从图中可以看出，这个大长方形只有宽为整数。

用这种方法在你自己设计的长方形里试试！

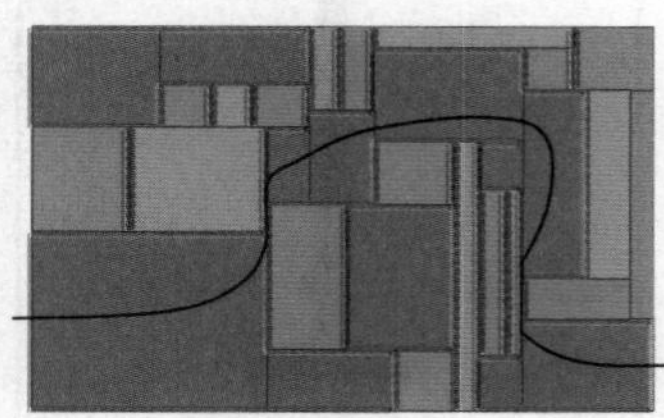

542…

你的第一反应肯定是 10，但是在这道题中如果 x = 9，那么你的错误率将高于 10%。

因此，在这道题中，猜 x=9.9 将是最好的答案，猜它的错误率最高只有 10，它与 9 相差 0.9, 与 11 相差 1.1。

543…

可以放入 5 个等边三角形的最小正方形的边长为 1.803 个单位。

544…

如图所示，将这个美术馆的平面图分成若干个三角形，每个三角形的顶点分别用

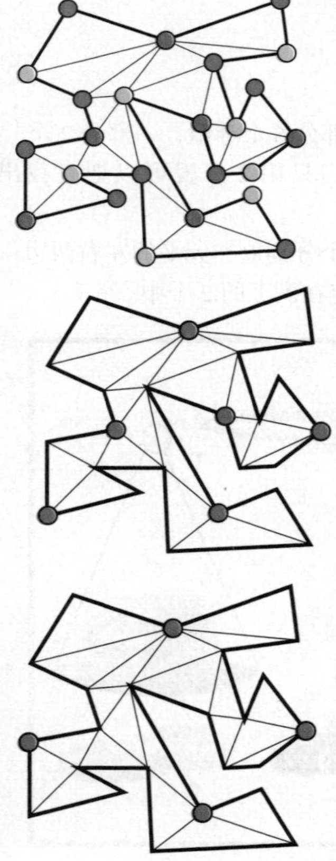

3 种不同的颜色标注出来，每个三角形所用的 3 种颜色都相同。最后在出现次数最少的颜色的顶点处安放监视器。

但是这个办法只能帮助我们从理论上知道需要放多少台监视器。

按照这一定理一共需要 6 台监视器，然而在实际操作中只需要 4 台就够了。

545…

本题答案并不唯一，答案之一如下图所示。

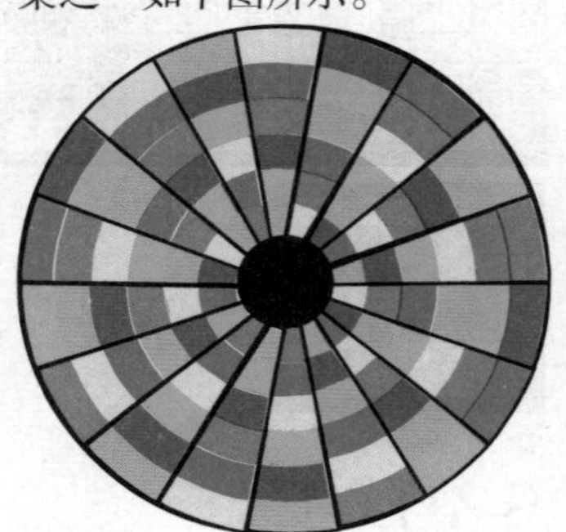

546…

我们可以利用反向思维。将三角形的底边三等分，将 2 个等分点分别用记号笔标注。然后从每个等分点出发分别画 4 条线段：2 条线段分别与三角形的两腰平行，一条线段为等分点与三角形上面的顶点的连线，另一条是与另一等分点与三角形顶点连线相平行的线段。然后沿着这些线段把三角形剪开，这样就得到了 12 个三角形。

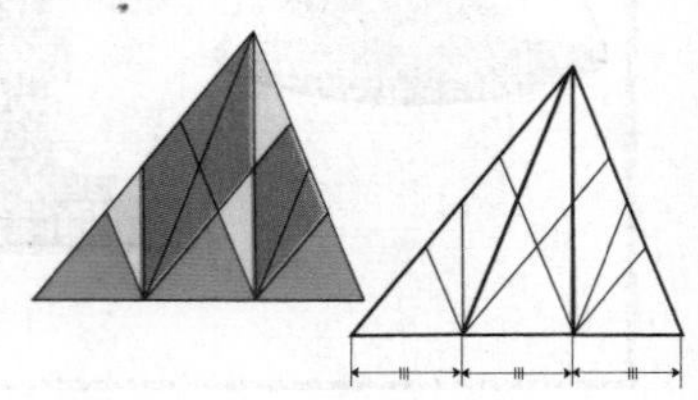

547...

6 种全部可以折出，如图所示。

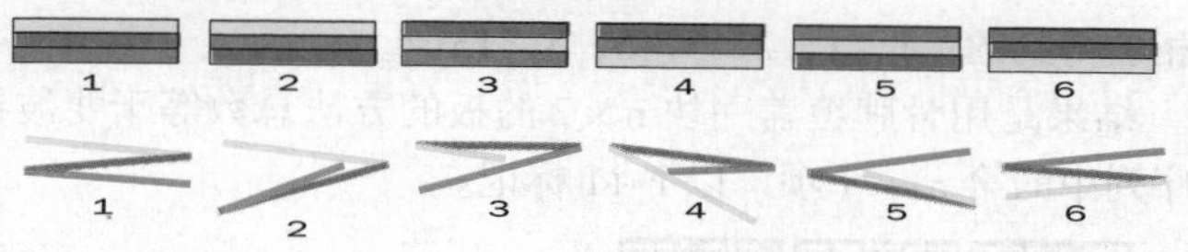

548...

可以折出 16 种。

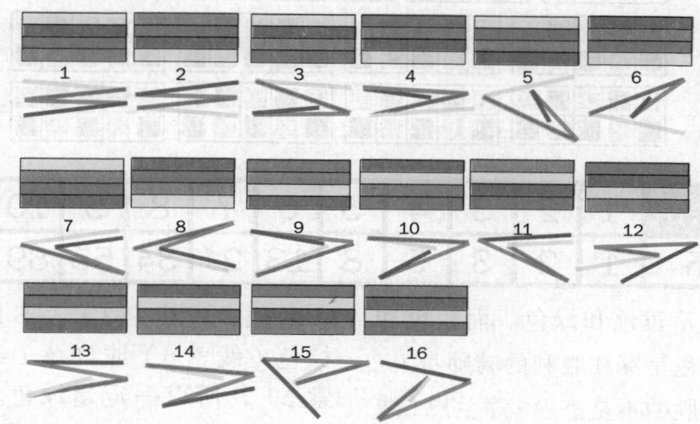

549...

可以折出 8 种。

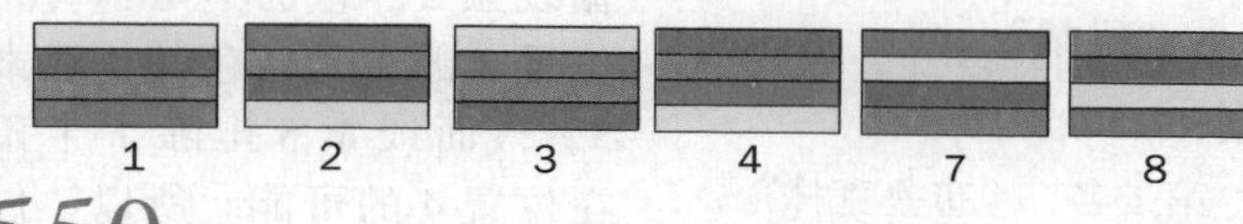

550...

第 3 种折叠方法是不可能的。

因为斜向相邻的颜色折叠以后不可能相邻。

551...

首先左右对折，将右边的 4 张折到下面去。这样 5 在 2 上面，6 在 3 上面，4 在 1 上面，7 在 8 上面。

然后再上下对折，这样 4 和 5 相对，7 和 6 相对。

然后将 4 和 5 插到 3 和 6 中间，最后将 1 折在 2 上面。

552...

在实际操作中，不可能将报纸对折 8 次或者更多，不论这张报纸有多大，纸有多薄。

这是因为每对折 1 次，纸的厚度就增加了 1 倍，很快纸就会变得很厚。

折叠 8 次之后，纸的厚度就会是开始时的 256 倍，这样的厚度不可能再次对折，除非你的力气实在是大得惊人。

553...

如图所示。

5+5+5=550

554...

如图所示，从左下角开始，沿逆时针方向旋转，每 4 个动物的顺序相同。

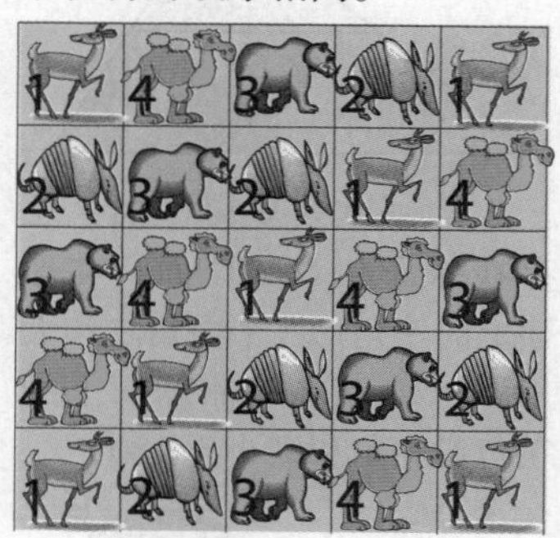

555...

11 个连续正方形可以呈螺旋状排列并且不留空隙，但是如果再加入第 12 个正方形，就出现空隙了。

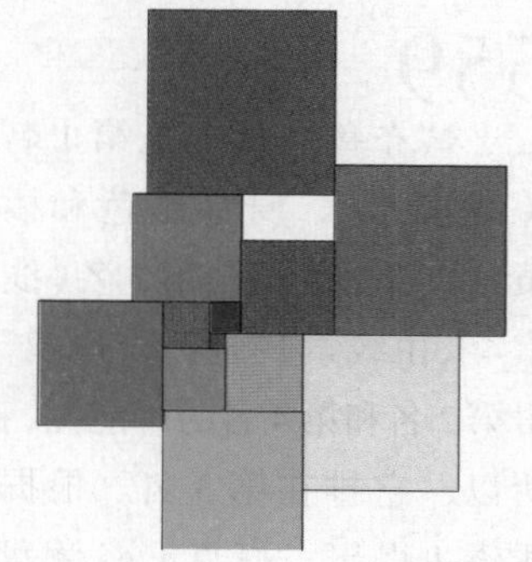

556...

如下图所示，这是一种可能的排列方法。

557...

如图将三角形的 3 个角分别向内折，中间形成一个长方形，这样 A，B，C 三个角加起来正好是一个平角，也就是相加之和等于 180°。

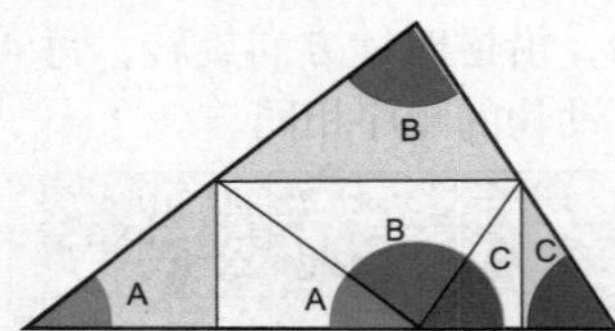

除了欧几里得平面，还存在球面和双曲球面，在球面上的三角形 3 个内角之和大于 180°，而在双曲球面上的三角形内角和则小于 180° 。

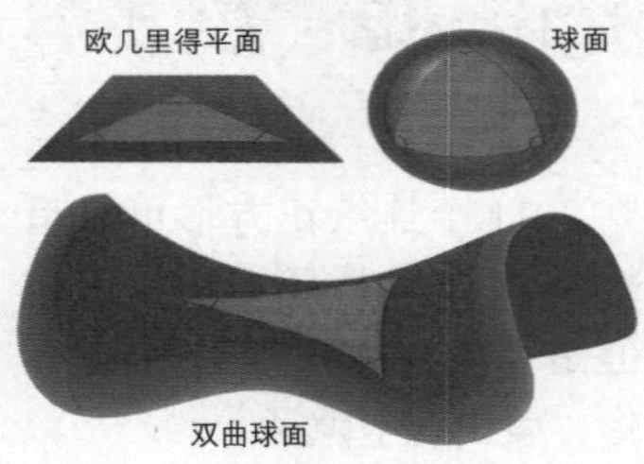

558...

解法的关键是斐波纳契序列。该序列中的每一项是由前 2 项相加得到的：1，1，2，3，5，8，13…

结果是用骨牌覆盖一块 n×2 的板的方法总数等于斐波纳契序列中的第 n + 1 项，以 F_{n+1} 标记。

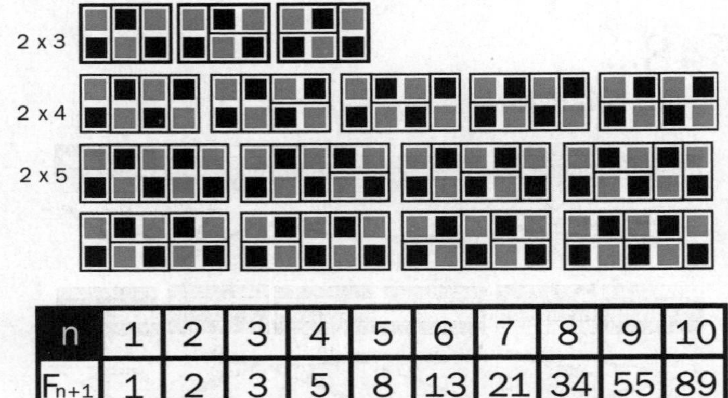

n	1	2	3	4	5	6	7	8	9	10
F_{n+1}	1	2	3	5	8	13	21	34	55	89

559...

“布鲁克林”是第 1 名（线索 5），身穿红色和橘黄色衣服的骑师是第 3 名（线索 4），由线索 1 排除了“矶鹞”得第 2 名和第 4 名的可能性，所以，它排在第 3 名。根据线索 1 得出，卢克 · 格兰费尔身着黑蓝两色，骑的是排在第 4 的马。已知“国王兰赛姆”是马文 · 盖尔骑的那匹马（线索 2），排名不是 1、3 或 4，所以是第 2 名；剩下卢克 · 格兰费尔骑的马叫“蓝色闪电”。马文穿的不是粉色和白色（线索 2），所以应是黄色和绿色。而粉色和白色是穿在胜利的骑师身上。得胜的不是杰姬 · 摩兰恩（线索 3），而是科纳 · 欧博里恩。杰姬 · 摩兰恩的马是排在第 3 名的“矶鹞”。

答案：

第 1 名，“布鲁克林”。科纳 · 欧博里恩，粉色和白色。

第 2 名，“国王兰赛姆”，马文 · 盖尔，黄色和绿色。

第 3 名，“矶鹞”，杰姬 · 摩兰恩，红色和橘黄色。

第 4 名，“蓝色闪电”，卢克 · 格兰费尔，黑色和蓝色。

560...

罗孚汽车停在位置 5（线索 1），所以不在位置 2、3、4 的沃尔沃汽车（线索 4）一定在位置 1。在位置 3 的车是白色的（线索 3），因此，在位置 5 的罗孚汽车的颜色不是黄色，黄色是菲亚特汽车的颜色（线索 3），不是棕色（线索 5）或红色（线索 2），所以一定是绿色。在位置 4 的车我们已知不可能是罗孚或沃尔沃汽车，根据线索 2，它也不是福特，位置 3 的车是白色的（线索 3），而线索 5 排除了丰田在位置 4 的可能。所以，位置 4 停的是黄色的菲亚特。再根据线索 5，棕色汽车不在位置 1，所以是在位置 2。而在位置 1 的沃尔沃必定是红色的。现在由线索 2 得出，位置 2 的棕色车子是福特，由线索 5 得出在位置 3 的白色车子是丰田。

答案：

1 号，红色沃尔沃。

2 号，棕色福特。

3 号，白色丰田。

4 号，黄色菲亚特。

5 号，绿色罗孚。

561...

肖特带着红色的围巾（线索2），伯妮斯·海恩的围巾不是黄色的（线索1），她也不是围着蓝色围巾的1号位置的溜冰者（线索1和4），所以她的围巾是绿色的，已知她不在1号位置，因为1号位置的人带着蓝色围巾，线索1同时也排除了她在2号位置的可能性，从线索3中得出她不可能在4号位置，所以伯妮斯·海恩在3号位置。因此从线索1得出，2号位置的溜冰者必定带着黄色围巾，而由线索3知道，路易丝一定是在4号位置，余下红色围巾由她带着，所以，她是肖特。杰姬不是2号溜冰者（线索2），她是1号溜冰者，2号是夏洛特。杰姬不姓劳恩（线索5），她姓利特尔，劳恩是夏洛特的姓。

答案：

位置1，杰姬·特利尔，蓝色。

位置2，夏洛特·劳恩，黄色。

位置3，伯妮斯·海恩，绿色。

位置4，路易丝·肖特，红色。

562...

内利·派克入户盗窃（线索1），拉格斯哥的案件是破窗抢劫（线索2），持枪抢劫案件因赖福尔斯小姐向当地警方告密而告终（线索3），所以，鲁比·斯泰格不是来自拉格斯哥，被丢在山上的她（线索4）干的是盗窃银行案。从线索5得知，鲁比·斯泰格不是在伯明翰作案，那是简·肯奇作案的城市，也不是伦敦，所以她是在曼彻斯特作案。拉格斯哥的破窗抢劫者没有被扔进湖里（线索2），同时我们知道持枪抢劫者被人向警方告密，所以，赖福尔斯小姐一定是偷了破窗抢劫者的赃物，已知来自伯明翰的简·肯奇没有盗窃银行、入户盗窃或破窗抢劫，所以她干的是警方得到告密的持枪抢劫案。最后，艾丽丝·布雷一定是拉格斯哥的破窗抢劫者。而内利·派克是来自伦敦、被扔进湖里的那个人。

答案：

艾丽丝·布雷，拉格斯哥，破窗抢劫，赃物被偷。

简·肯奇，伯明翰，持枪抢劫，被告密。

内利·派克，伦敦，入户盗窃，被扔进湖里。

鲁比·斯泰格，曼彻斯特，盗窃银行，被丢在山上。

563...

福斯特写的是历史小说（线索2），她或他不是餐饮老板（线索2），也不是尸体防腐者或消防队员（线索6），所以一定是书店老板，名叫波林（线索5）。医学小说不是出自迪莉娅之手（线索4），也不是出自写爱情小说的约翰之手（线索1），所以必定是由托马斯·罗宾斯写的（线索3）。综上所述，迪莉娅写的是爱情小说。约翰不姓梅尔沃德（线索3），所以，约翰姓凯勒，他以前是一位餐饮老板（线索2），剩下迪莉娅一定姓梅尔沃德。现在已知其中两种书所对应的两种以前的职业，不写爱情小说的前消防队员（线索5），一定是医学小说的作者，即托马斯·罗宾斯。最后得出迪莉娅以前从事的职业是尸体防腐者。

答案：

迪莉娅·梅尔沃德，爱情小说，尸体防腐者。

约翰·凯勒，历史小说，餐饮老板。

波林·福斯特，政治小说，书店老板。

托马斯·罗宾斯，医学小说，消防队员。

564...

标号3的镇是肯思菲尔得（线索4），所以亚克斯雷不是4号镇（线索1），不是6号镇（因为6号镇没有其他镇在它的东北方向），也不是8号镇（因为根据线索1，它们两者都没有一个镇在它们的偏南方），又因为它在图上是偶数标记的（线索1），所以亚克斯雷镇是2号镇。因此，根据线索1，布赖圣特恩是1号镇。由线索5，威格比不是9号镇，同时我们知道它不是3号镇，又因为它的偏西方有一个镇（线索5），所以威格比一定是 6 号镇。再结合线索 5，摩德维尔一定是 5 号镇。根据线索 1，科尔布雷杰一定是 8 号镇。已知勒索普不是 2 号、5 号或 8 号镇，也不可能是 4 号或 7 号镇（线索 2），再根据线索 2，勒索普一定是 10 号镇，而波特菲尔得是 9 号镇，最后，由线索 3，德利威尔一定是 7 号镇，欧德马科特是 4 号镇。

答案：

1 号，布赖圣特恩镇；

2 号，亚克斯雷镇；

3 号，肯思费尔德镇；

4 号，欧德马科特镇；

5 号，摩德维尔镇；

6 号，威格比镇；

7 号，德利威尔镇；

8 号，科尔布雷杰镇；

9 号，波特菲尔得镇；

10 号，勒索普镇。

565…

德莫特住在提姆布利村（线索 2）；村庄 2 是格里斯特里村，经过它的环线朝东方开（线索 1）。5 千米长朝南开的路程起始自罗莉住的那个村庄（线索 4），所以她不可能住在 6 千米路段的起始地桑德莱比村（线索 3），罗莉是住在托维尔村。7 千米路段不是起始自格里斯特里村（线索 1），同时已知它不可能起始自桑德莱比村或托维尔村，所以它一定是起始自德莫特家所在的提姆布利村。剩下 4 千米路段的起始自格里斯特里村。阿诺德不住在桑德莱比村（线索 2），所以他住在格里斯特里村。而桑德莱比村是吉姆住的村庄。提姆布利不是村庄 3（线索 1），所以它是村庄 4。因此，罗莉的村庄托维尔，自它开始的环线车朝南开（线索 4），一定是村庄 3，余下桑德莱比是村庄 1，作为整个车程的开始点。

答案：

村庄 1，桑德莱比村，吉姆，6 千米。

村庄 2，格里斯特里村，阿诺德，4 千米。

村庄 3，托维尔村，罗莉，5 千米。

村庄 4，提姆布利村，德莫特，7 千米。

566…

泊尔去了法国（线索 1），去澳大利亚旅游的人摔断了一条腿（线索 2），所以，摔断了锁骨的索尼亚（线索 4）一定是在瑞士受伤的。综上所述，泊尔一定是摔断了她的手臂，去澳大利亚的是迪莉娅。斯塔布斯夫人既不叫索尼亚也不叫泊尔（线索 3），所以她叫迪莉娅。索尼亚不是霍普夫人（线索 4），所以她是费尔夫人，霍普夫人的名字是泊尔。

答案：

迪莉娅·斯塔布斯，澳大利亚，腿。

泊尔·霍普，法国，手臂。

索尼亚·费尔，瑞士，锁骨。

567…

在早上 8:00 通过闸口的运河小船受雇于伦敦人（线索 2），不是珐尔·雷德（线索 4），也不可能在下午 5:00 通过（线索 4），珐尔·雷德的目的地是科菲尔得（线索 4），她的船不可能下午 2:00 通过闸口去格林利（线索 1），因此一定是在上午 11:00 通过的。维多利亚号是艘蒸汽式游艇（线索 3），所以不是在早上 8:00 过闸口的，也不可能属于曼勒德的（线索 4），所以运河小船受雇于利德·罗斯。已知利德·罗斯的目的地不是科菲尔得，也不是格林利，而是工作船，去的是肯思贺尔特（线索 5）。所以，利德·罗斯去的是罗斯顿。综上，是工作船在下午 5:00 过闸口的，我们知道那不是维多利亚的，所以是曼勒德的。而维多利亚是在下午 2:00 通过闸口去格林利的。最后，珐尔·雷德坐的是一条可住宿的游艇。

答案：

珐尔·雷德，上午 11:00，可住宿的游艇，科菲尔得。

曼勒德，下午 5:00，工作船，肯思贺尔特。

利德·罗斯，早上 8:00，运河小船，罗斯顿。

维多利亚，下午 2:00，蒸汽式游艇，格林利。

568...

这36个长方形的总面积应该是870，正好等于一个29×30的长方形的面积。下面给出了一种最佳方案，但是有一个1×3的长方形没有放进去。你可以做得更好吗?

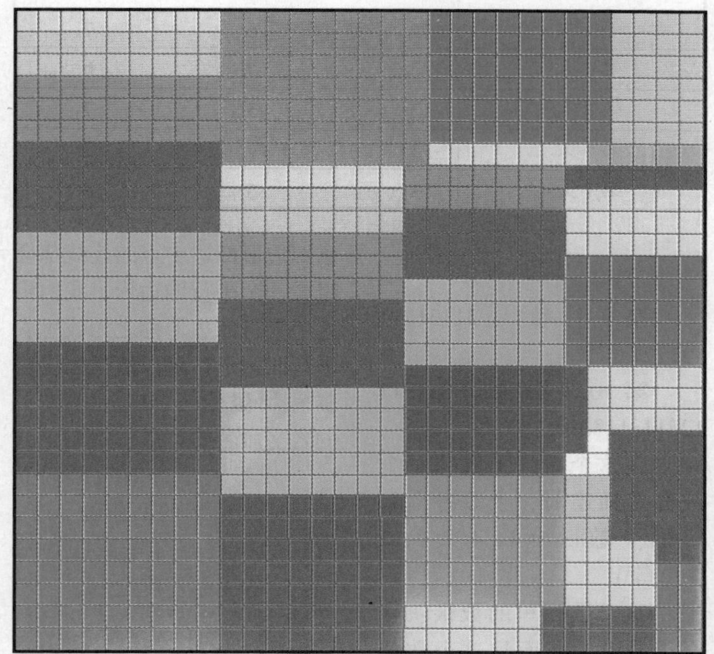

569...

古埃及的数学家将未知数叫做“黑匣子”，我们这里也可以借用这个概念，我们把不确定的未知数称为“黑匣子”。运用这个概念，这个小游戏的秘密马上就会被破解了。你要完成两件事情：

随便想一个数	←　这就是这个数
加上 10	
乘以 2	
减去 6	
除以 2	
然后再减去你最开始想的那个数。结果是7。	

1. 你要处理一个未知的变量。在代数学中我们这里的“黑匣子”用x表示。

2. 与找某一个特定的数来测试不同，你应该用一种一般的方式，来表示这个思维游戏的结果总是7。

在代数学中，有很多复杂的证明可以用几何图表直观地表示出来，使这个定理的证明能够一目了然。

570...

如图所示，原图中少了一个红色正方形。

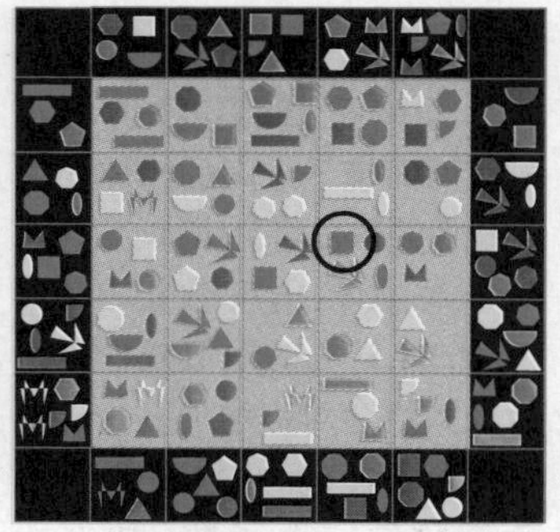

571...

盯着图看，这个人一会儿在管子左边，一会儿在管子右边。

572...

该图形可以通过移动拼成一个正六边形，那么我们只要算出这个正六边形的面积，就可以得到原图形的面积。这个正六边形是由6个正三角形组成的，如右图所示。因此所求图形的面积 =6× 正三角形面积，即：

$$6\times\frac{1}{2}\times 底\times 高$$

$$=6\times(\frac{1}{2}\times 2\times(\sqrt{2^2-1^2})=6$$

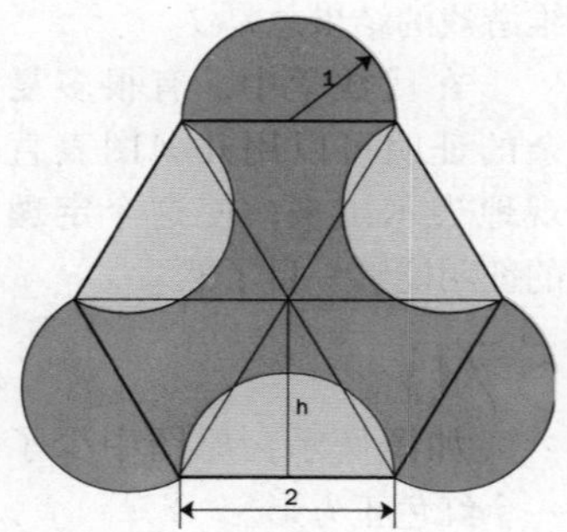

573…

当镜子之间角度减小时，放在两面镜子之间的物体的多重镜像的数目将会增加。

每次夹角度数以 360/N (N=2,3,4,5…) 的数值减少时，镜像数目会对应增加。

因此，镜像数是两镜夹角度数的一个函数，如下所示：

夹角度数：120，90，72，60，51.4

镜像数： 3，4，5，6，7

理论上，当夹角接近零时，镜像数将变为无穷。当你站在两面平行镜之间或者看一面无穷大的镜子时，你就会看到这种效果。但实际上，能看到的只有有限的镜像数，因为随着每次反射，镜像将逐渐变得微弱。

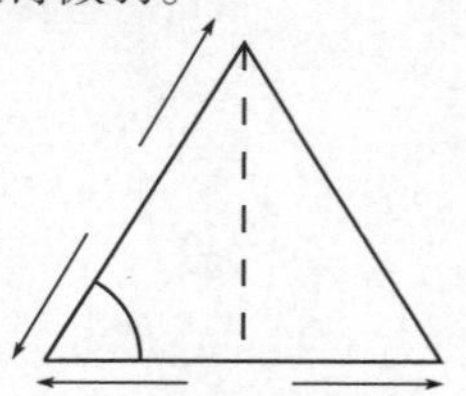

574…

时 间	觅食的小鸟序号		
第1天	1	2	3
第2天	1	4	5
第3天	1	6	7
第4天	2	4	6
第5天	2	5	7
第6天	3	4	7
第7天	3	5	6

575…

第 9 个 数 是 31131211 131221。

第 10 个 数 是 13211311 123113112211。

在这个数列里的每一个数都是描述前一个数各个数字的个数 (3 个 1，1 个 3，1 个 2 等)

这个数列里的数很快就变得非常大，而且这个数列里的数字不会超过 3。比如，这个数列里的第 16 个数包含 102 个数字，而第 27 个数包含 2012 个数字。

这个数列是由德国数学家马利欧 · 西格麦尔于 1980 年发明的。

576…

我们可以发现，所有任意四边形四边中点的连线都会组成一个平行四边形，我们将这个平行四边形称之为伐里农平行四边形，是以数学家皮埃尔 · 伐里农（1654 ~ 1722）的名字命名的。

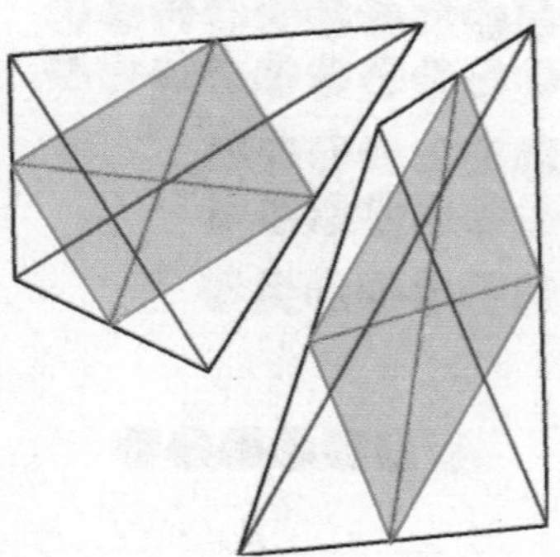

伐里农平行四边形的面积是原四边形的面积的一半，而它的周长则等于原四边形 2 条对角线的长度之和。

577…

这个问题是博弈论的一个例子。博弈论诞生于 1927 年，当时约翰 · 冯 · 诺依曼认识到在经济、政治、军事以及其他领域的决策与很多数学游戏的策略是相似的。他认为游戏上的这些策略可以应用到现实生活中。他与经济学家奥斯卡 · 摩根斯坦一起出版了《博弈论与经济行为》。

博弈论的很多结果都与我们的直觉相悖。比如说，在这道题中，迈克活下来的可能性最大，是汤姆和比尔的 2 倍。为什么呢？

汤姆和比尔最开始肯定会选择向对方射击（因为

对方是自己最大的威胁），而接下来迈克则将射击活下来的那个人。他射中的概率为50%（从而成为最后的赢家），射不中的概率也为50%（最后被别人射中身亡）。

现在我们来分析一下这个有趣的结果：

如果迈克最先射击，他一定会故意射不中。因为如果他射死了其中一个人，那么另一个人就会把他射死。

因此事实上需要考虑的只有2种情况：

汤姆先射杀掉比尔，或者反过来比尔先射死汤姆。

这两种情况下迈克有50%的可能性能够射死幸存下来的那个人，因此他活下来的概率为50%。

汤姆如果先开枪，他活下来的概率为50%；如果比尔先开枪，那么他活下来的可能性为0。由于有50%的可能性是比尔先开枪，因此汤姆活下来的可能性为1/2×1/2=1/4 = 25%；比尔活下来的可能性也是如此。

578...

我们应该观察得出来，在这个十二边形外边再加上12个图片，又会使它成为更大的十二边形，而且这样的图片可以使这个平面无限扩展开去。

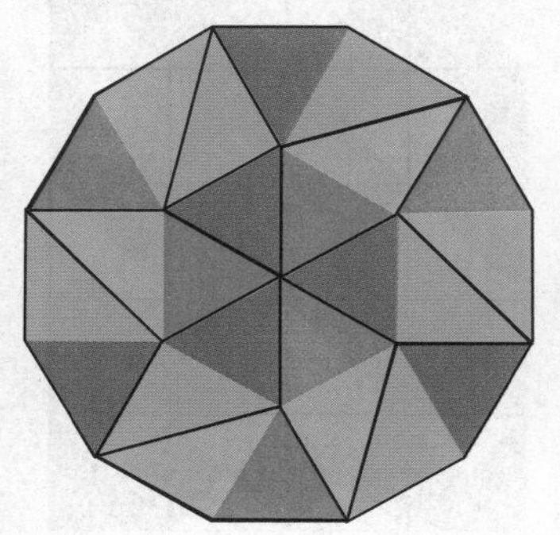

579...

如图所示，至少需要7个正方形和13个三角形；其中由6个正三角形所组成的凸五边形可以用来作为十一边形的核心。

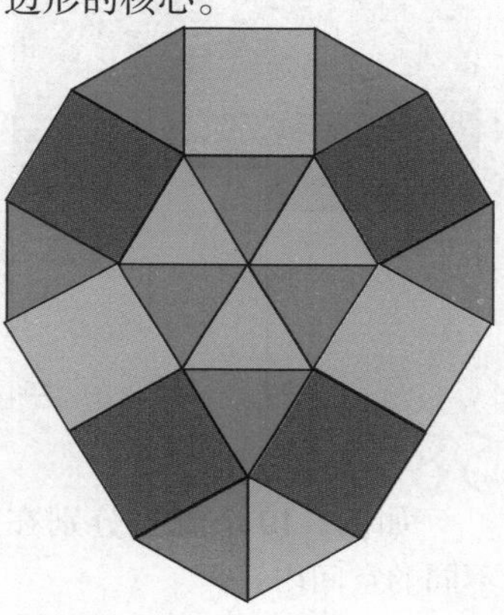

580...

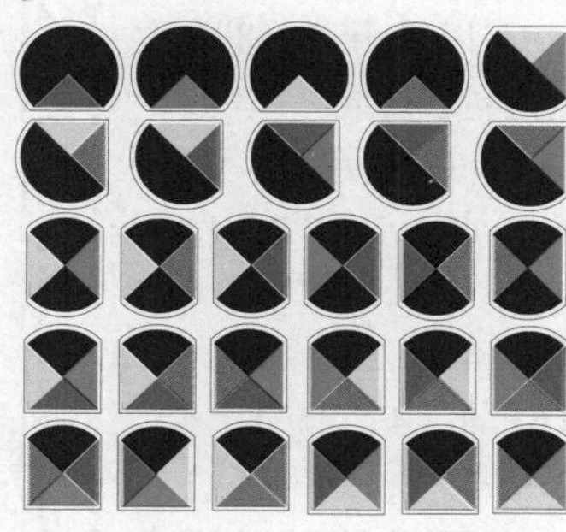

581...

在题中的几何级数中，无论n如何增大，级数和都不会达到2，也就是说这个级数和的极限是2。

582...

在该调和级数中，仅仅是第2，3，4项之和就已经超过了第1项；事实上，这个调和级数的和是可以无穷大的，也就是没有极限。

这2个级数看上去并没有多么大的差别，但事实上它们之间的差别是非常之大的。几何级数的和向着2这个数字靠近，而调和级数的和是无限增大的，尽管增大的速度比较慢——大约前3亿项的和才会超过20。

简单说来，几何级数具有收敛性，调和级数具有发散性。

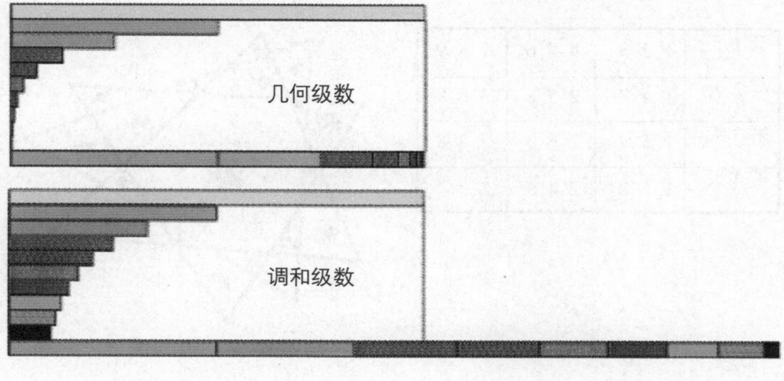

583…

以7开头到后面也会变成同一串数，只不过过程会稍长一点：7，22，11，34，17，52，26，13，40，20，10，5，16，8，4，2，1，4，2…

至于是否以所有数开头，到后面都会变成同一串数，这个到目前为止还不知道。

以1～26开头很快就会成为同一串数，而27则会在这列数的第77个数时达到最大，即9232，在第111个数成为同一串数。

584…

首先看这9个女孩可能组成多少对。

如右表格所示，一共可以组成36对。

1 - 2
1 - 3
1 - 4
1 - 5
1 - 6
1 - 7
1 - 8
1 - 9
2 - 3
2 - 4
2 - 5
2 - 6
2 - 7
2 - 8
2 - 9
3 - 4
3 - 5
3 - 6
3 - 7
3 - 8
3 - 9
4 - 5
4 - 6
4 - 7
4 - 9
5 - 6
5 - 7
5 - 8
5 - 9
6 - 7
6 - 8
6 - 9
7 - 8
7 - 9
8 - 9

每一组3人中可以组成不同的3对，因此每一对在12组（每天3组，一共4天）中只会出现一次。下页是符合条件的分组方法：

第1天	1 2 3	4 5 6	7 8 9
第2天	1 4 7	2 5 8	3 6 9
第3天	1 5 9	2 6 3	3 4 8
第4天	1 6 8	2 4 9	3 5 7

585…

先算出3个人全部没有射中的概率为：

$3/5 \times 3/5 \times 7/10 \approx 0.252$

因此，3人中至少有1人射中的概率为 $1 - 0.252 = 0.748$。

586…

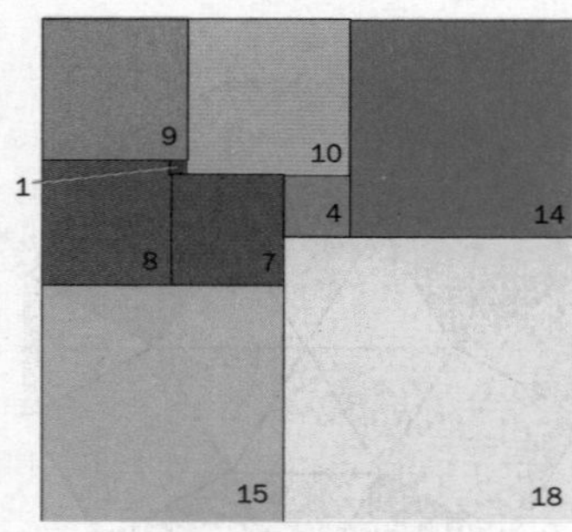

587…

如图，19个瓢虫分别在不同的空间内。

一般情况下，3个三角形相交，最多只能形成19个独立的空间。

这一点很容易证明。两个三角形相交，最多能够形成7个独立的空间，而第3个三角形的每一条边最多能够与4条直线相交，因此它能够与前两个三角形再形成12个新的空间，所以加起来就是19个空间。

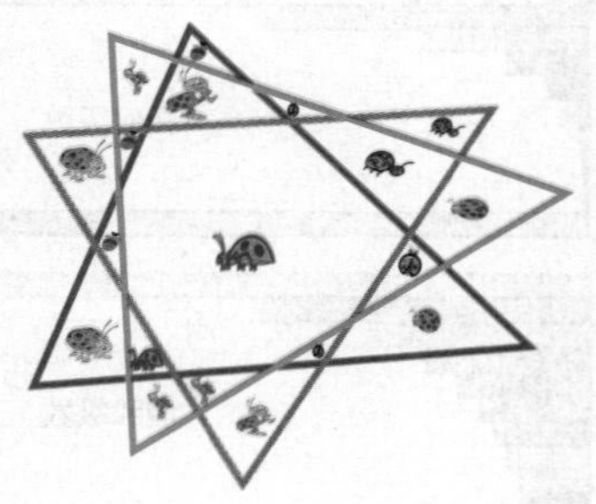

588…

有多种解法，下图是其中的一种。

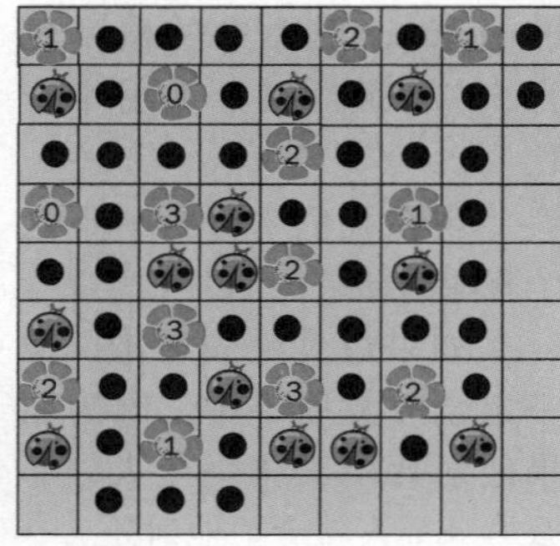

589…

麦克马洪的一套24个四色正方形和4×6长方形的答案之一。

590...

持续度分别为2，3，4的最小的数分别为25，39，77。每个数通过重复题目中的过程都可以得到一个一位数。这个过程不是无限的。

持续度	最小的数
1	10
2	25
3	39
4	77
5	679
6	6788
7	68889
8	2677889
9	26888999
10	3778888999
11	277777788888899

注意8和9出现的频率非常高。为什么呢？没有人知道。

591...

《完人在开罗》一书有一个考古学家身份的罪犯(线索1)，《完人在里斯本》主要讲的是伪造事件(线索4)，《完人在纽约》里的犯罪是走私（线索4），所以，不是出现在《完人在迈阿密》一书的警察带领的拐骗团伙(线索4)，一定是《完人在柏林》。团伙的头目因此是“修道士”（线索2）。旅馆经营者不是在《完人在迈阿密》或《完人在纽约》一书中(线索2)，同时已知另两本书的罪犯已经确定，所以他是在《完人在里斯本》中出现的，他是个伪造者（线索4），我们知道他的代号不是“修道士”，而“王子”是个走私分子(线索1)，“鼓手”是个慈善机构工作人员(线索3)，“鲨鱼”是个敲诈勒索的家伙（线索3），所以伪造者的代号是“将军”。现在已知其中3本书对应的罪犯是谁。《完人在纽约》对应的不是政治家（线索1），所以政治家是在《完人在迈阿密》。而《完人在纽约》的罪犯是慈善机构工作人员，代号“鼓手”。因《完人在迈阿密》里的罪犯是个政治家，所以他参与的是武器或毒品走私（线索1），我们已知伪造者和拐骗者对应的人和书，所以政治家是勒索者，代号“鲨鱼”(线索3）。综上，在《完人在开罗》一书的考古学家一定是“王子”。最后，由线索3，《完人在纽约》的罪犯“鼓手”不是毒品走私者，他是武器走私者。而毒品走私者是《完人在开罗》中的罪犯。

答案：

《完人在柏林》，“修道士”，拐骗，警察。

《完人在开罗》，“王子”，毒品走私，考古学家。

《完人在里斯本》，“将军”，伪造，旅馆经营者。

《完人在迈阿密》，“鲨鱼”，勒索，政治家。

《完人在纽约》，“鼓手”，武器走私，慈善机构工作人员。

592...

因为勋章C有一个绿色的绶带(线索1)，根据线索4，所以铁拳团的铁制勋章不可能是勋章D。勋章A用的是银作材料（线索2），勋章D不是金制的（线索5），所以勋章D应该是青铜制的。根据线索5，勋章C是金制的。综上可得，铁拳团的铁制勋章应该是勋章B。因此，由线索4得出，悬挂蓝色绶带的勋章是勋章A。现在已知3个勋章的团名或绶带颜色，所以赖班恩王子勋爵士团的有着紫色绶带的是青铜制勋章D，因此，白色绶带的勋章是铁拳团的勋章B。最后，由线索5，不是伊斯特埃尔勋爵士团的、带绿色绶带的金制勋章C是圣爱克赞讷勋爵士团的。而伊斯特埃尔勋爵士团的是银制的蓝色绶带的勋章A。

答案：

勋章A，伊斯特埃尔勋爵士团，银，蓝色。

勋章B，铁拳勋爵士团，铁，白色。

勋章C，圣爱克赞讷勋爵士团，金，绿色。

勋章D，赖班恩王子勋爵士团，青铜，紫色。

593...

戴夫在3号位置（线索5），詹妮不可能是在4号位置（线索1），又因为2号位置骑的人是“迈德·海特”（线索3），线索1排除了1号位置是詹妮的可能，所以，詹妮是在2号位置，扮成“迈德·海特”。根据线索1，在1号位置的戴夫扮演的是“托德先生”。现在，由线索2得出，诺德一定是在1号位置，剩下“贝格尔斯”，即贝尔（线索4），在4号位置。“诺德”不是基思扮演的（线索2），所以他一定是莫尼卡扮的，而基思姓贝尔，扮的是“贝格尔斯”。莫尼卡不姓斯普埃克斯（线索2），也不姓切诺（线索3），所以她姓福克斯。最后，根据线索3，切诺不是扮成“迈德·海特”的詹妮，所以他是戴夫。詹妮姓斯普埃克斯。

答案：

1号，莫尼卡·福克斯，“诺德”。

2号，詹妮·斯普埃克斯，“迈德·海特”。

3号，戴夫·切诺，“托德先生”。

4号，基思·贝尔，“贝格尔斯”。

594...

栗子大街上的学校是根据圣人命名的（线索6），但它不是圣·威妮弗蕾德小学，因为圣·威妮弗蕾德小学的马路不是用树来命名的（线索1），所以栗子大街上的学校肯定是圣·彼得小学。卡尔女士在山楂树巷上协助孩子们过街（线索6），大不列颠路小学位于同名的大街上（线索2）。既然阿贝菲尔德小学的斯多普薇女士不是帮助学生经过风磨房大街（线索2），那么她一定在希尔大街上手持车辆暂停指示牌协助孩子过街，而且她已经工作5年了（线索4）。圣·威妮弗蕾德小学不在山楂树巷上（线索1），所以它必然在风磨房大街上，剩下卡尔女士协助西公园学校的小学生们经过山楂树巷，她已经工作3年了（线索4）。科洛斯薇尔女士已经工作2年了，她不在栗子大街或者风磨房大街上工作（线索3），所以她必然在大不列颠马路上工作。圣·威妮弗蕾德小学的“过街女士”做这份工作不是4年（线索1），所以必然是6年。栗子大街的圣·彼得小学的过街女士工作已经4年。在圣·威妮弗蕾德小学工作6年的“过街女士”不是夏普德女士（线索5），所以，她必然是虹尔特女士，剩下圣·彼得小学的过街女士是夏普德女士。

答案：

阿贝菲尔德小学，斯多普薇女士，希尔大街，5年。

大不列颠路小学，科洛斯薇尔女士，大不列颠马路，2年。

圣·彼得小学，夏普德女士，栗子大街，4年。

圣·威妮弗蕾德小学，虹尔特女士，风磨房大街，6年。

西公园小学，卡尔女士，山楂树巷，3年。

595...

4号汽车是深蓝色的（线索4），灰色美洲豹不是1号汽车（线索1），它肯定是2号汽车或3号汽车，而且它肯定是丰田（线索3）。既然4号汽车不是流浪者（线索4），它肯定是宝马。4号汽车不归阿尔玛所有（线索3），同时阿尔玛的汽车也不可能是美洲豹或者丰田，因为这两辆车都在汽油泵旁边（线索3），所以她的汽车肯定是流浪者，同时肯定是1号汽车。从线索1中可以看出，灰色美洲豹是3号汽车，哈森的汽车是2号，而且必定是丰田，它不是绿色的（线索3），所以它肯定是浅蓝色的。剩下阿尔玛的流浪者牌是绿色的。最后，根据线索2中，蒂莫西的汽车肯定是灰色美洲豹，而深蓝色宝马必定是杰拉尔丁的汽车。

答案：

1号，阿尔玛，绿色流浪者。

2号，哈森，浅蓝色丰田。

3号，蒂莫西，灰色美洲豹。

4号，杰拉尔丁，深蓝色宝马。

596...

蓝色海湾镇拥有卡西诺赌场（线索4），巴瑞特一家人所住的小镇拥有宜人的海滩（线索2）。罗德斯一家人住在国王乡村中，但此处没有游艇港湾（线索1），所以它肯定是潜水中心。我们知道住在蓝色海湾镇上的家庭不是巴瑞特或者罗德斯一家，同时也不可能是沃德尔一家（线索4），所以它必定是莱斯特一家。因此，蓝色海湾镇位于B处（线索2）。D处小镇叫做白色沙滩（线索3）。在游艇港湾镇顺时针方向的下一站就是国王乡村镇（线索1），所以国王乡村镇不可能是C处小镇，它必然是A处小镇，剩下C处是纳尔逊镇。游艇港湾必定在白色沙滩镇上（线索1），所以，用排除法可知，必定是沃德尔一家人住在白色沙滩镇上。那么巴瑞特一家人肯定在纳尔逊镇上，那里有宜人的海滩。

答案：

A镇，国王乡村，罗德斯，潜水中心。

B镇，蓝色海湾，莱斯特，卡西诺赌场。

C镇，纳尔逊镇，巴瑞特，宜人海滩。

D镇，白色沙滩，沃德尔，游艇港湾。

597…

C3中的数字是2（线索3），数字1不可能在C行（线索7）。数字6不可能在A1中（线索1），所以C1不可能是3（线索5）。如果C1是5，那么B1中的数字是20（线索5），但这是不可能的（线索1）。因此，C1中的数字只可能是4。A1中的数字肯定是8，B1中的数字肯定是16（线索5）。数字20在第一行中（线索1），但是我们知道它不可能在A2中，也不可能在紧靠8右边的位置上，也不可能在A7上（线索1），同时它也不可能在A3中。A4中的数字比A3大2（线索1和2），18不可能在A3的方格中（线索7），所以20不可能在A4中（线索2）。线索2排除了20在方格A5中，所以，用排除法可知，20必定在A6中。7在方格A5中，6在方格A7中（线索1）。从线索2可知，方格A4是14，方格A3是12。我们知道数字2在C3中，而B3中的数字肯定是17（线索8），因此C6肯定是18，C2肯定是19（线索6）。那么B6就是数字1，B7就是数字13（线索7）。数字21和数字9分别是C4或者C5中的数字（线索9）。10不可能在C行或A行（线索4），所以只可能在B行中。既然B7是13，B4就不可能是10，所以10肯定在B2中，而15就在B5中（线索4）。从线索9看出，9肯定在C5中，所以21肯定在C4中。B4是个位数（线索9），它不可能是3（线索3），所以它只可能是5。既然第7列的3个数字之和大于25（线索8），数字3就不可能在方格C7中，所以它只可能在A2中，剩下C7中的数字是11。

答案：

8	3	12	14	7	20	6
16	10	17	5	15	1	13
4	19	2	21	9	18	11

598…

如图所示，黄色能形成一条封闭的环形线路。

599…

数字6有11种分拆法，数字10则有42种分拆法。

随着数字增大，分拆的方法数迅速增加。

n=50时，有204226种；

n=100时，有190569292种。

600…

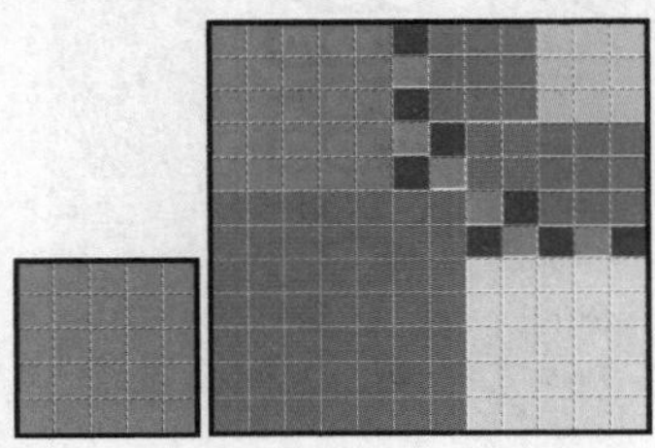

601…

如图所示。

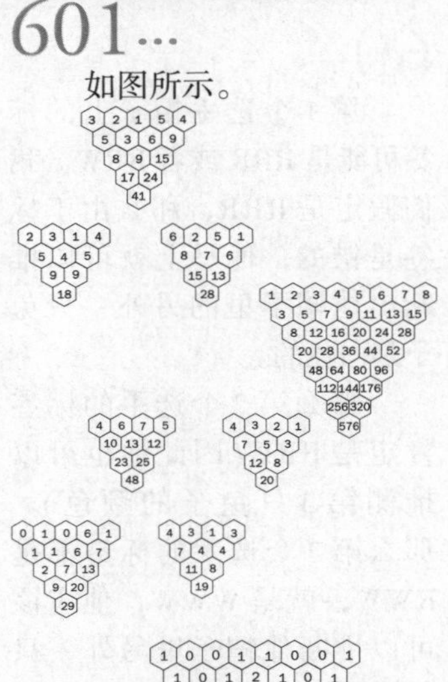

602…

在第 121 号大厦和编号开始处之间一共有 120 栋大厦。相应的就有 120 栋编号高于 294 的大厦。因此，街两旁建筑共有 294 ＋ 120=414 栋。

603…

一共有 4 种不同的解法，最少都需要 4 次才能将它们全都带过河。如图所示是其中的一种解法，其中 M 代表老鼠，C 代表猫。

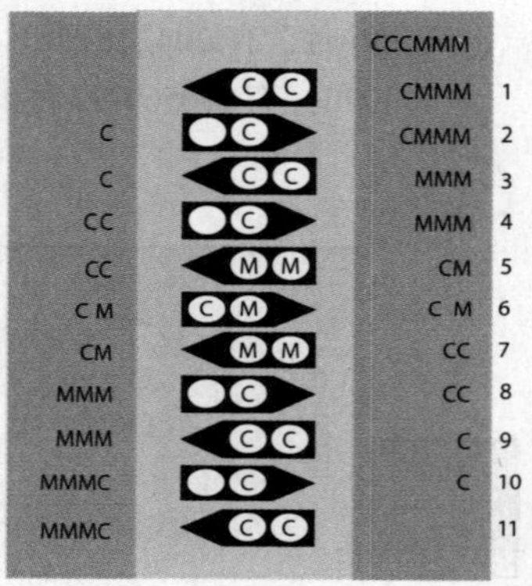

604…

第 1 个选手帽子上的标签可能是 RRR 或者 RRW。我们假定是 RRR，那么由于标签是错的，他马上就可以推断出他帽子里的另外一只兔子是白色的。

那么第 2 个选手的标签肯定是 RRW(因此他也可以推测第 3 只兔子的颜色)。那么第 3 个选手的标签不是 RWW，就是 WWW，他应该可以推断他帽子里另外一只兔子的颜色(如果是 WWW，就是红色，如果是 RWW，就是白色)。但是题目中已经告诉我们了，他说不出第 3 只兔子的颜色，因此第 1 个选手的标签应该不是 RRR，而是 RRW，也就是他的帽子里 3 只兔子都是红色的。

由此第 2 个选手的标签只可能是 RWW，他的帽子里有 2 只红色兔子，1 只白色兔子。如果第 3 个选手的标签是 WWW，他应该知道另一只兔子的颜色，因此他的标签是 RRR。第 4 个选手的标签是 WWW。由上面已经知道了 8 只兔子的颜色(5 红 3 白)，那么第 4 个选手的兔子只有可能是 3 白或者 1 红 2 白。由于他的标签是错的，那么他的兔子只有可能是 1 红 2 白。因此第 3 个人剩下的那只兔子是白色的。

605…

可以用不可比的长方形拼出的最小的长方形的长和宽的比例是 22 ∶ 13。

这 7 个不可比的长方形的总面积是 286 个单位正方形。由于这个长方形的一边最小是 18，而且边长必须是整数，就出现两个可能的比例：

26 ∶ 11 和 22 ∶ 13

我们这道题目的答案是第二种，它有更小的周长。

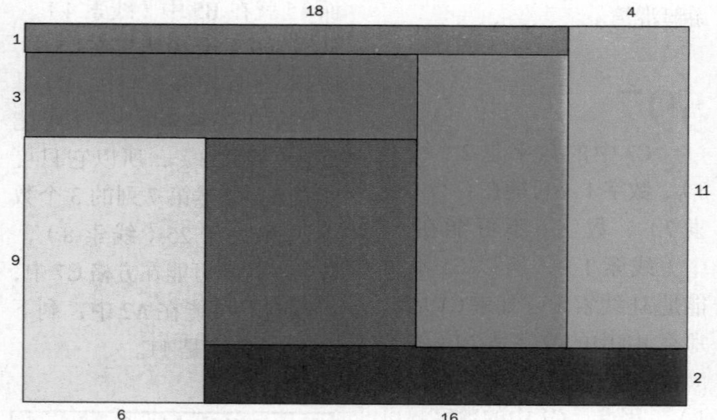

606…

解决这类问题可以使用几何方法如图所示的就是其中一种。圆外环的 14 个点将圆的周长等分，内环的圆圈中包含 5 个彩色三角形，它以圆心(图中标的是 15)为中心旋转，每次旋转两个单位，最后会形成 7 种不同的位置，从而每个三角形分别构成 7 个组，其中每组由三角形的 3 个顶点的数字组成。

分组情况															
第1天	1	2	15	3	7	10	4	5	13	6	9	11	8	12	14
第2天	1	5	8	2	3	11	4	7	9	6	10	12	13	14	15
第3天	1	9	14	2	5	7	3	6	13	4	8	10	11	12	15
第4天	1	4	11	2	6	8	3	5	14	7	12	13	9	10	15
第5天	1	3	12	2	9	13	4	6	14	5	10	11	7	8	15
第6天	1	10	13	2	4	12	3	8	9	5	6	15	7	11	14
第7天	1	6	7	2	10	14	3	4	15	5	9	12	8	11	13

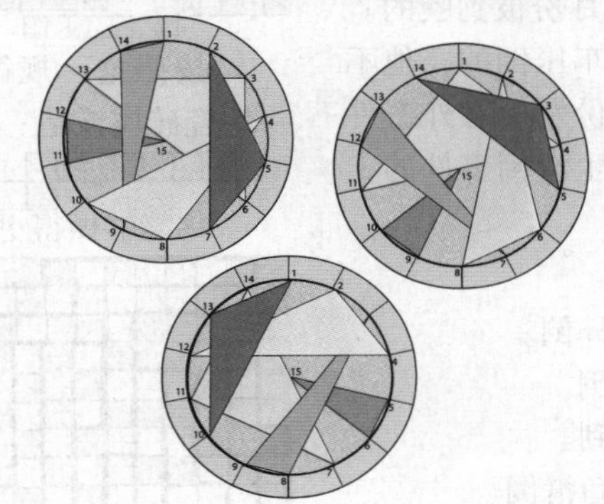

607…

如图所示。

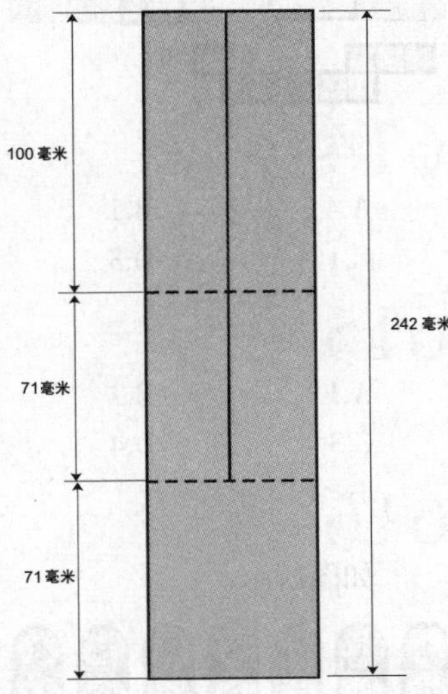

608…

这个图案与风车的4种颜色密切相关。4种颜色一共可以有24种不同的组合，而在我们的题目中，不计纸风车的旋转，这样就还剩下6种不同的颜色组合。每一横行或每一竖行都正好包含这6种不同的颜色组合，从黄色开始：

1. 黄　红　绿　蓝
2. 黄　红　蓝　绿
3. 黄　绿　红　蓝
4. 黄　绿　蓝　红
5. 黄　蓝　红　绿
6. 黄　蓝　绿　红

根据这个规律，你就可以给这些白色纸风车涂上正确的颜色了。

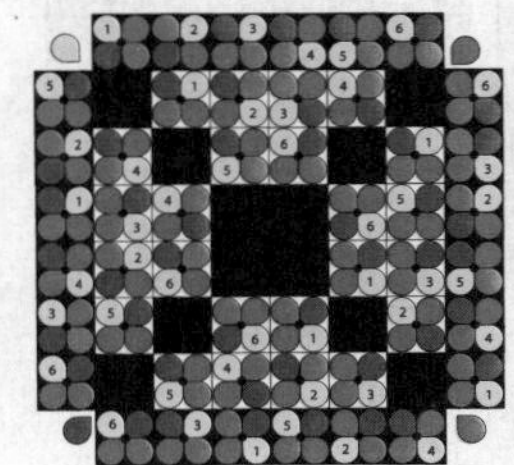

609…

很多人都猜至少需要150人或者更多，但计算的结果可能会让你大吃一惊。

只需要随机抽取23个人，其中有2个人生日相同的概率就已经大于50%了。分析如下：2个人生日不相同的几率为364/365，第1个人可以是任何一天过生日，而第2个人可以是剩下的364天里的任何一天过生日，第3个人可以在剩下的363天内的任何一天过生日，因此3个人的生日都不同的概率为(364/365)×(363/365)。

随着生日不同的概率减小，生日相同的概率增加。如果你能够想到：23个人的不同组合可以组成253对，那么23人就能够满足题目的要求了。

(364/365)×(363/365)×…×[(365 − n+1)/365]，其中n指总人数。

n个人的不同组合可以组成的对数等于：

n×(n − 1)/2也就等于1+2+3+…+(n − 1)

610…

答案为253。

概率为 $1-(364/365)^n$，其中n指除你自己以外的人数。

611…

弗瑞德·罗普被自行车压倒（线索4），西里尔·佩奇在4月份受伤（线索2），所以他们两个人都不是大堂经理，因为大堂经理是被狗咬了，而这件事发生在另一件意外之后（线索1）。艾里斯·韦尔斯是女服务员（线索6），而线索1告诉我们大堂经理不可能是高夫·狄尔，所以大堂经理是贝蒂·欧文。现在我们已知4月份意外事件的主角西里尔·佩奇不可能是大堂经理或女服务员，也不是出纳员（线索2）。而杂役是在5月份受伤的（线索4），所以西里尔·佩奇一定是位厨师。已知他没有被狗咬到，也不是被自行车压倒，更不是被客人击倒（线索3）；被一条鱼滑倒的事件是发生在7月份（线索5），所以在4月份，西里尔·佩奇不幸在地板上摔倒。现已知3个人的工作，所以不叫弗瑞德·罗普的杂役一定是高夫·狄尔。因此根据线索1，大堂经理贝蒂·欧文是在6月份被狗咬的。弗瑞德·罗普是个出纳员，因为他是被自行车压倒的，他不可能是在7月份受伤，所以他一定是在8月份发生意外事件的。女服务员艾里斯·韦尔斯是在7月份发生滑倒事件的，最后，杂役高夫·狄尔在5月份被客人袭击。

答案：

4月份，西里尔·佩奇，厨师，在地板上摔倒。

5月份，高夫·狄尔，清洁工，被客人击倒。

6月份，贝蒂·欧文，大堂经理，被狗咬到。

7月份，艾里斯·韦尔斯，女服务员，被鱼滑倒。

8月份，弗瑞德·罗普，出纳员，被自行车压倒。

612...

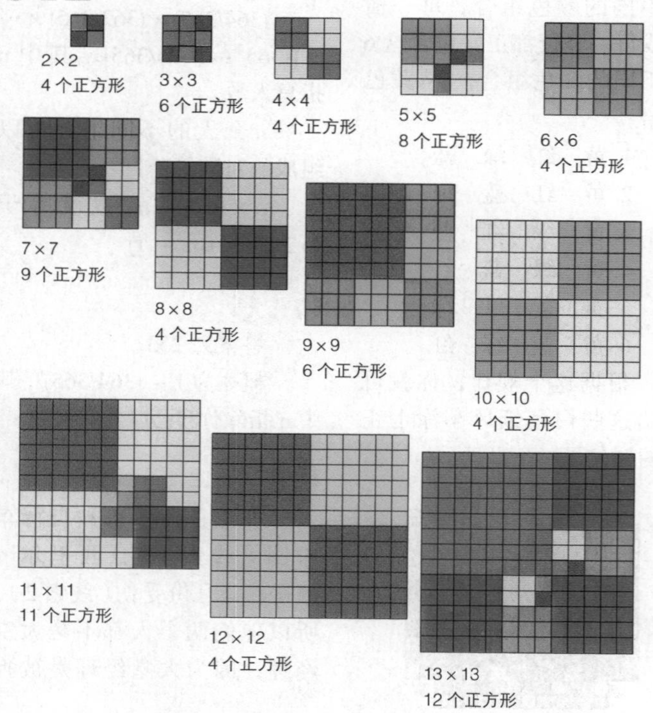

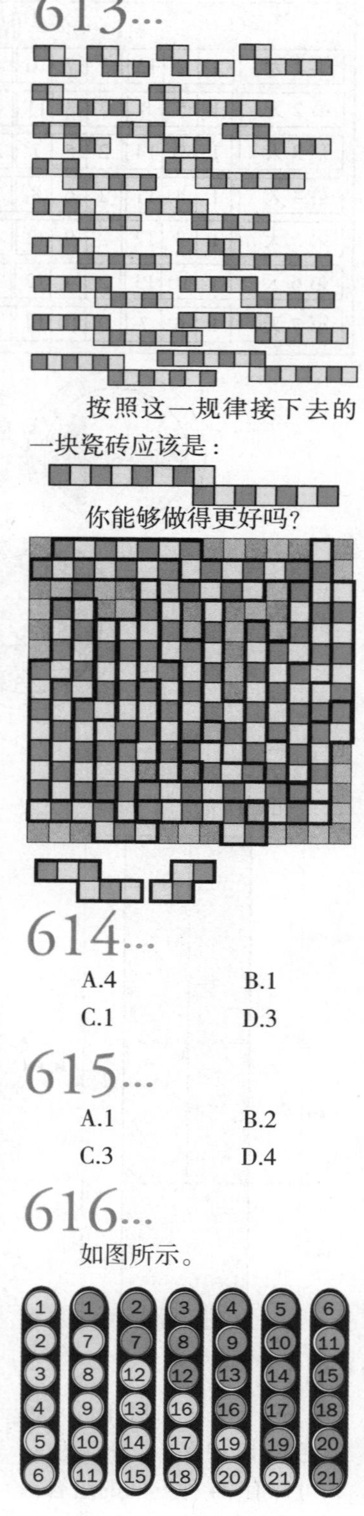

617…

右边的是汤姆，中间的是亨利，左边的狄克，而且狄克说谎了。

618…

如图所示切 6 次。

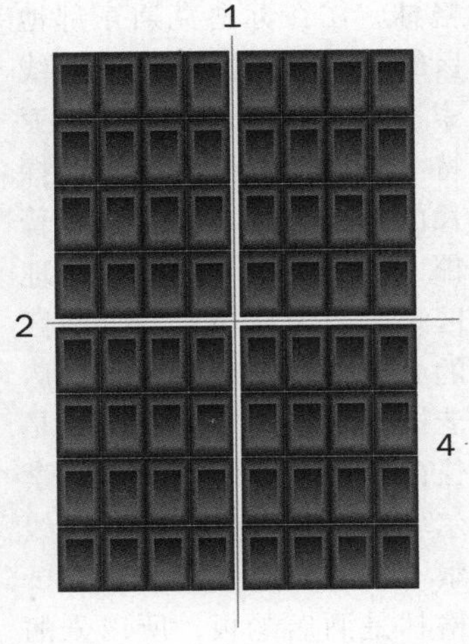

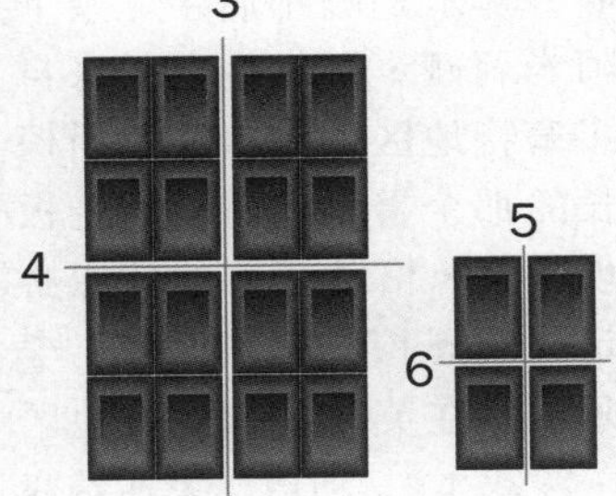

619…

图形 1 和图形 2 在图中分别出现了两次，如图所示。

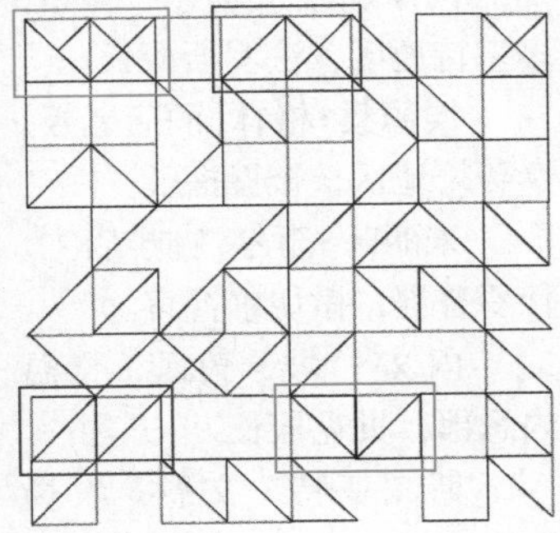

620…

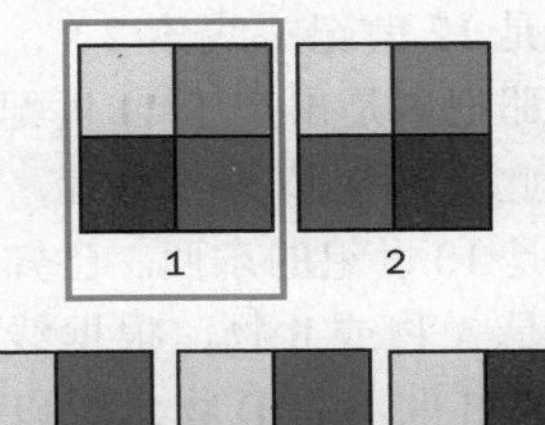

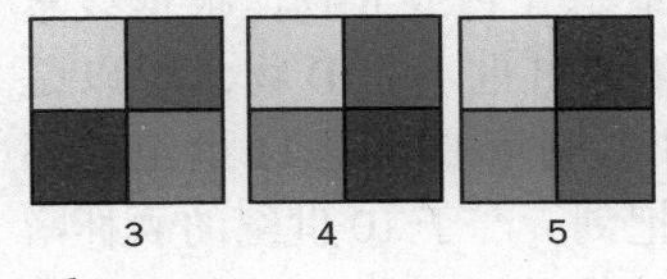

621…

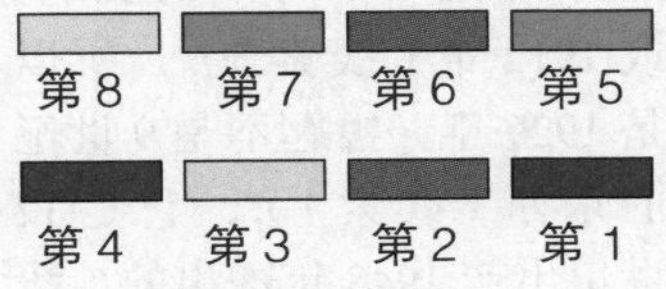

这是唯一的解法。这一类问题叫做朗福特问题。

一般来说，如果 n 是队的数量，这类问题只有当 n 是 4 的倍数，或者 4 的倍数减 1 时才会有解。

622…

第 11 句话肯定是真的。因为这 11 句话中每一句都与其他 11 句矛盾，因此只可能有一句是真的，即其中 11 句都是假的。

623…

要解答这道题，首先要考虑到拿到的全部都是左手手套或者全部都是右手手套的情况。它们分别都有 14 只。

在这种情况下，如果拿 15 只一定会拿到一双手套。

但是可以做得更好。尽管是在黑暗中，还是能够通过触觉分清左右手套。考虑到最差的情况，可以拿 13 只左手手套或者 13 只右手手套，然后再拿一只另一只手的手套。这样至少会有一对手套。也就是说，一共只需要拿 14 只手套就可以完成任务。

两种情况分别如图所示。

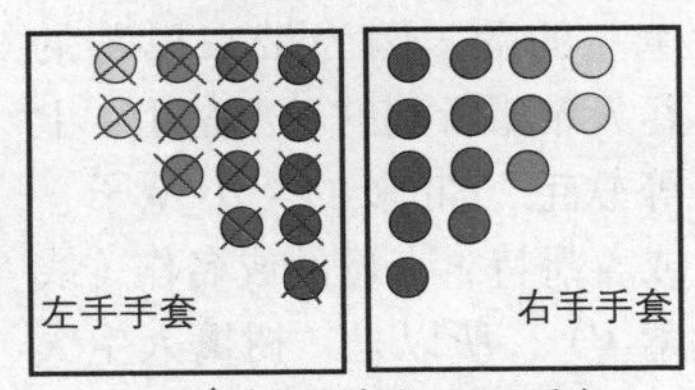

╳ 代表拿出 14 只手套

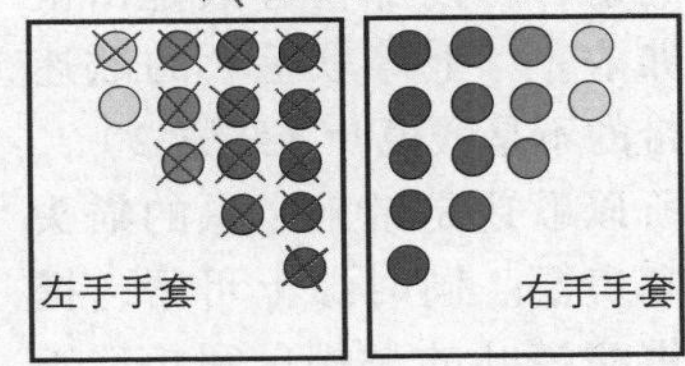

╳ 代表拿出 13 只手套

624…

要保证至少拿到一双左右脚配套的袜子，至少要拿 4 只袜子。

625…

《疯狂的东西》是凯特·布逊的成名作（线索 4）。“上等软毛”没有唱过《她爱伊夫》或《我心永恒》（线索 2），也没有唱《秘密进行》——这首田鼠弗农的最爱（线索 5），所以它们唱的是《小兔子》。带橡子来的客人喜欢的是《我心永恒》（线索 3），但这首歌不是凯特·布逊、“上等软毛”、“狐的音乐”——收集种子的客人的最爱（线索 6）、或“树篱人生”（线索 3）唱的，所以它是“白鼬布赖恩”唱的。而那位客人是老鼠莫里斯（线索 4）。猫头鹰奥瑟带来的是坚果（线索 6），没有带酸模叶和黑莓的野兔哈利（线索

1）带的是种子。田鼠弗农喜爱的歌曲是《秘密进行》（线索 5），野兔哈利最喜爱歌曲是《她爱伊夫》。综上可知田鼠弗农喜爱的是“树篱人生”的歌。因为带来黑莓的客人希望听到的歌不是由“上等软毛”带来的《小兔子》或着凯特·布逊的成名作（线索 1），所以是“树篱人生”的歌，所以那位客人是田鼠弗农。“上等软毛”的歌迷带的不是酸模叶（线索 2），所以歌迷是带来坚果的猫头鹰奥瑟。同时综上可得，提供酸模叶的是松鼠塞梅，她最爱的跳舞歌曲是凯特·布逊的《疯狂的东西》。

答案：

野兔哈利，种子，“狐的音乐”，《她爱伊夫》。

老鼠莫里斯，橡子，“白鼬布赖恩”，《我心永恒》。

猫头鹰奥瑟，坚果，“上等软毛”，《小兔子》。

松鼠塞梅，酸模叶，凯特·布逊，《疯狂的东西》。

田鼠弗农，黑莓，“树篱人生”，《秘密进行》。

626...

B 物是胸针，不是在 1912 年被赠出的（线索 3），根据线索 5，A 物不可能是酒杯或在 1912 年被赠出之物，而这两者是邻排的。A 物也不可能是剑（线索 4），所以它是银匙。已知 B 物胸针、A 物银匙都不是在 1912 年被赠出，酒杯也不是（线索 5），所以赠出的是那把剑。它出产的时间不是 10 世纪（线索 4）或 9 世纪（线索 5），也不是 12 世纪（线索 2），所以那把剑是出产于 11 世纪。因此，根据线索 5 可知，酒杯是 10 世纪的东西。已知它不是 A 物或 B 物，根据线索 4 得出也不是 D 物，所以是 C。剩下 D 物是 11 世纪的那把剑。产于 10 世纪的酒杯赠送的时间不是 1936 年（线索 1），不是 1948 年（线索 2）或 1912 年（线索 5），所以是 1929 年。银匙不是 9 世纪的东西（线索 1），它是 12 世纪出产 1948 年赠出的（线索 2）。最后，B 物胸针一定是 9 世纪出产并在 1936 年赠出。

答案：

物品 A，银匙，12 世纪，1948 年。

物品 B，银胸针，9 世纪，1936 年。

物品 C，银酒杯，10 世纪，1929 年。

物品 D，银剑，11 世纪，1912 年。

627...

贝克探长的创作者不是农场经营者斯图亚特·文恩，也不是酒店老板或咖啡店主（均由线索 3 得出）；警察所写的侦探是法罗斯探长（线索 5），所以贝克探长一定是来自格温内思郡的（线索 1）兽医笔下的英雄。那个兽医是个男的（线索 3），但他不是埃德蒙·格林（线索 1），我们知道也不是斯图亚特·文恩，所以他是内文·坡。思尔文探长的创作者不是酒店老板或咖啡店主（线索 4），也不是警察（线索 5），所以是农场经营者斯图亚特·文恩。余下的那个男酒店老板（线索 1），因此叫埃德蒙·格林。住在苏塞克斯东部地区的人不是埃德蒙·格林（线索 1），所以那个人是斯图亚特·文恩。创作出法罗斯探长的那个警察不住在什罗普郡（线索 5），或者泰赛德地区——因为住在泰赛德地区的必定是咖啡店主或者酒店老板（线索 6），所以一定是住在多塞特地区。朱丽叶·李尔写的侦探是撒切尔警官（线索 4），同时，因为埃德蒙·格林是酒店老板，所以朱丽叶·李尔是咖啡店主。余下阿米莉娅·科尔一定是来自多塞特地区创作出法罗斯探长的那个警察。而酒店老板埃德蒙·格林笔下的侦探必定是奎恩探长。朱丽叶·李尔居住在英格兰的乡村地区（线索 2），所以，家在泰赛德地区必定是埃德蒙·格林；而朱丽叶·李尔家必在什罗普郡。

答案：

阿米莉娅·科尔，警察，多塞特地区，法罗斯探长。

埃德蒙·格林，酒店老板，泰赛德地区，奎恩探长。

朱丽叶·李尔，咖啡店主，什罗普郡，撒切尔警官。

内文·坡，兽医，格温内思郡，贝克探长。

斯图亚特·文恩，农场

经营者，苏塞克斯东部，思尔文探长。

628...

阿曼达发现的是20便士（线索2），根据线索1，韦斯利发现的一定是10便士，所以那个5便士的硬币一定是在公园被发现的。综上可知，它的发现者是约瑟夫。约瑟夫不是5岁（线索1），而6岁的小孩在人行道上发现一个硬币（线索3），所以约瑟夫是7岁。阿曼达不可能是在停车场发现那20便士的(线索2)，所以她是在人行道上发现的，因此阿曼达6岁。剩下韦斯利是5岁，他是在停车场发现那10便士硬币的。

答案：

阿曼达，6岁，20便士，人行道。

约瑟夫，7岁，5便士，公园。

韦斯利，5岁，10便士，停车场。

629...

洛娜·古德普兰斯在猜错7次后才被猜出（线索5），所以不是利维·韦尔斯或沃伦·埃斯赫姆（线索1），也不是米莉·奈尔（线索3），只猜错3次就被猜出的别墅主人（线索6）一定是科拉·帕利斯。沃伦和米莉都不是猜错4次后被猜出的，那是利维·韦尔斯。她不是住在公寓——公寓不是在猜错7次后确定的（线索2）。排屋主人是在猜错5次后被确定的（线索4），因此，公寓的主人是在猜错6次后确认的，根据线索2，前教区牧师住宅和他的家庭健身房（线索4）猜错7次后被猜出。综上可得，改装的大而空荡的房屋屋主是猜错4次后被认出的，即利维·韦尔斯。唱片收集不属于仅猜错3次就被猜出的人；根据线索3，米莉不是在猜错5次后认出的，所以是6次。而沃伦是猜错5次被认出的人。同样根据线索3得知，唱片收集这条线索是属于在大而空荡的房屋的利维。沃伦的泄密物件不是古董或纪念品（线索1），而是照片。住在公寓的米莉没有纪念品（线索1），她有的是古董。最后，纪念品是在科拉·帕利斯的乡村小别墅的泄密物件。

答案：

大而空荡的房屋，利维·韦尔斯，猜错4次，收集的唱片。

乡村小别墅，科拉·帕利斯，猜错3次，纪念品。

公寓，米莉·奈尔，猜错6次，古董。

前教区牧师住宅，洛娜·古德普兰斯，猜错7次，家庭健身房。

排屋，沃伦·埃斯赫姆，猜错5次，图画。

630...

裤子是由丝绸制成的(线索3)，罩衫不是毛线或丝绒制成的（线索2），也不是由米兰达展示的棉制品（线索2），所以它是由缎子制成的。丝绒制成的外衣是比尔·拉吉的创作品（线索3），但是它不是裤子或罩衫，也不是大衣，大衣是来自旺达·普莱斯的作品（线索4）或套装（线索3），所以它一定是塞布丽娜展示的那件礼服。吉娜展示的是奥拉·雷杰的作品（线索6），所以没有展示威尔·佛洛特或阿莱·莫德的作品的埃勒维兹（线索1），在舞台上穿的是代表旺达·普莱斯的大衣，并且综上可知，大衣的制作材料是毛线。同时也可得出米兰达展示的是那件套装。威尔·佛洛特的作品不是缎子制的礼服也不是裤子（线索1），所以是米兰达展示的套装。罩衫带的不是阿莱·莫德的标签（线索2），所以是由模特吉娜展示的奥拉·雷杰的作品。最后得出，阿莱·莫德的模特一定是扎拉，扎拉穿的是丝绸裤子。

答案：

埃勒维兹，旺达·普莱斯，大衣，毛线。

吉娜，奥拉·雷杰，罩衫，缎子。

米兰达，威尔·佛洛特，套装，棉布。

塞布丽娜，比尔·拉吉，礼服，丝绒。

扎拉，阿莱·莫德，裤子，丝绸。

631...

菲尔夫人的是39号病房（线索2）。唐纳斯夫人不是住在53号病房（线索3），所以她是住在47号病房，而克劳普先生因此住在53号病房。唐纳斯夫人有一个来自萨克森比家的人拜访（线索4），所以克劳普先生的拜访者来自26号（线索1），那位拜访者不可能是多赫尔蒂（线索3），所以是莱德雪姆。房子是65号的多赫尔蒂（线索3）拜访的是菲尔夫人。最后，81号的萨克森比拜访的是唐纳斯夫人。

答案：

克劳普先生，53号病房，莱德雪姆，26号。

唐纳斯夫人，47号病房，萨克森比，81号。

菲尔夫人，39号病房，多赫尔蒂，65号。

632…

提艾泽尔得第3名（线索4），分到1号羊圈的克罗普（线索1）和普劳曼（线索3）都没有得到第1名。所以是海吉斯得第1名。现已知第1名的得主及另外两位农场主的编号，所以那个分到4号圈、得第2名的人（线索2），一定是普劳曼。综上，克罗普一定是第4名；根据线索3，在2号圈的是来自高原牧场的羊，而农场主是海吉斯这个比赛获胜者。所以不是布鲁克菲尔得牧场的农场主的普劳曼（线索2），他的农场是曼普格鲁牧场。而布鲁克菲尔的牧场是克罗普的。

答案：

圈栏1，克罗普，布鲁克菲尔得牧场，第4名。

圈栏2，海吉斯，高原牧场，第1名。

圈栏3，提艾泽尔，格兰其牧场，第3名。

圈栏4，普劳曼，曼普格鲁牧场，第2名。

633…

因为4号窗口的顾客在购买一本邮票集锦（线索4），3号窗口的顾客在办理公路收费执照（线索2）。路易斯在3号窗口工作（线索3），那么亨利就在1号窗口工作。艾莉斯在2号窗口前提取养老金（线索1）。用排除法可知，亨利必定在寄挂号信。所以，大卫必然在2号窗口工作（线索5）。在亚当的窗口前办理业务的不是亨利（线索2），所以迈根必然在1号窗口处工作，亚当在4号窗口处工作。从亚当那里购买邮票的不是玛格丽特（线索4），他是丹尼尔，剩下在路易斯的窗口前办理公路收费执照的是玛格丽特。

答案：

1号窗口，迈根，亨利，挂号信。

2号窗口，大卫，艾莉斯，养老金。

3号窗口，路易斯，玛格丽特，公路收费执照。

4号窗口，亚当，丹尼尔，邮票集锦。

634…

卡普特·罗维尔是救援军队的代言人（线索4），而英国国教的代言人在星期三演讲（线索5），所以星期四的嘉宾维克·普里斯特利不是犹太人（线索3），也不属于罗马天主教(线索1)，维克·普里斯特利必定是（基督教）循道公会派的牧师，他演讲的题目是《容忍》（线索2）。《分享》不是星期一、星期二和星期五的主题（线索1），所以它必定是星期三的主题，当时的嘉宾是英国国教的牧师。所以哈维·歌德曼是星期二的演讲者。我们知道罗马天主教牧师是在星期一演讲的（线索1）。所以用排除法可知，星期二的嘉宾哈维·歌德曼肯定是犹太人，而卡普特·罗维尔肯定是星期五的嘉宾。星期一罗马天主教牧师不是维尔·立夫维尔（线索6），他必定是彼特·圣塔利，他的主题是《深思熟虑》（线索6）。剩下维尔·立夫维尔是英国国教的牧师。最后，《睦邻友好》不是哈维·歌德曼的主题（线索2），它是卡普特·罗维尔的主题，剩下哈维·歌德曼的主题是《种族歧视》。

答案：

星期一，彼特·圣塔利，罗马天主教，《深思熟虑》。

星期二，哈维·歌德曼，犹太人，《种族歧视》。

星期三，维尔·立夫维尔，英国国教，《分享》。

星期四，维克·普里斯特利，循道公会派，《容忍》。

星期五，卡普特·罗维尔，救援军队，《睦邻友好》。

635...

636...

如图所示。

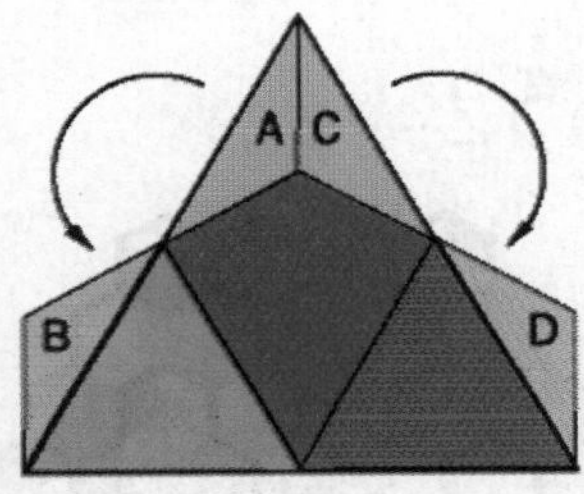

637...

638...

答案之一如下图所示。

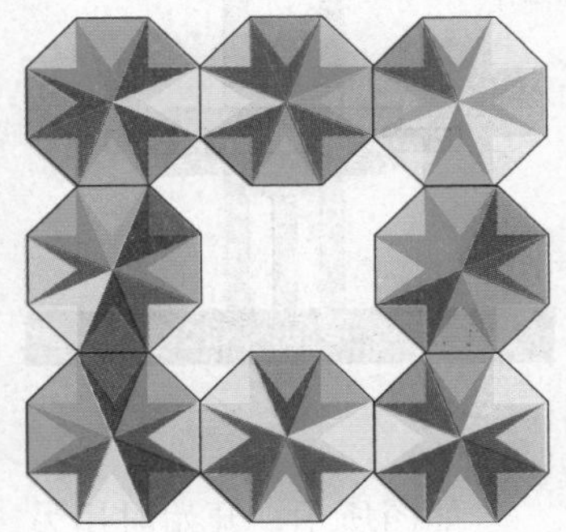

639...

是的。但是为什么呢？

你折叠的线其实是三角形三边的垂线，它们交于一点，这一点称为垂心，它也是三角形外接圆的圆心。

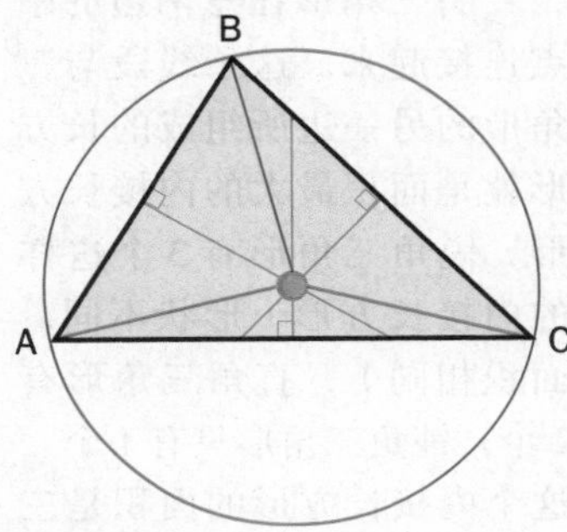

640...

问题是："请告诉我通往你来自的那个城市的路。"如果他来自真理城，他会指给你通往真理城的路；如果他来自谎言城，他也会指给你通往真理城的路。

这道题非常有趣的一点就是，尽管你能够通过这个问题得到你想要的答案，但是你仍然不知道这个人说的究竟是真话还是假话。

641...

这11个长方形的总面积同一个21×21正方形的面积相等。这样一个正方形能包含这11个长方形吗？

我最好的成绩是把除了第6个长方形（5×6长方形）以外的所有长方形都拼起来。

21×21正方形不能被这11个长方形完全覆盖。

可以装得下所有11个长方形的最小的正方形是一个22×22正方形。

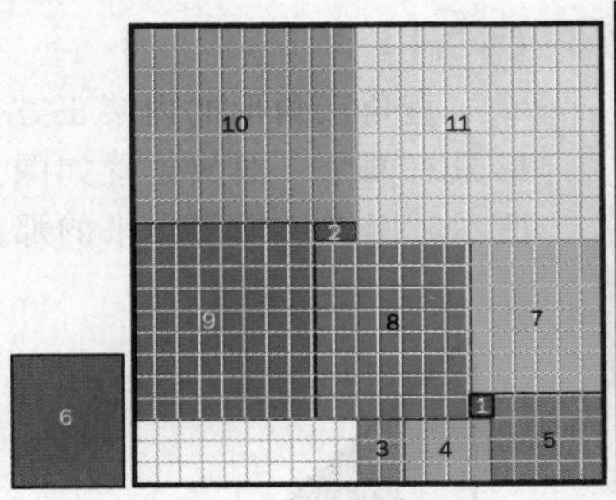

642...

红色部分占总面积的44%。

我们可以看到图中竖向的线都是平行的。又根据等底等高的平行四边形和长方形的面积相等，而红色部分又全部都是平行四边形，因而很容易得到红色部分的面积为总面积的4/9，即44%。

643...

将纸与视线平行拿着，你会读出这条信息：

"ILLUSION IS THE FIRST OF ALL PLEASURES."

644…

3 个重物的重量分别为 17，18 和 19 克。

645…

$$x+(x+1)+(x+2)+(x+3)=90$$
$$4x+6=90$$
$$x=21$$

因此这 4 个重物分别重 21，22，23，24 克。

646…

你会看到这些圆圈都在高速旋转。

647…

我们处理组合问题的一般的直觉方法是先放置最大的，其实这并不总是正确的策略。

这道题目的秘诀是这 3 个小立方体必须被放在立方体的一条对角线上。然后我们就可以很容易地放置其他大一些的积木了。

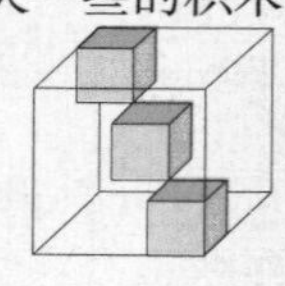

648…

最小的内接正三角形边长为 1，面积约为 0.4330；

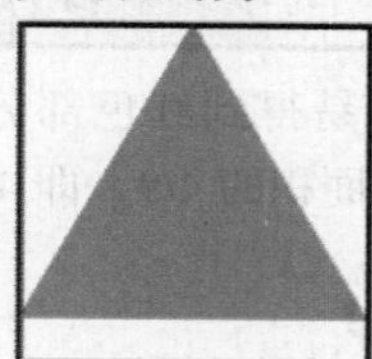

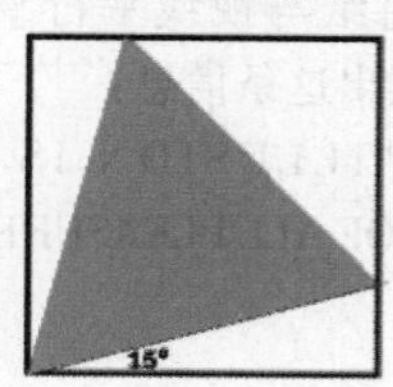

最大的内接正三角形边长为 1.035，面积约为 0.4641。

内接正三角形的面积计算公式是：$A=\frac{\sqrt{3}}{4}S^2$

649…

将三角形任意两边的中点连接起来，这条线段与三角形的另一边所组成的长方形就是面积最大的内接长方形。锐角三角形有 3 个这样的内接长方形（形状不同，面积相同）；直角三角形有 2 个；钝角三角形只有 1 个。这个内接长方形的面积是三角形面积的一半，这一点用折纸很容易就能证明。

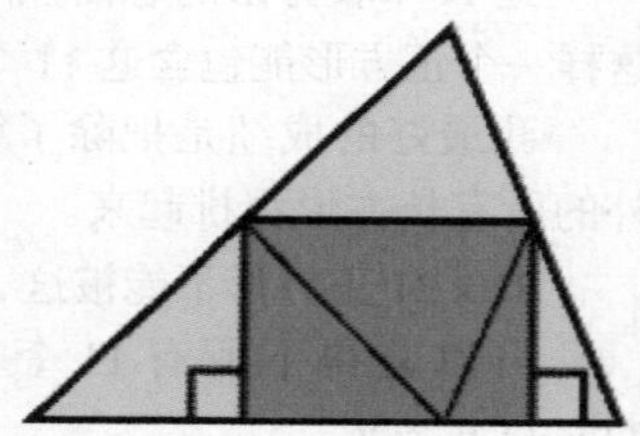

650…

直角三角形的内接正方形只有两个，摆放位置如图所示。用红色标示出来的那个正方形是最大的。

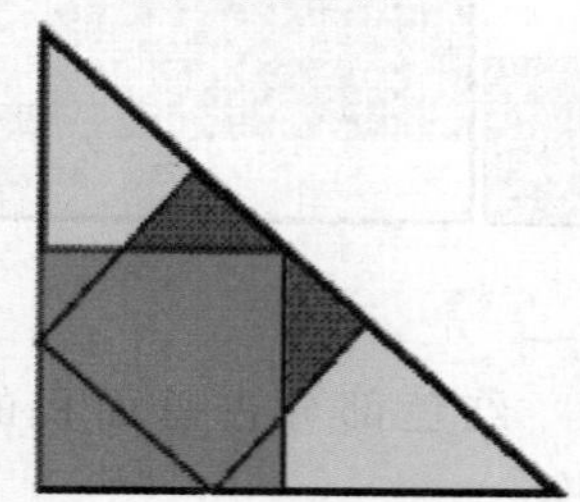

651…

如图所示，等边三角形的内接正方形有 3 种摆放方法。

该正方形的面积见下图。

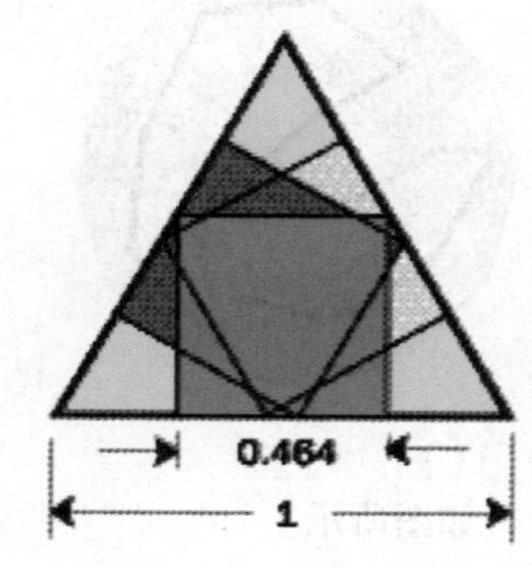

652…

653…

秘密就是开始时用 3 块多米诺骨牌作为整个结构的支撑，到整个结构都搭完以后，再轻轻地把多余的 2 块撤去，如图所示。

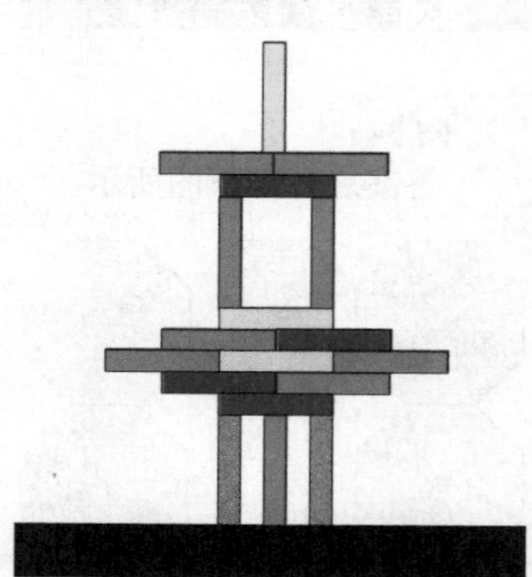

654…

如图所示，开始时用另

外2块作为暂时的支撑。当这个桥接近完成时，移走这2块，放到整个结构的上面。

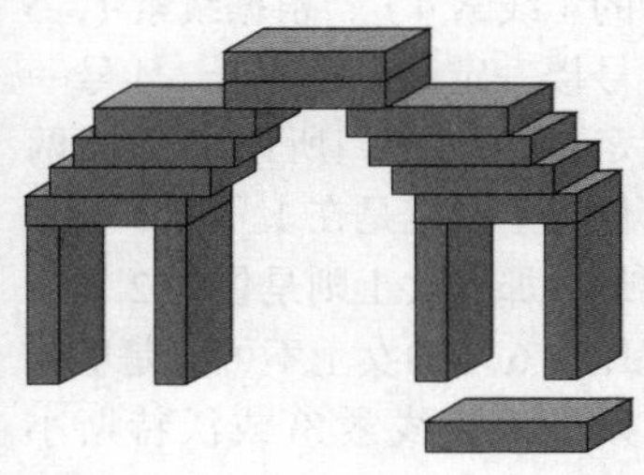

655…

他应该问其中一位公主："你结婚了吗？"

不管他问的是谁，如果答案是"是的"，那么就说明艾米莉亚已经结婚了；如果答案是"没有"，那么就说明莱拉已经结婚了。

假设他问的是艾米莉亚，她是说真话的，如果她回答"是的"，那么就说明她已经结婚了。如果她的回答是否定的，那么结婚了的那个就是莱拉。

假设他问的是莱拉，莱拉总是说假话。如果她回答"是的"，那么她就还没有结婚，结婚了的那个是艾米莉亚；如果她回答"没有"，那么她就已经结婚了。

因此尽管这个年轻人仍然不知道谁是谁，但是他却能告诉国王还没有结婚的公主的名字。

656…

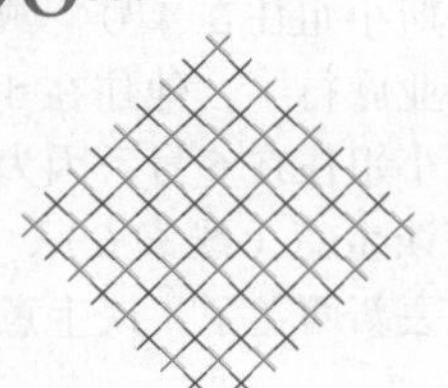

旋转45°之后，错觉就消失了。

657…

1236 + 873 + 706 + 257 + 82 = 3154，加起来可以精确地达到所要求的长度。

虽然把5个数字加起来得到3154很容易，但是从8个数字中准确地找出这5个数字就不容易了。

从一个方向操作很简单，但是从反方向操作就相当困难了，我们的题目对于这个事实是一个很好的佐证。这种思想被广泛地应用于密码学的一个新分支，叫做公钥加密。

658…

$$4-x = x-2$$
$$6 = 2x$$
$$3 = x$$

659…

可以。

这个游泳池可以装50立方米的水，也就是50000升水。

健康专家建议我们每天喝2升水，一年即730升。

68年你就喝了这样一游泳池的水了。

660…

首姆斯根据马蹄印侦破了"布林克斯顿扼杀案"（线索2），1900年首姆斯根据一颗纽扣侦破了一桩案件（线索5）。1901年首姆斯侦破"假冒的印度王公案件"的线索不是结婚证书（线索6），而根据线索1可知，1901年的案件不是根据洗衣房账单侦破的，也不是花费4天时间。所以用排除法得出1901年的案件是首姆斯根据车票侦破的。"王冠宝石案"不是根据洗衣房账单花费4天侦破的，因为此案费时3周才得到解决（线索3），而根据线索1，"幻影掷刀者案件"也不是根据洗衣房账单花费4天侦破的。用排除法可以得出，"波斯外交官案件"就是根据洗衣房账单花费4天侦破的案件。我们知道此案不是发生于1900年或者1901年，而1898年的案件费时6周才得到解决（线索7），同时也不可能是1899年（线索4），所以此案必然发生于1897年。从线索1可知，"幻影掷刀者案件"发生于1898年，花费了6周的调查时间。我们已经推断出与3个年份相匹配的关键线索，我们还知道"布林克斯顿扼杀案"的线索是马蹄印，所以"幻影掷刀者案件"的线索是结婚证书。现在，用排除法可知，"布林克斯顿扼杀案"必然发生在1899年，而那个用时3周的"王冠宝石案"必然发生于1900年，而且其线索是丢失的纽扣。"布林克斯顿扼杀案"不是花费4周时间来侦破（线索2），所以它必然花费了8天时间，剩下"假冒的印度王公案件"花费了4周时间。

答案：

1897年，"波斯外交官案"，4天，洗衣房账单。

1898年，"幻影掷刀者

案”，6周，结婚证书。

1899年，“布林克斯顿扼杀案”，8天，马蹄印。

1900年，“王冠宝石案”，3周，丢失的纽扣。

1901年，“假冒的印度王公案”，4周，车票。

661…

亚瑟驾驶2号运货车，而汤米驾驶的不是1号运货车（线索1）。因为汤米在亚瑟之前驶离出口（线索1），所以他也不可能驾驶4号运货车，而4号运货车是沿着D号马路行驶的（线索4），所以汤米只可能驾驶3号运货车。驾驶2号货车的亚瑟不是从D号马路离开的，所以汤米不可能是第3个驾驶运货车离开的（线索1）。而第3个离开的运货车是沿着C号马路行驶的（线索2）。罗斯是第2个驾驶运货车离开的（线索3）。既然汤米不是第1个离开的（线索1），那他必定是第4个离开的。1号运货车的司机是第3个离开的，它在C号马路上行驶，所以他不可能是罗斯，只可能是盖瑞。剩下罗斯驾驶着4号运货车在D号马路上行驶。而驾驶2号运货车的亚瑟是第1个离开的。从线索1可知，亚瑟在B号马路上行驶，而汤米在A号马路上行驶。

答案：

1号运货车，盖瑞，马路C，第3。

2号运货车，亚瑟，马路B，第1。

3号运货车，汤米，马路A，第4。

4号运货车，罗斯，马路D，第2。

662…

线索3指出两位女性评论家不可能坐在面对面的位置上，所以喜欢《木乃伊的诅咒》的肯定是一位男性评论家（线索1）。这位男性评论家不可能是科兰利·斯密斯特（线索1），所以他必然是德莫特·谷尔。两名男性评论家也不可能坐在面对面的位置上。喜欢《无血的屠宰场》的是一位女性评论家。喜欢《恶魔的野餐》的是一位男性评论家（线索3），此人就是斯密斯特，他坐在盖莉·普拉斯姆的对面（线索3），所以迪尔德丽·高尔就是那个喜欢《无血的屠宰场》的女性评论家。因此，顺时针的顺序就是：高尔（《无血的屠宰场》），斯密斯特（《恶魔的野餐》），谷尔（《木乃伊的诅咒》）和普拉斯姆（《太空的魔王》）。从线索4看出，普拉斯姆坐在D座上。高尔坐在A座上，斯密斯特坐在B座上，谷尔坐在C座上。

答案：

位置A，迪尔德丽·高尔，《无血的屠宰场》。

位置B，科兰利·斯密斯特，《恶魔的野餐》。

位置C，德莫特·谷尔，《木乃伊的诅咒》。

位置D，盖莉·普拉斯姆，《太空的魔王》。

663…

因为6号楼是一位女士的（线索4），根据线索1，5号楼一定是一位男士，4号一定是位女士。所以剩下的两位男士一定是在1号和3号，最后那位女士则是住在2号。住在6号的女士不可能是里弗斯夫人（线索3）或沃特斯小姐（线索5），所以是格蕾小姐。现在在新西兰的那个人一定是位女士（线索3）。伯恩斯先生没有陪在女儿身边，也没去谈生意或进行商业旅行（线索6），所以他是在住院或度假，他不可能是住在1号的男士（线索2和线索3），他住在3号或5号。住在伯恩斯先生左边的女士（线索1）不可能是沃特斯小姐，因为她在去商业旅行的人的左边（线索5），去商业旅行的人不是伯恩斯先生（线索6），显然也不是格蕾小姐，所以是戴克斯，而这意味着伯恩斯先生是去度假了（线索3）。如果这两个人和格蕾小姐都住在楼上，那么沃特斯小姐和布洛克先生都只能住在楼下了，而这是不可能的（线索5）。所以，伯恩斯先生住在3号，里弗斯夫人住在2号；那个陪着女儿的男士（线索1）则是布洛克先生。因此，里弗斯夫人是在住院（线索2）。楼上的格局是：沃特斯小姐住在4号，戴克斯去商业旅行了，他住在5号，格蕾小姐住在6号，因为她不是去谈生意（线索6），所以她是去新西兰了。谈生意的是沃特斯小姐。

答案：

1号楼，布洛克先生，陪女儿。

2号楼，里弗斯夫人，住院。

3号楼，伯恩斯先生，度假。

4号楼，沃特斯小姐，谈生意。

5号楼，戴克斯先生，商业旅行。

6号楼，格蕾小姐，在新西兰。

664...

温迪的公公拿了一个腊肠卷（线索4），所以没有拿小蛋糕和冰蛋糕的小儿子（线索3）不是拿了猪肉派的保罗（线索2），他拿的是奶酪卷。吃小蛋糕借煎锅的人不是温迪的丈夫（线索3），也不是温迪的大儿子，温迪的大儿子借的是一个碗（线索5），同时也不是温迪的公公或小儿子，所以他是温迪的小叔子佩里（线索6）。帕特里克借的是一只碟子（线索1），所以，没有借刀和叉的彼得（线索1）借的一定是碗，他是温迪的大儿子（线索5），综上得出，他拿的是冰蛋糕。同时也可得出，保罗是温迪的丈夫。借刀者不是温迪的公公，也不是温迪的小儿子（线索4），而是丈夫保罗。小儿子没有借勺子（线索3），他借的是碟子，小儿子叫帕特里克。最后，勺子是由菲利普借走的，温迪的公公和拿腊肠卷的人。

答案：

帕特里克，小儿子，碟子，奶酪卷。

保罗，丈夫，刀，猪肉派。

佩里，小叔子，煎锅，小蛋糕。

彼得，大儿子，碗，冰蛋糕。

菲利普，公公，勺子，腊肠卷。

665...

莉兹的题目是《下院女议员》（线索2），安德鲁斯小姐的是《肥皂剧》（线索3），《迪克·弗朗西斯》专家的姓氏以元音字母开头（线索6）。帕姆·德克斯特的题目不是《音乐厅》（线索5），也不是《有名的俄国人》（线索4），所以是《著名的歌剧》。《有名的俄国人》专家不是威尔科克斯夫人（线索1），又因为威尔科克斯夫人是其中一队的队长（线索1），所以她一定是坐在A1或B1位置（如图），所以不可能是欧尼尔夫人（线索7）；埃文斯夫人是图A3（线索4），综上所述，《有名的俄国人》是奥氏博尼女士的题目。她不坐在B1（线索8），而是坐在A1。现在根据线索1得出，威尔科克斯夫人一定是A2；芭芭拉是A3的埃文斯夫人。由线索4，奥氏博尼夫人的名字是卡罗琳，所以，结合线索3可知，安德鲁斯小姐，《肥皂剧》专家，一定是B1。已知莉兹这个《下院女议员》专家，不姓安德鲁斯、德克斯特、埃文斯或奥氏博尼；因为她是黑头发（线索2），她也不可能是A2的威尔科克斯夫人，所以莉兹姓欧尼尔。综上，姓氏以元音字母开头的“迪克·弗朗西斯”专家（线索6），是芭芭拉·埃文斯。剩下威尔科克斯夫人的题目是《音乐厅》。所以，根据线索5，帕姆·德克斯特不可能是B2，她是B3，而B2是莉兹·欧尼尔，《下院女议员》专家。由线索7得出，索菲一定是B1的安德鲁斯小姐，题目是《肥皂剧》。而A2威尔科克斯夫人必定是道恩。同时根据线索7得知，97队即是B队，是获胜的那队。

答案：

A组：河域女孩。

A1，卡罗琳·奥氏博尼，《有名的俄国人》。

A2，道恩·威尔科克斯，《音乐厅》。

A3，芭芭拉·埃文斯，《迪克·弗朗西斯》。

B组：97队（获胜者）

B1，索菲·安德鲁斯，《肥皂剧》。

B2，莉兹·欧尼尔，《下院女议员》。

B3，帕姆·德克斯特，《著名的歌剧》。

666...

哈里特的评分是A^-（线索1），所以，海伦·罗伯茨不可能得A（线索2），她得的是B^+。而艾玛是A。布兰得弗德不是哈里特的姓（线索 1），所以是艾玛的，因此哈里特姓埃文斯。哈里特的题目是《克伦威尔》（线索 3），所以海伦没有选《内战》为题目（线索 2），她研究的是《伦敦大火》；艾玛写的是有关内战的文章。

答案：

艾玛·布兰得弗德，内战，A。

哈里特·埃文斯，克伦威尔，A⁻。

海伦·罗伯茨，伦敦大火，B⁺。

667…

所给出的等边三角形是解决这道题目的几何类似物。如下图所示，这个三角形中 3 条垂线（P）的总和是一定的，等于该三角形的高，即等于题中拐杖的长度（L）。

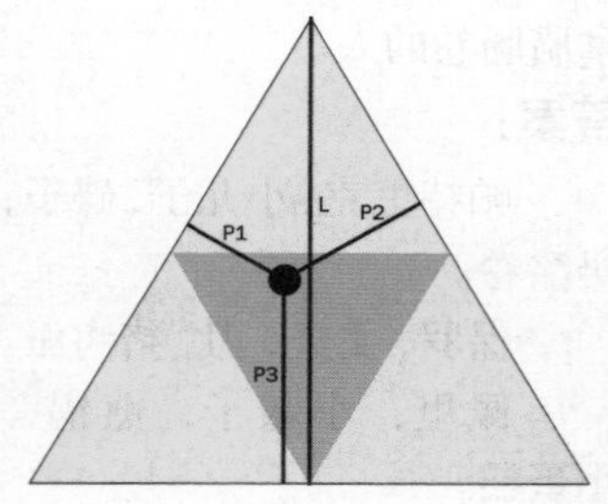

只有当拐杖折断的点落在中间橘色的小三角形中时，这 3 条垂线才能组成一个三角形。只有在这种情况下，3 条垂线中任意两条的和才能大于第 3 条，这是组成一个三角形的必要条件。

另一方面，如果折断的点落在橘色小三角形的外面，那么必然有一条垂线比其他 2 条垂线的和还要长。

因为这个橘色小三角形的面积是整个等边三角形的 1/4，所以这根断掉的拐杖可以组成一个三角形的概率也是 1/4，即 25%。

668…

琼是在圣约翰教堂结婚的（线索 3），所以不在圣三教堂结婚的黛安娜（线索 1）一定是在万圣教堂结婚的。因此，梅格的婚礼是在圣三教堂举行的。梅格的丈夫不是肖恩（线索 4），也不是罗德尼（线索 1），所以是威廉。因此她婚前是贝尔弗莱小姐（线索 2）。黛安娜不是跟罗德尼结婚（线索 1），她的丈夫是肖恩。罗德尼是跟琼结婚的，所以黛安娜不是希尔斯小姐，而是佩小姐。琼是原希尔斯小姐。

答案：

罗德尼，琼·希尔斯，圣约翰教堂。

肖恩，黛安娜·佩，万圣教堂。

威廉，梅格·贝尔弗莱，圣三教堂。

669…

670…

解法之一如下图所示。

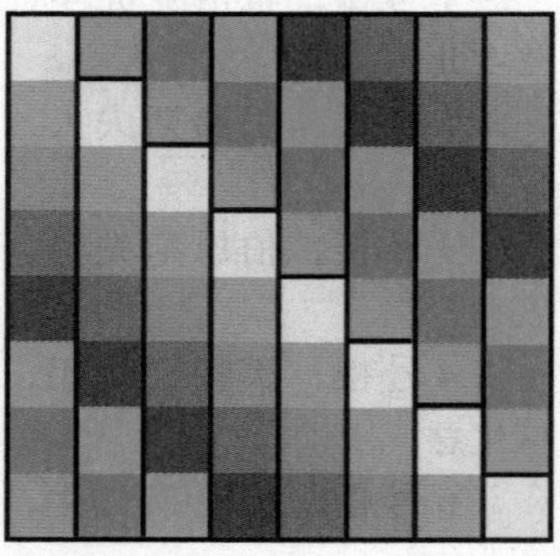

671…

不管你把旗杆插到哪里，总是有比那一点更高的地方。

672…

3 个蓝色重物。

673…

3 个蓝色重物和 1 个黄色重物。

674…

费加诺没有胡子。

在所有有胡子的人中，他们要么自己刮胡子，要么让费加诺刮胡子，并且没有人 2 种方法都使用，即他不可能既自己刮胡子，又让费加诺给自己刮胡子。因此对于费加诺来说，他永远都不可能给自己刮胡子。因为如果这样，那么他就同时给自己刮，并且让费加诺刮了，而没有人是 2 种方法都使用的。因此费加诺没有胡子。

675...

这道题是著名的内克尔立方体的变体。

如果你盯着原图看一段时间，中间那堵带锁孔的墙的维度就会改变。

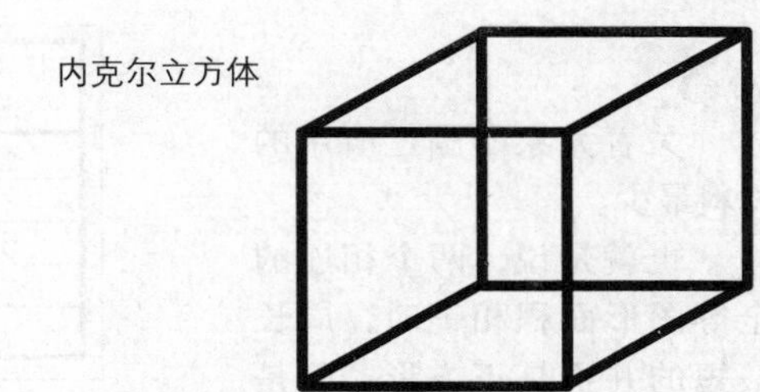

676...

3	4	6	7
2	8	10	
6	14		

20 米

677...

一共有 40 个三色六边形。

678...

如图所示。将这种方法重复 6 次，就完成了这个看似不可能的结构。

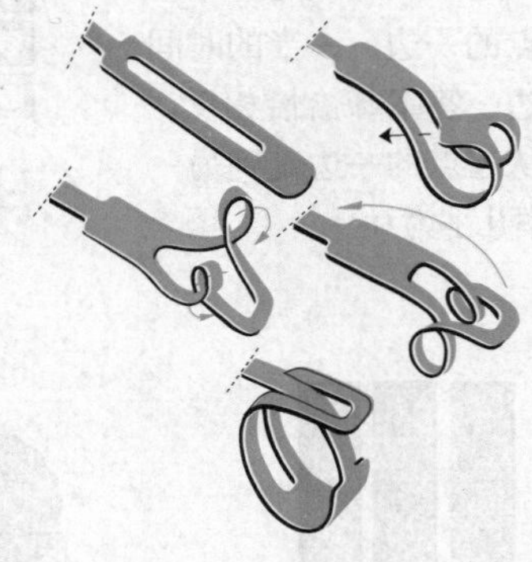

679...

如果这些战俘能够正确地站成一列，所有人都能被释放。

第 1 个战俘站在这一列的最前面，其他的人依次插入，站到他们所能看到的最后一个戴红色帽子的人后面，或者他们所能看到的第一个戴黑色帽子的人前面。

这样一来，这一列前一部分的人全部都戴着红色帽子，后一部分的人全部都戴着黑色帽子。每一个新插进来的人总是插到中间（红色和黑色中间），当下一个人插进来的时候他就会知道自己头上帽子的颜色了。

如果下一个人插在自己前面，那么就能判定自己头上戴的是黑色帽子。这样能使 99 个人获救。

当最后一个人插到队里时，他前面的一个人站出来，再次按照规则插到红色帽子与黑色帽子中间。这样这 100 个战俘就都获救了。

680...

根据概率论，在 n 次以后，这个人与中间起点的距离平均为 n。也就是说，掷 36 次硬币以后，他离起点的距离应该是 6 格。

这个人最终回到起点的概率是 100%，尽管这需要经历相当长的时间。

一个非常有意思的问题就是：“这个人从一边走到另外一边的概率是多高呢？”

由于题目中的路线是对称的，你很可能认为在一段随机走步中，这个人应该是一半时间在起点的一边，一半的时间在另一边，答案却恰恰相反，这个人从起点的一边走到另一边的概率几乎为 0。

681...

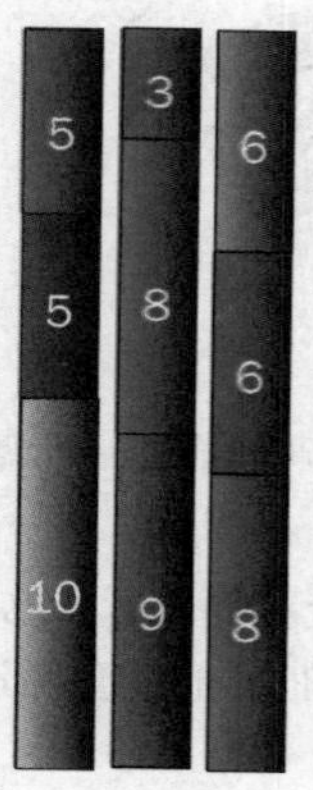

682...

在面积相等的 3 个围栏中，正方形围栏所用的材料最少。

683...

关着大象的围栏所用的材料最少。

也就是说，两个相连的全等图形面积相等时，周长最短的并不是正方形，而是长比宽长 1/3 的长方形。

684...

如图所示，有 2 个图案的对称轴不是 8 条。

685...

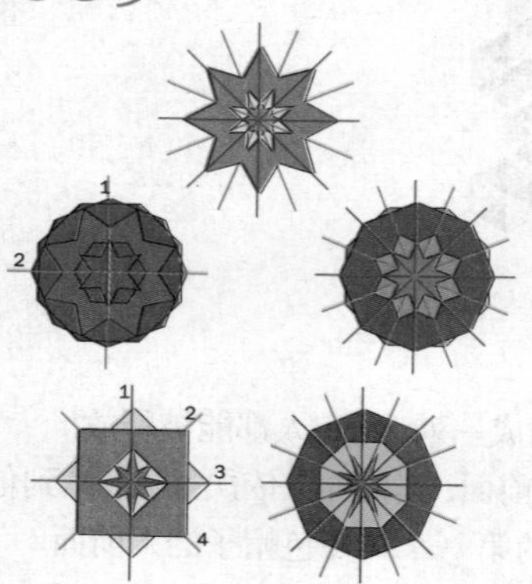

686...

不管游戏者 1 将 5 放在哪一栏中，游戏者 2 把 6 放在另一栏里就可以赢得游戏。

栏数 1	栏数 2
1	3
2	4
5	6

栏数 1	栏数 2
1	3
2	4
6	5

687...

从表格可以很直观地看出，最少有 1 个人、最多有 10 个人同时具备这 4 个特征。

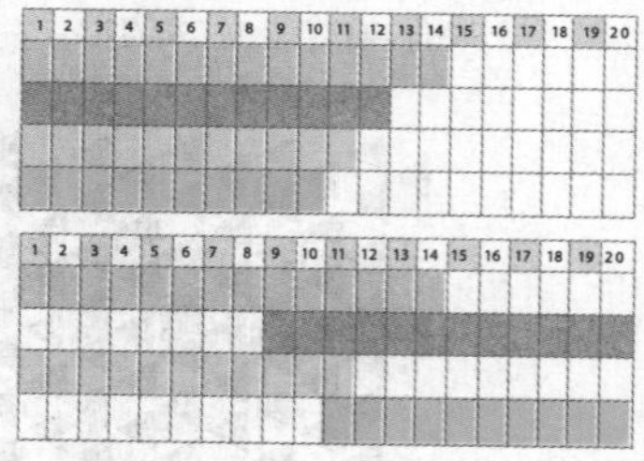

688...

我们无法说出这个醉汉最终会走到哪里去，不过我们可以知道某一个特定次数之后这个人与起点的距离大概为多少。

在很多次的无规则走动之后，醉汉与起点的距离 D 等于每移动一步的直线距离 L 乘以总次数 n 的平方根：

$$D=L\times\sqrt{n}$$

例如，如果每次移动1格，每1格的长度为1，那么掷100次硬币以后，这个醉汉与起点的距离应该为10。

在这种平面内、有界限的题目中，这个醉汉最终会回到起点。

而如果这个方阵没有界限，醉汉可以一直往外走，那么情况就非常复杂了，由此也产生了很多迄今尚未解决的难题和理论。

而如果这个方阵是立体的，要求沿着这个立体图形上有限的方格走步，那情况就更复杂了。

但是出人意料的是，在这种情况下，有限的时间内，一个随机走步的人一定会走到任意一个交叉点。

举一个现实生活中的例子，在一栋大楼或者一座迷宫里，无论走廊以及回廊多么复杂，你最终一定会在一段有限的时间内走到一个出口。

但是如果格子的数量是无限的，那就不可能了。

689...

这里并没有什么魔术。这些图片只是看起来完美得适合于63和65个单元格。这些图片之间的小空隙或小重叠造成了面积的不同。

690...

倒6次即可解决问题，有4种不同方法，其中一种解法如下图所示。

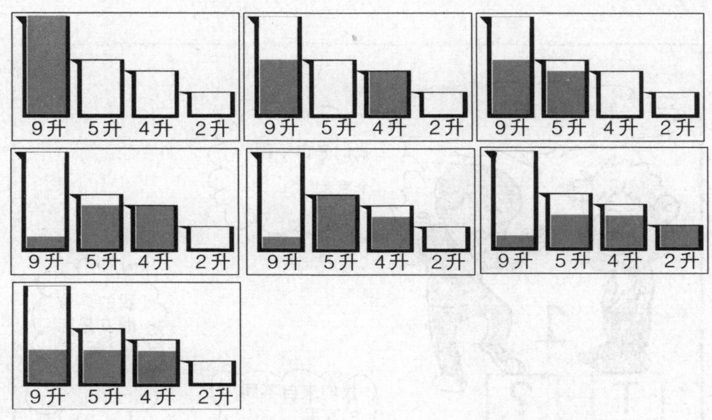

691...

倒8次即可解决问题。有3种解决方法，其中一种如下图所示。

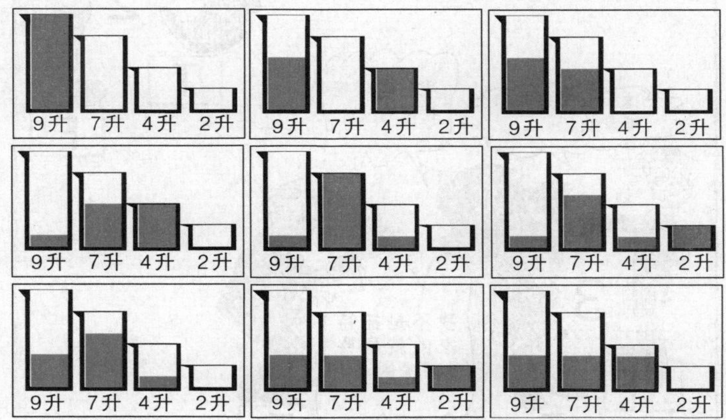

692...

无论你前2个数写的是什么，这10个数的总和总是等于绿色方框里的数的11倍。

693...

最后序号为1，4和9的门是关着的。如图所示：只有当N能被K整除时，第N扇门在第K步变化，一扇门最终是开着的还是关着与它变化的次数有关（这个次数是奇数还是偶数）。平方数与其他数的奇偶性不同。非平方数有偶数个约数（如10的约数有1，2，5，10这4个），但是平方数有奇数个约数（如9的约数只有1，3，9这3个）。现在你知道结果为什么如此了吧。

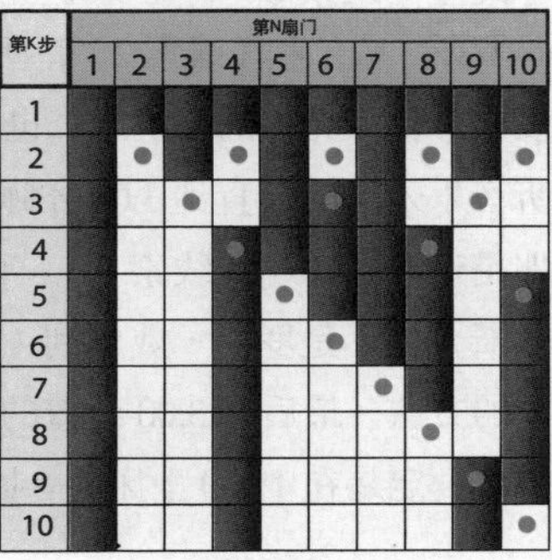

694...

695...

最后在 1:30 睡着的弗洛拉·佩斯，上床的时间比在 11:00 带本枯燥无味的书上床的人早（线索 1），在 10:30 就寝的人直到 1:00 才睡着（线索 6），在 9:30 上床的人既不是弗洛拉·佩斯，也不是罗斯·威尔利（线索 2），所以，弗洛拉是在 10:00 就寝的。她没有带枯燥无味的书上床；也没有去听令人放松的音乐，因为，听音乐入睡的人直到 3:00 才睡着（线索 5）；她没有喝热饮料，那是道恩·库明（线索 4）；而使用草药枕头的既不是弗洛拉·佩斯，也不是罗斯·威尔利（线索 2），所以她一定是用了数绵羊的方法。最后在 3:00 睡着的人不是在 9:30 上床的（线索 2），所以一定是在 11:30 上床的，因此，希尔达·贝德弗吉是在 10:30 上床就寝的（线索 3）并在 1:00 入睡（线索 6）。同时综上所述，希尔达入睡的方法是使用草药枕头；道恩则是在 9:30 饮了杯热饮上床。现在根据线索 3 得出，罗斯·威尔利是在 11:00 上床的，克斯特·那埃特是 1:30。因为道恩·库明最后比罗斯·威尔利早睡着（线索 2），所以道恩是在 2:00 睡着的，而罗斯·威尔利靠着那本乏味的书在 2:30 睡着。

答案：

9:30，道恩·库明，热饮，2:00；

10:00，弗洛拉·佩斯，数绵羊，1:30；

10:30，希尔达·贝德弗吉，草药枕头，1:00；

11:00，罗斯·威尔利，枯燥无味的书，2:30；

11:30，克斯特·那埃特，放松的音乐，3:00。

696...

6 岁的那个孩子去了电影院（线索 2），所以，根据线索 4，去溜冰的韦恩·杨（线索 5）不可能是 5 岁或 9 岁。卡林·罗克是 8 岁（线索 5），所以韦恩·杨是 7 岁，因此他的派对是在“披萨殿堂”举办（线索 3）。根据线索 4 得出，去马戏团和“躲藏者之屋”的孩子是 8 岁，所以是卡林·罗克。迪安·爱迪生的生日派对开在“科斯蒂的厨房”（线索 7），所以没有在“夹饼世界”的赛弗罗·塔利（线索 6）一定是在“麦克非森之家”，他不是

9岁（线索6），也不是6岁（线索2），所以是5岁。他的活动不是去剧院（线索1），而是去游泳。综上所述，9岁的那个孩子去的是剧院，根据线索7，他是迪安·爱迪生。他的派对开在“科斯蒂的厨房”。而派对开在“麦克非森之家”的赛弗罗·塔利已经6岁了，他去的是电影院。

答案：

迪安·爱迪生，9岁，剧院，“科斯蒂的厨房”。

卡林·罗克，8岁，马戏团，“躲藏者之屋”。

马修·尼文恩，5岁，游泳馆，“夹饼世界”。

赛弗罗·塔利，6岁，电影院，“麦克非森之家”。

韦恩·杨，7岁，溜冰场，“披萨殿堂”。

697...

鲍勃的第2个选择是马德拉岛（线索1），所以马德拉岛不可能是安吉首选的岛（线索3）。线索5结合线索3，排除了安吉把克利特岛或塞浦路斯岛排第1的可能性，同时没有人把罗底斯岛排第1（线索6），所以安吉的第1选择是马略卡岛，同时它也是鲍勃的第5个选择（线索3）。现在已知线索5中的岛排行不在第1、第2、第4，又因为克利特岛不在任何人的第3排名里（线索1），所以，安吉把克利特岛排在第4，而鲍勃的第4是塞浦路斯岛（线索5）。已知鲍勃不可能把罗底斯岛排第1位（线索6），同时我们已经知道了他的另外3个选择，所以他一定是把克利特岛排第1位，罗底斯岛是的3位。卡拉将罗底斯岛排在第2位（线索4）。由于鲍勃把马略卡岛排在最后一位，线索2排除了在安吉或卡拉的列表里塞浦路斯岛是第3位和马略卡岛是最后一位即第5位的可能性。所以，由线索2得出，唯一的可能是在卡拉的列表上，塞浦路斯岛排第1，马略卡岛第3。因此，根据线索1，卡拉把马德拉岛排第4，克利特岛排第5。因为马德拉岛和罗底斯岛分别被鲍勃和卡拉排在第2位，安吉不可能把两者之一排在第2位，所以安吉的第2选择是塞浦路斯岛。同样的，鲍勃把罗底斯岛排在了第3位，安吉就不可能排罗底斯岛在第3位，所以她把罗底斯岛排第5位，马德拉岛排第3位。

答案：

	安吉	鲍勃	卡拉
1	马略卡岛	克利特岛	塞浦路斯岛
2	塞浦路斯岛	马德拉岛	罗底斯岛
3	马德拉岛	罗底斯岛	马略卡岛
4	克利特岛	塞浦路斯岛	马德拉岛
5	罗底斯岛	马略卡岛	克利特岛

698...

皇后不可能是1、4、7或9号牌（线索2）。因为中央的牌是红桃10（线索5），这又排除了皇后是2、5和6号牌的可能性，所以皇后是3号牌。因此，2号牌是“7”，6号牌是梅花（线索2）。再根据线索6，梅花5一定是1号牌。“8”紧靠在黑桃的下面（线索3），这排除了“8”是4或9号牌的可能性，因为已知3和5号牌是红桃，这又排除了“8”是6或8号牌的可能性。又已知“8”不可能是5号牌，所以“8”是7号牌；4号牌是张黑桃。9号牌是张方块（线索7），所以杰克不可能是8号牌，也不可能是6和9号牌（线索4），杰克是4号牌的黑桃，因此5号牌是红桃10（线索4），线索8揭示9号牌是的方块4，因此8号牌是国王。根据线索9，国王不可能是梅花，所以是黑桃（线索8）。同样根据线索8，3号牌是方块皇后。现在我们知道，线索1中，出现3次的牌的花色不可能是方块和黑桃，因为所有的牌是已知的。2号牌和7号牌有相同的花色（线索9），但是我们已知1号牌和6号牌是梅花，而这里不可能有相同花色的4张牌（线索1），所以2号牌和7号牌是红桃，红桃就是有相同花色的3张牌的花色。最后得出6号牌是梅花3。

答案：

1号牌，梅花5。

2号牌，红桃7。

3号牌，方块皇后。

4号牌，黑桃杰克。

5号牌，红桃10。

6号牌，梅花3。

7号牌，红桃8。

8号牌，黑桃国王。

9号牌，方块4。

699...

徽章 C 是绿色的（线索 4），徽章 A 不是蓝色的（线索 1），也不是黄色的（线索 2），所以徽章 A 是红色，因为徽章 A 的主人是莱弗赛奇领主（线索 5），根据线索 1，蓝色的徽章不是徽章 B。综上所述，它是徽章 D，剩下徽章 B 是黄色的那个。因此，根据线索 2，鹰是莱弗赛奇领主的红色徽章上的图案。再根据线索 2，徽章 B 属于伯特伦领主，莱可汉姆领主的有火鸡图案的徽章不是徽章 D（线索 1），所以它一定是徽章 C。留下徽章 D 是曼伦德领主的。曼伦德领主徽章上的图案不是狮子（线索 3），而是牡鹿，狮子是伯特伦领主黄色的徽章上的图案。

答案：

徽章 A，莱弗赛奇领主，鹰，红色。

徽章 B，伯特伦领主，狮子，黄色。

徽章 C，莱可汉姆领主，火鸡，绿色。

徽章 D，曼伦德领主，牡鹿，蓝色。

700...

戴夫在内尔家的园子干活是在星期四（线索 3）。戴夫星期五的雇主不是梅维斯（线索 1）、罗斯（线索 2）或格伦达・普兰特（线索 6），所以那天他是在为乔伊斯造假山（线索 4）。他把星期二花在修剪树木上了（线索 5）。戴夫星期一的工作不是帮布什夫人的花床除草（线索 1），或修整树篱（线索 6），而是修整草坪。那不是帮乔伊斯干的，也不是给罗斯做的（线索 2）；而时间上“星期一”排除了是为内尔工作的可能性。线索 1 排除了星期一是为梅维斯干活的可能性。因为已知戴夫是在星期二修剪树木的，综上所述，戴夫是在星期一为格伦达・普兰特修整草坪的。戴夫给乔伊斯做的工作排除了乔伊斯姓布什的可能性。已知乔伊斯不是普兰特夫人，她也不是布鲁姆夫人（线索 4），又因为戴夫在星期四为内尔工作，乔伊斯不可能是弗劳尔夫人（线索 2），所以乔伊斯是里斐夫人。树篱不是在星期三修整的（线索 6），所以它们是在星期四为内尔修整的。而星期三是戴夫为布什夫人的花床除草的日子。再根据线索 1，戴夫是在星期二为梅维斯修剪树木的。剩下布什夫人的名字是罗斯，是戴夫星期三的雇主。而根据线索 2，内尔是弗劳尔夫人，最后梅维斯是布鲁姆夫人。

答案：

星期一，格伦达・普兰特，修整草坪。

星期二，梅维斯・布鲁姆，修剪树木。

星期三，罗斯・布什，花床除草。

星期四，内尔・弗劳尔，修整树篱。

星期五，乔伊斯・里斐，造假山。

701...

《说唱音乐》是 1987 年的成功之作（线索 5）。1959 年的成功之作排行 No.3（线索 4），不是《小心偷听》这首歌（线索 1），也不是《我吹喇叭嘟嘟嘟》（线索 6）或排行只达 No.9 的《跳舞者》(线索 6），所以排行 No.3 的是《没有啤酒的酒吧》，是由“纤尘”组合演唱的（线索 3）。“无法选择的威根”组合成名于 1975 年（线索 2），所以丹尼斯・拉・赛尔排行 No.6 的成名之作（线索 1）是在 1985 年发表的。因此《小心偷听》这首歌至少迟于 1985 年推出，由于不是 1987 年，所以是 1990 年。它所达名次不是 No.4（线索 2），所以应是 No.7。“无法选择的威根”组合唱的歌排行不是 No.4（线索 2），也不是 No.7，而是排行 No.9，因此是《跳舞者》这首歌。综上所述，1985 年的成名之作是《我吹喇叭嘟嘟嘟》。“比兹・尼兹”组合唱的歌排行不是 No.4（线索 2），所以是 1990 年排行 No.7 的成名之作。最后，“大小莫里斯”组合不是在 1985 年成名的(线索 3），是 1987 年推出了《说唱音乐》，排行 No.4。剩下丹尼斯・拉・赛尔于 1985 年唱了《我吹喇叭嘟嘟嘟》。

答案：

“比兹・尼兹”，《小心偷听》，1990 年，No.7。

丹尼斯・拉・赛尔，《我吹喇叭嘟嘟嘟》，1985 年，

No.6。

“大小莫里斯”，《说唱音乐》，1987 年，No.4。

“纤尘”，《没有啤酒的酒吧》，1959 年，No.3。

“无法选择的威根”,《跳舞者》，1975 年 .No.9。

702...

特里萨持有红色筹码（线索 3）。掷出 3 点的雷切尔用的不是黄色的筹码（线索 2），而持蓝色筹码者掷了个 4 点（线索 5），所以雷切尔用的是绿色的筹码。使用蓝色筹码的不是安吉拉（线索 5），所以是伊冯。安吉拉用的是黄色筹码。掷出 4 点的伊冯不可能坐在位置 4（线索 1），坐在位置 2 的玩家掷了 6 点（线索 4），所以伊冯只能坐在位置 1 或 3，线索 6 排除了在位置 3 的可能性，所以伊冯坐在位置 1。现在我们知道掷出 3 点的雷切尔不在 1 或 2 号位置，线索 1 排除了 3 号位置的可能性，她坐在位置 4，而用黄色筹码的安吉拉因此是在位置 3（线索 2），余下特里萨是在位置 2 掷出 6 点的人。最后，掷 1 点的人是安吉拉。

答案：

1 号，伊冯，蓝色，4 点。

2 号，特里萨，红色，6 点。

3 号，安吉拉，黄色，1 点。

4 号，雷切尔，绿色，3 点。

703...

704...

705...

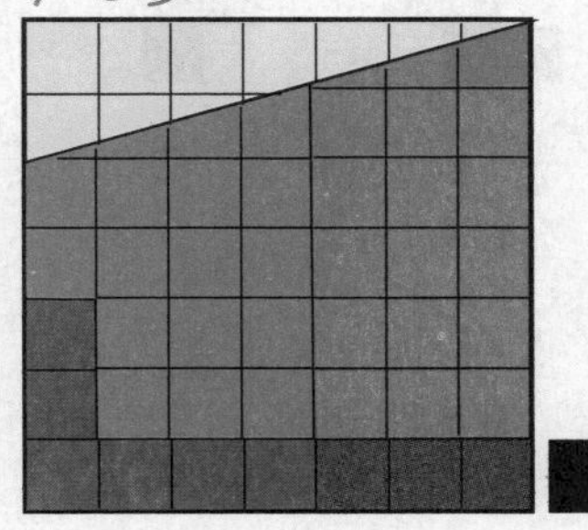

706...

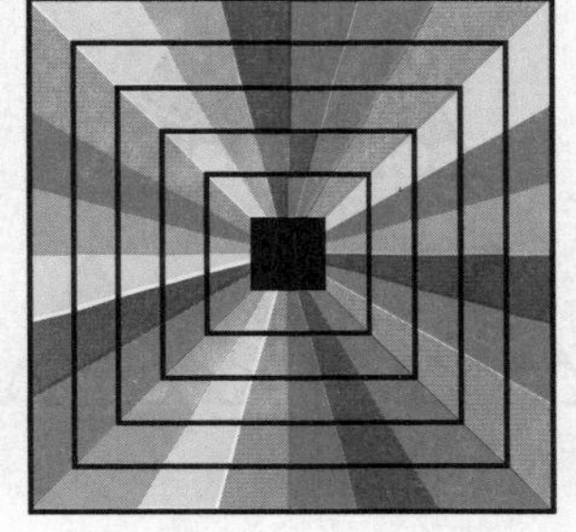

这是不可能做到的。最接近的解如下图所示。

707...

小丑 B。

如果小丑 A 看到他前面 2 个人的帽子颜色相同，那么他马上就知道自己帽子的颜色了（包括小丑 D 帽子的颜色）。但是他所看到的是一红一绿，因此他不能做出判断。

而小丑 B 发现身后的小丑 A 在沉默，他就可以由此推断出自己与他前面的人的帽子颜色肯定不同。

708...

小丑 A 可以看到 2 顶红色帽子，1 顶蓝色帽子，那么他自己的帽子可能是蓝色的也可能是红色的。

小丑 B 知道小丑 A 只看到了一顶蓝色帽子，由此他可以推断自己头上的是顶红色帽子。

小丑 C 不知道自己帽子的颜色。

但是我们的问题是谁最先知道小丑 A 的帽子颜色。

只有小丑 D 才可能做到这一点。他知道小丑 A 没有看到 2 顶蓝色帽子（否则小丑 A 就知道自己的帽子是红色的了）或者 3 顶红色帽子（否则小丑 A 就知道自己的帽子是蓝色的了），因此，小丑 D 知道小丑 A 看到了 2 顶红色帽子和 1 顶蓝色帽子，剩下 1 顶蓝色帽子和 1 顶红色帽子，分别属于 A 和 E。由于只有他才能看到小丑 E 的帽子，因此他很容易就能判断出小丑 A 的帽子颜色，小丑 A 与小丑 E 的帽子颜色相反。

709...

你在游戏中希望赢到的钱数被称为期望值，每种期望值都可以通过概率计算出来。

我们可以将题目中每一个转盘的期望值都计算出来。

转盘 1: (16×50%)+(4×50%) =10

转盘 2: (10×50%)+(8×25%)+(20×25%)=12

转盘 3: (4×50%)+(8×25%)+(16×12.5%)+(28×12.5%)=9.5

转盘 4: (14×25%)+(6×25%)+(6×25%)+(16×25%)=10.5

转盘 5: (0×25%)+(20×50%)+(10×25%)=12.5

因此，选择转盘 5 最好。你每拿出 10 美元，平均都能赢回 12.5 美元。

710...

下图是一种解法的直观图。

在该题中，3 种颜色的卡利颂必须分别占糖果总数的 1/3。

你有没有发现，下图 3 种颜色的卡利颂组成了一个非常具有立体感的图形。

711...

解法之一如下图所示。

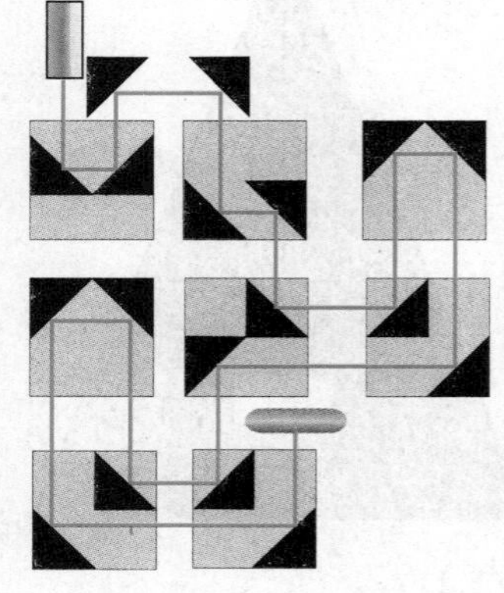

712...

如下图所示。比原始卡片的宽和高都增加了 1 倍。

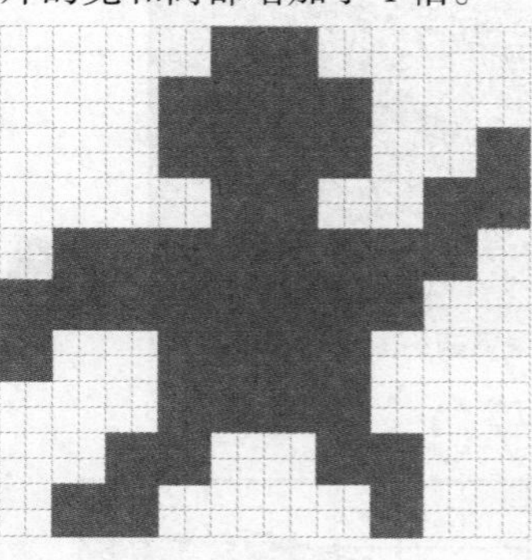

713...

E

714...

有 5 种分配方法将 3 个不同的物体放在 3 个没有标记的碟子上。

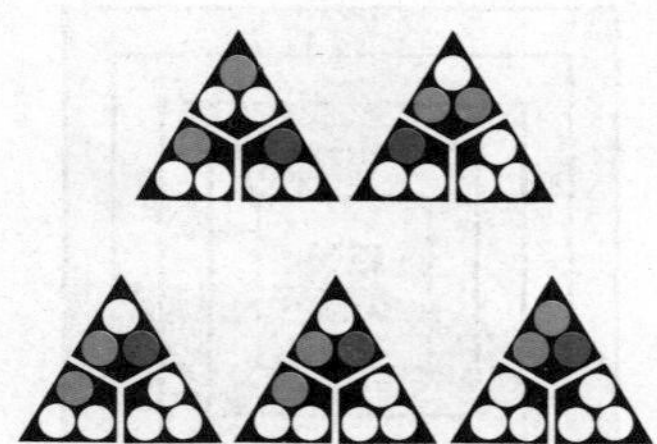

715...

对于 n=4, 有 15 种排序方法。

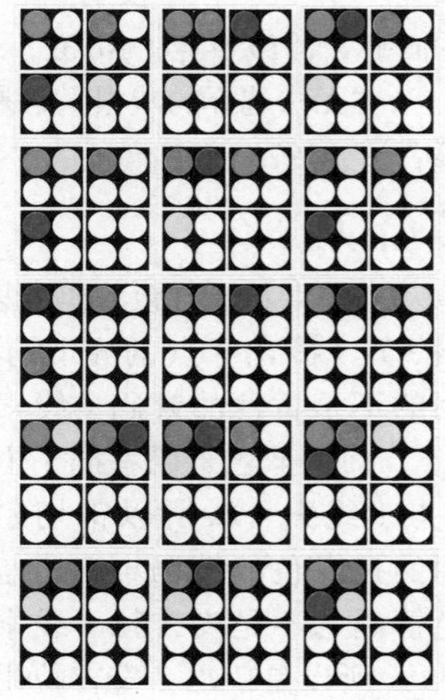

716...

有 27 种分配方法将 3 个物体放在 3 个有标签的碟子上。

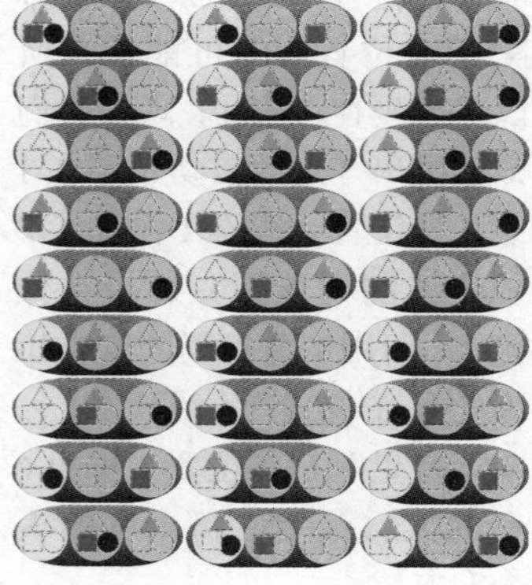

717...

标号为 7 的铅笔。

718...

缺少 20 个立方体。

719...

这个图案是由 25 个闭合图形组成的，它们可以分成

3 组。

9 个相同的图形

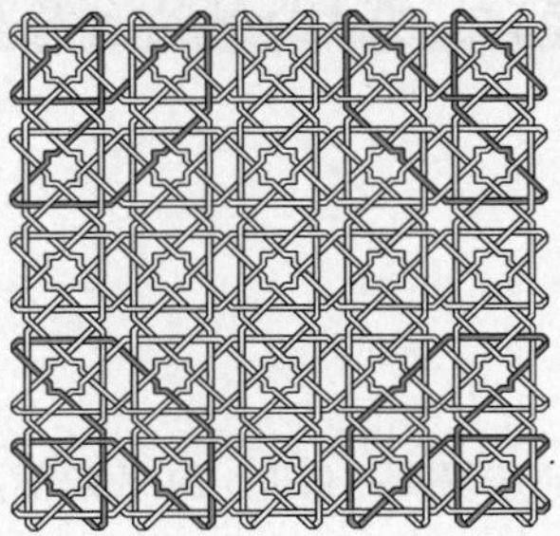

4 个相同的图形，图形方向不同

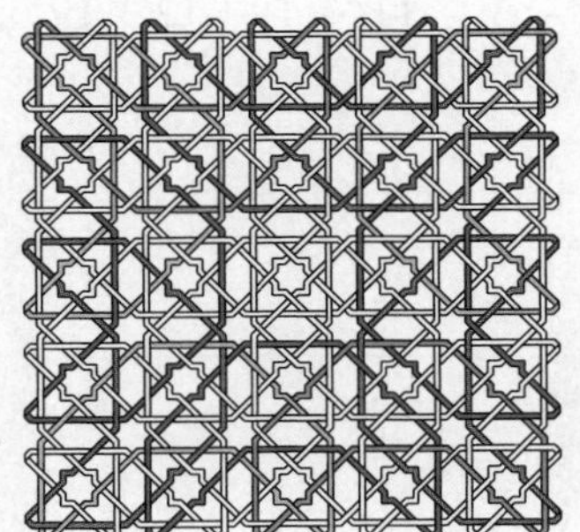

12 个相同的图形，图形方向不同

720...

无论是什么形状、什么大小的五角星，它的 5 个内角之和都等于 180°。

这个定理你可以这样验证：通过作辅助线把 5 个内角放到一条直线上，如图所示。

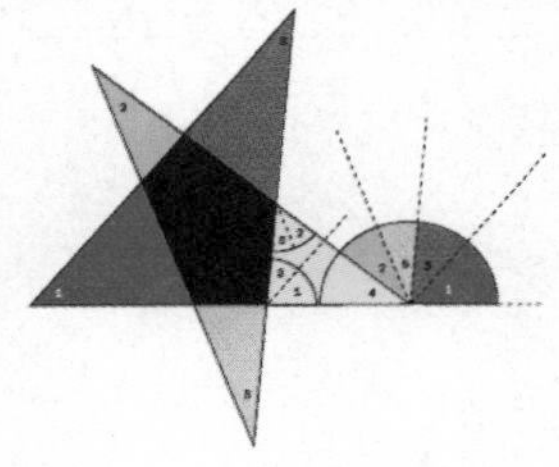

721...

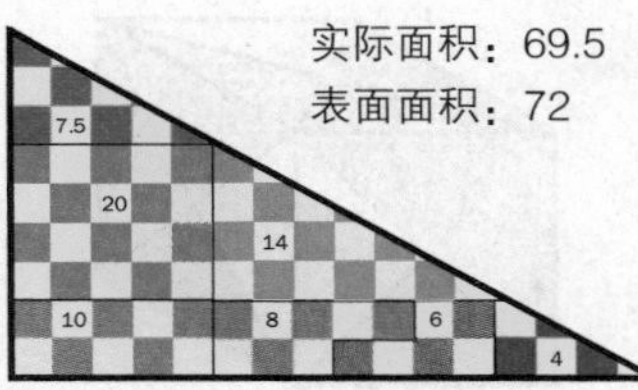

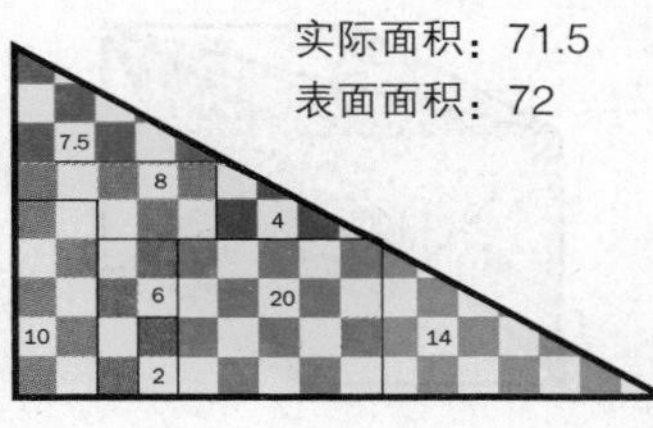

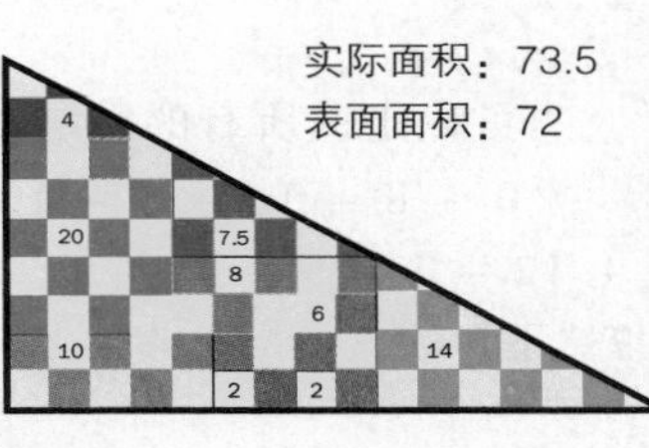

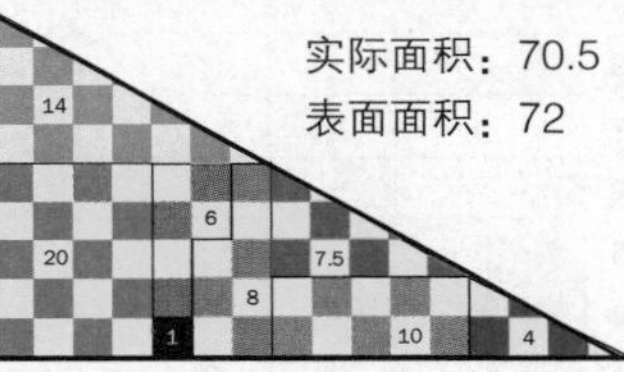

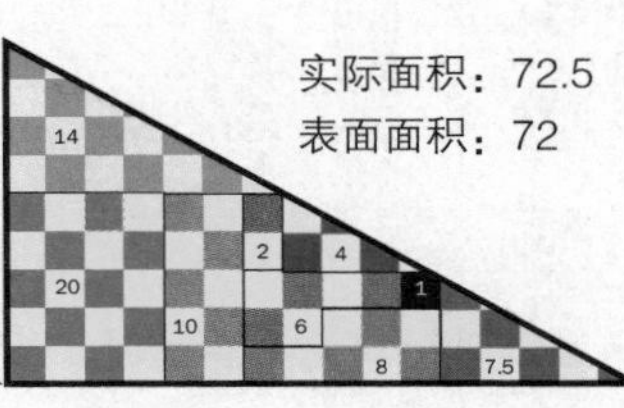

722...

数一下粘在一起的表面的个数，然后把它从 96(16 个小立方体的总的表面积）里面减去，就得到了该图形的表面积。

图形 2 的表面积最大，因为它只有 15 对表面粘在一起。

723...

图中显示的是一台电视机。

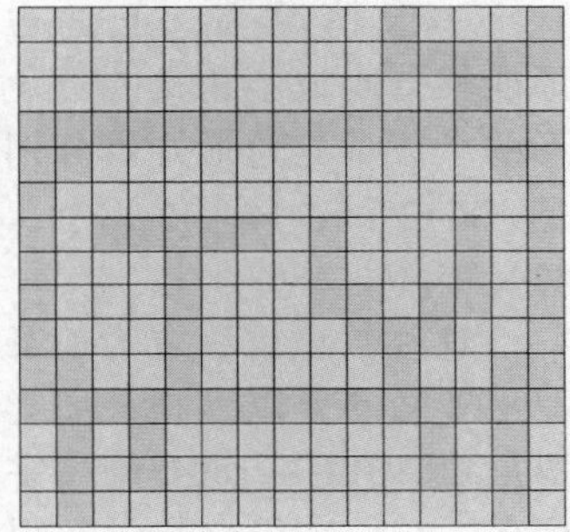

724...

问 1：一共有 90 个两位的阿拉伯数字，如图所示。在它们之中有 8 个有连续的数字,所以答案是 82 个两位数。

10	11	12	13	14	15	16	17	18	19
20	21	22	23	24	25	26	27	28	29
30	31	32	33	34	35	36	37	38	39
40	41	42	43	44	45	46	47	48	49
50	51	52	53	54	55	56	57	58	59
60	61	62	63	64	65	66	67	68	69
70	71	72	73	74	75	76	77	78	79
80	81	82	83	84	85	86	87	88	89
90	91	92	93	94	95	96	97	98	99

问 2：有 9 个两位数包含有相同的数字，所以答案是 81 个两位数。

问 3：也许你可以在 1 分钟之内做完这一长串的计算。但是对于任何的这类四位数只要算一次就可以了，如下图所示。你甚至可以按照这样的程序算到十位数。这些不同的数字叫做唯一数字。

345	543 – 345 =	198
456	654 – 456 =	198
567	765 – 567 =	198
678	876 – 678 =	198
789	987 – 789 =	198
1234	4321 – 1234 =	3087
2345	5432 – 2345 =	3087
3456	6543 – 3456 =	3087
4567	7654 – 4567 =	3087
5678	8765 – 5678 =	3087
6789	9876 – 6789 =	3087

725…

一般情况下，正多边形能够分割成不相交的三角形的个数从三角形开始分别是：1，2，5，14，42，132，429，1430，4862,…

这些数也被称之为加泰罗尼亚数字，以尤根·加泰罗尼亚 (1814 ~ 1894) 的名字命名。它们在组合数学的很多问题中都经常出现。

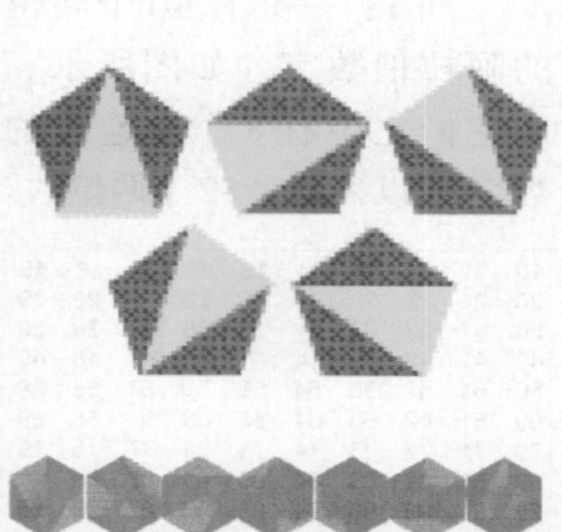

726…

如图所示。

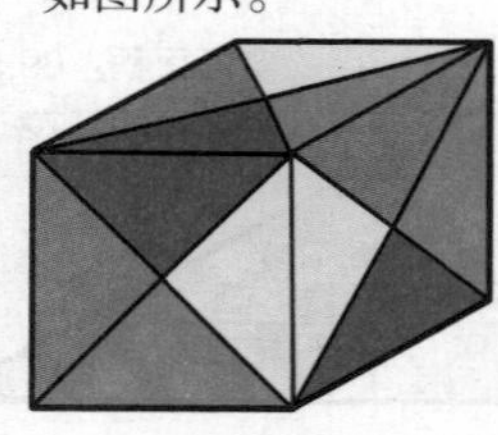

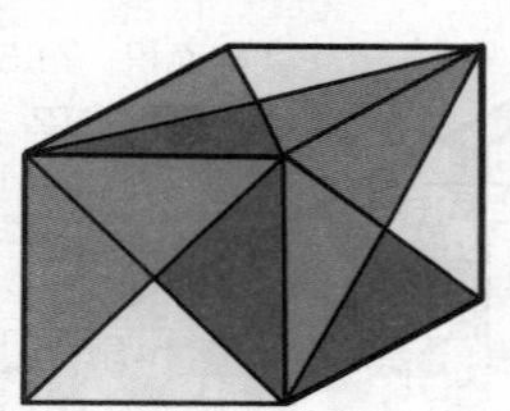

727…

728…

可以走遍所有的楼层。最少的步骤是 19 步，顺序如下：0 – 8 – 16 – 5 – 13 – 2 – 10 – 18 – 7 – 15 – 4 – 12 – 1 – 9 – 17 – 6 – 14 – 3 – 11 – 19（12“上”，7“下”）

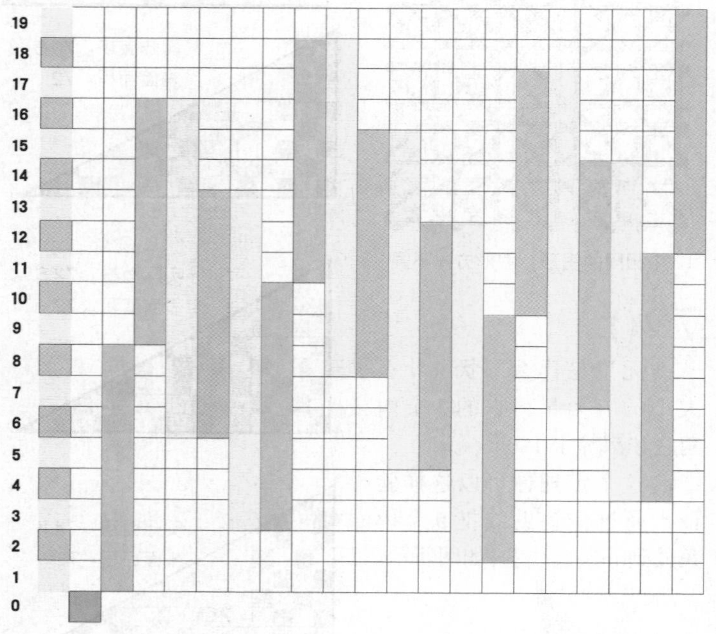

729...

3 只瓢虫有 125 种方式降落在 5 朵不同的花朵上。将 3 个物体分配在 5 个碟子上的不同的分法是 K^n，即 5^3=125 种。

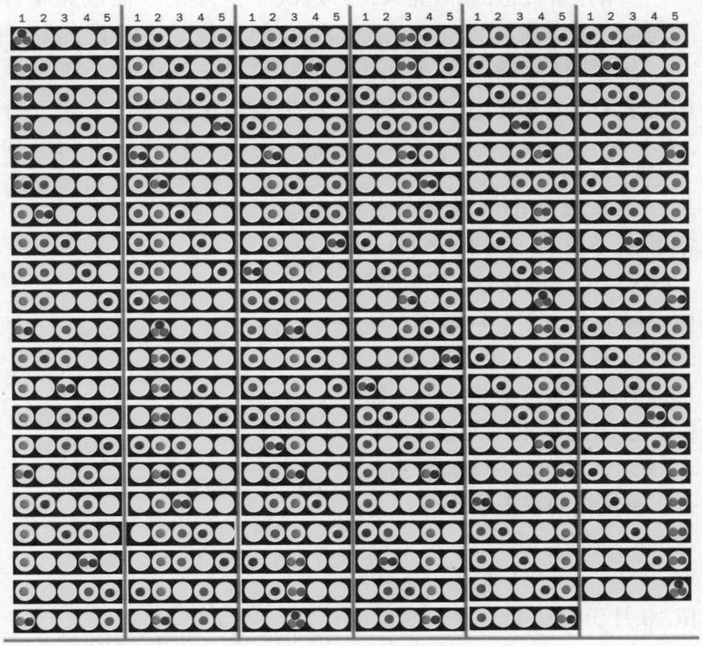

730...

萨姆不是阿尔萨斯犬（线索 1），萨姆的主人是利德（线索 1），它不是吉娃娃狗，那是克勒家的狗（线索 3），而马克斯是约克夏小猎犬（线索 6），综上所述，萨姆是拳师犬，它住在 17 号房子（线索 2）。因此，根据线索 1，阿尔萨斯犬应该住在 19 号房子，它的主人不叫肯内尔（线索 5)，也不可能是利德或克勒，所以是叫波尼。因此，马克斯是肯内尔家的。因为弗雷迪的家不是 21 号房子（线索 4），它也不是阿尔萨斯犬，所以它是克勒家的吉娃娃狗。最后，阿尔萨斯犬名叫迪克，肯内尔家住在 23 号房子。

答案：

17 号，利德家，拳师犬，萨姆。

19 号，波尼家，阿尔萨斯犬，迪克。

21 号，克勒家，吉娃娃狗，弗雷迪。

23 号，肯内尔家，约克夏小猎犬，马克斯。

731...

D 玫瑰花结上的马不是“爵士”（线索 1），不是“小鬼”（线索 2）或“斯玛特”（线索 3），是“花花公子”。罗希没有骑“花花公子”去切尔特娱乐中心（线索 2），也不是骑着“爵士”（线索 1）或“小鬼”（线索 2），所以是斯玛特。因此，罗希在 1998 年骑的不可能是“斯玛特”（线索 1），不是“爵士”（线索 1）或“小鬼”（线索 2），所以是“花花公子”，因此，C 玫瑰花结上的是“爵士”（线索 1）。在切尔特娱乐中心颁的玫瑰花结在“小鬼”赢的玫瑰花结右边（线索 2），它不是 A 玫瑰花结，也不是“爵士”的 C 玫瑰花结，所以一定是 B 玫瑰花结，而“小鬼”是 A 玫瑰花结。A 玫瑰花结不是在梅尔弗德公园（线索 4）和斯特克农场（线索 5）赢的，是在提伊山赢的。因为斯特克农场的玫瑰花结不是 B，1996 年的不是 A（线索 5），A 也不是 2001 年的（线索 4），A 玫瑰花结是 1999 年的，因此，根据线索 2 得出，B 玫瑰花结是 2001 年的。最后，1996 年的是 C，斯特克农场的玫瑰花结是 D（线索 5），剩下梅尔弗德公园的玫瑰花结是 C。

答案：

玫瑰花结 A，“小鬼”，提伊山，1999 年。

玫瑰花结 B，“斯玛特”，切尔特娱乐中心，2001 年。

玫瑰花结 C，“爵士”，梅尔弗德公园，1996 年。

玫瑰花结 D，“花花公子”，斯特克农场，1998 年。

732...

植物学家的名字不是艾皂斯或罗培尔（线索 2）；伊克沧雷是保安人员（线索 6）；

植物学家也不可能是瓦勒姆，因为根据线索 2，若植物学家是瓦勒姆，迈克·诺勃饰演的便是罗培尔，但罗培尔是盖尔·赫冈的角色（线索 6），所以，植物学家名叫爱利安德，而迈克·诺勃的切斯安人角色（线索 2）叫伊克沧雷，是保安人员。从线索 3 得出，航海家的名字比罗斯·斯班恩饰演的角色的名字长，所以，罗斯·斯班恩不可能饰演爱利安德，同时，因为已知爱利安德是植物学家，因此，罗斯·斯班恩也不可能演瓦勒姆；所以，罗斯·斯班恩演的赫斯克人（线索 5）是艾皂斯。现在已知 3 个演员的角色；因为爱利安德是植物学家，所以由亚当·彼艾尔演的内科医生（线索 5）一定是瓦勒姆。航海家不可能是艾皂斯（线索 3），所以是由盖尔·赫冈演的罗培尔（线索 6），综上所述，罗斯·斯班恩演的角色艾皂斯是个工程师，而维达·怀亚特演的是植物学家爱利安德。线索 4 告诉我们，那个厄来文人不是爱利安德或瓦勒姆，所以是盖尔·赫冈演的罗培尔。最后，那个堪兹克人的角色不是爱利安德（线索 1），所以一定是亚当·彼艾尔演的内科医生瓦勒姆，剩下维达·怀亚特饰演来自李尔非星球的李尔非人。

答案：

亚当·彼艾尔，堪兹克人，内科医生，瓦勒姆。

盖尔·赫冈，厄来文人，航海家，罗培尔。

迈克·诺勃，切斯安人，保安人员，伊克沧雷。

罗斯·斯班恩，赫斯克人，工程师，艾皂斯。

维达·怀亚特，李尔非人，植物学家，爱利安德。

733…

重量级拳击手勒克·杰雷乔兹不是在 8 月份比赛的（线索 1），皮埃尔·萨斯格德参加9月份的比赛(线索6)。因为迪安·克林瞿是威利 10 月份的比赛者（线索 5），杰雷乔兹的比赛不可能在 11 月（线索 1），12 月份举行的是次重量级的拳击手比赛（线索 2），所以，综上所述，勒克·杰雷乔兹是迪安·克林瞿 10 月份的比赛对手。所以根据线索 1，绍恩·杰伯将在 9 月份与皮埃尔·萨斯格德比赛。已知，这不是次重量级或重量级的拳击手比赛，也不是次中量级的拳击手比赛（线索 6）。威利的中量级拳击手是弗兰克·摩勒(线索4)，所以，杰伯 / 萨斯格德的比赛是次轻量级的。根据线索 3，利昂·堪维斯比可能签约 8 月或 11 月的比赛，同时我们已知 9 月和 10 月的比赛对手，所以，利昂·堪维斯是次重量级的拳击手，被安排在 12 月比赛。因此，再根据线索 3 得出，里基·思科莱普一定是威利 11 月份的比赛选手。弗兰克·摩勒的重量级别排除了他作为 12 月份比赛选手的可能性，所以他是在 8 月份比赛的。剩下艾伦·帕梅迩要在 12 月份面对利昂·堪维斯。最后，11 月份的比赛是次中量级的。而线索 4 告诉我们弗兰克 8 月份的对手不是恰克·塔维尔，所以一定是詹森·索斯普，剩下恰克·塔维尔签约作为与里基·思科莱普在 11 月份比赛的对手。

答案：

8 月，弗兰克·摩勒，中量级，詹森·索斯普。

9 月，绍恩·杰伯，次轻量级，皮埃尔·萨斯格德。

10 月，迪安·克林瞿，重量级，勒克·杰雷乔兹。

11 月，里基·思科莱普，次中量级，恰克·塔维尔。

12 月，艾伦·帕梅迩，次重量级，利昂·堪维斯。

734…

伯特使用的是 5 号泵（线索 3），一位女士使用的是 2 号泵（线索 5），所以彼得用的是 3 号或 8 号泵。因为报纸是在 3 号泵的开车人买的（线索 4），线索 1 排除了彼得使用 8 号泵的可能性，所以彼得是买了报纸并在 3 号泵加油的人。同时根据线索 1 得出，买糖果的标致车的驾驶员用的是 8 号泵。在 2 号泵的女士没有买书（线索 5），她买的是杂志，所以不是萨利（线索 2），一定是尤妮斯。剩下萨利是开标致车的人，他买了糖果。综上所述，伯特买的是书。尤妮斯的车不是福特车（线索 5），也不是沃克斯豪尔车（线索 2）

和标致车，所以它是丰田车。最后，根据线索5，开福特车的人不是买书的伯特，所以彼得的车是福特，伯特的车是沃克斯豪尔。

答案：

2号泵，尤妮斯，丰田，杂志。

3号泵，彼得，福特，报纸。

5号泵，伯特，沃克斯豪尔，书。

8号泵，萨利，标致，糖果。

735...

格雷尼的书不是被送到格拉斯哥（线索1）、切姆斯弗德（线索2）或威根（线索4），所以是斯旺西。克罗瞿的书不是被送到切姆斯弗德（线索1）或格拉斯哥（线索3），所以是威根；因此，道森的书一定是《伊特鲁亚人》（线索4）。《斯多葛学派》的作者不是克罗瞿（线索3），没有被送到威根或格拉斯哥（3），根据线索1，也不是被送到斯旺西，所以它是被送到了切姆斯弗德。它原来的目的地不是卡莱尔或索尔兹伯里（线索1），它的作者也不是格雷尼。又因为已知格雷尼的书被送到了斯旺西（线索1），所以《斯多葛学派》一书的作者是比格汉姆，因此它的正确的目的地不是布莱顿（线索1），而是马特洛克。《布达佩斯的秋天》的正确的目的地不是布莱顿（线索1），也不是卡莱尔（线索3），而是索尔兹伯里。克拉伦斯没有把它送到斯旺西（线索1），所以它的作者不是格雷尼，而是克罗瞿，综上所述，克拉伦斯错误地把《伊特鲁亚人》一书送到了格拉斯哥。没有打算送到卡莱尔的道森的书原本应该送到布莱顿。《迈阿密上空的月亮》原来是要送到卡莱尔的。

答案：

《布达佩斯的秋天》，克罗瞿，索尔兹伯里，威根。

《迈阿密上空的月亮》，格雷尼，卡莱尔，斯旺西。

《伊特鲁亚人》，道森，布莱顿，格拉斯哥。

《斯多葛学派》，比格汉姆，马特洛克，切姆斯弗德。

736...

星期五艾丽丝预约出租车的时间不是下午2:40（线索4），也不是上午11:15（线索1），所以是上午9:20。她去看皮肤科医生是在星期四（线索2），又因为她去医院那天不是星期五（线索4），所以是在星期二去医院的。而星期五她是去中心公园，当时出租车迟到了5分钟（线索3）。迟到10分钟的那辆出租车不是在星期四预约的（线索2），所以是在星期二。星期四那天等出租车等了15分钟。艾丽丝为去医院预定了下午2:40的出租车（线索4）。所以是在上午11:15去皮肤科医生那里的。

答案：

星期二，下午2:40，10分钟，医院。

星期四，上午11:15，15分钟，皮肤科医生。

星期五，上午9:20，5分钟，中心公园。

737...

738...

如图所示，一共有15个正方形。

739...

F

740...

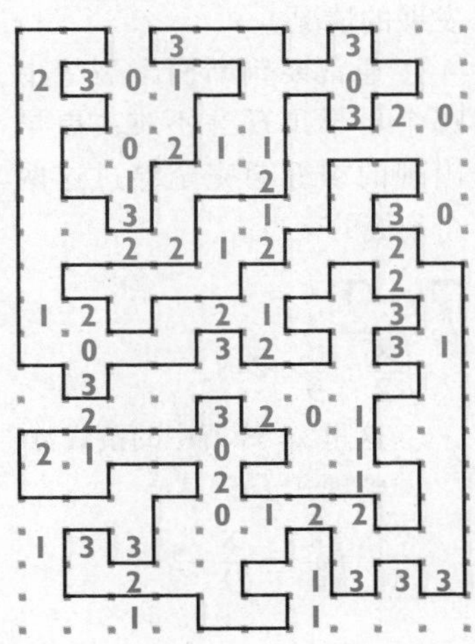

741…

最先出现的那条裂缝是图中间横向的一条，从正方形左边的中间向右延伸到右边离右上角1/3处的地方。

20世纪60年代，美国空军剑桥研究实验室的詹姆士·尼尔根据他多年对泥裂的研究得出结论：泥块之间相交的裂缝是大约垂直的，这些被裂缝分割成的泥块都呈四边形。“几何的约束”在断裂的泥块中间也发挥了作用。所有简单的网状结构的形成都有这样的趋势——每3条边相聚合在1个交叉点。一大片泥地里的多处裂缝显然不是同时形成的，而是先后形成的。因而，当一个裂缝出现时，它通常会挨着已经形成的老的裂缝，与之形成一个交点，从这条交点发射出3条射线。要形成发射4条射线的交点是不太可能的，因为一般不会出现两个新裂缝同时与老裂缝相交，而且正好向相反的方向发展的情况。

通常要判断两个裂缝中哪个更早出现并不难：更早出现的裂缝会完全穿过这两个裂缝的交点。

742…

$$\sqrt{\frac{x}{2}}+\frac{8}{9}x+2=x$$

这里x=蜂群中的蜜蜂数

整理式子：

$$\sqrt{\frac{x}{2}}=\frac{x}{9}-2$$

两边平方：

$$\frac{x}{2}=\frac{x^2}{81}-\frac{4x}{9}+4$$

简化为：$2x^2-153x+648=0$

这可以分解为：$(x-72)(2x-9)=0$

很明显x不等于4.5（假设$2x-9=0$得出的结果），所以x一定是72，那么整个蜂群一共有72只蜜蜂。

743…

有3个红色表面的立方体：8个

有2个红色表面的立方体：12个

有1个红色表面的立方体：6个

没有红色表面的立方体：1个

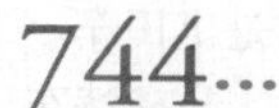

744…

所有立方块都将底部颜色涂为紫色。各立方块的顶部则使用剩下的5种颜色中的任意一种。此时，因为立方块剩下的4个面的功能等效，所以正面任选剩下4种颜色中的一种。剩下3个面则按照排列上色。

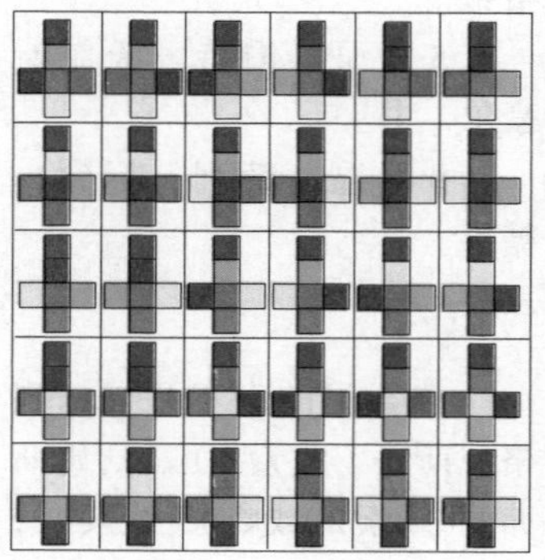

745…

菲多被拴在一棵直径超过2米的粗壮的树上，所以菲多可以绕着树转一个直径为22米的圆，如图所示。

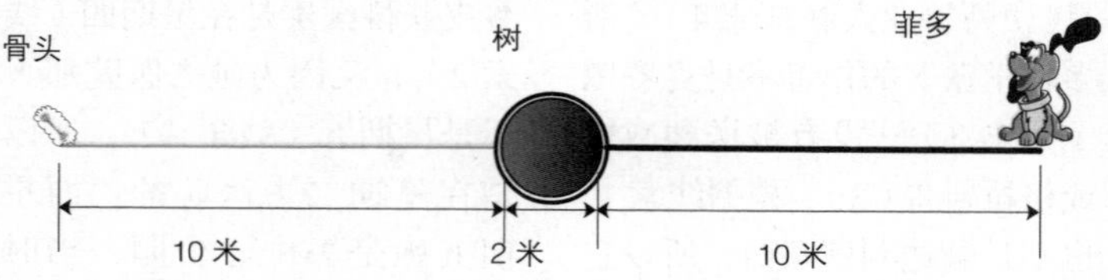

746…

他可以把3个立方体排列成如图所示的样子，然后测量x的长度。

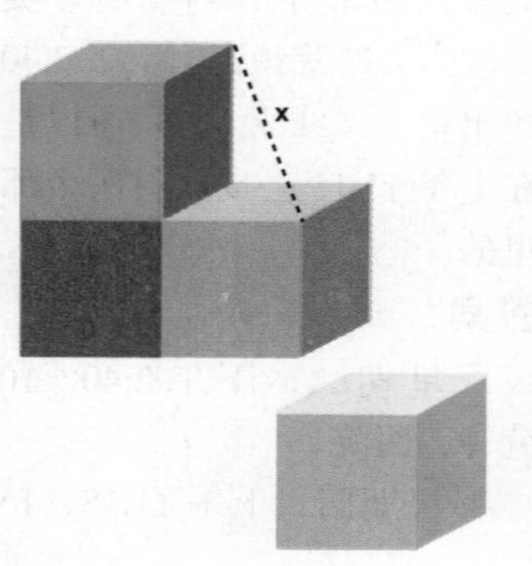

747…

6个小立方体就足够了。将6个小立方体摆成如图所示的形状，然后测量x的长度。

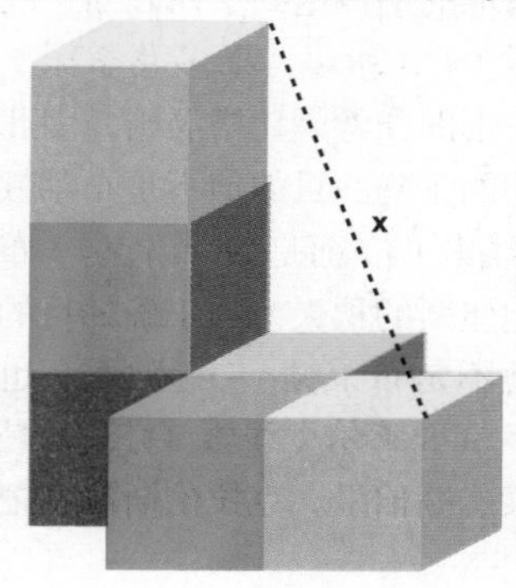

748...

6个烧瓶的总容积是98个单位容积（98被3除余数为2）。

空烧瓶的容积必须是被3除余数为2的一个数（因为蓝色的液体是红色液体总量的2倍），而在已给出的6个数中，只有20满足这一条件，因此容积为20的是空烧瓶。

剩下的5个烧瓶的总容积为78，它的1/3应该为红色液体，即26；剩下的52为蓝色液体。由此得到最后的结果，如图所示。

749...

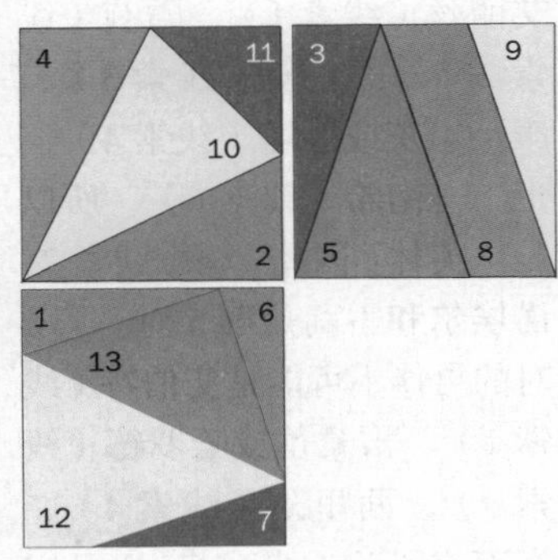

750...

答案是B，每个图形每次朝逆时针方向旋转90°。

751...

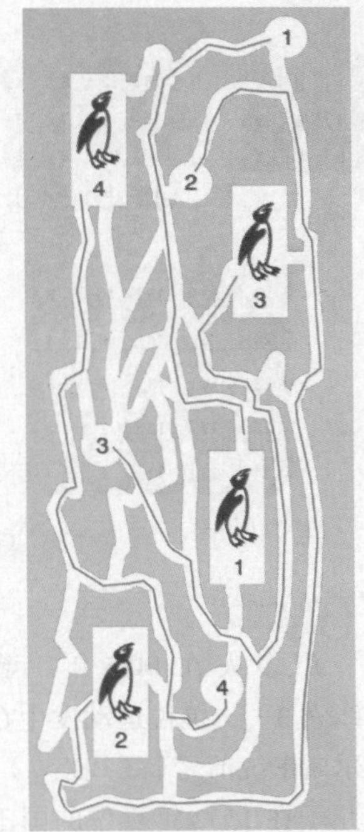

752...

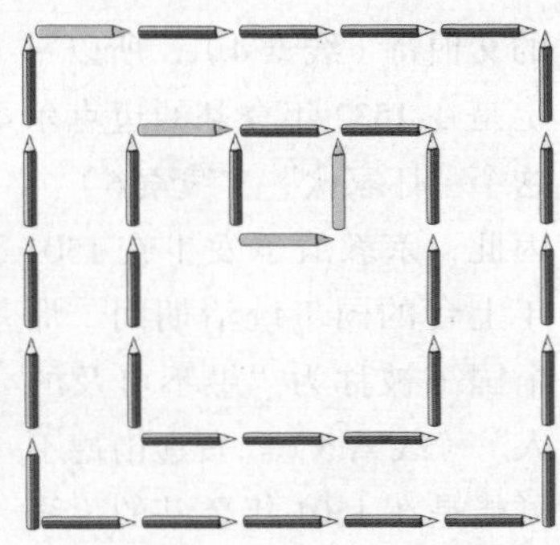

753...

一共有12种不同的涂色方法，如图所示。

754...

如图所示。

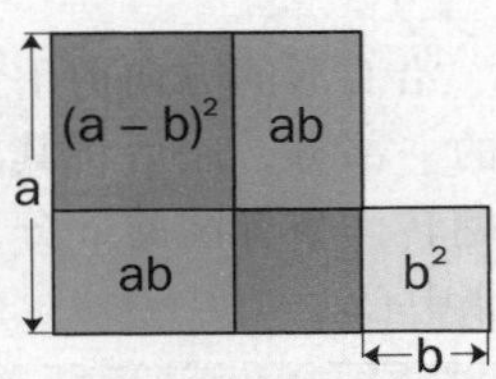

$(a-b)^2=a^2+b^2-2ab$

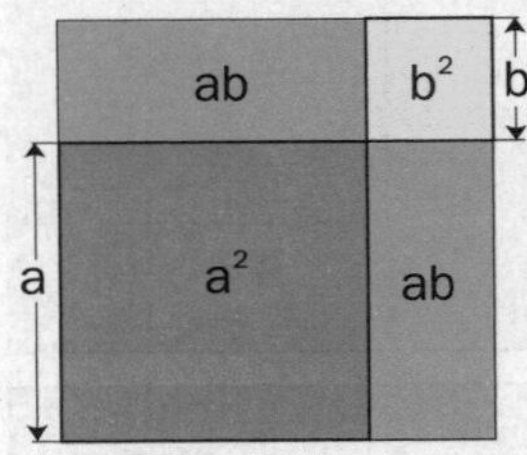

$(a+b)^2=a^2+b^2+2ab$

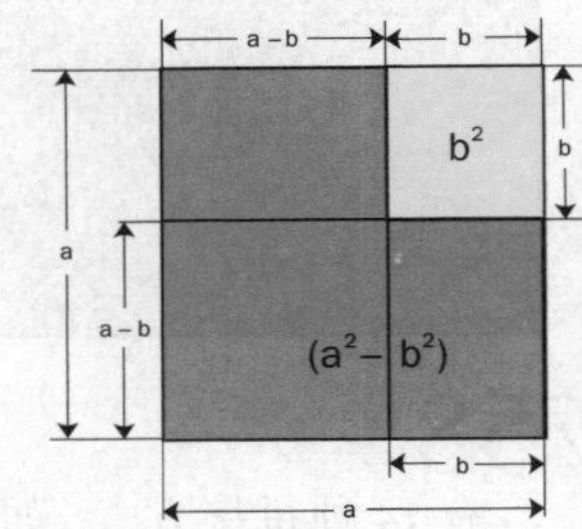

$a^2-b^2=(a+b)(a-b)$

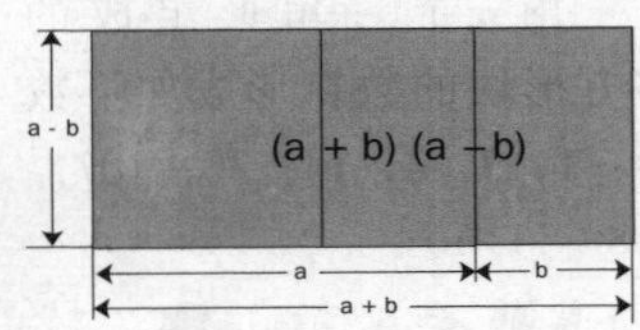

755…

$$(a+b)^3=a^3+3a^2b+3ab^2+b^3$$

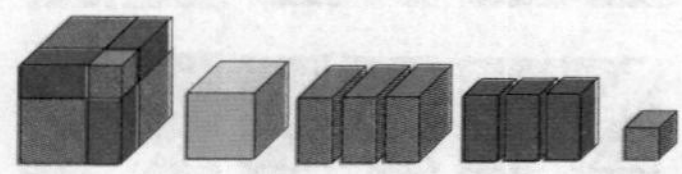

756…

1点9分9秒。

757…

沿L形的方向剪下正方形的一部分，然后将其向对角翻转，令有洞的部分居于纸张中心。

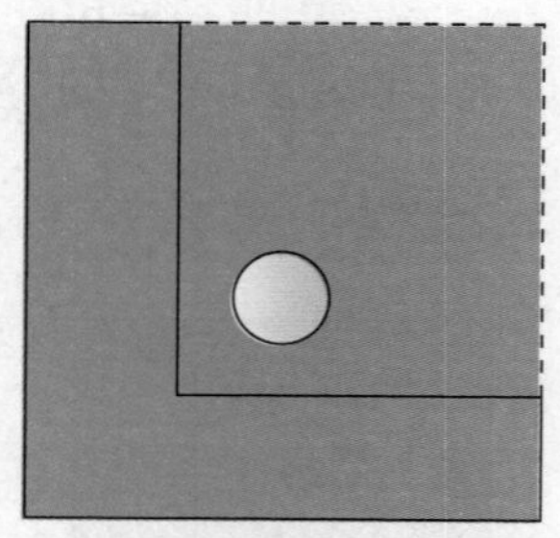

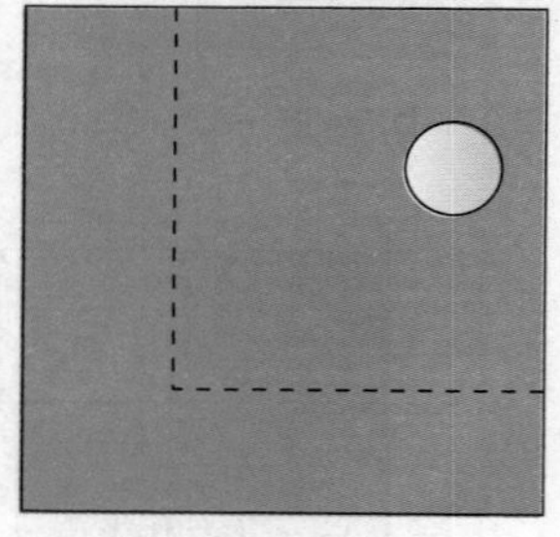

758…

有14种拼接方式，如下图所示。

由n个三角形组成的多方形块的数目形成如下数列：1，3，4，14，30，107，318，1116…

759…

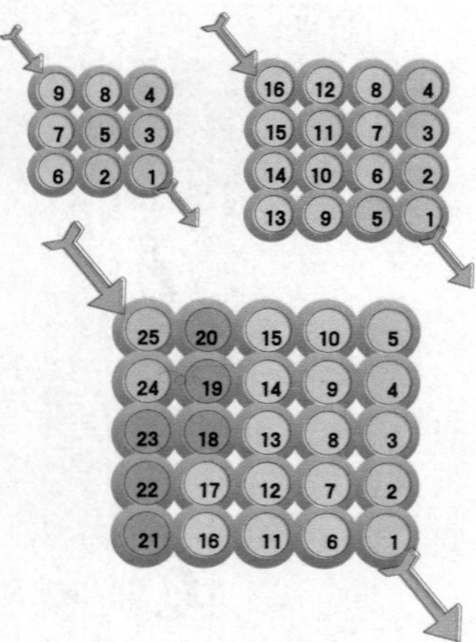

760…

卢多夫在1485年上台（线索3），抗税运动发生在查尔斯王统治之下（线索7）。被儿子在1532年篡位的国王（线索1）不可能是费迪南德（线索2），或在奇数年上台的艾伯特（线索4），所以一定是在1532年登基的迈克尔这个“坏家伙”（线索6）。因此，宗教战争发生在1501年上台的国王统治期间。那个国王被称为“愚不可及的人”（线索5）。费迪南德不可能是在1501年登基的（线索2），所以，综上所述，艾伯特是在1501年登基的，在历史上以“愚不可及的人”这一绰号闻名。现在我们已经将3个统治者和动乱配对。所以，没有激怒贵族造反的费迪南德（线索2），一定是农奴起义时的统治者。而卢多夫是那个经历贵族造反的国王。线索3告诉我们费迪南德不是那个在1457年加冕的人。所以他是在1394年加冕的。查尔斯是那个在1457年加冕的统治者。由线索7得出，是被称为“荒唐的人”的卢多夫在1485年加冕。最后根据线索2，查尔斯是那个“自满的人”，而费迪南德绰号为“秃头”。

答案：

艾伯特，“愚不可及的人”，1501年，宗教战争。

查尔斯，“自满的人”，1457年，抗税运动。

费迪南德，“秃头”，1394年，农奴起义。

迈克尔，“坏家伙”，1532年，儿子篡位。

卢多夫，“荒唐的人”，1485年，贵族谋反。

761…

格蕾丝在第8对（线索5）。第9对的女士不是露西、艾丽丝（线索1）、雪莉（线索2）、吉莉安（线索3）、康士坦茨或丽塔（线索4），也不是南希（线索6），所以是伊芙林。因此，根据线索2，诺埃尔和雪莉是第5对。第1对的男伴不可能是艾伯特（线索1）、雷蒙德或哈罗德（线索3）、西里尔（线索4）、杰克或罗兰（线索6）。已知他也不可能是诺埃尔，而文森特是第6对中的男舞伴（线索5），所以杰夫是第1对中的男舞伴。因为已知诺埃尔是第5对的，所以根据线索1，艾伯特一定是第2对的；露西是第4对的女舞伴，艾丽丝是第3对的女舞伴（线索1）。已知第2、第5、第6对的男士，根据线索3，雷蒙德不可能是第9对的其中一位，而哈罗德是第3对的，吉莉安是第7对的（线索3）。康士坦茨不可能是在第1或第2对（线索4）。综上，杰夫的另一半是南希，他们是第1对。由线索4得出，西里尔是第7或第8对的一员；根据线索6，罗兰则不在两对中的任一对，所以罗兰是在第4对里。现在根据线索6可得出，杰克和吉莉安是第7对。西里尔和格蕾丝是第8对。

答案：

第1对，杰夫和南希。

第2对，艾伯特和丽塔。

第3对，哈罗德和艾丽丝。

第4对，罗兰和露西。

第5对，诺埃尔和雪莉。

第6对，文森特和康士坦茨。

第7对，杰克和吉莉安。

第8对，西里尔和格蕾丝。

第9对，雷蒙德和伊芙林。

762...

3号女孩戴着白色的帽子（线索4），4号女孩的帽子不是黄色的（线索2），4号女孩也不可能是叫曼尼斯（线索3），所以她是杰西卡，戴着粉红色的礼帽（线索1）。1号女孩不可能是爱莉尔（线索2）或莎拉（线索3），所以她是路易丝。因此2号女孩姓肯特（5）。已知她的帽子不可能是白色或粉红色，而肯特这个姓排除了绿色，所以是黄色。因而爱莉尔一定是3号女孩（线索2）。综上所述，曼尼斯是1号女孩的姓，所以1号女孩是路易丝。而2号女孩的全名是莎拉·肯特。爱莉尔不姓修斯（线索4），所以她姓巴塞特，剩下4号女孩是杰西卡·修斯。

答案：

1号，路易丝·曼尼斯，绿色。

2号，莎拉·肯特，黄色。

3号，爱莉尔·巴塞特，白色。

4号，杰西卡·修斯，粉红色。

763...

星期四是布莱克浦遭遇坏天气的日子（线索5），大风发生在星期二（线索2）。根据线索1，在萨斯安德发生的莫名其妙的毛毛雨不可能是在星期五，所以，是在星期一或星期三。因此，不可能是乌德郝斯家遭此劫难（线索3），线索1排除了达许伍德家的可能性。线索4则排除了纳特雷家，因为他们遭受的是暴雨，而普里斯家呆在斯卡布罗（线索6），所以，综上所述，是呆在萨斯安德的班尼特家碰上了莫名其妙的毛毛雨。毛毛雨不是在星期一下的（线索6），所以，是在星期三下的。根据线索1，在布莱克浦，达许伍德家在星期四碰上糟糕的天气。现在我们已经得出3个家庭所去的度假地点，所以，乌德郝斯家不是呆在科尔威海湾（线索3），一定是在布赖顿。纳特雷家则在科尔威海湾。他们经历的暴雨不是发生在星期一（线索3），也不是星期二、星期三和星期四，只能是星期五。根据线索3得出，布莱克浦在星期四经历的雷阵雨。乌德郝斯家的坏日子不是星期一（线索3），那是普里斯家的，那天在斯卡布罗持续下着雨。剩下星期二是乌德郝斯家在布赖顿吹到大风。

答案：

班尼特，萨斯安德，星期三，莫名其妙的毛毛雨。

达许伍德，布莱克浦，星期四，雷阵雨。

纳特雷，科尔威海湾，星期五，暴雨。

普里斯，斯卡布罗，星期一，持续地下雨。

乌德郝斯，布赖顿，星期二，大风。

764...

如下图所示，这里给出了其中一种摆放方法。

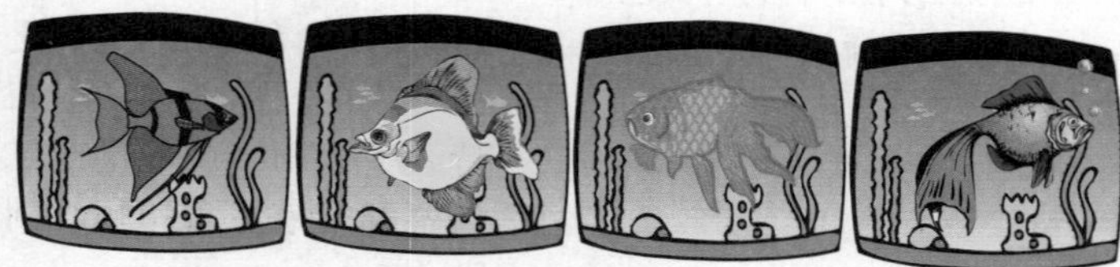

765...

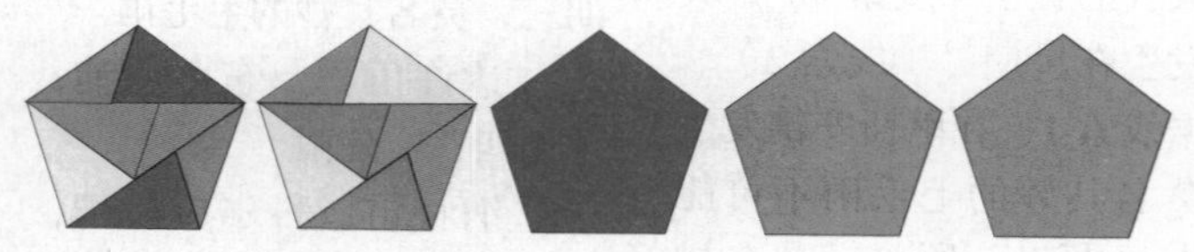

766...

B

767...

事实上，在水滴落入水中150毫秒之后，你会再次看到水滴从碗中升起来，这一过程用一台超高速相机可以拍摄得到。

在这么短的时间内，这滴水还没有足够的时间与碗里其他的水融合。这种现象每滴水滴入时都会发生。这是一种复杂的流体力学现象的演示，这一现象被称之为“可逆层流”。

768...

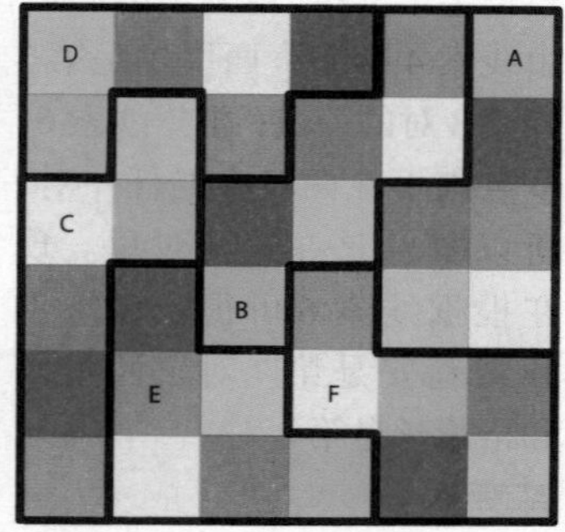

769...

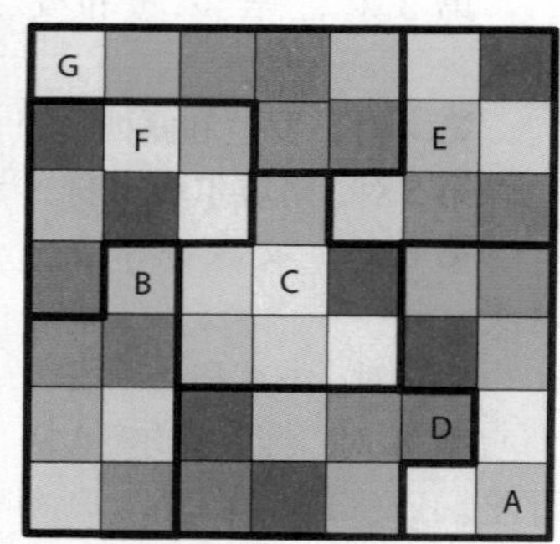

770...

燃烧需要氧气，没有氧气就不能燃烧。当蜡烛燃烧用完玻璃瓶中的氧气时，蜡烛就会熄灭，这时玻璃瓶里的水位会上升，以填充被用尽的氧气的空间。

771...

B。

把大正方形分成4个部分，每个部分的字母都按相同的形式排列。

772...

D。

把这个图形垂直、水平分成四份，每个部分的字母都按字母表顺序排列，当你围绕图形顺时针移动时，它们的相对位置逆时针旋转1/4周。

773...

两个舞伴的每个人都分别换了一次姿势。

只有在两张照片中他们是变换了姿势的（也就是说，成镜像），其他照片中显示的都是他们在旋转。

774...

A。

775...

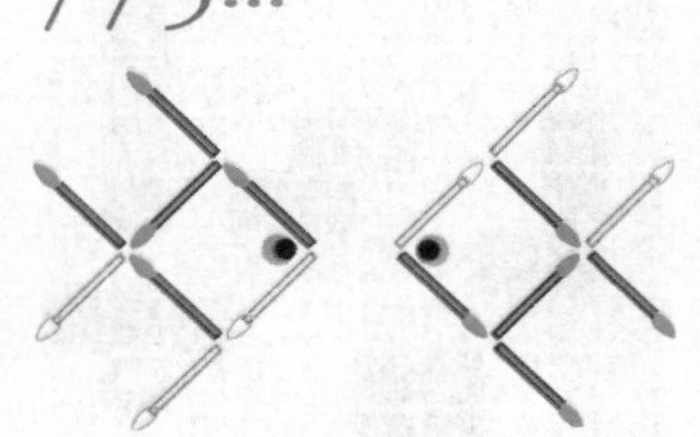

776...

1	2	3	2	3	1
2	1	1	3	2	3
3	1	1	3	2	2
2	3	3	2	1	1
3	2	2	1	1	3
1	3	2	1	3	2

777...

1. 9999
2. 8000
3. 7744
4. 4884
5. 444
6. 9090
7. 202
8. 1728
9. 3125
10. 1400
11. 9988
12. 22000
13. 118120

5	2	1	3	2	0
4	4	7	7	0	2
8	8	9	9	2	1
8	0	9	0	4	8
4	9	0	0	4	1
9	0	9	0	4	1

778...

5B班有28个学生（线索4），3A班的学生少于30个（线索6）。根据线索3，培根先生所教的30个学生不是1A班或2B班，所以是上地理学的4A班（线索5）。现在再由线索5得出，1A班有32个学生。而从线索3得知，海恩斯先生是在教室5给2B班上课的（线索2）。已知拉丁语课在教室4上（线索1），且不是培根先生或海恩斯先生教的，而线索1排除了汉森太太教的可能性，史宾克斯小姐教的是英语课（线索4），所以拉丁语学老师是伯尔先生。已知上拉丁语课的班级不是2B或4A班，也不是3A班（线索6），线索1排除了是1A班，所以伯尔先生是在教室4给5B班上拉丁语课的。根据线索1，汉森太太的课是给3A班上的，而史宾克斯小姐的英语课是给1A班上的。从线索3得知，历史课不是在教室1或5，所以一定是教室2。教室1是培根先生给4A班上地理课的教室（线索3）。综上所述得出，教室2的历史课是汉森太太给3A班上的。剩下海恩斯先生给2B班教数学。2B班不是29人（线索2），而是26人，29人的是3A班。

答案：

教室1，4A班，地理，培根先生，30人。

教室2，3A班，历史，汉森太太，29人。

教室3，1A班，英语，史宾克斯小姐，32人。

教室4，5B班，拉丁语，伯尔先生，28人。

教室5，2B班，数学，海恩斯先生，26人。

779...

梅勒妮母亲的作品不可能是A（线索2），也不是在索菲的旁边（线索5），而索菲的作品不是D（线索4），所以，梅勒妮母亲的作品不是B，而是C或D。而索菲的可能是A或B。索菲的女儿不是莎拉（线索1），当然也不可能是梅勒妮，因为哈里特母亲的作品一定是C或D（线索3），所以也不可能是哈里特，因此索菲的女儿是崔纱。米歇尔不是梅勒妮的母亲（线索1），她的女儿是哈里特，剩下梅勒妮是坦尼娅的女儿。D部分的主题不是艺术（线索2），不是物理教育（线索3），也不是人文学科（线索5），所以一定是科学技术。我们知道描述艺术类的那部分不可能是A作品，所以一定是B或C其中一个；而且另一个是描述物理教育的；因此A是有关人文学科的。关于艺术类的那部分作品不可能是坦尼娅负责的，也不是哈里特的母亲米歇尔的（线索2），所以必定是海伦或索菲的，因此它不可能是C作品。所以C是梅勒妮的母亲米歇尔的工作，它是有关物理教育方面的。因此，海伦的是B部分（线索3），索菲的是A部分，D部分是米歇尔的工作。

答案：

A部分，人文学科，索菲，崔纱。

B部分，艺术类，海伦，莎拉。

C部分，物理教育，坦尼娅，梅勒妮。

D部分，科学技术，米歇尔，哈里特。

780…

问1: 18个面。

问2: 26个面。

781…

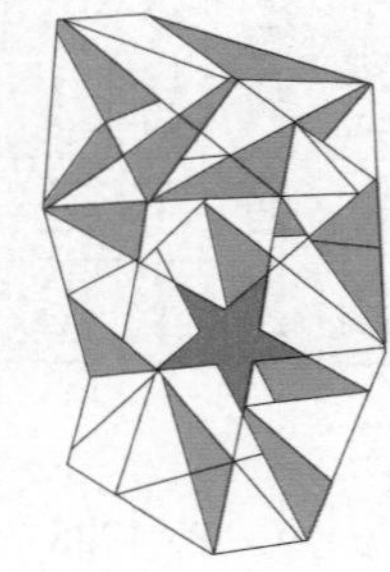

782…

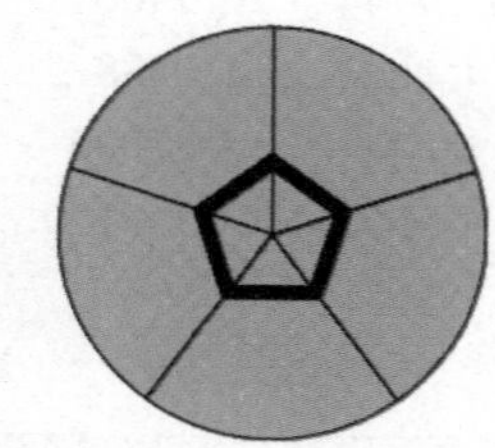

783…

各边数字之和等于34，正方形中数字的排列如图所示：

1	11	6	16
8	14	3	9
15	5	12	2
10	4	13	7

784…

$$\begin{array}{r} 10 \\ \times\ 10 \\ \hline 100 \end{array} \qquad \begin{array}{r} 55 \\ +\ 55 \\ \hline 110 \end{array}$$

$$\begin{array}{r} 919 \\ +\ 191 \\ \hline 1110 \end{array} \qquad \begin{array}{r} 545 \\ +\ 455 \\ \hline 1000 \end{array}$$

785…

A	E	G
F	B	I
D	H	C

786…

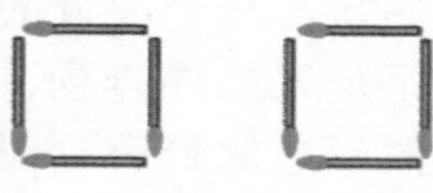

787…

1.C　2.G　3.F

4.A　5.B　6.E

7. 睡着了　8.D　9.H

788…

图中用字母标注成对的风筝。只有单个的龙形风筝和其余3个同款风筝用彩色标注。

789…

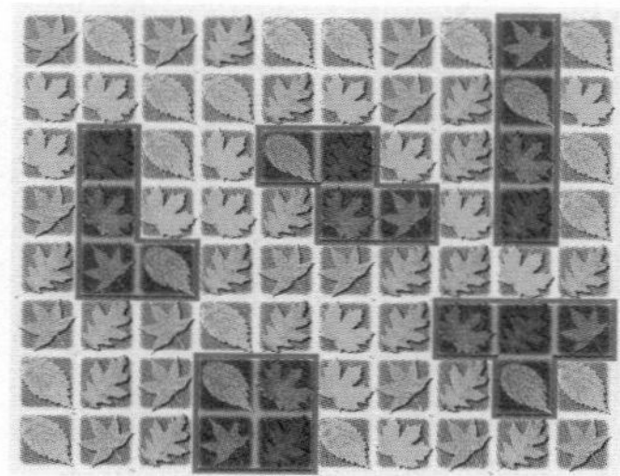

790...

步兵拿走了吸血鬼的尖牙。

天使拿走了橄榄球运动员的头盔。

嬉皮士拿走了艺妓的扇子。

斗牛士拿走了嬉皮士的眼镜。

足球运动员拿走了斗牛士的斗篷。

艺妓拿走了宇航员的手套。

吸血鬼拿走了步兵的帽子。

宇航员拿走了天使的翅膀。

791...

错误：两扇窗户一扇显示的是白天，一扇是夜晚；一位顾客手里的菜单（MENU）拿倒了；服务员用勺子写字；服务员只穿了一只鞋；收银员用收银机打游戏；牌子上写着“HAVE A A NICE DAY”（多了一个A）；蛋糕柜子上圆下方；蛋糕柜里装有一个宇宙飞船；一个女孩在喝番茄酱；一个男人的衣服穿反了；一个男人用帽子盛汤；前面拿菜单的男人长了三只手；服务员的盘子失去了平衡；一把凳子没有支柱；一个男人举着空杯子在喝；通往厨房的门是外开式，服务员却在往里推；一个服务员戴着护士的帽子；一个服务员把咖啡倒进谷物里；一个女人用狗狗的碗吃饭；蛋糕半边三层半边双层；盐和胡椒的标签弄反了；厨师旁边的订单里夹了一只袜子；厨师正烹饪的蛋没有剥壳；厨师手里的盘子端倒了。

792...

右边图比起左边图的变化：吐舌头的男人舌头换了方向；守场员的手套变成了接手的手套；相机变成了望远镜；饮料变成了冰淇淋；拿饮料的男人眼镜形状变了；拿饮料的男人表不见了；帽子上的吉祥物变了方向；记分板变成了纵横字谜；旗子上的“GO TEAM”变成了“GO AT’EM”；小孩的T恤上多了条纹；秃头男人长了头发；喷出的芥末酱变成了番茄酱。

793...

794...

完美的雪花是2和7。其他雪花的缺陷在下图中用红色圈出。

795...

相匹配的是2和8。

不同：

1. 多出来尖牙
3. 胳膊上没毛
4. 右边中间多一道裂缝
5. 疣少了一个
6. 大拇指不见了
7. 左上角少一道裂缝

796...

包装纸应该是冬青树图案的那个（5卷中间那卷），丝带应该是深绿的那盘。

797...

1. 盐瓶
2. 鸟舍
3. 烤面包机
4. 洗衣机
5. 高尔夫球洞
6. 橙汁饮料盒

798...

错误：驼鹿的两只角不一样；相框是侧着挂的；相框图片中的雪地里有一棵棕榈树；保龄球瓶在壁炉里；靠墙的滑雪板有一个两头都是尖的；一根滑雪杖下面有一个叉子；熊皮小毯子上面有豹纹斑点；冰垂在屋子里面；女人两腿之间的沙发条纹颜色变了；坐着的男人有三只手；桌上放的“SKIIING”书拼错了，里面有三个“I”；坐在滑雪缆车里的人在往下坐，而不是往上；坐在缆车里的一个女人穿着轮滑鞋；山顶上有樱桃；滑下坡的小孩穿着泳装；右边窗玻璃外的天空变了颜色；胳膊摔坏的男人拄着他根本用不着的拐杖；楼梯上的女人手里的杯子拿倒了；楼梯后栏杆的一根支柱跑到了前栏杆的前面；布谷鸟太大了，进不了那个摆钟的门；钟上面的3和9地方反了；一个钟摆是一条鱼。

799…

一模一样的是B和E。

不同：

A. 没有后轮上的铁片

C. 短裤变成浅黄色的了

D. 帽子的条纹变成涂满的了

F. 闪电的图案倒了

G. 袖子要短一些

800…

1. 双肩背包，棒球手套

2. 运动型收音机，充气游泳圈

3. 太阳镜，裤子

4. 紧身短背心，夹趾拖鞋

5. 帽舌，脚蹼

6. 潜水面罩，手表

801…

802…

右边图比起左边图的变化：橘色的三角形变成了蓝色；中间的道多了一个瓶；打扫的男人脸上多了一副眼镜；扫帚变成了拖把；女人的直发变成了卷发；男人衣服背后印的GARAGE变成了GARBAGE；回球器里面中间那个球的颜色变了；男孩帽子的帽沿变短了；男孩手里的鞋鞋带系上了；桌上杯子上插的吸管由弯变直了；盘子里的批萨移动位置了；女孩换了一只手来写字；椅子底座分开了；热狗涂上了芥末酱；橘色的球旋转了；男人的袖子变长了；绿色和黄色的球由分开变成靠在一起了。

803…

804…

成对的用字母标示出来。单独的一个用黄色圈出，一组三个的用白色圈出。

805…

画：A——眉毛上挑；B——手腕上有手表；C——背景里的云换了位置；D——完美的赝品；E——手的位置反了

美元：A——没有圆的印；B——完美的赝品；C——ONE和BUCK位置反了；D——人像方向反了；E——多了蝴蝶领结

壶：A——完美的赝品；B——长矛变成了三叉戟；C——最上面的那块没有了；D——壶底的颜色反了；E——盾牌上面的星星变成了三角形

邮票：A——没有火车头最前面的光束；B——工程师头上戴着棒球帽；C——铁轨变成了公路；D——烟囱变成了黄色；E——完美的赝品

806…

倒影的不同：撞在一起的男孩位置反了；撞在一起的男孩手套变成不分指手套了；倒影的6看起来应该像9才对；黄色帽子上的长尾部变短了；紫色的裤子款式变了；牵狗女孩的发型变了；狗的皮带绳不见了；狗身上的斑点变了；牵手男人的倒影没有连着；牵手男人（右）的鞋子颜色变了；睡着的狗没有倒影；跳起来的男孩裤子颜色变了；跳起来的男孩的冰刀没有倒影；坐着的女孩倒影中多了一副眼镜；坐着的女孩外套上的补丁变了；快摔倒的男人的冰刀在倒影

里成了轮滑鞋。

807...

如图所示，相匹配的鸟用字母标出。

A: 有小斑点的那块低一些

B: 尾巴有三个分叉

C: 翅膀尖的羽毛是黄色

D: 后脑勺上没有红点

E: 头顶的羽冠要长一些

F: 喙要勾一些

G: 胸前的小斑点少一些

剩下的一只鸟没有配对。

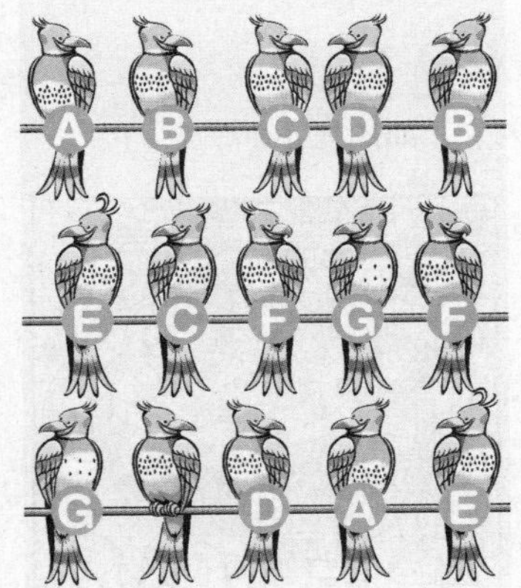

808...

相匹配的是 1 和 5。

不同：

2. 汉堡上的籽不见了
3. 多了一根薯条
4. 汉堡馅上面多了番茄酱
6. 汉堡馅上面多了泡菜
7. 盘子边多了波浪形的设计
8. 牙签的装饰变成黄色了

809...

810...

镜像与原场景的不同：飞机的镜像是错的；飘走的气球成了男孩的头；剧院钟的指针镜像错误；消防员手里多了一个热狗；消防员所在的梯子横杆不见了；输水软管套在了象鼻上；象腿的镜像错误；“Circus is coming”变成了“going”；鸟嘴里多了一块批萨；旗子的镜像错误；街灯变成了淋浴喷头；窗户上下颠倒了；仙人掌上下颠倒了；“Toy Story”里的 R 和 S 镜像不对；剧院上蓝色和橘色的三角形互换了颜色；剧院里女人头发的颜色变了；“EAT”镜像错误；拿着镜框的男人裤子颜色变了；镜框里面人的镜像和香蕉的位置变了；后座乘客的头镜像错误；汽车牌照上的连接符位置变了；轮胎上多了一个大头针；消防水从人行道喷出来；骑车小孩的发型变了；小孩衣服条纹的镜像错了；短吻鳄手里多了一把牙刷；狗的后腿不见了。

811...

缺少的部件有：

1. 水槽：排水口
2. 皮带：系皮带时需要的金属扣
3. 锅：锅盖柄
4. 喷雾瓶：把液体压入喷雾器的管子
5. 糖果机：糖果出来的出口
6. 铅笔：铅
7. 衬衫：纽扣眼
8. 独轮手推车：支脚

812...

错误：标签写着“red（红色）”的颜料盒里面装着绿颜料；灯泡上下颠倒了；铜钹是一顶帽子；其中一根鼓槌是鸡腿；吉他琴头是一把尺子；吉他没有弦；吉他手左手有六根手指头；麦克风座有一段不见了；吉他手衬衫上的图案变了；贝斯的琴头既在梯子前面，又在梯子后面；扩音器是一个鱼缸；贝斯线成了花园用的水管。

813...

如图所示。成对的飞船用字母标示。单独的那个用彩色标示。

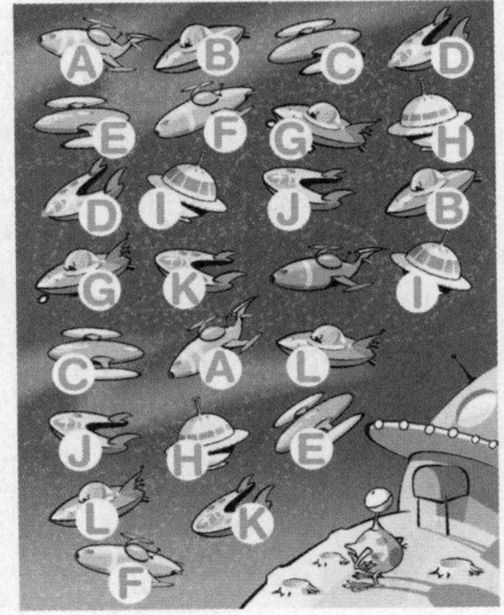

814...

1. 汽水罐　2. 灯
3. 扫帚　4. 锤头
5. 录像带　6. 字典
7. 自行车头盔
8. 伞　9. 开罐器

815…

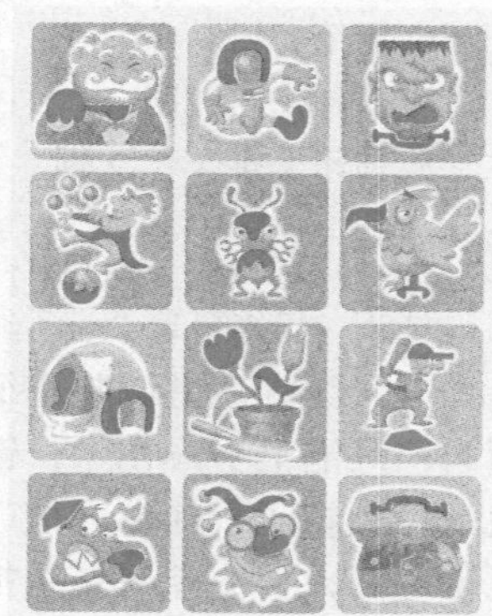

816…

错误：有一条鱼是一颗有包装纸的糖；“PET SHOP”里的“S”跟其他字母正反不一样；店里卖鱼项圈；“FISH FOOD SALE”打折信息上显示的现价却比原价高；鸟在一个装满水的袋子里；男孩是一只猩猩；红鸟和栖木在鸟笼外面；蓝鸟鸟笼的链子上少一个环；蓝鸟鸟笼里有篮球和篮筐；大鱼缸里的水水面是斜的；鱼戴着眼镜；犀牛被关在笼子里；鱼和水在笼子里；猫有发条；女孩的衣服袖子一只长一只短；仓鼠看报纸；狗头朝下倒着；乌龟有两个头；乌龟身上有尾灯和牌照；不同树枝之间蛇身上的花纹不一样；蛇的舌头是一把叉子；“PLEASE DO NOT TAP ON ON GLASSES（请不要敲打玻璃）”里面多了一个“ON”；男孩有三只胳膊；猫咪身子一半是蜥蜴；关老鼠的笼子里有一个鼠标。

817…

讨要糖果的小鬼住的房子用星号标记出，如图所示。

818…

四个假矮人用星号标示。

不同：

1. 衣服长一些
2. 眉毛不同
3. 嘴巴上有小胡子
4. 胡须短一些
5. 鞋尖没有翘起
6. 多一条皮带
7. 帽子的颜色不一样
8. 袖子长一些

819…

如图所示。

820…

如图所示。

821…

如图所示。

822…

如图所示。

823...

如图所示。

824...

如图所示。

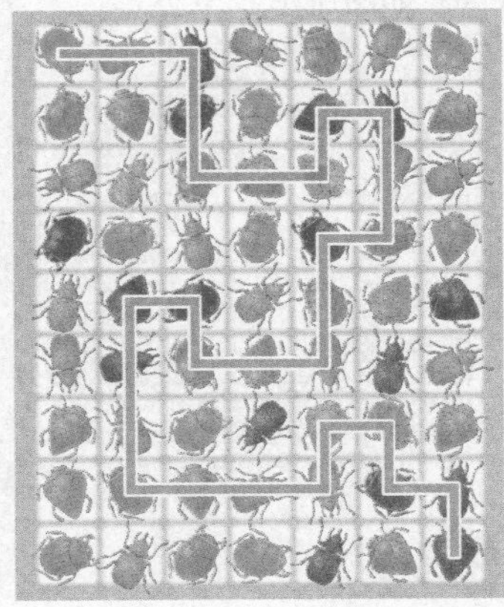

825...

如图所示。

826...

如图所示。

827...

完成的路线拼出一个单词 GOLD（金牌）。

如图所示。

828...

如图所示。

829...

如图所示。

830...

如图所示。

831...

如图所示。

832…

如图所示。

833…

如图所示。

834…

如图所示。

835…

如图所示。

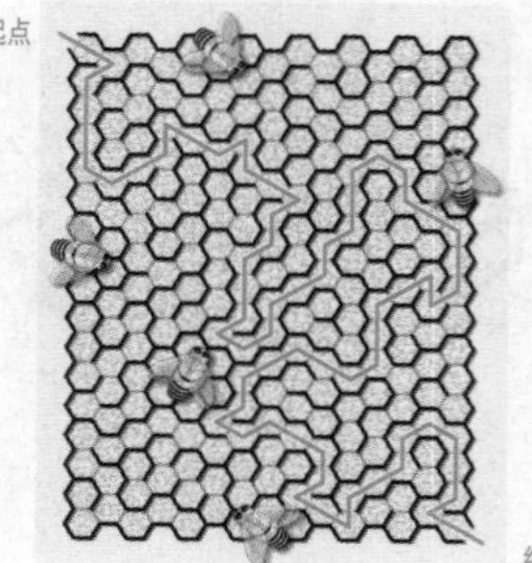

836…

如图所示。

837…

如图所示。

838…

如图所示。

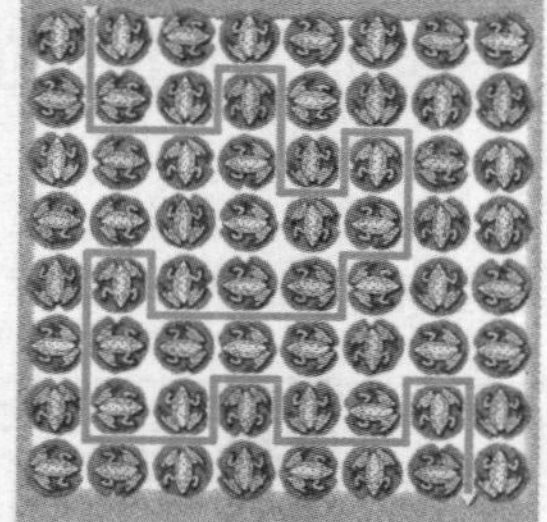

839…

如图所示。

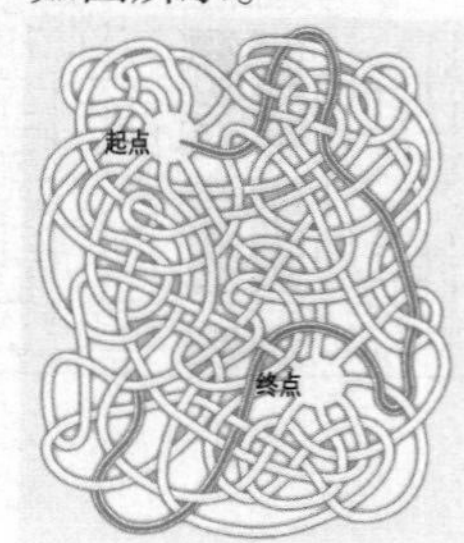

840…

如图所示。

841…

剩下的字母所连成的话：Top-notch job from top to bottom. Now go goof off.（从头到尾都做得很棒，现在偷偷懒吧。）

如图所示

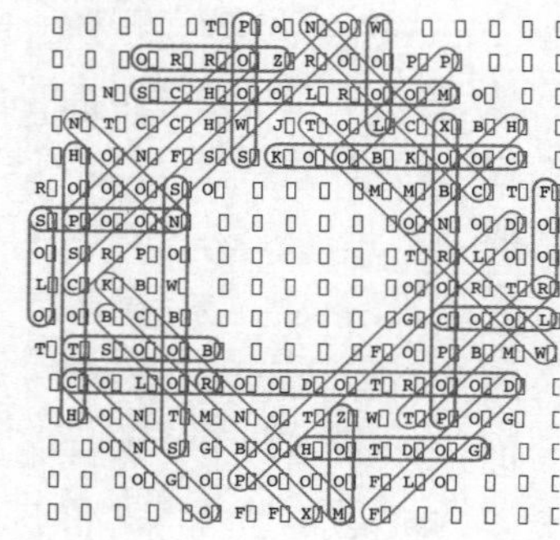

842…

上面一行：Heather 海瑟 /sweater 毛衣，Stephanie 斯蒂芬妮 /telephone 电话，Ryan 莱恩 /crayons 彩色蜡笔。

下面一行：Nicole 尼可 /unicycle 独轮车，Christopher 克里斯托夫 /microscope 显微镜，Alexander 亚历山大 /calendar 日历。

843...

剩下的字母所连成的话：Ukulele actually means "leaping flea" in Hawaiian.（在夏威夷语里，尤在里里琴实际上是"跳跃的跳蚤"的意思）

如图所示。

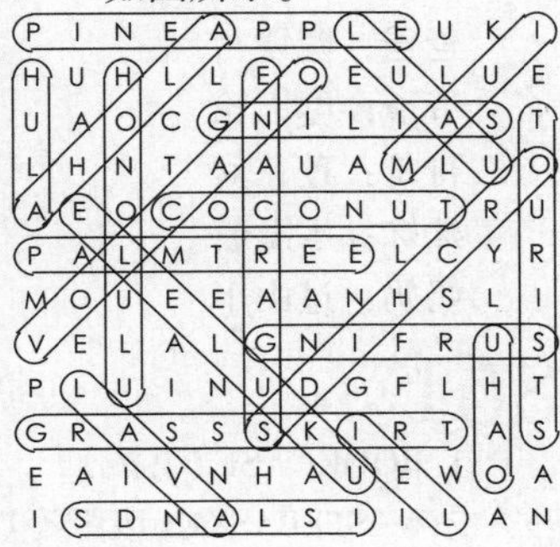

844...

剩下的字母所连成的话：You finished this with flying colors.（你用彩色完成了这道题）

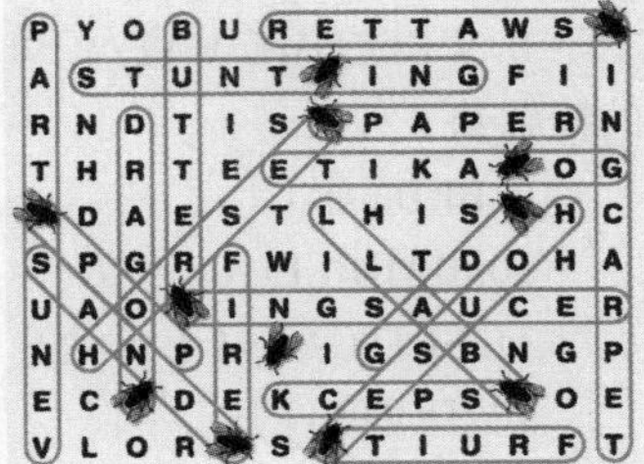

845...

1. Melon　2. Fall

3. Buffalo　4. Balloon

5. Polo　6. Colors

7. Slide　8. Skiing

846...

答案在红色字体中。

Peter and Tippi had sharply different tastes in music.Peter liked to sit around in the tub and listen to jazz,while Tippi really responded to rock concerts.

One night,Tippi told Peter that she was planning on going to see her favorite band,even though she'd heard rumors that the concert was sold out.Her plan was to pack a zoom lens and a camera and blend in with all the paparazzi there.

"You think they're so disorganized,they let in every shutterbug left and right?" Peter asked.

Tippi said, "When I turn the charm on I can get past anyone."

"But tonight's ravioli night," Peter whined. "Would you really cancel long-standing plans?"

"Absolutely!" she replied,and left.

Before long,Tippi returned and threw the biggest tantrum Peter had ever seen. The police had given Tippi an order to go home for violating the law.Peter smiled as he said, "Will you feel better if I fetch you some cold ravioli?"

847...

谜题：在万圣节游戏中谁总是透明的冬天？

谜题的答案是：GHOST（鬼）。

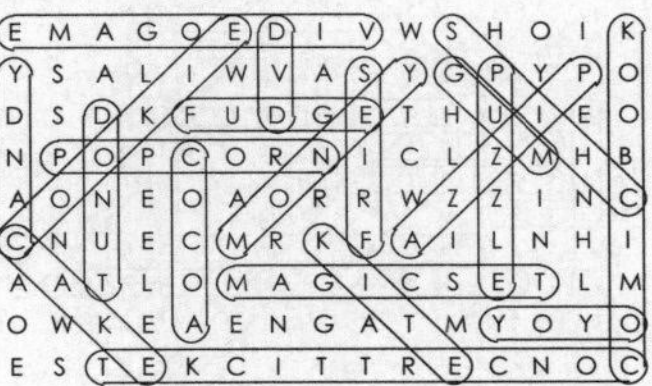

848...

如图所示

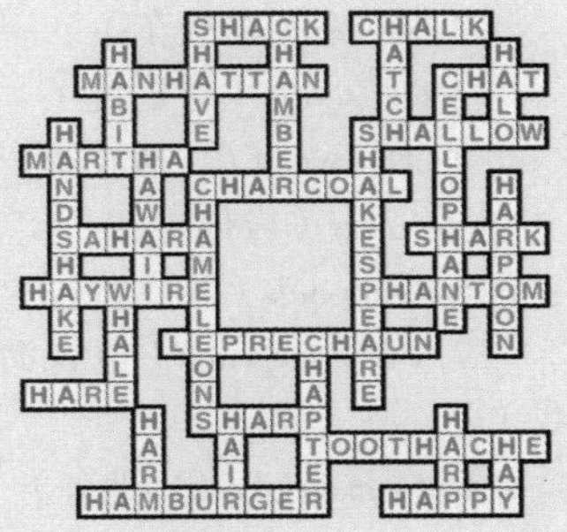

849...

1. Horse（马），house（房屋）

2. Plane（飞机），plant（种植）

3. Sneaker（运动鞋），speaker（讲话者）

4. Stork（鹳鸟），store（商店）

5. Leopard（豹纹），leotard（紧身连衣裤）

6. Soap（肥皂），soup（汤）

7. Chimp（黑猩猩），champ（冠军）

8. Roman（罗马的），woman（女人）

850...

剩下字母连成的话：Seven times as many sheep as people live in Australia.（澳大利亚的绵羊数量是人口的7倍）

如图所示。

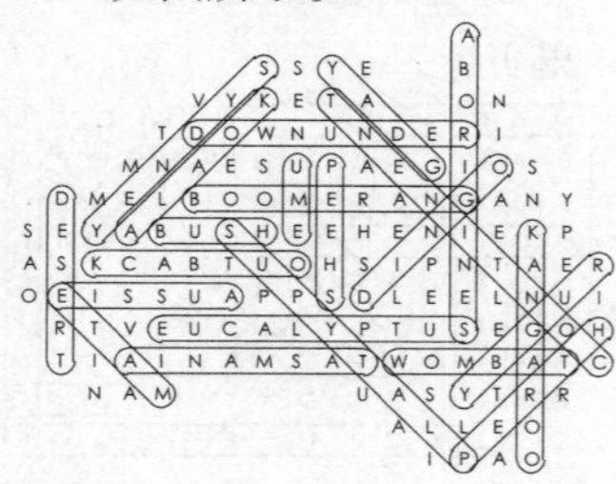

851...

1.Soccer ball（足球）

2.Scooter（踏板车）

3.Telescope（望远镜）

4.CD player（CD播放器）

5.Guitar（吉他）

6.Backpack（双肩背包）

7.Video game（电视游戏）

8.Mountain bike（山地车）

852...

艾弗里想买的礼物是：装着蛇的罐头(Snak in the can)。

853...

正确的顺序是：6，3，1，4，5，2。

854...

1号狗属于弗朗辛。

2号狗属于查理。

3号狗属于朵拉。

4号狗属于贝丝。

5号狗属于阿尼。

6号狗属于埃文。

855...

正确的图片顺序是：

G，F（爸爸和孩子的头互换）

B（狗的耳朵和女孩的马尾辫互换）

I（爸爸的眉毛复制变成了胡须）

D（男孩的脑袋被放大了）

C（女孩和狗的表情互换）

H（增加了两条领带）

A（女孩衣服上微笑的表情变成了撇嘴）

E（妈妈头顶立起的头发被去掉了）

856...

正面朝下的那张牌是5。

如图所示

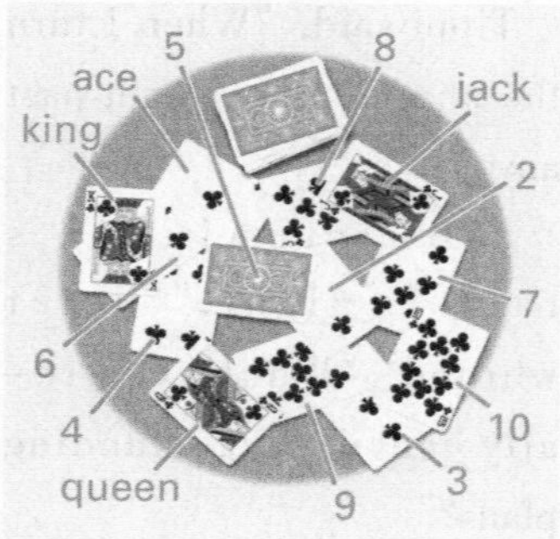

857...

霍莉的袜子是从左边数第二只。

858...

正确的顺序是：2，6，1，5，3，4。

859...

1. Basketball（篮球）

2. Fencing（击剑）

3. Golf（高尔夫球）

4. Pool（美式撞球）

5. Weight lifting（举重）

6. Bowling（保龄球）

7. Tennis（网球）

8. Volleyball（排球）

9. Football（足球）

10. Baseball（棒球）

11. Archery（箭术）

12. Figure skating（花样滑冰）

860...

妈妈：激流勇进

爸爸：魔镜宫

爷爷：摩天轮

哥哥：莲花盆

妹妹：水滑道

奶奶：过山车

861...

1. BOOKCASE(书橱)

2. WASTEBASKET(废纸篓)

3. DESK(书桌)

4. OFFICE CHAIR(办公椅)

5. SPEAKERS[2](两只音箱)

6. RUG(地毯)

7. FLOOR LAMP(落地灯)

8. WELCOME MAT(门口的擦鞋垫)

9. BED(床)

10. BARBELL(杠铃)

11. SUITCASE(小提箱)

12. DOOR(门)

13. IN-LINE SKATES(轮式溜冰鞋)

14. NIGHTSTAND(床头柜)

15. BIKE(自行车)

16. PAINT CAN(漆罐)

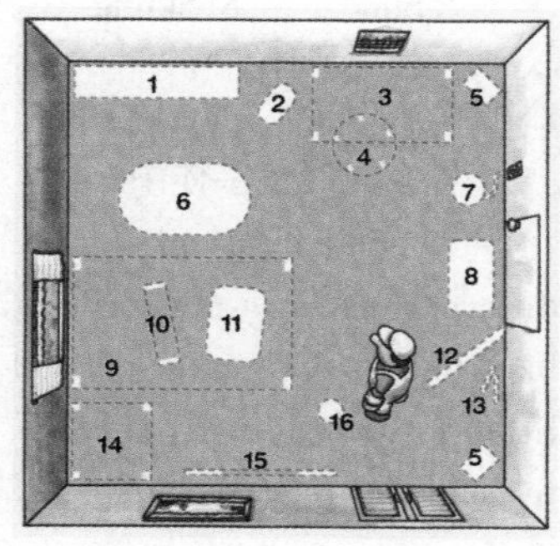

862...

正确的顺序是：3，4，1，6，2，5。

863...

最后选中的雪橇是标价32美元的蓝色雪橇，雪橇上有斑纹。

864...

和现实生活中方向相反的物品是：北斗七星、自由女神像、A牌、学校安全标识。

865...

角马是在图片左下角、站在树桩上的灰色动物。

866...

海盗是帕特。

吸血鬼是泰勒。

独眼原始人是阿里。

小丑是盖瑞。

巫师是杰西。

幽灵是克里斯。

867...

正确的顺序是：5，3，4，1，6，2。

868...

剩下的单词可以拼成"YES"。

如图所示。

P J V K U R
C T B Q A L
F M Z D G W
H N O X I

869...

正确的顺序是：2，4，3，6，1，5。

870...

如图所示

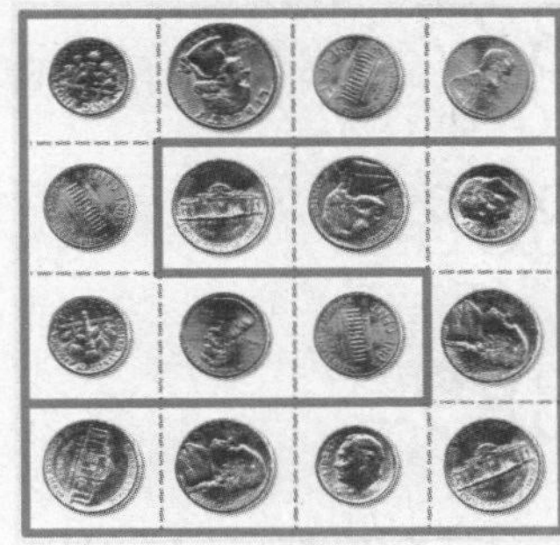

871...

你需要的是B号机器人。

872...

正确的顺序是：4，6，2，1，5，3。

873...

看起来较大的：便士、AA电池、橡皮帽

看起来较小的：雪糕棍、蜡笔、光盘

和生活中一样大：信用卡、高尔夫球、25分硬币

874...

阿米莉亚：2号雪人

布拉德：1号雪人

凯特林：3号雪人

杜鲁：4号雪人

埃文：6号雪人

费兹：5号雪人

875...

正确的顺序是：C，H，D，B，J，F，L，A，G，K，E，I。

876...

正确的顺序是：3，6，1，5，2，4。

877...

如图所示

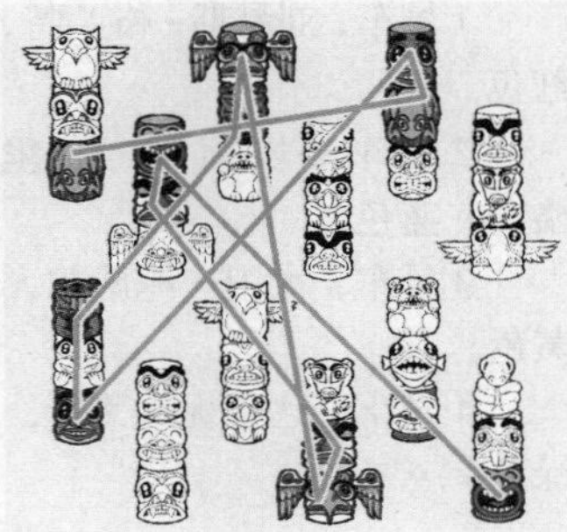

878...

1–D,2–E,3–B,4–C,5–A。

879...

正确的顺序是：C, E, B, H, F, D, A, G。

880...

格兰特坐在1号车上（线索4），埃莉诺在2号车上（线索5）。其中一个男孩在黄色的3号车上（线索2），所以达芙妮·艾伦（线索3）一定是在4号车上。已知黄色的3号车不是格兰特或艾伦在开，而线索1告诉我们布里格斯在蓝色的碰碰车上，所以一定是鲍威尔在开。因此，综上所述，埃莉诺的姓氏是布里格斯，她开的车是蓝色的。根据线索 1，刘易斯一定姓格兰特，坐在 1 号车上。剩下大卫是坐在 3 号车上的男孩。达芙妮坐的车不是红色的（线索 3），所以是绿色的。刘易斯·格兰特则坐在红色的碰碰车上。

答案：

1 号车，刘易斯·格兰特，红色。

2 号车，埃莉诺·布里格斯，蓝色。

3 号车，大卫·鲍威尔，黄色。

4 号车，达芙妮·艾伦，绿色。

881...

3

882...

答案是 E。

A 是 C 在镜子中的映像，B 是 D 在镜子中的映像。

883...

2

884...

两个内圆大小相同。

885...

这道题会给人一点错觉。其答案是线 B，尽管第一眼看到线 A 好像是正确的。

886...

19 个三角形。

887...

D

888...

E

889...

9

其余项都可以在方块中找到投影。

890...

E

这些图案均由 10 个 S 字母组成的，但是在 E 答案中有一个 S 的方向是错误的。

891...

D

最下面的这张图片应该放在与它相邻那张图片的上面。

892...

9 个

893...

B

894...

B

A 和 D 所包含的图形相同，C 和 E 所包含的图形相同。

895...

E

896...

B

897...

A1

898...

D

899...

F

向左旋转 90°，然后再上下颠倒。

900...

画中窗户的组合是错误的；坐着的人手中拿的立方体是不可能存在的；纸上画着的三角形是错误的。

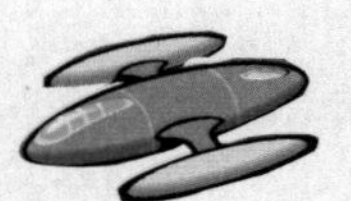